Great Expectations

The Classic Books

위대한 유산

찰스 디킨스

북로드

—
차
례
—

위대한 유산 … 7

작가 및 작품에 대해 … 661

1

아버지의 성씨는 피립(Pirrip)이고, 나의 세례명은 필립(Philip)이다. 그런데 어려서 혀가 짧아 길고 또렷하게 발음할 수 없었던 나는 스스로를 핍(Pip)이라고 했다. 그래서 다른 사람들도 나를 핍이라고 불렀다.

아버지의 성씨가 피립이라는 것은 아버지의 묘비와 누나가 말해줘서 알았다(누나는 대장장이 조 가저리와 결혼했다). 아버지와 어머니의 얼굴은커녕 그 비슷한 사람들조차 본 적 없던(부모님은 사진이라는 것이 나오기 전에 돌아가셨다) 나는 비문을 읽고 부모님의 모습을 제멋대로 상상했다. 아버지는 네모난 얼굴에 건장한 체격, 까무잡잡한 피부, 검은 곱슬머리를 가졌다고 생각했다. 아버지의 묘소 옆에는 어머니의 묘소도 있다. 나는 '위의 부인 조지애나도 여기 잠들다'라고 비석에 새겨진 글씨체와 문구만 보고 어머니가 주근깨투성이 얼굴에 몹시 허약했을 거라고 상상했다. 부모님 무덤 옆으로는 작은 마름모꼴 석판 5개가 한 줄로 늘어서 있는데, 그것은 나의 다섯 형제들을 애도하기 위한 것이다. 다섯 동생들은 불쌍하게도 이 세상의 생존경쟁에서 너무나도 일찍 자신들의 삶을 포기한 셈이었다. 그들은 속수무

책으로 바깥세상에 내던져졌고, 더욱이 단 한 번도 그런 상태에서 벗어난 적이 없었을 것이다. 그렇듯 불쌍한 내 동생들을 떠올릴 때마다 나는 그들에게 어떤 은혜를 입은 것 같은 생각이 들곤 했다.

우리 마을은 습지대가 유난히 많은 시골이었다. 습지대는 강 아래쪽에 있었고, 굽이쳐 흐르는 강은 우리 마을에서 32킬로미터쯤 떨어진 바다로 이어졌다. 내가 이 세상에서 처음으로 모든 사물들을 또렷이 인식하게 된 것은 유난히 추웠던 어느 저녁 무렵이었을 것이다. 그때 나는 잡초들로 뒤덮인 그 우울한 곳이 교회 묘지라는 것을 처음 알았다. 부모님이 잠든 곳도 교회 묘지라는 사실을 분명히 알게 되었다. 앞서 말한 다섯 아이들, 알렉산더와 바살러뮤, 에이브러햄, 토비아스, 로저, 그들이 잠든 곳도 교회 묘지라는 것을. 교회 묘지 뒤쪽의, 도랑과 둔덕과 출입문들이 군데군데 있고 소들이 풀을 뜯는 평지가 습지대라는 사실도 확실하게 알았다. 아울러 그 습지대 너머 납빛 가느다란 선이 강이라는 것도 분명히 알았다. 그뿐만이 아니었다. 세찬 바람이 야수처럼 불어오는 저 먼 곳이 바다라는 사실도 분명히 알게 되었다. 눈앞에 펼쳐진 그 모든 광경이 두렵다 못해 울음을 터뜨릴 것만 같은 것도 나 자신 핍이라는 것을 분명히 인식했다. 그때였다.

"꼼짝 마!"

갑자기 웬 남자가 교회 무덤 사이에서 튀어나와 으르렁거리듯 소리쳤다.

"입 다물고, 꼼짝 마! 안 그럼 네놈 모가지를 날려버릴 테니!"

험악한 인상에 낡은 잿빛 옷을 입은 남자는 한쪽 다리에 족쇄를 차고 있었다. 머리에는 모자 대신 너덜너덜한 헝겊을 둘렀고, 신발도 다 찢겨져 당장이라도 벗겨질 것 같았다. 게다가 물에 흠뻑 젖은 온몸이 진흙투성이었고, 돌에 치여 다리를 절뚝거렸다. 돌과 쐐기풀에 긁힌 자국, 날카로운 나뭇가지에 찢어진 상처도 다리 여기저기에 있었다.

그는 온몸을 떨면서 이글이글 불타오르는 눈빛으로 나를 쏘아보며 으르렁거렸다. 추위로 입이 덜덜거리면서 머리 전체가 심하게 흔들렸다.

그가 다짜고짜 내 턱을 잡아당겼다.

"제발, 살려주세요! 살려주세요, 제발!"

나 역시 온몸을 떨며 애원했다.

"네놈 이름이 뭐냐? 어서 말하지 못해?"

"핍이에요."

"더 크게 말해."

그가 나를 노려보며 말했다.

"핍이에요, 핍."

"어디 살지? 어딘지 손으로 가리켜봐!"

나는 손가락으로 우리 마을을 가리켰다. 우리 마을은 오리나무들과 가지를 자른 나무 너머, 이곳 교회에서 1.6킬로미터 이상 떨어진 강가 평지에 있었다.

그는 나를 잠시 뚫어지게 쳐다보더니 느닷없이 나를 번쩍 들어 거꾸로 세우고는 내 호주머니를 뒤졌다. 호주머니에는 빵 한 조각 말고 아무것도 없었다. 잠시 후, 교회 건물이 다시금 원래대로 보이는가 싶었는데, 남자가 너무나도 순식간에 나를 세워놓은 바람에 발 아래쪽으로 교회의 첨탑이 보이는 것 같았다. 나는 아주 높은 묘비 위에 앉혀졌다. 내가 두려움에 떠는 동안 남자는 빵을 게걸스럽게 먹어치웠다.

"요놈 좀 보게. 뺨이 제법 통통하네."

그는 입맛 다시는 시늉을 하며 말했다. 나는 또래 아이들에 비해 왜소하고 허약했지만, 양 볼은 유독 살집이 도톰했다.

"맛있겠는데. 뜯어 먹어버릴까!"

그는 위협하듯 머리를 격하게 흔들었다.

"목숨만은 살려주세요!"

나는 떨리는 목소리로 애원하면서 앉아 있던 묘비 위에 바짝 달라붙었다. 밑으로 떨어질까 봐 무섭기도 했지만, 울음을 참으려고 그런 것이었다.

"네 엄마는 어디 있냐?"

남자가 물었다.

"저기요."

그는 엄마가 가까이 있다는 줄 알았는지 깜짝 놀라 몇 걸음 도망치다 뒤돌아보았다.

"저, 저기 말이에요."

나는 여전히 떨리는 목소리로 말했다.

"조지애나 부인, 저게 우리 엄마예요."

나는 어머니의 묘비를 가리키며 말했다.

"아!"

그는 안도의 한숨을 내쉬고 다시 내게로 왔다.

"그럼 저기, 위에 것은 네 아빠냐?"

"네. 아빠도 저기 계세요. 여기 교회 근처에 살았거든요."

"음."

그는 고개를 끄덕이더니 잠시 생각에 잠겼다.

"그럼 넌 누구랑 사는데? 너를 살려줄지 말지 아직 정하지는 않았다만, 살려준다면 말이지?"

"누나랑요. 조 가저리 부인요. 대장장이 조 가저리 부인 말이에요."

"대장장이라고?"

그는 자기 발에 달린 족쇄를 내려다보며 되물었다.

그는 자기 다리와 나를 번갈아 쳐다보더니 한 발짝 더 다가와 두 팔로 나를 움켜잡고 뒤로 확 밀어젖혔다. 남자는 더욱 위압적인 눈으로 나를 내려다보았다. 나는 무기력한 눈빛으로 그의 눈을 올려다보았다.

"내 눈 똑바로 봐! 바른 대로 대답 안 하면 죽을 줄 알아. 너, 줄칼이 뭔지 알지?"

"네, 알아요."

"음식이 뭔지도 알지?"

"네, 그럼요."

그는 하나하나 물을 때마다 나를 뒤로 밀어젖혔다. 지금 내가 누구의 도움도 받을 수 없는 위험한 처지에 놓여 있다는 것을 깨닫게 하려는 의도 같았다.

"줄칼 가져와."

그가 또다시 나를 밀어젖히며 말했다.

"음식도 가져오고."

그가 좀더 나를 밀어젖혔다.

"둘 다 가져와. 내 말 안 들으면 네놈 심장과 간을 파먹을 거다."

그가 더욱 나를 밀어젖혔다.

나는 온몸이 벌벌 떨리고 어지러워서 두 손으로 남자를 붙잡았다.

"부탁이에요. 저 좀 붙잡아주세요, 제발. 토할 것 같아요. 너무 어지러워요. 지금 아저씨가 무슨 말을 하는지 하나도 모르겠어요."

그는 나를 거꾸로 치켜들고 공중에서 한 바퀴 돌렸다. 풍향계가 뒤집히면서 교회 건물이 한 바퀴 도는 것처럼 보였다. 그는 내 두 팔을 꽉 붙잡아 묘비 위에 똑바로 앉혀놓고 계속 살벌한 이야기를 지껄여 댔다.

"내일 아침에 음식하고 줄칼을 가져와. 저기, 옛날 포병대가 있던 곳에서 기다릴 테니까. 아무한테도 얘기하면 안 돼. 누군가를 만났다는 말도 하면 안 되고. 그러면 널 살려주지. 무슨 말인지 알겠어? 뻥긋하기만 해. 네놈 심장과 간을 파내 구워 먹을 테니까. 똑똑히 잘 들어. 나는 지금 혼자가 아니야. 나 말고 또 한 사람이 숨어 있어. 젊은 놈이지. 그놈에 비하면 나는 그야말로 천사지. 암, 그렇고말고. 그놈은 지금 우리가 하는 말을 죄 듣고 있어. 그놈한테는 아주 놀라운 특기가 하나 있는데, 그게 뭐냐면, 어린아이들을 몰래 잡아다가 심장과 간을 도려내는 거야. 놈한테 일단 잡히면 아무리 발버둥 쳐봐야 소용없어. 어디 숨는 것도 어림없지. 집으로 들어가 문을 잠그고 이불 속으로 푹 파묻히면 괜찮은 줄 알지? 천만에! 꼬맹이들이 어디에 숨든 결국 잡히고 말아. 그놈은 살금살금 집 안으로 들어가 찍소리 하나 안 내고 너를 갈기갈기 찢어놓을걸. 하지만 너무 겁먹을 필요 없어. 내가 있으면 괜찮거든. 지금도 나만 없으면 벌써 그놈이 너를 잡아먹었을걸. 내가 너를 보호해주고 있는 거야, 지금. 그놈은 지금도 네놈의 심장이랑 간을 후벼 파지 못해 미칠 지경이지. 너를 지켜주기도 쉽지 않아. 그래도 너를 끝까지 지켜주지. 자, 이제 어쩔 셈이냐?"

"줄칼을 가져올게요."

나는 얼른 대답했다. 그리고 내일 아침에 먹을 것도 최대한 챙겨서 그가 말한 장소로 가겠다고 다짐했다.

"그럼 맹세해. 약속을 어기면 하느님한테 벌 받아도 좋다고!"

내가 맹세하자 그는 묘비에서 나를 내려주었다.

"약속 잊지 마. 아까 말한 내 친구 놈에 대해 입도 뻥긋해서는 안
돼. 알아들었으면, 얼른 집으로 달려가!"

"아, 안녕히 계세요."

나는 더듬거리며 말했다.

"이런 데서 참도 안녕하겠다! 차라리 개구리나 뱀장어가 되는 게
낫겠네!"

그는 습지대를 둘러보며 투덜거렸다.

이렇게 말하면서 그는 두 팔로 덜덜거리는 몸뚱이를 힘껏 감싸 안
았다. 팔이 떨어져 나가지 않게 하려는 듯이 말이다. 그는 그렇게 절
룩거리며 교회의 낮은 담장 쪽으로 걸어갔다.

나는 한동안 꼼짝도 하지 않고 그를 지켜보았다. 그는 쐐기풀 사이
를 지나 가시덤불을 헤치며 갔다. 가시덤불 우거진 곳에는 잡초로 뒤
덮인 무덤들이 있었다. 어린 내 눈에는 그가 마치 무덤 속에서 슬그
머니 빠져나와 행인을 낚아채 무덤 속으로 끌고 들어가려는 유령들
의 손길을 아슬아슬하게 피해 가는 것처럼 보였다. 그의 두 다리는
오랜 추위에 뻣뻣이 굳고 마비된 것처럼 보였는데도, 그는 교회 입구
에 이르자 언제 절룩거렸냐는 듯 담장을 훌쩍 뛰어넘었다. 그러더니
몸을 홱 돌려 내 쪽을 쳐다보았다. 순간 나는 반사적으로 남자의 눈
을 피해 마을 쪽으로 힘껏 내달렸다.

잠시 후, 어깨 너머로 돌아보니 그는 여전히 두 팔로 몸통을 감싼
채 강변 쪽으로 걸어가고 있었다. 여전히 절룩거리면서도 비가 오거

나 썰물 때 징검다리로 쓰려고 놓아둔 큰 돌들 사이를 더듬거리듯 걸어갔다.

얼마쯤 달렸을까? 뜀박질을 멈추고 뒤돌아보았을 때, 어느덧 습지대는 한 줄기 검은 지평선으로 보일 뿐이었다. 강은 습지대보다 더 가늘고 덜 검은 수평선으로 변했다. 그리고 하늘은 '타는 듯 붉은 긴 선'들과 '검고 굵은 선'들의 조합으로만 이루어져 있었다.

강변에 있는 검은 물체 2개가 어렴풋이 보였다. 수직으로 서 있는 2개의 물체 가운데 하나는 등대였다. 그 등대는 마치 긴 막대기 위에 올려놓은 테두리 없는 나무 술통 같았는데, 가까이에서 보면 몹시 흉측한 모습이었다. 나머지 하나는 한때 해적 하나가 처형된 적이 있는, 쇠사슬이 여럿 달린 교수대였다. 교수대 쪽으로 계속 절뚝거리며 걸어가고 있는 남자의 모습은 마치 해적이 교수대에서 살아 나왔다가 다시금 목매달려고 교수대로 돌아가는 것처럼 보였다. 그런 생각이 들자 등골이 오싹했다. 마침 강가의 소들도 일제히 남자의 뒷모습을 향해 있었다. 문득 나는 소들도 그 남자를 쳐다보며 나와 똑같은 상상을 하고 있는지 모른다는 엉뚱한 생각이 들었다.

나는 남자가 말한 그 무서운 젊은 사람이 어디 있는지 사방을 두리번거려 보았지만 어디에도 보이지 않았다. 하지만 나는 몹시 무서워서 도망치듯 마을로 내달렸다. 이번에는 한 번도 멈추지 않고 달렸다.

2

누나 조 가저리 부인은 나보다 스무 살이 더 많았다. 누나는 부모님을 대신해서 나를 손수 길러주었기 때문에 마을에서 평판이 매우 좋은 편이었다. 누나는 그런 이웃들의 칭찬에 뿌듯해했다. 그 무렵 나는 어렸지만 '손수 길러주었다'는 것이 무슨 뜻인지 웬만큼 알고 있었다. 더불어 누나의 손이 얼마나 모질고 우악스러운지도 잘 알았다. 누나는 그 거친 손으로 나는 물론 매형도 후려치기 일쑤였다. 조금 과장하자면 나와 매형은 누나한테 하도 얻어맞아서 그런지 우리가 누나에 의해 길러진 것은 아닌가 의심하곤 했다.

누나의 외모는 아름답지 않았다. 그래서 나는 매형이 누나의 강압에 못 이겨 억지로 결혼한 것이 아닐까 의심한 적도 있다. 나의 매형, 조는 정말 좋은 사람이다. 조는 늘 부드러운 표정을 지었고, 얼굴 양쪽으로 길게 늘어뜨린 금발에 파란 눈동자를 가지고 있었다. 그의 파란 눈동자는 마치 흰자위와 조금 섞인 것처럼 보였다. 조는 다정하고 느긋한 성격이었으며, 마음씨도 선하기 이를 데 없었다. 그런데 너무 착한 나머지 바보 같기도 했다. 하지만 그 때문에 나한테는 편한 친구가 되어주었다. 굳이 비유하자면 조는 헤라클레스의 힘과 약점을 동시에 지닌 그런 사람이었다.

조 부인은 검은 머리에 눈동자도 검고, 피부색은 붉은 편이었다. 누나의 분홍빛 피부를 볼 때마다 나는 이런 의심이 들곤 했다. 혹 누나가 목욕할 때 비누 대신 우리가 모르는 무슨 특별한 향료 같은 것을 몰래 사용하는 것은 아닐까? 누나는 키는 컸지만, 뼈가 앙상할 정도로 몹시 마른 체형이었다. 그녀는 싸구려 천으로 만든 변변찮은 앞치마를 늘상 걸치고 있었다. 앞치마 윗부분에 달린 정사각형 모양의 장식에는 바늘은 물론 별의별 핀들이 잔뜩 꽂혀 있었다. 그 때문에 누나는 마치 중무장한 여전사처럼 보이기도 했다. 누나는 항상 앞치마를 착용하고 있는 것을 더없는 미덕으로 여겼을 뿐 아니라 남편을 비난하는 또 하나의 강력한 도구로 이용하기도 했다. 그러나 누나의 자부심과는 별도로 나는 그녀가 왜 항상 앞치마를 두르고 있는지 정말 알 수 없었다. 동시에 그녀가 왜 그것을 벗지 않는지도 알 수 없었다. 도대체 하루 이틀도 아니고 전 생애를 앞치마와 쌍둥이처럼 붙어 사는 나의 누나란!

조의 대장간에는 살림집이 딸려 있었다. 우리 마을의 여느 집처럼 나무로 지은 집이었다. 대장간도 나무로 지었다.

숨을 헐떡거리며 집으로 돌아왔을 때, 대장간 문은 잠겨 있었고, 조는 부엌에 홀로 앉아 있었다. 일종의 동병상련의 정을 가지고 있는 조와 나는 서로에게 비밀이 없었다. 부엌문을 열고 조를 빤히 바라보자 조가 나에게 살며시 속삭였다.

"조 부인이 너를 찾느라 벌써 열두 번이나 나갔어, 핍. 좀 전에 또 나갔으니 열세 번째로구나."

"정말요?"

"그래, 핍. 그런데 이번에는 회초리까지 들고 나갔단다."

가슴이 철렁 내려앉은 나는 조끼에 달랑 하나 남은 단추를 만지작거리며 벽난로만 하염없이 바라보았다. 하도 때려서 왁스를 발라놓은 회초리 끝부분이 아주 반질반질하게 닳아 있었다.

"조 부인은 의자에 앉았다 섰다 안절부절못하더니, 이내 회초리를 움켜쥐고 길길이 날뛰다가 밖으로 뛰쳐나갔단다. 어쩌냐, 핍?"

조는 벽난로 아래쪽 불 속을 부지깽이로 후비며 느릿느릿 말했다.

"보통 화가 난 게 아니다, 핍."

"나간 지 얼마나 됐어?"

나는 늘 조를 내 또래 덩치 큰 친구처럼 대했다.

"글쎄. 길길이 날뛰다가 마지막으로 나간 게…… 가만있자…… 한 5분쯤 된 것 같다."

조가 벽시계를 올려다보며 느릿느릿 말하다가 갑자기 문 쪽을 쳐다보더니 다급히 외치듯 속삭였다.

"핍, 조 부인이 온다! 어서 숨어, 핍."

조는 문 뒤에 있는 넓은 수건 뒤에 숨으라고 했다.

나는 조가 시키는 대로 했다. 이윽고 누나가 문을 홱 열어젖히며 들어왔다. 누나는 곧바로 문 뒤에 심상찮은 장막이 있음을 눈치채고 회초리 끝으로 수건을 쿡쿡 찔러댔다. 나는 금방 발각되고 말았다. 누나의 탐색은 성겁게 끝났고, 나는 곧바로 조에게 던져지고 말았다. 나는 종종 두 사람 사이를 오가는 무기가 되곤 했다. 누나가 던진 나를 조는 온몸으로 기꺼이 받았다. 그는 나를 벽난로 쪽으로 옮겨놓고 자신의 긴 다리로 울타리를 쳐주었다.

"저 장난꾸러기 놈은 당신과 한편이지? 어디를 싸돌아다니다 이제 기어 들어온 거야?"

조 부인은 발로 바닥을 쾅쾅 치며 소리쳤다.

"어서 말해. 어디 가서 뭘 하다 이제 들어와? 사람 속을 그렇게 태우고, 걱정하게 만들어? 바른 대로 말 안 하면 당장 끄집어낼 테다. 너 같은 녀석이 50명이 됐건, 가저리 같은 작자가 5백 명이 됐건, 네 놈을 끄집어내고 말 테다!"

"교회 묘지에 갔었어."

나는 벽난로 앞쪽 발판에 쪼그려 앉아 울먹이면서 대답했다.

"교회 묘지?"

누나는 내 말을 되받아치고는 다시 소리쳤다.

17

"내가 없었다면 넌 벌써 귀신이 됐어도 골백번은 됐어. 알아? 말해 봐. 널 키운 게 누구지?"

"누나."

내가 흐느끼면서 대답했다.

"내가 너 같은 놈을 뭐하러 키워줬을까? 말해봐. 거기서 무슨 짓을 했는지? 어서!"

"몰라."

나는 훌쩍거리며 얼버무렸다.

누나는 어이없는 표정으로 넋두리를 늘어놓았다.

"이제 나도 모른다, 이놈아. 다시는 네놈을 돌봐주지 않을 거다. 정말이야! 네놈이 태어난 뒤로 이놈의 앞치마를 한 번도 벗어본 적이 없다. 대장장이 마누라 노릇도 지긋지긋한데, 네놈 어미 노릇까지 해야 한단 말이냐? 그나저나 그놈의 대장장이라는 작자 이름이 가저리라지, 아마!"

나는 우울한 심정으로 벽난로 불길을 바라보았다. 누나는 계속 떠들어댔지만, 아무 소리도 귀에 들어오지 않았다. 나는 다른 문제에 골몰해 있었다. 습지대에서 만난, 한쪽 다리에 족쇄를 차고 있던 의문의 남자, 그가 가져오라고 한 줄칼과 음식, 그리고 기꺼이 도둑질이라도 하겠다고 맹세한 일……. 나는 이글이글 타오르는 불길 속에서 왠지 어떤 무서운 복수심 같은 것을 느꼈다. 약속을 어기면 그 무시무시한 남자가 분명 나한테 복수할 것만 같았다.

"오호! 교회 묘지라! 당신들 그 말 참 잘도 지껄이네."

누나가 회초리를 제자리에 놓으면서 말했다.

말이 나왔으니 하는 말이지만, 조는 단 한 번도 교회 묘지를 언급한 적이 없다. 그런데도 누나는 매형을 공범 취급했다.

"당신들이 결국 니를 교회 묘지로 보내겠지. 그럼 머잖아 둘도 없는 단짝이 되겠군. 내가 없으면 아무것도 못하는 주제에!"

누나가 식사를 준비하고 있을 때, 조가 짐짓 자신의 다리 너머로 나를 내려다보았다. 조의 그런 행동은 누나가 말한 대로 우리 둘만 남게 되었을 때, 과연 우리가 어떤 팀이 될지 알 만하다는 느낌을 주었다. 조는 자신의 오른쪽 금발 곱슬머리와 구레나룻을 만지작거리며 조 부인을 유심히 바라보았다. 누나에게 공격받았을 때마다 하는 버릇이었다.

누나는 빵을 썰었다. 누나는 우리에게 나눠 줄 빵과 버터를 항상 일정한 크기로 잘랐다. 크기가 달라지는 경우는 한 번도 없었다. 조와 나는 누나가 빵과 씨름하는 모습을 말없이 지켜보았다. 누나는 먼저 빵 덩어리를 왼손으로 붙잡고 예의 장식이 있는 앞치마 가슴에 단단히 고정했다(앞서도 말했듯이 앞치마 장식에는 바늘과 갖가지 핀들이 꽂혀 있어서 그 바늘과 핀들이 종종 조와 내 입속으로 들어오곤 했다). 누나는 빵을 썰고 나서, 버터를 나이프에 조금 발라 마치 약사들이 고약을 바르듯 빵 위에 얇게 펴 발랐는데, 그 모습이 흡사 회반죽을 바르는 것 같았다. 그러고는 나이프 양면으로 날렵하게 버터를 빵 가장자리까지 최대한 펼쳐 바르고 나머지는 말끔히 긁어냈다. 이어서 빵 가장자리에 나이프를 한 번 훔치고, 빵 위로 나이프를 다시 한번 닦은 후, 빵을 아주 두껍게 톱질하듯 썰었다.

나는 몹시 배가 고팠지만, 도무지 빵을 먹을 수가 없었다. 그 무서운 남자와 그보다 더 무서운 젊은이에게 갖다 줄 빵을 챙겨야 했기 때문이다. 누나는 엄격할 정도로 알뜰한 살림꾼이었다. 부엌을 아무리 뒤져봐도 먹을 것이 남아 있지 않을 게 뻔했다. 나는 일단 내 몫의 빵을 바짓가랑이에 감춰놓을 작정이었다. 그러기 위해서는 엄청난 결단력이 필요했다. 마치 높은 집 꼭대기에서 뛰어내리거나 엄청 깊은 물속으로 곤두박질하는 것처럼 단단히 각오해야 했다. 게다가 조가 아무것도 모르고 있기 때문에 더욱 어려울 수밖에 없었다. 앞서 말했듯이 동병상련의 정과 돈독한 우정으로 뭉친 조와 나는 저녁 식사 때마다 각기 빵을 한입씩 베어 물고 남은 빵을 서로 비교해보는 버릇이 있었다. 상대의 빵을 보고 놀라움과 감탄의 눈빛을 주고받기도 했는데, 그러면 식욕이 더욱 자극되었다.

그날 밤에도 조는 금세 줄어든 빵을 몇 번이고 들어 보이며, 평소처럼 우호적인 경쟁을 벌이자는 신호를 보냈다. 그러나 나는 조의 제안을 받아들일 수 없었다. 나는 빵은 물론이고 찻잔에도 손을 대지 않았으니 말이다.

이윽고 나는 과감하게 행동하기로 마음먹었다. 다만 그럴듯하게 행동해야 했다. 조가 쳐다본 직후 나는 무릎 위에 올려둔 빵을 슬그머니 바짓가랑이 속으로 밀어 넣었다. 내가 입맛이 없다고 여겼는지 조의 얼굴에는 불편한 기색이 역력했다. 그는 빵을 한입 베어 물고는 자못 시무룩한 표정을 지었다. 그리고 평소보다 오래 오물거리면서 뭔가 곰곰이 생각하는 눈치였다.

잠시 후 조는 무슨 알약이라도 삼키듯 빵을 꿀꺽 삼켰다. 그리고 또 한입 베어 물려고 빵을 입에 대는 순간, 내 빵이 사라진 것을 보고 놀란 표정을 지었다. 그 표정이 너무나도 유난스러워 그만 누나에게 발각되고 말았다.

"뭐야?"

누나가 찻잔을 세게 내려놓으며 물었다.

"음, 저기, 그⋯⋯."

조가 나지막이 우물거리더니 나를 바라보며 꾸짖듯 고개를 저으며 말했다.

"핍, 이 친구야! 장난하면 못써. 목에 걸린다니까. 음식은 꼭꼭 씹어 먹어야지."

"뭐냐고?"

누나가 한층 더 앙칼지게 물었다.

"그냥 토해버리는 게 좋겠다, 핍."

조가 몹시 놀란 표정으로 말했다.

"식탁 예절도 예절이지만, 네 몸부터 생각해야지."

조의 말에 누나는 짜증이 머리 꼭대기까지 치솟았다. 누나는 급기야 조에게 달려들어 그의 양쪽 구레나룻을 움켜쥐고 머리를 뒷벽에 찧어댔다. 구석에 앉은 나는 죄인의 심정으로 그 광경을 지켜보았다.

"자, 무슨 일인지 말해, 어서. 도살장으로 끌려가는 돼지처럼 빤히 쳐다보지 말고!"

누나가 가쁜 숨을 몰아쉬며 소리쳤다. 조는 무기력한 얼굴로 누나를 바라보더니, 이어서 빵을 우물거리며 다시금 나를 쳐다보았다.

"핍."

조는 빵을 삼키고 자신 있는 목소리로 진지하게 말했다. 지금 여기 우리 둘밖에 없다는 듯 허물없는 밀투였다.

"너와 나는 언제나 친구야. 그리고 어떤 경우에도 너를 일러바치지 않을 거다. 하지만 이번에는 좀⋯⋯."

조는 의자를 옮기고 우리 둘 사이의 바닥 여기저기를 살펴보더니 다시 나를 쳐다보았다.

"그게 어떤 빵인데 씹지 않고 삼켜?"

"뭐? 이놈이 빵을 통째로 삼켰어?"

누나가 소리쳤다.

"이봐 친구, 알지?"

조는 여전히 입안 가득 빵을 우물거리며 누나는 쳐다보지도 않고 내게 말했다.

"나도 너처럼 어렸을 때는 빵을 꿀꺽꿀꺽 잘도 삼켰지. 다른 애들도 툭하면 그랬어. 하지만 그렇게 큰 걸 단번에 삼키는 건 정말 처음 본다, 핍. 그걸 삼키고도 죽지 않은 게 다행이야."

누나는 한달음에 달려와 내 머리카락을 움켜잡았다.

"어서 약부터 먹자!"

정말이지 죽기보다 싫은 말이었다. 당시 어떤 몹쓸 의사가 타르에 물을 탄 혼합물을 특효약이라고 떠들어댔는데, 누나는 그걸 항상 찬장에 구비해두었던 것이다. 누나는 그 불결한 약이, 그에 상응하는 어떤 특별한 효능이 있다고 굳게 믿고 있는 것 같았다. 말하자면 그 고약한 맛 때문에 오히려 효험이 있다고 생각하는 모양이었다. 더구나 누나는 내가 멀쩡할 때도 보약이라며 수시로 먹이곤 했다. 약을 먹으면 울타리를 새로 칠했을 때 나는 고약한 냄새를 풍기고 다녀야 했다.

누나는 나를 요모조모 살펴보더니 그 물약이 3백 밀리리터 필요하다는 진단을 내렸다. 누나는 장화 벗는 기구에 장화를 끼우듯이 자기 팔에 내 머리를 끼우고 목구멍 속으로 약물을 들이부었다. 조 역시 3백 밀리리터를 마시고 나서야 누나에게서 풀려났다. 조는 벽난로 앞에 앉아 한동안 빵을 우적우적 씹어대며 뒤틀린 속을 달랬다. 누나는 조가 빵을 먹다 탈이 났다고 했지만, 내가 보기에는 절대 그렇지 않았다. 약을 먹기 전까지 멀쩡했으니, 분명 그 약이 화근이었다.

어른이든 아이든 양심의 가책에 시달리는 것은 몹시 힘든 일이다. 아이의 경우 양심이라는 무거운 짐이 또 다른 짐이라고 할 수 있는 바짓가랑이 속의 빵과 충돌하면, 그것은 어린아이로서는 감당할 수 없는 크나큰 형벌이 되고 만다. 말하자면 당시 어린 나는 누나가 준 빵을 몰래 숨긴 것만으로도 엄청난 죄의식에 시달려야 했다. 나는 결코 조의 것을 훔친다고 생각하지는 않았다. 집 안의 모든 물건은 음식까지도 조의 것이라고 여긴 적이 한 번도 없었기 때문이다. 엄밀하게 말해 조 부인의 것을 훔쳤다고 해야 맞을 것이다. 따라서 나는 누나의 것을 훔쳤다는 죄의식을 느끼지 않을 수 없었다. 더구나 남몰래 주머니 속에 손을 찌른 채 빵을 계속 붙잡고 있을 때는 미치기 일보 직전이었다. 나는 앉아 있을 때나 서 있을 때나, 심지어 부엌 곳곳을 돌아다니며 심부름할 때도 빵과 씨름해야 했다.

습지대에서 불어온 바람에 벽난로 불길이 더욱 크게 타올랐다. 순간, 집 밖에서 누군가의 말소리가 들려오는 듯했다. 습지대에서 만난 그 남자의 목소리였다. 그 목소리가 내게 이렇게 말하는 것 같았다. '굶어 죽을 것 같아. 내일까지 못 기다리겠어. 지금 당장 먹을 것을 가져와!' 그런가 하면 두려움에 시달리기도 했다. '내일 음식을 갖다 주지 않으면 나는 꼼짝없이 그 무시무시한 젊은이한테 잡아먹힐 것이다. 족쇄를 찬 남자가 밀한 그 젊은이한테 말이다. 그런데 어쩌면 그 무서운 젊은이는 오늘 밤 내 심장과 간을 파먹으러 쳐들어올지도 모른다. 그 젊은이는 나를 못 잡아먹어서 안달인데, 성질이 급한 나머지 내일을 오늘로 착각할지도 모른다.' 공포로 정말 머리카락이 곤두설

수 있다면 내 머리카락이 그랬을 것이다.

그날은 크리스마스이브였다. 7시부터 8시까지 나는 다음 날 먹을 푸딩을 저었다. 여전히 바짓가랑이 속에 짐을 매단 채. 물론 쉬운 일이 아니었다. 빵이 수시로 바짓가랑이 사이로 빠져나오려 했기 때문이다. 운 좋게도 중간에 부엌을 빠져나올 수 있었던 나는 곧장 다락방으로 올라가 내 '양심의 일부'인 빵을 숨겨놓고, 다시 부엌으로 내려갔다.

나는 푸딩을 다 젓고, 잠자리에 들기 전 벽난로 구석에 앉아 마지막 남은 불씨의 온기를 쬐며 조와 이야기를 나누었다. 마침 멀리서 대포 소리가 들려왔다.

"저거 대포 소리 맞지?"

내가 조에게 물었다.

"맞아. 죄수가 또 도망친 모양이야."

"그게 무슨 말이야?"

조 부인은 조와 내가 이야기를 나눌 때면 언제나 자기 멋대로 해석하면서 조와 나의 대화를 끝장내곤 했는데, 이번에도 그녀는 어김없이 불쑥 끼어들었다.

"도망쳤어. 도망친 거라고, 이놈아."

조 부인은 마치 '타르 수용액'이라는 '그놈의 특효약'이 발하는 새카만 색깔만큼이나 또렷하게 딱 잘라 말했다.

조 부인이 바느질하는 동안, 나는 소리 나지 않게 입술만 움직여 조에게 물었다.

"죄수가 뭐야?"

조 역시 같은 방법으로 대답했다. 그러나 조가 나름 성의껏 대답했는데도, 나는 도무지 알아들을 수 없었다. 핍이라는 단어 빼고는.

내가 도통 알아듣지 못하자 조는 참다 못해 큰 소리로 설명했다.

"어젯밤에도 죄수 하나가 도망쳤어. 저녁에 대포 소리랑 경고 사격 소리도 났어. 그런데 지금 또 대포 소리가 난 걸 보면 또 도망친 거 같은데."

"누가 쏘는 건데?"

내가 묻자 누나가 더 이상 참지 못하고 끼어들었다. 그녀는 바느질하던 손을 멈추고 나를 노려보았다.

"지긋지긋한 놈 같으니라고! 그놈 참 말 많네. 뭘 그렇게 꼬치꼬치 캐물어? 더 묻지 마. 어차피 거짓말만 듣게 될 테니."

누나의 말대로라면 누나는 엄청난 거짓말쟁이라고 할 수 있었다. 더구나 그것은 상대는 물론 자신에게도 매우 무책임한 일이었다. 내 생각에는 그랬다. 내가 조에게 뭔가를 물어볼 때마다 번번이 누나가 대답했고, 그녀 자신이 말한 대로라면 언제나 거짓말이 되었기 때문이다.

그때 조가 입술만 움직여 뭔가 말하려고 무척 애썼는데, 나는 그게 무슨 말인지 몹시 궁금했다. 입 모양이 '화났다'고 말하는 것 같아서 나는 당연히 누나를 가리키며 입 모양으로 '누나?'라고 물었다. 그러나 조는 내 말을 전혀 알아듣지 못하고, 다시 입을 크게 벌려 단어 하나를 말하려는 것 같았다. 하지만 나는 도통 알아들을 수 없었다. 궁금증을 풀려면 나는 누나에게 물어볼 수밖에 없었다. 그래서 최대한 정중하게 누나에게 말을 걸었다.

"누나, 궁금한 게 있는데, 귀찮더라도 가르쳐줘. 저 대포 소리는 어디서 들려오는 거야?"

"하느님, 저 녀석에게 자비를 베푸소서!"

누나는 고함을 지르다시피 했는데, 자비는커녕 저주를 퍼붓는 것처럼 들렸다.

"감옥선에서 나는 소리라고!"

나는 조를 쳐다보며 소리쳤다.

"아하, 감옥선이구나, 조!"

조는 '내가 그렇다고 말했잖아'라고 원망하듯 헛기침을 한 번 했다.

"그런데 감옥선이 뭐야?"

내가 다시 물었다.

"저 녀석이 저렇다니까!"

누나는 바느질을 하다 말고 바늘 끝으로 찌를 듯이 나를 가리키더니 고개까지 흔들어대며 소리쳤다.

"저놈은 하나를 가르쳐주면 곧바로 12개를 물어보지. 감옥선은 죄수들을 태운 배야. '숨지대' 건너편에 있는 거."

누나가 말하는 숨지대란 다름 아닌 습지대였다(우리 마을에서는 습지대를 항상 숨지대라고 불렀다). 그러니까 누나의 말은, 죄수들을 태운 배를 감옥선이라고 하고, 그 배는 습지대 건너편에 있다는 것이었다.

"그럼 감옥선에는 누가 들어가? 그리고 왜 들어가는 거야?"

나는 그저 지나가는 말처럼 물었다.

내가 계속 묻자 누나는 더 이상 참지 못하고 벌떡 일어났다.

"뭐 이런 놈이 다 있어?"

누나는 심기가 불편한지 나를 나무랐다.

"별 쓸데없는 걸 꼬치꼬치 캐물어서 사람 귀찮게 해? 내가 그러라고 너를 키운 줄 알아? 그딴 식으로 계속 괴롭히는 건, 네놈을 손수 길러준 나를 모욕하는 짓이야. 그건 그렇고, 아무튼, 감옥선에 가는 건 죄를 지었기 때문이야. 사람을 죽이고, 도둑질하고, 가짜 돈을 만들고. 나쁜 짓들을 했으니까 감옥선에 들어가는 거지. 그런데 감옥선에 들어간 사람들이 어쩌다 나쁜 짓을 저지르게 되었는지 아냐? 바로 네놈처럼 꼬치꼬치 캐물어서 그런 거야. 이제 후딱 올라가서 잠이나 자, 이놈아!"

나는 누나의 명령대로 촛불 없이 어두컴컴한 계단을 따라 다락방으로 올라갔다. 머리가 따끔거렸다. 누나가 다락방으로 올라가라면서 탬버린을 연주하듯 골무 낀 손으로 내 머리를 두들겼기 때문이다. 그 계단을 올라가면서 나는 나 자신이 감옥선에 갈 가능성이 크고 거기에 갈 만한 사람이라고 생각했다. 두려움에 벌벌 떨면서 말이다. 나는 분명 그곳, 감옥선을 향해 가고 있었다. 이것저것 캐묻고 누나의 물건을 도둑질하려고 했으니.

아주 먼 과거의 일이지만, 그날 이후 나는 공포에 휩싸인 어린아이가 얼마나 많은 비밀을 안고 있는지 어른들은 알 수 없으리라고 생각했다. 설령 괜한 공포라 하더라도 어린아이에게는 엄연한 공포다. 나는 내 심장과 간을 파먹지 못해 안달이 난 그 무시무시한 젊은이가 두려워 벌벌 떨었고, 한쪽 다리에 족쇄를 찬 그 남자에게도 극심한 공포를 느꼈다. 누나는 누구보다 강한 사람이었지만 나를 혼내기만 했기에 누나에게 도움을 청할 수는 없었다. 그렇듯 나는 말 못할 공포에 사로잡혀 그 남자가 시키는 일이면 뭐든 다 할 작정이었다. 지금 생각해도 무서운 일이었다.

그날 밤 나는 잠을 이루지 못했다. 깜박 잠들었다가도 악몽에 시달리다 금세 깨어났다. 자다 깨다 하면서 계속 악몽을 꾸었다. 나는 거센 밀물에 떠밀려 감옥선을 향해 강을 떠내려갔고, 또 교수대 옆을 지나갈 때는 유령 같은 해적이 나타나 나에게 강가로 올라와 교수대에 목매달라고 확성기로 외치는 소리가 들렸다. 심지어 나는 자고 싶은데도 잠을 자기가 두려울 지경이었다. 그런 와중에도 날이 밝기 무섭게 도둑질을 해야 한다는 강박에 시달렸다. 밤중에는 도둑질을 할 수 없었다. 무엇보다 아무도 모르게 불을 밝힐 방법이 없었기 때문이다. 부싯돌에다 쇳조각을 힘차게 쳐야 하는데, 그랬다가는 해적들이 쇠사슬을 끄는 것만큼이나 요란한 소리가 날 게 뻔했다.

거대한 검은 '벨벳 장막' 같은 밤이 어느덧 회색빛으로 변했다. 다락방의 작은 창으로 희미한 빛이 새어 들었다. 마침내 날이 밝아왔던 것이다. 나는 자리에서 일어나 다락방을 내려갔다. 한 걸음씩 옮길 때마다 계단의 널빤지와 갈라진 틈새에서 이런 소리가 들려오는 것 같았다. '도둑놈아, 거기 서지 못할까! 조 부인, 어서 일어나시오!' 나는 살금살금 찬방으로 들어갔다. 크리스마스여서 평소보다 먹을 것이 많았다. 거꾸로 매달린 토끼를 보고 놀라 자빠질 뻔했다. 등을 반쯤 돌렸을 때 그 산토끼가 한쪽 눈을 찡긋한 것 같은 착각이 들기도 했다. 토끼의 눈을 다시 볼 여유도, 음식을 고를 여유도 없었다. 우선 빵부터 챙겼다. 치즈 조금 하고, 민스미트(파이 속에 넣는 재료로 말린 과일과 양념 등을 섞어 만든다.—옮긴이) 반병도 챙겼다. 그리고 이것들을 어젯밤에 챙겨놓은 빵과 함께 손수건에 쌌다. 미리 준비한 작은 병에 브랜디도 조금 담았다. 그리고 브랜디 술병에는 부엌 찬장에 있는 주전자 물을 적당히 채워놓았다. 살점이 얼마 없는 뼈다귀 하나와, 속이 꽉 찬 동그란 돼지고기 파이도 챙겼다. 하마터면 이 파이를 그냥 지나칠 뻔했다. 선반 구석에 큰 접시 하나가 있었는데, 뚜껑을 열어보니 동그랗고 예쁜 모양의 파이가 있었다. 나는 파이를 챙기면서 이렇게 중얼거렸다. "파이가 없어진 게 들통나면 안 되는데…… 이 파이가 내일 당장 식탁 위로 올라가면 안 되는데……."

부엌에는 대장간으로 이어지는 문이 있었다. 나는 자물쇠를 열고 빗장을 푼 다음, 조의 연장 통 속에서 줄칼 하나를 빼냈다. 그리고 자물쇠와 빗장을 원래대로 해놓고 대문을 열고(어젯밤 나는 이 문을 열고 집으로 들어왔다) 안개 자욱한 습지대로 달려갔다.

3

서리가 내려 무척이나 습습한 아침이었다. 다락방 작은 창문에도 서리가 들러붙어 하얀 얼룩이 생겼다. 얼룩은 흡사 악귀가 창밖에서 밤새 울부짖으며 흘려놓은 것 같았다. 집 근처 울타리와 마른 잔디, 그리고 나뭇가지와 잎사귀에도 마치 성긴 거미줄처럼 이슬방울들이 잔뜩 매달려 있었다. 철책들도, 출입문들도 모두 기분 나쁠 정도로 축 축했다. 습지대 안개가 너무 짙어서 우리 마을을 가리키는 손가락 모양의 나무 표지판이 보이지 않을 정도였다. '나무 손가락'을 밑에서 올려다보자 물방울들이 뚝뚝 떨어졌다. 물방울들을 보고 있으니 나무 손가락이 마치 양심의 가책에 시달리고 있는 나에게 어서 감옥선으로 가라고 손짓하는 것 같았다.

습지대를 나와 한층 더 짙은 안개 속으로 들어가자 내가 달려가는 게 아니라 세상이 나를 향해 달려오는 것 같았다. 양심의 가책으로 괴로워하고 있던 나는 더욱 기분이 안 좋았다. 출입문과 도랑, 강둑들이 짙은 안개를 헤치고 나에게 달려들면서 일제히 이렇게 외치는 것 같았다. '저기, 돼지고기 파이를 훔친 소년이 간다. 저 소년을 잡아라!' 마침 들판에 있던 소들이 허연 콧김을 내뿜으며 나를 쳐다보았다. 소들도 나에게 이렇게 말하는 듯했다. '꼬마 도둑놈, 어딜 가는 거냐?' 목덜미에 흰 반점이 있는 검은 소 한 마리가 나를 집요하게 쳐다보았다. 검은 소는 내 움직임을 따라 고개를 돌렸다. 심지어 소가 내 양심을 일깨우는 목사님 같았다. 급기야 나는 울먹이면서 소에게 말했다.

"나도 어쩔 수 없었어요. 나 혼자 먹으려고 훔친 게 아니라고요!"

검은 소는 머리를 숙이고 희뿌연 연기 같은 콧김을 내뿜으며 뒷다리를 차고는 꼬리를 한 번 휘젓더니 이내 안개 속으로 사라졌다.

나는 사력을 다해 강 쪽으로 뛰어갔다. 발이 시렸다. 남자의 한쪽 다리에 채워진 족쇄처럼 냉랭한 습기가 내 발에서도 떨어지지 않았다. 포병대가 있던 곳으로 가는 길은 똑똑히 기억하고 있었다. 일요일이면 조와 함께 그곳 아래까지 가보곤 했다. 조는 낡은 대포 위에 걸터앉아 이렇게 말했다. '네가 정식으로 내 도제가 되면 우리는 꽤 재밌을 거야.'

자욱한 안개 때문에 헷갈렸는지, 나는 그만 목적지에서 오른편으로 너무 많이 지나쳐버렸다. 조수 차이를 표시하는 말뚝과 진흙 너머 돌들이 널린 강둑 위쪽을 따라 강변으로 되돌아가야 했다. 가까스로 왔던 길을 되돌아와 도랑 하나를 건너고 나서야 비로소 목적지 가까이 이르렀다. 둔덕을 올라가자 그 남자가 보였다. 그는 내 쪽을 등지고 앉아 있었는데, 여전히 양팔로 몸통을 감싸 안은 채 깊은 잠에 빠져 고개를 끄덕거렸다. 구세주가 먹을 것을 가지고 전혀 예기치 못한

순간에 갑자기 나타나면 더더욱 기뻐할 거라는 생각이 들었다. 나는 살그머니 다가가 그의 어깨에 가만히 손을 얹었다. 순간 그가 벌떡 일어섰다. 그런데, 젠장, 어제 본 그 남자가 아니었다. 하지만 그 남자도 초라한 잿빛 죄수복에 족쇄를 차고 있었다. 목소리는 잔뜩 쉰 채 추위에 바들바들 떨고 있었다. 얼굴만 다를 뿐 어제 보았던 그 남자와 너무나 비슷한 행색이었다. 다른 것이 하나 있다면 넓은 챙에 춤이 낮은 펠트 모자를 쓰고 있다는 점이었다.

그 모든 것을 본 것은 한순간이었고, 모든 일이 순식간에 벌어졌다. 그가 욕설을 퍼부으면서 나에게 주먹을 날렸다. 하지만 그의 주먹은 빗나갔다. 그는 주먹을 휘두르다 돌부리에 발이 걸려 비틀거리면서 자빠지고 말았다. 그는 일어나자마자 도망치듯 안개 속으로 달려갔다. 그 역시 절뚝거렸다. 그는 두 번이나 돌부리에 발이 걸려 넘어졌다 일어나더니 안개 속으로 완전히 사라졌다. '그 무시무시한 젊은이인가?' 순간적으로 이런 의심이 들자 갑자기 심장이 찌릿찌릿했다. 그때 간이 몸속 어디에 있는지 알았다면, 분명 거기에도 똑같은 통증을 느꼈을 것이다.

나는 곧 목적지에 다다랐고, 이번에는 그 남자가 틀림없었다. 그는 역시나 두 팔로 몸뚱이를 감싼 채 나를 기다리고 있었다. 밤새도록 그러고 있었으리라! 계속 추위에 떨고 있던 남자는 나를 보자 그 자리에 쓰러졌다. 남자가 다시 몸을 일으키자 나는 곧바로 줄칼을 건넸다. 그는 줄칼을 받아 바닥에 내려놓았다. 어제보다 더 굶주려 보였다. 먹을 것이 담긴 보따리를 보지 못했다면, 아마도 그는 줄칼이라도 먹어치웠으리라. 물론 그는 어제처럼 나를 거꾸로 세워놓지 않았다. 내가 보따리를 풀고, 호주머니를 말끔히 비울 때까지 그는 가만히 지켜보기만 했다.

"병에 든 건 뭐지?"

그가 물었다.

"브랜디예요, 아저씨."

내가 부드럽게 대답했다.

그의 손이 가장 먼저 닿은 것은 민스미트였다. 음식을 먹는 그의 모습은 난생처음 보는 흥미로운 광경이었다. 먹는다기보다 마구 집어넣는 것과 다름없었다. 하지만 술을 마실 때는 언제 그랬냐는 듯 여유롭게 조금씩 홀짝거렸다.

그는 음식을 먹는 내내 온몸을 격렬하게 떨었다. 어찌나 심하게 떨던지 술병에 이가 딱딱 부딪칠 정도였다. 술병이 멀쩡한 게 다행이라고 느낄 정도였다.

"오한이 심하신 것 같아요, 아저씨."

"그런 거 같다, 꼬마야."

"여기는 공기가 안 좋아요. 습지대에서 누워 있으면 큰일 나요. 온몸이 덜덜 떨리거든요. 여기서 자다가 류머티즘인가 뭔가 걸린 사람도 있대요."

"그래? 그럼, 죽기 전에 원 없이 먹기라도 해야겠다. 배불리 먹고 나면, 저기 교수대에 목매달려도 여한이 없겠구나. 우선 먹어야겠다. 먹고 나면 추위도 가실 거다. 내가 장담하마."

남자는 민스미트, 살점이 아주 조금 붙은 뼈다귀, 빵, 치즈, 돼지고기 파이를 게걸스럽게 먹어치웠다. 그렇게 먹는 동안에도 주변과 안개 속을 수시로 살폈고, 중간 중간 씹기를 멈추고 귀를 쫑긋 세우곤 했다. 그때 갑자기 무슨 소리가 났다. 하지만 무슨 소리인지 알 수 없었다. 환청인지 강에서 나는 소리인지, 혹은 습지대에 사는 짐승들의 숨소리인지 정체 모를 소리들이 들려왔다. 남자는 무척이나 놀라고 당황스러워했다.

남자가 갑자기 나를 쏘아보며 물었다.

"설마, 날 엿 먹이려고 님프(요정—옮긴이)랑 같이 온 건 아니지? 정말 혼자 온 거 맞지?"

"맹세코 혼자 왔어요. 아무도 안 데려왔어요, 아저씨!"

"네 뒤를 몰래 따라붙은 사람도 없었니?"

"절대 없었어요!"

"그럼 됐어!"

그는 조금 안심하는 눈치였다. 그러나 다시금 나를 쏘아보면서 말했다.

"나처럼 불쌍한 사람을 속인다면, 그건 정말 비열한 사냥개 새끼야! 넌 비열한 사냥개가 아니겠지? 그래, 좋다. 널 믿으마."

그의 목에서 '짤깍' 소리가 났다. 마치 그의 목에 시계 같은 것이 달려 있어 시간을 알리는 종이 울릴 것 같았다. 그는 너덜너덜한 소매로 두 눈을 문질렀다. 그는 어느덧 안정을 되찾았고, 그 모습을 보자 그에게 연민마저 느껴졌다.

"맛있게 드시는 걸 보니 저도 기뻐요, 아저씨."

"뭐라고?"

"아저씨가 맛있게 드시니 저도 기분 좋다고요."

"고맙구나, 꼬마야. 정말 고맙다."

집에서 키우는 덩치 큰 개가 밥 먹는 모습을 유심히 살펴본 적이 있는데, 지금 보니 이 남자가 밥 먹는 모습이 딱 우리 집 개를 닮았다.

우리 집 개처럼 이 남자도 마치 발작을 일으키듯 날카로운 이로 먹을 것을 격렬하게 물어뜯었다. 음식을 덥석 물고 순식간에 삼켜버리고는, 갑자기 누군가 튀어나와 먹을 것을 빼앗을까 봐 불안한 눈으로 주위를 두리번거렸다. 그렇게 먹어서야 맛을 느낄 턱이 없었다. 이렇게 먹는 사람은 다른 사람, 그것도 자기 집에 누군가를 초대해 함께 식사를 할 때도 여지없이 그럴 것이다.

잠시 침묵이 흐른 후, 나는 실례되지는 않을까 헤아린 뒤 더듬거리며 말했다.

"그 사람 먹을 건 하나도 안 남기시네요. 그 사람 어떡해요?"

그리고 이렇게 덧붙였다.

"먹을 걸 더 가져올 수는 없어요."

더 이상 가져올 게 없는 건 사실이었다.

"그 사람 먹을 거라니? 누구?"

그가 파이 껍질을 우적우적 씹다 말고 물었다.

"그 젊은이요. 아저씨가 얘기했던 젊은 사람 말이에요. 아저씨랑 같이 숨어 있다던."

"아하! 그놈? 그래, 나랑 같이 숨어 있었지. 하지만 그놈한테는 먹을 것이 필요 없어."

남자가 거친 웃음소리를 내며 대답했다.

"필요해 보이던데요."

남자는 음식을 먹다 말고 적잖이 놀란 표정으로 나를 쏘아보았다.

"보이다니? 진짜 봤단 말이냐?"

"네, 방금 전에요."

"어디서?"

"저기요. 저기서 졸고 있던데요. 처음에 아저씨인 줄 알았어요."

나는 손가락으로 가리키며 말했다.

남자가 느닷없이 내 멱살을 움켜잡더니 나를 뚫어지게 쳐다보았다. 그 순간 어제 남자가 나를 처음 보았을 때 했던 말이 떠올랐다. '네놈 모가지를 분질러버리겠다!' 나는 또다시 두려움에 사로잡혀 더듬거리며 말했다.

"아저씨랑 똑같은 옷을 입고 있었어요. 그런데 모자를 쓰고 있었어요. 그리고…… 그리고……."

나는 조바심을 내면서 조심스럽게 덧붙였다.

"아저씨처럼 줄칼이 필요해 보였어요. 그런데 어젯밤 대포 소리 못 들으셨어요?"

"그게 진짜 대포 소리였군."

그가 나지막이 중얼거렸다.

"대포 소리를 못 들으셨다니 놀라워요. 우리 집은 여기서 더 멀어요. 그런데도 우리 집까지 들렸어요. 문도 다 잠가놨는데도 똑똑히 들렸는걸요."

"꼬마야, 이놈의 습지대에 홀로 남겨진 놈한테는 말이다, 그것도 머리 나쁘고 잔뜩 굶주린 놈, 이렇게 지랄 같은 추위와 불안에 벌벌 떠는 놈한테 밤새 들리는 소리라고는 대포 소리요, 군인들이 뒤쫓는 소리란다. 소리뿐이냐? 그놈의 눈에 보이는 거라고는 빨간 코트를 입고 횃불을 밝히며 곳곳을 수색하는 군인들이지. 그놈의 귀에는 이런 소리밖에 안 들려. 죄수 번호를 부르는 소리, 꼼짝 마 하고 외치는 소리, 장총이 덜그럭거리는 소리, 그리고 소대장이 이렇게 명령하는 소리. '사격 준비! 저놈이 꼼짝 못하게 총을 겨눠라!' 그러고는 바로 붙잡히는 거지. 그러면 끝이야, 제기랄! 내가 어젯밤에 본 추격대만 해도 백 개 부대는 됐어. 군인들이 겹겹이 떼 지어 가더군. 그리고 또 그 대포 소리는 어떻고! 오늘 아침에도 대포 소리에 안개가 흔들린다고 생각할 정도였으니까. 그런데 그놈 말이다."

그때까지 그는 내가 거기 없는 듯 말했다.

"그놈을 보았을 때 뭐 눈에 띈 거 없었냐?"

"있었어요. 얼굴에 검은 멍 자국이 있던데요."

나는 까맣게 잊고 있던 것까지 기억해내며 말했다.

"여기에?"

그가 자신의 왼쪽 뺨을 찰싹 때리며 물었다.

"맞아요. 거기요."

"그놈이 어디 있었지?"

그는 조금 남은 음식을 품속에 집어넣으며 물었다.

"놈이 어느 쪽으로 갔는지 말해. 사냥개처럼 쫓아가서 박살을 내줄 테니. 그건 그렇고 이 망할 놈의 쇳덩이부터…… 이놈의 쇳덩이 때문에 상처가 났어. 제기랄! 그 줄칼 좀 다오, 꼬마야."

나는 낯선 남자가 사라진 안개 속을 손가락으로 가리켰다. 그러나 나의 친구는 내가 가리킨 쪽을 잠깐 보고는 곧바로 줄칼을 집어 들었다. 그는 흠뻑 젖은 풀밭 위에 주저앉아 흡사 미친 사람처럼 줄칼로 쇠사슬을 갈기 시작했다. 나는 안중에도 없었다. 오직 쇠사슬을 자르는 데 몰두했다. 족쇄가 채워진 다리는 피로 얼룩져 있었는데, 그는 아무 통증도 못 느끼는 듯 자기 다리를 고기 다루듯 했다.

미친 듯이 쇠사슬을 자르는 그의 모습에 나는 다시 두려움을 느꼈다. 게다가 집에서 너무 멀리 온 것도 불안했다. 이윽고 나는 조심스럽게 말했다.

"저, 이제 가도 되나요?"

그러나 그는 자기 일에 빠져 내 말이 귀에 들어오지 않는 모양이었다. 그래서 나는 몰래 빠져나가야겠다고 생각했다. 최대한 빨리 도망쳐야 하리라. 나는 슬그머니 그에게서 몇 걸음 벗어났다. 다행히 들키지 않아 용기를 내어 다시 살금살금 걸음을 옮겼다. 어느덧 사정거리에서 벗어난 듯싶었고, 이제 냅다 달리기만 하면 도망칠 수 있을 것 같았다.

잠시 후 뒤돌아보았을 때, 그는 여전히 한쪽 다리에 몰두하고 있었다. 나라는 존재는 어느새 까맣게 잊은 모양이었다. 그에게서 제법 멀찌감치 벗어나 안개 속에서 마지막으로 뒤돌아보았을 때도 그는 저주의 말을 퍼부으며 쇠사슬을 자르느라 여념이 없었다.

4

나는 집에 돌아가면 당연히 경찰이 기다리고 있을 줄 알았다. 그런데 경찰은 하나도 없었다. 도둑질이 아직 들통나지 않은 모양이었다. 조 부인은 크리스마스를 맞아 집을 청소하느라 부산스러웠다. 조는 누나의 쓰레받기에 걸리는 것을 피하려고 부엌 밖 계단에 나와 있었다. 누나가 집 안 곳곳을 청소할 때 쓰레받기에 걸리는 것은 언제나 조였다.

"이놈아, 어딜 쏘다니다 이제 오는 거야?"

조 부인이 내게 건넨 크리스마스 인사인 셈이었다. 그때까지 죄책감에 시달리고 있던 나는 캐럴을 들으러 갔다 왔다고 얼버무렸다.

"다행이네. 네놈이 더 못된 짓도 할 수 있었을 텐데 말이야."

나는 내심 누나의 말이 백번 옳다고 생각했다.

"내가 대장장이 마누라만 아니었어도, 그리고 이놈의 노예살이 같은 앞치마만 아니었어도 나도 캐럴을 들으러 갔을 거다. 나도 캐럴을 아주 좋아해. 그래서 나는 캐럴을 절대 안 들어."

누나가 말했다.

쓰레받기가 치워지자 우리는 부엌으로 들어갔다. 누나가 쩌려보자 조는 누나를 진정시키려는 듯 손등으로 코를 쓱 문질렀다. 그리고 누나가 눈길을 거두자 나를 향해 집게손가락 2개로 십자 모양을 만들어 보였다. 누나가 저기압이라는 표시였다. 누나는 거의 매일 골이 나 있었다. 그래서 조와 나는 십자군 기사 조각상의 두 다리처럼 거의 매일 손가락으로 십자 모양을 만들어야 했다.

그날은 모처럼 풍성한 저녁 식사가 우리를 기다리고 있었다. 절인 돼지 다리 한 짝, 갖가지 샐러드, 속을 꽉 채워 구운 칠면조와 오리 고기가 식탁에 오를 예정이었다. 다행히 저녁 식탁에 오를 민스파이는 어제 아침에 만들어놓은 것이었다. 그래서 민스미트가 사라진 것이 아직 발각되지 않은 게 분명했다. 푸딩은 벌써 팔팔 끓고 있었다. 이렇게 거창한 저녁 준비를 하느라 아침은 대충 때워야 했다.

조 부인이 우리에게 말했다.

"오늘은 할 일이 엄청 많아. 왕창 먹고 흥청망청 놀다가 설거지할 시간이 어디 있어? 안 그래?"

조와 나는 평소처럼 빵으로 배를 채워야 했다. 우리 신세는 빵 몇 조각으로 주린 배를 채우고 계속 강행군을 해야 하는 수천 명의 군인들과 다를 바 없었다. 그런데도 우리는 황송한 표정까지 지으며 찬장에 놓인 주전자에서 우유와 물을 잔뜩 따라 마셨다. 우리가 이러는 동안, 조 부인은 하얀 커튼을 새로 달고, 넓적한 벽난로의 꽃무늬 헌 주름 장식을 떼고 새 장식을 압정으로 고정했다. 그리고 복도 맞은편 거실의 덮개를 벗겨냈다. 거실 덮개는 벗겨낸 적이 없었다. 은종이는 차가운 실안개처럼 1년 내내 그곳을 뒤덮고 있었다. 심지어 벽난로 선반 위의 작고 하얀 도자기 푸들 네 마리도 은종이에 뒤덮여 있었다. 한결같이 까만 코를 가진 네 마리 개들은 한 쌍씩 서로 마주 보며 꽃바구니를 하나씩 물고 있었다.

조 부인은 정말 깔끔한 주부였다. 하지만 그녀는 청결함을 불결함보다 더 못마땅하게 만드는 묘한 재주가 있었다. 청결은 신앙심만큼 중요하다. 그래서일까? 어떤 사람들은 자기만의 중요한 무엇 때문에 조 부인처럼 행동한다. 크리스마스에 누나는 할 일이 너무 많아서 조와 내가 대신 교회에 가야 했다. 조는 작업복을 입고 일할 때는 정말이지 다부지고 건장한 대장장이였지만, 외출복으로 갈아입으면 아무리 좋은 옷을 챙겨 입어도 볼품없었다. 조는 어떤 옷을 입어도 어울리지 않았고, 어찌어찌 어렵게 차려입어도 남의 옷을 빌려 입은 것 같았다.

그날도 교회 종소리가 울려 퍼질 때 방을 나온 조의 복장은 보는 사람이 민망할 정도로 크리스마스 분위기와는 영 딴판이었다. 마치 고해성사를 할 때 입으면 안성맞춤일 것 같은 옷차림이었던 것이다. 정말 비참할 정도였다. 나로 말할 것 같으면, 누나는 처음부터 어렴풋이나마 나를 범죄자로 간주했던 것 같았다. 조금 엉뚱한 비유이지만 경찰이자 산부인과 의사인 누군가가 배 속에서 나오는 나를 받아내서 곧바로 체포해 누나에게 넘겨준 것은 아닐까? 더구나 그 사람은 나를 넘겨주면서 이렇게 신신당부했는지도 모른다. '이 아이는 준엄한 법을 어겼으니 엄중히 다루어야 한다!' 그래서 나는 누나에게 항상 부당한 대우를 받아야 했는지도 모른다. 다시 한번 비유하자면 누나에게 나는 이런 존재이기도 한 것 같았다. 이성과 종교, 도덕적 책무 따위에 저항하기 위해 태어난 존재, 그리고 주변 사람들의 강력한 만류를 뿌리치고 억지로 태어난 존재. 누나에게 나는 그런 존재일 것이다. 심지어 누나는 나를 데리고 양복점에 갔을 때 내 옷을 소년원 제복처럼 만들어달라고 요구한 적도 있다. 손과 발을 맘대로 쓸 수 없게 주문했던 것이다.

이런 사연 때문에 동정심 많은 사람들의 눈에는 교회로 가는 조와 내 모습이 매우 측은하게 보였을 것이다. 하지만 겉으로 보이는 고통은 내면의 고통에 비한다면 그야말로 아무것도 아니었다. 집에서 조 부인이 찬방에 다가갈 때나 부엌을 나갈 때마다 나를 엄습하던 공포는 내가 저지른 크나큰 잘못에 따른 양심의 가책이라는 가장 큰 고통에 견줄 만큼 어마어마한 것이었다. 이렇듯 은밀하고도 사악한 무게에 짓눌려 있던 내가 교회에 가서 내 비밀을 고백한다면 교회는 과연 그 무시무시한 남자에게서 나를 보호해줄 수 있을까? 목사님이 결혼을 알리는 글을 읽고 '그대들은 성혼 선서를 하시오!'라고 말할 때 나는 벌떡 일어나 '제의실에서 고백할 것이 있습니다'라고 말하는 상상을 하기도 했다. 그날이 크리스마스나 일요일만 아니었다면, 나는 정말 그런 극단적인 수단을 써서 우리 교구의 신도들을 경악하게 만들었을 것이다.

우리 가족이 점심 식사에 초대한 사람은 교회 서기 웹슬 씨와 마차 수리공 허블 씨 내외, 그리고 자신의 이륜마차를 타고 올 예정인 펌블추크 씨(원래 조의 삼촌인데, 엉뚱하게도 조 부인이 자신의 삼촌으로 만들어버렸다)였다. 펌블추크 씨는 읍내에서 잡곡상을 하는 부유한 상인이었다. 점심 식사는 오후 1시 30분에 할 예정이었다. 조와 내가 집에 도착했을 때는 이미 식탁이 차려져 있었다. 조 부인은 깔끔한 옷으로 갈아입고 있었다. 평소와 달리 현관문도 활짝 열려 있었다. 모든 것이 완벽하게 준비되어 있었다. 게다가 음식이 없어졌다거나 도둑이 들었다는 소리도 없었다. 하지만 나는 마음을 놓을 수 없었다.

조금 뒤 손님들이 도착했다. 웝슬 씨는 로마인처럼 매부리코에 이마가 유독 빛나는 대머리였다. 그러나 목소리만큼은 중후한 매력이 있었는데, 그 자신도 거기에 대단한 자부심을 가지고 있었다. 주변 사람들은 웝슬 씨가 설교한다면 목사님보다 더 그럴듯할 거라고 했다. 웝슬 씨 자신도 '교회에서 자기 같은 사람도 설교할 수 있는 기회가 주어진다면, 자기도 얼마든지 유명한 목사가 되었을 것'이라고 떠벌리곤 했다. 하지만 웝슬 씨는 여전히 서기에 머물러 있었다. 그러나 그가 '아멘' 하고 외치면 사람들은 꼼짝 못할 정도로 놀라곤 했다. 또한 그가 시편을 낭송할 때는 일단 좌중을 한 번 훑어보았는데, 마치 이렇게 말하는 듯했다. '여러분은 방금 전 목사님의 낭송을 들으셨습니다. 그럼 이제 저의 낭송을 들으시고 평가해주시길 바랍니다.' 그러고는 언제나 구절 전체를 낭송했다.

나는 손님들이 올 때마다 현관문을 열어주었다. 평소에도 현관문을 사용하는 것처럼 보이기 위해서였다. 첫 번째로 웝슬 씨에게 문을 열어주었고, 두 번째로 허블 씨 부부에게 열어주었다. 그리고 세 번째로는 마지막 손님인 펌블추크 씨에게 문을 열어주었다(나는 아직 그를 삼촌이라고 부를 수 없었다. 삼촌이라고 부르면 누나한테 단단히 혼날 것이다).

"조 부인."

펌블추크 씨가 물고기처럼 생긴 입으로 맨 먼저 누나에게 인사했다. 펌블추크 씨는 몸집이 비교적 컸지만, 말할 때마다 숨을 헐떡거렸고, 시력도 좋지 않아 뭔가를 응시할 때는 눈을 게슴츠레하게 떴다. 또한 모래 빛깔의 머리카락들은 곤추서 있었다. 그래서 그는 마치 숨이 막혀 죽기 직전에 되살아난 사람처럼 보였다.

"크리스마스 선물로 이걸 갖고 왔지요. 셰리주 한 병이랑 포트와인 한 병."

펌블추크 씨는 매년 크리스마스마다 늘 처음 오는 사람처럼, 똑같은 인사말을 건네며 아령처럼 병 2개를 들고 나타났다. 누나의 대답 역시 매번 똑같았다.

"오! 펌, 블, 추, 크 삼촌! 이렇게 친절하실 수가!"

그러면 펌블추크 씨도 매번 이런 식으로 응수했다.

"다 부인 덕분이죠. 모두 건강하신지? 그나저나 그 '쓰다 남은 6페니짜리 동전도 잘 지내는지요?"

6페니짜리 동전은 나를 두고 하는 말이었다.

그날 우리는 부엌에서 식사를 하고, 거실로 자리를 옮겨 견과류, 오렌지, 사과 등의 후식을 먹었다. 거실은 조가 작업복을 벗고 주일 외출복으로 갈아입은 것처럼 바뀌어 있었다.

누나는 그날따라 아주 상냥했다. 특히 허블 부인하고 같이 있으면 더욱 그랬다. 내 기억에 따르면 몸집이 아담하고 곱슬머리에 성격이 예민한 허블 부인은 그날 하늘색 옷을 입고 있었다. 그녀는 항상 소녀처럼 굴었는데, 아마도 남편보다 나이가 한참 어려서 그런 것 같았다. 허블 씨는 체격이 건장하고 치켜 올라간 어깨에 허리가 구부정한 노인이었다. 그에게서는 항상 톱밥 냄새가 났다. 그는 두 다리를 유난히 크게 벌리고 있었는데, 키 작은 내가 길에서 그와 마주치면 두 다리 사이로 수 킬로미터 앞까지 내다볼 수 있을 정도였다.

이런 훌륭한 손님들과 함께 있으면 나는 으레 마음이 괴로웠다. 설령 먹을 것을 훔치지 않았더라도 그랬을 것이다. 어쨌거나 나는 손님들 틈에서 이래저래 마음이 편치 않았다. 식탁보가 뾰족하게 꺾인 모서리에 끼어 앉아 있었기 때문은 아니었다. 식탁 모서리가 가슴에 닿고, 펌블추크 씨의 팔꿈치가 눈을 찔렀기 때문도 아니었다. 그리고 내게 입을 열 기회조차 주지 않았기 때문도 아니었다(사실 아무 말도 하고 싶지 않았다). 그리고 또 껍질이 그대로 남아 있는 칠면조 다리 끝부분이나 돼지가 살아 있을 때 부끄럽게 여겼을지도 모를 부위를 먹어야 했기 때문도 아니었다. 이런 것들은 아무래도 상관없었다. 그들이 나를 그냥 놔두기만 했다면 말이다. 하지만 그들은 나를 가만히 내버려두지 않았다. 그들은 말끝마다 내 마음을 쿡쿡 찔러대기 일쑤였다. 그들에게 나는 마치 투우장에 갇힌 불운한 어린 소와도 같았다. 그래서 나는 그들이 휘두르는 작대기에 온몸을 내맡겨야 했다.

그들의 공격은 점심을 먹으려고 식탁에 앉자마자 시작되었다. 먼저 웝슬 씨가 과장된 말투로 기도를 올리고(아마도 그 기도는 〈햄릿〉과 〈리처드 3세〉에 나오는 대사들을 적당히 섞어서 종교적인 의미를 부여한 것이리라), 열렬하고 엄숙하게 하느님께 진심으로 감사드린다는 말로 끝맺었다. 그때 누나가 나를 쏘아보며 꾸짖는 투로 말했다.

"저 말씀 들었지? 매사 감사해야 한다."

"특히 너를 손수 키워준 분들의 은혜를 알아야 해."

펌블추크 씨가 끼어들었다.

허블 부인은 고개를 가로저으며 안쓰럽다는 표정으로 나를 쳐다보았다. 그 표정은 마치 앞으로 내 인생이 뻔하다고 말하는 것 같았다.

"왜 저 아이는 감사할 줄 모르는 걸까요?"

이 물음은 모두에게 너무나도 풀기 힘든 도덕 선생님의 질문과도 같았다. 그러나 허블 씨가 간단하게 답을 내놓았다.

"그건 천성이 못돼먹어서 그런 거지요."

"맞아요!"

모두 이구동성으로 동감을 표했다. 그러고는 못마땅하다는 듯이 일제히 나를 쏘아보았다.

조는 아무도 없을 때보다 지금처럼 손님들과 함께 있을 때 더욱 무기력해 보였다(더 무기력할 때가 있다면 말이다). 그러나 조는 항상 나의 유일한 우군이었고, 나름대로 나를 위로해주려고 무진 애썼다. 고기 국물이 조금이라도 남아 있으면 조는 나한테 그 국물을 덜어주곤 했다. 그날은 고기 국물이 넉넉했는데, 다른 사람들이 나를 공격할 때 조가 내 접시에 고기 국물을 듬뿍 담아주었다.

식사 도중 웝슬 씨가 그날 아침에 있었던 목사님의 설교를 마구 헐뜯기 시작했다. 교회가 개방되어 있다면 오늘 같은 날 자기가 어떤 설교를 할지도 넌지시 덧붙였다. 그는 또 자기가 설교하고 싶은 내용을 말해 모두의 동감을 이끌어낸 뒤, 그날의 설교 주제가 잘못 선정되었다고 결론 지었다.

"요즘 설교할 만한 주제가 얼마나 넘칩니까? 그런 점에서 변명의 여지가 없어요."

"지당하신 말씀입니다! 진정으로 설교를 잘하는 사람에게는 설교 주제가 사방에 넘쳐나죠."

펌블추크 씨가 맞장구쳤다. 그러고는 좌중의 눈치를 한 번 살피더니 말을 이었다.

"이 돼지고기를 가지고도 주제를 찾아낼 수 있습니다. 여기 이 돼지고기를 한번 보십시오!"

"지당하신 말씀입니다. 거기서도 성서의 말씀과 교훈을 얼마든지 찾아낼 수 있지요. 아이들을 위한 수많은 교훈을 말이에요."

웝슬 씨가 나를 걸고넘어지리라는 것을 일찌감치 예상하고 있었다.

"너, 똑똑히 들어!"

누나가 자못 심각한 표정을 지으며 내게 말했다. 조는 내 접시에 고기 국물을 조금 더 담아주었다.

"돼지는……."

웝슬 씨는 당혹감과 수치심으로 얼굴이 빨개진 나를 포크로 가리키며 말을 이었다. 돼지가 마치 나의 세례명이라도 되는 것처럼 말이다.

"돼지는 쾌락을 일삼는 놈입니다. 탐욕 그 자체죠. 이런 돼지야말로 어린아이들에게 더없이 좋은 본보기입니다."

나는 웝슬 씨의 이 말이 되레 본인에게 더 잘 어울린다고 생각했다. 방금 전까지만 해도 그는 돼지고기가 살이 많고 육즙도 풍부하다며 먹어대지 않았던가. 그가 계속했다.

"소년에게 돼지와도 같은 구석이 있다면, 그건 돼지보다 더 흉할 겁니다."

"소녀도 마찬가지죠."

허블 씨가 끼어들었다.

"당연하지요, 허블 씨. 하지만 지금 여기에는 소녀가 없지요."

웝슬 씨는 조금 신경질적으로 맞장구를 쳤다.

그때 펌블추크 씨가 갑자기 나를 돌아보며 말했다.

"네가 고마워해야 할 게 뭔지 잘 생각해봐라. 네가 꿀꿀거리는 걸로 태어났다면 어땠을까?"

"저놈은 꿀꿀거리는 걸로 태어날 뻔했다니까요."

누나가 큰 소리로 끼어들었다.

조는 아무 말 없이 다시 내게 고기 국물을 떠 주었다.

"음, 지금 말하는 건 네발 달린…… 그러니까 네가 돼지 새끼로 태어났다면 넌 지금쯤 어떻게 하고 있겠냐는 거다."

펌블추크 씨가 말했다. 그러자 웝슬 씨가 접시에 담긴 돼지고기를 보고 고개를 끄덕이며 말했다.

"저런 모습이 아니었다면……."

펌블추크 씨는 자기 말을 끊자 이의를 제기하며 말했다.

"그러나 저런 모습을 말하려는 게 아닙니다. 내가 말하고자 했던 건 이런 거지요. 웃어른들과 지금처럼 즐거운 시간을 가질 수 없다는 것, 웃어른들과 대화함으로써 스스로를 개선할 수 없다는 것. 그러니까 지금쯤 돼지우리 바닥이나 뒹굴고 있을 거라는 거죠. 지금처럼 호사를 누릴 수가 있겠냐는 겁니다. 물론 그럴 수 없죠. 그렇다면 네 운명은 어떻게 됐을 거 같으냐?"

펌블추크 씨가 다시 나를 쳐다보며 물었다. 그러고는 내 대답을 듣지도 않고 덧붙였다.

"그랬다면 넌 시장 바닥에서 누군가에게 팔려 가 도살당했을 것이다. 푸줏간 주인이 너를 끌어다 우리 속에 처넣었을 것이다. 그리고 네 너석을 사정없이 두들겨 패고, 작업복 주머니에서 칼을 꺼내 너를 찔러 죽였겠지. 너를 손수 길러주는 사람도 없어. 그렇고말고!"

조가 고기 국물을 더 주려 했지만, 나는 두려워서 사양했다.

"저 애는 정말 골칫거리겠어요, 부인!"

허블 부인이 안쓰럽다는 표정으로 말했다.

"골칫거리요? 골칫거리라고 하셨나요?"

누나가 거듭 묻더니 지금까지 내가 앓았던 모든 질병들을 하나하나 나열했다. 그리고 고생한 일들을 끝도 없이 나열했다. 툭하면 누나를 잠 못 자게 괴롭혔다, 툭하면 위에서 떨어지거나 아래로 처박혔다, 툭하면 다치거나 생채기를 냈다, 정말이지 저놈이 죽기를 빈 적이 한두 번이 아니었다…….

고대 로마인들은 매부리코 때문에 자기들끼리 서로 치고받았을 것이 분명하리라. 어쩌면 그 코 때문에 참을성을 잃고 다른 나라를 침략했을지도 모른다. 누나가 내 행동을 나열하는 동안, 나는 웝슬 씨의 매부리코를 보고 몹시 짜증이 났다. 정말이지 그가 비명을 지를 만큼 그 코를 비틀어버리고 싶었다. 하지만 지금까지 가까스로 참아온 그런 불쾌감은 누나의 말이 끝난 직후 어른들이 분노와 증오의 눈빛으로 말없이 나를 쳐다보았을 때의 공포에 비하면 아무것도 아니었다.

"그런데 삶은 돼지고기가 살이 많네요. 안 그런가요?"

펌블추크 씨가 화제를 돌리면서 말했다.

"브랜디 좀 드세요, 삼촌."

누나가 펌블추크 씨에게 술을 권했다.

브랜디? 아, 기어이 올 것이 오고야 말았다! 이제 펌블추크 씨는 브랜디 맛이 밍밍하다는 것을 눈치챌 것이고, 그러면 나는 끝장날 것이다. 나는 식탁보 아래 식탁 다리를 두 손으로 부여잡은 채 운명의 순간을 기다렸다. 누나가 브랜디 술병을 가져와 펌블추크 씨에게 한 잔 따라주었다. 펌블추크 씨는 술잔을 불빛에 비춰보고 그대로 내려놓았다. 그래서 나의 괴로움은 더욱 길게 이어졌다. 그동안 누나와 조는 식탁을 재빨리 치우고, 파이와 푸딩을 가져왔다.

나는 펌블추크 씨에게서 잠시도 눈을 뗄 수 없었다. 두 손 두 발 모두 식탁 다리를 붙잡은 채 그의 일거수일투족을 지켜보았다. 그는 술잔을 만지작거리다가 미소 지으며 자기 잔을 들어 올려 브랜디를 단숨에 들이켰다. 그다음 모두 경악할 광경이 펼쳐졌다. 펌블추크 씨가 벌떡 일어나 발작적으로 기침을 해대며 빙글빙글 돌더니 문밖으로 달려갔다. 그러고는 앞으로 고꾸라져 격렬하게 토악질을 하더니 일순간 세상에서 가장 끔찍한 얼굴로 변했다. 그 모든 광경을 창문 너머로 똑똑히 볼 수 있었다. 누나와 조가 펌블추크 씨에게 달려가는 동안에도 나는 식탁 다리를 힘껏 붙잡고 있었다. 어떻게 해서 저런 일이 벌어졌는지는 알 수 없지만, 여하튼 범인이 나인 것은 확실했다. 사람들이 펌블추크 씨를 다시 데려왔을 때, 나는 그런 끔찍한 상황에서도 애써 마음을 추슬렀다. 펌블추크 씨는 뭔가 섭섭하다는 듯이 좌중을 한 번 훑어보고는 맥없이 자리에 주저앉아 헐떡거리며 한마디 내뱉었다.

"타르야!"

내가 브랜디 병에 부은 것은 물이 아니라 타르 용액이었던 것이다. 앞으로 그의 속이 더 안 좋아질 게 뻔했다. 나는 흡사 무당처럼 보이지 않는 손으로 식탁을 흔들었다.

"타르라고요? 어떻게 타르가 거기 들어갔죠?"

누나가 놀라서 소리쳤다. 하지만 펌블추크 씨는 다 소용없다는 듯이 손을 저어 누나의 말을 자르고 일단 독한 술과 물부터 찾았다. 누나는 수심 가득한 표정으로 진과 뜨거운 물, 설탕, 그리고 레몬 껍질을 섞어서 술을 만들었다. 나는 계속 식탁 다리에 매달려 있었다. 아주 잠시뿐일지도 모르지만, 일단은 죽음을 면한 것 같았다. 그나마 감사한 마음에 나는 식탁 다리를 더욱 힘껏 붙잡았다.

나도, 펌블추크 씨도 점차 안정을 되찾았다. 나는 식탁 다리에서 손을 떼고 그럭저럭 푸딩을 먹을 수 있었다. 펌블추크 씨와 다른 사람들도 푸딩을 먹었다. 펌블추크 씨는 독한 술과 물을 마신 덕에 적당히 취기가 올라 활짝 웃기까지 했다.

푸딩을 다 먹고 나서 누나가 조에게 말했다.

"깨끗한 접시를 가져와요. 차가운 접시로요."

그 순간 나는 다시 식탁 다리를 붙잡았다. 어린 시절의 동반자이자 영혼의 친구라도 되는 양 나는 식탁 다리에 가슴을 바짝 갖다 붙였다. 오늘 하루는 무사하기를 간구했지만, 잠시 후 참사가 벌어지리라는 것을 충분히 예견할 수 있었다.

"이걸 꼭 맛보셔야 해요. 펌블추크 삼촌의 정말 훌륭한 선물이랍니다."

누나가 아주 상냥하게 말했다.

꼭 맛보라고? 제발 그러지 않기를!

"바로 파이랍니다. 맛있는 돼지고기 파이요."

누나가 자리에서 일어나면서 말했다.

사람들이 저마다 찬사의 말을 늘어놓았다. 자신이 모든 사람들에게 칭찬받아 마땅하다는 듯 펌블추크 씨가 기세등등하게 말했다.

"조 부인, 그럼 우리 본격적으로 먹어볼까요? 그 작은 파이, 맛 좋은 돼지고기 파이를 먹어봅시다."

누나가 파이를 가지러 나갔다. 찬방으로 가는 누나의 발소리가 또렷하게 들렸다. 펌블추크 씨는 자기 나이프를 반듯하게 놓았고, 웝슬 씨는 다시 식욕이 솟구치는지 매부리코를 벌렁거렸다. 그런가 하면 허블 씨는 대뜸 이렇게 말했다.

"아무리 배불러도 파이 하나쯤은 거뜬히 먹을 수 있죠. 파이가 워낙 맛있고, 또 더 먹는다 해도 건강에 그리 나쁘지는 않을 테니."

"너도 조금 줄 거야, 핍."

조가 내게 말했지만, 나는 대답할 엄두도 내지 못했다. 다만 나는 두려움에 비명을 질렀다. 그런데 그 비명 소리가 입 밖으로 튀어나왔는지, 아니면 내 안에서 메아리쳤는지는 확실하지 않다. 어쨌든 나는 더 이상 그 자리에 있어서는 안 되었다. 1초라도 빨리 달아나야 할 판이었다. 나는 식탁 다리에서 손을 떼고 죽어라 달음질쳤다. 그러나 몇 걸음 못 가서 멈추고 말았다. 현관문 앞에서 소총을 든 군인들과 부딪혔기 때문이다. 군인 하나가 내게 수갑을 보이며 말했다.

"어이쿠, 이 녀석, 조심해야지."

5

현관문 앞에 무장한 군인들이 나타나고, 철커덕거리는 소총 소리까지 나자 식탁에 앉아 있던 사람들은 자리에서 벌떡 일어났다.

"세상에, 이게 무슨 일이람! 파이가 없어졌어!"

누나가 투덜거리며 찬방에서 나오다가 부엌에 있던 군인들과 나를 빤히 쳐다보았다. 이런 급작스러운 상황에서도 나는 제정신을 차리려고 부단히 애썼다. 조금 전 내게 말을 건 군인은 하사관이었다. 그는 오른손에 보란 듯이 수갑을 들고 왼손은 내 어깨에 올린 채 집 안에 있던 사람들을 둘러보았다.

"실례합니다, 여러분. 이 꼬마에게는 문 앞에서 이미 말했지만(실은 그는 아무 말도 하지 않았다), 우리는 지금 국왕 폐하의 명을 받들어 탈옥수를 추적하고 있는 중입니다. 지금 우리는 대장장이가 필요합니다."

"대장장이가 왜 필요하죠?"

누나가 퉁명스럽게 물었다.

"부인, 저로서는 훌륭하신 부인을 뵙게 되어 영광이라고 말씀드리고 싶지만, 지금은 국왕 폐하를 대신해서 말씀드릴 수밖에 없어서 유감이군요. 좀 심각한 일이 생겼습니다."

하사관의 재치 있는 말솜씨에 모두 호감을 느낀 눈치였다. 펌블추크 씨는 이렇게 외치기까지 했다.

"참으로 멋진 답변이십니다!"

하사관은 펌블추크 씨의 찬사를 뒤로하고 조에게 다가갔다.

"당신이 대장장이요?"

하사관은 조가 대장장이라는 것을 대번에 알아보았다.

"이놈의 수갑들이 말을 안 듣습니다. 자물쇠 한쪽이 잘못됐는지, 도통 잠기지를 않아요. 지금 당장 고쳐야 하는데, 손봐 주실 수 있겠습니까?"

조가 수갑을 척 보더니 대뜸 이렇게 대답했다.

"화덕에 불을 피워야 하니 2시간은 기다리셔야 합니다."

"좋소. 지금 바로 착수합시다, 대장장이 양반."

그리고 하사관은 이렇게 덧붙였다.

"이건 어디까지나 공무이므로 내 부하들이 얼마든지 거들어줄 수 있소."

하사관은 곧바로 부하들을 불렀다. 군인들이 우르르 들어왔다. 군인들은 무기를 한쪽에 반듯이 세워놓았다. 그러고는 빙 둘러서서 간간이 양손을 깍지 끼고, 무릎이나 어깨를 풀고, 허리띠와 탄대를 느슨하게 푸는가 하면, 또 어떤 때는 문을 열고 꼿꼿한 옷깃 위로 목을 빼고 마당에 침을 뱉기도 했다. 나는 그 모든 광경을 보고 있으면서도 그것을 인식하지 못했다. 머릿속이 걱정으로 가득 차 있었기 때문이다. 하지만 나한테 수갑을 채우려는 것이 아니고, 군인들도 파이에는 아무런 관심도 없어서 그제야 제정신을 조금 차렸다.

"지금 몇 시입니까?"

하사관이 펌블추크 씨에게 물었다. 하사관은 조금 전 자기에게 찬사를 보낸 펌블추크 씨가 얼마든지 친절을 베풀 것이라고 판단한 모양이었다.

"2시 30분 조금 지났습니다."

"그렇다면 괜찮군요."

하사관이 뭔가를 따져보고 말했다.

"아직 2시간쯤은 여유가 있어요. 여기서 습지대까지 얼마나 됩니까? 2킬로미터는 안 되겠지요? 내 추측입니다만."

"정확히 1.6킬로미터예요."

조 부인이 대답했다.

"그럼 됐군요. 완전히 어두워지기 전에만 도착하면 됩니다. 어쨌든 일이 잘 풀릴 것 같군요."

"죄수들 말인가요?"

웝슬 씨가 물어보나 마나 한 것을 물었다.

"두 놈입니다. 놈들이 아직 습지대에 있다는 보고를 받았습니다. 놈들은 해 지기 전에 절대 그곳을 벗어나지 않을 겁니다. 여러분 가운데 혹 수상한 자를 보신 분 없으십니까?"

탈옥수를 봤다고 하는 사람은 아무도 없었다.

"좋습니다! 놈들은 이제 곧 잡힐 겁니다. 아마 놈들도 너무 빨리 잡혀서 놀랄 겁니다. 대장장이 양반! 자, 이제 시작해볼까요? 우리 군인들도 준비되었습니다."

조는 넥타이를 풀고 상의와 조끼를 벗은 뒤 가죽 앞치마를 착용하고 대장간으로 들어갔다. 군인 하나가 대장간 나무 덧창을 열자 다른 하나가 화덕에 불을 지폈고, 또 다른 군인은 풀무질을 시작했다. 나머지는 풀무 주위로 빙 둘러섰다. 불꽃이 활활 타오르기 시작하자 조가 망치질을 했다. 계속되는 망치질에 탕탕거리는 소리가 길게 울려 퍼졌다. 모든 사람들이 조가 작업하는 모습을 말없이 지켜보았다.

사람들은 곧 펼쳐질 작전에 지대한 관심을 기울였다. 누나는 너그럽게 굴기까지 했다. 누나는 군인들에게 줄 맥주를 준비했고, 하사관한테는 손수 브랜디를 가져다주었다. 누나가 하사관에게 술잔을 내밀자 펌블추크 씨가 얼른 끼어들었다.

"그분께는 포도주를 드려야지요. 포도주에는 타르가 들어가지 않았을 테니까."

하사관은 펌블추크 씨에게 감사를 표하고 포도주를 한잔 마시고 싶다고 정중히 말했다(물론 자기도 타르가 들어 있지 않은 술이 더 좋다고 하면서). 하사관은 국왕 폐하의 건강을 기원하고 좌중들에게 크리스마스 인사말을 건넨 다음 포도주를 단숨에 들이켰다. 그러고는 입맛을 쩝쩝 다셨다.

"포도주 맛이 죽이지 않습니까? 네, 하사관님?"

펌블추크 씨가 하사관의 얼굴을 살피며 물었다.

"그렇잖아도 내 입에서 그 말이 나올 찰나였습니다."

하사관이 맞장구를 치며 덧붙였다.

"내가 한번 알아맞혀 볼까요? 이 포도주는 선생께서 가져오신 거죠?"

"오! 왜 그렇게 생각하십니까?"

펌블추크 씨가 능글맞은 웃음소리를 내며 물었다.

하사관이 펌블추크 씨 어깨를 손으로 탁 치며 대답했다.

"왜냐하면…… 선생께서는 뭔가 아는 분처럼 보여서……."

"그렇게 생각하십니까?"

펌블추크 씨가 계속 능글맞은 웃음소리를 내며 말했다.

"여기 하사관께 한 잔 더!"

"친구와 함께라면 얼마든지."

하사관은 흔쾌히 화답하고 이렇게 덧붙였다.

"내 술잔 머리와 선생 술잔 다리를, 선생 술잔 다리와 내 술잔 머리를! 쨍 건배 한 번, 쨍 또다시 건배 한 번! 이것이야말로 가장 아름다운 선율의 술잔 하모니 아니겠습니까? 자, 건배! 선생의 건강을 위해, 선생의 장수를 위해, 그리고 언제나 옳고 정확한 선생의 판단력을 위해!"

하사관은 두 번째 술잔도 단숨에 비웠다. 세 번째 술잔도 단번에 들이켤 기세였다.

펌블추크 씨는 하사관의 입에 발린 소리에 들떠 지금 하사관과 주거니 받거니 하는 포도주가 실은 우리 집에 선물로 가져온 것이라는 사실조차 까맣게 잊은 것 같았다. 이윽고 기분이 한껏 들뜬 그는 조 부인에게 술병을 빼앗다시피 해서 모든 사람들에게 일일이 포도주를 따라주며 잔뜩 생색을 냈다. 심지어 나도 조금 마셨다. 술병이 금세 바닥나자 그는 다른 병도 가져오라고 했다. 그는 잔뜩 들뜨고 우쭐한 나머지 두 번째 술병도 모든 사람들에게 직접 따라주었다.

사람들이 흥청망청 먹고 마시는 광경을 보면서 나는 이런 생각이 들었다.

'지금 습지대에 있는 도망자 친구는 더없이 좋은 안줏감이구나! 그런데 어쩌랴, 아직 흥에 겨운 술판은 반에 반도 끝나지 않았으니! 사람들은 벌써 도망자들을 잡은 것처럼 즐거워하고 있구나! 저기 풀무가 내뿜는 바람 소리가 도망자들을 향해 으르렁거리고 있구나! 활활 타오르는 화덕 불이 도망자들을 바싹 태우려 하는구나! 탕탕거리는 조의 망치질 소리도 도망자들을 바싹 뒤쫓고 있구나! 대장간 벽에 어른거리는 사람들의 검은 그림자마저 도망자들을 잔뜩 위협하고 있구나! 미친 듯이 타오르는 불꽃들이 솟구쳤다 그들을 위협하며 떨어지고 있구나!'

오후의 바깥 공기는 싸늘하고도 창백했다. 그날따라 그렇게 느낀 것은 불쌍한 도망자들 때문일 것이다. 당시 어린 내게 그들은 더없이 가여운 사람들이었다.

이윽고 조가 일을 끝냈다. 탕탕거리는 망치질 소리와 활활 타오르는 불꽃도 사그라졌다. 조는 다시 윗옷을 입었다. 갑자기 조가 하사관에게 우리 중 몇이 군인들을 따라가도 되겠냐고 물었다. 웝슬 씨도 조와 함께라면 따라가겠다고 나섰다. 펌블추크 씨와 허블 씨는 여자들을 지켜야 한다며 가지 않겠다고 했다. 조가 웹슬 씨에게 고개를 끄덕여 보였다. 그리고 조는 조 부인이 허락하면 나도 데리고 가겠다고 했다. 사실 우리가 군이 따라갈 필요는 없었다. 그런데도 누나는 일이 어떻게 돼가는지 궁금한지 조의 부탁을 순순히 들어주었다. 단누나는 이런 단서를 달았다.

"저 녀석 머리통이 총에 맞아 산산조각 나도 나더러 다시 붙이라고는 하지 마!"

하사관은 나머지 일행들에게 정중히 작별 인사를 건네고 나서, 펌블추크 씨에게는 마치 전우와 헤어지기라도 하듯 각별히 인사를 건넸다. 나는 하사관이 과연 술이 들어가지 않은 멀쩡한 정신 상태에서도 펌블추크라는 남자에게 호감을 느낄 수 있을까 하는 의구심이 들었다.

군인들이 재무장을 하고 정렬했다. 하사관은 군인들을 따라가기로 한 우리 세 사람에게 두 가지 주의 사항을 당부했다. 반드시 군인들 뒤에 있어야 하고, 어떤 경우라도 단 한마디도 소리 내서는 안 된다고 했다.

"조, 도망자들이 안 잡히면 좋겠어."

차가운 공기를 헤치고 목적지를 향해 가던 중, 나는 조에게 반역적인 말을 속삭였다. 그러자 조가 내게 귓속말을 했다.

"도망자들이 안 잡히면 네게 1실링을 주마."

습지대로 가는 도중 마을 사람은 단 한 명도 마주치지 않았다. 날씨도 춥고 길도 걷기 힘들 만큼 고약한 데다 무엇보다 어두워질 무렵이었기 때문이다. 사람들은 집 안에서 따뜻한 불을 쬐며 밤을 보낼 터였다. 간혹 몇몇 사람들이 불빛 비치는 창문 너머로 우리 일행을 쳐다보기는 했지만, 밖으로 나오는 사람은 없었다.

우리는 '손가락' 모양의 표지판을 지나 곧장 습지대로 향했다. 교회 근처에 도착하자 군인 몇이 무덤 사이와 현관 근처를 샅샅이 뒤졌다. 그사이 나머지 일행은 하사관의 수신호에 따라 잠시 멈춰 서 있었다. 수색조는 아무것도 찾아내지 못하고 돌아왔다. 우리는 교회 묘지 쪽 문을 지나 넓은 습지대로 나갔다. 동풍에 실려 온 매서운 진눈깨비가 퍼붓기 시작하자, 조가 나를 등에 업었다.

우리는 내가 도망자들을 만났던 음산한 습지대에 이르렀다. 다른 사람들은 내가 여덟아홉 시간 전쯤 여기서 도망자들을 만났다는 것을 상상도 못할 터였다. 그러자 불안한 생각이 들었다. 여기서 탈옥수들과 마주친다면, 나는 영락없이 배신자가 되는 게 아닌가. 순간 어제 처음 탈옥수를 만났을 때 그가 내게 했던 말이 떠올랐다. '네놈은 인간을 속이는 사기꾼은 아니겠지? 사람들을 데려온다면 네놈은 그야말로 비열한 사냥개 새끼다!' 그 탈옥수가 나를 배신자로 오해할 게 너무나도 뻔한 상황이었다. 그러나 이제 와서 그렇게 자책한들 아무 소용 없었다. 나는 이미 현장에 와 있지 않은가. 조는 나를 등에 업고 사냥꾼처럼 도랑을 향해 전진하면서 웝슬 씨에게 넘어지지 말고 잘 따라오라는 신호를 보냈다(웝슬 씨가 고꾸라지기라도 하면 그의 매부리코는 영락없이 질퍽한 땅속에 처박힐 것이다). 우리 앞쪽의 군인들은 서로 일정한 간격을 두고 일직선으로 널찍하게 펼쳐 서 있었다. 우리는 그날 아침 내가 안개 때문에 잘못 들어섰던 길로 갔다. 바람이 불고 안개는 이미 걷혀 있었다. 저물어가는 붉은 석양 아래, 등대와 교수대, 예전 포병대가 있던 언덕, 그리고 강 건너편까지 또렷하게 보였다. 그리고 그 모든 풍경은 축축한 납빛을 띠고 있었다.

조의 넓은 어깨 위에서 내 심장은 흡사 대장간의 망치질처럼 쿵쿵거렸다. 그러면서도 나는 죄수들이 혹 남겼을지도 모를 흔적들을 찾느라 사방을 두리번거렸다. 그러나 아무것도 보이지 않았고, 아무 소리도 들리지 않았다. 웝슬 씨의 헉헉거리는 숨소리에 몇 번 놀라기는 했지만, 이제는 그 소리가 귀에 익어 죄수들이 내는 소리와 구별할 수 있었다. 그런데 갑자기 어디선가 줄칼로 쇠사슬을 가는 것 같은 소리가 다시 들려와 가슴이 철렁 내려앉았다. 그러나 다행히도 그 소리가 아니었다. 근처에 방목된 양의 목에 달린 방울 소리였다. 양들은 풀을 뜯다 말고 겁먹은 눈빛으로 우리를 바라보았다. 그리고 우리를 보던 다른 편의 소들은 진눈깨비가 몰아치자 머리를 돌렸다. 소들은 마치 우리 때문에 진눈깨비 바람이 몰려왔다고 탓하는 것 같았다. 저물녘의 습지대는 바람과 진눈깨비, 추위에 떠는 풀잎들 말고 적막을 깨는 것은 아무것도 없었다.

군인들은 옛 포병대 방향으로 이동했다. 우리는 군인들과 조금 떨어져서 따라갔다. 그러던 중 일행 모두 갑자기 멈춰 섰다. 한 줄기 비바람에 섞여 기다란 외침 소리가 들려왔기 때문이다. 먼 동쪽 방향에서 들려오는 소리였다. 누구에게나 들릴 만큼 큰 소리로 보건대, 아마도 두 사람 혹은 그 이상의 사람들이 동시에 외치는 것 같았다.

좀더 앞쪽으로 다가가 보니 하사관과 그 옆에 있던 부하들이 은밀하게 속닥거리고 있었다. 그들은 외침 소리를 파악하고는 긴급 작전을 짜는 중이었다. 조와 웝슬 씨도 잠시 귀를 기울이고는 그들의 생각에 동의했다. 결단력 있는 하사관은 부하들에게 그 외침에 응답해서는 안 된다고 명령했다. 하사관의 지시에 따라 군인들은 진로를 바뀌 '두 사람의 소리'가 들려오는 방향으로 전진했다. 우리는 동쪽으로 향하는 오른쪽 길로 접어들었다. 조는 속도를 높여 성큼성큼 걷기 시작했고, 나는 그에게서 떨어지지 않으려고 어깨를 꼭 붙잡았다. 이제 우리는 달리기 시작했다.

우리는 둑을 넘고 많은 출입문들을 지나 도랑을 건넌 다음, 골풀 사이를 헤집고 달렸다. 모두 정신없이 달렸다. 목적지에 가까워질수록 그 외침은 한 사람 이상이 내는 소리가 분명하다는 것을 알았다. 간혹 뚝 끊기기도 했는데, 그럴 때면 군인들도 걸음을 멈췄다. 그리고 다시 소리가 들리면 전보다 빠른 속도로 달렸고, 우리도 그 뒤를 따라 달렸다. 그렇게 얼마쯤 달렸을까? 한 목소리가 "사람 살려!"라고 외쳤고, 다른 목소리가 "여기 죄수들이 있다! 경비대! 탈옥수들이 여기 있다!"고 외치는 소리가 또렷하게 들려왔다. 이어 격렬하게 몸싸움을 벌이는 소리, 거칠게 숨을 몰아쉬는 소리도 들렸다. 군인들은 소리 나는 쪽으로 사슴처럼 달려갔다. 조 역시 사슴처럼 달려갔다.

"두 놈 다 여기 있다!"

현장에 도착하자마자 하사관이 먼저 두 죄수를 향해 뛰어들었고, 부하 둘이 그 뒤를 따랐다. 그리고 다음 순간, 군인들이 죄수들을 향해 총을 겨눴다.

하사관은 도랑 바닥에서 몸싸움을 벌이느라 헐떡대면서 외쳤다.

"항복해, 두 놈 다! 이 짐승 같은 놈들! 둘 다 떨어지지 못해!"

사방으로 진흙탕이 튀고, 살벌한 욕설들이 오가고, 주먹들이 어지럽게 왔다 갔다 하는 가운데, 군인 몇 명이 도랑 속으로 뛰어들어 죄수들을 끌어 올렸다. 죄수 둘 모두 피를 흘리며 헐떡거렸고, 서로를 저주하는 욕설을 퍼부으며 발버둥 쳤다. 나는 한눈에 그 둘을 알아보왔다.

"잘 들으시오!"

내가 아는 죄수가 너덜너덜한 소맷자락으로 얼굴의 피를 닦고, 손가락에 엉겨 붙은 다른 죄수의 머리털을 털어내면서 말했다.

"내가 저놈을 잡았소! 내가 저놈을 당신들한테 넘겨준 것이오! 그 사실을 똑똑히 기억하시오!"

"그래서 그게 어쨌다는 거냐? 그래 봤자 네놈한테 돌아가는 건 하나도 없어. 저놈도 똑같고. 저놈들 어서 수갑 채워!"

하사관이 비아냥거리며 말했다.

"저놈을 잡아 넘겼다고 나한테 뭐가 돌아오겠소? 저놈을 잡은 것만으로도 충분하오. 이보다 좋은 건 없지, 그렇고말고."

나의 친구 아닌 친구인 그 죄수가 미친 듯이 웃으며 말했다.

"내가 저놈을 잡았어. 저놈은 그걸 알지. 그거면 됐어."

다른 죄수는 노발대발하며 나의 친구를 저주하듯 쏘아보았다. 그 죄수는 왼쪽 뺨에 있던 오랜 상처에 다른 상처들까지 더해져 얼굴 전체가 찢긴 상처투성이였다. 두 죄수에게 수갑이 채워질 때까지 그는 숨이 차서 말도 못하고, 옆에 있는 군인에게 기대어 간신히 몸을 지탱했다.

"똑똑히 알아두시오. 저자가 나를 죽이려 했소."

그가 처음으로 내뱉은 말이었다.

"내가 죽이려 했다고?"

나의 친구 죄수가 어깨를 으쓱하며 말을 이었다.

"죽이려고 했는데, 왜 죽이지 않았을까? 저놈을 잡아서 넘기는 게 바로 내가 원하던 것이오. 나는 저놈이 여기를 빠져나가지 못하게 막

왔지. 그것뿐인가? 여기까지 죽을힘을 다해 저놈을 질질 끌고 왔지. 저놈을 뒤쫓아 가서 말이야. 한때 저놈은 신사라고 불렸지. 세상에 둘도 없이 악한 저런 놈이 말이야. 자, 이제 감옥선이 저 신사를 모실 차례요. 그게 다 내 덕이지. 이래도 내가 저 신사를 죽이려 했다고? 저놈을 죽여봤자 무슨 보람이 있겠소? 얼마든지 여기를 빠져나갈 수 있었는데도, 왜 저놈을 다시 여기로 끌고 왔겠소?"

상대 죄수는 여전히 가쁜 숨을 몰아쉬며 간신히 입을 뗐다.

"저자가, 나를, 죽이려 했소. 증인도 있소."

"이것 보시오!"

나의 친구 죄수가 어이없다는 듯 소리치고는 하사관에게 말했다.

"나는 단독으로 감옥선을 탈출했소. 죽기 아니면 까무러치기로 성공했지. 이 빌어먹을 습지대를 얼마든지 빠져나갈 수 있었단 말이오. 그런데 어째서 그러지 않았을까? 여기 내 다리를 보시오. 그 빌어먹을 쇳덩이가 어딜 갔을까? 저놈이 여기 있는 걸 몰랐다면, 난 지금쯤 여기 없겠지. 저놈이 도망가는데 내가 가만있을 수는 없지. 저놈이 내 것을 훔쳐서 재미를 보는데 어떻게 가만두겠어. 저놈이 나를 이용해 먹는 것을 그냥 보고만 있으라고? 또다시? 그럼 안 되지, 안 되고말고. 이 바닥에서 죽는 한이 있어도 절대 안 되지. 안 되고말고."

나의 친구는 수갑이 채워진 손으로 도랑을 가리키며 힘껏 흔들어 보였다.

"난 죽을힘을 다해 저놈을 붙잡았소. 당신들은 내 손에 잡혀 있던 놈을 거저 가져가는 거요."

다른 죄수는 나의 친구를 몹시 두려워하고 있었다. 그 공포를 증명하듯 그가 이렇게 말했다.

"저자가 나를 죽이려 했소. 당신들이 오지 않았다면 난 벌써 죽은 목숨일 거요."

그러자 나의 친구가 사나운 기세로 소리쳤다.

"거짓말이야! 저놈은 뼛속까지 거짓말쟁이요. 저놈은 죽을 때도 거짓말을 할 놈이지. 저놈의 낯짝 한번 보시오. 저 낯짝에 다 씌어 있잖소? 저놈이 나를 쳐다보게 해주시오. 내 눈을 똑바로 봐! 그러고도 거짓말을 하는지 한번 보자!"

상대 죄수는 경멸에 찬 미소를 지어보려고 애썼지만 입가 근육만 꿈틀거릴 뿐이었다. 그는 군인들과 주변 사람들을 둘러볼 뿐 확실히 나의 친구를 똑바로 쳐다보지 못했다.

애써 눈길을 피하는 상대를 똑바로 쳐다보며 나의 친구가 하사관에게 말했다.

"지금 저놈을 보고 있소? 저 악당의 모습을 똑똑히 보시오. 저놈의 야비한 눈을 보시오! 눈알을 이리저리 굴리는 저 눈을 보시오! 바로 저것이오. 저놈과 내가 나란히 법정에 섰을 때, 저놈의 눈빛이 딱 저랬소! 그때도 저놈은 나를 한 번도 똑바로 쳐다보지 못했소!"

상대 죄수는 잠시도 가만있지 못했다. 마른 입술이 경련하듯 움찔거렸고, 불안한 눈빛은 잠시도 한곳에 머물지 못하고 여기저기 옮겨다니기 바빴다. 그러던 중 그의 눈이 아주 잠시 내 친구의 눈과 마주쳤을 때, 그가 내뱉었다.

"볼 만한 꼴이어야 보지!"

그러고는 수갑이 채워진 내 친구의 손을 보며 비웃었다. 그러자 내 친구가 미친 듯이 몸부림치며 상대 죄수에게 돌진하려 했고, 군인들이 가까스로 그를 붙잡았다.

"내가 말했잖소? 저자는 틈만 나면 언제든지 나를 죽일 거라고."

상대 죄수는 두려움에 떠는 모습이 역력했다. 그의 입가에 눈처럼 하얀 거품이 일었다.

"이제 그만들 해!"

하사관이 소리쳤다. 이어 그는 부하들에게 지시했다.

"횃불을 밝혀라!"

총 대신 바구니를 들고 다니던 군인 하나가 무릎 위에 바구니를 올려놓고 덮개를 막 열었을 때 나의 친구가 처음으로 자기 주변을 둘러보다가 나와 시선이 마주쳤다. 나는 도랑 앞에 도착하자 조의 등에서 내려 꼼짝도 않고 서 있었다. 그가 나를 쳐다보았을 때, 나는 그에게 간절한 눈빛을 보내고, 손과 고개를 살짝 흔들어 보였다. 그가 다시 한번 나를 똑바로 쳐다보자 내가 떳떳하다는 것을 알아주기를 간절히 바랐다. 그러나 그는 나하고 눈이 마주치자마자 곧바로 고개를 돌렸다. 그래서 그가 내 의도를 눈치챘는지는 알 수 없었다. 그런 와중에 그는 어떤 표정을 지었는데, 나로서는 무슨 의미인지 이해할 수 없었다. 그러나 그의 표정은 나에게 강한 인상을 남겼다. 그가 한 시간, 혹은 하루 종일 나를 쳐다보았다 해도 그처럼 진지하고 강렬한 인상을 받지는 못했을 것이다.

군인 하나가 횃불을 밝혀 하나는 자기가 들고, 나머지 3개는 다른 군인들에게 전달했다. 해 지기 무섭게 주위는 곧 칠흑같이 캄캄했다. 현장에서 철수하기 전, 4명의 군인들이 원을 그리며 서더니 공중을 향해 총을 두 발씩 발사했다. 총소리를 신호로 우리 뒤쪽으로 횃불 몇 개가 타올랐고, 이어 맞은편 강변 습지에서도 횃불들이 타올랐다.

"좋아! 부대 행군 앞으로!"

하사관이 우렁차게 외쳤다.

잠시 후, 추격대 맨 앞쪽에서 세 방의 대포 소리가 들려왔다. 그 소리가 어찌나 큰지 고막이 찢어질 것 같았다.

"감옥선이 너희를 기다리고 있다."

하사관이 내 친구에게 말했다.

"너희가 체포되었음을 알렸다. 뒤처지지 말고 바짝 붙어!"

두 죄수는 제각각 군인들에게 포위된 채 끌려갔다. 나는 조의 손을 꼭 붙잡았다. 조 역시 횃불을 들고 있었다. 한편 웝슬 씨는 어서 빨리 집으로 돌아가고 싶어 했다. 반면 조는 끝까지 보고 싶다며 군인들을 따라갈 것이라고 했다. 웝슬 씨도 별수 없이 조를 따라갔다.

강가에 이르자 평평한 길이 나타났고, 도랑이 갈라지는 곳에는 작은 풍차와 진흙투성이 수문이 있었다. 뒤돌아보니 다른 횃불들도 우리를 따라오고 있었다. 횃불에서 떨어진 커다란 불똥들이 길 위에서 연기를 뿜어내며 계속 타올랐다. 그것 말고는 칠흑 같은 어둠뿐이었다. 횃불은 활활 타오르며 주위 공기를 데워주었다. 소총에 둘러싸여 끌려가는 두 죄수에게는 그나마 그것이 작디작은 위안거리가 되는 모양이었다. 죄수들이 심하게 절룩거리는 탓에 우리는 빨리 걸어갈 수 없었다. 중간 중간 죄수들이 잠시 쉬느라 행군은 몹시 더디고 힘들었다. 그 바람에 죄수는 물론 군인들도 완전히 녹초가 돼버렸다.

한 시간쯤 걸었을 때 허름한 오두막과 선착장이 나타났다. 오두막에는 경비병이 하나 있었는데, 그가 추격대를 향해 "암호!"라고 소리쳤다. 하사관이 암호를 댔고, 우리는 오두막으로 들어갔다. 담배와 회반죽 냄새가 감도는 오두막에는 벽난로에 불이 지펴져 있었고, 북, 등불, 소총 걸대가 있었다. 유독 눈에 띄는 것은 나무 침대였다. 아무 장

식 없는 침대는 어찌나 큰지 마치 세탁물 압착기 같았다. 어른 12명
은 족히 잘 수 있을 것 같았다. 침대 위에는 두꺼운 외투를 입은 군인
들이 서너 명 누워 있었다. 그들은 누운 채 고개만 살짝 들어 졸린 눈
으로 우리를 잠시 쳐다보더니 도로 머리를 기댔다. 하사관이 보고를
하고, 기록 대장에 뭔가 끄적거렸다. 그러고는 다른 죄수가 군인에게
이끌려 나가더니 먼저 배를 탔다.

그때까지도 내 친구는 나를 두 번 다시 쳐다보지 않았다. 오두막에
서 내 친구는 벽난로 불꽃만을 응시한 채 뭔가 깊은 생각에 빠져 있
었다. 그는 벽난로 시렁에 두 발을 번갈아 올려놓았는데, 지금까지 탈
출과 도피라는 일련의 모험 속에서 혹사당한 자신의 발을 측은하게
바라보는 것 같기도 했다. 그러던 중 그가 불쑥 하사관에게 말했다.

"내가 탈출한 일과 관련해 중요한 사실 하나를 말하고 싶소. 혹 나
때문에 애먼 사람들이 피해를 볼까 봐 그러는 것이오."

"좋아!"

하사관은 팔짱을 낀 채 싸늘한 시선으로 내 친구를 내려다보다가
다시 말했다.

"하지만 여기서 말할 필요는 없어. 이번 건이 처리되기 전까지 말
할 기회는 얼마든지 있어. 그건 너도 잘 알잖아?"

"물론 알고 있소. 하지만 이건 전혀 다른 얘기요. 탈출 건과 따로 봐
야 할 사항이오. 사람이 굶어 죽을 수는 없잖소? 나도 굶어 죽기는 싫
었소. 그래서 난 저 너머 마을에서 빵을 조금 마련했소. 습지대 끝자
락 교회 있는 마을에서 말이오."

"훔쳤다는 말인가?"

하사관이 여전히 팔짱을 낀 채 물었다.

"대장간 집에서 빵을 훔쳤소."

"어라!"

내 친구의 말이 끝나자마자 하사관이 조를 빤히 쳐다보았다.

"어라, 핍!"

이번에는 조가 눈을 휘둥그렇게 뜨고 나를 쳐다보았다.

"먹다 남은 음식 부스러기들이었소. 술도 조금 슬쩍했소. 파이도. 그렇게 됐소이다."

"대장장이 양반, 맞소?"

하사관이 조에게 은근한 투로 물었다.

"아내가 그랬죠. 군인들이 우리 집에 왔던 그때였어요. 너도 들었지, 핍?"

"그러니까…… 당신이 대장장이로군. 미안하지만 그 파이 내가 먹었소."

내 친구가 조를 보며 시무룩한 표정으로 말했다. 그때까지도 그는 나에게 눈길 한 번 주지 않았다.

"그랬군요. 얼마든지 드셔도 좋소. 단 그게 내 것이라면 말이오."

조는 아내를 떠올리고 말했다.

"우리는 당신이 무슨 짓을 저질렀는지 모릅니다. 하지만 불쌍한 당신이 굶어 죽는 건 우리도 바라지 않습니다. 안 그래, 핍?"

그때 내 친구의 목에서 지난번처럼 "짤깍!" 하고 불가사의한 소리가 났다. 그리고 그는 내게서 등을 돌려버렸다.

보트가 선착장에 도착했다는 전갈이 오자 호송병이 내 친구를 데리고 오두막을 나갔다. 우리도 선착장까지 따라갔다. 말뚝과 돌덩이로 지은 선착장에 보트 한 척이 있었다. 내 친구와 같은 복장을 한 죄수들이 노를 젓고 있었다. 이윽고 내 친구가 보트에 몸을 실었다. 노를 젓는 죄수들은 내 친구를 보고도 무표정한 얼굴이었다. 어느 누구도 내 친구를 보고 놀라거나 반기거나, 안쓰러워하거나, 혹은 말 한마디 건네지 않았다. 다만 누군가 마치 개에게 명령하듯 노 젓는 죄수들에게 소리칠 뿐이었다.

"이것들아, 힘껏 노를 저어!"

우리는 횃불에 비친 검은 감옥선을 바라보았다. 감옥선은 해안가 진창에서 조금 떨어진 곳에 정박해 있었다. 감옥선은 흡사 사악한 노아의 방주와도 같았다. 크고 무거운 쇠사슬과 빗장이 그대로 드러난 감옥선은 마치 죄수들의 발을 옥죄는 거대한 족쇄처럼 보였다. 적어도 어린 내 눈에는.

우리는 보트가 감옥선 옆으로 접근하는 것을 보았다. 그리고 잠시 후 그는 누군가에 의해 허리를 잡혀 배 위로 끌어 올려지더니 이내 사라졌다. 그가 사라지자마자 군인들이 일제히 횃불들을 물속에 던졌다. 횃불들은 수면에서 '쉭' 소리를 내며 사그라졌다. 그것은 마치 내 친구의 종말을 의미하는 것 같았다.

6

내 친구가 준 뜻밖의 '면죄부' 덕분에 나는 도둑질을 털어놓을 필요가 없었다. 하지만 나에게는 약간의 죄책감이 남아 있었다. 내가 과연 누나에게 조금이나마 진심으로 양심의 가책을 느꼈는지는 잘 모르겠다. 나는 조를 진심으로 사랑했다. 선량하기 그지없는 조는 어린 내가 절로 자기를 사랑하게 만들었다. 그런 조를 볼 때마다 누나를 볼 때와는 달리 마음 한구석이 편치 않았다. 그래서 조한테는 도둑질에 관해 진실을 고백해야 한다는 부담감이 있었다. 그런 생각은 아마도 탈옥수에게 줄칼을 갖다 준 날부터 계속되었을 것이다. 그러나 결국 나는 고백하지 않았다. 그랬다면 조가 나를 실제보다 나쁜 아이로 여기고, 더 이상 나를 신뢰하지 않을까 봐 두려웠기 때문이다. 나의 동료이자 친구인 조를 나 홀로 구석 자리에서 비참한 마음으로 바라보아야 한다는 두려움 같은 것도 있었다. 그런 두려움 때문에 나는 입을 열지 못했다. 나는 거의 병적으로 이런 상상을 했다.

조가 나의 도둑질을 알게 되면, 벽난로 앞에 앉아 자신의 금색 수염을 어루만지고 있을 때도 나는 조가 지금 내 도둑질을 생각하고 있다고 여길 것이다. 조가 나의 도둑질을 알게 된다면, 어제 식탁에 올랐던 고기와 푸딩이 오늘 식탁에도 올라왔을 때 조가 고기와 푸딩을 보고 내가 찬방에 들어간 건 아닌지 의심한다고 생각하게 될 것이다. 조가 나의 도둑질을 알게 된다면, 그가 맥주 김이 빠졌다고 말할 때 맥주에 타르 용액이 섞였다고 의심하고 있다며 내 얼굴이 화끈 달아오를 것이다.

말하자면 그 당시 나는 자신이 옳다고 생각하는 것을 실행에 옮길 용기가 없었다. 동시에 그른 것을 거부할 용기도 없었다. 당시 나는 세상과 단절된 채 어린 시절을 보냈다. 그리고 그런 성격은 이 세상의 수많은 사람들 가운데 특정한 한 사람을 모방한 결과는 절대 아니었다. 혼자 터득하는 천재처럼 행동 요령을 스스로 발견한 것이었다.

나는 감옥선에서 집으로 돌아오던 중 갑자기 졸음이 몰려와 조의 등에 업혔다. 조는 집으로 돌아오는 내내 웝슬 씨에게 몹시도 시달렸다. 녹초가 된 웝슬 씨가 조에게 온갖 짜증을 냈던 것이다. 당장이라도 웝슬 씨에게 교회가 개방된다면, 아마도 그는 조와 나는 물론 추격대까지 모조리 파면했을지도 모른다. 하지만 평신도였던 그는 잠시 휴식을 취할 때도 부득불 축축한 땅바닥에 오래 주저앉아 있을 수밖에 없었다. 웝슬 씨가 집으로 돌아와 옷을 말리기 위해 외투를 벗었을 때 그의 바지에는 그 흔적들이 고스란히 남아 있었다. 젖은 땅에 앉는 것이 죄라고 한다면 그는 분명 교수형에 처해졌을 것이다.

나도 제정신이 아니었다. 나는 술 취한 꼬마처럼 비틀거렸다. 누군가 깨우면 눈을 떴다가도 다시 눈을 감았고, 벽난로 불빛과 말소리에 다시 눈을 떴다 감았다 하면서 계속 비틀거렸다. 보다 못한 누나가 내 어깨를 사정없이 후려쳤다.

"뭐 이런 녀석이 다 있어!"

나는 누나에게 맞고 나서야 겨우 정신을 차렸다.

조는 사람들에게 죄수가 우리 집에서 음식을 훔쳐 갔다고 얘기했다. 이 이야기를 듣고 사람들은 죄수가 어떻게 집 안으로 몰래 들어왔는지 이런저런 추론들을 내놓았다. 펌블추크 씨는 집 전체를 살펴보더니 이런 추론을 내놓았다. 죄수가 일단 대장간 지붕으로 해서 살림집 지붕으로 건너가 굴뚝을 타고 내려왔다는 것이다. 이불 같은 것을 잘라 얼마든지 밧줄을 만들 수 있다는 얘기도 덧붙였다. 펌블추크 씨는 자기 말이 맞다고 주장했고, 강력하게 밀어붙이는 바람에 그의 주장에 모두 동의하지 않을 수 없었다.

웝슬 씨가 지친 투로 "그게 아닙니다."라고 외치기는 했다. 하지만 그는 앞선 추론을 뒤집을 만한 이견을 내놓지 못했다. 그래서 모두 그를 외면했다. 마침 웝슬 씨는 외투를 벗고 난롯불에 등짝을 말리고 있었는데(외투도 흠뻑 젖어서 말리는 중이었고, 더구나 그의 등짝에서는 김이 모락모락 피어올랐다), 그런 초라한 몰골 때문에도 사람들의 신뢰를 얻을 수 없었다.

그날 나는 더 이상 이야기를 들을 수 없었다. 누나가 꾸벅꾸벅 조는 나를 와락 움켜잡고 다락방 침대까지 끌고 갔기 때문이다. 누나한테 붙잡혀 계단을 오를 때 내 발은 계단 모서리마다 쿵쿵 부딪혔다. 내가 앞에서 말한 '양심의 가책'은 그날 아침이 되기 전부터 시작되어 아주 오랫동안 계속되었다. 그리고 이러한 심리 상태는 아주 특별한 경우가 아니고서는 훗날까지도 계속되었다.

7

교회 묘지에서 가족의 비문을 읽을 무렵, 나는 글자를 겨우 읽는 수준이었다. 그때 나는 아주 간단한 문구조차 이해하지 못했다. '위의 부인'이라는 문구를 아버지가 천국으로 올라갔다는 뜻으로 해석했다. 다른 친척들의 묘비에 쓰인 '아래'라는 표현을 읽었다면, 나는 그들을 몹시 나쁜 사람으로 여겼을 것이다. 신자로서 교리문답서 내용도 확실하게 이해하지 못했다. 아직도 또렷하게 기억하는데, '한평생 한길로만 걸어가리'라는 맹세를 했다는 이유로 나는 우리 집에서 나와 마을을 지나갈 때 항상 똑같은 길로만 다녔다. 마차 수리공의 집에서 아랫길로 가거나 방앗간 윗길로 올라가면 절대 안 된다고 생각했다.

나는 웬만큼 나이가 들면 조의 도제가 될 예정이었으므로 어엿한 대장장이가 되기 전까지는 절대 일을 게을리하거나 제멋대로 굴어서는 안 되었다. 나는 대장간에서 주로 심부름을 하거나, 이웃들의 부탁으로 새를 쫓거나, 돌을 주워 나르는 일 따위를 했다. 그리고 내가 번 돈은 반드시 부엌 벽난로 선반 위의 저금통에 넣어야 했다. 저금통으로 들어간 내 돈은 언젠가 '국가 부채 청산'을 위해 기부될지도 모른다고 생각했다. 말하자면 내 손에 쥘 수 없는 돈이었던 것이다.

우리 마을에는 웝슬 씨의 대고모가 운영하는 야간학교가 있었다. 그녀는 재산도 변변찮은 데다 노쇠하기 짝이 없는 여자였다. 그녀는 항상 저녁 6시에서 7시 사이에 조는 버릇이 있었는데, 따지고 보면 학생들은 그 모습을 보는 대가로 매주 2펜스를 내는 꼴이었다. 그녀는 작은 집 한 채를 세내어 살았는데, 그 집 위층에 웝슬 씨가 살고 있었다. 웝슬 씨는 아주 위엄 있고 무시무시할 만큼 큰 소리로 학생들에게 책을 읽어주곤 했다. 그 소리가 어찌나 큰지 어떤 때는 천장이 울릴 정도였다. 또 웝슬 씨는 세 달에 한 번씩 시험을 치겠다고 했는데, 사실 그건 순 거짓말이었다. 그가 실제로 하는 것이란 카이사르의 시신 앞에서 마르쿠스 안토니우스가 했던 연설을 학생들에게 들려주는 것이 고작이었다. 그 연설을 들려줄 때면 그는 소매를 걷어붙이고 머리카락을 꼿꼿이 세웠다. 안토니우스의 연설 다음에는 항상 콜린스(18세기 영국의 서정시인 윌리엄 콜린스—옮긴이)의 〈열정에 대한 송시〉를 읽어주었다. 그 시 가운데 내가 좋아하는 구절은 '피로 얼룩진 자신의 칼을 벼락처럼 집어던지고 장엄한 표정으로 전쟁의 선포를 알리는 나팔을 집어 드는' 장면이었다. 그 부분을 읽을 때면 나는 웝슬 씨가 존경스럽기까지 했다. 하지만 훗날 내가 '격정의 세계'를 경험하면서 콜린스나 웝슬 씨의 열정은 그다지 존경할 만한 것이 못 된다는 것을 깨달았다.

웝슬 씨의 대고모는 야간학교 내에 작은 잡화점을 차려놓았다. 그런데 그녀는 자기 가게에 어떤 물건들이 있고, 가격이 얼마인지도 전혀 몰랐다. 가게 서랍 속에 기름때가 잔뜩 묻은 수첩 하나가 있었는데, 거기 적힌 가격표를 가지고 장사를 했다. 하지만 그것마저도 비디라는 아가씨가 도맡아 했다. 비디는 웝슬 씨 대고모의 손녀였다. 하지만 비디와 웝슬 씨가 어떤 혈연관계인지는 전혀 알 수 없었다. 비디도 나처럼 고아였다. 나처럼 '손수' 길러졌을 것이다. 비디의 외모는 시선을 끌기에 충분했다. 헝클어진 머리카락에 손은 항상 더러웠으며, 구두 뒤축을 접어서 신고 다녔다. 하지만 평일에만 이런 모습이었다. 일요일이면 그녀는 정성껏 꾸미고 교회에 갔다.

나는 웝슬 씨의 대고모가 아니라 나 자신의 노력과 비디의 도움으로 간신히 알파벳을 깨쳤다. 당시 내게 알파벳은 마치 가시나무 숲과도 같았다. 글자 하나하나에 당혹스러워했고, 그 글자들이 나를 날카로운 가시로 찌르는 듯했다. 알파벳 다음으로는 숫자를 익혔다. 숫자는 마치 9명의 몹쓸 도적 같았다. 그 도적들은 매일 밤 다르게 위장해서 나를 더욱 헷갈리게 만들었다. 하지만 오랜 노력 끝에 어둠 속을 더듬거리는 식이기는 했지만 그럭저럭 읽고 쓰고, 셈할 수 있었다.

추격대를 따라 습지대에 갔던 날로부터 1년쯤 지난 어느 날 저녁이었다(몹시 추운 날이었다). 나는 난롯가에 앉아 석판 위에 조에게 보내는 편지를 쓰느라 진땀을 빼고 있었다. 난로 앞 발치에 참고할 알파벳 표를 펼쳐놓고 한두 시간을 씨름한 끝에 다음과 같은 편지를 썼다.

나의 친구 조, 난 매영이 잘지넷으면 조켓어. 내가 곳 매영을 가루칠 수 잇을 거야. 조, 그럼 우린 꾀 기뿌겟지. 내가 조에 도제가 되믄 잼나게 같이 일하자. 날 믿어두 되. 조에 친구, 핍이 씀.

조는 내 옆에 앉아 있었다. 집에는 우리 둘만 있었기 때문에 굳이 편지를 써서 이야기할 필요는 없었다. 그런데도 나는 일부러 편지를 써서 조에게 건넸다. 조는 그 편지가 마치 대단히 유식한 사람의 저서라도 되는 것처럼 받아 들었다.

"세상에, 핍!"

조가 파란 눈을 부릅뜨고 탄성을 질렀다.

"너 정말 유식하구나! 정말!"

"나도 그렇게 되고 싶어."

나는 조가 들고 있는 편지를 힐끗 쳐다보며 말했다. 그런데 아무리 봐도 글씨가 좀 삐뚤빼뚤한 것 같아 아쉬웠다.

"어디 보자, 여기 'J'가 있구나. 그리고 여기에 'O'가 있고. 그래서 'JO'가 되는 거구나!"

나는 조가 단음절 이상 읽는 것을 본 적이 없다. 지난 일요일, 나는 교회에서 예배를 드리던 중 뜻하지 않게 기도서를 거꾸로 들었는데, 조는 그것을 보고도 아무 말도 하지 않았다. 책을 거꾸로 들었는지도 전혀 몰랐던 것이다. 나는 조에게 글자를 가르쳐준다면 뭐부터 해야 할지 먼저 알아야겠다는 생각이 들었다. 그래서 나는 조를 시험해볼 요량으로 말했다.

"나머지도 읽어봐, 조."

"나머지?"

조가 천천히 편지를 살펴보면서 띄엄띄엄 말했다.

"하나, 둘, 셋, 아하, 여기에 'J'가 3개 있고, 'O'가 3개 있고…… 그러니까 'JO'가 3개 있다!"

나는 조에게 바짝 붙어 글자 하나하나를 짚어가면서 편지를 끝까지 읽어주었다.

"굉장한걸! 너 정말 유식하구나, 핍!"

편지를 다 읽자, 조가 감탄했다.

"그럼, 가저리는 어떻게 쓰지, 조?"

"그걸 쓸 일이 없단다."

"있다면 말이야!"

"그럴 일은 없어. 내가 읽기는 몹시 좋아하지만 말이야."

"그래?"

"특히 난 읽는 걸 아주 좋아해. 난롯가에서 불을 쬐며 책이나 신문을 읽을 수 있다면 얼마나 좋겠니? 'J'와 'O'가 합쳐진 것을 보고 여기 'JO'가 있구나 하면서 말이야. 정말 신기하고 재미있을 거야."

나는 조의 교육 수준이 18세기의 증기기관처럼 지극히 초기 단계에 있음을 깨달았다. 나는 조의 수준을 좀더 알아보기 위해 물었다.

"매형은 어렸을 때 학교에 안 다녔어?"

"안 다녔어."

"왜?"

"글쎄……."

조는 골똘히 생각할 때면 늘 그러듯 부지깽이로 벽난로의 불길을 헤집으며 재를 긁어냈다.

"우리 아버지는 술을 무척 좋아했어. 술만 마셨다 하면 엄마를 두들겨 팼지. 나도 툭하면 아버지한테 얻어맞았단다. 아버지는 대장간에서 쇠를 두드릴 때만큼이나 억세게 나를 두들겨 팼지. 듣고 있니,

핍? 무슨 말인지 알아듣겠어?"

"그럼, 알아."

"나랑 엄마는 아버지에게서 도망친 게 한두 번이 아니었단다. 나를 학교에 보낸 건 아버지가 아니었어. 엄마였지. 아버지에게서 도망치고, 엄마가 돈을 벌어 나를 학교에 보냈단다. 엄마는 내게 이렇게 말했지. '조, 이제 너도 학교에 다닐 수 있어.' 그런데, 그런데 말이다…… 아버지는 굉장히 마음이 여린 사람이어서 우리랑 떨어져 사는 것을 못 참았지. 어느 날 아버지가 사람들을 데리고 엄마와 내가 사는 집까지 찾아와 엄청 소동을 벌였어. 그렇게 난리를 쳤으니 집주인이 가만있을 리 없었지. 집주인이 우리더러 나가라고 하더군. 결국 엄마와 나는 그 집에서 쫓겨나 할 수 없이 아버지랑 같이 살게 되었단다. 엄마와 나는 또 아버지한테 늘상 두들겨 맞았지. 그래서 말이다, 핍……."

조는 불길을 헤집다 말고 나를 바라보았다.

"그때부터 학교를 못 다니게 된 거야."

"저런, 가엾은 조!"

"하지만, 핍. 그래도 아버지는 본래 선량한 분이었단다. 이해하겠니?"

조는 벽난로 가로대를 부지깽이로 탁탁 치면서 말했다.

나는 핍의 말을 이해할 수 없었지만 입 밖으로 내지는 않았다.

"누군가라도 돈을 벌어야 했지. 그러지 않으면 먹고살 수가 없잖아. 그렇지, 핍?"

이 말은 이해했으므로 나는 "그렇지."라고 대답했다.

"아버지는 내가 일을 나가는 것을 말리지 않았어. 난 아버지처럼 대장장이가 되었어. 나는 정말 열심히 일했어, 핍. 성실하게 일해서 아버지를 모실 만큼 돈을 벌었지. 아버지가 뇌일혈로 돌아가시기 전까지 내가 모셨단다. 난 아버지의 묘비에 이렇게 쓸 생각이었어. '이 비문을 읽는 자에게 말하노니, 비록 그는 결점이 있었지만, 본디 선량한 사람이었노라.'"

조는 자랑스러운 듯 그 문구를 또박또박 발음했다. 그래서 나는 그 문구를 직접 만들었느냐고 물었다.

"그럼, 내가 직접 지은 거지. 이 머리로 말이야. 하지만 오래 걸리지 않았어. 망치질 한 번에 편자 하나가 완성된 것 같았어. 내가 생각해도 놀라울 정도였지. 살아생전 그렇게 놀란 적도 없었어. 내게도 그런 머리가 있다니……. 정말이지 내 머리로 그런 문구를 짓다니, 믿기 어려울 정도야. 하지만 비문을 새기려면 돈이 들었어. 글자가 크든 작든 말이야. 하지만 거동도 못할 정도로 아픈 엄마를 위해 돈을 아껴야 했어. 불쌍한 엄마도 아버지가 돌아가시고 곧 세상을 뜨셨지. 엄마는 그제야 편히 잠드실 수 있었어."

조의 파란 눈이 그렁그렁했다. 그는 부지깽이의 둥근 손잡이로 두 눈을 번갈아 문질렀다.

"부모님이 돌아가신 다음 이 집에서 혼자 살려니 정말 외롭더구나. 그때 네 누나를 만나게 되었단다. 잘 들어봐, 핍."

조는 나를 설득하려는 듯이 진지한 표정으로 말했다.

"네 누나는 좋은 여자란다."

조의 말에 동의할 수 없었던 나는 말없이 벽난로만 쳐다보았다.

"세상 사람들이 네 누나를 어떻게 생각하든, 핍, 네 누나는 말이다……, 좋은…… 여자란다!"

조는 말하는 중간 중간 부지깽이로 벽난로 가로대를 탁탁 쳤다.

"그렇게 봐주니 기뻐, 조."

나는 달리 할 말이 없었다.

"나도 기쁜단다. 나도 내가 그렇게 생각해서 기쁜단다. 살갗이 좀 벌겋고 뼈가 불거진 것쯤은 아무 문제도 아니란다."

나는 조에게 문제가 안 된다면 된 거 아니냐고 말했다.

그러자 조가 맞장구쳤다.

"그렇지. 바로 그거야, 핍! 내가 맨 처음 네 누나를 만났을 때 말이다, 네 누나가 너를 손수 키운다는 소문이 온 마을에 자자했지. 마을 사람들 모두 네 누나가 참 착한 사람이라고 칭찬했어. 나 역시 칭찬 했어. 핍, 너는 말이다……."

조는 마치 못 볼 것을 보기라도 한 듯 인상을 찡그리며 말을 이었다.

"그때만 해도 핍, 넌 정말 보잘것없는 아이였단다. 그때의 너를 본다면 아마도 너 자신이 진저리 나게 싫을 거야."

나는 조의 말이 달갑지 않았다.

"내 걱정은 안 해도 돼!"

그러자 조가 다정하게 말했다.

"하지만 난 그때 네가 정말 걱정스러웠단다. 네 누나랑 연애를 하고, 누나가 대장간에 와서 같이 살겠다고 했지. 그리고 교회에서 결혼하는 일만 남았을 때, 내가 누나한테 말했단다. 가엾은 핍을 데리고 와. 하느님, 가엾은 핍에게 축복을 주소서! 대장간에는 핍이 지낼 방도 있으니까."

나는 울음을 터뜨렸다. 걱정 말라고 했던 것에 대해 용서를 구하고 그를 부둥켜안았다. 조가 부지깽이를 내려놓고 나를 안으며 계속 말했다.

"핍, 너와 난 둘도 없는 친구야, 그렇지? 울지 마, 핍. 너도 알겠지만, 그래서 우리는 이렇게 함께 사는 거란다. 그런데 핍, 난 머리가 무지 나쁘단다. 지독하게 나쁘지. 네가 나한테 글자 가르치는 일을 누나한 테는 비밀로 하자. 누나 몰래 하자는 거지. 왜 그래야 하냐고? 왜 그 래야 하냐면……."

조는 다시 부지깽이를 집어 들었다. 마치 부지깽이가 없으면 말을 못한다는 듯이.

"사실 네 누나는 관리(管理)를 좋아한단다."

"관리를 좋아한다고?"

나는 깜짝 놀랐다. 누나가 조와 이혼하고 관리와 재혼한다는 말인 가 싶었기 때문이다.

"내가 말하는 관리란 말이다, 즉 누나는 너와 나를 다스리는 것을 좋아한다는 뜻이야."

"아!"

"누나는 말이다, 이 집에 유식한 사람이 있는 것을 좋아하지 않아. 특히 내가 유식해지는 것을 싫어해. 내가 따지고 들까 봐 겁나는 거 야. 내가 반란군이 되는 것을 두려워하지. 무슨 말인지 알겠니?"

"그건 또 무슨 소리야?"

내가 반박하려고 하자 조가 내 말을 가로막았다.

"내 말 더 들어봐, 핍. 네가 무슨 말을 하려는지 알아. 더 들어봐. 네 누나가 포악한 몽골족처럼 우리를 지배하는 건 사실이잖니? 네 누나 가 우리를 마구 짓밟는 것도 사실이잖아. 네 누나가 길길이 날뛸 때 는 말이다……."

조는 잠시 말을 멈추고 문 쪽을 살펴보았다.

"솔직히 네 누나가 그럴 때는 무시무시한 폭군 같단다."

조는 '무시무시한 폭군'이라는 단어를 힘주어 발음했다.

"넌 나한테 이렇게 묻고 싶겠지? 왜 가만있냐고? 왜 들고일어나지 않고 늘상 당하기만 하느냐고? 이렇게 물어보고 싶었던 거지, 핍?"

"맞아, 조."

"그건 왜냐하면······."

조는 부지깽이를 왼손에 옮겨 쥐고, 오른손으로는 구레나룻을 쓰다듬었다. 그렇게 평온한 자세를 취할 때는 조를 이길 수 없었다.

"네 누나는 말이다, 주도하는 사람이야."

"그게 어떤 사람인데?"

조를 궁지에 몰아넣으려고 나는 그렇게 물었다. 하지만 조는 곧 나를 빤히 보며 "네 누나 같은 사람."이라고 말했다.

"나는 주도하는 사람이 아니야. 마지막으로 진지하게 말해두고 싶은 게 있다, 핍. 나는 우리 엄마가 하루도 마음 편할 날 없이 노예처럼 일만 하면서 슬프게 사는 모습을 오랫동안 지켜봐 왔단다. 그런 엄마를 보면서 혹시 나도 이다음에 내 아내한테 술주정을 부리고 몹쓸 짓을 저지르게 될까 봐 두려웠단다. 그래서 난 이렇게 생각했다. 그럴 바에는 차라리 들볶이면서 사는 게 낫다. 나 하나 들볶이는 건 괜찮다. 핍, 우리 집에 회초리가 없으면 얼마나 좋겠니? 그놈의 회초리로 차라리 나를 때리면 괜찮은데······. 하지만 우리 사정이 그러니 네가 좀 힘들더라도 그냥 넘어가 주면 고맙겠구나, 핍."

나는 어렸지만 그때부터 조를 진정으로 존경하게 되었다. 조와 나는 오래전부터 줄곧 동등한 사이였다. 하지만 그날 이후 조를 보면 나도 모르게 존경심이 솟아올랐다.

조는 석탄을 가지러 자리에서 일어나면서 말했다.

"벌써 8시가 됐는데도 누나가 들어오지 않는구나! 행여 펌블추크 삼촌 마차가 얼음에 미끄러진 건 아닌지 걱정이야."

누나는 장날이면 펌블추크 씨와 같이 장을 봐주곤 했다. 우리 집에서 쓸 것은 누나가 알아서 샀지만, 혼자 사는 펌블추크 씨가 가정부를 믿지 못하는 바람에 누나가 물건을 손수 골라주었다. 그날은 마침 누나가 펌블추크 씨와 함께 장보러 간 날이었다.

조가 불을 지피고 벽난로 주변을 청소했다. 청소를 끝내자마자 조와 나는 마차 소리가 잘 들리는 문가로 갔다. 유난히 쓸쓸하고 추운 밤이었다. 매서운 바람이 불었고, 서리가 잔뜩 얼어붙었다. 아마도 이런 밤에 습지대에 있다면 꼼짝없이 얼어 죽을 것이다. 나는 문득 이런 생각을 하며 밤하늘의 별들을 쳐다보았다. 별을 보자 불현듯 감옥선으로 돌아간 나의 친구가 생각났다. 그리고 이런 날씨에 누구의 도움도 받지 못하고 습지대 같은 곳에서 홀로 얼어 죽으면 얼마나 쓸쓸하고 비참할까 하는 생각이 들었다. 그때 조가 나의 우울한 상념을 일깨웠다.

"오, 마차가 온다! 말발굽 소리가 영락없는 종소리네!"

말이 딱딱하게 언 길을 달릴 때는 정말 음악 같은 소리가 났다. 말편자가 딱딱한 땅에 부딪치면서 경쾌한 소리를 내는 것이었다. 조와 나는 누나가 마차에서 편히 내릴 수 있도록 의자를 집 밖에 내다놓았다. 그리고 창문이 환하도록 난롯불을 더 높이고, 부엌이 잘 정돈되어 있는지 점검했다.

누나를 맞이할 모든 준비가 끝났을 때 마차가 도착했다. 펌블추크 씨와 누나는 얼굴까지 감싼 채 추위에 바들바들 떨고 있었다. 누나가 먼저 마차에서 내리고, 뒤이어 펌블추크 씨가 내려 말에 천을 덮어주고 모두 부엌으로 들어갔다. 찬 기운을 몰고 실내로 들어가니 난롯불의 열기가 한층 가라앉는 듯했다. 누나는 집 안으로 들어오기가 무섭게 후다닥 외투를 벗고 모자를 뒤로 젖혔다. 끈 달린 모자가 어깨에 늘어졌다.

"정말이지, 오늘 핍, 저 녀석은 고마운 줄 알아야 해. 오늘 감사할 줄 모른다면 저 녀석은 평생 감사함을 모르고 살아갈 거예요."

나는 누나가 왜 그런 말을 하는지, 또 뭘 감사해야 하는지도 모른 채 무작정 감사한 표정을 지었다.

"이 애가 제멋대로 행동하지 않기만을 기도할 뿐이에요. 과연 그 기도가 먹힐지는 모르겠지만."

"글쎄 그 여자가 그렇게 내버려두지 않을 겁니다. 어련히 알아서 잘할까."

펌블추크 씨가 말했다.

그 여자라니? 나는 입술과 눈썹만 움직여 '그 여자라니?' 하는 표정으로 조를 쳐다보았다. 조도 나와 똑같이 '그 여자라니?' 하는 표정을 지었다. 그 순간 누나가 조를 쳐다보자 조는 손등으로 코를 문지르며 누나의 눈치를 살폈다.

"왜 나를 빤히 쳐다보는 거야? 집에 불이라도 났나?"

누나가 험악한 표정으로 쏘아붙였다.

"그 여자라니? 그게 무슨 말인가 해서……."

조가 말했다.

"그 여자가 그 여자지, 뭐야? 미스 해비셤이 남자도 아닌데. 당신 그 정도로 모자란 사람은 아니겠지?"

"저기 읍내에 사는 미스 해비셤 말이야?"

"당연한 걸 뭘 물어? 그럼 읍내 말고도 미스 해비셤이 있나?"

누나가 여전히 이기죽거렸다.

"미스 해비셤이 이 녀석을 보내달래. 자기 집에 와서 놀아달라고. 당연히 보내야지. 그리고 거기서 잘 노는 게 좋을 거야."

누나는 아주 유쾌하게 고개를 흔들며 덧붙였다.

"안 그러면 여기서 죽도록 일할 테니까!"

읍내 미스 해비셤이라면 나도 들어본 적이 있었다. 우리 마을은 물론 그 주변에서도 미스 해비셤을 모르는 사람이 거의 없었다. 그녀는 대단한 부자이면서 무시무시하고 기이하기로 소문이 자자했다. 아무도 들어오지 못하게 집에 쇠창살을 쳐놓고 집 밖으로 나오지도 않는다는 얘기를 들은 적이 있다.

"정말 놀라운걸! 미스 해비셤이 핍을 안다는 거야?"

조가 어깨를 으쓱하며 소리쳤다.

"바보 같은 소리! 미스 해비셤이 핍을 어떻게 알아?"

"그랬잖아. 미스 해비셤이 자기네 집에 핍이 와서 놀아주기를 바란다고……."

"그럼 미스 해비셤이 펌블추크 삼촌한테 혹시 자기 집에 와서 같이 놀아줄 꼬마 하나 없냐고 물어보지도 못한단 말이야? 펌블추크 삼촌이 미스 해비셤의 임차인이라는 것을 몰라? 그래서 삼촌이 정기적으로 그 여자한테 임대료를 주러 가는 것도? 그 임대료가 분기별로 내는 건지 반년마다 내는 건지 당신 같은 작자가 알기나 하겠어? 그리고 펌블추크 삼촌이 항상 우리 집 사정을 헤아려서 이런 친절을 베푸는 것도 모른단 말이야?"

누나는 조가 이 세상에서 가장 무정한 사람이라도 된다는 듯 힐난조로 계속 말했다.

"그러니까 삼촌이 그 여자를 만났을 때 저 녀석 얘기를 하신 거지. 종일 집구석에서 깡충깡충 뛰는 저 녀석 말이야. 저 녀석 지금도 깡충깡충 뛰고 있잖아!"

나는 어이가 없었다. 나는 누나 말처럼 집 안에서 뛰거나 한 적이 한 번도 없다. 지금도 그렇다.

"나를 노예나 다름없이 살게 만드는 저 녀석을 보내라는 거라고!"

"맞아, 그렇고말고! 말 한번 잘하네! 정말 훌륭해! 정말 딱 맞는 말이야! 조, 이제 어떻게 돌아가는지 알겠지?"

펌블추크 씨가 누나의 말에 호들갑스럽게 맞장구쳤다.

"알긴 뭘 알아요, 저 인간이!"

누나가 계속 조에게 퍼부었다. 조는 아무 말도 못하고 손등으로 코를 문지르기만 했다.

"당신은 아직도 뭐가 어떻게 돌아가는지 전혀 몰라. 물론 자기는 안다고 생각하겠지만, 사실은 아무것도 모르지. 삼촌은 저 녀석이 그 여자 집에 가면 그래도 운이 트일 거라고 생각하셔서 당장 오늘 밤에라도 그 여자 집까지 저 녀석을 데려다주신다고 하셨어. 그걸 당신이 알기나 해?"

누나는 계속 조를 몰아붙이다가 갑자기 낙담한 표정을 지으며 모자를 아무렇게나 집어던졌다.

"펌블추크 삼촌이 직접 데려다주신다는데, 게다가 말들이 지금 밖에서 추위에 덜덜 떨고 있는데, 이 얼간이들은 대체 뭘 하는 거야! 그런데 이놈은 머리부터 발끝까지 먼지투성이에 땟국물이 좔좔 흐르니, 이 일을 어쩐다?"

누나는 소리치다 말고 마치 독수리가 어린 양을 낚아채듯 내게 덤벼들었다. 그러고는 내 얼굴을 빗물통에 처박고 물을 틀었다. 이어 비누칠을 하면서 나를 설거지하듯 마구 문지르고, 등짝을 사정없이 때리고, 수건으로 친친 휘감고, 온갖 험한 말을 쏟아부었다. 씻기가 끝났을 때 나는 정신을 잃기 직전이었다. 누나는 내게 깨끗한 옷을 입혔는데, 그 옷은 온몸이 불편할 정도로 뻣뻣하기 이를 데 없었다. 이윽고 나는 펌블추크 씨한테 넘겨졌고, 그는 마치 자기가 재판관이라도 된다는 듯 거드름을 피우며 훈시를 늘어놓았다.

"애야, 모두에게 감사해야 한다. 특히 너를 손수 키워주신 분께 감사해야 한다."

그의 훈시가 끝나자 나는 조에게 말했다.

"다녀올게, 조!"

"행운이 깃들길, 핍!"

나는 지금까지 조와 떨어져 지내본 적이 없다. 조와 떨어진다는 섭섭함과 얼굴에 묻은 비누 거품 때문에 나는 펌블추크 씨의 이륜마차 말고 아무것도 보이지 않았다. 밤하늘의 별들도 눈에 들어오지 않았다. 시간이 지나면서 별빛이 하나둘 보이기 시작했다. 하지만 내 물음에 답하는 별은 하나도 없었다. '대체 내가 어째서 미스 해비셤의 집에 가야 한단 말인가? 대체 거기 가서 뭘 하고 논단 말인가?'

8

펌블추크 씨 가게는 읍내 중심가에 있었다. 잡곡상과 종묘상을 하는 집이어서 마른 후추 열매와 곡물 가루 냄새가 물씬 풍겼다. 가게에는 수많은 서랍들이 있었는데, 아래쪽 서랍을 열어보니 끈으로 묶은 갈색 종이 봉지들이 들어 있었다. 서랍 속의 씨앗들은 그 감옥 같은 곳에서 어서 빠져나와 뿌리내리고 열매 맺기를 고대하고 있는 것 같았다. 그런 공상에 빠졌던 것은 펌블추크 씨 집에 온 다음 날 이른 아침이었다.

그날 아침 나는 펌블추크 씨가 입은 코르덴 옷이 왠지 그의 가게에 있는 씨앗들과 신기할 정도로 닮았다는 느낌을 받았다. 점원도 코르덴 옷을 입었는데, 어쨌든 코르덴과 씨앗에서 같은 냄새와 분위기가 감돌았다. 냄새로만 본다면 코르덴과 씨앗을 전혀 구분하지 못할 정도였다. 그리고 이와 동시에 또 하나 특별한 사실도 발견했는데, 그것은 말하자면 펌블추크 씨네 가게와 그 주변 가게 주인들의 특이하고도 공통적인 모습이었다. 그런 그들의 모습은 이랬다. 펌블추크 씨가 장사하는 방법은 맞은편 마구상을 관찰하는 것이고, 마구상이 장사하는 방법은 마차 제작자를 지켜보는 것이며, 마차 제작자는 빵 가게 주인을 쳐다보고, 또 빵 가게 주인은 식료품 가게를 쳐다보며, 식료품 가게 주인은 문간에 서서 하품을 하면서도 약국을 쳐다보았다. 그런데 다른 상대에게 눈길조차 주지 않는 가게 주인이 있었으니, 다름 아닌 시계 수리공이었다. 그는 돋보기를 끼고 시계와 씨름하고 있었고, 그런 그의 모습을 행인들이 가게 유리창 너머로 구경했다. 따라서 이곳 상가에서 진정으로 자신의 일에 열중하는 유일한 사람은 단연 시계 수리공이라 할 수 있었다.

펌블추크 씨 집에 도착한 첫날부터 나는 천장이 기운 다락방에서 자야 했다. 구석에 침대가 놓여 있었는데, 천장이 너무 낮아서 내 얼굴과 지붕 사이가 30센티미터도 되지 않았다.

아침 8시, 나는 펌블추크 씨와 거실에서 아침을 먹었다. 가게 점원은 콩 자루에 앉아 빵 한 조각과 차 한 잔으로 아침을 먹었다. 펌블추크 씨와 함께 있는 것은 고역이었다. 그는 내가 먹는 음식에는 누나의 가르침대로 참회와 금욕의 의미를 담았다. 나한테 준 빵에는 버터를 거의 바르지 않았고, 우유는 물을 어찌나 많이 탔는지 차라리 우유를 넣지 않는 편이 정직했다.

게다가 아침부터 덧셈이나 곱셈 문제를 내는 것이었다. 내가 아침 인사를 하자, 펌블추크 씨는 거만한 표정으로 물었다.

"7 곱하기 9는 얼마냐?"

배가 고파 죽겠는데 제대로 답할 수가 있겠는가. 그것도 낯선 곳에서. 아침을 먹으려는데, 그가 또 다짜고짜 물었다.

"7 더하기 4는?"

질문은 식사가 끝날 때까지 계속되었다.

'7 더하기 8은?' '더하기 6은?' '더하기 2는?' '더하기 10은?' 등등. 문제 하나를 풀고 빵을 한입 베어 먹거나 차를 한 모금 마시자마자 곧바로 다음 문제를 냈다. 그는 문제를 내면서도 따끈따끈한 롤빵과 베이컨을 게걸스럽게 먹었다. 10시가 되어 미스 해비셤의 집으로 떠날 때 비로소 나는 그의 고문에서 벗어날 수 있었다.

미스 해비셤의 집에서 어떻게 처신해야 할지 생각하니 마음이 불안했다. 출발한 지 15분도 되지 않아 미스 해비셤의 집에 도착했다. 미스 해비셤의 저택은 오래된 벽돌집이었는데, 분위기가 음산하고 집 여기저기 쇠창살이 달려 있었다. 창문 일부는 담으로 막아놓았고, 아래층 창살은 모조리 녹슬어 있었다. 쇠막대 울타리로 둘러친 앞마당은 바깥세상과 철저히 격리되어 있었다. 초인종을 누르고, 사람이 나오기 전 문틈으로 안을 들여다보니 본채 옆에 커다란 양조장이 있었다. 양조장은 이미 오래전 방치되어 폐허나 다름없었다.

잠시 후 창문이 열리더니 낭랑한 여자의 목소리가 들려왔다.

"누구시죠?"

"펌블추크라고 합니다."

"네, 잠시만요."

창문이 다시 닫히고, 열쇠를 든 소녀가 나타났다.

"얘가 핍이라오."

펌블추크 씨가 말했다.

"그래요?"

소녀는 매우 예쁘고 도도해 보였다.

"들어와, 핍."

펌블추크 씨가 나와 같이 안으로 들어가려 하자, 소녀가 가로막으며 물었다.

"미스 해비셤을 만나시려고요?"

"미스 해비셤이 나를 만나려고 한다면 말입니다."

당황한 펌블추크 씨가 말했다.

"미스 해비셤은 당신을 만나지 않겠다고 하셨는데요."

소녀가 어찌나 단호하게 말했는지 펌블추크 씨는 더 할 말이 없었다. 졸지에 체면을 구긴 그는 나를 노려보면서 꾸짖듯 말했다.

"너를 손수 키워준 사람들을 욕되게 해서는 안 된다!"

그러고는 곧바로 돌아갔다. 나는 혹시나 그가 다시 돌아와 덧셈 문제를 내지나 않을까 걱정되었다.

소녀는 대문을 잠그고 나를 데리고 마당을 가로질러 갔다. 판석이 깔린 마당은 깨끗하기는 했지만 판석 틈새마다 잡초들이 고개를 내밀고 있었다. 양조장으로 이어지는 조붓한 길 끝에 나무 문이 열려 있어서 양조장을 둘러싸고 있는 건너편 높은 담장까지 내다보였다. 양조장은 텅 비어 있었고, 사람이 지나다닌 흔적도 전혀 없었다. 그리고 그곳에는 바깥보다 더 세찬 바람이 부는 것 같았다. 한 차례 강한 바람이 양조장으로 몰아치면서 날카롭게 울부짖는 소리가 났다. 내가 양조장을 쳐다보자 소녀가 말했다.

"저기서 만든 맥주는 맛이 꽤 독해도 몸에 해롭지는 않아."

"그렇군요."

나는 조금 수줍게 대답했다.

"저기서 맥주를 더 안 만드는 게 좋아. 신맛 나는 맥주만 나올 테니까. 안 그래?"

"그럴 거 같네요, 아가씨."

"저기서 술 만들 사람도 없고. 암튼 저 양조장은 끝났어. 저러다 언젠가는 허물어지겠지. 하지만 지하실에는 독한 맥주가 잔뜩 쌓여 있지. 매너 하우스가 잠기고도 남을 만큼."

"매너 하우스가 이 집 이름인가요, 아가씨?"

"여러 이름 중 하나지."

"그럼 다른 이름이 많나요?"

"많은 건 아니고, 하나 더 있어. 새티스라고. 그리스어인지 라틴어인지 히브리어인지 잘 모르겠지만. 아니면 셋 다인가? 어쨌든 나한테는 마찬가지지만. 아무튼 '넉넉하다'는 뜻이지."

"넉넉한 집, 아주 독특한 이름이네요."

"그래. 하지만 또 다른 뜻도 있어. 이 집을 가진 사람은 더 이상 바랄 게 없다는 뜻이야. 옛날 사람들은 꿈도 소박했나 보지? 그건 그렇고 꼬마야, 왜 그렇게 꾸물대는 거야?"

그녀는 내 또래쯤 되어 보였다. 그런데도 무성의한 말투는 물론이고, 무례하게도 나한테 꼬마라고 하는 것이었다. 물론 여자들이 원래 그런 데다 외모가 뛰어나고 침착해서 나보다 훨씬 조숙해 보이기는 했다. 그래서일까? 그녀는 흡사 여왕님이라도 되는 듯 나를 깔보았다.

그녀와 나는 옆문으로 집 안에 들어갔다. 큼지막한 정문에는 두 줄의 쇠사슬이 채워져 있었다. 집 안으로 들어서자 어둠침침한 복도가 나왔고, 복도 초입에 촛불이 있었다. 그녀는 촛불을 집어 들었다. 복도를 몇 개 지나자 계단이 나타났다. 우리는 여전히 어둠컴컴한 계단을 올라갔다. 불빛이라고는 촛불밖에 없었다. 이윽고 어느 방문 앞에 이르자 그녀가 말했다.

"들어가."

"먼저 들어가세요."

나는 왠지 부끄러워서 기어드는 목소리로 말했다.

"멍청하게 굴지 말고, 어서 들어가. 난 안 들어가."

그녀는 말을 끝내기 무섭게 돌아서 가버렸다. 촛불도 가져가 버려서 눈앞이 컴컴했다. 불안하고, 조금은 무섭기까지 했지만, 그렇다고 돌아갈 수도 없는 노릇이었다.

나는 문을 두드렸다. 방 안에서 들어오라는 목소리가 들렸다. 굉장히 넓은 방 안에 촛불이 환하게 켜져 있었다. 햇빛이라고는 전혀 없었다. 가구들을 보아하니 드레스룸인 것 같았다. 천으로 씌운 탁자 위에 놓인 금빛 거울이 첫눈에 들어왔는데, 귀부인들이나 쓰는 화장대 같았다(한눈에도 귀부인 같은 여인이 거기 앉아 있었다). 여인은 지금까지 한 번도 본 적 없고, 앞으로도 볼 수 없을 만큼 이상한 생김새와 차림이었다. 그런 여자가 화장대에 한쪽 팔꿈치를 올리고, 그 손을 머리에 괴고 있었다.

여자는 레이스 달린 고급 실크 드레스를 입고 있었다. 하얀 드레스에 구두 역시 흰색이었고, 머리에도 하얀 베일을 쓰고 있었다. 또한 신부처럼 꽃으로 머리를 장식했는데, 머리카락조차 백발이었다. 온몸을 보석으로 장식하다시피 했고, 화장대 위에도 보석들이 즐비했다. 방 한쪽에 여행 가방이 반쯤 열려 있었는데, 그 언저리에 옷가지들이 아무렇게나 뒹굴었다. 그녀는 아마도 몸단장을 하던 중 나를 맞이한 것 같았다. 구두는 한 짝만 신은 채였고, 다른 한 짝은 그녀가 팔꿈치를 괴고 있는 화장대 위에 놓여 있었다. 베일도 완전히 정리가 안 됐고, 여러 가지 장신구들과 손수건, 장갑, 꽃, 그리고 성경 등이 화장대 위에 흩어져 있었다.

그녀의 드레스는 물론 장신구와 액세서리 중에는 유난히 흰색이 많았다. 그런데 자세히 보니 그 흰색들이 한결같이 광택을 잃고 누르스름하게 변색되어 있었다. 웨딩드레스를 입은 신부도 퇴색된 드레스처럼 이미 젊음의 빛을 잃고 폭삭 시들어버린 몰골이었다. 움푹 꺼진 눈에서 나오는 눈빛만이 그나마 그녀에게서 발견할 수 있는 유일한 생기였다. 또한 생기발랄한 처녀가 입었을 웨딩드레스는 피골이 상접한 몸에 헐렁하게 걸쳐져 있었다. 나는 그 모습을 보면서 언젠가 박람회에서 보았던 소름 끼치는 밀랍 인형과 교회 지하 묘지에서 발견된 오래된 해골을 떠올리지 않을 수 없었다. 이 여자가 바로 미스 해비셤이었다.

미스 해비셤은 옛날 보았던 밀랍 인형과 해골 같은 얼굴을 하고, 게다가 눈알을 이리저리 굴리며 나를 쏘아보았다. 나는 비명을 지를 뻔했다.

"누구냐?"

미스 해비셤이 물었다.

"핍이에요."

"핍?"

"펌블추크 씨가 데려다줬어요."

"가까이 와봐라. 얼굴 좀 보자."

나는 미스 해비셤 앞에 서서도 그녀의 눈을 똑바로 쳐다볼 수 없었다. 그러다 주변의 물건들을 비교적 자세히 볼 수 있었는데, 특히 눈길을 끄는 것은 시계였다. 화장대 위에 있는 시계는 물론 괘종시계도 똑같이 9시 20분 직전에 멈춰 있었다.

미스 해비셤이 말했다.

"나를 보거라. 난 말이다, 네가 세상에 태어난 이래 지금껏 한 번도 햇빛을 보지 못했다. 내가 무섭지 않니?"

"아뇨!"

나도 모르게 엄청난 거짓말을 하고 말았다.

"이 손 밑에 뭐가 있는 줄 아니?"

그녀가 가슴에 두 손을 대고 물었다.

그녀의 행동을 보자 습지대에서 보았던 젊은 탈옥수가 떠올랐다.

"네, 알아요."

"뭔데?"

"가슴요."

"그래, 찢어진 가슴이지!"

그녀는 마치 자랑하는 듯한 기묘한 미소를 띤 채 힘주어 말했다. 이어서 그녀는 가슴에 얹은 손을 천천히 내려놓았다.

"나는 너무 지쳤어. 세상 사람들하고 인연을 끊었지. 자, 한번 놀아보거라."

물론 나는 그녀의 느닷없는 요구에 곧바로 응할 수 없었다.

"가끔씩 난 병적인 기분에 빠지지. 노는 걸 보고 싶구나. 어서 한번 놀아봐."

그녀는 오른 손가락을 신경질적으로 흔들었다.

"어서 놀아! 놀아보라니까!"

그때 나를 혼낼 때의 누나 모습이 떠올랐다. 나는 펌블추크 씨의 마차 흉내라도 내면서 방 안을 빙빙 돌아볼까 하는 생각도 했다. 하지만 도저히 엄두가 나지 않아 그녀를 바라보며 우두커니 서 있기만 했다. 그렇게 한동안 우리는 서로를 뚫어져라 쳐다보았다. 이윽고 그녀가 입을 열었다.

"고집이 센 아이구나?"

"아뇨. 죄송하지만 못하겠어요. 누나한테 혼나면 안 되니까 뭐든 하고 싶지만 이 집이 너무 낯설고, 아주 좋고…… 또…… 왠지 우울하고……."

말을 많이 한 것이 두려워서, 또 말을 많이 하게 될 것 같아 두려워서 나는 더 이상 말할 수 없었다.

미스 해비셤과 나는 다시 서로를 바라보기만 했다. 잠시 후 그녀는 내게서 눈을 돌려 화장대 거울에 비친 자기 모습을 보면서 말했다.

"나한테는 지긋지긋한 것이 너한테는 생소한가 보구나. 나한테는 익숙한 것이 너한테는 낯설고. 하지만 우울한 건 우리 둘 다 똑같구나. 에스텔러를 불러다오."

그녀는 여전히 거울을 보고 말했으므로 나는 그녀가 혼잣말을 하는 줄 알고 가만히 있었다.

"에스텔러를 부르라니까!"

그녀가 고개를 돌려 나를 보고 외쳤다.

"그건 할 수 있겠지? 문간으로 가서 그 애를 불러라."

소녀를 부르는 것도 영 내키지 않았다. 그렇게 도도한 계집애를 '에스텔러'라고 부르자니 영 무례하게 느껴졌기 때문이다. 소녀를 부르라는 것이 놀아보라는 명령만큼이나 싫었다. 나는 기어드는 소리로 한 번 불렀다. 그런데 불행 중 다행으로 소녀가 예의 촛불을 들고 나타났다. 촛불은 캄캄한 복도에서 별처럼 빛났다.

미스 해비셤은 에스텔러에게 가까이 오라고 손짓하더니 화장대에서 보석 하나를 꺼냈다. 그리고 그 보석을 에스텔러의 머리와 가슴에 직접 대어보았다.

"이제 곧 모두 네 것이 될 거다. 잘 간직해라. 이 애랑 카드놀이나 한번 해봐라."

"얘하고요? 이렇게 보잘것없는 막노동꾼하고요?"

"그게 뭐 어때서? 얘 마음을 짓밟아봐."

에스텔러가 내게 물었다.

"할 줄 아는 게임 있어?"

"거지 만들기(한쪽이 다 잃을 때까지 하는 카드놀이―옮긴이)만 할 줄 알아요, 아가씨."

"그럼 얘를 완전히 거덜 내봐."

미스 해비셤이 에스텔러에게 말했다. 카드놀이가 시작되었다. 에스텔러가 카드를 섞는 동안, 나는 화장대 위를 다시 살펴보았다. 옛날에는 흰색이었지만, 지금은 누렇게 변한 구두는 단 한 번도 신은 것 같지 않았다. 또한 옛날에는 흰색이었으나 지금은 누르께한 실크 양말도 후줄근하게 변해 있었다. 이렇듯 방 안의 모든 사물들이 창백하게 퇴색되었고, 동시에 방 전체가 아무 생명력 없이 정지된 느낌이어서, 깡마른 몸뚱이에 걸친 웨딩드레스는 물론 베일마저 수의(壽衣)를 연상하게 했다.

미스 해비셤은 나와 에스텔러가 카드놀이를 하는 동안 그야말로 시체처럼 앉아 있었다. 웨딩드레스 장식과 주름마저 흙으로 만든 종잇장 같았다. 그때 나는 아주 오래전의 시체가 갑자기 햇빛을 쬐면 순식간에 가루가 되어버린다는 전설을 몰랐다. 그 전설을 알게 되고 나서, 간혹 미스 해비셤을 처음 보았던 그때를 떠올리면 이런 생각을 하곤 했다. '아마도 그때 그녀가 햇빛을 쬐었다면 틀림없이 먼지가 돼버렸을 거야!'

"얘는 네이브를 잭이라고 부르네요. 저 험한 손 좀 보세요. 저 두껍고 해진 구두 좀 보세요."

에스텔러가 첫 번째 게임이 끝나기도 전에 나에게 면박을 주었다.

나는 그때까지 내 손을 한 번도 부끄럽게 여긴 적이 없었다. 그러나 에스텔러가 비아냥거리자 그 손이 그야말로 볼품없어 보였다. 그녀가 너무 심하게 경멸한 탓에 그 감정이 나한테까지 옮아 온 것이었다.

첫판은 에스텔러가 이겼다. 이번에는 내가 카드를 나눠 줄 차례였다. 에스텔러는 내가 실수하기를 기다리고 있었다. 그래서인지 나도 모르게 카드를 잘못 나눠 주고 말았다. 그러자 에스텔러가 또다시 면박을 주며 바보 같은 꼬마 막노동꾼이라고 놀려댔다.

"얘, 넌 왜 아무 말도 안 하니?"

옆에서 구경하던 미스 해비셤이 내게 물었다.

"에스텔러가 너를 갖고 노는데도 넌 그냥 당하고만 있잖아. 넌 에스텔러를 어떻게 생각하니?"

"글쎄요……."

나는 우물거리기만 했다.

"내게 귓속말로 말해보렴."

미스 해비셤은 내게 귀를 갖다 댔다.

"꽤 도도한 것 같은데요."

나는 속삭이듯 말했다.

"그리고, 또?"

"아주 예쁘기도 하고요."

"그리고, 또?"

"저를 엄청 무시하는 것 같아요."

이렇게 대답하자 미스 해비셤은 아주 잠시 나를 쏘아보더니 재차 물었다.

"그리고, 또?"

"저는 지금 돌아가고 싶어요."

"그래? 그럼 다시 보고 싶지 않다는 거니? 저렇게 예쁜 애를?"

"꼭 그런 건 아니지만, 오늘은 그냥 돌아가고 싶어요."

"곧 보내줄게. 카드놀이를 계속해."

미스 해비셤이 큰 소리로 외쳤다.

미스 해비셤을 처음 보았을 때 그 이상한 미소만 없었더라면, 나는 그녀가 전혀 웃을 줄 모르는 사람이라고 생각했을지도 모른다. 그녀는 모든 것을 경계하는 듯한 표정이었고, 동시에 몸과 마음도 한없이 가라앉은 느낌이었다. 그녀의 가슴도 가라앉았고, 등도 가라앉아 구부정했으며, 목소리도 가라앉아 힘없이 갈라졌다. 그래서 그녀의 주변으로 항상 죽음과도 같은 적막이 감도는 것 같았다. 말하자면 그녀는 회복할 수 없는 어떤 상처를 입고 육체와 영혼이 모두 무너져 내린 모습이었다.

카드놀이에서 나는 완전히 거덜 났다. 그야말로 알거지가 되고 말았다. 에스텔러는 승리의 기쁨을 만끽하기는커녕 멸시하는 듯한 눈길로 카드를 쳐다보고는 탁자 위로 내던졌다.

"언제 또 올래?"

미스 해비셤이 물었다.

곧바로 대답하는 대신 오늘이 수요일이라고 말하자, 미스 해비셤이 예의 손가락을 신경질적으로 흔들며 내 말을 막았다.

"그만! 난 요일 같은 건 모른다. 날짜도 몰라. 여섯 밤 자고 다시 오너라. 알았느냐?"

"알겠습니다."

"에스텔러, 이 아이를 데리고 가렴. 먹을 걸 좀 주고. 이제 그만 가거라, 핍."

촛불을 쫓아 계단을 올라왔듯이, 이번에는 촛불을 쫓아 계단을 내려갔다. 복도에 이르자 에스텔러는 맨 처음 이 집에 들어왔을 때 촛불이 놓여 있던 그 자리에 다시 촛불을 세워놓았다. 그녀가 문을 열자 햇빛이 비쳐 들어 나는 적잖이 놀랐다. 그녀가 문을 열기 전까지 벌써 밤이 되었으리라 생각했는데, 뜻밖에도 햇빛을 마주하자 어안이 뻥뻥했다. 어둠침침한 방에서 보낸 시간이 그만큼 길게 느껴졌던 것이다.

"여기서 잠깐 기다려."

에스텔러는 나 혼자 남겨두고 사라졌다.

그녀가 자리를 비운 사이 나는 나의 거친 손과 두껍고 해진 구두를 뜯어보았다. 전과 달리 내 손은 물론 구두마저 아주 저속하고 조잡해 보였다. 그리고 그것이 몹시 괴로웠다. 또 한편으로는 에스텔러하고 했던 카드놀이를 생각하기도 했다. 내가 '네이브'라고 부르는 카드를 그녀는 왜 '잭'이라고 부르는지 조에게 물어볼 작정이었다. 이런저런 생각들을 하니 나 자신은 물론 조마저 원망스러운 마음이 생겼다. '조가 교양 있는 사람이면 얼마나 좋을까? 그럼 나도 교양 있는 사람이 되었을 텐데.'

잠시 후 에스텔러가 빵과 고기, 맥주를 가지고 돌아왔다. 그녀는 맥주를 판석 위에 올려놓고 나를 쳐다보지도 않은 채 빵과 고기를 불쑥 내밀었다. 나를 인간 이하로 취급하는 무례하기 짝이 없는 태도였다. 나는 불쾌함을 넘어서서 치욕스러운 마음에 너무 화나고 분해서(그 어떤 말로도 표현할 수 없는 감정이었다) 왈칵 눈물이 쏟아질 것 같았다. 그런데 에스텔러는 기쁜 표정을 노골적으로 드러내며 나를 보았다. 자기가 나를 울렸다는 사실에 쾌감을 느끼는 게 분명했다. 그 순간 나는 눈물을 삼키고 그녀를 똑바로 쳐다보았다. 그러자 그녀는 더욱 경멸 어린 눈으로 나를 쏘아보더니 가버렸다.

에스텔러가 사라지자 나는 어디 몸을 숨길 만한 곳은 없는지 사방을 두리번거렸다. 양조장으로 통하는 좁은 길에 있는 문이 눈에 띄었다. 문 뒤쪽으로 간 나는 펑펑 울면서 벽을 걷어차고 머리카락을 쥐어뜯었다. 그렇게라도 해야 마음이 가라앉을 것 같았다.

누나 밑에서 자란 나는 사실 감수성이 예민한 소년이었다. 누구 밑에서 자라건 감수성이 예민한 소년은 조금이라도 남과 다른 차별을 받으면 민감하게 반응하게 마련이었다. 물론 소년이 생각하는 차별이란 얼핏 보아 별것 아닌 것처럼 보일 수도 있다. 하지만 소년은 누구보다 작고, 그가 지닌 자신만의 세계 역시 아주 작으므로 작은 차별이나 불공평에도 상처받기 쉬울 수밖에 없다. 나는 아주 어릴 때부터 항상 마음 깊은 곳에서 차별과 불공평에 맞서 싸워야 했다. 조금씩 말을 할 줄 알게 되었을 때부터 누나가 나를 차별한다고 생각했다. 누나가 나를 손수 키웠다고는 하지만, 그렇다고 내게 폭력을 행사할 권리는 없다고 생각했다. 벌을 받고 모욕을 당하고, 갖은 구박을 당하면서도 내 생각을 굽힌 적이 단 한 번도 없다. 그리고 이런 나의 신념은 누구의 보살핌도 받을 수 없는 나만의 고독 속에서 더욱 공고해질 수밖에 없었다. 나는 담벼락을 걷어차고 머리카락을 쥐어뜯으면서 마음의 고통을 잠시나마 잊을 수 있었다. 그렇게 한동안 나 혼자만의 의식을 치른 다음 옷소매로 눈물을 닦고 문밖으로 나왔다. 빵과 고기를 먹고, 맥주도 한 모금 마시자 주위를 둘러볼 여유도 생겼다.

양조장의 스산한 마당에는 비둘기장과 마구간, 돼지우리 등이 있었다. 텅 빈 비둘기장은 강풍을 맞아 기둥에 간신히 매달려 있었다. 마구간은 물론 돼지우리와 창고도 텅 비어 있었다. 술을 만들 때 쓰이는 엿기름도 구경할 수 없었고, 곡물이나 맥주 냄새도 전혀 나지 않았다. 잡초가 마구 자란 앞마당 한구석에는 빈 술통들이 잔뜩 쌓여 있었다. 그 술통들은 마치 세상을 등진 사람 같았다.

양조장 가장자리에는 금방이라도 주저앉을 것만 같은 담장이 있었고, 그 너머로는 잡초가 우거진 정원이 있었다. 담장이 높지 않아서 그 너머까지 보였는데, 그곳은 본채에 딸린 정원이었다. 잡초가 무성하기는 했지만 사람의 발길이 스친 흔적은 있었다. 마침 그때 에스텔러가 그곳을 걸어가는 것이 보였다. 그곳에도 에스텔러가 나타나자 마치 그녀가 어느 곳에나 존재하는 사람처럼 느껴졌다. 내가 술통 위를 걸어 다닐 때 언제 나타났는지 그녀가 마당 끝에서 술통 위를 걷고 있었다. 그녀는 나를 등진 채 아름다운 갈색 머리칼을 두 손으로 넓게 펼쳤다. 그러고는 뒤돌아보지도 않고 곧장 사라졌다. 양조장 건물 안에는 아직도 양조용 기구들이 그대로 있었다. 양조장 안으로 들어가려다 그 어둠에 짓눌려 문간에 우두커니 선 채 주변을 두리번거릴 때, 나는 에스텔러가 난로들 사이를 지나고, 철제 계단을 올라 내 머리보다 훨씬 높은 난간을 지나 밖으로 나가는 것을 보았다. 그 모습은 마치 승천하는 것 같았다.

그 순간 나는 실로 이상한 환영을 보았다. 지금 돌이켜봐도 정말 이상한 일이었다. 눈부신 빛을 올려다보느라 눈이 조금 침침해서 다른 곳으로 시선을 돌렸을 때, 누군가 목매단 채 흔들리고 있는 것을 보았다. 누렇게 색 바랜 드레스를 입고, 구두는 한 짝만 신은 사람이었다. 드레스에는 마치 흙으로 된 종이 같은 액세서리들이 달려 있었다. 그녀는 다름 아닌 미스 해비셤이었다. 그녀의 얼굴은 마치 절규하듯 나를 부르는 것 같았다. 나는 두려움에 치를 떨었다. 방금 전까지만 해도 그곳에 미스 해비셤이 없었다는 것을 너무나도 잘 알고 있기에 무시무시한 공포심에 사로잡혔다. 나는 일단 죽어라 내달렸다. 그러다 다시 미스 해비셤이 있던 곳으로 돌아와 보니 아무것도 없었고, 공포심은 더더욱 극에 달했다.

양조장 밖으로 나오자 청명한 하늘 아래 눈부신 빛이 쏟아지고 있었다. 정원 담장 너머로 지나가는 사람들이 보였다. 나는 남은 빵과 고기를 마저 먹고 맥주로 목을 축였다. 배를 채우고 웬만큼 기운을 차렸을 때 에스텔러가 나타났다. 그녀가 나타나지 않았다면 나는 그렇게 빨리 기운을 회복하지 못했을 것이다. 에스텔러가 겁에 질린 내 얼굴을 보면 대놓고 조롱할 것이 뻔했기에 나는 그녀에게 한 치의 틈도 보이지 않으려고 무진 애썼다. 내 옆을 지나가던 에스텔러는 의기양양한 눈빛으로 나를 쳐다보았다. 그녀의 눈빛은 마치 나의 투박한 손과 두껍고 해진 구두를 다시 확인해서 즐겁다고 말하는 것 같았다.

그녀는 문을 열었고, 그 문을 붙잡은 채 계속 서 있었다. 그녀를 외면하고 밖으로 나가려고 하자 그녀가 비웃듯 나를 툭 쳤다.

"왜 울지 않지?"

"울고 싶지 않으니까요."

"웃기고 있네. 넌 지금 울고 싶잖아. 좀 전까지만 해도 펑펑 울었으면서. 그리고 지금도 울고 싶잖아."

에스텔러가 깔깔 웃어대며 나를 밖으로 밀치고 문을 잠가버렸다.

나는 곧장 펌블추크 씨 집으로 갔다. 다행히 펌블추크 씨는 집에 없었다. 가게 점원에게 엿새 뒤 미스 해비셤의 집을 다시 방문할 거라는 말을 남기고, 조의 대장간까지 6킬로미터가 넘는 거리를 걸어 갔다. 대장간으로 가는 도중 오늘 있었던 일을 곰곰이 되새겨보며 나 자신에게 이렇게 비아냥거렸다.

'너는 보잘것없는 막노동꾼이다. 네 손은 투박하기 그지없다. 너는 두껍고 해진 구두를 신고 있다. 너는 카드놀이를 할 때 네이브를 잭이라고 부르는 멍청이다. 너는 지금까지 스스로 생각한 것보다 훨씬

더 무식한 인간이다. 너는 지금까지 형편없고 천한 신분으로 살아왔던 것이다.'

대장간이 가까워질수록 나의 이런 생각은 더욱 확고해졌다.

9

집에 도착했을 때 누나는 내게 미스 해비셤에 대해 수도 없이 많은 질문을 퍼부었다. 내 대답은 누나의 엄청난 호기심을 충족하기에 역부족이었다. 그 때문에 나는 목덜미며 등짝을 사정없이 쥐어박히고, 얼굴이 부엌 벽에 짓뭉개지는 험한 꼴을 당해야 했다. 질문에 성실하게 대답하지 않았다는 이유였다. 그 당시 내 마음속에는 '타인에게 이해받지 못하는 것에 대한 공포'가 자리 잡고 있었다. 다른 아이들도 비슷할 것이다. 내가 특별히 이상한 아이는 아니었기 때문이다. 그 두려움이야말로 아이들이 입을 꾹 다물게 만드는 자물쇠였다.

내가 보고 느낀 것들을 설명해봤자 그들은 결코 나를 이해하지 못했을 것이다. 미스 해비셤에 대해서는 더더욱 이해할 수 없을 터였다. 확실히 그녀는 불가사의한 존재였다. 하지만 내 느낌을 사실적으로 묘사하는 것은 그녀에게 몹시 무례한 일일 뿐 아니라 배신이라는 생각이 들었다. 거기에는 물론 에스텔러도 포함되었다. 따라서 나는 최대한 말을 아꼈고 당연히 화가 난 누나는 길길이 뛰며 내 얼굴을 부엌 벽에 짓뭉갰던 것이다.

최악의 상황은 저 늙은 잡곡상 펌블추크 씨가 차 마시는 시간에 맞춰 득달같이 달려온 것이었다. 나는 정말이지 이 상황이 너무 싫었다. 모래 빛깔의 머리카락이 잔뜩 곤두선 채로 물고기처럼 흐리멍덩한 눈을 끔벅거리며 어서 이실직고하라는 식으로 씩씩거리는 모습을 본 순간, 나는 악에 받친 나머지 단 한마디도 내뱉고 싶지 않았다.

그는 벽난로 바로 옆 자신의 전용 의자에 앉기가 무섭게 물었다.

"그래, 꼬마야. 그 집에서는 어땠니?"

"좋았어요."

내 대답이 끝나기가 무섭게 누나가 주먹질을 해댔다.

"좋았다고? 그냥 좋았다고 말하는 건 대답이 아니다. 자, 꼬마야. 방금 말한 게 무슨 뜻인지 설명해보지 않겠니?"

펌블추크 씨가 친절하게 되물었다.

어쩌면 회반죽 때문에 머리가 돌처럼 굳어버렸는지도 모르겠다. 하여간 나는 부엌 벽에 얼굴을 쥐어박히고 이마에 회반죽을 묻힌 뒤로는 아무 생각이 없었다. 나는 한참을 심사숙고한 끝에 마치 새로운 발견이라도 한 것처럼 간단하게 대답했다.

"아주 좋았다는 뜻이죠."

참다 못한 누나가 악을 쓰며 내게 달려들었다. 공교롭게도 조는 대장간에 있었기 때문에 방패막이가 돼줄 수도 없는 상황이었다.

"그러지 말아요! 흥분하지 말고 나한테 맡겨요, 부인. 내게 맡기라고요."

펌블추크 씨가 누나를 가로막고 마치 머리를 자르기라도 할 것처럼 내 몸을 자기 쪽으로 돌려 세우더니 이렇게 말했다.

"우선 생각을 정리하기 위해 묻겠다. 43펜스는 몇 실링이지?"

나는 대답의 결과를 곰곰이 따져보았다. 4백 파운드라고 말하면 어떨까? 아무래도 그건 득이 되지 않을 듯싶었다. 그래서 최대한 정답에 가까운 숫자를 찾아 8펜스가량 벗어난 숫자를 말했다. 그러자 펌블추크 씨는 '12펜스는 1실링'부터 시작해서 '40펜스는 3실링 4펜스'까지, 펜스와 실링의 환산법을 복습시키고는 완벽하게 가르쳤다는 듯 의기양양하게 물었다.

"자, 그럼 42펜스는 몇 실링이지?"

나는 한참 생각한 끝에 대답했다.

"모르겠는데요."

솔직히 말해서 그때 너무 화가 나서 어쩌면 정말로 정답을 몰랐을 수도 있었다.

펌블추크 씨는 무슨 수를 써서라도 내 입에서 정답이 나오게 하고 말겠다는 듯 머리를 쥐어짜면서 다시 물었다.

"그럼 43펜스가 7실링 6펜스 3파든(1파든은 4분의 1페니, 펜스는 페니의 복수형—옮긴이)이 맞니?"

"네!"

나는 대답과 동시에 누나에게 귀싸대기를 얻어맞았다. 하지만 펌블추크 씨가 더 이상 농담 따먹기를 할 수 없게 된 건 다행 중의 다행이었다. 그는 가까스로 마음을 진정시키느라 팔짱을 꼭 낀 채 다른 질문을 했다.

"그래, 미스 해비셤은 어떻게 생겼더냐?"

"키가 엄청 크고, 피부가 까무잡잡했어요."

"그게 정말이에요?"

누나가 물었다.

펌블추크 씨는 맞다는 뜻으로 한쪽 눈을 찡긋해 보였다. 나는 그가 미스 해비셤을 직접 만나본 적이 없다는 사실을 알아챘다. 왜냐하면 내 말은 새빨간 거짓말이었으니까.

"좋아! 저 꼬마를 어떻게 다뤄야 할지 알았소. 이러니까 좀 우리 뜻 대로 돼가는 것 같지 않소, 부인?"

펌블추크 씨가 우쭐대면서 누나한테 말했다.

"제발 삼촌께서 이놈을 데리고 계셨으면 좋겠네요. 애를 아주 잘 다루시잖아요."

누나가 맞장구를 쳤다.

"음, 애야! 아까 네가 찾아갔을 때 미스 해비셤은 어쩌고 있던?"

"마차의 검은색 벨벳 의자에 앉아 있던데요."

펌블추크 씨와 누나의 눈이 휘둥그레지더니 약속이나 한 듯 똑같 이 되물었다.

"마차의 검은색 벨벳 의자?"

"네. 그리고 에스텔러라고, 미스 해비셤의 조카 같았는데, 아무튼 그 에스텔러 양이 마차 창문으로 케이크와 포도주를 가져왔어요. 황 금 쟁반에 담아서요. 저는 마차 뒷좌석에서 그걸 먹었죠. 미스 해비셤 이 그렇게 먹으라고 했거든요."

"거기 다른 사람도 있었니?"

펌블추크 씨가 물었다.

"개 네 마리가 있었어요."

"큰 개, 아니면 작은 개?"

"무지막지하게 큰 개였어요. 그 녀석들이 은그릇에 담긴 송아지 고 기를 서로 먹겠다고 으르렁대면서 싸웠어요."

펌블추크 씨와 누나는 또다시 경악을 금치 못했다. 나는 내 거짓말 에 도취되어 완전히 제정신이 아니었다. 마치 고문에 시달리던 증인 이 없는 비밀도 만들어 입에서 나오는 대로 지껄이는 꼴이었다.

"맙소사! 그럼 그 마차는 대체 어디에 있었는데?"

누나가 다시 물었다.

"미스 해비셤의 방에요."

두 사람은 다시 얼굴을 마주 보았다.

"그렇지만 말이 매어 있지는 않았어요."

나는 얼른 그렇게 덧붙였다. 사실 호화로운 장신구를 갖춘 네 마리 말이 마차에 매여 있더라고 말하고 싶은 충동을 간신히 억누르고 적당한 선에서 설명을 마친 것이었다.

"그게 가능한 일인가요, 삼촌? 저는 얘가 무슨 말을 하는지 도통 이해할 수 없네요."

"내가 설명하지. 아마 그건 가마 같은 것일 거요. 알다시피 그 여자는 엄청 유별난 괴짜 아니오? 그러고도 남을 성격이지."

"삼촌은 그 여자가 가마 탄 모습을 본 적 있으세요?"

"그걸 내가 어떻게 봐요? 난 그 여자 얼굴도 못 봤는데. 뒤통수도 본 적 없소!"

마침내 그는 자신의 허풍을 실토할 수밖에 없었다.

"그분하고 얘기도 나누셨다면서요?"

"그거야 나는 방문 밖에 있고, 그녀는 안에서 문만 살짝 열어놓고 말했으니까. 어쨌든 이 꼬마는 그 집에 놀러 간 거잖소. 그래서 넌 거기서 뭘 하고 놀았니?"

펌블추크 씨가 퉁명스럽게 말했다.

"깃발을 가지고 놀았어요."

이때 내가 한 거짓말을 돌이켜보면 지금도 놀라지 않을 수 없다.

"깃발이라니?"

"응, 누나. 에스텔러는 푸른 깃발, 난 빨간 깃발, 미스 해비셤은 마차 창문으로 황금색 별들이 수놓인 깃발을 흔들었어. 그런 다음 우리 다 같이 칼을 휘두르며 만세를 불렀어."

"칼을! 대체 그런 걸 어디에 두는데?"

누나가 외쳤다.

"벽장에. 거기 총도 있고 잼이랑 약도 있어. 방에는 햇빛이 하나도 안 들어오는데 촛불을 환하게 밝혀났더라고."

"그건 사실이오, 부인. 바로 그랬소. 그것까지는 내가 확실히 보았으니까."

펌블추크 씨가 진지하게 고개를 끄덕였다.

갑자기 두 사람이 나를 빤히 쳐다보았다. 나는 짐짓 꾸밈없고 순진한 표정으로 그들을 똑바로 쳐다보며 오른손으로 바짓가랑이 주름을 잡았다.

그들이 여기서 한마디라도 더 물었다면 틀림없이 모든 게 들통 나고 말았을 것이다. 그때 나는 또 뭐가 있었다고 거짓말을 할 참이었다. 마당에 열기구가 있다고 하는 게 나을까, 양조장에 곰이 있다고 하는 게 나을까, 이렇게 머리를 굴리다 입을 다물었기에 망정이지, 그러지 않았다면 계속 상상력을 발휘했을 것이다. 다행히 그들이 내가 지껄인 놀라운 얘기들을 가지고 이러쿵저러쿵하는 통에 나는 위기를 모면할 수 있었다. 그때 조가 차를 마시러 들어왔다. 누나는 그의 흥미를 끌려고 한다기보다 자신의 답답증을 해소할 목적으로 내가 꾸며낸 이야기를 시시콜콜 전했다. 순진한 조는 너무 놀라서 파란 눈을 동그랗게 뜨고 어쩔 줄을 모르며 부엌을 왔다 갔다 했다. 그 순간 나는 당장이라도 조에게 모든 것을 털어놓고 싶은 죄책감에 휩싸였다.

다른 두 사람에게는 전혀 미안하지 않았다.

미스 해비셤이 앞으로 호의를 베풀 수도 있는 상황에서 나에게 어떤 행운이 따를지 그들이 열띤 토론을 벌이고 있을 때, 나는 조에게만큼은 나 자신이 작은 괴물이 된 듯 양심의 가책을 느꼈다. 그들은 미스 해비셤이 나에게 뭔가 해줄 거라고 굳게 믿었다. 과연 그 '무언가'가 어떤 것인지가 그들의 주된 관심사였다. 누나는 재산이라고 말했고, 펌블추크 씨는 번듯한 직장, 예를 들어 잡곡상이나 종묘상 같은 데 도제로 들어갈 수 있을 만큼 두둑한 사례금이라고 말했다. 조는 송아지 고기를 놓고 싸웠던 개들 중 한 마리를 선물할지도 모른다고 자기 딴에는 기발한 얘기를 꺼냈다가 누나에게 톡톡히 면박을 당했다.

"당신 머리로는 그따위 생각밖에 못하지? 멍청한 양반아! 가서 대장간 일이나 마저 하셔!"

조는 두말없이 대장간으로 갔다.

펌블추크 씨가 자기 집으로 돌아가고 누나가 설거지를 하는 동안 나는 슬그머니 대장간으로 가서 조가 일을 마칠 때까지 기다렸다가 말을 꺼냈다.

"조, 화덕 불을 끄기 전에 할 말이 있어."

"할 말? 말해봐, 핍. 당연히 들어줘야지. 뭔데?"

조가 팔을 걷어붙인 채 의자를 화덕 가까이 끌어당겼다. 나는 엄지와 검지로 그의 소맷자락을 비비 꼬면서 물었다.

"아까 미스 해비셤의 집에 대해서 내가 했던 말, 기억해?"

"기억하냐고? 그럼! 정말이지 놀라운 얘기였어!"

"끔찍하지만, 그건 사실이 아니야."

"어? 무슨 뜻이야, 핍?"

조는 깜짝 놀라 뒤로 자빠질 태세로 덧붙였다.

"설마 그게……."

"응. 다 거짓말이야."

"그래도 전부 거짓말은 아니겠지? 검은색 벨벳 의자 달린 마차는 없었니?"

나는 고개를 가로저었다.

"하지만 개들은 있었겠지, 핍?"

조는 어떻게든 다 거짓말은 아니라는 대답을 이끌어내려고 애썼다.

"송아지 고기는 없었다고 쳐도, 최소한 개는 있었겠지?"

"없었어, 조."

"한 마리도? 강아지도 없었어? 진짜?"

"그런 건 없었어."

나는 절망적으로 조를 바라보았고, 조는 순간적으로 멍한 눈빛이었다.

"핍, 보통 일이 아니구나. 자칫하면 지옥에 떨어진단 말이다."

"내가 큰일을 저지른 거 맞지, 그렇지?"

"큰일? 이건 아주 무서운 일이야! 대체 무슨 악령에 홀렸기에 그런 거짓말을 한 거냐?"

조가 외쳤다.

"나도 잘 모르겠어, 조."

나는 조의 옷소매를 놓고 고개를 푹 숙인 채 발치에 주저앉아 하소연을 늘어놓았다.

"카드에 있는 네이브가 잭이라는 것을 나한테 가르쳐주지 말지 그랬어. 게다가 내 구두는 왜 이렇게 두껍고 해진 거야. 그리고 내 손은 왜 이리 거칠게 생겨먹은 걸까?"

나는 비참한 심경을 누나와 인정머리 없는 펌블추크 씨에게는 도저히 말할 수 없었다며 속마음을 털어놓았다. 즉, 미스 해비셤의 집에 있던 무척 예쁘게 생긴 여자아이가 나를 막노동꾼 취급하면서 깔봤고, 그 아이한테 상처받아서 내가 천한 신분이 아니면 좋겠다는 생각을 하게 됐으며, 집에 와서는 나도 모르게 거짓말이 튀어나왔다고 모두 고백했다. 이런 형이상학적인 문제는 나뿐 아니라 조에게도 어려웠다. 그러나 조는 형이상학의 영역에서 완전히 비켜나 특유의 깔끔한 방식으로 문제를 갈무리했다. 그는 잠시 생각한 뒤 이렇게 말했다.

"분명한 건 딱 한 가지다. 거짓말은 거짓말이라는 거지. 이유가 무엇이든 거짓말은 하지 말았어야 했어. 거짓말은 또 다른 거짓말을 낳거든. 알겠지? 두 번 다시 그러지 마. 그건 득 될 게 전혀 없는 일이야. 그리고 왜 네가 천하다는 거야? 넌 정말 장점이 많은 아이야. 넌 아주 귀여운 학자처럼 생겼어."

"천만에, 조. 난 무식한 촌닭이야."

"그런 소리 마. 어젯밤에 네가 쓴 편지만 해도 그래! 얼마나 근사한 글씨체냐! 내 평생 지체 높은 양반들이 쓴 편지를 수도 없이 봐왔지만 너처럼 깔끔하게 쓰는 사람은 본 적이 없어."

"난 배우지도 못했고 아는 것도 없어. 조가 나를 높이 평가하는 것뿐이지."

"음, 그럴 수도 있지만, 비범한 학자가 되기 전에는 누구나 평범한 사람이잖니. 난 네가 반드시 훌륭한 학자가 되리라고 믿어. 국왕도 지금은 왕관을 쓰고 왕좌에 앉아 멋들어진 활자체로 칙령을 쓰지만, 처음부터 그렇게 잘 쓰지는 못했을 거야."

조는 고개를 세차게 흔들면서 확신에 찬 어조로 말을 이었다.

"아마 A부터 시작했을 거야. 그래, 그랬을 거야. 그러다 Z까지 간 거야. 내가 비록 알파벳을 끝까지 배우지는 않았지만, 험난한 여정이었지 싶어."

조의 말속에는 내 비참한 기분을 누그러뜨릴 만한 희망이 조금은 담겨 있었다. 덕분에 나는 기운이 조금 났다.

조는 뭔가 골똘히 생각하면서 느릿느릿 덧붙였다.

"직업으로나 벌이로나 평범한 사람들은, 신분이 높은 사람과 어울리기보다 자기와 비슷한 처지에 놓인 사람들과 친목을 유지하며 사이좋게 지내는 편이 더 좋은 건지 아닌지 하는 문제…… 참, 그건 그렇고 깃발은 있었겠지?"

"아니."

"저런, 깃발이 하나도 없었다니 아쉽구나, 핍. 어쨌든 누구랑 사귀는 게 좋은지는 지금 여기서 따질 수 없겠다. 느긋하게 그러고 있다가는 네 누나가 폭발해버릴지도 모르니까. 괜히 곤란한 사태를 만들 필요는 없겠지. 잘 들어, 핍. 너의 진정한 친구로서 말하는데, 네가 똑바른 길을 걸어도 훌륭한 사람이 될 수 없다면, 잘못된 길을 가면서는 더더욱 지금보다 나은 사람이 될 수는 없는 거란다. 그러니 네 고민은 더 생각해볼 필요도 없구나. 이제 다시는 거짓말하지 마, 핍. 착하게 살다가 행복하게 죽는 게 제일이야. 안 그래?"

"나한테 화난 거 아니지, 조?"

"그럴 리가 있나, 이 친구야. 하지만 송아지 고기가 어떻고 네 마리 개가 어떻고 하는 거짓말은 정말 엄청나고 뻔뻔한 일이라는 것만은 마음에 새겨둬. 이건 다 네가 잘되기를 간절히 바라는 사람이, 네가 잠자러 가기 전에 곰곰이 생각해보라고 하는 충고야. 이상이다, 핍. 알았지? 이제 그런 거짓말은 절대 하지 마."

나는 작은 다락방에 올라가 기도드릴 때 조의 충고를 잊지 않았다. 그러나 어린 내 마음은 여전히 혼란스럽고 못마땅했다. 잠자리에 누워서도 한동안 이런저런 생각에 잠겨 있었다. 에스텔러는 고작 대장장이에 불과한 조를 얼마나 깔볼까? 또 조의 구두는 얼마나 투박하고, 손은 또 얼마나 거칠다고 흉을 볼까? 지금 조는 누나와 부엌에서 뭘 하고 있을까? 나는 부엌에 앉아 있다 어떻게 침실로 올라왔지? 미스 해비셤과 에스텔러는 절대 부엌에 앉아 있지 않을 거야, 분명 그들은 이런 천박한 장소와는 거리가 먼 고상한 세계에 살고 있을 거라는 생각 등등. 그러다 미스 해비셤의 집에서 있었던 일들이 주마등처럼 스쳐 갔다. 그런 일들이 바로 오늘 몇 시간 전이 아니라 몇 주, 아니 그보다 훨씬 더 오래전에 있었던 추억의 한 조각처럼 느껴졌다.

그날은 내게 평생 잊을 수 없는 날이었다. 누구라도 인생의 어떤 날, 삶에 엄청난 변화가 일어난 하루가 있을 것이다.

현명한 독자 여러분이여, 부디 읽기를 잠시 멈추고 한때 당신을 매혹했던 쇠붙이나 황금, 또는 화려한 꽃 장식으로 비롯된 짧은 고리를 생각해보라. 그 잊을 수 없는 지난날의 첫 번째 고리가 없었다면, 기다란 사슬이 당신을 얽어매는 일은 결코 없었을 것이다.

기억할 만한 바로 그날, 내 인생의 첫 번째 고리가 연결되었다.

10

하루나 이틀쯤 지난 어느 날 아침, 눈을 뜨자마자 기발한 묘안이 떠올랐다. 내가 비범한 사람이 되려면 비디에게 모든 것을 배우는 게 최선이라는 결론이었다. 나는 그날 저녁 바로 웝슬 씨 대고모가 운영하는 학교에 찾아가 비디에게 꼭 성공해야 할 사정이 생겼으니 그녀가 아는 지식을 모두 내게 전수해달라고 부탁했다. 책임감 하나는 누구 못지않게 강한 비디는 5분 뒤 곧바로 내 부탁을 실행에 옮겼다.

웝슬 씨 대고모의 교과과정 혹은 교육법을 굳이 설명하자면 이런 것이었다. 먼저 학생들이 사과를 먹거나 서로의 등에 지푸라기를 마구 던지며 논다. 그러면 어찌어찌 기운을 차린 웝슬 씨 대고모가 비틀비틀 걸어 나와 마구잡이로 회초리를 휘두른다. 학생들은 이 갑작스러운 습격을 장난삼아 받아준 다음 와글와글 떠들며 누더기가 된 책 한 권을 순서대로 돌려본다. 책에는 알파벳 말고도 도형 몇 개와 숫자, 표, 맞춤법도 조금 적혀 있다. 아니, 그런 비슷한 것들이 예전에 있었을 뿐이고, 지금은 많은 부분이 뜯겨 나갔으니 '적혀 있었다'고 말하는 것이 정확하다. 이 책이 아이들 손에서 한 바퀴 돌고 나면 웝슬 씨 대고모는 곧바로 잠이 들거나 혹은 류머티즘 발작에서 비롯된 혼수상태에 빠진다. 그러면 학생들은 구두를 가지고 시험을 한다. 즉, 누가 남의 발을 가장 세게 밟을 수 있는지 경쟁하느라 미친 듯이 발가락을 움직여대는 것이다.

비디가 아이들 사이로 뛰어들어 글자가 잘 보이지도 않고 나달나달한 성경 세 권을 나눠 줄 때까지 그 미친 짓은 계속된다. 말이 나왔으니 말이지, 이 성경은 이제까지 내가 본 어떤 희귀본보다 판독하기 어려웠다. 게다가 책장이 어찌나 많이 뜯겨 나갔던지 마치 어떤 덩어리에서 끝만 두툼하게 대충 잘라낸 것 같았다. 가장 깨끗한 부분도 인쇄 상태가 엉망인 데다 군데군데 얼룩이 묻어 있었고, 책장마다 갖가지 곤충의 표본이 으스러진 채 끼워져 있었다.

수업이 시작되기 전에는 으레 꼴통 몇 녀석과 비디가 일대일 격투를 벌였다. 한 놈씩 차례로 물리치고 나서 비디는 오늘 읽을 페이지를 지정했고, 학생들은 자기가 읽을 줄 아는 부분을 합창했다. 물론 읽을 줄 모르는 구절도 있었지만 어쨌든 우리는 소리를 질러댔다. 그 합창을 단조롭고 날카로운 쇳소리로 이끌어가는 건 비디였다. 우리는 무엇을 읽는지도 모른 채, 또 알려고 하지도 않은 채, 경건함이고 뭐고 없이 무조건 따라 읽었다. 이런 형편없는 소음이 얼마간 계속되고 나면, 다시 웹슬 씨 대고모가 잠에서 깨어나 비틀비틀 걸어 나왔다. 그리고 아무나 붙잡고 귀를 잡아당기면 그날 저녁 수업이 끝났다는 신호였다. 동시에 학생들은 지적 승리를 찬양하는 환호성을 내지르며 밖으로 뛰어나갔다. 학생들이 석판이나 잉크를 사용하지 못하게 한 적은 없다. 사실 쓸 잉크나 석판도 없었다. 그나저나 겨울에는 이곳에서 수업하기가 여간 힘든 게 아니었다. 교실로 쓰는 작은 잡화점은 웹슬 씨 대고모의 거실이자 침실이기도 한데 빛이라고는 희미한 초 한 자루뿐이었고, 심지를 자르는 가위조차 없어 그나마 늘 가물가물했던 것이다.

상황이 이렇다 보니 내가 비범해지기까지 꽤 많은 시간이 걸릴 것 같았다. 하지만 나는 용감하게 도전해보기로 했다. 비디는 바로 그날 저녁부터 나와 특별 수업을 실시했다. 먼저 눅눅한 설탕 포대에 붙은 상품 가격표를 가지고 몇 가지 지식을 전수해주었고, 집에 가서 그것을 베껴 오라며 커다랗고 오래된 '영어 사전 D'를 빌려주었다. 그녀가 신문 제목에서 베껴 쓴 D 자의 의미를 알려주기 전까지 나는 그것이 허리띠 버클 도안인 줄 알았다.

당연한 얘기지만 우리 마을에도 술집이 있었다. 조는 이따금 '스리 졸리 바지멘(Three Jolly Bargemen)'이라는 술집에서 파이프 담배를 즐겼다. 그날도 나는 누나의 엄명을 받고 학교를 마치자마자 조를 데리러 그 술집에 갔다.

술집에는 바가 있었고, 문 옆 벽에는 엄청나게 기다란 숫자(외상 기록)가 분필로 씌어 있었다. 내 기억에 그 숫자가 지워진 적은 한 번도 없었던 것 같다. 늘 거기에 숫자들이 적혀 있었는데, 내 키보다 빠른 속도로 자랐다. 우리 마을에는 분필이 아주 흔했다. 어쩌면 모두 그 분필을 쓸 기회를 놓치고 싶지 않았던 건지도 모르겠다.

그날은 토요일 밤이었다. 내가 들어섰을 때 술집 주인이 험상궂은 얼굴로 외상 기록을 훑어보고 있었다. 나는 간단히 인사만 하고 통로 끝에 있는 휴게실로 갔다. 벽난로에는 불이 활활 타오르고, 조와 웹슬 씨가 낯선 사람과 함께 파이프 담배를 피우고 있었다. 여느 때처럼 조가 "어이, 핍!" 하고 인사를 건넸다. 그때 낯선 사내가 고개를 돌려 나를 바라보았다. 뭔가 비밀스러운 분위기를 풍기는 사내였는데, 처음 보는 사람이었다. 고개를 한쪽으로 깊이 숙인 채 한쪽 눈을 가늘게 뜬 모습이 보이지 않는 총으로 무언가를 겨누고 있는 것 같기도 했다.

그는 물고 있던 파이프를 입에서 떼더니 천천히 연기를 내뿜으며 계속 나를 쳐다보았다. 그러더니 어느 순간 고개를 끄덕이기에 나도 따라 고개를 끄덕였다. 그는 다시 고개를 끄덕이고는 앉으라는 뜻으로 자기 옆자리를 내주었다. 나는 이 술집에서 늘 조의 곁에 앉았기 때문에 괜찮다고 말하고, 그의 맞은편 조 옆으로 갔다. 그는 다른 일에 열중하고 있는 조를 힐끗 쳐다보고 내게 다시 고개를 끄덕였다. 그러다 몹시 기이한 방식으로 자기 다리를 문질렀다. 적어도 내게는 그렇게 보였다. 다음 순간 나는 어떤 사람을 떠올리고는 속으로 몹시 당황했다. 마치 다리를 톱으로 쓸듯이 비벼대는 행동이 왠지 낯설지 않았던 것이다.

그가 조에게 말을 건넸다.

"그러니까 당신은 대장장이라고 했소?"

"네, 제가 대장장이라고 말했죠."

조가 대꾸했다.

"아, 뭘 마시겠소? 이런, 아직 이름을 안 물어봤군요. 성함이 어떻게 되시오?"

조가 이름을 알려주자 그가 곧바로 다시 물었다.

"가저리 씨, 그럼 뭘 마시겠소? 내가 한잔 사겠소."

"아니요. 저는 남한테 얻어먹지 못하는 습관이 있어서요."

"습관? 하지만 한 번쯤 어떻소? 더구나 오늘은 토요일 밤인데. 말해 보시오, 가저리 씨."

"너무 딱딱하게 구는 건 저도 싫습니다. 그렇다면 럼주로 하죠."

"럼주 좋아요. 옆의 신사분도 함께 드시지 않겠소?"

"그럼 나도 럼주요."

웝슬 씨가 대답했다.

"여기 럼주 세 잔! 한 잔씩 돌리시오!"

남자가 술집 주인에게 외쳤다.

"이분은 낭독을 아주 잘하십니다. 당신에게도 들려주고 싶을 정도로요. 우리 교회의 서기를 맡고 있거든요."

조가 남자에게 웹슬 씨를 소개했다.

"그래요! 묘지가 있는, 습지대에 외따로 떨어진 교회 말이군요."

남자가 한쪽 눈썹을 치켜세우고 정면으로 나를 응시하면서 말했다.

"네, 바로 그 교회입니다."

조가 대답했다.

남자는 몹시 기분 좋은 듯 파이프를 물고 나지막이 콧소리를 내면서 자신이 다 차지하고 앉은 소파 위로 다리를 포개 올렸다. 그는 챙넓은 여행 모자를 쓰고 있었는데, 손수건을 머리에 둘러매고 있어서 머리카락은 한 올도 보이지 않았다. 벽난로 쪽으로 향한 그 얼굴에 남을 비웃는 듯한 교활한 웃음이 언뜻 떠오른 것 같기도 했다.

"나는 이 마을에 처음 왔는데, 강 쪽이 꽤 외딴곳이더군요."

"습지대가 다 그렇죠, 뭐."

조가 대꾸했다.

"음, 그렇지. 아마 틀림없이 그 주변에는 떠돌이들이 있겠죠? 집시나 부랑자들 말이오."

"아니요, 전혀. 가끔 죄수들이 도망쳐 오긴 해도, 그런 사람들은 여간해서는 나타나지 않아요. 안 그래요, 웹슬 씨?"

웹슬 씨는 예전에 추격대를 따라나섰다가 죽다 살아난 기억을 자못 위엄 있게 회상하면서 조의 말에 건성으로 동의하는 척했다. 그러자 낯선 남자가 흥미로운 얼굴로 물었다.

"당신들은 죄수 추격에 참여한 적이 있는 모양이군요?"

조가 대답했다.

"딱 한 번 있었죠. 하지만 우리는 추격대가 아니었어요. 그저 구경하러 간 것뿐이었죠. 저랑 여기 있는 웹슬 씨랑 핍이랑 같이요. 그렇지, 핍?"

"응, 조."

낯선 남자가 나를 보았다. 한쪽 눈을 지그시 감은 채, 보이지 않는 총으로 나를 겨냥하고 있다는 사실을 확인시키기라도 하듯이.

"똑똑해 보이는 아이로구나. 이름이 뭐지?"

"핍이에요."

조가 대답했다.

"세례명이 핍이오?"

"아니요. 세례명은 아닙니다."

"성이 핍이오?"

"아니요. 어릴 때 자기가 직접 지은 애칭인데 그냥 그렇게 부른답니다."

"당신 아들이오?"

"글쎄요."

조가 생각하듯 대답했다. 깊이 생각할 일이어서 그런 건 아니었다. 스리 졸리 바지멘에서 파이프를 물고 대화할 때면 모든 주제에 대해 깊이 생각하는 버릇이 있었다.

"아닙니다. 내 아들이 아니에요."

"조카요?"

"글쎄요."

조는 여전히 심오한 생각에 잠긴 얼굴로 말했다.

"아뇨. 당신을 속이려는 건 아닙니다만, 이 아이는 제 조카가 아니에요."

"아니, 그럼 도대체 이 애는 뭐란 말이오?"

남자가 다시 물었다. 내 눈에는 그가 필요 이상으로 화를 내는 듯했다.

이때 웹슬 씨가 끼어들었다. 그는 직업상 남자와 여자가 몇 촌 이내까지 결혼해도 되는지 훤히 꿰고 있었다. 그리하여 나와 조의 관계에 대해 장황하게 지껄이던 그는 〈리처드 3세〉의 한 구절을 우렁차게 암송하며 비로소 충분한 설명을 마칠 때가 됐다는 듯 '저 위대한 시인도 이렇게 말씀하셨죠'라고 덧붙이는 것을 잊지 않았다. 이 대목에서 꼭 한마디 해두고 싶은 것이 있다. 웹슬 씨는 나에 대해 설명할 때마다 내 머리를 손으로 쥐어짜서 머리카락이 눈을 마구 찔러야 상대를 납득시킬 수 있는 것처럼 행동했다. 대체 나는 우리 집에 자주 찾아오는 그와 비슷한 위치에 있는 사람들이 어째서 하나같이 그런 행동을 하는지 도무지 이해할 수 없었다. 내 기억으로는 아주 어릴 때부터 나는 가족의 사교 모임에서 주목의 대상이 아니었지만, 간혹 내가 화제에 오를 때면 꼭 누군가 마치 내 후원자라도 되는 듯 커다란 손바닥으로 머리카락을 짓뭉개서 눈을 찌르는 행동을 하곤 했다.

그동안 남자는 마침내 보이지 않는 총으로 나를 쏘아 죽일 결심이라도 한 듯 나를 빤히 쳐다보았다. 그는 조금 전 조에게 볼멘소리를 한 뒤 럼주가 올 때까지 입을 꾹 다물고 있다가 드디어 총알을 쏘았다. 그것도 아주 충격적인 발사였다. 이를테면 일종의 무언극처럼 순차적으로 일어난 모든 행동이 그대로 나를 겨냥한 것이었다.

그는 물에 탄 럼주를 나를 향해 흔들고, 노골적으로 나를 쳐다보면서 마셨다. 더욱 놀라운 건 럼주를 저어 맛을 볼 때 사용한 것이 주인이 가져다준 스푼이 아니라 대장간에서 쓰는 줄칼이었다는 사실이었다. 그는 나 말고 누구도 눈치채지 못하는 무언극을 마친 뒤 줄칼을 휴지로 닦아 윗옷 안주머니에 넣었다. 나는 그것이 조의 줄칼이며, 내가 아는 죄수를 그가 알고 있다는 것을 알아차렸다. 나는 귀신에 홀린 듯이 그를 쳐다보았다. 그러나 그는 나를 거들떠보지도 않고 순무에 대해 이야기하기 시작했다.

우리 마을에는 토요일 밤이면 다음 한 주를 시작하기 전 산뜻하게 주변을 정리하고 휴식을 취하는 그런 분위기가 있었다. 그런 분위기에 젖은 조는 토요일이면 누나를 겁내지도 않고 다른 날보다 30분 더 능청을 부리곤 했다. 만용의 30분이 지나고 럼주도 바닥났을 때 조는 내 손을 잡고 자리에서 일어났다. 그때 남자가 우리를 불러 세우고 말했다.

"잠깐만요, 가저리 씨. 아마 내 호주머니에 1실링짜리 새 동전이 하나 있을 거요. 그게 아직도 호주머니에 있다면 이 소년에게 주고 싶소."

그는 한 움큼이나 되는 동전 속에서 1실링짜리를 찾아 쭈글쭈글한 종이에 싸서 내게 주며 힘주어 말했다.

"네 것이다. 알겠니? 이건 네 돈이란 말이다."

나는 조에게 바짝 달라붙은 채 감사의 인사를 하고 예의에 어긋날 정도로 오래도록 그를 쳐다보았다. 그는 우리와 함께 밖으로 나와 조와 웹슬 씨에게 인사한 뒤, 겨냥하는 눈초리로 나를 한 번 힐끗 쳐다보았다. 아니, 정확히 말해서 쳐다본 건 아니었다. 그는 한쪽 눈을 감고 있었기 때문이다. 하지만 놀라운 일들은 한쪽 눈만으로도 충분히 이루어질 수 있었다.

집으로 가는 길에 내가 기분이 좋았다면 혼자 떠들어댔을 것이다. 웝슬 씨는 술집 앞에서 우리와 헤어졌고, 조는 럼주 냄새를 없앤다고 걷는 내내 입을 크게 벌리고 공기를 들이마셨다. 나는 과거의 잘못과 그때 알았던 사람이 다시 떠올라 넋이 빠져서 아무 생각도 할 수 없었다.

누나는 기분이 별로 나쁘지 않은 듯했다. 평소와 다른 분위기에 용기를 얻은 조는 새 동전 이야기를 했다.

"보나 마나 가짜겠지. 아니면 그런 걸 애한테 줄 리 없잖아! 어디 좀 보자."

누나가 의기양양하게 외쳤다. 나는 종이를 풀어 동전을 꺼냈다. 누나의 세밀한 조사 결과 진짜 동전임이 밝혀졌다.

"그런데 이건 또 뭐야?"

누나는 동전을 집어던지고, 그걸 싸고 있던 종이를 집어 들었다.

"에구머니나! 1파운드짜리 지폐 두 장 아냐!"

그야말로 읍내에 있는 가축 시장을 죄 돌아다니다 온 듯 땀에 절어 꼬질꼬질한 1파운드짜리 지폐 두 장이었다. 조는 급히 모자를 쓰고 주인에게 돌려주겠다며 술집으로 달려갔다. 나는 등받이 없는 내 의자에 멍하니 앉아 누나를 바라보았다. 낯선 남자는 이미 그곳에 없을 거라는 확신이 강하게 들었다.

이윽고 조가 돌아왔다. 그는 지폐 주인이 보이지 않아서 술집에 얘기해두고 왔다고 했다. 누나는 지폐를 종이로 꼭꼭 싸서 봉한 다음 거실 찬장 위에 놓인 장식용 찻주전자 속에 숨기고도 마음이 놓이지 않아서 다시 그 위에 마른 장미 꽃잎을 덮어두었다. 두 장의 지폐는 그 후로도 오랫동안 내게는 악몽으로 그곳에 있었다.

그날 밤 나는 잠이 오지 않았다. 보이지 않는 총으로 나를 겨누던 남자, 지금까지 잊고 있었던 나의 과오, 죄수의 비밀스러운 관계를 맺었다는 사실이 얼마나 추잡하고 꺼림칙한 일인가 하는 생각들이 밤새도록 머리에서 떠나지 않았다. 그 줄칼도 나를 불안하게 하는 것 중 하나였다. 나는 예기치 못한 상황에서 그것이 나타날 거라는 공포심에 휩싸였다.

그나마 위안이 되는 것은 다음 주 수요일에 미스 해비셤의 저택을 방문하기로 한 것이었다. 그러나 막상 불안을 억누르고 달콤한 상상을 하며 잠에 빠져들었다가도 보이지 않는 줄칼을 든 사람이 방문으로 들어와 내게 다가오는 꿈을 꾸었다. 나는 몇 번이나 비명을 지르며 잠에서 깨어났다.

11

약속한 날, 나는 미스 해비셤의 저택을 다시 찾아갔다. 대문 앞에서 잠시 망설이다 초인종을 울리자 에스텔러가 나왔다. 그녀는 전처럼 대문을 잠그고 촛불이 놓인 어둑한 복도까지 앞장서 갔다. 그녀는 줄곧 나를 본체만체하다 초를 집어 들더니 그제야 뒤돌아보며 거만하게 말했다.

"오늘은 이쪽으로!"

그녀는 나를 저택의 다른 방향으로 데리고 갔다.

무척이나 긴 복도를 걸어서인지 나는 마치 매너 하우스에 있는 복도를 다 돈 것 같은 기분이었다. 하지만 실제로는 사각 건물의 한쪽 면만 지나왔을 뿐이었다. 복도 끝에 이르자 에스텔러는 촛불을 내려놓고 문을 열었다. 문을 지나자 햇볕이 내리쬐는 안마당이 나왔다. 마당에는 판석이 깔려 있었다. 마당 건너편에는 옛 양조장 지배인이나 주임이 살았던 것으로 보이는 집이 있었다. 그리고 그 외벽 한쪽에 큰 시계가 달려 있었는데, 미스 해비셤의 방에 있던 괘종시계와 그녀의 오래된 손목시계처럼 시곗바늘이 9시 20분 직전에 멈춰 있었다.

우리는 열린 문으로 들어가 1층 안쪽 어느 방으로 들어갔다. 천장이 낮고 음침한 분위기의 방 안에는 손님으로 보이는 사람들이 몇 명 있었다.

에스텔러가 마치 명령하듯 내게 말했다.

"넌 저쪽으로 가서 서 있어. 내가 부를 때까지."

나는 방을 가로질러 창문 쪽으로 갔다. 창가에 서 있자니 마음이 초조했다. 무심코 창밖의 정원을 내다보았다. 버려진 듯한 정원 한쪽 구석은 잡초들로 우거져 있었다. 처량해 보이기까지 한 그곳에는 썩은 양배추 줄기들이 여기저기 널브러져 있었고, 나무라고는 오래전에 푸딩 모양으로 다듬은 회양목 한 그루가 고작이었다. 새로 자라난 가지들이 군데군데 삐져나와 보기도 흉한 데다 색도 고르지 않아서 마치 푸딩의 그 부분이 냄비에 들러붙어 타버린 것처럼 보였다. 간밤에 눈이 조금 내린 것 같은데, 정원 어디에도 눈이 내린 흔적은 보이지 않았다. 정원 음지 쪽만 눈이 녹지 않고 남아 있었다. 한동안 멍하니 창밖을 내다보고 있는데, 어느 순간 작은 회오리바람이 일더니 창가에 눈발들이 몰려왔다. 그 눈발들은 흡사 '넌 여기 뭐하러 왔냐!'며 나를 조롱하는 것 같았다.

방 안에 있던 사람들은 하던 이야기를 멈추고 일제히 나를 쳐다보고 있다는 것을 알았다. 창문에 번쩍이고 어른거리는 벽난로 불빛 말고는 어느 것도 제대로 보이지 않았지만, 반갑지 않은 시선이 내게 쏟아지는 것만은 본능적으로 눈치챌 수 있었다. 그 순간 온몸이 뻣뻣하게 굳는 듯했다. 방에는 숙녀 3명과 신사 하나가 있었다. 나는 일찌 감치 창가에 서 있을 때부터 그들이 너나없이 아첨꾼에 협잡꾼이라고 생각했다. 그런데 그들은 서로가 그런 인간들이라는 사실을 애써 모른 척하는 것 같았다. 아는 체해봤자 자신들이 아첨꾼에 협잡꾼임을 인정하는 꼴밖에 되지 않으리라.

그들은 지루한 분위기가 너무나도 불편한 나머지 환기할 만한 얘깃거리를 누군가가 꺼내주기를 고대하는 눈치였다. 그러던 중 가장 수다스러운 한 여자가 하품을 참느라 눈을 부릅뜨고 말했다. 커밀라라고 하는 그 여자를 보고 있으니 문득 누나가 떠올랐다. 커밀라가 누나와 다른 건 나이가 더 많고 얼굴이 상대적으로 더 무뚝뚝하게 생겼다는 것뿐이었다. 그런데 커밀라의 얼굴을 자세히 보고 나는 그 얼굴에 눈 코 입이 제대로 달려 있다는 게 신기할 정도였다. 커밀라의 얼굴 윤곽이 어찌나 밋밋한지 마치 창문 하나 없는 답답한 벽창호 같았다.

"어쩜, 가엾기도 하지! 남이 아닌 바로 저 자신이 원수라는 말도 있잖아요!"

커밀라가 누나와 비슷한 말투로 느닷없이 외쳤다.

"그보다는 남을 원수로 여기는 편이 훨씬 당당하고 자연스러운 일이지요."

신사 하나가 맞장구쳤다.

"레이먼드, 우리 모두 이웃을 사랑하며 살아야 해요."

다른 숙녀가 말했다.

"세라 포킷, 자기 자신이야말로 가장 가까운 이웃 아닌가요?"

레이먼드의 말에 세라 포킷이 소리 내어 웃었다.

"정말 엉뚱한 말씀을 하시네요!"

커밀라가 하품을 삼키고 소리 내어 웃으며 말했다.

그러나 대부분 레이먼드의 말에 동감하는 분위기였다. 그때 줄곧 잠자코 있던 한 숙녀가 자못 힘주어 말했다.

"하지만 정말 옳은 말씀입니다!"

"불쌍하기도 해라! 정말 괴짜가 따로 없죠! 톰의 아내가 죽었을 때, 톰의 아이들이 상장용 장식을 많이 달아야 한다는 것을 도무지 모르더라고요. 글쎄, '커밀라! 맙소사! 어쨌든 아이들은 상복만 입으면 되는 거지.' 그렇게 어처구니없는 말을 하더라니까요. 정말 매슈답지 않아요?"

커밀라가 말했다.

"물론 좋은 점이야 있죠. 인정해요. 하지만 그는 도대체 예의범절을 몰라요. 아마 죽었다 깨나도 모를걸요."

레이먼드가 환기시켰다.

"그래서 내가 딱 잘라 말했죠. 우리 집안의 명예를 생각한다면 도저히 그렇게 할 수는 없다, 상장용 장식을 많이 달지 않으면 정말 집안 망신이다. 아침 먹을 때부터 저녁 먹을 때까지 그걸 강조하느라 하루 종일 체할 정도였다고요. 마침내 그는 마음대로 하라고 투덜거리면서 자리를 뜨더군요. 내가 빗속에 나가 사 오기를 잘한 거죠. 그 생각을 하면 지금도 속이 후련해요."

커밀라가 다시 힘주어 말했다.

"하지만 돈은 그분이 냈죠?"

에스텔러가 물었다.

"돈이야 누가 냈든 그건 문제가 아니야. 아무튼 내가 사 왔으니까. 지금도 밤중에 잠이 깼을 때 그 일을 생각하면 내가 정말 잘했다 싶어."

커밀라가 말했다.

그때 멀리서 종이 울리더니, 복도 쪽에서 크게 외치는 것 같기도 하고, 누군가를 부르는 것 같기도 한 소리가 들려왔다. 그 바람에 대화가 중단되었다. 그러자 에스텔러가 "야, 너!"라고 카랑카랑한 목소리로 나를 불렀다. 어리둥절한 표정으로 뒤돌아보니 모두 경멸 어린 표정으로 나를 쏘아보고 있었다. 이어서 내가 방을 나설 때 세라 포킷의 말소리가 들렸다.

"아유, 이게 무슨 해괴한 짓이야?"

"저렇게 유별난 변덕은 난생처음 본다니까! 괴상망측하기도 해라!"

커밀라도 화난 투로 말했다.

나는 촛불을 들고 에스텔러를 따라 어두운 복도를 걸어갔다. 그런데 복도 중간쯤 이르렀을 때, 갑자기 에스텔러가 걸음을 멈추고 나에게 얼굴을 바짝 들이대면서 물었다.

"어때?"

"어때라니요?"

나는 하마터면 그녀와 부딪힐 뻔했으나, 겨우 자세를 바로잡으며 되물었다. 그녀는 나를 빤히 바라보았다. 나도 그녀의 얼굴을 마주 보았다.

"나, 예쁘니?"

"네, 굉장히 예쁘세요, 아가씨."

"내가 너한테 무례한 거니?"

"오늘은 지난번만큼은 아닌데요."

"뭐? 그때만큼은 아니라고?"

"네."

그녀는 갑자기 화가 치솟은 듯 내 뺨을 힘껏 후려쳤다.

"어때? 천해빠진 괴물 같은 놈, 나를 어떻게 생각하는지 말해봐!"

"말하지 않겠어요."

"오호, 2층에 가서 또 고자질하겠다, 그거야?"

"아뇨, 그러지 않아요."

"왜 이번에도 울어보지그래? 비겁한 녀석!"

"이젠 아가씨 때문에 울지 않을 거예요."

말은 그랬지만, 이처럼 거짓된 선언이 또 있을까? 내 마음속에서는
이미 눈물이 흐르고 있었고, 그 후로도 그녀 때문에 얼마나 고통스러
워할지 너무도 잘 알고 있었으니 말이다.

나는 에스텔러를 따라 계단을 올라가다가 마침 계단을 내려오는
한 신사와 마주쳤다.

"얘는 누구지?"

신사가 걸음을 멈추고 에스텔러에게 물었다.

"그냥 아이예요."

에스텔러가 대수롭지 않다는 듯 대답했다.

신사는 가무잡잡한 얼굴의 건장한 사내로, 두상이 컸고 그에 걸맞
게 손도 큼지막했다. 그는 그 무지막지한 손으로 내 턱을 잡고는 촛
불에 잘 보이도록 치켜들었다. 그는 이마 전체가 훤히 벗어졌지만, 검
은 눈썹만큼은 유난히 숱이 많고 길게 뻗쳐 있었다. 음산한 기운이
물씬 풍기는 두 눈은 움푹 들어간 데다 눈빛이 기분 나쁠 정도로 날

카로웠다. 보통 남자들이라면 수염이 났을 턱 언저리에 거무튀튀한 반점들이 박혀 있었다. 하물며 그가 차고 있는 굵은 시곗줄도 위협적으로 보였다. 하지만 그는 나와 아무 상관 없고, 내 인생에 어떤 영향도 끼칠 수 없는 타인일 뿐이었다. 그런데도 그날 나는 그를 본의 아니게 자세히 관찰하게 되었다.

"이 근방에 사느냐?"

그가 마치 심문이라도 하듯 내게 물었다.

"네, 그렇습니다."

나는 공손히 대답했다.

"여기는 어떻게 왔지?"

"미스 해비셤께서 부르셨습니다."

"그래? 얌전히 굴어라! 내가 아이들을 좀 잘 아는데 하나같이 말썽꾸러기야. 무슨 말인지 알아듣겠니?"

그는 험악한 표정으로 자신의 커다란 집게손가락 옆면을 물어뜯으며 말했다.

"고분고분 행동하란 말이다!"

그는 한바탕 겁을 주고는 나를 놓아주었다. 그가 다시금 계단을 내려갈 때 나는 일종의 고마움마저 느낄 지경이었다. 다른 무엇보다 그의 손에서 풍기던 역겨운 비누 향에서 벗어났으니 말이다. 처음에는 그가 의사인지도 모른다고 생각했지만, 곧 아니라고 생각했다. 그도 그럴 것이 의사라고 하기에는 품격이나 행동거지, 말투 등에 문제가 많았다.

어느새 나는 미스 해비셤의 방에 이르렀다. 방 안은 모든 것이 지난번과 똑같았다. 여주인도 그대로였고, 물건들도 그대로였다. 에스텔러는 나를 문가에 세워두고 다른 곳으로 가버렸다. 미스 해비셤은 화장대 앞에 앉아 거울을 들여다보고 있었다. 나는 그녀가 내 쪽을 돌아볼 때까지 문가에 서서 기다렸다.

"그래, 날짜가 지났단 말이지."

잠시 후 미스 해비셤이 무표정한 얼굴로 말했다.

"네, 오늘이……."

"됐다, 됐고! 무슨 요일인지는 관심 없어. 그래, 오늘 놀이 준비는 되었니?"

그녀가 손가락을 신경질적으로 움직이며 말했다.

"아, 아뇨, 안 됐는데요."

나는 잔뜩 주눅 들어 대답했다.

"그럼 카드놀이는?"

그녀가 내 얼굴을 찬찬히 살펴보며 물었다.

"네, 원하시면…… 카드놀이는 할 수 있어요."

"이 집이 너무 낡고 음산하다고 네가 그랬지? 그래서 놀고 싶은 마음도 없고. 그럼 일을 할 테냐?"

그녀가 냉랭한 어조로 물었다.

무엇보다 반가운 물음이었다. 나는 기뻐서 곧바로 대답했다.

"네, 그럴게요."

"그럼 건넛방에 가서 기다려. 내가 갈 때까지."

그녀는 앙상한 손을 들어 내 뒤쪽을 가리켰다.

나는 그녀가 일러준 방으로 들어갔다. 그곳 역시 햇볕이 들지 않기는 마찬가지였다. 게다가 공기도 탁하고 뭔가 불쾌한 냄새가 났다. 낡고 눅눅한 벽난로에서 이제 막 지핀 듯 불꽃이 타고 있었는데, 그 불꽃은 타오른다기보다 금세 꺼질 것 같았다. 방 안의 자욱한 연기도 습지대의 안개처럼 음산하기만 했다. 벽난로 선반에 놓인 앙상한 겨울나무 가지 모양 촛대에 꽂힌 촛불만이 어두운 실내를 겨우 밝히고 있었다. 아니 굳이 말한다면 어둠을 밝힌다기보다 어둠을 희미하게 분산시킨다는 표현이 더 적절할 듯싶었다.

방은 비교적 넓었고, 옛날에는 그럭저럭 호화로웠을 것 같았다. 그러나 지금은 모든 것이 먼지와 곰팡이를 뒤집어쓰고 폐허의 공간으로 전락한 모습이었다. 그중 가장 눈길을 끄는 물건은 식탁보가 깔린 기다란 장방형 식탁이었는데, 그 식탁을 보건대 이 집의 시계가 멈췄던 그 시각에 모종의 파티를 준비하고 있었던 모양이었다. 식탁 한가운데 장식물 같은 것이 하나 놓여 있었는데, 형태를 알아보기 힘들만큼 거미줄이 잔뜩 쳐져 있었다. 거미줄은 마치 식탁보에서 자생한 거대한 검은 버섯 같았다. 식탁보도 오랫동안 방치되어 누렇게 변색되어 있었다. 또한 그 거대한 버섯 같은 거미줄 뭉치 안팎으로 다리가 길고 온몸에 반점이 있는 거미들이 들락거렸다. 거미들은 마치 무슨 중요한 임무를 수행하기라도 하듯 쉴 새 없이 움직였다. 거미들의 그 일이 자기들에게도 중요한 일이라는 듯 벽 널판 뒤에서 생쥐들도 부스럭거렸다. 그러나 눈이 나쁜 데다 귀먹고 서로 사이도 좋아 보이지 않는 노인 같은 바퀴벌레들은 이 소란에 아랑곳하지 않고 벽난로 주위를 기어 다녔다.

바퀴벌레들을 넋 놓고 쳐다보고 있는데, 어느새 미스 해비셤이 내 어깨에 손을 얹었다. 다른 손으로는 목발 같은 지팡이를 짚고 있는데, 그녀의 모습은 마치 이 저택을 수호하는 마귀할멈 같았다.

그녀가 장방형 식탁을 지팡이로 가리키며 말했다.

"내가 죽으면 누울 자리다. 모두 여기 누워 있는 나를 보러 오겠지."

순간 나는 그녀가 지금 당장 식탁 위로 올라가 죽음으로써 어느 박람회에서 보았던 창백한 밀랍 인형처럼 돼버릴지도 모른다는 말도 안 되는 불안과 두려움을 느꼈다. 그녀의 손 밑에서 나의 어깨가 움츠러들었다.

"저기 보이는 게 뭐 같으냐?"

그녀가 지팡이로 식탁 위의 어느 한 곳을 가리키며 물었다.

"거미줄투성이 저것 말이다."

"잘 모르겠는데요."

"저건 대형 케이크, 내 웨딩 케이크였지!"

그녀는 온 방 안을 노려보듯 한 번 휘둘러보고는 떨리는 손으로 내 어깨를 잡았다.

"자, 나를 부축해다오. 걸을 수 있게. 어서!"

아까 그녀가 말한 '나의 일'이란 방 안에서 그녀와 함께 걷는 것이었다. 나는 지체 없이 '나의 일'을 시작했다. 그녀가 내 어깨를 짚은 채 마치 펌블추크 씨의 이륜마차 같은 모습과 속도로 걸었다. 몸이 성치 못한 그녀는 몇 걸음 걷지 않았는데도 몹시 힘들어했다.

"더 천천히!"

우리는 기우뚱거리고 비틀거리기는 했지만, 웬만큼 일정한 속도를 유지했다. 내 어깨를 부여잡고 있는 그녀의 손이 심하게 떨렸다. 입술도 경련을 일으키듯 씰룩거렸다. 그녀의 머릿속에 꼬리를 물고 떠오르는 어떤 상념, 거기에 맞춰 그녀의 다리도 부지런히 움직이는 듯했다. 잠시 뒤 그녀가 걸음을 멈추더니 말했다.

"에스텔러를 불러다오."

나는 층계참으로 나가 목청껏 에스텔러를 불렀다. 촛불을 든 그녀의 모습이 보이자 나는 다시 방으로 들어갔다. 그리고 미스 해비셤과 함께 방 안을 빙글빙글 돌았다.

에스텔러 혼자 와서 우리의 모습을 보았다 해도 나는 분명 당황하거나 부끄러워했을 것이다. 그런데 에스텔러가 아래층에서 보았던 신사 하나와 숙녀 셋과 함께 나타나자 나는 어찌할 줄을 몰랐다. 잠시 걸음을 멈추는 게 예의였겠지만, 우리는 하던 일을 계속했다. 일행이 들어왔을 때, 미스 해비셤이 되레 내 어깨를 더욱 세게 붙잡았던 것이다. 그들이 내 탓으로 돌릴 거라고 생각되자 내 얼굴이 벌겋게 달아오르기까지 했다.

"미스 해비셤, 정말 좋아 보이시네요!"

세라 포킷이 말했다.

"좋긴, 무슨……. 피골이 상접하고 피부가 누렇게 떴는데, 좋아 보인다?"

미스 해비셤이 시큰둥하게 대꾸했다.

그녀가 세라 포킷에게 은근히 면박을 주자 커밀라는 내심 고소해했다. 커밀라는 짐짓 슬픈 눈으로 미스 해비셤을 그윽하게 바라보더니 말했다.

"가엾은 분! 좋아 보이실 리 없죠! 불쌍도 하시지!"

"자네는 요즘 어때?"

나와 미스 해비셤이 삐그덕거리면서 커밀라 앞을 지나갈 때 미스 해비셤이 물었다. 나는 당연히 멈춰 서려고 했지만, 미스 해비셤은 멈출 생각이 전혀 없었다. 그녀와 나는 커밀라를 스치듯 지나갔는데, 커밀라는 분명 나를 못마땅하게 생각했을 것이다.

"감사해요, 미스 해비셤. 지금으로서는 그런 대로 잘 지내고 있다고 봐야죠."

커밀라가 대답했다.

"뭐야, 무슨 일이 있는 거야?"

미스 해비셤이 물었다.

"말씀드릴 만한 일은 아니에요. 제 감정을 떠벌리고 싶지는 않거든요. 다만 밤마다 당신 걱정에 가슴이 아파 잠을 못 이룬답니다."

"그래서야 쓰나. 내 걱정일랑 하지 마."

"그게 말은 쉽죠."

갑자기 커밀라의 윗입술이 일그러지더니 눈물이 주르륵 흘렀다.

"정말 저는 소화제나 각성제 없이는 밤을 넘기지 못할 지경이에요. 게다가 다리도 쥐가 나거나 경련이 일어나곤 해요. 레이먼드가 알아요. 하지만 소중한 사람 걱정에 가슴이 답답하고 경련이 나는 것쯤은 대수롭지 않아요. 제가 이렇게 인정에 약하고 예민하지 않다면, 소화나 신경도 문제없겠죠. 늘 당신 걱정뿐인데, 걱정하지 말라니요. 어떻게 그럴 수 있겠어요."

이 대목에서 그녀는 눈물을 철철 쏟았다. 그녀가 말하는 레이먼드는 거기 함께 있던 신사, 즉 커밀라의 남편이었다. 커밀라의 남편이 커밀라를 거들기라도 하듯 위로와 칭찬의 말을 쏟아냈다.

"사랑하는 커밀라, 당신이 사랑하는 가족을 걱정하고 노심초사한 나머지 한쪽 다리에 장애가 오고 절룩거리게 된 것은 다들 아는 이야기요."

"커밀라, 남 걱정을 해준다고 해서 그 사람에게 무슨 요구를 할 수는 없는 것 같은데."

그때까지 잠자코 있던 근엄한 숙녀가 한마디 했다.

"그럼, 그럴 필요 없어, 커밀라."

세라 포킷도 숙녀의 말을 거들었다. 세라 포킷은 작은 체구에 피부가 누렇고 푸석푸석한 노파였다. 조막만 한 얼굴은 호두 껍데기처럼 쪼글쪼글했고, 큰 입은 영락없이 수염 없는 고양이 입이었다.

"생각하기는 쉽지."

근엄한 숙녀가 다시 말했다.

"생각만큼 식은 죽 먹기가 또 있을라고?"

세라 포킷이 동조했다.

그러자 커밀라가 소리쳤다. 그녀는 격노하여 온몸을 부르르 떨었다.

"아뇨, 진심이라고요! 이렇게 인정이 많은 건 확실히 제 못난 점이죠. 하지만 그렇게 타고난 걸 어쩌겠어요. 그렇지 않았다면 저는 훨씬 쌩쌩하고 건강했겠지요. 천성이 그래서 고통스러울 때가 많지만, 밤중에 혼자 눈을 떴을 때 가만히 나의 그런 성격을 떠올리면 크나큰 위로가 되죠."

그녀는 또다시 눈물을 주르르 흘렸다. 커밀라가 그렇게 하소연하듯 우는데도 아랑곳하지 않고 미스 해비셤과 나는 걷는 데 집중했다. 방문객들의 옷자락에 스치고 걸리기도 하면서 방 안을 빙글빙글 돌았고, 음산한 방 끝에서 그들을 멀찍이 바라보기도 했다.

"매슈 말이에요, 그는 당최 친척들과 왕래가 전혀 없어요. 미스 해비셤께 인사드리러 오지도 않잖아요! 나는요, 코르셋 끈이 다 끊어지고 머리카락은 죄 헝클어져 풀어 헤친 채 소파에 쓰러져 누워 있었는데, 머리는 땅에 떨어질 듯하고 발은 어디에 있었는지도 모를 지경이었어요."

커밀라가 말했다.

"머리보다 위에 있었소."

커밀라 남편이 거들었다.

"그런 상태로 몇 시간이나 있었다고요. 매슈의 괴상하고 이해할 수 없는 행동 때문에요. 그런데 그런 나한테 누구도 고맙다는 말 한마디 없었어요."

"없는 것도 당연하지."

근엄한 숙녀가 말했다.

"저기 말이야, 생각 좀 해봐. 대체 누구에게 고맙다는 말을 듣고 싶었는데?"

은근히 심술궂은 세라 포킷도 끼어들었다.

"그런 인사 같은 건 기대하지 않아요. 그냥 그런 꼴로 몇 시간을 쓰러져 있었다고요. 레이먼드가 봐서 알지만, 난 숨도 제대로 못 쉬고 헐떡거렸어요. 약도 도무지 듣지 않았죠. 내 신음 소리가 길 건너 피아노 교습소까지 들렸다더라고요. 그 집 애들은 어디서 비둘기가 우는 줄 알았대요. 그런데 지금 이런 말이나 듣고 있네요."

커밀라는 말하던 중 갑자기 자기 목에 손을 갖다 댔다. 격앙된 감정이 목구멍까지 솟구쳐 무슨 화학반응이라도 일어난 듯 발작적으로 캑캑거렸다.

매슈라는 이름이 나오자 미스 해비셤은 걸음을 뚝 멈췄다. 동시에 커밀라의 캑캑거림도 뚝 그쳤다. 마침내 미스 해비셤이 엄숙한 어조로 말했다.

"언젠가 내 시신이 이 식탁 위에 뉘는 날 매슈가 나를 보러 오겠지. 매슈가 있을 장소는 바로 저기, 내 머리맡이야! 그리고 네가 있을 자리는 저기! 네 남편은 저 자리! 또 세라 포킷은 저기! 조지애나의 자리는 저기! 모두 알겠나? 죽은 나를 뜯어 먹으러 왔을 때 어디가 제자리인지 모두 알았겠지? 자, 그럼 모두 꺼져!"

미스 해비셤은 큰 소리로 이름을 호명할 때마다 각각의 자리를 지팡이로 가리키더니 나를 힐끗 쳐다보았다.

"자, 이제 다시 걷자꾸나. 어서!"

잠시 멈췄던 미스 해비셤과 나는 다시 걸었다.

그러자 커밀라가 큰 소리로 말했다.

"아무래도 저분 명령대로 우리는 그만 돌아가는 게 좋겠네요. 가족된 도리로 사랑을 쏟아야 할 분을 이렇게 잠깐이나마 뵐 수 있었던 것만으로도 감사하죠. 잠자리에 들어 오늘 일을 생각하면 서글프겠지만, 뭐, 어쩌겠어요? 그런 대로 만족해야죠. 매슈도 나와 같은 기분이면 좋겠지만 그는 워낙 반항적이잖아요. 저는 제 감정을 과장하지 않아요. 그런데 집안사람을 뜯어 먹는다니요! 우리가 거대 식인족이라도 되나요? 게다가 '꺼져'라는 그 말씀, 너무하셨어요."

커밀라가 가쁜 숨을 누그러뜨리려고 가슴에 손을 얹자 그녀의 남편이 손을 내밀었다. 그녀는 애써 의연한 태도로 미스 해비셤에게 손으로 작별의 키스를 보내고, 남편의 부축을 받으며 방을 나갔다.

세라 포킷과 조지애나는 누가 끝까지 미스 해비셤 곁에 남을지 은근히 겨루고 있었다. 결코 만만한 상대가 아닌 세라가 교묘하게 조지애나 뒤로 빠지자, 결국 조지애나가 먼저 방을 떠났다. 세라는 혼자 특별히 "미스 해비셤, 안녕히 계세요. 늘 하느님의 은총이 함께하시길!"이라고 아부할 기회를 독점하고는, 그 쪼글쪼글한 얼굴에 마치 다른 사람들의 어리석음을 가엾이 여긴다는 듯한 미소를 지었다.

에스텔러가 촛불을 들고 손님들을 현관까지 배웅했다. 미스 해비섬은 여전히 내 어깨를 붙잡고 아까보다 천천히 걸었다. 이윽고 벽난로 앞에서 그녀가 멈춰 섰다. 그녀는 잠시 물끄러미 불을 응시하며 뭔가 중얼거리다가 불쑥 말했다.

"핍, 오늘이 무슨 날인 줄 아니? 내 생일이란다."

내가 축하한다고 말하려 하자 그녀가 지팡이를 들어 만류했다.

"그런 말은 금기야. 오늘 여기 왔던 사람들도, 아니, 그 누구도 해서는 안 되지. 이날만 되면 모두 나를 보러 오지만, 그 말은 입도 벙긋 못해."

미스 해비섬의 말에 나 역시 입도 벙긋하지 못했다.

"오래전, 그러니까 네가 세상에 태어나기도 전 내 생일에 저기 썩어빠진 덩어리가 여기로 옮겨졌단다."

그 덩어리란 식탁 위에 놓인, 지금은 썩어서 거미줄 덩이로 변해버린 대형 케이크를 말했다. 미스 해비섬은 지팡이를 들고 케이크를 푹 찌르는 시늉을 했지만, 실제로는 지팡이가 케이크에 닿지도 않았다.

"그동안 나는 이것과 함께 썩고 삭았어. 생쥐들이 이걸 갉아먹었고, 생쥐의 이빨보다 더 날카로운 이빨이 나를 갉아먹었다."

미스 해비섬은 지팡이 머리를 가슴에 댄 채 다시금 식탁을 바라보았다. 한때는 눈처럼 새하얗던 그녀의 드레스가 누렇게 바랬듯이 깨끗했던 하얀 식탁보도 이제는 누렇게 변색되고 삭을 대로 삭았다. 주위의 모든 물건들이 손만 대도 바스러질 것 같았다. 그녀는 소름 끼치는 얼굴로 계속 말했다.

"마침내 모든 게 썩어 문드러지는 날, 내가 웨딩드레스 차림으로 식탁에 눕는 날, 꼭 그렇게 될 것이고, 그 남자에 대한 내 마지막 저주가 완성될 거야. 그날이 이 날짜와 같으면 얼마나 좋을까?"

그녀는 자신의 시신을 내려다보기라도 하듯 식탁을 응시한 채 한동안 꿈쩍도 하지 않았다. 나는 그저 잠자코 그녀 옆에 서 있을 뿐이었다. 어느 틈에 에스텔러가 들어와 아무 말 없이 우두커니 서 있었다. 우리 모두 그렇게 오랫동안 아무 말 없이 돌처럼 굳은 듯 서 있었다. 방 안 공기가 더없이 탁했고, 구석구석까지 짙은 어둠이 파고들었다. 순간 미스 해비셤은 물론 나와 에스텔러마저 순식간에 썩어 들어가는 듯한 무시무시한 느낌이 엄습했다.

마침내 미스 해비셤이 돌연 침묵을 깨고 말했다.

"아, 너희 둘의 카드놀이나 구경하고 싶구나. 보여다오. 자, 어서."

우리는 즉시 그녀의 방으로 돌아가 자리를 잡고 앉았다. 나는 지난번과 마찬가지로 죄 털려 알거지가 되고 말았다. 카드놀이를 하는 내내 미스 해비셤은 우리를 지켜보았다. 그리고 왠지 그녀는 내가 에스텔러의 아름다움에 흔들리기를 바라는 것 같았다. 또한 그녀는 나더러 보란 듯이 자신의 보석이며 액세서리를 에스텔러의 머리와 가슴에 대어보았다. 에스텔러는 여전히 냉랭하게 나를 대했지만, 전처럼 대놓고 무시하지는 않았다.

카드놀이는 여섯 번쯤 하고 끝냈다. 다음 방문 날짜를 정한 다음 그 집을 나섰고, 전과 다름없이 일한 대가로 먹을 것을 받았다. 집을 나서자 자유의 몸이 된 듯했다. 이제 아무 데나 마음대로 돌아다닐 수 있었다. 지난번 건너편을 보려고 기어올랐던 담장에 문이 있었다. 그 문이 열려 있었는지 닫혀 있었는지, 그건 전혀 중요하지 않았다. 다만 전에는 몰랐던 새로운 문을 발견했다는 사실이 중요했다. 문은 열려 있었고, 에스텔러가 손님들을 배웅했으니 문 안쪽 정원에는 아무도 없을 것이다.

나는 정원을 한 바퀴 돌아보았다. 정원은 황폐한 뜰에 지나지 않았다. 뜰에는 동강 난 멜론 받침목이니 오이 버팀대 등이 있었는데, 말라죽은 덩굴에는 시든 열매들이 낡고 쭈그러진 모자나 닳아빠진 구두짝처럼 간신히 매달려 있었다. 찌그러진 냄비처럼 보잘것없는 모양의 열매도 군데군데 있었다.

제멋대로 엉키고 쓰러진 포도 덩굴과 빈병 몇 개만 굴러다니는 온실도 있었다. 아까 그 신사 숙녀들이 대화를 나누던 방에서 기다릴 때 창밖으로 내다보았던 정원의 응달진 구석으로 갔다. 이제 집이 텅비어 있다는 사실에 안심하면서 나는 다른 창문으로 방 안을 들여다보았다. 그때였다. 옅은 금발에 눈두덩이 불그스름하고 얼굴이 파리한 어린 신사와 눈이 마주쳤다. 그는 책 읽기에 몰두하고 있었는데, 그의 손에는 잉크가 얼룩덜룩 묻어 있었다.

"안녕, 어린 친구."

그가 내게 말을 걸었다.

안녕이라는 인사말에는 똑같이 답하는 것이 상책이었으므로 나도 "안녕!" 하고 대꾸했다. 너무 친근하게 구는 것처럼 보이지 않으려고 '어린 친구'라는 표현은 생략했다.

"누가 여기 들어오라고 했니?"

그가 나를 빤히 바라보며 물었다.

"에스텔러."

"이렇게 마음대로 쏘다니라고 누가 그랬지?"

"에스텔러."

"그래? 그럼 나하고 한판 붙어볼래?"

창백한 안색의 어린 신사는 대담하게도 내게 도전장을 내밀었다. 왜 그랬는지는 모르겠지만, 그의 도전장을 뿌리칠 수 없었다. 그 후 몇 번이나 다시 생각해보았지만, 그렇게 할 수밖에 없었다. 그의 말투에는 거부할 수 없는 어떤 힘이 있었다. 나는 마법에 걸린 듯 그의 뒤를 따라갔다. 몇 걸음 가다가 그가 갑자기 돌아서더니 말했다.

"잠깐! 그런데 우리가 싸우는 근사한 이유가 있어야지."

그러더니 "자, 받아!" 하면서 상대의 화를 돋우는 방식으로 손뼉을 탁탁 치고 품위 있게 뒷발을 차더니, 내 머리카락을 세게 잡아당겼다. 그리고 다시 손뼉을 탁탁 치고 머리를 숙여 내 복부로 돌진했다.

이 저돌적인 행동은 분명 무례했으며, 특히 빵과 고기를 먹고 난 뒤에는 더욱 불쾌하게 느껴졌다. 나도 그를 향해 주먹을 휘둘렀고 또 한 대 치려고 하자 그가 "좋아, 그렇게 나오시겠다?" 하더니, 경쾌하고 빠르게 앞뒤로 왔다 갔다 했다. 몇 번 안 되는 나의 맞짱 경험으로 처음 보는 방식이었다.

"게임의 규칙은?"

그가 이렇게 외치고는 왼발과 오른발을 교차하면서 뛰었다.

"일반 규칙대로!"

그는 연신 폴짝폴짝 뛰면서 말했다.

"앞으로 나와. 준비운동을 하자고!"

그러더니 몸을 앞뒤로 움직였다. 나는 어안이 벙벙했다. 그의 재빠른 몸놀림을 보고 있자니 은근히 겁이 나기도 했다. 그러나 그가 내 복부를 타격할 이유도 없고 부당한 짓임을 알기에 나는 두말없이 그를 따라 정원의 으슥한 구석으로 갔다. 쓰레기 더미가 쌓인 담벼락에 이르자 그는 "여기 괜찮아?"라고 물었다. 내가 좋다고 하자 그는 또 잠깐 어디를 다녀오겠다며 사라졌다. 그리고 이내 물을 가득 채운 병과 식초에 적신 스펀지 뭉치를 가지고 돌아왔다.

"시합 중에 우리 둘 다 이걸 사용할 수 있어."

그것들을 담장 밑에 놓고, 그는 윗옷과 조끼, 셔츠까지 차례대로 홀홀 벗어던졌다.

그는 입술도 갈라져 그다지 건강해 보이지 않았으나, 하도 겁 없이 나오는 통에 나도 모르게 심장이 쪼그라들었다. 그는 내 또래였지만 나보다 키가 더 컸고, 몸을 획획 돌리는 동작이 자못 강해 보였다. 그러나 그는 고작 팔꿈치와 손목, 무릎과 발뒤꿈치가 다른 신체 부위보다 약간 발달한, 잿빛 양복을 입은 어린 신사에 지나지 않았다.

그가 정교하면서도 위협적인 공격 자세를 취했다. 어느 부위를 어떻게 공격해야 한 방에 끝낼지 탐색하듯 나의 온몸을 훑어봤을 때, 나는 이제 꼼짝없이 죽었구나 싶었다. 그러나 결과는 너무나도 빨리, 너무나도 어이없게 끝나고 말았다. 나의 첫 주먹에 그가 벌러덩 자빠져 코피를 흘리며 완전히 기죽은 얼굴로 나를 쳐다보았던 것이다. 나는 그를 자빠뜨려놓고도 어안이 벙벙했다. 내 평생 그렇게 놀란 적이 없었다.

그러나 그는 다시 벌떡 일어나 스펀지로 코피를 닦아내고 재차 야무지게 공격 태세를 취했다. 연이어 주먹을 날리자 그가 또다시 벌러덩 나자빠져 퍼렇게 멍이 든 눈으로 나를 쳐다보았을 때, 내 평생 두번째로 크게 놀랐다.

나는 그의 끈질긴 근성에 일종의 존경심마저 느꼈다. 그는 사실 약골이었고, 나를 세게 때려보지도 못하고 번번이 맞고 나자빠졌다. 그러나 그때마다 벌떡 일어나 스펀지로 얼굴을 닦고 물을 마신 다음 정말 끝장내 버릴 기세로 다시 덤벼들었다. 어린 신사는 상처투성이가 되었다. 그가 덤벼들 때마다 내 주먹의 강도가 점점 더해졌기 때문이다. 그런데도 그는 계속 덤벼들었다. 그러다 그는 내 주먹질에 뒤로 쓰러져 담벼락에 뒤통수를 부딪치고 나자빠졌다. 그는 다시 일어나 스펀지 뭉치를 집어 들다가 그냥 휙 던지고는 헐떡대면서 말했다.

"내가 졌다."

그의 용감함과 순진함 때문에 먼저 싸움을 걸어 온 것은 그인데도 나는 이기고도 우울한 만족감에 씁쓸한 기분이었다. 싸움이 끝나자 나 자신이 잔인하고 야만스러운 짐승처럼 느껴져 자괴감과 자기혐오까지 들었다. 나는 피 묻은 얼굴을 닦으며 그에게 말했다.

"좀 도와줄까?"

"괜찮아."

그는 단박에 거절했다.

나는 달리 할 말도 없어서 "잘 가!"라고 인사했다. 그 역시 "잘 가!"라고 대꾸했다.

안마당에 들어서니 에스텔러가 열쇠 뭉치를 들고 기다리고 있었다. 에스텔러는 내가 어디에 있었는지, 왜 늦었는지 묻지 않았다. 무슨 좋은 일이라도 있는지 그녀의 낯빛이 밝았다. 에스텔러는 평소와 달리 대문으로 가지 않고 집 안으로 들어가며 내게 손짓했다.

"이리 와. 입 맞추고 싶으면 해도 좋아."

그녀가 내 얼굴을 향해 뺨을 내밀었다. 나는 얼떨결에 그녀의 뺨에 입을 맞췄다. 솔직히 그녀의 뺨에 입 맞출 수만 있다면 나는 어떤 희생도 감수했을 것이다. 그러나 가난한 소년에게 적선하듯 허락한 그 입맞춤은 에스텔러에게는 의미도, 가치도 없는 듯했다.

생일 축하 손님들, 카드놀이, 어린 신사와의 결투 같은 것들로 그날
은 본의 아니게 미스 해비셤의 집에 오래 머물렀다. 집으로 돌아왔을
무렵 습지대 너머 모래톱 위의 등대가 밤하늘을 배경으로 어슴푸레
빛나고 있었다. 그리고 조가 지피는 대장간 화덕 불빛도 창문 너머로
길게 뻗치고 있었다.

12

나하고 싸운 창백한 어린 신사를 생각할수록 마음이 편치 않았다.
벌겋게 부어오른 얼굴로 쓰러지고 자빠지던 그의 모습을 떠올릴 때
마다 나한테 엄한 처벌이 내려질지 모른다는 두려움이 엄습했다. 어
린 신사의 얼굴에 흐르던 피는 나로 인한 것이고, 그래서 법이 복수
할 것 같았다. 촌뜨기 소년이 상류층 저택을 돌아다니다 책을 읽고
있던 어린 영국 신사를 두들겨 패고도 버젓이 동네를 활보할 수 있단
말인가.

한동안 나는 집 안에 틀어박혀 지냈다. 부득이 심부름을 가야 할
때는 바깥 동정을 살핀 다음 집을 나섰다. 또한 피로 얼룩진 바지를
한밤중에 몰래 빨았고, 나중에 판사 앞에 섰을 때 손등에 난 상처 같
은 물증에 대해 뭐라고 둘러댈지 머리를 쥐어짜기도 했다. 나는 공포
에 떨었다. 런던에서 온 경찰이 집 근처에 잠복하고 있다가 느닷없이
나를 체포하지는 않을까? 미스 해비셤이 자기 집에서 일어난 폭행에
대해 몸소 복수하려고 내게 권총을 쏘지는 않을까? 혹은 돈을 받고
모종의 지시를 받은 불량소년들에게 죽을 때까지 폭행당하는 것은
아닐까?

하지만 이런 상상을 하면서도 나는 한편으로 그 어린 신사가 내게 복수하지 않으리라는 일종의 믿음을 가지고 있었다. 그것은 어린 신사의 됨됨이와 기백을 철석같이 믿고 있다는 뜻이기도 했다. 늘 내 상상 속에서 복수에 나서는 사람들이란, 두들겨 맞은 어린 신사의 얼굴을 보고 집안의 체면이 망가진 것에 분노하는 그의 지각없는 친척들이었다.

어쨌든 미스 해비셤의 집에 가지 않을 수는 없었다. 그런데 이게 어찌 된 일인가! 내게 뭐라고 하는 사람도 없었고, 어린 신사도 보이지 않았다. 혹시나 해서 정원을 둘러보고, 별채의 창문도 들여다보았지만 어디에도 어린 신사는 없었다. 다만 정원 모퉁이에 마른 핏자국만 싸움의 증거로 남아 있을 뿐이었다. 나는 그 증거물을 흙으로 덮어버렸다.

미스 해비셤의 방과 긴 식탁이 놓인 방 사이의 넓은 층계참에는 정원용 의자 하나가 놓여 있었는데, 그것은 뒤에서 밀 수 있도록 바퀴를 장착한 것이었다. 지난번 방문 때부터 그곳에 비치해놓은 것으로 미스 해비셤이 걷다가 힘들면 그녀를 태우고 다녔다. 미스 해비셤과의 걷기가 3시간이나 계속된 적도 수없이 많았다. '수없이'라고 대충 표현한 것은, 이 일을 위해 나는 하루걸러 한 번씩 정오에 미스 해비셤의 저택을 방문했기 때문이다. 더구나 나는 이제부터 적어도 8개월에서 10개월 사이에 일어났던 일을 요약해서 말해야 하기 때문이다.

나와 미스 해비셤의 사이가 가까워지자 그녀는 격의 없이 이런저런 말을 건넸다. '무엇을 배우고 싶냐?' '무엇이 되고 싶냐?' 등 나의 꿈을 묻기도 했다. 나는 대장장이 조의 도제가 될 거라고 대답했다. 지금은 그 방면에 문외한이지만, 앞으로 많은 것을 배우고 싶다고 말했다. 솔직히 그런 점에서 뭔가 도움이 될 만한 이야기를 듣고 싶었지만, 그녀는 별 반응을 보이지 않았다. 오히려 내가 지금처럼 계속 무식하게 사는 편이 좋다고 여기는 것 같았다. 그녀는 식사 말고 용돈 같은 것은 전혀 주지 않았고, 금전적인 대가가 있을 거라는 암시도 전혀 없었다.

에스텔러는 나를 맞아들이고 내보내는 일을 계속했지만, 그때처럼 입을 맞춰도 좋다는 말은 두 번 다시 하지 않았다. 그녀는 차갑게, 때로는 겸손하고 친숙하게, 때로는 나를 싫어한다고 대놓고 말하기도 했다. 미스 해비셤은 이따금 귓속말로 "에스텔러가 점점 예뻐지고 있지?"라고 속삭이며 나의 반응을 살피곤 했다. 실제로 에스텔러는 점점 예뻐지고 있었다. 그래서 내가 그렇다고 대답하면 미스 해비셤은 뜻 모를 미소를 지었다. 카드놀이에서 에스텔러가 떼를 써서 나를 이길 때도 미스 해비셤은 미소 지으며 에스텔러를 바라보았다. 마치 수전노가 자신이 모아놓은 돈을 흡족하게 바라볼 때처럼. 에스텔러가 갑자기 변덕을 부리며 방금 했던 말을 번복하고 엉뚱한 말을 쏟아대면, 나는 어쩔 줄을 몰랐다. 그럴 때면 미스 해비셤은 더없이 사랑스럽다는 듯 그녀를 끌어안았는데, 마치 이렇게 말하는 듯했다. '사내의 마음을 짓밟아놓아야 한다. 너는 나의 자부심이고 희망이다. 인정사정없이 남자의 마음을 짓밟아버려!'

조는 대장간에서 일할 때 자주 콧노래를 흥얼거렸다. 그것은 '올드 클렘'이라는 구절이 띄엄띄엄 반복되는 노래로 대장장이가 수호성인에게 감사를 표하는 일종의 노동요였다. 그런데 이 노동요에 등장하는 올드 클렘이라는 이름은 그저 형식적으로 붙여진 것일 뿐이었다.

'자, 모두 두드려라——올드 클렘! 탕탕 두드려라——올드 클렘! 내리쳐라, 내리쳐라─올드 클렘! 뚝딱뚝딱─올드 클렘! 불을 피워라, 불을 피워라─올드 클렘! 빨갛게 높이높이─올드 클렘!'

어느 날 미스 해비셤은 바퀴 달린 의자에 앉자마자 갑자기 신경질적인 손짓을 하며 이렇게 말했다.

"아, 그래. 노래 하나 불러봐라!"

느닷없는 요청에 놀란 나는 의자를 밀면서 나도 모르게 이 대장장이의 노래를 불렀다. 미스 해비셤은 이 역동적인 멜로디가 마음에 들었는지 나지막하고 우울한 목소리로 따라 불렀다. 그 후 바퀴 달린 의자로 돌아다닐 때마다 습관처럼 이 노래를 불렀다. 어떤 때는 에스텔러도 같이 불렀다. 그러나 우리의 노랫소리는 그 음침하고 낡은 저택에 울려 퍼지지 못하고, 가벼운 바람보다 작게 울리다 사그라들 뿐이었다.

내가 이런 환경에서 어떻게 성장했겠는가? 이런 환경은 분명 내 성격은 물론 내 삶에도 영향을 미쳤으리라. 안개 낀 듯 모든 것이 눅눅하고 누르께한 방에서 햇빛 쨍쨍한 밖으로 나왔을 때, 아플 정도로 눈이 부시고 머리가 띵한 것처럼 내 머릿속이 혼란스럽고 어찌해야 좋을지 모르는 것이 당연하지 않겠는가?

전에 내가 그 엄청난 거짓말을 조에게 고백하지 않았다면, 나는 그에게 어린 신사 이야기를 털어놓았을지도 모른다. 그러나 한 번 그런 고백을 했는데, 지금 이 이야기를 또 한다면 어린 신사도 검정 벨벳 의자가 있는 마차에 걸맞은 승객 정도로 취급될 것이 분명했다. 그래서 나는 조에게 아무 말도 할 수 없었다. 더구나 미스 해비셤과 에스텔러에 대해서는 처음부터 아예 입도 뻥긋하지 않았다. 나는 비디 말고는 누구도 완전히 신뢰하지 않았다. 비디에게는 모든 것을 털어놓을 수 있었다. 그것이 왜 그리 자연스러웠는지, 그녀가 왜 내 이야기에 깊은 관심을 보였는지 그때는 잘 몰랐다. 그러나 지금은 알 것 같았다.

한편 우리 집 부엌에서는 회의라는 게 열렸는데, 그때마다 가뜩이나 곤두선 내 신경을 못 견디게 자극했다. 심술궂은 펌블추크 씨는 가끔 밤에 누나를 찾아와 말로는 내 장래를 걱정한다면서 나를 잔뜩 괴롭히는 말들을 쏟아부었다. 단언건대 그의 마차 바퀴의 고정 핀을 뽑아버리고 싶을 정도였다. 그 한심한 인간은 수술이라도 집도하듯, 아니면 요리라도 하듯 나를 난롯불 앞에 데려다 놓고 큰 소리로 말했다.

"자, 부인, 이 애 말이오! 당신이 고생스럽게 손수 키운 이 애 말이오. 얘, 꼬마야, 고개 들고 잘 들어라. 너를 이렇게 길러준 분들의 은혜를 죽을 때까지 잊어서는 안 된다. 자, 부인, 이 애의 앞날에 대해 말인데!"

그러고는 내 머리카락을 마구 헝클어뜨리는가 하면, 내 옷소매를 붙잡고 자기 앞으로 마구 끌어당겼다. 이렇게 우스꽝스러운 짓을 할 사람은 오직 펌블추크 씨 한 사람뿐이었으리라! 한바탕 그런 광경을 연출한 다음 그는 미스 해비셤이 장차 나를 위해 무엇을 해줄지 등 가당찮은 예측들을 쏟아냈다. 나는 너무 화가 나서 눈물이 날 지경이었고, 심지어 그에게 달려들어 주먹세례를 퍼붓고 싶었다. 누나는 내 이야기를 할 때마다 내 이라도 뽑아버리고 싶은 듯 이를 악물고 말했다. 펌블추크 씨는 내 후원자를 자청하면서도 늘 탐탁지 않은 눈으로 바라보았다. 그는 마치 자기가 내 운명을 열어주는 사람인데, 그것이 자기에게는 아무 이득도 되지 않는 일이라고 생각하는 것 같았다.

나의 장래에 관한 이런 회의에 조는 참여하지 않았다. 그러나 누나는 내가 대장간 도제를 포기할까 봐 그런다면서 중간 중간 조에게 비난의 화살을 퍼부었다. 나는 이제 조의 제자가 되기에 충분한 나이가 되었다. 조가 부지깽이로 벽난로 속의 재를 고르고 있으면, 누나는 그렇듯 사소한 조의 행동마저 색안경을 끼고 보았다. 펌블추크 씨와 자기의 의견을 반대하니까 그런다면서 누나는 조에게 달려들어 부지깽이를 낚아채고 그를 마구 흔들어댔다. 이런 식의 토론은 백이면 백 모두 불쾌한 감정만 남기고 끝나기 일쑤였다. 누나는 무심코 하품을 하다가도 우연히 나하고 눈이 마주치기라도 하면 버럭 소리 질렀다.

"아유, 너라면 이제 지긋지긋하다! 얼른 가서 잠이나 자. 그만큼 골치를 썩였으면 오늘 밤은 이걸로 됐지?"

마치 내가 먼저 그들에게 '제발 나를 들볶아달라'고 사정이라도 한 듯이. 내 의사와는 아무 상관 없이 이런 상태가 일상이 되었고, 앞으로도 오랫동안 지속될 터였다. 그러던 어느 날, 미스 해비셤과 함께 걷기를 하고 있을 때, 그녀가 문득 멈춰 서더니 말했다.

"핍, 어느새 키가 훌쩍 컸구나!"

그런데 내 키가 커진 것이 결코 유쾌하지 않다는 뉘앙스가 역력했다. 나는 달리 할 말도 떠오르지 않아 그저 잠자코 있었다. 키가 자라는 것은 내가 어찌할 수 없는 일 아닌가!

미스 해비셤은 한동안 아무 말 없이 걷기만 하다가 이내 다시 멈추더니 새삼스럽게 나를 바라보았다. 그렇게 몇 차례나 나를 바라보았다. 그리고 다음 날, 걷기를 끝내고 그녀를 화장대 앞까지 이끌었을 때, 그녀가 신경질적으로 손가락을 움직이며 나를 불러 세웠다.

"네가 말했던 그 대장장이 이름이 뭐였지? 다시 말해보렴."

"조 가저리요."

"넌 앞으로 그 사람의 도제가 될 거라고 했지?"

"네, 미스 해비셤."

"음, 이왕이면 빨리 도제가 되는 게 좋겠다. 가저리 씨가 도제 계약서를 가지고 너와 함께 여기 올 수 있겠느냐?"

"그런 일이라면 분명 영광으로 생각할걸요."

"그럼 오라고 하거라."

"언제쯤 오라고 할까요?"

"또, 또 그런다! 난 시간 같은 건 모른다니까. 네가 알아서 곧 데리고 와."

그날 밤 집으로 돌아가 조에게 미스 해비셤의 뜻을 전하자 누나는 그 어느 때보다 난리법석을 피웠다.

"당신들은 나를 발 닦는 천 쪼가리 정도로 아는 거야? 나를 이런 식으로 취급해도 되는 거야? 도대체 나한테는 어떤 자들이 어울린다고 생각하는 거야?"

누나는 나와 조에게 질문을 퍼부으며 악을 썼다. 그러다 따질 기력조차 떨어졌는지 조에게 촛대를 내던지고 엉엉 울고는 앞치마를 두른 채 빗자루를 들고 온 집 안을 들쑤시고 다녔다. 그건 굉장히 화났다는 일종의 위험 신호였다. 비질만으로는 성이 풀리지 않는지 양동이를 가져와 솔을 들고 대청소에 들어갔다. 조와 나는 쫓겨나다시피 집 밖으로 나가 추위에 떨어야 했다.

조와 나는 밤 10시가 되어서야 겨우 용기를 내서 살금살금 집 안으로 들어갔다. 조를 보자마자 누나가 비웃듯 내뱉었다.

"당신 같은 작자는 검둥이 노예 계집한테나 장가갔어야 해!"

가련한 조는 아무 대꾸도 하지 못하고 턱수염을 쓰다듬으며 서서 처량한 눈빛으로 나를 바라보았다. '정말 그랬다면 더 나았을지도 모르지'라고 생각하는 것처럼.

13

이틀 뒤, 조가 나를 데리고 미스 해비셤을 만나러 가는 날이었다. 나름 공들여 외출복을 차려입은 조의 모습은 보는 것만으로 고역이었다. 조는 이런 날에는 예복을 입어야 한다는 신념이라도 갖고 있는 모양이었다. 하지만 나는 그에게 작업복이 더 잘 어울린다고 솔직히 말할 수 없었다. 체형이 적나라하게 드러날 만큼 꼭 끼는 옷이며, 뒤쪽 깃을 잔뜩 세우는 바람에 목덜미의 머리카락이 깃털처럼 곤두서서 우스꽝스럽기 짝이 없는 모습을 연출하는 것이 사실은 나를 위해서임을 잘 알기 때문이었다.

아침을 먹을 때 누나는 읍내까지 같이 가겠다고 자신의 결정을 선포하듯 말했다. 일단 펌블추크 씨네 집에서 기다리고 있을 테니 '그 훌륭하신 숙녀분'과 볼일을 보고 나서 그리로 오라는 것이었다. 조는 가끔 일을 쉴 때 하던 대로 문에 분필로 '외출'이라고 썼다. 그 옆에 자기가 갈 방향을 화살표로 그려놓는 것도 잊지 않았다.

우리는 읍내까지 걸어갔다. 누나는 기필코 뭔가 보여주고 말겠다는 듯이 보무당당하게 앞장섰다. 엄청나게 챙이 넓은 비버 털모자를 쓰고, 영국의 국새처럼 생긴 커다란 밀짚 바구니에 나막신 한 켤레와 숄을 예비로 챙겨 넣고 구름 한 점 없이 맑은 날씨에 우산까지 들었다. 대체 이런 물건들은 고행을 위한 것일까, 아니면 단지 치장을 위한 것일까? 알 수 없었다. 아마도 누나는 그 추운 겨울 생고생을 해가며 자기 과시 욕망을 그런 식으로 분출했던 게 분명하다. 클레오파트

라 혹은 그에 못지않게 오만과 독기로 가득 찬 각국의 여왕들이 가두
행진에서 과시하듯이.

펌블추크 씨네 집 앞에 도착하기가 무섭게 누나는 우리를 내팽개
치고 총알같이 안으로 뛰어 들어갔다. 정오 가까운 시각이라 조와 나
는 서둘러 미스 해비셤의 저택으로 갔다. 이번에도 에스텔러가 문을
열어주었다. 그녀가 문 앞에 나타나자 조는 자동인형처럼 모자를 벗
어 양손으로 모자 가장자리를 쥐고 무게라도 잴 것처럼 부동자세를
취했다. 콩알 한쪽만큼이라도 무게 차이가 나면 천지개벽이라도 날
듯이.

에스텔러는 우리에게 눈길도 주지 않고, 내가 늘 오가던 익숙한 길
을 안내했다. 에스텔러 뒤에 나, 그 뒤에 조가 따라갔다. 긴 복도를 지
나갈 때 나는 문득 고개를 돌려보았다. 조는 여전히 최대한 신중하게
모자 양 끝을 균형 있게 잡고 소리 나지 않게 발끝으로 성큼성큼 걸
어갔다.

에스텔러는 우리한테 같이 들어가라는 말만 하고 가버렸다. 나는
조의 옷소매를 붙잡고 미스 해비셤 앞으로 이끌었다. 화장대 앞에 앉
아 있던 그녀가 즉시 우리를 돌아보았다.

"오! 당신이 바로 이 아이 매형이군요?"

그 순간 나는 조가 그토록 이상하게 변할 줄 상상도 못했다. 그는
머리카락이 깃털 장식처럼 곤두서고 벌레를 삼키기 직전의 새처럼
입을 딱 벌린 채 아무 말도 하지 못하고 멍하니 서 있었다.

"당신이 이 아이 매형이죠?"

미스 해비셤이 재차 물었다.

상황은 점점 어이없게 흘러갔다. 조는 미스 해비셤하고 면담하는

내내 그녀가 아니라 나만 쳐다보았다. 강력한 논증과 엄밀함, 정중함이 뒤섞인 말투로 조는 이렇게 말했다.

"그러니까 나는 말이다, 핍. 이를테면 내가 네 누나와 결혼할 당시 나는 뭐랄까, 그러니까 독신자였지."

그러자 미스 해비셤이 말했다.

"당신은 이 아이를 도제로 삼을 요량으로 데려다 키웠군요. 안 그래요, 가저리 씨?"

"너도 알고 있잖아, 핍. 나와 너는 항상 친구잖니? 오래전 습지대에서 했던 말, 너도 기억할 거야. 네가 내 도제가 되어 우리 둘이 재미있게 일하자고 약속했잖니. 이 일이 싫지만 않다면, 숯덩이나 검댕 같은 지저분한 것들 속에서 함께 일하는 것이 싫지만 않다면 말이다. 네가 함께 일하는 것을 반대하지만 않는다면 말이다. 응? 내 말 무슨 뜻인지 알지, 핍?"

"그럼 얘가 그 일을 좋아한단 말인가요? 한 번도 싫다고 한 적 없었나요?"

"핍, 그건 네가 더 잘 알고 있어! 그건 너의 마음에서 우러나온 소망이란 것을."

조는 이때부터 확고한 자신감에 차서 더욱 정중하게 말했다. 이 대목에서 나는 그가 무슨 말을 하려는지 벌써 훤히 꿰고 있었다. 아버지의 묘비명에 새기려다 돈이 없어서 포기했던 비문 투로 말하려고 했던 것이다.

"너는 아무런 반대할 뜻이 없었으니, 너의 마음에서 우러나온 소망임에 틀림없나니라, 핍!"

내가 미스 해비셤을 보고 말하라고 몇 번이나 눈치를 줘도 소용없었다. 그런 몸짓이나 표정을 지으면 노골적으로 나를 주시하며 더욱 더 은밀하고 확신에 찬 태도로 정중하게 말하는 것이었다.

"핍의 도제 계약서는 가져왔나요?"

미스 해비셤이 단도직입적으로 물었다.

조는 자신의 이야기를 끊는 것이 조금 못마땅한 듯 받아쳤다.

"아까 내가 모자 속에 챙겨 넣는 걸 봤잖아, 핍. 그러니까 당연히 가져왔지."

그러고는 계약서를 꺼내 미스 해비셤이 아닌 나한테 건넸다. 에스텔러가 그녀의 의자 뒤에서 우리를 지켜보았다. 유감스럽게도 나는 그 착해빠진 매형, 나의 오랜 친구를 부끄럽게 여겼는지도 모른다. 에스텔러의 눈에 얄미운 미소가 떠오른 찰나 내 얼굴이 붉어졌다. 그녀를 똑바로 쳐다볼 용기조차 없었다. 그런 상태에서 나는 조의 계약서를 미스 해비셤에게 건넸다.

"핍에게 수업료를 기대하는 건 아니겠죠?"

계약서를 훑어보면서 미스 해비셤이 물었다.

"조! 조, 왜 말이 없어……."

나는 꿀 먹은 벙어리처럼 멀뚱히 서 있는 조를 나지막이 다그쳤다.

조는 마음이 상한 듯 내 말을 가로막았다.

"핍……. 우리 사이에 그런 걸 꼭 말해야 되니? 내 대답은 물론 '아니'라는 것쯤 너도 알잖아. 핍, 넌 내 대답이 왜 그런지도 알고 있잖아. 그런데 왜 굳이 내가 그 질문에 대답해야 하지?"

미스 해비셤은 이제 조가 어떤 사람인지 나보다 더 확실히 알고도 남는다는 눈빛으로 힐끗 쳐다보더니 서랍에서 작은 봉투 하나를 꺼냈다.

"그동안 핍이 여기 와서 수업료를 벌었어요. 자, 이게 그 증거예요. 이 봉투 속에 25기니가 들어 있어요. 이걸 내 주인에게 드려라, 핍."

조는 미스 해비셤과 방 안 풍경이 갑자기 낯설게 느껴지는 듯 놀라서 넋이 빠진 그 순간에도 여전히 나를 보고 말했다.

"핍, 정말 이런 문제에는 아주 너그럽구나. 과분하지만 고맙게 받겠다. 비록 조금도, 아니 아주 조금이라도 내가 원한 건 아니지만 말이다, 나의 친구야."

나는 이 말에 얼굴이 화끈 달아올랐다 얼어붙는 느낌이 들었다. 그 친밀한 호칭이 내가 아닌 미스 해비셤에게 한 말처럼 들렸기 때문이다.

"이봐, 친구! 너와 나, 우리 둘은 서로에 대한 의무를 성실히 이행하자꾸나. 이토록 후한 선물이 그들에게는 한 번도…… 느껴보지 못한 만족감……, 그런데……."

조는 곤경에 빠진 듯 우왕좌왕하더니 이 감동적인 문장을 완결하고 자신을 구원해줄 말을 찾아낸 듯 기세등등하게 외쳤다.

"결코 그런 일이 없을 거다!"

조는 꽤 시의적절한 표현이라는 확신이 들었던 모양인지 이 말을 두 번이나 반복했다.

"잘 가거라, 핍. 에스텔러, 두 사람을 문까지 배웅하거라."

미스 해비셤이 말했다.

"또 찾아뵈야 하나요, 미스 해비셤?"

내가 공손히 물었다.

"아니다. 이제부터 네 주인은 가저리 씨다. 가저리 씨, 한마디만 더 하죠!"

우리가 방문을 나서려고 할 때 미스 해비셤이 조를 다시 불러 세우고 힘주어 말했다.

"그동안 핍은 내 집에서 착하고 성실하게 행동했어요. 돈은 저 아이가 노력한 대가로 주는 겁니다. 물론 당신도 정직하고 순수한 사람이라 그 이상 바라지는 않겠지만."

조가 무슨 정신으로 어떻게 그 방을 나왔는지 나는 지금도 잘 모르겠다. 다만 그가 아래층으로 내려가지 않고 자꾸 위층으로 올라가려고 했던 것만은 분명히 기억한다. 그쪽이 아니라고 말해도 소용없었다. 나는 갑자기 귀먹은 것처럼 이상하게 구는 그의 옷자락을 잡아당겨 황급히 끌어 내려야 했다.

잠시 후 우리가 대문을 나서자 문이 잠기고 에스텔러도 보이지 않았다. 눈부신 햇빛 아래 우리 둘만 남게 되자 조는 담에 등을 기대고 숨 가쁘게 말했다.

"아, 놀랍구나!"

조는 계속 같은 자세로 서서 "놀랍구나!"를 띄엄띄엄 반복했다. 같은 말을 어찌나 반복하던지 나는 그의 정신이 나간 줄 알고 걱정했다. 한참이 지나서야 그의 말이 조금 길어졌다.

"핍, 진짜로, 진짜로, 깜짝 놀랐다!"

조가 이 말을 하고 나서는 차츰 정상적인 대화를 할 수 있게 되었고, 비로소 우리는 그곳을 떠났다.

미스 해비셤의 저택에서 있었던 일은 아마도 조의 두뇌 회전이 빨라지게 만든 계기가 된 듯싶었다. 펌블추크 씨 집으로 가는 도중 그는 누나를 어떻게 대할지 치밀하고 교묘한 계획을 세운 게 분명했다. 내가 이런 생각을 하게 된 건 펌블추크 씨의 거실에서 벌어진 상황 때문이었다.

우리가 도착했을 때 누나는 그 혐오스러운 종묘상 펌블추크 씨와 이야기 중이었다.

"어머, 웬일들이래? 이렇게 황송한 일이 다 있나? 두 분이 이런 누추한 데까지 납시다니, 기절초풍할 일일세!"

누나는 우리에게 소리쳤다.

조는 잠시 기억을 떠올리는 듯 애써 침묵하더니 나하고 눈을 맞추고 어눌하게 말을 꺼냈다.

"미스 해비셤이 당신에게 전해달라고 각별히 당부했어. 가만있자, 음…… 거, 뭐라더라, 가저리 부인에게 안부를…… 아니 경의였던가, 핍?"

"경의."

"나도 그거라고 생각해, 핍."

조는 곧바로 말을 이었다.

"가저리 부인에 대한 경의를 전해달라더군."

"흥, 그게 무슨 소용이람?"

누나는 쏘아붙이듯 말했지만 싫지는 않은 표정이었다.

조는 또다시 기억을 찬찬히 더듬는 눈길로 나를 바라보았다.

"그리고…… 자기는 건강 상태가 좋지 않기 때문에…… 건강만 허락된다면, 기꺼이…… 라고 했지, 핍?"

"기꺼이 방문을 청했을 거라고."

"맞아, 여기 계신 신사 숙녀 분들을 초대했을 텐데 아쉽다고 했어."

조는 말을 마치고 긴 한숨을 내쉬었다.

"쳇! 진작 그랬으면 좀 좋아? 뭐, 그래도 아예 안 하는 것보다는 낫네. 그래, 그 여자가 이 사고뭉치한테 뭘 주던데?"

누나는 한결 누그러진 표정으로 말했다.

"미스 해비셤은 핍에게 아무것도 주지 않았어."

누나가 버럭 화를 내려는 순간 조가 황급히 덧붙였다.

"그녀가 주는 건 핍의 친구에게 주는 거래. 그리고 '친구란 바로 J. 가저리 부인을 말하는 거예요'라더군. 분명 'J. 가저리 부인'이라고 말이야."

조는 또 잠깐 생각에 잠기는 척하다 부드럽게 말을 이었다.

"미스 해비셤은 J가 조인지 조지인지 정확히 몰랐던 것 같아."

누나는 조의 말을 어떻게 생각하느냐는 듯 펌블추크 씨를 바라보았다. 그는 잔뜩 구미가 당기는 얼굴로 의자 팔걸이를 어루만지며 고개를 끄덕였다. 그러다 난롯불을 쳐다보면서 또 고개를 끄덕였다. 마치이 모든 일을 진작에 알고 있었지만 미리 말해주지 않았다는 듯이.

"오호! 그래서 얼마를 줬는데?"

누나는 마침내 조가 뜸 들인 이유를 알아차린 듯 진짜 웃는 얼굴로 말했다.

"10파운드를 받았다면 어떻게 생각해?"

조가 물었다.

"뭘 어떻게 생각해. 꽤 괜찮다고 생각하지. 뭐, 큰돈은 아니지만 그만한 액수라면 나쁠 것도 없지."

"그것보다 많아."

조가 말했다.

그러자 천하의 사기꾼 펌블추크 씨가 고개를 끄덕이더니 의자 팔걸이를 문지르며 말했다.

"그 이상이오, 부인."

"세상에! 설마 삼촌은 다 알고……."

누나가 갑자기 말을 멈췄다.

"맞소, 부인. 난 이미 다 알고 있었소. 그래도 얘기를 들어봅시다. 조지프, 계속해보게! 계속해."

펌블추크 씨가 말했다.

"내가 20파운드를 받았다면 여러분들은 어쩌시겠습니까?"

조는 자신만의 화법을 이어갔다.

"엄청 큰 금액이지."

누나가 말했다.

"그런데 실은 20파운드가 넘어."

조가 말했다.

비열한 위선자 펌블추크 씨가 또다시 고개를 끄덕이며 후원자라도 되는 듯 의기양양하게 지껄였다.

"더 많소, 부인. 자, 어서 계속하게, 조지프!"

"네, 이제 진짜 보여드리죠."

조가 몹시 들뜬 표정으로 누나에게 봉투를 건넸다.

"25파운드야."

"25파운드요, 부인."

펌블추크 씨가 자리에서 벌떡 일어나 누나에게 악수를 청했다. 사기꾼들에게서나 볼 수 있는 비열함이 그의 얼굴에 가득했다.

"이렇게 될 줄 알았소. 내가 이렇게 될 거라고 하지 않았소? 이건 당연한 보상이오. 사실 부인이 이 아이를 손수 키운 은덕에 비하면 이까짓 것쯤 아무것도 아니지. 아무튼 축하하오!"

이쯤에서 입을 닫았어도 이미 끔찍했을 것을, 추악한 인간은 한 술 더 떠서 자기가 마치 내 후원자라도 되는 듯 강제로 나를 끌어당겼다. 이것은 그전까지 그가 나에게 저지른 무수한 악행보다도 훨씬 더 흉악한 짓이었다.

"부인, 그리고 조지프!"

펌블추크 씨는 조와 누나를 부르더니 내 팔꿈치를 덥석 잡았다.

"난 일단 시작하면 끝장을 봐야 직성이 풀리는 사람이오. 자, 이 아이가 당장 계약서에 서명하게 해야 하오. 내 방식은 이렇소. 일단 계약부터 마무리합시다."

"세상에! 펌블추크 삼촌. 이 은혜 죽어도 잊지 않을 거예요."

누나가 돈을 꼭 움켜쥔 채 말했다.

지긋지긋한 잡곡상이 또 입을 놀리기 시작했다.

"당치 않은 말이오. 정말이지 나야말로 너무 기뻐서 눈물이 날 지경이오! 하여간 계약이나 빨리 마무리합시다. 이 일은 내가 책임지겠소."

가까운 곳에 치안판사가 일하는 읍사무소가 있었다. 우리는 즉시 그곳으로 갔다. 판사 앞에서 나를 정식으로 조의 도제로 만들기 위해서였다. 방금 내가 읍사무소로 '갔다'고 표현했지만, 실제로는 소매치기나 방화범처럼 펌블추크 씨 손에 우악스럽게 끌려간 것이었다. 그곳에 있던 사람들 모두 나를 현장에서 잡혀 온 범죄자쯤으로 여기는 듯했다. 펌블추크 씨가 나를 앞세우고 사람들 틈을 헤집고 들어갈 때 이런 소리가 내 귀에 또렷이 들려왔다.

"저 아이는 대체 무슨 짓을 저지르다 끌려온 거야?"

"어린놈이 참 돼먹지 못하게 생겼네. 안 그래요?"

그중 인자하게 생긴 나이 든 남자가 측은한 눈길로 소책자를 건넸다. 겉표지에 소시지처럼 생긴 발목 족쇄를 찬 소년이 그려진 목판화와 함께 〈감옥에서 읽을거리〉라는 제목이 붙어 있었다.

읍사무소에서는 해괴한 광경이 연출되었다. 어찌 된 일인지 걸상이 교회에서 쓰는 것보다 높아서, 사람들이 앞에 앉은 사람의 등 뒤에서 목을 길게 빼고 앞을 보느라 안간힘을 쓰고 있었던 것이다. 높으신 판사들도 가관이었다. 그중 하나는 머리에 분가루를 발랐고, 의자 깊이 앉아 팔짱을 끼고 코담배를 즐기는가 하면, 뭔가를 쓰거나 신문을 보거나 꾸벅꾸벅 조는 등 가지가지였다. 벽에는 유리가 번들거리는 검은색의 낡아빠진 초상화 액자가 즐비하게 걸려 있었다. 그림을 잘 모르는 내 눈에는 그것들이 아몬드 설탕 과자와 반창고로 만들어진 것처럼 보였다. 나는 이 괴상망측한 곳의 구석진 자리에서 증인 입회하에 도제 계약서에 서명하고 법적으로 조의 도제가 되었다. 절차가 진행되는 내내 펌블추크 씨가 내 팔을 꼭 붙들고 있었다. 나는 마치 교수대로 끌려가기 직전 준비 절차를 밟는 사형수가 된 기분이었다.

다시 밖으로 나오자 조무래기들이 우르르 몰려들었다. 녀석들은 내가 무슨 고문이라도 당할 줄 알고 잔뜩 기대에 부풀었다가 나를 둘러싸고 있는 사람들이 내 보호자라는 것을 알고 엄청 실망한 눈치였다. 어쨌든 우리는 다시 펌블추크 씨 집으로 돌아갔다. 누나는 25파운드로 한껏 들떠서 오늘 저녁은 이 돈으로 '블루보어'에서 크게 한턱내겠다고 했다. 허블 씨 부부와 웝슬 씨까지 불러서 걸게 한번 먹어보자는데 마다할 펌블추크 씨가 아니었다.

덕분에 나는 지금까지 생애에서 가장 비참한 하루를 보냈다. 모두 술이 거나하게 취하자 나를 완전히 군더더기로 취급했다. 더 기가 막힌 것은 기껏 자기들끼리 잘 놀다가도 심심하면 한 번씩 '너는 어째서 즐거워 보이지 않느냐'고 하는 것이었다. 그럴 때마다 나는 '네, 저도 너무너무 좋아요'라고 대꾸했다. 달리 무슨 할 말이 있겠는가.

어쨌든 성인이었던 그들은 나름의 방식대로 최대한 즐겼다. 사기꾼 펌블추크 씨는 이번 일의 일등공신을 자처하며 식탁의 상석을 차지했다. 그는 내가 조의 도제가 되는 행운을 거머쥐게 된 상황에 대해 떠벌이면서 좌중을 휘어잡았다. 또한 앞으로 지켜야 할 법적 의무를 설명한답시고 나를 자기 옆에 있는 의자에 억지로 세워놓고 일장 연설을 토해냈다. 저 비열한 사기꾼이자 사악한 협잡꾼인 펌블추크 씨의 말을 옮기자면 이랬다. 내가 카드놀이를 하거나, 독한 술을 마신다거나, 근무 시간에 게으름을 피운다거나, 혹은 불량배와 사귀거나, 기타 등등의 불미스러운 행동을 한다면 즉각 교도소행이라는 것이었다. 그러고는 계약서가 모든 것을 증명해준다고 덧붙였다.

그날 저녁 거창한 연회에서 내 기억에 남아 있는 장면들은 대략 이런 것들이다. 우선 나를 가만히 내버려두지 않았다는 사실이다. 그들은 내가 꾸벅꾸벅 졸기라도 하면 여지없이 흔들어 깨우고 뭘 좀 먹거나 즐기라고 고문했다. 밤이 꽤 깊었을 무렵에는 웝슬 씨가 콜린스의 〈열정에 대한 송시〉를 암송하기 시작했다. 그는 주인공이 번개처럼 소리치며 피 묻은 칼을 휘두르는 장면을 묘사한 구절을 실감 나게 읊어주느라 효과음까지 내면서 수선을 떨었다. 결국 웨이터가 올라와 이곳은 손님이 곡예를 부리는 극장이 아니라는 말과 함께 공중도덕을 준수해달라고 부탁하기도 했다. 돌아오는 길에는 나만 빼고 모두 기분 좋게 거리를 누비면서 '오, 아름다운 여인아!'라는 노래를 합창했다. 웝슬 씨는 묵직한 저음으로 "나는 백발을 휘날리는 사나이, 내가 바로 연약한 영혼의 순례자로다!"라고 소리질렀다.

또 하나 지워지지 않는 기억이 있다. 그날 밤 내 작은 다락방에 들어가 누웠을 때 나는 정말이지 비참한 기분에 빠져, 앞으로 대장간 일을 결코 사랑할 수 없으리라는 확신과 너불어 강한 죄책감에 사로잡혔다는 것이었다. 물론 이전에는 대장장이가 되는 것이 나의 유일한 꿈이었다. 하지만 이미 과거의 꿈이었다.

14

자신이 사는 집을 부끄럽게 여긴다는 건 세상에서 가장 비참한 일이다. 그건 가족들에게 아주 배은망덕한 생각이며, 벌 받아 마땅한 짓이다. 하지만 그보다 더 확실하게 말할 수 있는 것은 비참한 일이라는 것이다.

누나는 걸핏하면 히스테리를 부렸다. 그러니 나에게 집이란 결코 '즐거운 나의 집'이 아니었다. 하지만 조는 그런 집을 신성하게 여겼고, 나는 그 생각을 따랐다. 나는 우리 집 거실이 가장 격조 있는 장소라고 믿었다. 또 현관문은 구운 닭고기라도 제물로 바쳐야 할 만큼 신성한 신전으로 통하는 입구라고 생각했다. 부엌은 아름답거나 장엄하지는 못해도 따뜻하고 정결한 공간이라고 믿었고, 우리 집 대장간은 나를 사내다운 어른으로 자립할 수 있게 해주는 빛나는 길목이라고 믿었다.

그런데 1년 사이 모든 게 달라졌다. 이제 내게는 우리 집의 모든 것이 미스 해비셤과 에스텔러에게는 절대 들키고 싶지 않은 야만적이고 천박한 것으로 비쳐졌다. 이런 배은망덕하고 버르장머리 없는 생각을 갖게 된 것이 어디까지 내 문제고 어디까지가 미스 해비셤 탓일까? 혹은 이 모든 심리를 악화시킨 장본인이 내 누나는 아닐까? 하지만 이렇게 따져보는 것은 아무 의미 없는 일이었다. 중요한 것은 좋든 싫든 변명의 여지없이 내 안에 변화가 생겼다는 사실이었다.

그전에는 조의 제자로 대장간에 들어가 팔을 걷어붙이고 일할 수 있다면 아주 자랑스럽고 행복한 삶을 살게 되리라는 자부심을 가지고 있었다. 하지만 그것이 현실로 다가온 지금 나는 지저분한 석탄 가루로 뒤덮인 먼지 같은 존재에 지나지 않았다. 시시각각 나를 억누르는 우울함의 무게에 비하면 대장간의 쇳덩이쯤 한 조각 깃털에 불과했다. 그 후로 오랫동안 내 앞에 두꺼운 장막이 드리워 로맨스나 그리움 따위의 모든 감정과 절연한 채 무미건조하고 지루한 삶을 견뎌내야 했다. 아마도 그런 시기는 길든 짧든 다른 사람들도 한 번쯤 거쳤을 것이다. 하지만 돌이켜보건대 그때만큼 내 눈앞에 펼쳐진 장막의 두께가 무겁게 느껴진 적이 없었다.

조의 도제 시절도 후반기에 접어들 무렵의 기억이 지금도 생생하다. 일요일 해 질 녘이면 나는 으레 교회 마당을 어슬렁거리곤 했다. 그때는 내 앞에 펼쳐진 미래가 바람 부는 습지대의 풍경과 닮은 듯 느껴졌다. 둘 다 낮고 적막하며, 앞이 보이지 않는 어두운 안개와 바다로 이어질 뿐이었다. 나는 당시 그토록 깊은 실의에 빠져 있었던 만큼 도제 첫날도 몹시 우울했다. 그러나 계약 기간 내내 조에게 불평 한마디 하지 않았다. 지금도 내가 그럴 수 있었던 것을 정말 다행스럽게 생각한다. 이것이 그때의 나에 대해 유일하게 칭찬할 만한 것이었다.

이제부터 덧붙이는 이야기는 나 스스로 다행스럽게 여기는 일 가운데 한 토막이다. 여기서 마땅히 찬사의 대상은 내가 아니라 조였다. 불행하게도 이때의 나는 그런 사실을 알기에 너무나 미약한 존재였다. 내가 대장간에서 도망쳐 입대하거나 선원들을 따라 배를 타고 바다로 나가지 않은 것은 조가 나에게 보여준 충실함 때문이었다. 나 자신이 직업에 성실했기 때문이 아니라는 말이다. 조는 대장장이 일에 회의를 느끼는 내가 조금이라도 열정을 끌어내서 일하게 만들었다. 내가 원래 근면했던 것이 아니라 조가 그것을 내 눈앞에서 강하게 각인시켰기 때문이다. 다정하고 정직하며 의무에 충실한 무명의 한 노동자가 이 세상에 어디까지 영향력을 미치는지, 그로 인해 얼마나 많은 것들이 변화할 수 있는지 측정하기는 어렵다. 하지만 그런 사람 곁에서 내가 얼마나 영향을 받았는지는 분명히 알 수 있다. 내가 도제 생활에서 얻게 된 장점이 하나라도 있다면, 오로지 주어진 것에 만족할 줄 알며 자기 삶에 충실한 조의 영향을 받았기 때문이지, 갈팡질팡하며 야심을 쫓느라 끊임없이 불평불만을 내뿜던 나 자신에게서 비롯된 것이 아님을 나는 너무나 잘 알고 있다. 내가 진실로 원하는 게 무엇인지 누가 알 수 있단 말인가? 나 자신도 모르고 있던 사실을 누가 말해줄 수 있단 말인가?

그때 내가 가장 두려워했던 것은, 불행하게도 내가 가장 더럽고 비천한 모습으로 대장간에서 일하다가 무심코 고개를 들었을 때 창밖에서 나를 훔쳐보고 있는 에스텔러를 발견하는 것이었다. 나는 에스텔러가 불시에 대장간으로 찾아와 검댕투성이가 된 내가 하필이면 이 직업 가운데서도 맨 밑바닥 일에 매달려 있는 것을 보고 비웃지는 않을까 하는 공포에 사로잡혀 있었다. 간혹 날이 저문 뒤 풀무질을 하면서 조와 함께 '올드 클렘'을 부를 때, 미스 해비셤의 저택에서 그 노래를 불렀던 생각이 날 때, 피어오르는 불길 속에서 아름다운 그녀의 머리카락이 바람결에 나부끼던 모습을 떠올릴 때, 에스텔러가 경멸에 가득 찬 눈길로 나를 보고 있다고 느낄 때, 그럴 때마다 나는 대장간 나무 창문 너머로 캄캄한 어둠 속을 뚫어져라 응시했다. 또한 보이는 것이라고는 밤의 어두운 장막뿐인데도 방금 에스텔러가 급히 사라지는 뒷모습을 목격했다는 착각에 휩싸여 결국 그녀가 여기까지 왔었다고 믿어버리는 것이었다. 그런 날 저녁이면 우리의 식탁이 더없이 초라해 보였고 우리 집이 어느 때보다 한층 더 창피했다.

자신을 키워준 사람들과 유년의 추억이 고스란히 담긴 집을 천하고 부끄럽게 여기는 배은망덕한 아이, 이것이 그 시절의 내 모습이었다.

15

열여덟 살이 되면서 나는 웝슬 씨의 대고모가 운영하는 야학에 다니기에는 나이가 너무 많다는 이유로 그 말도 안 되는 교육을 더 이상 받을 필요가 없었다. 비디는 상품 가격표부터 시작해서 지난날 그녀가 반 페니를 주고 샀던 희한한 노래 가사까지 자신이 아는 모든 것을 나에게 전수해주었다. 사실 그 노래라는 것도 겨우 한 줄 빼고는 도무지 무슨 말인지 알 수 없었지만.

> 내가 론돈(런던을 잘못 발음한 것—옮긴이)에 갔을 때, 나리들
> 투룰루룰 투룰루룰
> 나는 아주 감쪽같이 당했죠, 나리들
> 투룰루룰 투룰루룰

어쨌든 나는 똑똑해지고 싶은 욕심에 이 노래를 열심히 외웠다. 노

랫말에 뭔가 심오한 뜻이 담겨 있으리라 믿으면서 말이다. 다만 지금도 그렇게 생각하지만 '투룰루룰'이라는 후렴구가 너무 많이 나오는 게 조금 이상하기는 했다. 배움에 목말랐던 나는 웝슬 씨에게도 가르침을 청했다. 물론 그는 흔쾌히 승낙해주었으나 진짜 속셈은 자신의 연극 연습 상대로 나를 이용하고자 한 것이었다. 그는 알 수 없는 말로 비난을 퍼붓거나 갑자기 격분에 휩싸여 부둥켜안고 울음을 터트리는가 하면, 괴롭히고, 꼬집고, 넘어뜨리는 등 온갖 해괴한 짓을 하곤 했다. 결국 그의 문학적 광기에 질려버린 나는 더 이상의 가르침을 거절했다.

나는 내가 아는 모든 지식을 조에게 전해주려고 노력했다. 솔직히 이렇게 말하면 꽤 그럴듯하게 들리는데, 양심상 그게 전부라고 하지는 못하겠고, 아무래도 설명을 덧붙여야겠다. 나는 무식하고 가진 것도 없는 조가 조금이라도 교양을 쌓아서 내가 추구하는 사회에 더 적합하고, 나아가 에스텔러가 멸시하지 않는 사람이 되기를 바랐다.

습지대의 옛날 포병대가 있던 자리는 우리의 공부방이었고, 깨진 석판과 부러진 점판암 조각 따위가 우리의 필기구였다. 조는 일요일마다 파이프 담배를 가지고 이곳에 왔다. 그는 일주일 전에 배운 것을 그다음 일요일까지 기억하는 경우가 없었다. 나한테서 뭔가를 배우고 있기는 한 건지도 의심스러울 정도였다. 그러나 그는 수업을 마치면 어느 때보다 유식한 척하며 파이프를 물었다. 마치 그 순간만큼은 자신이 굉장히 진보하고 있다고 믿는 것 같았다. 더없이 순진하고 착한 사람! 나는 그가 정말로 그렇게 생각했기를 바란다.

우리의 공부방이 있는 곳은 언제나 고즈넉하고 기분 좋은 분위기였다. 방어용 둑 너머로 돛단배가 지나가는 모습이 보이곤 했는데, 썰물 때는 강바닥에 침몰한 것 같았다. 하얀 돛을 활짝 펼친 배가 바다로 나아가는 모습을 보고 있으면 불현듯 미스 해비셤과 에스텔러가 떠오르곤 했다. 멀리서 햇살이 구름 위를 스칠 때, 혹은 푸른 산허리, 수평선을 지나는 돛대에 비스듬히 비쳐 들 때도 그랬다. 미스 해비셤과 에스텔러, 그 이상한 집의 기이한 생활이 그림처럼 아름다운 풍경과 깊은 연관이 있는 것처럼 생각되었다.

어느 일요일, 조는 공부를 시작하기도 전에 파이프 담배를 기분 좋게 빨면서 자기가 '세상에서 가장 머리 나쁜 바보'라고 히죽거렸다. 그 얼굴이 어찌나 속 편해 보이던지 나는 그날 수업을 포기했다. 그리고 한동안 손으로 턱을 받치고 둑에 엎드려 먼 바다를 바라보았다. 어느 순간 미스 해비셤과 에스텔러가 내 머릿속에 온통 들어찼다. 마침내 나는 조에게 속마음을 털어놓기로 했다.

"있잖아, 매형. 내가 미스 해비셤의 집에 한번 찾아가 보는 게 좋지 않을까?"

조는 조금 뜸을 들이다 천천히 대답했다.

"음, 거긴 무슨 일로?"

"무슨 일로라니? 남의 집을 찾아갈 때 꼭 이유가 있어야 해?"

"그 이유가 의문으로 남을 수도 있지. 특히 미스 해비셤 댁은. 그 사람은 네가 뭔가를 기대하고 찾아왔다고 생각할지도 몰라."

"그런 게 아니라고 말하면 되잖아."

"그럴 수는 있겠지, 핍. 하지만 미스 해비셤은 네 말을 믿지 않을지도 몰라."

내가 그렇게 느꼈듯이 조 또한 요점을 분명히 말했다는 듯 파이프를 연거푸 길게 빨았다. 이윽고 담뱃불이 꺼질 염려 없이 잘 붙은 것을 확인하고 조가 말을 이었다.

"핍, 너도 느꼈겠지만 미스 해비셤은 너에게 아주 잘 대해주었어. 후한 대접을 했지. 그리고 그날, 그 사람은 나를 다시 불러 그게 다라고 말했어."

"그래, 나도 알아."

"그러니까 그게 다라는 말이야."

조는 '다'라는 말을 강조했다.

"나도 들었다니까."

"내 생각에는, 핍. 그 사람 얘기는, '이걸로 끝이다! 이제부터 각자의 길을 가는 거다. 나는 북쪽으로, 너는 남쪽으로!' 그런 뜻이야."

물론 나도 그럴지 모른다고 생각했다. 하지만 조의 말은 전혀 위로가 되지 않았다. 실제로 그럴 가능성이 컸기 때문이다.

"그렇지만, 조."

"무슨 말이 하고 싶은 거야, 핍?"

"내가 일을 시작한 지 1년이 다 돼가는데 그동안 미스 해비셤에게 한 번도 고맙다는 인사를 하지 못한 데다 안부를 전하기는커녕, 호의를 잊지 않았다는 표시도 하지 않았어."

"그래. 그럼 네가 말편자를 직접 만들어 선물하면 어떨까? 그런데 말이 없다면 편자는 아무짝에도 쓸모없을 텐데……."

"그런 게 아니야. 난 지금 선물 얘기를 하는 게 아니라고."

그러나 조는 한번 떠오른 생각을 멈추지 못하는 성격이었다.

"아니면 현관문 잠그는 사슬을 새로 만들어주든지, 아무 때나 두루 쓸 수 있게 둥근 머리 나사못을 몇백 개쯤, 아니면 머핀을 구울 때 쓰라고 손잡이가 긴 포크나 청어를 구울 때 쓸 석쇠……."

"조, 선물 얘기가 아니라니까."

나는 그의 말을 잘랐다. 그러나 조는 조금도 개의치 않는 투로 계속 말했다.

"아, 물론 나라면 선물 같은 건 하지 않겠어. 그럼, 절대 안 해. 그런 집에는 이미 번듯한 현관문 사슬도 있고, 둥근 머리 나사못 같은 건 거들떠보지도 않겠지. 머핀용 포크는 놋쇠로 만들어야 하니 네가 직접 만들 수도 없고. 석쇠는 제아무리 솜씨 좋은 장인도 만들기가 쉽지 않지. 게다가 뭐 그리 특별한 것도 아니고."

조는 마치 나의 잘못된 생각을 바로잡아 주겠다는 듯이 말했다.

"아무리 신경 써서 만들어봤자 석쇠는 석쇠야. 그게 좋든 싫든 너는 어떻게 해볼 수도 없는……."

"조! 지금 그런 말을 하자는 게 아니잖아. 나는 미스 해비셤에게 선물 같은 걸 갖다 줄 생각이 아예 없다니까."

나는 조의 팔을 잡고 절망적으로 소리쳤다.

"그래. 나도 그러는 게 옳다고 생각한다."

조는 자기 말이 그 말이라는 듯 대꾸했다.

"알았어, 조. 아무튼 지금은 별로 바쁜 일도 없으니까 내일 반나절만 쉬게 해줘. 읍내로 나가서 미스 에스테…… 해비셤을 찾아가 인사라도 하고 오게."

"이름이 에스테 해비셤은 아니었는데. 세례를 새로 받지 않았다면 말이다."

조가 진지한 표정으로 말했다.

"알아, 조. 말이 잘못 나왔어. 그나저나 어떻게 생각해?"

조는 내가 좋다면 자기도 찬성이라고 말했다. 단지 내가 순수한 감

168

사의 인사를 전하는 것 외에 다른 마음을 품지 않았는데도 환영받지 못하거나 다음에 또 놀러 오라는 초대를 받지 못한다면 두 번 다시 그 집에 찾아가지 말라는 조건을 달았다. 나는 그러겠다고 했다.

조의 대장간에는 주급을 받고 일하는 올릭이라는 직공이 있었다. 그는 자신의 세례명이 '돌지'라고 했지만 아무래도 미심쩍었다. 내가 알기로 그런 이름이 있을 리 없었다. 이건 그가 잘못 알고 그렇게 말한 것이 아니라, 성미가 아주 고약하고 고집 센 그가, 마을 사람들을 바보 취급하며 엉터리 세례명을 갖다 붙인 게 분명했다. 우락부락한 인상에 피부가 거무죽죽하고 어깨가 기형적으로 넓은 이 사내는 항상 구부정한 자세로 느릿느릿 걸었다. 대장간에도 일하러 왔다기보다 어쩌다 들른 사람처럼 행동했다. 점심을 먹으러 식당에 갈 때나 저녁에 퇴근할 때도 목적지를 잃고 배회하듯 느릿느릿 걷는 모습이 마치 성경에 나오는 카인이나 방랑하는 유대인을 연상하게 했다.

올릭은 습지대의 수문지기 집에 살았다. 평일에는 도시락 주머니를 목에 걸고 호주머니에 손을 찔러 넣은 채 특유의 느린 걸음으로 집을 나오고, 일요일에는 하루 종일 수문 위에 누워 있었다. 그러지 않으면 건초 더미나 헛간에 기대서 있기도 했다. 걸어갈 때는 늘 몸을 앞으로 숙이고 땅만 쳐다보고 다녔다. 간혹 누가 말을 걸면 어딘가 모르게 화나 있거나 당황한 표정을 지었다. 이 괴팍한 직공은 나를 별로 좋아하지 않았다. 내가 겁 많고 소심한 어린아이였을 때, 그는 내게 깜깜한 대장간 구석에 악마가 살고 있다고 말했다. 또 자기가 악마의 친구이며, 7년에 한 번씩 어린아이를 악마에게 제물로 바쳐야 하니 머잖아 나를 불에 쳐넣을 수도 있다고 했다. 내가 조의 도제가 되자 그는 나를 더욱 미워했다. 내가 조의 자리를 물려받을 거라고 생각했기 때문일 것이다. 하지만 그는 구체적인 말이나 행동으로 나에 대한 적개심을 드러내지는 않았다. 다만 쇠를 두드릴 때마다 내 쪽으로 불꽃을 튀게 하는 것을 보고 눈치챘을 뿐이었다. 그는 내가 '올드 클렘'을 흥얼거릴 때면 몇 박자 늦게 끼어들기도 했다.

다음 날, 나는 조에게 반나절 외출을 재차 허락받았다. 그 시간에 올릭도 대장간에서 일하고 있었다. 처음에 그는 아무 말도 하지 않았다. 나는 풀무질을 하고, 그는 조와 함께 달궈진 쇠를 두드렸다. 이윽고 그가 자신의 망치에 비스듬히 몸을 기대며 입을 열었다.

"주인님! 설마 사람을 편애하시는 건 아니겠죠. 나이도 어린 꼽이 반나절 놀면, 늙은 저도 똑같이 놀게 해주셔야지요."

그는 기껏해야 스물다섯 살쯤 되었지만, 자신이 꽤나 늙은 것처럼 말하는 버릇이 있었다.

"반나절 놀게 해주면 뭘 하게?"

조가 물었다.

"뭘 하다니요? 그럼 저 녀석은 뭘 하는데요? 나도 저 녀석만큼이나 할 게 많다고요."

"꼽은 읍내에 볼일이 있어."

"그럼 늙은 올릭도 읍내에 가겠습니다. 둘이 같이 가면 되겠네요. 읍내에 꼭 혼자만 가란 법은 없으니까요."

올릭이 발끈하는 것을 보고 조가 말했다.

"뭘 그렇게 흥분하고 그래?"

"어쨌거나 내 맘이죠."

올릭은 벌게진 얼굴로 조와 나를 번갈아 보았다.

"누구는 읍내에 놀러 가고 나는 이게 뭐야? 주인님, 정말이지 편애하면 안 됩니다. 그러시면 안 된다고요!"

조는 그가 흥분을 가라앉힐 때까지 대화하지 않겠다고 했다. 그러자 올릭은 용광로에서 새빨갛게 달궈진 쇠막대기를 꺼내 나를 찌르는 시늉을 했다. 그러고는 내 머리 위에서 쇠막대기를 휘두르다 모루 위에 놓고 탕탕 망치질을 해댔다. 순간 그 쇠막대기는 나 자신이고, 사방으로 튀는 불꽃이 내 몸에서 터져 나온 피처럼 느껴졌다. 한참을 씩씩대며 열을 올리던 그는 쇠가 식을 때까지 탕탕 두드리고 나서야 다시 망치에 몸을 기대고 조를 쳐다보았다.

"주인님!"

"그래, 이제 다 끝냈나?"

조가 물었다.

"네."

올릭이 퉁명스럽게 대꾸했다.

"좋아, 자네도 열심히 일했으니 오늘은 다 같이 반나절만 쉬기로 하지."

조가 말했다. 그러자 엿듣기 선수인 누나가 마당에 있다가 창문으로 득달같이 고개를 들이밀고는 큰 소리로 외쳤다.

"멍청하기는! 참 당신답구려. 아무짝에도 쓸모없는 게으름뱅이들을 놀게 해주다니, 돈이 썩어나? 누가 보면 돈이 남아돌아 쓸 데가 없는 줄 알겠네. 내가 주인이라면 절대 그런 바보 같은 짓 안 할 거야."

"그럴 수 있으면 그래 보시든가요."

올릭이 조소를 잔뜩 머금고 비아냥거렸다.

"그냥 조용히 있어."

조가 말했다.

누나는 단단히 화가 나서 입에 거품을 물었다.

"머저리와 악당들은 얼마든지 상대해주지. 영국과 프랑스에 있는 악당들을 다 모아도 네놈보다는 나을 거야! 덤벼."

"정말 못 들어주겠군요, 가저리 부인. 막돼먹은 걸로 악당을 심판할 자격이 된다면 재판관은 따 놓은 당상이겠군요."

올릭도 잔뜩 비위가 상한 얼굴로 악담을 쏟아냈다.

"가만있으라고 했지!"

조가 말했다.

"뭐야? 뭐라고 했어? 핍, 올릭 저놈이 지금 뭐라는 거야? 내 남편이 버젓이 옆에 있는데 저놈이 나한테 뭐라는 거야? 엉? 아이고, 분해라!"

화가 머리끝까지 치민 누나는 절규하듯이 고함을 질렀다.

누나의 악에 받친 푸념으로 집 안이 들썩거렸다. 내가 경험한 바에 따르면 이런 태도는 성미가 불같은 여자들의 공통점이기도 했다. 누나의 히스테리는 다분히 의도적인 데가 있었다. 일부러 격정적인 상태로 자신을 몰아넣고 누구에게랄 것도 없이 맹목적인 분노를 퍼붓는 것이었다.

"나를 지켜주겠다던 겁쟁이 앞에서 저놈이 뭐라고 지껄이는 거야, 엉? 아이고, 원통해라! 아이고!"

"어이구, 진짜! 내 마누라였다면 우물가로 끌고 가서 찬물이라도 들이부어 저 입을 닥치게 하는 건데."

올릭이 이를 박박 갈면서 으르렁거렸다.

"이봐, 그만하라니까."

조가 말했다.

누나가 삿대질을 해가며 악을 썼다. 이것이 다음 단계였다.

"아이고! 저놈 말하는 것 좀 보게! 저런 놈한테 내가 이 꼴을 당하다니! 저런 개자식한테! 다른 곳도 아닌 내 집에서! 남편까지 있는 내가! 남편이란 사람이 눈을 시퍼렇게 뜨고 지켜보는 데서! 아이고! 아이고!"

누나는 가슴을 쥐어뜯으며 발버둥 치다가 모자를 집어던지고 머리카락을 풀어헤쳤다. 발작의 마지막 단계였다. 제대로 분노를 폭발한 누나는 마침내 완벽한 복수의 여신으로 빙의되어 문 쪽으로 달려들었다. 그러나 문은 이미 내가 걸어 잠가서 누나가 안으로 들어올 수 없었다.

불쌍한 조는 점잖게 사태를 무마하려 했으나 깡그리 무시당하고, 이제 할 수 없이 부부 사이에 끼어들어 분란을 일으킨 올릭의 무례함을 꾸짖었다. 그러면서 남자라면 정정당당하게 덤비라고 팔을 걷어붙일 수밖에 없었다. 올릭은 별 도리 없다는 것을 알고 즉각 방어에 나섰다. 두 거인은 불에 그슬린 앞치마를 벗을 새도 없이 맞붙어 싸웠다. 이 근방에서 조에게 맞서 이길 수 있는 사람은 아무도 없었다. 예전에 그 창백한 어린 신사가 그랬던 것처럼 올릭은 곧바로 석탄재에 처박혀 한동안 일어날 엄두도 내지 못했다. 그 와중에 누나는 의식을 잃고 창문 앞에 쓰러졌다. 대장간 문을 열고 나간 조는 기절한 누나를 번쩍 안고 집 안으로 데려갔다. 조가 눕히고 안정을 취하도록 하자 다시 정신이 돌아온 누나는 아무 말 없이 조의 머리카락을 움켜쥐고는 몸부림을 쳐댔다. 한바탕 폭풍이 지나간 뒤에 고요와 침묵이 이어졌다. 이 기묘한 적막감 속에서 나는 어떤 막연한 느낌, 그러니까 오늘은 일요일이고 누군가 죽었다는 느낌에 휩싸여 위층으로 올라갔다.

내가 옷을 갈아입고 다시 아래층으로 내려왔을 때, 조와 올릭은 대장간 청소를 하고 있었다. 격투의 흔적이라고는 올릭의 코에 난 상처뿐이었다. 특별히 눈에 띄거나 심한 상처는 아니었다. 스리 졸리 바지멘에서 맥주가 배달되었고 두 사람은 사이좋게 나눠 마셨다. 다시 평화가 찾아오자 조는 차분하고 철학적인 모습으로 돌아갔다. 그는 큰길까지 나를 배웅하며 나름 도움이 될 만한 얘기를 해주었다.

"격정은 언젠가 가라앉게 마련이지. 폭발할 때도 있고, 평온해지기도 하는 것, 그것이 인생이란다, 핍!"

어른들에게는 심각한 감정이 어린아이 입장에서는 우스꽝스럽게 여겨지기도 한다. 마찬가지로 미스 해비셤의 저택으로 가면서 내가 얼마나 우스꽝스러운 감정에 빠져 있었는지 장황하게 설명하는 것은 별 의미 없을 것이다. 나는 대문 앞을 왔다 갔다 하면서 차라리 그냥 돌아가는 게 낫지 않을까 망설이고 또 망설였다. 시간에 얽매이지 않는 몸이었다면 나중에 다시 오자고 생각했을지도 모른다. 결국 나는 용기를 내서 초인종을 울렸다.

대문을 열어주러 나온 사람은 에스텔러가 아니라 세라 포킷이었다.

"웬일이니? 무슨 일이야?"

세라 포킷이 물었다.

나는 미스 해비셤에게 인사를 드리러 왔다고 말했다. 세라는 나를 들일지 말지 잠시 고민하는 눈치였다. 그러나 자기 마음대로 결정할 일이 아니라고 생각했는지 일단 들어와서 기다리라고 했다. 잠시 후 그녀가 쌀쌀맞은 얼굴로 다시 나타났다.

"올라오라는구나."

나는 세라 포킷을 따라 안으로 들어갔다. 변한 것은 아무것도 없었다. 미스 해비셤은 혼자 있었다. 그녀는 나를 물끄러미 쳐다보다가 입을 열었다.

"그래, 뭐 원하는 거라도 있니? 난 너한테 줄 게 없는데."

"아니에요, 미스 해비셤. 덕분에 제가 도제 생활을 잘하고 있어서 감사하다는 말씀을 드리고 싶었을 뿐이에요."

"그래, 됐다. 가끔 와도 좋아. 네 생일에 오너라."

그녀는 여느 때처럼 신경질적으로 손가락을 흔들면서 말했다. 그러다 갑자기 뭔가 생각난 듯 의자를 내 쪽으로 돌려 앉더니 큰 소리로 외쳤다.

"아! 너 지금 에스텔러를 보러 온 거로구나. 그렇지?"

사실 나는 에스텔러가 어디 있나 하고 주위를 두리번거리던 중이었다. 나는 그녀가 잘 지내기를 바란다고 약간 더듬거리며 말했다.

"지금 외국에 있단다. 숙녀가 되기 위해 공부를 하고 있지. 네가 볼 수 없는 먼 곳에서 말이야. 그 애는 전보다 훨씬 더 예뻐졌어. 모두 감탄하고 있지. 어때? 이제 에스텔러를 잃어버렸다는 기분이 드니?"

미스 해비셤의 마지막 말에는 악의에 찬 기쁨이 배어 있었다. 몹시 귀에 거슬리는 그녀의 웃음소리에 나는 순간적으로 할 말을 잃었다. 하지만 곧 그녀가 나에게 그만 가보라고 말했기에 나는 굳이 대꾸할 말을 찾아 고민할 필요가 없었다. 호두 껍데기처럼 딱딱한 표정의 세라 포킷을 뒤로하고 대문을 나설 때, 나는 우리 집과 대장장이라는 직업, 내 인생의 모든 것에 대해 그 어느 때보다 심한 좌절감을 맛보았다. 기껏 용기를 낸 일의 결과라고는 그것뿐이었다.

거리는 한산했다. 나는 가게 유리창을 들여다보면서 내가 신사라면 어떤 물건을 살까 상상해보았다. 그렇게 읍내를 어슬렁거리다 마침 책방에서 나오던 웹슬 씨와 정면으로 마주쳤다. 그는 방금 6펜스를 주고 구입한 릴로의 희곡집《조지 반웰의 이야기》를 들고 있었다. 런던의 부지런한 도제였던 조지 반웰이 매춘부의 유혹에 넘어가 주인의 돈을 강탈하고 자신의 숙부까지 살해한 죄로 처형당한다는 내용이었다. 웹슬 씨는 펌블추크 씨를 만나러 가는 길이라고 했다. 보나마나 펌블추크 씨의 머릿속에 그 책의 내용을 한 글자도 빠짐없이 각인시키려는 심산일 것이다.

그는 나를 보자마자 반색을 표했다. 아마도 신이 특별히 대본을 읽을 제자를 보내주셨다고 생각하는 듯했다. 웹슬 씨는 다짜고짜 내 손을 잡더니 펌블추크 씨 집에 같이 가자고 했다. 굳이 거절할 이유가 없었다. 집에 돌아가 봤자 비참한 기분만 더할 것이기 때문이었다. 오늘따라 밤길이 유독 어둡고 쓸쓸하게 느껴졌다. 혼자 터덜터덜 집으로 돌아가는 것보다 낫겠다 싶었다. 가게마다 불을 밝히기 시작할 무렵 우리는 펌블추크 씨 집으로 향했다.

《조지 반웰의 이야기》는 나도 처음 접하는 작품이라 공연 시간이 얼마나 걸릴지 짐작조차 할 수 없었다. 그날 저녁 대본 읽기는 9시 30분까지 이어졌다. 특히 교도소 장면이 길어지면서 속도감이 떨어졌다. 주인공의 불명예스러운 인생 가운데 가장 수치스러운 장면이 더디게 진행되고 있었다. 나는 한창 인생의 꽃을 피울 나이에 생을 마감하게 된 자신의 불운을 탓하는 주인공의 푸념을 선뜻 받아들이기 어려웠다. 그의 삶은 열매를 맺기도 전에 잎사귀를 하나씩 떨구면서 줄곧 쇠락의 길을 걸어갔을 뿐이다. 어쨌든 길고 지루한 연극이었다. 무엇보다도 난감했던 것은 반웰의 험난한 인생 여정과 아무 상관없는 나 자신이 죄인처럼 느껴졌다는 점이었다. 반웰이 죄를 지을 때마다 내가 사죄해야 할 것만 같은 기분이 들었다. 펌블추크 씨는 차가운 비난의 눈초리를 보냈고, 웝슬 씨마저 나를 세상에서 가장 나쁜 놈 취급을 했다. 잔인하고 흉포한 데다 감상적인 기질까지 가진 나는 정상참작의 여지도 없이 숙부를 살해했고, 번번이 매춘부의 꼬임에 말려들었으며, 주인집 딸은 거의 편집광적으로 나를 걱정해준다. 마침내 운명의 날 아침, 나는 겁에 질려 헐떡거리면서도 쉬지 않고 지껄여 처형을 지연시키려고 한다. 어쩌면 그것은 나라는 인간의 유약한 성격과 딱 들어맞는 행동이라고 볼 수 있었다. 그런 내가 교수대에 목매달려 생을 마감하면서 웝슬 씨가 책을 덮은 뒤에도 펌블추크 씨는 여전히 나를 노려보며 고개를 저었다.

"교훈으로 삼아야 한다!"

펌블추크 씨가 말했다. 그는 마치 나한테 어수룩한 친척이라도 있다면 충분히 그런 짓을 하고도 남을 배은망덕한 놈이라는 것을 세상이 다 안다고 말하고 싶은 듯했다.

낭독이 끝났을 때는 캄캄한 밤이었다. 웝슬 씨와 함께 읍내로 나오자 축축하고 짙은 안개가 깔려 한 치 앞을 분간하기 어려웠다. 유료도로 표시등은 불빛이 너무 흐려서 음산한 느낌을 자아냈다. 웝슬 씨는 습지대에서 바람의 방향이 바뀌면서 짙은 안개를 몰아온 모양이라고 중얼거렸다. 그때였다. 요금소 뒤에서 구부정한 사람의 형체가 나타났다. 나와 웝슬 씨는 걸음을 멈췄다.

"이봐요! 거기 올릭이에요?"

우리가 묻자 그 사람이 천천히 앞으로 다가왔다.

"잠깐 기다리고 있었어. 혹시 누구 아는 사람 오나 하고."

올릭이었다.

"늦었네요."

내가 말했다.

"뭐? 너도 늦었잖아."

올릭다운 대꾸였다.

"올릭 군, 우리는 지적인 저녁 시간을 즐기다 오는 길이라오."

웝슬 씨가 기분 좋게 인사를 건넸다. 올릭은 알 바 아니라는 듯 뭐라고 투덜거렸다. 셋이 나란히 걸어가면서 나는 올릭에게 오늘 반나절의 휴가를 어떻게 보냈느냐고 물었다.

"바로 네 뒤를 따라 나와 읍내로 왔지. 너를 보지는 못했지만 틀림없이 네 뒤에 도착했어. 그건 그렇고 대포 소리가 또 들릴 거다."

"감옥선에서요?"

"그래, 새장에 있던 까마귀 몇 마리가 도망쳤거든. 저녁 무렵부터 계속 쏴대는군."

올릭의 말대로 몇 걸음 가지 않아 기억에도 생생한 대포 소리가 들려왔다. 안개 자욱한 강가 낮은 지대에서 묵직한 굉음이 위협적으로 울려 퍼졌다.

"이런 날 날아간 새를 잡기란 쉽지 않은 법이지. 하여간 탈주범들에게는 더없이 안성맞춤인 밤이거든."

올릭은 조금 흥분한 어조로 덧붙였다.

나는 복잡한 상념에 잠겨 말문을 닫았다. 웝슬 씨는 캠버웰의 자기 정원에서 최후를 맞이한 조지 반웰의 불운한 숙부가 명상에 잠긴 장면을 읊었고, 올릭은 호주머니에 손을 찔러 넣은 채 내 옆에서 구부정하게 걸어갔다. 밤길은 매우 어둡고, 습하고, 사방이 진창이었다. 우리는 흙탕물을 마구 튀기며 걸음을 재촉했다. 이따금 대포 소리가 가까이 들려왔다가 강줄기를 따라 음산한 메아리를 남겼다. 나는 외따로 떨어져 걸으며 한 가지 생각에 몰두했다. 웝슬 씨는 연극 대사를 계속 읊조렸고, 올릭은 '올드 클렘'을 불퉁스럽게 흥얼거렸다. 올릭은 술을 마신 것 같았으나 취하지는 않았다.

어느덧 우리는 마을에 도착했다. 11시나 됐는데도 스리 졸리 바지멘의 문이 활짝 열려 있었고 분위기도 떠들썩했다. 평소에는 볼 수 없는 광경이었다. 등불이 급히 왔다 갔다 했다. 웝슬 씨는 죄수가 잡혔는지 알아보려고 잠깐 안으로 들어갔는데, 곧바로 허둥지둥 뛰어나와 숨 넘어가는 소리로 말했다.

"핍! 너희 집에 무슨 일이 생겼나 보다. 얼른 가보자!"

"무슨 일인데요?"

황급히 그의 뒤를 쫓아가며 내가 물었다. 올릭도 같이 뛰었다.

"나도 잘 모르겠어. 아마 조 가저리가 집을 비운 사이 괴한이 침입한 모양이야. 죄수 짓인지도 모르지. 누가 습격을 받고 다쳤다더라."

우리 셋 다 맹렬한 속도로 달리느라 더 이상 말을 할 수 없었다. 정신없이 달려 집에 도착했을 때는 마당이며 부엌에 온 마을 사람들이 꽉 차 있었다. 의사와 조, 여자들 몇 명이 부엌 한가운데 서 있었다. 구경꾼들은 나를 보더니 일제히 길을 비켜주었다. 누나가 의식을 잃고 바닥에 널브러져 있었다. 난롯불을 살피려다 괴한에게 뒤통수를 심하게 가격당해 쓰러진 것이었다. 이날 이후 누나가 히스테리를 부리는 모습은 두 번 다시 보지 못했다.

16

처음 사고를 접했을 때 내 머릿속은 온통 조지 반웰의 이야기로 가득 차 있었다. 누나가 습격당한 상황에서 결코 내가 자유로울 수 없을 거라고 생각했다. 진실이 무엇이든 사람들은 그녀의 신세를 지고 있던 나부터 의심할 거라고 여겼던 것이다. 그런데 다음 날 사람들이 수군대는 이야기를 듣고 생각이 바뀌었다.

조는 전날 저녁 8시 15분부터 9시 45분까지 스리 졸리 바지멘에서 파이프 담배를 즐겼다. 그 시각 누나가 부엌 문간에서 농장 일꾼과 인사를 나누는 것을 본 사람이 있었다. 목격자는 그때가 9시 전이었다고만 기억할 뿐, 자세한 시간은 기억하지 못했다(안타깝게도 그는 기억하려고 애쓸수록 더 큰 혼란에 빠졌다). 조가 집으로 돌아온 시각은 9시 55분, 그는 누나가 바닥에 쓰러져 있는 것을 발견하고 급히 구조를 요청했다. 당시 난롯불은 잘 타고 있었으며, 촛불의 심지도 특별히 길지 않았다. 다만 촛불은 꺼져 있었다.

도둑의 흔적은 발견되지 않았다. 집에서 없어진 물건도 전혀 없었다. 촛불이 꺼져 있는 것과 누나가 의식을 잃고 쓰러지면서 흘린 핏자국 외에 부엌에서 이상한 점은 발견되지 않았다. 촛불은 원래 누나와 부엌문 사이의 탁자에 놓여 있었고, 그녀가 벽난로 앞에서 뒤통수를 맞고 쓰러졌을 때는 몸 뒤에 놓여 있었다. 부엌이 어질러지지도 않았다. 그런데 현장에는 유력한 증거물이 하나 남아 있었다. 누나는 무거운 둔기로 머리와 등을 얻어맞고 쓰러졌는데, 조가 그녀를 안아 일으켰을 때 보니 바닥에 줄칼로 잘라낸 죄수의 족쇄가 떨어져 있었다.

전문가의 눈으로 살펴본 결과 조는 족쇄가 꽤 오래전에 잘린 것임을 알아차렸다. 급보를 받고 감옥선 관계자들이 달려왔다. 조의 판단이 옳았다. 족쇄는 감옥선의 죄수들이 차고 있던 것이었다. 하지만 언제 사용하던 것인지는 확실하지 않다고 했다. 전날 밤에 탈주한 두 죄수의 것은 물론 아니었다. 그중 하나는 이미 붙잡혔고 족쇄를 차고 있었다는 것이다.

나는 그것이 내가 아는 죄수의 족쇄라고 믿었다. 습지대에서 그가 줄칼로 갈던 족쇄였다. 그러나 그가 범인이라고 생각하지 않았다. 다른 사람의 손에 넘어간 것이 틀림없었다. 적어도 둘 중 하나가 누나에게 그것을 휘두른 것만은 분명했다. 올릭 아니면 내게 줄칼을 보여주었던 그 수수께끼의 사나이. 올릭은 요금소에서 만났을 때 자기 입으로 말한 것처럼 그날 읍내에 갔다는 사실이 확인되었다. 그가 저녁내내 읍내를 싸돌아다니는 것을 목격한 사람들이 많았다. 그는 술집 몇 군데서 노닥거렸고, 나와 웝슬 씨를 만났다. 그를 의심하는 이유는 누나하고 말다툼을 했기 때문이었다. 그러나 누나는 올릭 말고도 주변의 모든 사람들과 수도 없이 말다툼을 했다.

어쩌면 그 수수께끼의 사내가 지폐 두 장을 찾으러 왔는지도 모른다. 이 상황에서 말다툼이 일어났을 가능성은 거의 없었다. 누나는 기꺼이 그 돈을 돌려줬을 테니까 말이다. 실제로 현장에 다툼 같은 것은 없었다. 범인은 순식간에 집 안으로 잠입했고, 그녀는 뒤돌아볼 겨를도 없이 나자빠진 모습이었다. 본의 아니게 내가 흉기를 제공한 셈이라고 생각하니 끔찍했다. 아무리 지워버리려고 해도 그 생각이 머릿속에서 떠나지 않았다. 어린 시절의 악몽 같은 일을 조에게 모두 털어놓을까 몇 달 동안 수없이 고민했다. 끝까지 입을 다물고 있자고 결심했다가도 다음 날이 되면 똑같은 갈등에 휩싸였다. 결국 갈등은 이렇게 끝났다. 이제 그 해묵은 비밀은 나의 일부가 되어 도려낼 수도 없다. 더구나 그로 인해 집안에 엄청난 재앙이 닥쳤다. 조가 내 말을 믿는다면 우리는 결코 전처럼 지낼 수 없을 것이다. 그보다 더 두려운 것은 그가 내 말을 듣고도 송아지 고기나 개 이야기처럼 터무니없는 거짓말로 치부해버릴지도 모른다는 것이었다.

이러지도 저러지도 못한 채 하루하루 결단을 미루던 중 마침내 나 자신과의 타협점을 찾았다. 인간인 이상 양심과 비양심 사이에서 흔들리는 게 당연하지 않은가? 나는 언젠가 범인의 윤곽이 드러날 결정적인 순간에 이 모든 것을 털어놓기로 결심했다.

지역 경찰과 런던에서 온 형사들이 2주일 가까이 집 주변을 어슬렁댔다. 아직 경찰관들이 빨간 조끼를 입던 때였다. 나는 낡은 관리들이 이런 종류의 사건을 어떤 방식으로 처리하는지 익히 들어 알고 있었다. 그들은 아무 혐의 없는 사람들을 잡아 가둔 다음 자기들 멋대로 상상력을 발휘하고, 주어진 상황에서 자연스럽게 추론을 이끌어내는 게 아니라 추론을 억지로 상황에 끼워 맞추려고 했다. 그러면서 뭔가 다 알고 있다는 듯 근엄한 얼굴로 스리 졸리 바지멘 입구를 서성이면서 마을 사람들에게는 선망의 대상이 되었다. 술을 마실 때도 곧 범인을 잡기라도 할 것처럼 긴장된 분위기를 연출했다. 하지만 그들은 끝내 범인을 잡지 못했다.

누나는 그 잘난 양반들이 마을에서 철수한 뒤에도 오랫동안 침대에 누워 있었다. 시력이 손상된 누나는 때때로 착시현상을 일으켰고 찻잔이나 포도주 잔을 잡겠다고 손으로 허공을 휘젓기도 했다. 청각은 물론 기억력도 크게 떨어졌고, 말투는 갈수록 어눌했다. 간신히 부축을 받아 아래층으로 내려올 수 있게 되었을 때는 항상 석판을 곁에 두고 말 대신 글로 의사를 표시했다. 누나는 글씨가 엉망인 데다 철자법도 자주 틀렸고, 조도 글을 잘 읽지 못했기 때문에 둘은 종종 어처구니없는 혼란에 빠졌다. 그때마다 내가 해결사로 불려 가곤 했으나 상황은 별반 달라지지 않았다. 약을 달라고 하는데 양고기를 가져가거나, 조와 차를 혼동하고, 베개와 베이컨을 착각하는 일 정도는 아주 사소한 실수였다.

반면 누나는 더 이상 히스테리를 부리지 않았고, 그만큼 인내심도 강해졌다. 움직일 때마다 사지가 바들바들 떨리는 것은 예사였고, 두세 달에 한 번은 심한 우울증에 시달리며 일주일 동안 계속 두 손으로 머리를 감싸 쥐고 지내기도 했다. 누나를 돌봐줄 간병인이 절실한 상황이었다. 조와 나는 적당한 사람을 구하려고 애썼지만 좀처럼 쉽지 않았다. 그러던 중 우연하게 행운이 찾아왔다. 웝슬 씨네 대고모가 세상을 떠나는 바람에 비디가 우리 집 식구가 된 것이다.

누나가 부엌에 다시 내려온 지 한 달쯤 되던 날, 비디는 소지품이 담긴 작은 상자 하나를 들고 우리 집에 나타났다. 그녀는 조에게 구세주 같은 존재였다. 가엾은 조는 매일 아내의 처량한 모습을 지켜보며 슬픈 나날을 보냈다. 어떤 날 저녁에는 누나의 침대 옆에 심란하게 앉아 있던 조가 그 파란 눈에 눈물을 가득 머금고 이런 말을 했다.

"정말이지 몸이 좋은 여자였는데, 핍."

비디는 태어날 때부터 줄곧 누나를 알고 있었던 것처럼 훌륭한 수족 노릇을 해주었다. 덕분에 조는 어느 정도 안정을 되찾고 나름 소박한 삶의 기쁨을 누릴 수 있게 되었다. 때로는 기분 전환을 위해 스리 졸리 바지맨을 찾기도 했다. 이것만으로도 그에게는 매우 다행스러운 일이었다. 투철한 직업의식을 가진 경찰들은 가엾은 조에게 의심의 눈초리를 보냈다. 물론 본인은 그런 사실을 전혀 눈치채지 못했지만.

비디는 우리 집에 오자마자 그동안 조와 내가 골치깨나 썩었던 문제를 대번에 해결해주었다. 어떻게든 해답을 알아내려고 엄청 노력했지만 결국 두 손 두 발 다 들고 말았던 문제였다.

누나는 몇 번이나 석판에 T 자 비슷한 글자를 쓰고는 간절한 눈빛으로 쳐다보았다. 나는 타르 물약부터 토스트, 튜브 등 T로 시작하는 것들을 모두 읊어보았지만 소용없었다. 나중에는 글자가 망치 모양이라는 것을 깨닫고 누나 귀에 대고 큰 소리로 '망치'라고 외쳐보기도 했다. 누나는 탁자를 두들기며 긍정적인 반응을 보였다. 나는 집에 있는 망치를 모조리 가져다 하나씩 보여주었다. 하지만 누나는 실망스럽다는 듯 고개를 저었다. 망치가 아니라면 목발일 수도 있겠다 싶어 급히 마을에서 목발을 빌려 와서 자신만만하게 누나에게 보여주었다. 하지만 누나는 더 세차게 고개를 저었다. 어찌나 완강하게 고개를 흔들던지 저러다 목이라도 삐면 어쩌나 걱정될 정도였다.

비디가 자신의 마음을 재빨리 읽어낸다는 것을 알게 된 누나는 또다시 석판에 그 이상한 표시를 했다. 내 설명을 통해 대충 상황을 파악한 비디는 누나와 조를 번갈아 보았다. 석판 위에 조를 가리키는 J 자가 쓰여 있었다. 두 사람을 물끄러미 바라보던 비디는 갑자기 대장간으로 달려갔다. 조와 나는 영문도 모르고 그 뒤를 따라갔다.

"맞아, 이거야! 그래도 모르겠어요? 바로 여기 있는 사람을 뜻하는 거잖아요!"

비디가 활짝 웃는 얼굴로 외쳤다.

올릭! 틀림없었다! 기억이 희미해지면서 이름을 잊어버린 누나는 망치를 그려서 조와 함께 일하는 그를 지목한 것이었다. 우리는 그에게 부엌으로 같이 좀 가자고 말했다. 올릭은 천천히 망치를 내려놓고 팔로 이마의 땀을 훔쳤다. 그러고는 다시 앞치마로 이마를 닦은 다음,

평범한 사람들과는 확연히 구분될 만큼 기묘하게 무릎이 굽은 자세로 대장간을 나왔다.

나는 누나가 올릭을 보면 전보다 더 사납게 돌변할 거라고 예상했다. 기대는 보기 좋게 빗나갔고 나는 적잖이 실망했다. 무슨 일인지 누나는 둘도 없는 앙숙이었던 그에게 필요 이상으로 강한 호의를 보였다. 그가 안으로 들어서자 전에 없이 반기는 몸짓으로 마실 것을 갖다 달라는 시늉까지 했다. 그러고는 자신의 호의가 받아들여졌는지 확인하려는 듯 눈치를 보기도 했다. 그날 누나의 행동에는 어린아이가 무서운 선생님 앞에서 보이는 태도가 담겨 있었다. 이후로 누나는 거의 날마다 석판에 망치 모양을 그렸고, 올릭은 잔뜩 웅크린 모습으로 그녀를 찾아와 나처럼 영문을 모른 채 멀뚱히 서 있곤 했다.

17

나는 이제 판에 박힌 도제 생활에 완전히 적응했다. 규칙적이고 단조로운 일상의 연속이었다. 생일에 미스 해비셤의 저택을 방문하기 전까지 마을과 습지대를 벗어난 적이 없다.

이번에도 세라 포킷이 대문을 열어주었다. 미스 해비셤은 1년 전과 거의 비슷한 말로 에스텔러의 안부를 전해주었다. 면담은 몇 분 만에 끝났다. 그녀는 헤어질 때 1기니를 주면서 다음 생일에 또 오라고 말했다. 미리 말해두지만 이때부터 이 일은 연중행사가 되었다. 처음에 나는 결코 그 돈을 받지 않으려고 했다. 그러나 미스 해비셤의 얼굴이 굳어지면서 더 많이 달라는 뜻이냐고 묻는 바람에 더 이상 거절할 수 없었다.

저택 분위기는 달라진 게 전혀 없었다. 어두컴컴한 방의 누런 불빛, 화장대 거울 앞에 유령처럼 앉아 있는 여인. 모든 것이 예전 그대로였다. 햇빛 한 줄기 흘러들지 않았다. 나를 비롯해 저택 밖에 있는 모든 것들은 시간의 흐름을 타고 늙어가는데, 멈춰버린 시곗바늘이 지배하는 이 신비한 공간에서는 세월조차 멈춰버린 듯했다. 미스 해비셤의 저택에 올 때마다 나는 당황했다. 나는 어둠의 그림자에 갇혀 갈피를 못 잡고 방황했다. 내가 살고 있는 집이 창피하다는 생각과, 대장장이 일이 부끄럽다는 생각이 계속 소용돌이쳤다.

어느새 희미하게나마 비디에게 찾아온 변화를 느낄 수 있었다. 그녀는 이제 구두 뒤축을 접어서 신지도 않았고, 머리카락은 단정하고 윤기가 흘렀으며, 손은 늘 깨끗했다. 비디는 결코 미인이 아니었다. 절대 에스텔러처럼 될 수 없다는 얘기다. 그러나 비디는 수수하고 명랑하며, 건강하고 상냥했다.

그녀가 우리와 함께 산 지 1년이 채 되지 않은 어느 날 저녁이었다. 상복을 벗은 지 얼마 안 된 때였을 것이다. 나는 비디가 사려 깊고 신중하며 무척이나 아름답고 선량한 눈을 가졌다는 사실을 깨달았다. 그때 나는 책을 펼쳐놓고 열심히 문장을 베껴 쓰고 있었다. 읽기와 쓰기 실력을 한꺼번에 키우려면 이 방법이 가장 효과적이었다. 한참 글씨를 쓰다 보니 뒷목이 뻐근했다. 고개를 들어보니 비디가 나를 물끄러미 쳐다보고 있었다. 나는 조용히 펜을 내려놓았다. 비디도 바느질을 멈췄다.

"비디, 넌 어쩜 그렇게 모든 일을 잘할 수 있니? 내 생각에는 네 머리가 엄청나게 좋든가, 아니면 내가 돌대가리거나 둘 중 하나야."

"내가 뭘 잘한다는 거야? 무슨 말인지 하나도 모르겠네."

비디가 웃으면서 대답했다.

실제로 그녀는 집안일을 도맡아 하고 있었지만 내 말뜻은 그런 게 아니었다. 그런데 막상 얘기하려고 보니 그녀의 재능이 훨씬 놀랍게 느껴졌다.

"너는 그렇게 많은 일을 하면서 내가 배운 것을 언제 다 배우고 또 나를 따라잡는 거야?"

내 말에는 비디에 대한 우월감이 배어 있었다. 나는 미스 해비셤한 테 생일 선물로 받은 1기니뿐만 아니라 용돈의 대부분을 지식 쌓는 데 투자했고, 그만큼 자신만만했다. 지금 돌이켜보면 내 알량한 지식 을 과대평가한 것일 뿐이었지만.

"너야말로 공부를 어떻게 하는지 묻고 싶은데."

비디가 말했다.

"나야 다들 알다시피 대장간 일을 마치고 밤에 공부하는 거잖아. 하지만 비디 너는 공부하는 것을 본 적이 없어서 그래."

"공부도 그냥 들어오는 거겠지, 감기처럼."

비디는 내 말에 조용히 대꾸하더니 다시 바느질을 계속했다.

나는 나무 의자에 기대앉아 고개를 한쪽으로 기울인 채 바느질에 열중하는 비디를 바라보았다. 생각할수록 그녀가 보통 사람은 아닌 것 같았다. 그녀는 대장간 일에 대해서도 모르는 게 없었다. 대장장이 들끼리 쓰는 용어도 척척 알아들었고, 우리가 하는 작업의 내용이나 온갖 도구의 이름도 줄줄 꿰고 있었다. 요컨대 그녀는 내가 아는 것 은 뭐든 다 알았다. 직접 일을 하지 않을 뿐 이론상으로는 나만큼, 아 니 나보다 더 유능한 대장장이였다.

"뭐든 기회가 생기면 그것을 최대한 자기한테 유리하게 이용하는 사람이 있잖아. 내 생각에 비디 네가 바로 그런 사람이야. 우리 집에 오기 전에는 그럴 기회가 전혀 없었는데 지금 이렇게 발전했으니 말이야!"

"처음에는 내가 네 선생이었어. 그렇지 않니?"

비디는 잠시 고개를 들어 나를 쳐다보더니 옅은 한숨을 내쉬고 바느질을 계속했다.

"비디, 너 울고 있잖아!"

내가 놀라서 소리쳤다.

"아니. 넌 왜 내가 운다고 생각하니?"

그녀가 소리 내어 웃으며 되물었다.

왜냐니, 바느질감 위로 눈물방울이 떨어진 것을 분명히 보았는데. 나는 할 말을 속으로 삼키고 잠자코 앉아 있었다. 웝슬 씨의 대고모가 돌아가시기 전까지 비디는 얼마나 고단한 삶을 살아왔던가. 그녀가 그 해괴망측하고 무기력한 늙은이를 보살피면서 짊어져야 했던 절망적인 현실이 떠올랐다. 불행을 견뎌내는 과정에서 그녀의 재능이 싹을 틔운 게 틀림없었다. 내가 이 세상에 태어나 처음으로 불안을 느끼고 구원을 요청했을 때가 그녀에게는 가장 고단한 시기였다. 그런데도 나에게 선뜻 손을 내밀어 줬다는 사실이 새삼 놀라울 따름이었다. 비디는 잠자코 바느질에 열중했다. 눈물은 더 이상 흘리지 않았다. 문득 내가 그녀에게 진심으로 고마움을 느껴본 적이 있던가, 어쩌면 너무 무심했던 건 아닌가, 내가 좀더 마음을 써줘야 하는 건 아닌가, 온갖 상념들이 스쳐 갔다.

"맞아, 비디 너는 내 첫 선생님이었어. 그때만 해도 우리가 이렇게 한집에 살게 되리라고는 상상도 못했는데."

나는 진지하게 말문을 열었다.

"오, 저런!"

비디는 갑자기 자리에서 일어나더니 누나 곁으로 다가갔다.

"그때는 좀 슬펐어."

마치 남의 말 하듯 중얼거리며 누나를 보살피는 그녀의 태도에는 늘 남을 먼저 배려하는 헌신적인 미덕이 배어 있었다.

"이제부터 예전처럼 자주 이야기를 나누자. 사실 너랑 상의할 것도 있어. 괜찮다면 이번 일요일에 단둘이 습지대를 산책하면서 천천히 얘기 나누자."

나는 진지하게 말했다.

비디는 선선히 고개를 끄덕였다. 누나는 이제 혼자 둘 수 없었다. 하지만 다행히 일요일 오후에는 조가 누나를 돌봐주겠다고 했다.

화창한 여름날, 우리는 마을 뒤편의 교회와 묘지를 지나 습지대로 나왔다. 강물에 돛단배가 떠가는 모습을 보고 나는 여느 때처럼 미스 해비셤과 에스텔러를 떠올렸다. 우리는 강둑에 나란히 앉았다. 차가운 물이 발밑에서 찰랑거렸다. 물소리 때문에 주위가 오히려 고요하게 느껴졌다. 내 속내를 털어놓기에는 더없이 좋은 기회였다. 먼저 비디에게 비밀을 지켜달라고 요구했다. 물론 그녀는 약속을 지키겠다고 맹세했다.

"비디, 나는 신사가 되고 싶어."

"뭐라고? 그건 별로 좋은 생각이 아닌 것 같은데?"

그녀가 말했다.

"비디, 나한테는 그럴 만한 이유가 있어."

나는 조금 강한 어조로 말했다.

"픕, 물론 너도 많은 생각을 했겠지. 그런데 넌 지금 이대로가 행복하다고 생각하지 않니?"

나는 그녀의 말을 가로막고 조급하게 소리쳤다.

"비디, 난 지금 전혀 행복하지 않아. 내가 하는 일이며 이 생활이 지긋지긋하다고. 계약으로 묶인 일과 생활, 둘 다 싫어. 그러니까 다시는 그런 터무니없는 소리 하지 마."

"내 말이 터무니없다고 생각하니? 그럼 내가 사과할게. 너를 불쾌하게 만들려고 한 말은 절대 아냐. 다만 네가 성공해서 편안하게 살았으면 좋겠다고 생각할 뿐이야."

비디가 놀란 듯 눈을 치켜 떴다.

"알았어. 그럼 잘 기억해줘. 앞으로 나는 지금과는 백팔십도 다른 생활을 하게 될 때까지는 적어도 편하게 살지는 못할 거고, 또 그렇게 될 수도 없어."

"참 딱하구나!"

비디는 측은한 얼굴로 나를 바라보며 고개를 흔들었다.

그렇다. 나 또한 수도 없이 스스로를 '딱하다'고 여겼다. 그걸 알기 때문에 자신과의 고독한 싸움에 매달려 있던 나는 그 말이 가시가 되어 하마터면 눈물을 흘릴 뻔했다. 나는 묵묵히 고개를 끄덕였다. 하지만 유감스럽게도 그녀의 의견에 동조할 수는 없었다. 나는 지난날 자괴감에 휩싸여 머리카락을 쥐어뜯고 양조장 담장을 냅다 걷어차며 울분을 달랬던 것처럼 강둑의 잡초를 닥치는 대로 뜯으며 쓰린 속을 토해냈다.

"나 역시 이곳에서 안정된 생활을 하면서 어렸을 때의 반만큼이라도 대장간 일을 좋아하는 편이 훨씬 이득이란 걸 알아. 그러면 너와 나, 그리고 조한테도 좋겠지. 도제 기간이 끝나면 조는 나를 동업자로 삼을 거고, 어쩌면 너와 나는 사귀게 될지도 몰라. 어느 화창한 일요일에 지금과는 전혀 다른 모습으로 이 강가에 앉아 있을지도 모르고. 우리는 서로 잘 맞는 짝이 될 수 있을 테니까, 안 그래?"

비디는 멀어져가는 돛단배를 바라보며 나지막이 한숨을 내쉬었다.

"그래, 아무튼 난 남자를 보는 눈이 까다로운 편은 아니니까."

썩 기분 좋은 대답은 아니었지만 그녀가 나를 좋아한다는 뜻이라는 것은 알 수 있었다.

나는 손에 쥐고 있던 잡초를 한두 줄기 씹으면서 말했다.

"그런데 지금 내가 어떤지 똑똑히 봐. 불만투성이에 잔뜩 화나 있지. 게다가 하는 짓도 거칠고 천박해. 누군가 이런 말을 해주기 전까지는 내가 어떤 인간인지도 몰랐어."

"그렇지 않아. 누가 너한테 그런 무례한 말을 했지?"

비디가 갑자기 내 쪽으로 고개를 돌려 배를 바라볼 때보다 더 깊은 시선으로 나를 보았다. 그러고는 다시 배를 쳐다보았다.

순간 나는 몹시 당황했다. 이야기가 이상한 방향으로 흘러가고 있었다. 그렇다고 이미 뱉은 말을 쓸어 담을 수도 없었고, 이제 와서 대답을 얼버무릴 수도 없는 노릇이었다.

"미스 해비셤의 집에서 만난 여자가 그랬어. 아마 이 세상에 그렇게 예쁜 여자는 없을 거야. 비디, 나는 그녀를 많이 좋아해. 그래서 신사가 되고 싶은 거야."

무슨 생각으로 그런 정신 나간 고백을 했는지, 나는 손에 쥐고 있던 풀을 강으로 하나씩 던졌다. 차라리 저 풀잎들처럼 강물에 뛰어들고 싶다고 생각하면서.

"복수라도 하겠다는 건 아니고? 아니면 설마 그녀의 마음을 사기 위해 신사가 되고 싶다는 거야?"

잠시 침묵하고 있던 비디가 조용히 입을 열었다.

"나도 잘 모르겠어."

나는 우울한 심정으로 내뱉었다.

"내 생각에는, 물론 네가 더 잘 알겠지만…… 복수할 거라면 그 여자가 무슨 말을 해도 모르는 체하는 게 좋고, 그게 아니라 환심을 사기 위해서라면, 물론 이것도 네가 가장 잘 알겠지만……그 여자는 네가 마음을 얻을 만한 가치가 없는 것 같은데?"

비디가 말했다.

맞는 말이었다. 비디의 충고는 나 자신도 수없이 생각했던 것이고, 누구보다 잘 알고 있는 사실이었다. 그러나 제아무리 현명하고 훌륭한 성인이라도 쉽게 빠지곤 하는 그 이상한 자기모순의 함정을 아둔하고 비천한 시골 소년이 무슨 수로 피하겠는가.

"비디 네 말이 다 옳을지도 몰라. 그래도 난 그녀를 많이 좋아해."

나는 비디의 얼굴을 차마 보지 못하고 양손으로 머리칼을 쥐어뜯었다. 내 사랑이 얼마나 무모하고 잘못된 선택인지는 굳이 누가 말해주지 않아도 나 스스로 뼈저리게 깨닫고 있었다. 나처럼 멍청한 인간은 머리를 뽑아 자갈밭에 내동댕이쳐도 마땅했다. 현명한 비디는 더이상 나를 설득하려 하지 않았다. 대신 머리카락을 움켜쥐고 있던 내 손을 부드럽게 풀어주었다. 거칠기는 했지만 더없이 포근한 손길이 내 어깨를 가만히 토닥였다. 나는 양조장 마당에서 그랬던 것처럼 옷소매에 얼굴을 파묻고 눈물을 흘렸다. 그리고 내가 누군가에게, 어쩌면 모든 사람들에게 부당한 대우를 받고 있다는 사실을 어렴풋이 느졌다.

"한 가지 기쁜 것은 네가 나에게 속마음을 털어놓았다는 거야, 핍. 그리고 또 너는 내가 반드시 비밀을 지킬 거라고 믿어주었어. 그리고 너의 첫 선생이 현재의 선생이기도 하다면 지금 네게 어떤 과목을 가르쳐야 할지 알고 있겠지. 하지만 그건 누구나 깨우치기 힘든 과목일 거야. 특히 학생이 선생을 뛰어넘었을 경우에는 더 가르칠 필요도 없겠지."

말을 마친 비디는 조용히 한숨을 내쉬며 나를 쳐다보았다. 곧이어 그녀가 일어났다. 그리고 한결 명랑한 목소리로 물었다.

"조금 더 걸을까? 아니면 그냥 집으로 돌아갈래?"

"비디, 앞으로 너한테만은 뭐든 솔직히 말할게."

나는 자리에서 일어나 그녀의 목에 팔을 감고 가볍게 입을 맞췄다.

"네가 신사가 될 때까지만."

비디가 말했다.

"아마도 그건 불가능한 일일 거야. 그러니까 언제까지나 그럴 수 있어. 하지만 별로 새로운 건 없을 거야. 전에도 그랬지만 내가 아는 건 너도 모두 알고 있으니까."

"아이 참!"

비디는 멀리 떠가는 배를 바라보며 나지막이 말했다. 그러고는 밝은 목소리로 또다시 물었다.

"더 산책할래, 집에 갈래?"

나는 조금 더 걷자고 말했다.

여름날 오후의 햇살이 점차 누그러져 아름다운 석양이 펼쳐졌다. 이런 시간이야말로 시계가 멈춘 방 안에서 어두컴컴한 촛불 아래 카드놀이를 하며 에스텔러에게 멸시받는 것보다 훨씬 자연스럽고 건전한 삶이 아닐까? 머리에서 맴도는 에스텔러에 대한 공상, 그녀에 대한 모든 상념들을 뽑아낼 수만 있다면, 기꺼이 내 일을 즐기면서 주어진 현실에 전념하고 그 안에서 성실히 산다면, 그것이 나에게 가장 이로운 삶이 아닐까? 지금 이 순간 비디 대신 에스텔러가 곁에 있다면 내 기분이 어떨지 자문해보았다. 물론 나는 그 물음에 대한 답을 알고 있었다. 그녀는 언제나 그랬듯이 나를 가장 비참한 기분으로 몰아넣었을 것이다.

'핍, 넌 천하에 둘도 없는 얼간이야!'

나는 스스로를 타박하며 걸음을 옮겼다.

산책하는 동안 비디와 많은 이야기를 했다. 그녀가 하는 말은 모두 옳은 것 같았다. 그녀는 결코 내 마음을 아프게 하거나 변덕스럽게 굴지도 않았다. 오늘은 비디처럼 행동하고 내일은 다른 사람처럼 나를 대하는 일도 없었다. 내가 괴로워한다면 그녀 자신이 더 큰 고통을 느낄 것이다. 항상 나보다는 자기가 아픈 쪽을 택하는 그런 여자였다. 그런데도 나는 어째서 그녀를 더 좋아하지 않는 것일까?

"비디, 나를 좀 잡아줘."

집으로 돌아오는 길에 내가 먼저 말문을 열었다.

"내게 그런 능력이 있다면 얼마나 좋겠니!"

비디가 말했다.

"내가 너를 사랑할 수 있게 된다면…… 우리는 오랜 친구니까 이렇게 솔직히 말해도 되지?"

"물론이야. 괜찮아."

"나 자신을 위해서라도 그런 날이 왔으면 좋겠다."

"하지만 넌 절대 그러지 못할 거야. 너도 알다시피."

비디가 말했다.

몇 시간 전이라면 모를까, 이때만큼은 그녀를 사랑하는 일이 전혀 가망 없는 일로 보이지는 않았다. 나는 장담할 수는 없다고 말했다. 비디는 여전히 확신에 찬 어조로 내 말을 부인했다. 나는 그녀 말이 맞다고 생각했다. 하지만 그렇더라도 정색을 하고 잘라 말하는 것은 좀 못마땅했다. 일말의 가능성도 염두에 두지 않는 그 단호함이 아무 래도 서운했던 것이다.

우리는 교회 묘지 근처까지 왔다. 이제부터는 강둑을 가로질러 수 문 옆 울타리 계단을 올라가야 했다. 그때 수문 옆인지 골풀 숲인지, 아니면 습지대 진흙 구덩이 속에서 올릭이 불쑥 나타났다.

"어이! 두 사람, 어딜 가는 길이지?"

그가 큰 소리로 우리를 불렀다.

"가긴 어딜 가요, 집으로 가죠."

"곧장 집으로 가지 않으면 큰일 날 줄 알아!"

올릭은 아무 때나 습관처럼 '큰일 날 줄 알아'라는 말을 입에 달고 살았다. 무슨 특별한 의미가 있는 것도 아니었다. 그저 저 괴상한 세 례명과 마찬가지로 상대를 얕잡아 보고 위협하려는 야만적인 의도가 담긴 표현일 뿐이었다. 어릴 적 그가 내게 이런 말을 지껄이면 날카 롭게 휜 갈고리가 떠오르곤 했다.

비디가 한껏 긴장한 목소리로 내게 속삭였다.

"따라오지 말라고 해. 난 저 사람 싫어."

돌아보니 올릭이 우리를 감시하듯 따라오고 있었다. 집까지 데려 다주겠다는 것이었다. 나는 고맙지만 그럴 필요 없다고 잘라 말했다.

그러자 올릭은 기분 나쁜 웃음소리를 내면서 돌아서는 시늉을 하더니 조금 거리를 두고 우리 뒤를 따라왔다. 지금까지 누나가 설명하지 못하는 그 끔찍한 사건을 비디는 어떻게 생각하는지 궁금했던 나는 왜 그를 싫어하느냐고 물었다.

"있잖아, 저 사람이 나를 좋아하는 것 같아서 그래."

비디가 뒤를 흘끔거리면서 뜻밖의 이야기를 꺼냈다.

"저 사람이 너를 좋아한다고 말했어?"

내가 화를 내며 물었다.

"아니, 직접 그렇게 말한 적은 없어. 그런데 나랑 마주칠 때마다 춤 추듯 몸을 흔들어."

비디가 다시 힐끗 뒤돌아보며 목소리를 낮췄다.

애정 표현이라고 하기에는 조금 이상한 행동이었지만, 나는 그녀의 판단이 옳다고 믿었다. 감히 비디를 좋아하다니. 그 뻔뻔함에 분노가 치밀었다. 마치 나를 모욕한 것처럼.

"하지만 너하고는 상관없는 일이지."

비디가 침착하게 말했다.

"그래, 상관없어. 그래도 이건 아니지. 싫어."

"나도 싫어. 너하고는 상관없는 일이지만."

"그래, 알았어. 하지만 비디, 저 사람이 계속 그런 짓을 해도 괜찮은 건 아니겠지? 그렇다면 나도 더 이상 참견하지 않을게."

그날 밤부터 나는 올릭의 행동을 주의 깊게 관찰했다. 그가 비디 앞에서 몸을 흔들 기미가 보이기라도 하면 잽싸게 둘 사이를 가로막고 서서 아예 수작 부릴 기회를 차단해버렸다. 올릭은 누나가 갑자기 호의적으로 나온 덕분에 조의 대장간에 눌러앉게 되었다. 그러지 않왔다면 나는 당장 그를 쫓아내라고 조를 설득했을 것이다. 올릭도 그 짐을 알아차리고 전처럼 나에게 악감정을 품지는 않았다. 나는 이런 사실을 나중에야 알게 되었다.

내 마음속은 아직 혼란의 실타래가 더욱 복잡하게 엉켜 있었다. 비디는 에스텔러보다 장점이 많은 여자였다. 그녀는 내가 숙명적으로 타고난 노동의 대가로 영위하는 정직하고 평범한 삶이 결코 부끄러운 것이 아니라는 사실을 깨닫게 해주었고, 충분한 자존감과 행복을 일깨워주었다. 그러나 이런 확신은 내 정신 상태와 계절의 변화에 따라 수시로 흔들리곤 했다. 그때마다 마음은 천 갈래 만 갈래 흩어져 혼란은 5만 배 더 커졌다. 나는 어떻게든 대장간에 대한 불만을 지워버리고 착한 조와 동업자가 된 다음 비디와도 좋은 사이로 발전하자고 마음을 다잡았다. 그러다가도 문득 미스 해비섬의 저택에 갔던 기억이 되살아나면, 혼란스러운 상념들이 포탄처럼 작렬하여 내 분별력은 순식간에 산산조각 나버렸다. 조각을 다시 주워 모으기까지 무척 오랜 시간이 걸렸고, 그러기도 전에 또 다른 망상에 휩싸이기도 했다. 도제 생활이 끝나면 미스 해비섬이 무슨 특혜를 베풀지는 않을까 하는 생각이 머릿속을 온통 헤집어놓기 시작하면 모든 게 다시 박살 나서 흩어져버렸다.

이런 상황에서는 설령 어찌어찌해서 도제 기간을 끝마치더라도 나는 정신적인 공황 상태에서 벗어나지 못했을 것이다. 그러나 그것은 정해진 기간을 다 채우기도 전에 중단되고 말았다. 이제부터 그 이야기를 할 것이다.

18

조의 도제가 된 지 4년째 되던 해 어느 토요일 밤이었다. 스리 졸리 바지멘 난롯가에 몇몇 사람들이 둘러앉아 웝슬 씨가 읽어주는 신문 기사에 귀를 기울이고 있었다. 나도 그 자리에 있었다.

그 무렵 세상을 떠들썩하게 만든 살인 사건이 일어났다. 웝슬 씨는 눈에 핏대를 세워가며 기사를 소리 내어 읽었다. 그는 간간이 소름 끼치는 형용사가 나올 때마다 목청을 높였고, 검사의 심문을 받는 증인들 역할까지 실감 나게 연출했다. 희생자 역할을 할 때는 "아, 이제 끝이구나!"라고 외치면서 가느다란 신음을 토해냈고, 살인자 역할을 할 때는 "너는 죽어 마땅한 놈이다!"라고 잔인하게 소리치며 끔찍한 표정을 지었다. 증인으로 법정에 의사가 나오는 장면에서는 읍내 병원 의사 목소리를 흉내 냈고, 살인자가 희생자를 가격하는 장면을 목격한 나이 많은 유료도로 징수원을 연기할 때는 증인의 정신 상태가 의심스럽다 싶을 정도로 중풍 환자처럼 지나치게 부들부들 떨어댔다.

웝슬 씨의 연출에 걸려들면 검시관은 셰익스피어 희곡에 나오는 아테네의 타이먼이 되었고, 법정 관리는 코리올라누스가 되었다. 웝슬 씨는 자신의 연출을 즐겼고, 구경꾼이자 배심원 역할을 하는 우리도 보는 재미가 쏠쏠했다. 우리는 웝슬 씨의 연출을 통해 본 이 사건에 대해 만장일치로 '고의적 살인'이라는 평결을 내렸다.

웬 낯선 신사가 내 맞은편 긴 나무 의자 등받이에 몸을 기대고 우리를 쳐다보고 있다는 것을 알게 된 건 바로 그때였다. 그는 노골적인 경멸의 눈빛으로 우리를 바라보며 커다란 집게손가락 옆면을 물어뜯었다.

웹슬 씨가 낭독을 마치자 그가 말을 걸었다.

"그러니까 당신들은 사건의 결과가 만족스러운 모양이군요?"

모두 그가 살인자라도 되는 듯 놀란 얼굴로 쳐다보았다. 그는 차가운 시선으로 사람들을 둘러보았다.

"다들 유죄라 이 말이군요? 자, 내 말이 틀렸소?"

"어디서 오셨는지 모르겠소만, 나는 유죄라고 생각하오."

웹슬 씨가 대답했다. 우리 모두 그 말에 용기를 얻어 일제히 고개를 끄덕였다.

그러자 신사가 말했다.

"그렇겠지. 그럴 줄 알았소. 틀림없이 그럴 줄 알았다니까. 한 가지 물어봅시다. 영국 법률에 의하면 유죄가 입증될 때까지…… 그러니까 유죄라고 입증되기 전까지는 누구든 무죄로 간주된다는 것을 다들 알고 있소? 아니면 모르는 거요?"

"이보시오, 나는 영국인의 한 사람으로서……."

"질문을 회피하면 안 되지. 안다, 모른다, 둘 중 하나만 말하시오. 그러니까 어느 쪽이오?"

그는 고개를 한쪽으로 삐딱하게 기울이고 몸 전체를 반대쪽으로 기울인 자세로 웹슬 씨를 다그쳤다. 말투며 태도가 상당히 고압적이었다. 그는 웹슬 씨를 찌르기라도 할 것처럼 집게손가락을 뻗었다가 다시 물어뜯기 시작했다.

"말해보시오! 어느 쪽이오? 아는 거요, 모르는 거요?"

"물론 알고 있소."

웹슬 씨가 대답했다.

"물론 알고 있겠지. 그런데 왜 처음부터 그렇게 말하지 않았소? 그럼 여기서 한 가지 더 묻겠소."

그는 마치 그럴 권리라도 있는 듯 웹슬 씨에게 질문을 퍼부었다.

"그 증인 중에 아직 반대신문을 받은 사람이 없다는 건 아시오?"

"내 말은 단지……."

웹슬 씨의 대답은 곧 그의 험상궂은 말투로 인해 꼬리가 잘렸다.

"당신 뭐요? 그렇다, 아니다, 가부만 말하란 말이오. 자, 그럼 다시 한번 기회를 주겠소."

그는 웹슬 씨에게 집게손가락을 뻗으며 말을 이었다.

"내 말 잘 듣고 꼭 한마디로 대답하시오. 그 증인들이 아직 한 명도 반대신문을 받지 않았다는 사실을 아시오, 모르시오? 그렇다, 아니다, 어느 쪽이오?"

웹슬 씨가 대답을 머뭇거렸다. 이때부터 우리는 그를 탐탁지 않은 눈길로 쳐다보았다.

"대답하시오! 그럼 내가 도와주지. 당신은 그럴 자격도 없지만 내가 도와주겠소. 당신, 손에 든 것이 무엇이오?"

낯선 남자가 무섭게 인상을 찌푸렸다.

"이게 뭐냐고요?"

당황한 웹슬 씨가 자기 손에 들린 신문을 쳐다보았다.

"그게 방금 당신이 읽은 신문이오?"

남자는 냉소적이고 의심스러운 눈초리로 웹슬 씨를 쳐다보았다.

"그렇소만."

"그럼 그 신문을 다시 펼치고, 변호사가 피고에게 모든 답변을 보류하도록 지시했다는 내용이 있는지 말해보시오."

"지금 막 읽었잖소."

웹슬 씨가 대답했다.

"그런 건 지금 중요하지 않소. 당신이 무슨 내용을 읽었는지 알고 싶은 게 아니오. 당신이 원한다면 주기도문을 거꾸로 읽건 말건 상관 없소. 어쩌면 이미 그러고 있는지도 모르지만 그건 내가 알 바 아니란 말이오. 뭐, 아무튼, 신문을 보시오. 아니, 아니, 맨 위에 있는 것 말고, 그 밑에 있는 기사 말이오."

웹슬 씨는 눈으로 기사를 훑기 시작했다. 이 대목에서 우리는 웹슬 씨가 협잡꾼이라고 생각하기 시작했다.

"그래, 이제 찾았소?"

신사가 물었다.

"여기 있소."

웹슬 씨가 말했다.

"그럼 그 문구를 찬찬히 읽어보고, 피고인이 변호사한테 모든 답변을 전부 보류하라는 지시를 받았는지 분명히 말해주시오. 자, 뭐라고 쓰여 있소?"

"꼭 그렇게 쓰여 있지는 않소."

웹슬 씨가 말했다.

"꼭 그렇지는 않다고? 그런 내용인 건 맞소?"

신사의 매서운 추궁이 이어졌다.

"그렇소."

웹슬 씨의 대구였다.

"그렇지!"

신사는 웹슬 씨의 말을 되풀이하고 그를 오른손으로 가리키면서 사람들을 둘러보았다.

"이제 당신들에게 묻겠소. 여러분은 그렇게 쓰여 있는데도 피고의 변론을 듣지도 않고 유죄를 선언한 이 사람의 양심에 대해 어떻게 생각하시오? 그러고도 집에 돌아가 두 다리 뻗고 잘 수 있는 저 사람의 양심 말이오."

웹슬 씨는 우리가 알던 그런 사람이 아닌지도 모른다. 우리는 이제 그의 본성이 드러나기 시작했다고 여겼다.

신사가 웹슬 씨에게 집게손가락을 뻗으면서 말을 이었다.

"바로 이런 자가 이 사건의 재판정에 배심원으로 출두할지도 모른 단 말이오. 끔찍한 편견을 가진 자가 공명정대한 입장에서 성실하게 평결에 임하겠다고 거짓 선서한 뒤, 재판 결과에 치명적인 영향을 끼 치고 가족들 곁으로 돌아가 속 편하게 잠자리에 들 거란 말이오!"

우리는 불행히도 웹슬 씨가 무모하게 행동했다고 여기고, 아직 시 간이 있을 때 그만두는 게 나을 거라고 믿었다.

낯선 남자는 사람들이 감히 범접할 수 없는 권위적인 면모를 갖고 있었다. 그는 우리 한 사람 한 사람의 비밀을 다 알고 있는 듯했다. 또 한 그가 비밀을 폭로하면 누구라도 끝장나 버릴 것처럼 보였다. 이윽 고 그가 2개의 나무 의자 사이를 빠져나와 난롯불 앞에 서더니 왼손 을 호주머니에 찔러 넣고, 오른손 집게손가락을 깨물었다.

남자와 눈이 마주쳤을 때 우리 모두 공연히 주눅 들었다. 그는 우 리를 둘러보며 입을 열었다.

"내가 알기로는, 이 중에 조지프, 또는 조 가저리라는 대장장이가 있을 텐데, 누굽니까?"

"저인데요."

조가 대답했다. 남자는 그에게 앞으로 나오라고 손짓했다.

"당신에게 도제가 있다고 하던데, 보통 핍이라고 부른다죠? 그가 여기 있소?"

"네. 여기 있습니다!"

나는 얼떨결에 소리를 질렀다.

남자는 나를 알아보지 못했다. 나는 그가 미스 해비셤의 저택을 두 번째로 방문했을 때 계단에서 마주친 신사라는 것을 알았다. 의자 등받이 뒤에 있을 때부터 나는 그를 알아보았다. 그는 내 어깨에 손을 얹고 얼굴을 마주 보았다. 커다란 머리, 거무스레한 얼굴, 움푹 들어간 눈매, 새까맣고 숱 많은 눈썹, 굵은 시곗줄, 턱수염과 구레나룻 자국의 검은 반점, 강한 비누 냄새가 나는 두툼한 손 등 그때의 기억이 또렷했다.

"두 사람과 따로 할 이야기가 있소."

그가 나를 찬찬히 살펴본 다음 조에게 말했다.

"시간이 좀 걸릴 테니 당신 집으로 가는 게 좋겠소. 여기서 말하고 싶지는 않으니까. 친구들에게는 나중에 알아서 이야기하시오. 그건 당신 자유이고 내가 관여할 바 아니니까."

사람들이 호기심 가득한 눈길로 우리를 쳐다보는 가운데 스리 졸리 바지멘을 나와 집으로 향했다.

가는 동안 남자는 이따금 나를 쳐다보았고, 때때로 손가락 옆면을 물어뜯었다. 집에 도착하자 조는 먼저 들어가 현관문을 열었다. 우리는 촛불 하나로 희미하게 밝혀진 거실에서 이야기를 나눴다. 남자는 먼저 의자에 앉아 탁자에 놓인 촛불을 가까이 끌어당기고 수첩을 펼쳐 들었다. 그리고 수첩을 대강 훑어본 다음 다시 집어넣고, 촛불을 옆으로 약간 밀어놓았다.

"내 이름은 재거스요. 런던에서 꽤 알려진 변호사죠. 오늘 두 사람에게 조금 특별한 볼일이 있소. 우선 이번 방문은 전적으로 내 의사가 아니라는 점을 밝혀두지요. 내 의견을 피력할 만한 일이었다면 여기 오지도 않았을 거요. 일종의 비밀 대리인으로 할 일을 하러 왔을 뿐이오."

그는 자신이 앉은 자리에서 우리가 잘 보이지 않는지, 일어나 의자 등받이에 한쪽 다리를 걸치고 몸을 기댔다. 한 발은 의자에, 다른 한 발은 바닥을 딛고 선 자세였다.

"조지프 가저리 씨, 일단 여기 이 친구와의 도제 계약을 해제할 것을 제안합니다. 당사자가 원하고 장래에 도움이 되는 일이라면 반대하지 않으리라 믿습니다만, 혹시 별도의 대가를 원하시오?"

"핍의 장래를 위한 일인데 대가라니요! 오, 하느님."

조가 눈을 둥그렇게 뜨고 말했다.

"하느님이라니, 경건한 대답이지만, 요점을 빗나갔군요. 내게 필요한 대답은 당신이 원하는 게 있느냐, 없느냐 하는 것이오. 어떻소?"

"내 대답은, 아무것도 원하는 게 없다는 겁니다."

조가 단호하게 대답했다.

재거스 씨는 조를 슬쩍 훑어보았다. 얼핏 보기에는 조의 순수한 태도를 얕잡아 보는 듯했으나, 갑작스러운 상황에 어리둥절해 있던 나로서는 확신할 수가 없었다.

"좋소. 그럼 지금 한 말을 똑똑히 기억하고 나중에 딴소리는 하지 마시오."

"누가 그런답니까?"

조가 쏘아붙이듯 되묻자 상대가 약간 말을 바꿨다.

"꼭 그렇다는 건 아니오. 아무튼 맹세할 수 있소?"

"맹세할 수 있습니다."

"그럼 이제 이 친구에 대해 이야기할 차례요. 이 친구는 앞으로 거액의 유산을 상속받게 될 것이오."

조와 나는 너무 놀라 숨을 멈추고 서로를 쳐다보았다.

"그 재산을 소유하고 있는 분은 자네가 하루빨리 지금의 집과 생활에서 벗어나 훌륭한 신사로 거듭나기를 바란다네. 상류층의 일원으로서 손색없는 최고의 신사 말일세."

재거스 씨는 집게손가락으로 나를 가리켰다.

마침내 꿈이 이루어졌다. 말도 안 되는 공상을 넘어서는 일이 실제로 일어났다. 미스 해비셤이 내게 엄청난 행운을 선사한 게 분명했다.

"핍 군, 무엇보다도 내 의뢰인은 자네가 핍이라는 이름을 계속 쓰기를 원하네. 너무 쉽고 간단한 일 아닌가. 물론 앞으로 손에 넣게 될 막대한 재산을 염두에 둔다면 이런 조건에 반대하지 않을 거라고 믿네만, 이견이 있다면 지금 말하게."

나는 심장이 요동치고 귀가 윙윙거려 정신이 혼미한 중에 가까스로 이견이 없다고 웅얼거렸다.

"그럴 줄 알았지! 그럼 두 번째로 넘어가겠네. 핍 군, 그 자비로운 은인의 이름은 철저히 비밀에 부쳐질 걸세. 때가 되면 그분이 직접 결정할 문제니까. 그때가 언제고, 자네가 어떤 식으로 알게 될지는 본인 외에 아무도 모른다네. 어쩌면 몇 년 뒤가 될 수도 있지. 자네는 아무 조건 없이 이 상황을 받아들여야 하네. 어떤 질문을 해서도 안 되고, 다른 사람을 통해서 알아내려고 해도 안 되지. 앞으로 나와 대화할 때도 그분의 실체에 대해 어떤 암시나 흔적을 찾으려고 해서도 안 되네. 의문은 자네 가슴속에만 묻어두게. 어째서 이런 금기가 있는지도 자네가 알 바 아니네. 반드시 그래야만 할 중요한 이유가 있을 수도 있고, 단순히 일시적인 결정일 수도 있지. 하여간 자네에게는 따지거나 질문할 권리가 없네. 자네가 이런 사항들을 엄격하게 준수하는 건 내 의뢰인의 절대적인 조건이라네. 내게는 의뢰인의 지시를 전달할 책임만 있을 뿐이네. 그 이상도 그 이하도 아니야. 자네에게 유산을 물려줄 사람에 대해서는 본인과 나 말고는 아무도 모른다네. 거듭 말하지만, 그만한 재산을 갖게 될 상속자로서 지켜야 할 사항치고는 너무 간단하지 않은가? 그래도 만에 하나 이견이 있다면 이 자리에서 말하게. 자, 어쩔 텐가?"

나는 무조건 반대할 뜻이 없다고 재차 말했다.

"좋아! 핍 군, 계약에 대한 이야기는 여기까지일세."

그는 '핍 군'이라는 호칭으로 내 비위를 맞추려는 듯했으나 여전히 고압적인 태도였다. 게다가 가끔 눈을 내리깔고 말끝마다 손가락으로 나를 가리켰다. 자신은 나를 깔아뭉갤 수 있는 약점을 모두 꿰고 있으며, 원한다면 얼마든지 그것을 터뜨릴 수 있다고 암시하는 듯이.

"이제부터는 세부 사항으로 넘어가겠네. 내가 '유산'이라고 표현한 건 상속의 가능성만 있다는 뜻이 아닐세. 이미 자네의 교육과 생활에 충분한 금액이 내게 맡겨졌네. 그러니 나를 자네 후견인으로 생각하게. 아, 고맙다는 인사는 할 필요 없네. 알다시피 나는 무료 봉사하는 게 아니거든. 보수를 받지 않는 일에 내가 나설 이유가 없지. 그리고 자네는 이제 신분이 달라졌으니 더 좋은 교육을 받는 게 당연해. 어떤가, 당장 공부를 시작해야 하지 않겠나?"

나는 그것이야말로 간절히 원하던 바라고 대답했다.

"자네가 그동안 뭘 바라고 살았는지는 내가 알 바 아니네, 핍 군."

그가 냉정하게 말을 이었다.

"본론을 벗어나지 말게. 지금 바라는 것으로 충분해. 그럼 즉시 자네한테 적당한 가정교사를 구해달라는 뜻으로 이해해도 좋은가?"

나는 그렇다고 대꾸했다.

"좋아. 다음으로 자네 의향을 묻겠네. 반드시 현명한 절차라고 볼 수는 없지만, 어쨌든 난 그렇게 지시받았으니까. 특별히 원하는 가정교사가 있나?"

교사라고는 비디와 웝슬 씨의 대고모밖에 몰랐던 나는 당연히 없다고 대답했다.

"내가 아는 교사가 있는데 괜찮을지도 모르겠군. 아, 추천은 절대 아닐세. 난 누군가를 추천하는 일 따위 절대 하지 않아. 그는 매슈 포킷이란 신사일세."

매슈 포킷, 나는 그 이름을 금세 기억해냈다. 미스 해비셤의 친척이었다. 커밀라 부인이 말했던 그 매슈, 죽은 미스 해비셤이 웨딩드레스를 입은 채 축하연 식탁 위에 눕혀지면 망자의 머리맡에 서게 될 그 매슈 말이다.

"그 이름을 들어본 적 있나?"

재거스 씨는 재빨리 나를 한 번 흘낏 보고는 곧장 눈을 감고 내 대답을 기다렸다.

나는 들어본 적 있다고 말했다.

"옳아! 그 이름을 알고 있군! 그런데 문제는 자네의 교사로 그를 어떻게 생각하는지 말하라는 걸세."

나는 선생님을 추천해줘서 고맙다는 말로 인사를 대신하려고 했다.

"아, 됐고! 더 생각해보고 말하기 바라네."

재거스 씨는 그 큰 머리를 천천히 가로저으며 말을 잘랐다.

대체 뭘 더 생각하라는 건지 알 수 없었던 나는 추천해줘서 고맙다는 말 앞에 '대단히'를 붙여보았다.

"그게 아니라니까."

그는 머리를 좌우로 흔들며 얼굴을 찌푸렸다가 다시 내 말을 가로막았다.

"그게 아니야, 이 친구야. 뭐, 그렇다고 자네 말이 틀렸다는 건 아니지만, 그렇게는 안 돼. 곤란하다고. 나를 설득하기에 자네는 너무 어려. '추천'이 아니지 않은가, 핍 군. 다른 표현을 생각해보게."

나는 말을 정정하여, 매슈 포킷 씨를 언급한 것에 대해 대단히 감사하며, 기꺼이 그분을 가정교사로 맞이하고 싶다고 했다.

"음, 그 말이 훨씬 낫군."

재거스 씨가 큰 소리로 말했다.

"좋아. 자네가 그 집에 가서 직접 만나보게. 자네를 위해 준비한 게 있을 거야. 약속 시간은 내가 잡아두지. 그 친구 아들이 런던에 있으니 먼저 그리 가보게. 런던에는 언제 오겠나?"

나는 굳은 자세로 서서 우리의 대화에 귀 기울이고 있는 조를 힐끗 한 번 보고는 지금이라도 갈 수 있을 것 같다고 대답했다.

"우선 런던에 입고 갈 옷부터 맞춰야겠군. 작업복은 곤란하네. 일주일 뒤에 오는 걸로 하지. 돈이 좀 필요할 텐데, 20기니면 되겠나?"

말을 마친 그가 천천히 지갑에서 돈을 꺼내 20기니를 세더니 탁자에 올리고 내 쪽으로 밀었다. 그는 이때 처음으로 발을 의자에서 내렸다. 그는 돈을 내 쪽으로 밀면서 다리를 벌리고 의자에 걸터앉아 조를 향해 지갑을 흔들어 보였다.

"가저리 씨? 어리둥절한 것 같은데요?"

"네, 정말 그렇습니다!"

조가 단호하게 고개를 끄덕였다.

"당신은 아무것도 원하지 않는다고 했던 것 기억하시오?"

"기억하고말고요. 지금도 그렇고, 앞으로도 그럴 겁니다."

"그건 그렇고 당신에게 어떤 식으로든 보상하라는 지시를 내가 받았다면 어떻게 할 거요?"

재거스 씨가 계속 지갑을 흔들면서 말했다.

"무슨 보상 말입니까?"

"도제를 잃은 것에 대한 보상 말이오."

조는 여자의 손길처럼 부드럽게 내 어깨를 어루만졌다. 이후로 나는 그를 강인함과 온화함을 동시에 지닌 사람으로 기억했다. 경우에 따라서는 인간을 박살 낼 수도 있지만 달걀 껍데기를 어루만질 수도 있는 증기 망치처럼. 그가 내 어깨에 두 손을 얹고 말했다.

"핍은 명예롭고 성공적인 인생을 살기 위해 어디든 자유롭게 떠날 수 있습니다. 아무도 이 아이를 막을 수는 없지요. 하지만 당신이 대장간에서 나와 같이 일한 동료이자 제일 좋은 친구였던 이 아이를…… 감히 어떻게 내가 이 아이를 잃는 슬픔을 돈으로 보상받을 수 있다고 생각하는지……."

아, 사랑하는 나의 매형, 조! 그때 나는 그에게서 한시라도 빨리 떨어지고 싶었기에 고맙다는 말 한마디 제대로 하지 못했다. 지금도 그 모습이 눈에 선하다. 평생 대장장이로 살아온 근육질의 팔뚝을 가진 사내가 격앙된 감정을 주체하지 못하고 가슴을 들썩거리며 기어드는 목소리로 울먹이던 모습. 따뜻하고 다정했던 나의 매형, 착한 조. 내 팔을 감싼 그 손길에 담긴 지극한 사랑, 천사의 날개가 스친 듯 엄숙한 그 떨림의 기억은 아직도 내 몸에 생생히 남아 있다.

그러나 그때 나는 조의 슬픔에 전적으로 공감하지 못했다. 오히려 되도록 빨리 감상에서 벗어나도록 그를 부추겼다. 부와 명예라는 행운의 미로에서 구심점을 잃어버린 나는 그와 함께 걸어온 샛길을 돌이키고 싶지 않았다. 나는 그가 말했듯이 우리는 가장 친한 친구였고, 앞으로도 쭉 그럴 테니까 이제 그만 진정하라고 그를 달래주었다. 조는 한쪽 손목으로 자꾸만 눈가를 훔볐다. 마치 자신의 눈을 파내기라도 할 듯이. 그리고 아무 말도 하지 않았다.

재거스 씨는 우리를 계속 지켜보았다. 그의 눈에는 조가 시골 얼치기쯤으로 보이고, 나는 그 보호자로 비쳐졌을지도 모른다. 마침내 재거스 씨가 지갑의 무게를 가늠해보면서 말문을 열었다.

"조지프 가저리 씨, 이번이 마지막 기회요. 허튼수작은 딱 질색이오. 내 의뢰인이 당신 몫으로 지시한 선물을 받을 생각이 있으면 분명히 말하시오. 원한다면 내드리겠소. 반대로……."

이때 놀랍게도 조가 권투 선수처럼 공격적인 자세로 재거스 씨에게 다가갔다. 졸지에 멱살을 잡힐 뻔한 재거스 씨는 안색이 창백해졌고, 연이어 조의 외침이 터져 나왔다.

"내 집에서 나를 소나 오소리를 물어 죽이는 개들처럼 놀리고 괴롭힐 생각이라면 덤벼보시오. 나는 말이오, 한번 말한 건 쓰러지는 한이 있어도 지키는 사람이오!"

나는 얼른 조를 잡아끌었다. 다행히 그는 곧 잠잠해졌다. 그리고 나에게는 다정한 얼굴로, 재거스 씨에게 경고하는 뜻을 담아 내 집에서 그런 괴롭힘을 당하고 싶지 않았을 뿐이라고 말했다.

조가 싸울 태세를 취한 순간 문간까지 뒷걸음질쳤던 재거스 씨는 다시 안으로 들어올 엄두도 내지 못하고 그곳에서 작별 인사를 했다.

"핍 군, 어차피 자네는 신사가 될 테니까 되도록 이곳을 빨리 떠나는 게 좋겠네. 일주일 뒤 런던에서 보세. 그때까지 내 주소를 보내주겠네. 런던에 도착하면 곧장 마차를 타고 내 사무실로 오게. 분명히 말하지만, 나는 이 건에 대해 왈가왈부할 입장이 아니네. 나는 돈을 받고 이 일을 맡았을 뿐이야. 마지막으로 말하는데, 이 점을 명심해두게, 알겠나?"

그는 조와 나를 손가락으로 가리키며 주절대다가 조금 겁먹은 얼굴로 떠났다. 그러고는 자신의 전세 마차가 세워져 있는 스리 졸리 바지멘 쪽으로 걸어갔다. 나는 급히 생각난 게 있어서 그를 뒤쫓아갔다.

"재거스 씨, 잠깐만요!"

"무슨 일이야?"

그가 나를 돌아보았다.

"제가 실수라도 할까 봐 아까 말씀하신 지시 사항 가운데 확인할 게 있어서요. 혹시 이곳을 떠나기 전에 아는 사람들에게 작별 인사를 해도 괜찮을까요?"

"괜찮지."

그는 내 말을 이해할 수 없다는 표정을 지었다.

"이 마을뿐 아니라 읍내에 사는 사람들에게 해도 괜찮은가요?"

"마음대로 하게."

나는 그에게 고맙다고 인사한 뒤 집으로 돌아갔다. 조는 현관문을 잠그고 부엌 난롯가에 앉아 타오르는 불꽃을 가만히 바라보았다. 나도 그 앞으로 가서 앉았다. 우리는 한동안 아무 말도 하지 않았다. 누나는 부엌 한쪽 구석의 쿠션을 깐 의자에 앉아 있었고, 비디는 벽난로 앞에서 바느질을 했다. 조는 비디 옆에, 나는 누나 맞은편에 앉았다. 이글거리는 난롯불만 보고 있으려니 나는 조의 얼굴을 더욱 보기가 힘들었다. 이대로는 점점 말을 걸기 어려울지도 몰랐다.

마침내 나는 용기를 냈다.

"조, 비디에게 말했어?"

"아니, 네가 말하는 편이 나을 것 같아서."

조는 여전히 난롯불을 응시한 채 대답했다. 그는 무릎이 사라지기라도 할 것처럼 양손으로 꽉 움켜쥐었다.

"나 대신 조가 말해주면 좋겠는데."

"핍이 부자가 되었어. 이제 신사가 될 거야. 하느님의 축복이 내리길!"

조가 말했다.

비디는 바느질감을 떨어뜨리고 깜짝 놀란 눈으로 나를 쳐다보았다. 조는 두 무릎을 손으로 움켜쥔 채 나를 돌아보았다. 나는 두 사람을 바라보았다. 잠깐의 침묵이 흐른 뒤 그들은 축하 인사를 건넸다. 그 축하 속에는 약간의 슬픔이 깃들어 있었다. 나는 그것이 조금 못마땅했다.

나는 나에게 행운을 가져다준 은인에 대해 지켜야 할 의무 사항을 비디와 조에게 충분히 납득시키려고 애썼다. 그들이 문제의 중요성을 이해한다면 다른 사람들 걱정은 하지 않아도 될 터였다. 그리하여 언젠가 때가 되면 밝혀지겠지만, 그때까지는 내가 어떤 고마운 은인에게 막대한 유산을 물려받을 거라는 사실 말고는 아무 말도 해서는 안 된다는 점을 두 사람의 뇌리에 각인시키기 위해 나는 꽤 많은 공을 들였다.

"각별히 조심할게."

난롯불을 바라보며 생각에 잠겨 있던 비디가 고개를 끄덕였다.

"나도 각별히 조심할게, 핍!"

조는 이때까지도 두 무릎을 감싸 쥔 손을 풀지 않고 간단히 대꾸했다. 다시 축하의 말이 이어졌다. 하지만 내가 신사가 되는 것에 대해 너무 놀라워하기에 기분이 조금 나빴다.

비디는 누나에게 어떻게든 이 상황을 설명하려고 무척이나 애썼다. 적어도 내가 알기로는 그 노력이 완전히 허사로 돌아갔다. 누나는 몇 번이고 고개를 끄덕이며 웃음을 지어 보였다. 그러면서 비디가 한 말 가운데 '핍'과 '재산'이라는 단어만 되풀이했다. 이런 말은 선거 구호만큼이나 공허할 뿐이었다. 누나의 정신 상태를 표현하는 데 이보다 우울한 것이 또 있을까?

조와 비디는 나하고 헤어지는 것을 의외로 쉽게 받아들였다. 그들이 평온을 되찾고 명랑해질수록 오히려 나는 침울했다. 나에게 이런 일이 일어나리라고는 상상도 하지 못했다. 그렇다고 내게 찾아온 행운이 달갑지 않은 것은 결코 아니었다. 그런데 내 마음이 이토록 혼란스러운 이유가 뭘까? 뭐라고 콕 집어 말할 수는 없지만, 십중팔구나 자신에 대한 불만 때문이었던 것 같다.

두 사람은 내가 집을 떠나는 것에 대해 수시로 이야기했다. 나 없이 자기들만 남았을 때의 생활을 의논할 때도 있었다. 나는 한 손으로 턱을 받치고, 그 팔꿈치를 무릎에 괸 채 타오르는 난롯불을 지켜보았다. 간혹 이야기를 나누는 둘 중 한 사람과 눈이 마주치기도 했다. 비디는 특히 신경 쓰일 만큼 자주 나에게 눈길을 주었다. 다른 때보다 더 기분 좋은 얼굴로 쳐다볼 때도 나는 화가 났다. 그들이 나를 미더워하지 않는다는 느낌이 들었기 때문이다. 물론 그들은 결코 그런 감정을 말이나 행동으로 내색하지는 않았다.

그럴 때면 문가로 나가 밖을 내다보았다. 통풍을 위해 저녁이면 열어놓곤 하는 부엌문 위로 밤하늘이 펼쳐져 있었다. 그때는 부끄럽게도, 내가 태어나고 자란 보잘것없는 시골을 비추는 별들조차 하찮고 천하게 여겨졌다.

토요일 저녁, 버터 바른 빵과 맥주가 차려진 식탁에서 내가 말했다.

"시간은 금방 지나갈 거야."

"그래, 핍. 금방 지나갈 거야."

조가 내 말을 받았다. 맥주잔 속에서 그 목소리가 공허하게 울려 퍼졌다.

"맞아, 핍. 금방 지나갈 거야."

비디도 조용히 말했다.

나는 헛기침이 나오려는 것을 참고 의논하는 투로 조에게 말했다.

"매형, 월요일 읍내에 나가서 새 양복을 맞출 거야. 다 되면 내가 가지러 가든지, 아니면 펌블추크 씨 집으로 배달해달라고 하려고. 온 마을 사람들이 쳐다보는 가운데 갈아입는 건 아무래도 부담스러울 것 같거든."

"허블 씨 부부는 네가 새 양복 입은 모습을 보고 싶어 할 거다."

조는 버터 바른 빵을 부지런히 자르면서 말했다. 하지만 눈으로는 아직 입도 대지 않은 내 저녁 식사를 보고 있었다. 나하고 둘이 서로 빵 크기를 비교해가며 먹던 시절을 떠올리는 것 같았다. 그가 맥주를 한 모금 마시고 덧붙였다.

"웹슬 씨도 네가 의젓하게 차려입은 모습을 보고 싶어 할 거야. 스리 졸리 바지엔 사람들도 그렇고."

"난 그런 게 싫다는 거야, 매형. 야단법석을 떨 게 뻔해. 그런 천박한 소란 통에 있는 게 참을 수 없다고."

"아, 그렇구나, 핍. 네가 참을 수 없는 게⋯⋯."

조가 말했다.

그때 접시를 들고 누나의 시중을 들던 비디가 말했다.

"우리한테는 새 옷 입은 모습을 보여줄 거지?"

"비디, 넌 정말 머리 회전이 빠르구나. 도저히 따라갈 수 없다니까."

나는 조금 퉁명스럽게 말했다.

"비디는 항상 머리가 빨리 돌아가지."

조가 말했다.

"안 그래도 그 말을 하려던 참이었거든. 비디, 네 머리가 조금만 더 늦게 돌아갔다면 내가 떠나기 전날 밤 새 옷 한 보따리를 가지고 집에 올 거라고 말하려고 했어."

비디는 내 말에 아무 대꾸도 하지 않았다. 나는 그녀를 너그럽게 용서하기로 했다. 먼저 침실로 올라갈 때 그녀와 조에게 다정하게 저녁 인사를 건네기도 했다.

이제 곧 신분이 높아지면 이 볼품없고 초라한 방과도 영원히 안녕이었다. 나는 의자에 걸터앉아 주위를 둘러보았다. 아직도 생생한 어린 시절의 추억들이 곳곳에 배어 있었다. 이 좁은 다락방과 앞으로 내가 살게 될 근사한 방 사이에서 마음이 두 갈래로 흔들리기 시작했다. 그동안 대장간과 미스 해비셤의 저택 사이에서, 또한 비디와 에스텔러 사이에서 방황했던 것처럼 내 머릿속은 온통 혼란으로 가득 찼다.

그날은 종일 해가 밝게 비쳐 내 방에도 따뜻한 온기가 깃들었다. 창문을 열고 바깥을 내다보았다. 마침 조가 천천히 현관문을 나서서 어두컴컴한 마당을 두어 번 돌며 바람을 쐬고 있었다. 곧이어 비디가 파이프를 들고 마당으로 나와 불을 붙여주었다. 조가 이렇게 늦은 시간에 담배를 피우는 것은 처음이었다. 어떤 이유로든 그에게 위로가 필요한 모양이었다.

조는 내 방 바로 밑 부엌문 앞에서 담배를 피웠다. 비디와 조는 나란히 서서 조용히 나에 대해 이야기했다. 두 사람이 애정 어린 투로 내 이름을 입에 올리는 소리가 여러 번 들렸다. 나는 귀를 기울일 기분이 아니었고, 잘 들리지도 않아 창가에서 물러나, 내 방에 하나뿐인, 침대 옆에 놓인 의자에 앉았다. 어두운 인생에서 행운의 길이 열린 첫 번째 밤이 살아온 날들 중에서 가장 쓸쓸한 밤이 되었다. 몹시 기묘하고 슬픈 일이었다.

조의 파이프에서 모락모락 피어난 연기가 열린 창문 밖에서 동그라미를 그리며 날아올랐다. 그것은 조가 내게 보내는 축복처럼 느껴졌다. 나를 간섭하지도, 굳이 과시하지도 않고 우리가 함께 마시는 밤공기에 스며들듯이. 나는 촛불을 끄고 침대로 파고들었다. 이제는 침대가 불편하게 느껴져 더 이상 단잠에 빠져들 수 없었다.

19

새날이 밝자, 앞날에 대한 전망 자체가 다르게 느껴졌다. 너무나 찬란해서 내 인생이 아닌 것 같았다. 다만 내 마음을 무겁게 짓누르고 있는 것은 출발까지 엿새나 남았다는 사실이었다. 그사이 런던에 무

216

슨 일이 생기지는 않을까? 혹시 내가 도착했을 때 상황이 갑자기 악화되거나 혹은 아수 없던 일이 돼버리는 것은 아닐까? 문득문득 떠오르는 걱정들을 떨쳐낼 수가 없었다.

우리에게 작별의 시간이 가까워졌다고 말하면 조와 비디는 다정하고 명랑하게 대했다. 그러나 그들은 내가 작별을 언급할 때만 그런 말을 했다. 아침 식사를 마치고 조는 거실 찬장에서 도제 계약서를 꺼내 난롯불 속에 던져 넣었다. 비로소 나는 해방된 기분이었다. 한결 가벼워진 마음으로 나는 조와 함께 교회에 갔다. 목사님이 내게 일어났던 일들을 알고 있었다면, 부자와 천국에 대한 구절 따위는 읽지 않았을 거라는 생각이 들었다.

점심을 먹고 나서 마지막으로 습지대를 돌아보려고 혼자 산책을 나갔다. 아침 예배 때도 그랬지만, 교회를 지나갈 때, 일생 동안 일요일이면 빠짐없이 교회에 나가고, 마침내 이곳 푸른 풀에 덮인 나지막한 무덤에 묻히게 될 비천하고 가련한 운명의 사람들에게 나는 숭고한 연민을 느꼈다. 나는 다짐했다. 가까운 시일 내로 이 가난한 마을 사람들을 초대해 만찬을 베풀어주리라. 구운 소고기와 자두 푸딩, 맥주 1파인트, 1갤런의 겸손으로 말이다.

그 옛날 다리를 절며 묘지 사이로 도망치던 사내를 목격한 곳도 바로 이 교회 무덤이었다. 이후로 오랫동안 나는 그때 일을 떠올리며 수치심에 시달리곤 했다. 하필 족쇄를 차고 넝마를 걸친 몰골로 벌벌 떨던 탈옥수의 비참한 모습이 또다시 떠올랐다. 그것은 벌써 아득히 오래전의 일이었고, 그 죄수는 분명 아주 먼 곳으로 이송되었을 것이다. 어쩌면 이미 죽었는지도 모른다. 어쨌든 내게는 이미 죽은 사람이나 마찬가지라는 생각을 하자 조금이나마 위로가 되었다.

낮은 습지와 도랑, 수문도, 소들도 이제 모두 안녕이다. 내 눈에는 우둔한 소들이 이제나마 어마어마한 유산의 상속자를 알아보고 내 모습을 오래도록 눈에 담아두려고 뒤돌아보는 듯 느껴졌다. 따분하고 단조로웠던 내 어린 시절의 친구들아, 이제 나는 귀한 신분이 되기 위해 런던으로 떠날 것이다. 대장장이 일이나 너희하고도 어울리지 않는 귀한 몸이란 말이다. 한껏 의기양양하게 포병대 자리까지 뛰어간 나는 거기 드러누워, 미스 해비셤이 나와 에스텔러를 결혼시키려는 것일까, 생각하다 잠이 들고 말았다.

눈을 떠보니 조가 파이프 담배를 피워 물고 옆에 앉아 있었다. 나는 깜짝 놀랐다. 조는 다정한 미소를 지었다.

"너랑 같이 여기 오는 것도 이제 마지막이겠지. 그래서 따라왔단다, 핍."

"와줘서 기뻐, 조."

"고맙다, 핍."

"조는 정말 좋은 사람이야. 절대 잊지 않을게. 믿어도 돼."

나는 조와 악수를 했다.

조는 편안하게 말했다.

"그럼, 믿지. 정말이야, 핍. 내 친구! 뭐든 믿으려면 마음으로 받아들일 시간이 필요하지. 익숙해지기까지 시간이 걸리게 마련이지. 어느 날 갑자기 찾아온 변화는 말이야. 그렇지 않니?"

어쩐지 나는 조가 나를 믿는다고 말한 것이 실망스러웠다. 감격하거나, '그렇게 말해주다니 고맙다, 핍'이라고 말하리라 기대했던 것이다. 나는 그가 앞에 했던 말에는 대꾸하지 않고, '갑작스러운 변화'에 대해서만 대답했다.

"갑작스럽게 찾아온 행운이긴 하지만 난 오래전부터 신사가 되고 싶었어. 그리고 그 삶이 이루어진다면 어떻게 해야 할지 수없이 생각해봤지."

"그랬니? 정말 놀랍구나."

조가 말했다.

"막상 떠나려고 하니 안타까운 게 있어. 우리가 여기서 함께 공부할 때 매형이 좀더 많은 것을 배웠더라면 좋았을 텐데."

"글쎄다. 난 워낙 둔하게 생겨먹어서 대장간에서 일하는 재주밖에 없어. 머리가 둔한 건 안타깝지만, 그렇다고 1년 전보다 오늘 더 안타까운 건 아니잖니. 안 그러냐, 핍?"

내 말은, 앞으로 내가 뭔가를 해줄 수 있을 때 조가 지금보다 높은 신분에 어울리는 지식을 갖추고 있다면 훨씬 더 좋을 거라는 의미였다. 그러나 조는 내 뜻을 전혀 알아채지 못했다. 나는 비디에게 그를 부탁하는 편이 훨씬 낫겠다고 생각했다.

집으로 돌아가 차를 마신 뒤 나는 비디를 오솔길 옆 작은 정원으로 데려갔다. 먼저 그녀를 절대 잊지 않겠다는 말로 기분을 북돋운 다음 부탁이 있다고 말했다.

"다른 게 아니고, 나 없는 동안 조가 나아지도록 네가 좀 도와주면 안 될까?"

"나아지다니, 뭘 말이야?"

비디가 나를 빤히 쳐다보았다.

"조는 아주 착한 사람이야. 세상에 그렇게 착한 사람은 없을 거야. 그런데 너도 알다시피 어떤 점에서는 좀 뒤떨어졌잖아. 이를테면 지식이나 예의범절이라든가."

비디는 눈을 휘둥그렇게 뜨고 나를 바라보더니 고개를 돌렸다.

"예의범절? 아, 그러니까, 조가 예의가 없다는 말이니?"

비디는 까치밥나무 이파리를 잡아 뜯으며 말했다.

"비디, 물론 여기서는 별 문제 없지만……."

"별 문제 없다고? 여기서는?"

비디는 들고 있던 이파리를 뚫어져라 쳐다보면서 내 말을 잘랐다.

"내 말을 끝까지 들어봐. 내가 조를 더 높은 신분으로 끌어올리려면 지금 이대로는 곤란하다는 거야. 내가 재산을 완전히 상속받으면 조를 그렇게 해줄 생각이거든. 그런데 지금 조의 예의범절로는 안 된다는 거야."

"그런 것쯤 너희 매형이 모른다고 생각하니?"

나로서는 상당히 화가 나는 질문이었다. 그녀가 말한 것을 지금까지 단 한 번도 생각해본 적이 없었기 때문이다. 나는 날카롭게 반문했다.

"비디, 그게 무슨 뜻이야?"

비디는 이파리를 두 손바닥으로 비벼 으깼다. 이후 까치밥나무 냄새만 맡으면 그날 저녁이 떠오르곤 했다.

"매형도 자존심이 있다는 생각은 안 해봤니?"

"뭐? 자존심?"

나는 경멸에 찬 투로 말했다.

비디는 나를 똑바로 쳐다보며 고개를 저었다.

"자존심이라고 다 같은 게 아니야. 너희 매형은 지금 위치에서도 충분히 존경받을 만큼 훌륭한 능력을 갖고 있어. 자기 일에 대한 자부심도 대단한 분이지. 그런 사람이 다른 누군가에 의해 지금보다 높은 위치에 가고 싶어 할까? 주제넘은 말인지도 모르지만 난 그렇지 않을 거라고 생각해. 물론 네가 더 잘 알고 있겠지만."

"정말 유감이다. 비디, 너한테 이런 면이 있는 줄은 상상도 못했어. 넌 그냥 부러운 거야. 남의 행운을 시기하는 거라고. 내가 부자가 되고 신분 상승을 하는 게 그렇게 못마땅하니? 어떻게 대놓고 속내를 드러낼 수가 있지?"

"섭섭하지만 네 생각이 그렇다면 맘대로 말해도 좋아. 섭섭하지만 그렇게 생각한다면 얼마든지."

"섭섭하지만 나를 시기한다면 얼마든지 그렇게 말해. 내 탓으로 돌리지 마. 정말 유감이다. 시기심은 인간의 본성 가운데 가장 나쁜 거야. 이제부터는 너에게 아무 부탁도 하지 않을게. 오늘 비로소 너의 본심을 알게 돼서 정말 유감이야."

도덕적 우월감에 차서 말하던 나는 다시 한번 반복했다.

"인간의 본성 중에 가장 나쁜 거라고."

가엾은 비디가 입을 열었다.

"네가 나를 욕하든 칭찬하든 상관없이 여기 있는 동안 나는 할 수 있는 일에 최선을 다할 거야. 누나나 매형 걱정은 안 해도 돼. 나에 대한 네 생각은 바뀌었는지 몰라도 너에 대한 내 기억은 변하지 않아. 하지만 신사라면 사람을 부당하게 대해서는 안 돼."

비디가 다시 고개를 돌렸다.

나는 씩씩거리며 오솔길을 내려왔다. 비디는 집 안으로 들어갔고, 나는 우울한 기분으로 저녁 식사 때까지 정원을 산책했다. 밝은 미래가 열린 두 번째 밤 역시 어제와 마찬가지로 쓸쓸하고 불만에 가득 찼다는 사실이 슬프고 기이했다. 이후 '시기심은 인간의 본성 가운데 가장 나쁜 것'이라는 말이 맞다는 것을 비디가 아닌 다른 사람에게서 경험했다.

다음 날 아침, 다시 찬란한 인생이 펼쳐졌다. 나는 너그러운 마음을 가지기로 하고, 어제 일에 관해 더 이상 언급하지 않았다. 가게 문을 막 열었을 이른 시간에 나는 가장 좋은 옷을 입고 읍내 양복점으로 향했다. 트랩 씨는 가게 뒤쪽 거실에서 아침 식사를 하고 있었다. 내가 가게로 들어서자 그는 나올 생각도 하지 않고 나더러 안으로 들어오라고 했다. 나를 별 볼일 없는 방문객으로 여기는 것 같았다.

"그래, 무슨 일이냐?"

트랩 씨는 두꺼운 롤빵을 세 겹으로 자르고 버터를 발라 덮었다. 그는 돈 많은 노총각이었다. 열린 창밖으로 잘 가꿔진 정원과 과수원이 보였고, 거실 벽난로 옆에 값비싼 철제 금고까지 놓여 있었다. 금고 속에 돈다발이 쌓여 있을 터였다.

"저, 트랩 씨, 자랑 같아서 제 입으로 말하기는 좀 그렇지만, 실은 제가 상당한 유산을 물려받게 되었어요."

트랩 씨는 내 말을 듣더니 태도가 백팔십도 달라졌다. 그는 버터 바른 빵을 내동댕이치다시피 하고 자리에서 벌떡 일어나 식탁보에 손가락을 닦으며 외쳤다.

"아니, 그런 일이 있었어?"

"곧 런던에 있는 후견인을 만나러 갈 거예요. 최신 유행 고급 양복을 만들어주세요."

나는 아무렇지도 않게 호주머니에서 1기니를 꺼내 보이며 덧붙였다.

"양복 값은 현찰로 지불할 겁니다."

그러지 않으면 그가 대충 옷 만드는 시늉만 할지도 몰랐다.

"핍 군."

트랩 씨는 갑자기 허리까지 굽혀가며 정중하게 예를 표한 뒤, 두 팔을 벌려 내 팔꿈치를 붙잡고 넉살 좋게 말했다.

"이러면 내가 몹시 서운하네. 다시는 그런 말 하지 말게. 진심으로 축하하네. 우선 가게로 가지 않겠나?"

가게에서는 나보다 어린 점원이 비질을 하고 있었다. 읍내에서도 버릇없기로 소문난 그 녀석은 아까도 내가 가게 문을 들어섰을 때 심술궂게도 먼지를 내 쪽으로 쓸어냈다. 트랩 씨와 내가 다시 가게로 들어갔을 때도 녀석은 비질을 계속하고 있었다. 녀석은 물건과 모서리마다 죄 부딪혀가며 비질을 함으로써 대장장이와 동등하다는 것을 피력했다.

"소란 좀 작작 떨어. 안 그러면 모가지를 비틀어버릴 테다!"

트랩 씨는 점원에게 호통을 치고 나를 돌아보며 말했다.

"자, 자, 핍 군. 여기 앉게."

트랩 씨가 옷감 한 두루마리를 꺼내 판매대에 차르르 펼쳐 얼마나 광택이 나는지 보여주었다.

"최상품이네. 런던에 입고 가기에도 안성맞춤이지. 정말 최상품이거든. 물론 다른 옷감도 보여줄 수 있네. 야, 4번 옷감 가져와!"

마지막 말은 험악한 눈초리로 점원을 보며 한 말이었다. 트랩 씨는 점원이 나를 얕잡아 본 나머지 어떤 식으로든 만행을 저지를 거라는 낌새를 파악한 눈치였다. 그는 점원이 4번 옷감을 판매대에 펼쳐놓고 적당히 뒤로 물러날 때까지 줄곧 매서운 눈초리로 쏘아보았다. 그리고 5번과 8번 옷감도 가져오라고 했다.

"엉뚱한 수작 부릴 생각 마라. 그랬다가는 평생 후회하게 될 거다,

이 못된 녀석 같으니."

그러고는 트랩 씨는 은근히 경의를 표하는 태도로 속삭이듯 나에게 말했다.

"여름용인데 아주 가볍고 시원하기 그지없네. 귀족들과 신사들 사이에서 한창 유행하는 제품이지. 이 옷감으로 만든 양복을 입어준다면 같은 고향 사람으로서 더할 나위 없는 영광이겠네."

그러고는 점원에게 소리쳤다.

"5번과 8번 얼른 가져오지 못해? 네놈을 가게 밖으로 걷어차 버리고 내가 직접 꺼내 와야겠니?"

나는 트랩 씨가 추천하는 대로 양복감을 고르고, 그가 이끄는 대로 치수를 재기 위해 다시 거실로 들어갔다. 그는 이미 내 치수를 알고 있었고, 지금까지 계속 그 치수로 옷을 지었는데도 굳이 다시 재면서 변명하듯 말했다.

"이제 상황이 달라졌으니 이전 치수로는 안 되네."

그는 마치 내 몸이 광활한 토지이고 자신은 최고의 측량기사라도 되는 것처럼 굴었다. 치수 재는 일에 열중하는 모습을 보니 아무리 비싼 값을 치르더라도 그 노고에 충분히 보답하기 어렵겠다는 생각이 들 정도였다. 마침내 작업이 모두 끝났다. 완성된 양복은 목요일 저녁 펌블추크 씨 가게로 갖다 주기로 했다. 헤어지기 전에 트랩 씨가 거실 문고리를 잡고 나에게 말했다.

"핍 군처럼 훌륭한 런던 신사가 이런 시골 양복점의 고객이 될 거라고 기대하는 건 천부당만부당한 일이라고 생각하지만, 아주 가끔이라도 한동네 사람인 내게 옷을 지을 기회를 주면 감개무량하겠네. 그럼 잘 살펴 가게. 대단히 고맙네. 문 열어드려!"

트랩 씨는 나한테 작별 인사를 건네고 나서 점원을 보며 눈을 부라렸다. 점원은 주인이 무슨 말을 하는지 모르겠다는 얼굴이었다. 그러나 주인이 내 옷까지 털어주고 문밖까지 배웅하는 모습을 보고 적잖이 충격을 받은 듯했다. 나는 얼이 빠진 점원의 모습을 보고 돈의 위력을 처음으로 실감했다.

다음은 모자 가게와 구둣방, 양말 가게에 들렀다. 여러 상점들을 순례하면서 나는 '허버드 아줌마의 개'라는 오래된 동요를 떠올렸다. 허버드 아줌마는 자신이 키우는 개한테 필요한 옷 한 벌을 지으려고 수많은 직업에 있는 사람들의 서비스를 받았다. 나 자신이 마치 허버드 아줌마의 개가 된 기분이었다. 상점 순례가 끝난 다음에는 역마차 사무실에 가서 토요일 아침 7시 마차를 예약했다. 내가 곧 부자가 될 거라는 이야기를 더 이상 하고 다닐 필요가 없었다. 하지만 내가 그런 말이라도 하면 상점 주인들은 일제히 하던 일을 멈추고 귀를 기울였다. 나는 필요한 물품들을 모두 주문한 뒤 펌블추크 씨 가게로 갔다. 그는 가게 문간에 서 있었다.

그는 몹시 초조하게 나를 기다리고 있었다. 아침 일찍 이륜마차를 타고 대장간에 들렀다가 내 소식을 들은 것이다. 그는 예전에 우리가 《조지 반웰의 이야기》를 읽었던 거실에 나를 위해 조촐한 음식상을 준비했다며 점원에게 엄한 목소리로 말했다.

"귀한 손님이 왔는데 어서 길을 비켜드려라!"

이윽고 거실에 단둘이 마주 앉자 펌블추크 씨가 내 손을 붙잡고 친근하게 말했다.

"친애하는 핍 군. 자네의 행운을 축하해주고 싶었네. 자네는 그럴 자격이 충분하니까. 잘됐어. 정말 잘된 일이야. 암, 그렇고말고!"

이것은 핵심을 꺼내기 위한 펌블추크 씨의 방식이었다. 그는 한동안 나에 대한 찬사를 늘어놓은 다음 말했다.

"이런 행운을 얻기까지 내가 조금이나마 기여할 수 있었다는 게 얼마나 감격스러운가!"

나는 펌블추크 씨에게 '그 점에 대해서는' 어떤 암시도 해서는 안된다는 점을 명심해달라고 간절히 부탁했다.

"친애하는 나의 젊은 친구여, 내가 이렇게 불러도 되겠나?"

나는 괜찮다고 중얼거렸다. 그러자 펌블추크 씨는 다시 한번 내 두 손을 꼭 잡았다. 감동에 겨운 나머지 그의 양복 조끼가 떨렸다.

"오, 나의 친애하는 젊은 친구여, 그 점에 대해서는 걱정 말게. 자네가 없는 동안에도 조지프한테 철저히 주의를 주겠네. 아, 조지프, 조지프!"

그는 동정 어린 탄식을 내뱉고 고개를 흔들다 손가락으로 자신의 머리를 톡톡 쳤다. 조의 모자람을 그렇게 표현한 것이었다.

"친애하는 젊은 친구여! 얼마나 피곤하고 시장하겠나. 이건 블루보어에서 주문한 닭고기, 그리고 이건 소 혓바닥 요리, 몇 가지 다른 음식들도 다 거기서 주문한 거라네. 아무쪼록 자네 입맛에 맞아야 할 텐데!"

펌블추크 씨는 다시 일어나더니 말을 이었다.

"아, 정녕 내 눈앞에 있는 이 훌륭한 젊은이가 자라면서 나를 그토록 따르던 그 어린 친구란 말인가? 아, 감히 내가 이래도 괜찮을는지……. 감히 내가?"

그것은 악수를 청해도 괜찮겠냐는 뜻이었다. 내가 괜찮다고 하자 그는 내 손을 꼭 잡고 악수를 한 다음 다시 자리에 앉았다.

"포도주도 준비했네. 같이 건배하세. 행운의 여신에게 감사하며, 앞으로도 이 행운이 계속되기를 바라며! 오, 그런데 나는……."

그가 다시 일어서서 말했다.

"내 눈으로 행운아를 보고 있으면서도 벅찬 감동을 주체할 수 없으니……. 어떤가? 감히 내가 이래도, 괜찮겠나?"

나는 괜찮다고 말했고, 그는 다시 내 손을 잡았다. 그는 포도주를 쭉 들이켜고 잔을 거꾸로 뒤집었다. 나도 그를 따라 했다. 물구나무를 선 채로 마셨더라도 포도주가 그렇게 빨리 머리로 솟구치지는 않았을 것이다.

펌블추크 씨는 가장 맛있는 간을 끼운 닭 날개와 얇게 저민 소 혓바닥 조각을 내게 덜어주었다. 돼지고기의 이상한 부위와는 비교도 되지 않았다. 반면 그는 자기 접시에는 고기를 한 조각도 놓지 않았다.

펌블추크 씨가 접시에 놓인 닭을 쳐다보며 중얼대기 시작했다.

"아, 닭고기야, 닭고기야! 햇병아리 시절에는 네 앞길에 어떤 일이 닥칠지 전혀 몰랐겠지. 아마 이 하찮것없는 지붕 밑에서 행운아의 기운을 북돋워줄 음식이 되리라고는 상상도 못했을 거다."

그러더니 다시 의자에서 일어났다.

"괜찮겠지? 감히 내가……."

나는 더 이상 괜찮다고 말할 필요도 없었다. 그는 대답을 기다리지도 않고 덥석 내 손을 잡았다. 그렇게 시도 때도 없이 악수를 했건만 내가 들고 있는 나이프가 그의 손을 스치지 않은 것이 기이할 정도였다.

이제 음식을 먹나 싶었는데 그가 다시 말을 꺼냈다.

"그리고 자네 누나 말일세. 자네를 손수 길러준 대가로 이 모든 영예를 함께 누려야 할 그 누나! 정말이지 안타깝기 짝이 없네. 그것을 인식하지도 못하니 얼마나 슬픈 일인가. 그런데 괜찮겠······."

나는 그가 다시 다가오기 전에 잔을 들었다.

"누나를 위해 건배할까요?"

펌블추크 씨는 감탄에 겨워 몸을 가누지 못하는 듯 의자 깊숙이 몸을 기대며 한껏 목소리를 높였다.

"오, 그게 바로 누나와 매형에게 보답하는 길이지, 경(卿)."

처음에는 '경'이 누구를 말하는 건지 몰랐다. 나를 가리키는 말이라고는 생각지 못했던 것이다. 그 자리에 우리 둘 말고 딴 사람이 있는 것도 아니었는데 말이다. 펌블추크 씨의 말이 이어졌다.

"고귀한 품격을 가진 사람들은 원래 그러지. 늘 너그럽게 용서하고 상냥하게 대하지."

이 비굴한 펌블추크 씨는 다 마시지 않은 잔을 식탁에 올려놓고 허둥지둥 다시 의자에서 일어났다.

"천박한 놈들은 왜 자꾸 반복하나 그러겠지만······ 괜찮겠지?"

그는 다시 악수를 했고, 자기 자리로 돌아가 앉아 누나를 위해 건배했다.

"자네 누나의 성격을 모르는 바는 아니지만, 그렇다고 잊지는 말게. 다 자네 잘되라고 그랬다는 것만 알아두라고."

이때쯤 펌블추크 씨의 얼굴이 붉어지기 시작했다. 나 역시 술통에 담근 것처럼 얼굴이 화끈거렸다.

나는 새 양복을 여기에 갖다 달라고 했다고 말했다. 펌블추크 씨는 자기 집이 선택된 것은 영광이라며 미친 듯이 기뻐했다. 마을 사람들이 양복 입은 내 모습을 뚫어지게 바라보는 것이 싫다고 이유를 설명하자 그 점을 한껏 찬양했다. 그는 이 세상에 자기만큼 마음을 털어놓을 만한 상대는 없다고 넌지시 말하더니 또다시 악수를 했다. 그리고 우리가 함께 산수 놀이를 했던 것과 도제 계약서를 쓰러 갔던 얘기를 하며 우리가 가장 좋은 친구 사이였음을 기억하느냐고 물었다. 우리는 절대 그런 관계가 아니었으므로 그날 내가 마신 것보다 술을 10배 더 마셨다 해도 그 말을 부정했어야 했다. 그러나 나는 그동안 내가 오해한 건지도 모르고, 사실은 그가 지각 있고 마음씨 좋은 사람이라고 확신하기에 이르렀다.

나에 대해 강한 신뢰를 보이던 그는 마침내 자신의 사업 구상을 펼쳐 보였다. 펌블추크 씨가 가게 부지를 조금만 더 확장할 수 있다면, 대규모 곡물 사업을 독점할 수 있다. 다만 부족한 건 자금뿐이다. 그러기 위해서는 자금을 투자할 익명의 동업자를 구하기만 하면 된다. 동업자는 아무것도 할 필요 없다. 직접 또는 대리인이 원하는 때에 와서 장부를 확인하기만 하면 된다. 예를 들어 1년에 두 번씩 와서 이익금의 절반을 자기 몫으로 챙겨 가면 된다. 배짱과 재산이 두둑한 젊은 신사라면 의당 해볼 만한 사업임에 틀림없다. 이렇게 말하고 펌블추크 씨는 내 의견을 물었다.

"조금만 기다려주세요."

나의 답변은 포괄적이면서도 아주 뚜렷한 의미를 담고 있었다. 펌블추크 씨는 무척 감명받은 얼굴이었다. 이제 그는 더 이상 내게 악수해도 괜찮은지 묻지 않았다.

"나는 자네와 꼭 악수를 해야겠네."

그러고는 악수했다.

우리는 포도주를 남김없이 마셨다.

펌블추크 씨는 조지프가 기준에 부합하도록 만들겠다는 말을 하고 또 했다. 하지만 정작 나는 그 기준이 뭔지 알 수 없었다. 또 나에게 효율적이고 충실한 봉사를 하겠다는 말도 덧붙였다. 이 또한 어떤 봉사를 말하는 건지 알 수 없었다. 그러고는 이렇게 말했다.

"난 자네가 어릴 때부터 보통 아이가 아니라고 말했지. 틀림없이 장래에 범상치 않은 운명이 기다리고 있다고 말이야."

처음 듣는 얘기였다. 그런 면에서는 그가 비밀을 아주 철저히 지켜온 셈이었다.

"지금 생각해도 참으로 신기한 일일세."

펌블추크 씨는 감격의 눈물을 금방이라도 터뜨릴 듯 온화하게 미소 지었다.

"저도 동감이에요."

마침내 나는 그 집을 나섰다. 어쩐지 평소와 다르게 느껴지는 햇볕에 정신이 몽롱했다. 생각 없이 걸어갔는데 어느새 유료도로에 이르렀다.

갑자기 펌블추크 씨가 큰 소리로 나를 부르기에 정신이 번쩍 들었다. 저 아래쪽에서 그가 멈추라고 손짓했다. 내가 멈추자 그가 숨을 헐떡이며 다가왔다.

"친구여! 이대로는 안 되겠네. 자네의 따뜻한 마음을 다시 한번 느껴보지 않고서는 보내줄 수가 없네. 괜찮겠나? 오랜 친구로서, 자네의 행운을 빌어주는 사람으로서, 괜찮겠는가?"

펌블추크 씨는 숨을 고르고 말했다.

우리는 이날 통틀어 백 번은 악수를 나눈 듯했다. 그러다 마차가 옆으로 다가오자 그는 젊은 마부에게 내 길을 가로막지 말라고 호통을 쳤다. 그는 내가 길모퉁이를 완전히 돌아갈 때까지 그 자리에 서서 손을 흔들었다. 나는 들판 생울타리 밑에서 한참이나 낮잠을 자고 집으로 돌아갔다.

런던에 가지고 갈 짐은 별로 없었다. 내 물건이라고 해야 얼마 되지도 않을뿐더러 대부분 새로운 신분에 걸맞지도 않는 것들이었다. 하지만 오후부터 짐을 싸기 시작했다. 한시도 허비할 수 없다면서 다음 날 아침에 필요한 물건까지 죄 꾸려 넣었다.

그렇게 화요일, 수요일, 그리고 목요일이 지나갔다. 금요일 아침, 나는 펌블추크 씨 집으로 갔다. 새 양복을 찾고 읍내로 나간 김에 미스 해비셤의 저택도 방문할 작정이었다. 펌블추크 씨는 내가 옷을 갈아입을 수 있도록 특별히 방을 비워주었다. 방에는 깨끗한 수건도 걸어놓았다. 양복은 별로 마음에 들지 않았다. 어쩌면 당연한 것인지도 모른다. 애타게 고대하던 새 옷을 막상 몸에 걸치면 썩 눈에 들지 않게 마련이다. 그래도 새 양복을 입고 거울 앞에서 온갖 포즈를 취하다 보니 그럭저럭 잘 맞는 듯했다. 펌블추크 씨는 마침 이웃 마을에 장이 서는 날이라 아침부터 집을 비운 상태였다. 내가 언제 런던으로 갈지 그에게 말하지 않았다. 그러므로 그와 다시 악수를 나눌 일도 없었다. 나는 새 옷을 입고 밖으로 나왔다. 가게 점원 앞을 지나가기가 부끄러웠다. 일요일에 정장 차림으로 교회에 가는 조의 모습 같지 않을까 하는 생각이 들었던 것이다.

나는 뒷길로 돌아서 미스 해비셤의 저택에 갔다. 장갑의 손가락 부분 때문에 초인종을 누르기가 불편했다. 달라진 내 모습을 보고 세라 포킷은 놀라서 뒷걸음질을 쳤다. 호두 껍데기처럼 쭈글쭈글한 그녀의 누런 얼굴이 푸르스름하게 변했다.

"너? 세상에, 이게 뭐니? 그런데 무슨 일로 온 거니?"

"제가 런던으로 가게 되었어요. 떠나기 전에 미스 해비셤께 작별 인사를 드리려고요."

미리 약속된 방문이 아니었으므로 세라 포킷이 본채로 돌아간 사이 나는 안뜰에서 기다렸다. 곧 다시 나온 그녀는 가는 내내 나를 빤히 쳐다보았다.

미스 해비셤은 기다란 식탁이 놓인 방에서 지팡이에 의지해 걷기 운동을 하고 있었다. 방에는 늘 그렇듯 촛불이 켜져 있었다. 세라 포킷이 입구에서 인기척을 내자 그녀가 걸음을 멈췄다. 썩은 웨딩케이크 바로 옆에 서서 미스 해비셤이 세라 포킷과 나를 돌아보았다.

"세라, 넌 거기서 기다려. 어쩐 일이냐, 핍?"

"저 내일 런던으로 떠납니다, 미스 해비셤. 작별 인사를 드리려고 왔습니다."

나는 아주 조심스럽게 말했다.

"그래, 아주 좋아 보이는구나, 핍."

그녀는 나를 중심으로 커다란 원을 그리며 지팡이를 한 바퀴 돌렸다. 나를 변신시킨 요정들의 대모가 마지막 의식을 행하듯이.

"지난번 뵙고 난 뒤 저는 상당히 많은 재산을 물려받게 되었습니다. 이 점 대단히 감사하게 생각합니다, 미스 해비셤!"

"오, 그래! 재거스 씨한테 얘기 들었다. 그래, 내일 떠난다고?"

미스 해비셤은 일순 당혹스러운 가운데 부러운 기색이 역력한 세라 포킷을 의식한 듯 쾌활한 어조로 되물었다.

"네, 미스 해비셤."

"부잣집에 입양됐다지?"

"네, 미스 해비셤."

"이름은 모르고?"

"네, 미스 해비셤."

"재거스 씨가 네 후견인이라고?"

"네, 미스 해비셤."

대화가 이어지는 동안 미스 해비셤은 즐거운 표정을 지었다. 질투심에 가득 찬 세라 포킷의 반응을 즐기고 있었다.

"이제부터 네 앞길이 창창하겠구나. 아무쪼록 잘하거라. 행운의 주인공답게 살아야 돼. 재거스 씨의 지시를 잘 따르고."

그녀는 나에게 말하고 나서 세라 포킷을 돌아보며 잔인한 미소를 떠올렸다.

"잘 가렴, 핍. 넌 계속 핍이란 이름을 써야 한다. 너도 알지?"

"네, 미스 해비셤."

"잘 가거라, 핍!"

그녀가 손을 내밀었다. 나는 무릎을 꿇고 그 손에 입을 맞췄다. 나는 미스 해비셤에게 어떤 식으로 작별 인사를 할지 생각해보지 않았다. 하지만 자연스럽게 그런 행동이 나왔다. 미스 해비셤은 의기양양한 눈빛으로 세라 포킷을 바라보았다. 이리하여 나는 작별 인사를 무사히 마쳤다. 그녀는 양손을 포개 지팡이에 올린 채 촛불이 희미하게 밝혀진 방 한복판, 거미줄로 뒤덮인 웨딩케이크 옆에 서 있었다.

세라 포킷이 앞서서 아래층으로 걸어갔다. 그녀는 마치 유령이라도 쫓아내는 것처럼 굴었다. 내가 나타나 몹시 혼란스러운 눈치였다.

"안녕히 계세요, 미스 포킷."

인사를 건넸는데도 그녀는 말없이 쳐다보기만 했다. 내가 무슨 말을 했는지 귀에 들리지도 않는 모양이었다.

미스 해비셤의 저택을 나와 펌블추크 씨의 집으로 갔다. 거기서 원래 입었던 헌옷으로 갈아입고 새 양복은 보따리에 쌌다. 거추장스러운 새 양복을 벗어버리고 집으로 돌아가는 길이 그렇게 편할 수가 없었다.

더디기만 할 것 같았던 엿새가 어느새 지나갔다. 엿새가 닷새가 되고, 다시 나흘, 사흘에서 이틀로 줄어들수록 조와 비디와 함께 있는 시간이 점점 더 소중하게 느껴졌다. 마지막 날 저녁, 나는 그들을 기쁘게 해주려고 새 양복을 입었고, 잠자리에 들기 전까지 그 차림으로 앉아 있었다. 그날 저녁 우리는 닭고기 요리와 뜨거운 수프로 식사를 하고, 플립도 조금 마셨다. 모두 겉으로는 유쾌한 척했지만 전혀 흥이 나지 않는 표정이었다.

나는 다음 날 새벽 5시에 작은 여행 가방 하나만 들고 집을 나서기로 했다. 조에게는 역까지 혼자 가고 싶다고 미리 말해두었다. 고백하자면 이건 나의 불순한 의도에서 나온 발상이었다. 조와 나의 대조적인 모습을 의식했기 때문이었다. 조의 배웅을 거절하고 막상 다락방에 혼자 있게 되자 갈등이 밀려왔다. 다른 사람도 아닌 조에게 그러면 안 되는 거였다. 다시 아래층으로 내려가서 그에게 마차역까지 함께 가달라고 간청하고 싶었지만 끝내 그러지 않았다.

나는 밤새도록 잠을 설치며 역마차 꿈을 꾸었다. 한참 가다 보니 마차는 런던이 아닌 다른 곳으로 내달리고 있었다. 게다가 마차를 끄는 것은 말이 아니었다. 개나 고양이, 돼지, 또는 사람들이 마차에 매여 있었다. 여행에 차질이 생기는 그런 악몽은 날이 밝아 새들이 지저귈 때까지 계속되었다. 침대에서 빠져나온 나는 대충 옷을 걸치고 창가에 앉아 마지막으로 바깥 풍경을 내다보다가 깜빡 잠이 들었다.

비디는 새벽부터 나를 위한 식사 준비에 여념이 없었다. 창가에서 한 시간 가까이 잠들어 있던 나는 부엌에서 올라오는 연기 냄새에 눈을 떴다. 순간 심장이 덜컥 내려앉았다. 혹시 늦잠을 자서 마차 시간을 놓쳐버린 것은 아닐까 싶었던 것이다. 한참 뒤 찻잔이 달그락거리고 접시가 식탁에 놓이는 소리가 들렸지만 아래층으로 내려갈 엄두가 나지 않았다. 비디가 '늦겠다'고 소리치며 부를 때까지 나는 여행 가방을 풀었다 잠갔다 했다.

나는 무슨 맛인지도 모를 만큼 허둥지둥 아침 식사를 끝내고 접시를 비우기가 무섭게 최대한 쾌활한 목소리로 말했다.

"이런! 그만 가봐야겠네."

누나는 여느 때와 마찬가지로 자신의 의자에 앉아 소리 내어 웃으며 고개를 흔들었다. 그녀에게 키스하고 비디의 뺨에도 입을 맞췄다. 조하고는 목을 끌어안고 포옹하는 것으로 작별 인사를 대신했다.

마침내 나는 작은 여행 가방을 들고 집을 나왔다. 뒤에서 옥신각신하는 소리가 들리기에 돌아보니 조가 행운을 기원하는 의미로 낡은 구두 한 짝을 나한테 던지고 있었다. 비디도 구두 한 짝을 던졌다.

나는 멈춰 서서 모자를 흔들었다. 내 사랑하는 오랜 친구인 조가 억센 오른팔을 머리 위로 흔들며 목이 메는 소리로 외쳤다.

"잘 가라, 핍!"

비디는 앞치마를 얼굴에 갖다 댔다.

작별은 생각보다 어렵지 않았다. 번화가에서 모두 지켜보는 가운데 내가 탄 역마차를 향해 낡은 구두가 날아왔다면 창피했을 것이다. 나는 휘파람을 불면서 걸음을 재촉했다. 더 이상 아쉬울 것도, 미련도 없었다. 마치 내게 새로운 세상을 열어 보이듯이 안개가 장엄하게 걷히고 있는 마을은 매우 평화롭고 고요했다. 이 마을에서 나는 너무나 순진하고 보잘것없는 아이였다. 이제 저 너머에 새롭고 드넓은 세상이 펼쳐져 있을 것이다. 불현듯 왈칵 눈물이 터져 나왔다.

나는 마을 끝자락에 있는 이정표에 손을 얹고 속삭였다.

"안녕, 내 정다운 친구들!"

우리는 눈물을 부끄러워할 필요 없다. 눈물은 우리의 심장을 뒤덮고, 눈을 멀게 하는 흙먼지 위에 내리는 단비 같은 것이기 때문이다. 울고 나니 기분이 조금 나았다. 자신의 배은망덕을 깨닫고 회한에 사로잡혔던 나는 한결 온화한 심정으로 돌아갔다. 더 빨리 눈물을 흘렸더라면, 분명 조와 함께 있었을 것이다. 눈물을 멈추고 조용히 걸어가는데 또다시 눈물이 쏟아졌다. 마차에 올라타고 마을을 벗어날 무렵 가슴이 쓰라렸다. 다시 집으로 돌아가 그들과 함께 하룻밤 더 지내고 떠나야 하지 않을까? 마차가 말을 교체할 때도 나는 마음을 정하지 못했다. 다음 역에서 내려 걸어가도 충분히 돌아갈 수 있었다. 고민하고 있을 때 조와 꼭 닮은 남자가 걸어오는 것을 보고 심장이 요동치기 시작했다. 조가 여기 나타나기라도 한 것처럼 말이다.

마차의 말을 교체했다. 그리고 또 한 번, 돌아가기에는 너무 멀리 왔다. 나를 태운 마차는 계속 달려갔다. 이제 안개가 완전히 걷혔고, 내 앞에는 드넓은 세상이 펼쳐지고 있었다.

20

내가 살던 마을에서 런던까지는 5시간쯤 걸렸다. 나를 태운 사두마차가 사방팔방으로 복잡하게 뻗은 런던 한복판에 도착했을 때는 정오가 조금 지난 시각이었다.

당시 영국인들은 강한 우월감에 사로잡혀 있었다. 우리가 가진 것이 뭐든 으뜸이고, 우리가 세계 최고의 민족이라는 데 털끝만큼의 의심이라도 품으면 일종의 반역행위로 간주했다. 그러지 않았다면, 나는 비록 런던의 거대한 위용에 겁먹었을망정 이 도시가 흉하고 좁고 꾸불꾸불하며 불결하다고 생각했을지도 모른다.

재거스 씨는 일찌감치 사무실 주소를 보내주었다. 리틀 브리튼이라고 적힌 명함에 '스미스필드를 나가자마자 마차역 부근'이라고 적어놓았다. 그런데도 마부는 80킬로미터는 달릴 것처럼 덜컹덜컹 소리를 내는 접이식 발판이 달린 마차에 나를 단단히 집어넣었다. 마부는 자기 나이만큼이나 케케묵은 망토를 기름에 찌든 외투 위에 걸치고 있었다. 그가 마부석에 앉는 데만도 엄청 시간이 걸렸다. 빗물로 얼룩진 마부석은 좀이 슬어 너덜너덜한 연두색 천이 깔려 있었다. 마차의 외관은 훌륭했다. 왕년에 귀족이 소유했던 듯 문 바깥쪽에는 화관 6개가 그려진 문장이 있었고, 뒤쪽에는 얼마나 많은 하인들이 매달렸는지 너덜너덜한 손잡이가 주렁주렁 달려 있었으며, 밑에는 아무나 올라타는 걸 막기 위한 쇠꼬챙이가 붙어 있었다. 마차 안은 지푸라기를 깔아놓은 마당이나 헌옷 가게를 떠올리게 했다. 그나저나 말의 여물 주머니가 어째서 마차 안에 있는지 따져볼 겨를도 없이 마차는 어느 음침한 거리에 멈춰 섰다. 사무실 출입문에 '미스터 재거스'라는 이름이 페인트로 쓰여 있었다.

"얼마죠?"

내가 마부에게 물었다.

"1실링요…… 더 주고 싶다면 그래도 되고요."

나는 당연히 더 주고 싶지 않다고 말했다.

"그럼 1실링만 내슈. 나도 저 사람을 아는데, 여기서 문제를 일으킬 생각은 없거든!"

마부는 재거스 씨 이름을 눈짓으로 가리키며 고개를 절레절레 흔들었다.

그가 1실링을 받아 들고 한참 만에 마부석에 올라 그곳을 떠난 뒤 나는 사무실로 들어갔다.

"재거스 씨 계세요?"

"안 계십니다. 법정에 가셨어요."

사무실 직원이 말했다.

"혹시 핍 씨인가요?"

나는 그렇다고 대답했다.

"재거스 씨께 말씀 들었습니다. 사무실에서 기다리라고 하셨어요. 재판이 언제 끝날지 모르거든요. 하지만 시간을 돈으로 아는 분이라 그리 오래 걸리지는 않을 겁니다."

직원이 나를 건물 안쪽에 있는 사무실로 안내했다. 벨벳 재킷에 짧은 바지 차림의 애꾸눈 남자가 신문을 읽고 있었다. 그는 우리를 보자 신문을 내려놓고 옷소매로 코를 쓱 닦았다.

"여기서 나가게, 마이크."

방해가 된 건 아닌지 모르겠다고 말하려는 찰나, 직원이 그 남자의 소매를 붙잡고 밖으로 밀어냈다. 직원은 그 남자의 털모자를 그의 등 뒤로 휙 집어던지더니 나를 혼자 남겨두고 나가버렸다.

재거스 씨의 사무실은 대체로 어둡고 음산한 분위기였다. 방 안을 비추는 것은 천장의 채광창을 통해 들어오는 햇빛뿐이었다. 그나마 채광창도 사람의 깨진 머리처럼 기이하게 비스듬히 맞춰져 있었다. 바로 옆 건물은 마치 나를 훔쳐보기 위해 몸을 뒤틀고 있는 것처럼 보였다. 변호사 사무실이라면 보통 서류가 잔뜩 쌓여 있을 거라고 생각했던 내 기대와는 크게 달랐다. 눈에 띄는 것들은 오히려 이상한 물건들이었다. 녹슨 권총, 칼집에 꽂힌 칼, 특이하게 생긴 상자와 꾸러미들, 그리고 선반에는 무시무시하게 생긴 석고상 2개가 놓여 있었다. 사람 형상의 석고상은 둘 다 얼굴이 유별나게 부풀어 오르고 코 주변이 심하게 비뚤어진 모습이었다.

높은 등받이가 달린 재거스 씨의 의자는 아주 짙은 검정색 말가죽에 황동 못이 관(棺) 모양으로 테두리에 줄줄이 박혀 있었다. 그가 이 의자에 기대앉아 의뢰인 앞에서 집게손가락을 물어뜯는 모습이 눈에 선했다. 의뢰인과 마주 앉아 이야기를 나누기에는 공간이 너무 협소했다. 그래서 의뢰인들이 벽에 등을 기대는 경우가 많았던 모양이다. 재거스 씨 의자 맞은편 어깨 높이 벽면에 기름때가 번들번들했던 것이다. 본의 아니게 내가 내쫓은 셈이 된 애꾸눈 남자가 그 벽에 몸을 스치며 밀려 나가던 모습이 다시 떠올랐다.

의뢰인용 의자에 앉아 주위를 찬찬히 둘러보고 있으니 묘하게도 이 방의 음울한 분위기에 젖어드는 기분이었다. 방금 전 그 직원도 자기 주인처럼 다른 사람의 약점을 꿰뚫어보고 있는 것처럼 굴었다. 2층에는 직원이 몇 명이나 있을까? 그들도 다른 사람들을 두렵게 만드는 부류일까? 이 방의 묘한 물건들은 왜 여기 있는 것일까? 석고상의 얼굴이 재거스 씨 가족들은 아닐까? 저렇게 흉측한 얼굴의 친척이 있다면, 대체 왜 자기 집도 아닌 저 먼지투성이 선반 위에 올려진 것일까?

그때까지 나는 런던의 여름을 경험한 적이 단 한 번도 없었다. 어쩌면 기분이 가라앉은 이유가 사방의 건물에서 배출되는 후텁지근한 공기 때문이었는지도 모른다. 아니면 물건들마다 두껍게 쌓인 먼지 때문일 수도 있었다. 무엇보다 선반에 놓인 석고상 2개를 도저히 참고 바라볼 수가 없었다. 나는 일어나 밖으로 나왔다.

재거스 씨를 기다리는 동안 바깥바람을 좀 쐬고 오겠다고 직원에게 말했다. 친절하게도 그는 길모퉁이를 돌면 스미스필드가 나온다고 알려주었다. 나는 그곳으로 향했다. 그러나 막상 가보니 형편없이 구질구질한 곳이었다. 사방이 온통 동물의 피와 비계, 그리고 오물 천지였다. 바닥에 그득한 피 거품이 몸에 착 달라붙을 것만 같았다. 나는 얼른 다른 길로 뛰어 들어갔다.

어두운 석조 건물 뒤로 세인트폴 대성당의 웅장하고 검은 돔 지붕이 불쑥 모습을 드러냈다. 옆에 있던 사내가 그 어두운 석조 건물이 뉴게이트 교도소라고 알려주었다. 나는 교도소 담을 따라 걸어갔다. 도로에는 마차의 소음을 줄이기 위해 지푸라기가 깔려 있었다. 주변 광경과 수많은 구경꾼들이 내뿜는 독한 술 냄새로 보아 재판이 한창 진행되고 있음을 알 수 있었다.

주위를 돌아보는데 행색이 꼬질꼬질하고 술에 취한 재판소 관리가 다가왔다.

"재판을 구경하고 싶지 않습니까? 30펜스만 내면 가발을 쓰고 법복을 입은 재판장을 볼 수 있는 맨 앞자리로 안내하죠."

마치 법관들이 밀랍 인형이라도 되는 것처럼 말하던 그는 곧 18펜스로 깎아주겠다며 내 의중을 떠보았다. 나는 약속이 있다며 그를 물리치려고 했다. 그러자 그가 나를 재판소 안마당으로 이끌더니 교수대가 있는 장소를 알려주었다. 마지막으로 그가 가리킨 곳은 '채무자들의 문'이었다. 사형수가 교수형에 처해지기 위해 나오는 문이라고 했다. 그는 그 무시무시한 문에 대한 흥미를 한껏 끌어올릴 목적으로, 모레 아침 8시에 죄수 4명이 그 문을 나와 차례로 교수형에 처해질 예정이라고 덧붙였다. 그 소름 끼치는 상황을 떠올리고는 정신이 혼미해진 나는 런던이라는 도시 자체에 넌더리가 나기 시작했다. 게다가 재판소 관리들이 몸에 걸친 것들은 죄 곰팡이가 피어 있었다. 모자와 구두, 호주머니에 꽂은 손수건까지 본디 자기 것이 아니라 사형 집행인에게 헐값에 사들인 것이라는 말에 구역질이 올라왔다. 나는 그에게 1실링을 쥐어주고 교도소를 빠져나오면서 차라리 잘한 일이라는 생각이 들었다.

재거스 씨는 아직 돌아오지 않았기에, 나는 산책을 하려고 다시 사무실 밖으로 나왔다. 이번에는 리틀 브리튼을 한 바퀴 돌아보기로 했다. 그때쯤 나 말고도 재거스 씨를 기다리는 사람들이 여럿이라는 것을 알게 되었다. 맨 먼저 눈에 띈 것은 사무실 근방을 서성이는 수상한 두 남자였다. 그들은 포장도로의 갈라진 틈에 구두코를 박으며 얘기를 나누고 있었다. 그 앞을 지나치는데 둘 중 한 사람의 목소리가 들렸다.

"가능하면 재거스 씨가 맡아줄 거야."

길모퉁이에도 남자 셋과 여자 둘이 뒤섞여 있었다. 한 여자는 지저분한 숄을 얼굴에 대고 울고 있었고, 또 한 여자는 자신의 숄을 우는 여자의 어깨에 걸쳐주면서 위로했다.

"재거스 씨가 잘 해결해준다고 했잖아. 어밀리아, 이보다 더 다행스러운 일이 어딨니? 그만 울어."

그곳을 걷고 있을 때 체구가 작고 눈이 벌겋게 충혈된 유대인이 나타났다. 그는 함께 온 키 작은 유대인을 어디론가 심부름 보냈다. 나는 남아 있는 유대인 사내를 유심히 살펴보았다. 그는 상당히 흥분한 상태로 불안에 떨고 있었다. 가로등 밑에서 조급하게 왔다 갔다 하며 뭔가 애타게 기다리던 그가 급기야 미친 사람처럼 소리를 지르기 시작했다.

"아, 재거스, 재거스, 재거스! 재거스 말고는 모두 쓰레기야! 죄 쓸데없는 소리만 늘어놓을 뿐이지. 지금 내게 필요한 사람은 오직 재거스뿐이라고!"

내 후견인에 대한 사람들의 평판이 이토록 대단하다는 사실에 강한 인상을 받았다. 나는 그를 훨씬 더 존경하게 되었을 뿐 아니라 일종의 경이로움을 느꼈다.

마침내 길 건너에서 이쪽으로 오고 있는 재거스 씨가 보였다. 내가 걸음을 옮김과 동시에 그를 기다리던 다른 사람들도 일제히 앞으로 달려갔다. 그는 내 어깨에 손을 올리고 나란히 걸으면서 뒤따라오는 사람들에게 말을 건넸다.

재거스 씨는 먼저 수상한 두 남자와 대화를 나눴다.

"얘기는 이미 끝나지 않았소? 난 당신들에게 해줄 말이 전혀 없소."

재거스 씨가 그들에게 집게손가락을 흔들어 보였다.

"더 이상 알고 싶은 마음도 없고. 어떻든 확률은 반반이오. 처음부터 말했잖소. 반반이라고. 그래, 웨믹에게 수임료는 지불했나?"

"오늘 아침에 돈을 마련했습니다, 선생님."

둘 중 하나가 굽실거리면서 대답했다. 다른 남자는 재거스 씨 얼굴을 물끄러미 바라보았다.

"당신이 인제 돈을 마련했는지 묻는 게 아니오. 그 돈이 어디서 났는지, 어떻게 마련했는지도 내 알 바 아니오. 그래, 웨믹이 돈을 받았소, 안 받았소?"

"네, 받았습니다, 선생님."

두 사람이 동시에 대답했다.

"됐소. 그럼 가보시오. 자, 어서!"

재거스 씨는 따라오지 말라는 표시로 손을 휘휘 저으며 덧붙였다.

"한마디만 더 하면 이 사건에서 손을 뗄 줄 아시오!"

"저희가 생각을 좀 해봤는데 말입니다, 선생님……."

둘 중 한 남자가 모자를 벗으며 말문을 열었다.

"내 분명히 말하지 말라고 했을 텐데. 누가 당신네들 생각을 알고 싶다고 했소! 생각은 당신들을 대신해서 내가 하는 거요. 그거면 충분해. 볼일이 있으면 내가 당신들을 찾을 거요. 당신들이 어디서 뭘 하고 있는지 다 알고 있으니까. 그러니 찾아올 필요 없소. 알아들었소? 이제 한마디도 더 듣지 않겠소."

재거스 씨가 재차 손사래를 치자 두 사람은 서로를 멀뚱멀뚱 쳐다보다가 말없이 뒤로 물러났다.

"그리고 당신들!"

재거스 씨는 갑자기 걸음을 멈추고 어깨에 숄을 두른 두 여인을 돌아보았다. 그녀들과 같이 있던 남자 셋은 조금 떨어져서 얌전히 기다렸다.

"이름이 어밀리아였던가?"

"네, 재거스 선생님."

"기억하고 있겠군. 내가 아니었으면 당신은 여기에 있지도 못하고,

있을 수도 없다는 것을 말이야. 안 그런가?"

"그럼요, 선생님."

두 여인이 입을 모아 외쳤다.

"정말이지 잘 알고 있습니다요, 자비로우신 재거스 선생님!"

"그런데 여기는 왜 왔지?"

"우리 빌 때문에요!"

아까부터 울음을 멈추지 못하던 여인이 말했다.

"딱 한 번만 말할 테니 잘 들어! 당신의 빌이 현재 얼마나 유능한 사람에게 맡겨졌는지 당신은 몰라도 나는 잘 알아. 그런데도 자꾸 찾아와서 성가시게 굴면 난 이 일에서 손을 떼겠어. 당신은 물론 아들 녀석까지 혼쭐을 내줄 테니까 알아서 하라고. 그건 그렇고, 웨믹에게 돈은 지불했나?"

"네, 지불했어요. 한 푼도 빠짐없이요."

"좋아. 그렇다면 당신은 할 일을 다 한 거야. 이제 단 한마디라도 더 하면 웨믹에게 도로 돈을 돌려주라고 할 거야!"

재거스 씨의 끔찍한 협박에 놀란 두 여인은 금세 얼굴이 하얗게 질렸다. 이제 잔뜩 흥분한 유대인만 남았다. 그는 두 여자가 물러나기 무섭게 재거스 씨의 외투 자락에 연달아 입을 맞췄다.

"당신은 모르는 사람인데! 뭘 원하지?"

재거스 씨가 위압적인 투로 말했다.

"재거스 선생님, 저는 에이브러햄 나사로의 형입니다!"

"그가 대체 누구요? 이 옷부터 놓고 말하시오!"

사내는 외투 자락에 한 번 더 입을 맞추고 재거스 씨에게 말했다.

"은식기 절도 혐의로 잡힌 에이브러햄 나사로 말입니다."

"너무 늦게 왔군. 나는 이미 반대편에 서기로 결정했소."

"오, 하느님!"

잔뜩 흥분한 사내가 새하얗게 질린 얼굴로 외쳤다.

"오, 재거스 선생님! 선생님께서 에이브러햄 나사로의 적이 되다니요!"

"그렇게 되었소. 더 이상 할 말 없으니 길을 비키시오."

"재거스 선생님, 잠시만요! 제 사촌 형이 지금 웨믹 씨를 만나러 갔습니다. 어떤 조건이든 수용하겠습니다. 재거스 선생님! 아주 조금만 기다려주세요! 저희 쪽을 맡아주신다면 사례는 얼마든지 하겠습니다. 돈이 문제가 아닙니다, 선생님! 제발……."

내 후견인은 탄원인을 가차 없이 떨쳐버렸다. 홀로 포장도로에 남겨진 그 유대인은 숯불 덩이라도 밟고 있는 것처럼 팔딱팔딱 뛰었다.

잠시 후 우리는 사무실에 도착했다. 입구 쪽 사무실에 아까 그 직원과 애꾸눈 사내가 서 있었다.

"마이크가 왔습니다."

직원이 재거스 씨에게 다가와 은밀하게 말했다.

재거스 씨가 사내를 돌아보았다.

"당신이 약속한 증인은 오늘 오후 법정에 출두할 준비가 됐겠지?"

사내가 공손히 머리를 조아리며 기어드는 소리로 말했다.

"그게요, 재거스 선생님. 그럴 만한 사람을 찾아내기는 했습니다."

사내는 코맹맹이 소리로 말했다.

"그자가 뭘 증언할 거지?"

사내가 이번에는 털모자로 코를 문지르고 대답했다.

"글쎄요. 아무거나……."

사내의 말에 재거스 씨가 버럭 소리를 질렀다.

"내가 분명히 경고했을 텐데!"

재거스 씨가 집게손가락을 마구 흔들며 퍼부었다.

"내 앞에서 그런 식으로 지껄이면 혼날 줄 알아. 감히 내 앞에서 그런 식으로 말하다니!"

사내는 겁먹은 듯 움찔움찔 몸을 떨었다. 그러면서도 정작 자신이 뭘 잘못했는지 모르는 얼굴이었다.

"이 한심한 친구야! 멍청하게 변호사님 앞에서 그런 말을 하다니!"

직원이 그를 쿡 찌르며 낮은 목소리로 윽박질렀다.

"정신 나간 놈 같으니! 마지막으로 다시 한번 묻지. 그래, 자네가 데려올 그 남자는 무슨 증언을 할 예정이지?"

내 후견인이 매우 엄격한 어조로 물었다.

사내는 재거스 씨 얼굴에서 무슨 힌트라도 얻으려는 듯 잠시 시선을 고정했다. 그러고는 천천히 대꾸했다.

"문제의 그날 밤, 줄곧 저와 함께 있었다고 증언할 겁니다. 제가 밤새도록 그 곁을 떠나지 않았다고요."

"이제부터 주의해서 대답해. 그자는 뭐 하는 사람이지?"

사내는 자신의 모자를 쳐다보다가 사무실 바닥을 내려다보고, 다시 천장을 올려다보고 직원을 쳐다보았다. 심지어 나한테까지 눈빛을 보낸 뒤에야 몹시 불안한 태도로 말문을 열었다.

"좀 그럴싸하게 보이도록 옷을 차려입힐 생각인데……."

이 대목에서 재거스 씨가 다시 분통을 터뜨렸다.

"뭐야? 또 그런 식으로 말하겠다, 이거지!"

"멍청하기는!"

직원이 다시 팔꿈치로 그를 쿡 찌르며 핀잔을 주었다. 어쩔 줄을 모르던 사내는 잠시 생각하더니 조심스럽게 말했다.

"과자 장수 옷을 입었습니다. 과자 장수 같은 인상이기든요."

"그 사람이 여기 있나?"

내 후견인이 물었다.

"길모퉁이 어느 집 앞에서 기다리고 있습니다."

"데려와서 저 창문을 지나가라고 해. 얼굴 좀 보게."

재거스 씨는 사무실에 딸린 창문을 가리켰다. 우리 셋은 창가로 다가가 차양 뒤에 섰다. 조금 있으니 방금 사무실을 나갔던 마이크라는 사내가 키 큰 남자와 함께 지나갔다. 흰색 리넨 정장에 종이 모자를 눌러쓰고, 눈가의 멍 자국까지 분을 발라 숨기고 있는 모습이 살인자의 인상인 데다 정신도 온전해 보이지 않았다.

"저 인간한테 당장 증인 데리고 꺼지라고 해. 도대체 어쩔 요량으로 저런 놈을 데려왔는지 물어봐."

재거스 씨가 역겨운 얼굴로 직원에게 내뱉듯이 말하고는 나를 사무실로 데려갔다. 그리고 선 채로 샌드위치와 휴대용 술통에서 따른 셰리주로 점심을 대신하며 앞으로 내가 할 일을 설명해주었다. 샌드위치를 입안에 욱여넣는 모습이 어지간히 위협적이었다.

나는 포킷 씨의 아들이 머물고 있는 바너드 여관에서 월요일까지 묵어야 했다. 재거스 씨는 내 침대도 준비되어 있다고 덧붙였다. 거기서 일주일을 보내고 주말에 포킷 씨 집을 방문할 예정이었다. 교사가 마음에 드는지 한번 봐야 했던 것이다. 런던에서 생활하면서 내가 받을 용돈도 설명해주었다. 생활하고도 남을 만큼 충분한 액수였다. 재거스 씨는 옷이나 그 밖에 필요한 모든 물건을 구입할 수 있도록 서랍에서 상인들의 명함을 꺼내 주었다.

"자네의 신용도가 좋다는 사실을 곧 알게 될 걸세, 핍 군."

재거스 씨가 말했다. 그가 급히 들이켜는 휴대용 술통에서 독한 알코올 냄새가 났다.

"계산서는 내가 확인할 거야. 지출이 너무 많다 싶으면 제동을 걸수도 있네. 물론 자네가 잘못된 길로 빠져도 내가 책임질 일은 아니지만 말이야."

그의 말이 끝나자 나는 마차를 불러야 하는지 물었다. 그는 가까우니 마차는 필요 없다면서 한마디 덧붙였다.

"자네만 괜찮다면 웨믹이 데려다줄 걸세."

비로소 나는 옆방에 있는 그 직원 이름이 웨믹이라는 것을 알게 되었다.

웨믹이 나를 데려다줄 동안 그를 대신하기 위해 위층에서 다른 직원이 내려왔다. 나는 재거스 씨와 악수를 나누고 웨믹을 따라 거리로 나왔다. 사무실 건물 앞에 또 다른 사람들이 서성대고 있었다.

"이래 봤자 소용없다고 했잖소. 우리 변호사님은 당신들 중 누구하고도 얘기하지 않을 것이오."

웨믹은 냉담하고 단호하게 내뱉었다. 우리는 곧 사람들을 비집고나와 나란히 걸어갔다.

21

밝은 곳에서 보면 웨믹은 어떤 모습일까 궁금했다. 걸으면서 살짝곁눈질해보니 키는 작달막하고 마른 체구에 얼굴은 사각형인 데다 무딘 끌로 대충 조각한 나무 같았다. 피부를 좀더 매끈하게 다듬고 세밀하게 매만졌다면 보조개가 되었을지도 모를 자국 몇 개가 볼에 움푹 패어 있었다. 코도 매끈하게 다듬으려다 노중에 포기한 깃 같았다.

셔츠가 해진 것으로 보아 그가 독신일 거라고 짐작했다. 사별의 아픔을 여러 차례 겪었음을 증명하는 최소한 4개의 추념(追念) 반지를 비롯해, 죽은 사람을 애도하는 장신구가 주렁주렁 매달린 회중시계도 인상적이었다. 그는 마치 죽은 친지들의 유품에 둘러싸인 것처럼 보였다. 유골 단지가 놓인 묘지 앞에 여인 하나와 수양버들이 새겨진 브로치도 있었다. 날카롭고 검은 눈과, 얼룩덜룩한 반점이 있고 옆으로 길게 찢어진 두툼한 입술까지. 나는 이 모든 것들을 종합해보았을 때 그가 적어도 마흔 살은 넘었을 거라고 생각했다.

"그래, 런던은 처음인가요?"

웨믹이 말을 걸었다.

"네."

"나도 한때는 런던이 처음이었죠. 돌이켜보면 묘한 기분이 드네요."

"지금은 이곳을 훤히 꿰고 계시겠네요?"

"그럼요. 어떻게 돌아가는지 잘 알죠."

"이곳이 그렇게 무서운가요?"

나는 궁금하다기보다 아무 말이라도 해야 할 것 같아서 그렇게 물어보았다.

"도둑놈, 사기꾼, 부정부패도 많은 곳이죠. 살인 사건이 많이 발생하는 곳이 런던이에요. 하지만 어딜 가든 몹쓸 짓을 하는 사람들이 있게 마련이죠."

"원한 살 일만 없으면 괜찮겠지요?"

나는 되도록 부드럽게 말했다.

"글쎄요. 잘 모르겠네요. 런던에서 일어나는 사건 사고는 원한과는 크게 관계가 없으니까요. 그런 사람들은 조금이라도 얻을 게 있으면 범죄를 저지르고 보니까요."

"그게 제일 나쁘잖아요."

"그렇게 생각해요? 내가 보기에는 모두 거기서 거기 같은데."

웨믹은 모자를 뒤로 젖혀 쓰고 정면을 바라보며 거침없이 걸음을 옮겼다. 마치 이 거리에 시선을 끌 만한 건 아무것도 없다는 듯한 태도였다. 우체통 투입구처럼 긴 그의 입술이 미소를 머금고 있는 듯 보였다. 우리가 홀본 힐을 오를 때쯤에야 나는 그것이 틀에 박힌 미소일 뿐, 실은 전혀 웃고 있지 않다는 것을 깨달았다.

"매슈 포킷 씨 집을 아세요?"

내가 물었다.

"런던 서쪽의 해머스미스에 삽니다."

그는 고개를 끄덕이며 턱으로 어느 한 방향을 가리켰다.

"여기서 먼가요?"

"글쎄요. 8킬로미터쯤 될까요?"

"그분을 아세요?"

"반대신문을 잘하시네요!"

그는 흡족한 표정을 지으며 대답했다.

"그럼요, 아주 잘 알지요."

웨믹이 포킷 씨를 언급할 때 왠지 깔보는 듯한 뉘앙스가 풍겼다. 나는 조금 낙담해서 그 나무토막 같은 얼굴을 쳐다보았다. 뭔가 좀더 긍정적인 설명을 기대하고 있는데 그가 말했다.

"다 왔군요. 여기가 바너드 여관입니다."

우울한 기분은 더 큰 실망으로 변했다. 나는 '바너드 여관'이 바너드 씨가 경영하는 고급 호텔쯤 되는 줄 알았다. 최소한 우리 마을 블루보어 여관과는 비교할 수 없는 수준일 거라고 짐작했다. 눈앞에 보이는 바너드는 육체를 빠져나온 영혼, 허구 같은 실체에 불과했다. 고양이 놀이터로 쓰면 어울릴 법한 지저분한 건물들이 다닥다닥 붙어 있는 저급한 숙박 시설일 줄은 상상도 못했다.

쪽문을 지나 안으로 들어가자, 평평한 묘지처럼 음산한 작은 안뜰로 이어지는 통로가 나왔다. 나무는 하나같이 음침해 보였고, 새와 고양이들이 움직일 때마다 더할 나위 없이 섬뜩한 기분이 들었다. 예닐곱 채 집에는 각각의 방과 창문이 딸려 있었다. 대부분 파손된 차양과 낡아빠진 커튼, 화분, 깨진 유리창, 먼지를 뒤집어쓴 썩은 부위와, 땜질한 자리, 방문에 '빈방 있음'이라는 문구가 더덕더덕 붙어 있는 모습이 더욱더 황량한 느낌을 자아냈다.

빈방마다 경쟁하듯 붙어 있는 문구들을 보면서 문득 이런 생각이 들었다. 이곳에 새로 이사 온 비참한 인간은 아무도 없고, 죽은 버나드 씨의 영혼이 지금 세 들어 사는 사람들을 차례차례 자살에 이르게 하여 자갈 밑에 묻히게 함으로써 복수하려는 것은 아닐까? 바너드의 스산한 창조물은 곰팡내가 진동하는 검댕과 연기를 상복처럼 걸치고 머리에는 검은 재를 흠뻑 뒤집어쓴 쓰레기 구덩이로 전락하여 온갖 굴욕과 고행의 시련을 겪고 있었다.

지금까지는 눈에 보이는 것만 말했다. 여기에 바짝 말라 썩은 것들과 젖어서 썩은 것들에서 나는 악취, 방치된 지붕과 지하실에서 조용히 퍼져 올라오는 온갖 부패한 냄새, 죽은 생쥐며 벌레들이 썩어가는 냄새, 근처 마구간에서 바람을 타고 풍겨 오는 냄새가 내 후각을 자극하며 일제히 한목소리로 외치고 있는 것만 같았다. '바너드의 향기를 한번 맡아봐.' 이것이 처음으로 모습을 드러낸 나의 엄청난 유산의 실체라고 하기에는 몹시 부족했다. 나는 맥 빠진 심정으로 웨믹을 바라보았다. 유감스럽게도 그는 내 표정을 잘못 읽었다.

"이렇게 한적한 곳에 오니 시골 생각이 나는 모양이군요."

그는 구석진 계단으로 나를 이끌었다. 계단은 조금씩 썩어서 이미 톱밥으로 변해가는 중인 듯했다. 언젠가 위층에 사는 사람이 문을 열면 아래로 내려가는 길이 사라졌다는 사실을 발견하게 될지도 모른다. 우리는 그 허술한 계단을 통해 맨 꼭대기 층 방으로 올라갔다. 문에 페인트로 '미스터 포킷 2세'라고 쓰여 있었다. 우편함에는 '곧 돌아오겠음'이라고 적힌 쪽지가 붙어 있었다.

"당신이 이렇게 빨리 올 줄 몰랐나 봅니다. 이제 나는 필요 없겠지요? 아니면 같이 있어드릴까요?"

웨믹이 말했다.

"아뇨, 괜찮아요. 고맙습니다."

"나는 회계 업무도 담당하고 있으니 앞으로 자주 뵙게 될 겁니다. 그럼 또 뵙겠습니다."

"안녕히 가세요."

나는 손을 내밀었다. 웨믹은 영문을 모르겠다는 표정으로 내 손을 멍하니 바라보았다. 그러다 깨달은 듯 말했다.

"아, 그렇군요! 당신은 악수하는 습관이 있나 보군요?"

이번에는 내가 당황했다. 런던에서는 악수가 구식인 모양이었다. 나는 "네."라고 대답했다.

"나는 악수를 거의 하지 않아요. 최후의 악수(사형수가 교수형에 처해지기

252

직전에 나누는 악수를 의미한다.—옮긴이)를 제외하고 말입니다. 아무래도 우리는 좋은 친구가 될 것 같습니다. 만나서 정말 반갑습니다. 그럼 이만 실례하겠습니다."

악수를 하고 그가 계단을 내려갔다. 나는 층계참의 유리 창문을 들어 올렸다가 하마터면 목이 잘릴 뻔했다. 썩을 대로 썩은 줄이 끊어지는 바람에 창문이 단두대처럼 순식간에 아래로 확 내려왔던 것이다. 다행히 내가 창밖으로 머리를 내밀기 직전이었다. 위험천만한 상황에서 벗어난 나는 유리창을 뒤덮은 먼지 너머로 보이는 뿌연 풍경에 만족하기로 했다. 처량하게 밖을 내다보고 있으니 문득 이런 생각이 들었다. 내가 런던이라는 도시를 과대평가하고 있었던 건 아닐까?

포킷 2세가 생각하는 '곧'과 내가 생각하는 '곧' 사이에는 커다란 간격이 있었다. 아무도 없는 계단에서 바깥을 내다보며 30분 가까이 기다리고 있자니 답답해서 미칠 지경이었다. 먼지로 뒤덮인 유리창이란 유리창에 내 이름을 몇 번이나 쓰고 있을 때 드디어 계단을 올라오는 발소리가 들렸다. 모자, 머리, 넥타이, 조끼, 바지, 구두가 하나씩 눈에 들어왔다. 그리고 눈앞에 나타난 것은 나와 비슷한 청년이었다. 그는 양쪽 겨드랑이에 종이 봉지를 하나씩 끼고, 한 손에는 딸기 바구니까지 들고 숨을 헉헉거리며 계단을 올라왔다.

"핍 씨?"

"포킷 씨?"

"미안합니다! 정말 죄송하게 됐군요. 당신 고향에서 정오에 출발하는 마차가 있다기에 그걸 타고 오는 줄 알았어요. 그리고 사실 내가 외출한 건 당신 때문이라고도 할 수 있습니다. 핑계처럼 들리겠지만, 당신을 맞이할 준비를 하러 나갔던 겁니다. 그러니까 당신이 시골에

253

서 올라오면 식후에 과일이 생각나지 않을까 싶었거든요. 그래서 신선한 과일을 좀 사러 코번트 가든 시장에 갔다 오는 길입니다."

나는 입으로는 친절에 감사하다고 중얼거렸지만 두 눈이 튀어나올 만큼 놀랐다. 꿈인지 생시인지 어리둥절하기만 했다.

"이 문도 이제 맛이 갔네! 아예 달라붙었어요."

그는 종이 봉지를 겨드랑이에 낀 채 문과 씨름했다. 그대로 두었다가는 과일을 짓이겨버릴 것 같아서 나는 그 봉지를 들어주겠다고 말했다. 그는 쾌활한 미소를 띠며 나에게 봉지를 건네고 다시 문을 상대로 격투를 벌였다. 흡사 사나운 맹수와 겨루기라도 하듯이.

갑자기 문이 열리는 바람에 그가 뒤로 물러나면서 나하고 세게 부딪쳤고, 나 역시 뒤로 튕겨 나가 건너편 방문에 부딪혔다. 우리 둘은 크게 웃었다. 그런데 여전히 나는 눈알이 튀어나올 만큼 놀랐고, 마치 꿈을 꾸는 것만 같았다.

포킷 2세가 말했다.

"자, 들어와요. 집 안이 좀 휑하지만 월요일까지만 참아주세요. 아버지께서 내일 하루는 나하고 함께 지내는 게 좋겠다고 하시더군요. 혹시 런던을 산책하고 싶다면 기꺼이 안내하죠. 여기서도 식사는 나쁘지 않아요. 가까운 커피 하우스에서 배달해주거든요. 아, 이 얘기는 꼭 미리 해둬야 할 것 같은데, 식사 비용은 재거스 씨 지시에 따라 당신이 부담하는 겁니다. 숙소는 보다시피 전혀 호화롭지도, 그리 편안한 분위기도 아닙니다. 어쩔 수 없어요. 나는 내가 벌어서 먹고살아야 하거든요. 아버지는 돈 한 푼 보태줄 형편이 못 되십니다. 주신다 해도 받고 싶지 않고요. 여기가 거실입니다. 의자, 탁자, 카펫은 우리 집에서 안 쓰는 것들을 가져왔어요. 식탁보, 숟가락, 양념 통은 당신이 있는 동안 임시로 커피 하우스에서 빌려 온 겁니다. 이쪽은 내 침실입니다. 곰팡내가 좀 나지만, 바너드 여관은 워낙 곰팡내가 많이 나는 곳이죠. 당신 침실도 안내해드리죠. 가구 역시 당신을 위해 임시로 빌려 왔습니다. 사용하기 불편하지는 않을 겁니다. 더 필요한 게 있으면 말씀하세요. 내가 나가서 구해 올 테니까요. 이 방은 여관에서도 구석진 곳입니다. 우리 둘만 지낼 것이고, 우리가 다툴 일은 없을 겁니다. 아이고, 이런! 여태까지 과일 봉지를 들고 계신 것도 몰랐군요."

나는 그와 마주 서서 봉지를 천천히 내밀었다. 하나, 둘, 봉지를 차례로 건네받는 동안 그의 눈이 점점 커졌다. 점차 확신에 찬 눈빛으로 나를 쳐다보던 그가 뒷걸음질치며 외쳤다.

"아니, 넌 그때 그 저택을 돌아다니던 소년!"

"그리고 넌 그 창백한 어린 신사!"

22

창백한 어린 신사와 나는 그렇게 서로를 빤히 바라보았다. 그러다 우리는 바너드 여관이 떠나갈 정도로 웃음을 터뜨렸다.

"네가 그 애라니!"

그가 말했다.

"네가 그 애란 말이지!"

내가 말했다.

우리는 다시 한번 서로의 얼굴을 뚫어져라 쳐다보며 웃음을 터뜨렸다. 그가 먼저 내게 손을 내밀었다.

"다 지난 일이야. 내가 너를 두들겨 팼던 일을 너그럽게 용서해주면 좋겠다."

허버트 포킷은 자신의 의도와 실제 결과를 혼동하고 있었다. 하지만 나는 굳이 그런 내색을 하지 않았다. 우리는 기분 좋게 악수를 했다.

"네가 유산을 물려받은 행운을 잡은 게 그때는 아니었지?"

허버트 포킷이 물었다.

"그래."

그가 고개를 끄덕이며 말했다.

"그래. 아주 최근의 일이라고 들었거든. 솔직히 그때는 내가 행운의 주인공이 될지 모른다고 기대했는데."

"정말이야?"

"그럼. 미스 해비셤이 나를 부른 이유가 있었어. 자기가 나를 좋아할 수 있을지 확인하려는 거였지. 하지만 그녀는 나를 좋아할 수 없었어. 어쨌든 그녀는 나를 좋아하지 않았어."

나는 예의상 뜻밖이라고 말했다.

"미스 해비셤의 나쁜 취향이었지. 사실이 그랬어. 그녀는 나를 시험하기 위해 와보라고 했고, 내가 환심을 사는 데 성공했다면 행운은 내 것이 됐을지 몰라. 어쩌면 에스텔러와 그렇고 그런 사이가 될 수도 있었겠지."

그가 웃으면서 말했다.

"그게 무슨 말이야?"

나는 심각하게 물었다.

허버트는 과일을 접시에 담으면서 말했다. 주의가 산만해서 그런지 표현이 다소 과격한 듯했다. 그는 계속 과일을 담으면서 설명해나갔다.

"약혼 말이야, 약혼자. 뭐, 그런 거."

"그런 실망이 컸을 텐데 어떻게 견뎌냈니?"

"난 별로 관심 없었어. 타타르족처럼 거친 여자였거든."

"미스 해비셤이?"

"미스 해비셤도 만만치 않지만, 내가 말한 건 에스텔러야. 어찌나 도도하고 변덕이 죽 끓듯 하는지. 세상 모든 남자에게 복수하도록 미스 해비셤이 기른 아이거든."

"둘이 무슨 관계야?"

"아무 관계도 아니야. 양녀로 삼은 것뿐이지."

"그런데 미스 해비셤은 왜 세상 모든 남자들에게 복수하려고 그럴까? 무슨 복수를 하겠다는 건지 모르겠어."

"맙소사! 핍, 몰랐니?"

"응."

"아, 이런! 얘기하자면 엄청 기니까 일단 저녁 식사 때까지 보류하자. 그건 그렇고 나도 물어보고 싶은 게 있어. 넌 그날 어떻게 미스 해비셤의 저택에 오게 된 거야?"

나는 그에게 자초지종을 이야기했다. 그는 내 얘기를 귀 기울여 듣다가 끝내 큰 소리로 웃음을 터뜨리며 농담조로 물었다.

"그날 나한테 맞고 많이 아팠니? 상처는 잘 아물었고?"

나는 구태여 그건 내가 할 소리라고 받아치지 않았다. 그날 맞은 사람은 분명 내가 아니라 허버트 포킷이었기 때문이다.

"재거스 씨가 네 후견인 맞니?"

"응, 맞아."

"재거스 씨가 미스 해비셤의 재산 관리인이자 개인 변호사라는 것도 알고 있니? 그녀는 누구도 믿지 않는데 유독 재거스 씨만큼은 신뢰하고 있다는 사실도?"

이야기가 점점 대답하기 곤란한 방향으로 흘러갔다. 나는 조심스럽게 우리가 결투를 벌였던 날, 미스 해비셤 저택에서 재거스 씨를 처음 만났지만, 그는 그때 일을 기억 못하는 것 같다고 말했다.

"재거스 씨는 우리 아버지를 네 가정교사로 추천하셨어. 그 일로 아버지를 직접 찾아오기까지 했지. 물론 미스 해비셤을 통해 아버지를 알게 됐지. 아버지와 미스 해비셤은 사촌 간이거든. 하지만 두 분이 친하지는 않아. 아버지는 아첨꾼이 아니어서 미스 해비셤의 비위를 맞출 생각 따위 애초부터 하지도 않으셨어."

허버트 포킷이 말했다.

그는 매우 솔직한 성격에 사람을 끌어당기는 매력이 있었다. 그는 표정이나 목소리가 남을 속이거나 비열한 행동을 할 수 없는 기질을 타고난 사람이었다. 나는 오늘날까지 그런 사람을 본 적이 없다. 그에게서 전체적으로 희망찬 분위기가 느껴졌다. 그러면서도 막연하게 결코 부와 명예가 따르지는 않을 것 같은 느낌이 들었다. 내가 왜 그런 인상을 받았는지 모른다. 하지만 나는 저녁 식사를 하기도 전에 나름의 결론을 내렸다.

그는 여전히 창백하고 어린 신사였다. 쾌활한 성품 덕분에 스스로 잘 극복하고 있는 듯해도, 간혹 뭔가에 억눌린 무력함이 엿보이곤 했다. 잘생긴 편은 아니었지만 서글서글하고 유쾌한 인상이었다. 예전에 내가 흠씬 주먹찜질을 해주었을 때와 마찬가지로 몸집은 볼품없었지만 그가 평생 밝고 경쾌한 소년처럼 살아갈 거라는 확신이 들었다. 새 양복을 입은 나보다 낡은 양복을 입은 그가 훨씬 더 멋있었다.

그는 말이 많은 편이었다. 그런 친구 앞에서 너무 말을 아끼는 건 동갑내기로서 예의가 아닐 듯했다. 나는 린딘으로 오게 된 사연을 늘려주면서 한 가지만 강조했다.

"내 은인이 누군지는 묻지 마. 그건 나도 알 수 없을뿐더러, 알려고 하는 것도 금지되어 있어."

그리고 나는 시골 대장간을 벗어난 적이 없는 촌놈이라 신사로서 지켜야 할 매너나 예의범절에 어둡다는 사실을 솔직하게 털어놓고 내가 당황하거나 실수할 때마다 귀띔해달라고 도움을 청했다.

"기꺼이! 넌 금방 익숙해질 거야. 이제부터 우리가 함께할 시간이 많을 테니까. 아, 그런 의미에서 호칭도 편하게 하면 좋겠어. 그냥 허버트라고 불러."

나도 세례명은 필립이라고 하자, 그가 웃으면서 말했다.

"필립은 별로다. 철자 교본에 흔히 나오는 불량소년 이름이잖아. 지독하게 게을러서 연못에 빠진 소년이라든가, 눈을 뜰 수 없을 정도로 먹어대는 아이, 케이크를 감췄다 생쥐한테 뺏겨버린 욕심쟁이, 새 둥지를 찾는 데 정신이 팔려서 근처에 있던 곰에게 잡아먹힌 소년……. 방금 나한테 좋은 애칭이 하나 떠올랐어. 우리는 말이 잘 통하는 친구이고, 너는 대장장이였으니까, 이거 어때?"

허버트는 여기까지 말한 뒤 잠시 나의 의중을 살폈다.

"네가 지어준 애칭이라면 무조건 좋아. 뭔지 상당히 궁금한데?"

"헨델 어때? 헨델이 작곡한 곡 중에 〈유쾌한 대장장이〉라는 게 있거든."

"오! 그거 괜찮은데?"

"자, 그럼 친애하는 나의 헨델. 저녁 식사를 할까? 여기 상석에 앉

아. 비용은 네가 낼 테니까."

나는 절대 그럴 수 없다고 했다. 결국 그가 상석에 앉고 나는 맞은
편에 앉았다.

소박하지만 내게는 런던 시장이 주최하는 공식 연회 못지않게 근
사한 만찬이었다. 연장자들에게 빙 둘러싸인 것도 아니고 우리 둘뿐
이어서 특히 좋았다. 게다가 자유로운 집시풍으로 더욱 즐거웠다.

음식은 하나에서 열까지 전부 커피 하우스에서 배달한 것이었다.
펌블추크 씨의 표현으로 말하자면, 식탁은 사치스러운 낙원이었으나
식탁 주변은 황무지나 마찬가지였다. 그래서 웨이터는 버터 소스를
소파에, 빵은 책장 위에, 치즈는 난로 옆 석탄 통 안에, 삶은 닭은 옆
방 내 침대 위에 올려놓았다. 밤에 잠을 자려고 했을 때 내 침대 위에
서 파슬리와 굳은 버터를 발견하기도 했다.

거실 바닥에는 그릇 뚜껑을 놓아두었는데 웨이터가 그 뚜껑에 발
이 걸려 넘어지기도 했다. 이 모든 것이 즐거웠다. 웨이터가 가고 난
뒤 나는 한껏 즐겼다.

웬만큼 음식을 먹었을 때 나는 허버트에게 약속대로 미스 해비셤
얘기를 해달라고 말했다.

"아, 그렇지. 헨델, 그 전에 하나만 얘기할게. 런던에서는 보통 칼을
입에 넣지 않아. 사고라도 나면 큰일이니까. 입에 음식을 넣을 때는
포크를 쓰는데, 너무 깊숙이 넣어서도 안 돼. 굳이 말하지 않아도 알
겠지만, 이런 데서는 다른 사람이 하는 대로 따라 하는 게 제일 무난
하지. 그리고 숟가락은 손등을 아래로 해서 잡아야 해. 이러면 두 가
지 이점이 있지. 일단 음식을 좀더 부드럽게 입으로 가져갈 수 있어.
그게 숟가락의 중요한 목적이니까. 두 번째는 굴 껍데기를 깔 때 오

른쪽 팔꿈치가 편하다는 거야."

허버트는 이런 충고를 아주 쾌활한 목소리로 설명해주었다. 덕분에 어쩌면 신경을 건드릴 수도 있는 충고가 전혀 불쾌하지 않게 들렸다. 우리는 서로 얼굴 붉히는 일 없이 또 한바탕 웃었다.

허버트의 말이 이어졌다.

"이제 미스 해비셤에 대해서 말해줄게. 미리 말해두지만 그녀는 응석받이로 자랐대. 어머니는 그녀가 갓난아이 때 돌아가셨어. 그래서 그녀의 아버지는 딸이 해달라는 건 뭐든지 들어주었지. 네가 살던 마을의 대지주였고 신사였던 그분은 양조업을 하셨어. 난 점잖은 신사가 양조 회사 사장이 된 게 그렇게 대단한 일인지는 모르겠어. 하지만 신사가 빵을 굽는 일은 할 수 없어도 맥주를 만드는 건 괜찮은가봐. 아주 흔한 경우니까 말이야."

"그래도 신사가 술집 주인이 되는 경우는 없지 않니?"

"당연하지. 신사는 술집 단골이 될 수는 있어도 절대 술집 주인이 될 수는 없어. 아무튼 그분은 엄청난 부자였고 몹시 거만한 신사였지. 그 딸도 마찬가지였고."

"미스 해비셤이 외동딸이었니?"

내가 물었다.

"마침 그 얘기를 하려던 참이야. 그녀는 외동딸이 아니었어. 이복동생이 있었지. 아버지가 몰래 재혼해서 낳은 아들인데, 상대 여자가 그집 요리사였어."

"거만한 분이었다면서."

"맞아, 헨델. 그러니까 남몰래 재혼했지. 그 요리사도 얼마 뒤에 죽었어. 그때야 그는 딸에게 재혼 사실을 알리고 아들을 가족으로 맞아

들여 그 저택에서 같이 살았어. 그런데 그 아들이 방탕하고 불효막심한 데다 낭비벽까지 있는 청년으로 자랐고, 아주 구제불능의 악당이 되었지. 결국 아버지는 부자의 인연을 끊고 말았어. 하지만 죽을 때가 되자 마음이 약해져 꽤 많은 재산을 남겨주었지. 물론 미스 해비셤이 받은 유산에 비하면 형편없는 수준이었지만. 포도주 한 잔 더 하지그래? 그리고 자꾸 이런 말 해서 미안하지만, 상류사회에서는 포도주를 마실 때 테두리가 코에 닿을 정도로 그렇게 잔을 높이 들어서 알뜰하게 비우지 않아도 돼."

나는 이야기에 정신이 팔린 나머지 나도 모르게 그런 행동을 하고 있었다.

"이런! 지적해줘서 고마워!"

"천만에!"

허버트는 개의치 않고 하던 이야기를 계속했다.

"그렇게 해서 엄청난 재산가가 된 미스 해비셤이 최고의 신붓감으로 주목받았으리라는 것은 쉽게 상상이 가지? 이복동생도 새로운 삶을 시작하는 듯했지만, 전부터 빚을 진 데다 다시 방탕한 짓을 하고 다녀서 얼마 지나지 않아 알거지가 돼버렸어. 배다른 남매간에 예전 부자간보다 더 큰 불화가 생겼지. 남동생은 아버지가 자기를 미워한 게 다 이복 누나 때문이라고 생각했어. 그런 이유로 미스 해비셤에게 원한을 품었나 봐. 이제 잔혹한 이야기를 시작할 건데, 그 전에 할 말이 있어. 헨델, 식사용 냅킨은 거기 집어넣는 물건이 아니야."

허버트의 말대로 나는 냅킨을 컵 속에 집어넣고 있었다. 내가 왜 그런 행동을 했는지 도무지 알 수 없었다. 다만 그때 나의 뇌리에 떠오르는 건 이보다 훨씬 더 중요한 일에 필요한 인내심을 그 좁은 공간에 냅킨을 욱여넣는 데 쓰고 있었다는 사실이었다. 허버트는 고마움을 表하는 나에게 싱긋 웃어 보이고는 이야기를 계속했다.

"그때 한 남자가 나타나 미스 해비셤에게 구애했지. 그는 경마장이나 무도회, 사람들이 모이는 곳이라면 어디든 미스 해비셤 앞에 나타났어. 나는 그 사람을 본 적이 없어. 이건 너와 내가 태어나기도 전 이야기야. 무려 25년 전이지. 아버지한테 듣기로는 멋내기를 좋아하는 남자였대. 무지하거나 편견에 사로잡히지 않는 한 그런 자를 신사라고 할 수는 없다고 아버지는 말씀하셨지. 모름지기 항상 마음에서 우러나지 않으면 진정한 신사의 행동을 할 수 없다는 게 아버지의 지론이야. 왁스 칠을 할수록 나뭇결이 더욱 드러난다는 거야.

하여튼 그는 미스 해비셤을 집요하게 쫓아다니며 열렬하게 애정공세를 펼쳤지. 그때까지 미스 해비셤은 이성에게 끌린 적이 단 한번도 없었나 봐. 하필 그 몹쓸 놈을 만나고 내부에 잠재돼 있던 뜨거운 열정이 폭발한 거지. 결국 그 남자를 사랑하게 되었어. 그것도 숭배하듯이 완전히 푹 빠진 거야. 이때부터 그 남자는 철저하게 그녀를 이용해 거액의 돈을 갈취했고, 미스 해비셤은 아버지가 이복동생에게 남긴 변변찮은 양조장을 엄청나게 비싼 값에 사들였지. 결혼하면 그 남자에게 양조장 경영권을 넘겨주려고 말이야. 지금의 네 후견인은 그 당시 미스 해비셤의 변호사가 아니었어. 게다가 오만한 성격에 사랑이라는 덫에 걸려든 그녀는 남의 말 따위 들으려고 하지도 않았지. 가난한 친척들은 올바른 충고를 해주기는커녕 하나같이 그녀를 이용할 궁리만 했다더라. 우리 아버지만은 예외였지. 비록 가난하기는 했어도 그녀의 부를 시기하지도, 눈치를 보지도 않았어. 친척들가운데 유일하게 아첨할 줄 모르고 올곧은 성품을 지닌 아버지가 보다 못해 그녀에게 경고했지. 그자에게 지나치게 많은 것을 베풀고 있으며, 무조건 그자가 하자는 대로 하고 있다고 말이야. 이에 격분한 그녀는 그 남자가 보는 앞에서 당장 자기 집에서 나가라고 소리쳤고, 그 뒤로 아버지는 두 번 다시 그녀를 찾지 않았지."

허버트의 긴 이야기를 들으니 문득 자신이 죽어 결혼 축하연 식탁에 누워 있으면 포킷 씨도 와서 볼 것이라고 했던 미스 해비셤의 말이 떠올랐다.

"그녀에 대한 아버지의 분노가 그렇게까지 심했어?"

나는 조심스럽게 물었다. 허버트는 천천히 고개를 저었다.

"그런 게 아니야. 미스 해비셤은 자기 남편감 앞에서 비난을 퍼부으며 아버지를 욕보였어. 그 남자만 없으면 아버지가 자신에게 아부해서 욕심을 채울 수 있는데 그럴 수 없게 되었으니 약이 올라서 그러는 게 아니냐고 마구 몰아붙였거든. 그러니 지금 아버지가 그녀를 찾는다면 그 비난이 사실이 되는 거야. 어쨌거나 이제 이야기를 끝맺어야겠어. 결혼식 날짜가 정해지고 모든 일이 착착 진행되는 듯싶었지. 최고급 웨딩드레스가 저택으로 배달되었고, 신혼여행 준비까지 마친 상태였어. 결혼식 하객들도 모두 초대되었고. 드디어 그날이 되었지. 그런데 결혼식 당일 신랑이 나타나지 않은 거야. 편지 한 장만 달랑 남겨놓은 채……."

여기서 내가 끼어들었다.

"그녀가 웨딩드레스를 막 입었을 때 그 편지를 받은 거야? 9시 20분 직전에?"

"맞아. 미스 해비셤은 이때부터 모든 시계를 그 시각에 멈춰놓았어. 무자비하게 결혼을 파탄 냈다는 것 말고는 그 편지에 무슨 내용이 쓰여 있었는지 나도 몰라. 이후 그녀는 사경을 헤맬 정도로 심하게 앓았어. 병이 회복된 후에는 너도 알다시피 저택을 폐허처럼 방치하고 두 번 다시 햇빛을 보려고 하지 않았지."

"그게 다야?"

나는 잠시 생각해본 뒤 물었다.

"내가 아는 건 이게 전부야. 사실 이것도 내가 여러 이야기를 짜맞춰 보고 알아낸 거야. 아버지는 그때 일을 입에 올리는 것조차 꺼리셨거든. 미스 해비셤이 나를 저택으로 불렀을 때도 반드시 내가 알아야 할 사항만 몇 가지 일러주고 다른 말씀은 하지 않으셨으니까. 아, 깜빡하고 얘기 안 한 게 하나 있다. 미스 해비셤의 인생을 망가뜨린 그 남자는 처음부터 그녀의 이복동생과 한패였다는 소문이 있어. 둘이 짜고 사기극을 벌인 후 이익을 나눠 가졌다는 거지."

"그 사람은 왜 그녀와 결혼해서 전 재산을 차지하지 않은 걸까?"

"이미 결혼한 상태였는지도 모르지. 미스 해비셤에게 잔인한 굴욕감을 맛보게 하려는 이복동생의 복수극이었는지도 모르고. 확실한건 모르지만."

"두 남자는 어떻게 됐는데?"

나는 잠시 이야기를 곱씹어보고 허버트에게 물었다.

"점점 더 깊은 수치와 타락의 구렁텅이에 빠져 파멸했겠지. 더 깊은 구렁텅이가 있다면 말이야."

"지금도 살아 있을까?"

"모르지."

"아까 에스텔러가 미스 해비셤의 친척이 아니라 양녀라고 했잖아. 그럼 언제 양녀가 된 거야?"

허버트는 어깨를 으쓱했다.

"내가 미스 해비셤의 존재를 알았을 때 이미 에스텔러와 함께 있었어. 그 이상은 몰라. 이제 우리는 모든 이야기를 공유하는 사이가 됐어. 미스 해비셤에 대해 내가 아는 건 모두 너도 알고 있어."

이야기를 끝내겠다는 투로 허버트가 말했다.

"내가 알고 있는 사실은 너도 전부 알고 있고."

나는 그의 말을 따라 했다.

"전적으로 동감이야. 이로써 우리 사이에는 어떤 경쟁심이나 껄끄러움도 있어서는 안 돼. 따라서 너의 상속 조건에 따르는 금기 사항, 그러니까 누구 덕에 그리 되었는지는 알려고도 하지 말고 화젯거리로 삼아서도 안 된다는 조건을 나와 내 주변 사람들이 침해할 일은 결코 없을 거야. 약속할게."

실제로 그는 대단히 신중하고 세심하게 그 이야기를 했다. 그러므로 나는 앞으로 몇 년 동안이나 그의 아버지에게 가르침을 받아야 하지만, 이 건에 대해서는 마음을 푹 놓아도 좋을 것 같았다. 또한 의미심장한 표정에서 그 역시 나처럼 미스 해비셤이 나의 은인임을 굳게 믿고 있다는 인상을 받았다.

나는 그가 친구로서 이 문제를 말끔하게 정리하기 위해 처음부터 이야기를 여기까지 끌고 왔으리라고는 생각지 못했다. 그런데 그 문제를 끄집어내자 우리 사이가 훨씬 편안하게 느껴졌다. 그때 비로소 나는 그 사실을 알아차렸다. 명랑하고 쾌활한 분위기 속에서 우리는 이런저런 대화를 나눴다. 나는 그가 어떤 일을 하는지 물어보았다. "자본가야. 구체적으로 말하자면 선박 보험업자."라고 그가 대답했다. 나는 거실을 둘러보며 선박이나 주식, 기타 그의 직업과 관련된 물건이 있는지 찾아보려고 했다. 그것을 알아차렸는지 그가 설명을 덧붙였다.

"런던 중심가에서 말이야."

나는 선박 보험업자가 굉장한 재산가이며 중요한 지위를 차지한다고 생각했다. 어린 시절 장래의 보험업자를 한 방에 때려눕혀 눈이 시퍼렇게 멍 들게 하고, 책임이 막중한 머리를 깨뜨렸던 일이 떠올라 마음이 무거웠다. 하지만 한편으로는 또다시 허버트 포킷은 크게 성공하거나 부자가 되지 못할 것만 같다는 기묘한 예감이 떠올라 긴장이 풀렸다.

"나는 단순히 선박 보험업에 투자하는 것에 만족하고 싶지 않아. 생명보험 주식을 사들여 이사가 될 계획이야. 광산업에도 관심 있어. 몇천 톤짜리 선박을 임차해서 사업을 해볼 생각도 있어. 무역을 할 생각이거든. 동인도로 가서 비단이나 숄, 그리고 향신료, 염료, 약재, 고급 목재 따위를 들여오는 거지. 꽤 짭짤한 사업이 될 거야."

그가 의자에 등을 기대며 말했다.

"이윤이 엄청나겠구나!"

"엄청나지!"

나는 다시 경외감이 들었다. 그가 나보다 훨씬 어마어마한 유산을 가질 수 있다는 생각이 들었기 때문이다.

"그리고 서인도제도에서 설탕, 담배, 럼주를 수입할 거야. 실론에 가서 상아 거래도 해야지."

허버트가 양손 엄지손가락을 조끼 주머니에 찔러 넣고 말했다.

"그럼 엄청나게 많은 선박이 필요하겠네."

"선단 하나는 꾸려야겠지."

상상을 초월하는 사업 규모에 압도된 나는 현재 그와 보험 계약을 맺은 선박들이 대부분 어디로 나가는지 물어보았다.

"아, 아직 보험을 시작하지는 않았어. 지금은 여기저기 돌아다니면서 기회를 엿보는 중이야."

그러고 보니 이야기가 돌아가는 상황이 바너드 여관과 딱 어울리는 것 같았다. 나는 알겠다는 투로 내뱉었다.

"아! 그래."

"음, 지금은 회계 사무소에 다니면서 기회를 엿보는 중이야."

"회계 사무소는 어때? 돈은 잘 버니?"

"거기서 일하는 젊은 친구 말이야?"

그가 되물었다.

"그래, 너 말이야."

"나는 아니야. 아직 직접적인 수익은 없어. 음, 그러니까 회계 사무소에서 나한테 보수를 지급하지는 않아. 지금은 나 스스로, 나 스스로 해나가야 해."

그는 세심하게 수지를 맞춰보는 듯한 태도로 말했다.

확실히 수익성 있는 일은 아닌 듯했다. 나는 그런 수익원을 가지고 막대한 자본을 축적하기 힘들다는 판단이 들어 고개를 저었다.

"하지만 중요한 건 내가 여기저기 돌아다니면서 알아보고 있다는 거야. 그게 제일 중요하지. 내가 회계 사무소에 나가고, 그러니까 거기서 여기저기 알아보고 다닐 수 있다는 거 말이야."

허버트 포킷이 말했다.

그렇다면 회계 사무소를 벗어나면 알아보고 다닐 수 없다는 말인지 의문이 들었지만, 나는 그의 판단을 존중하는 뜻에서 아무 말도 하지 않았다.

"그러다 때가 오는 거야. 좋은 기회가 열리는 때 말이야. 그럼 재빨리 그 기회를 움켜쥐고 자본을 축적하는 거지. 자본이란 한번 축적되기 시작하면 저절로 돈이 불려지는 거라고."

예전 미스 해비셤의 정원에서 그가 보여준 것도 이와 같은 태도였다. 그가 자신의 가난을 극복하는 방식 또한 나와의 싸움에서 패한 후 그가 보여준 태도와 정확히 일치했다. 그는 내 주먹을 맞고 나가떨어졌을 때 보여준 방식대로 현재 자신이 처한 고난과 시련에 대처하고 있었다. 그는 최소한의 생필품 말고는 아무것도 가진 게 없었다. 보이는 것은 모두 다 나를 위해 커피 하우스에서 빌리거나 다른 곳에서 가져온 물건이었다.

머릿속에서 이미 상당한 재산가가 되어 있으면서도 허버트는 겸손했다. 나는 그가 거드름을 피우지 않는 것에 감사했다. 그는 타고난 성품에 겸손함까지 지녀 더욱 호감이 가는 인물이었다. 그래서 우리는 더욱 가까운 사이가 되었다. 그날 저녁에는 잠시 산책하러 나갔다가 입장 시간이 지난 연극을 반값에 관람했다. 이튿날은 일요일이었다. 우리는 웨스트민스터 사원에 예배를 드리러 갔다. 예배가 끝난 오후에 공원을 돌아다니다 불현듯 호기심이 일었다. 저 많은 말굽들은 누가 만들었을까? 나는 마음속으로 조가 그 일을 맡았다면 좋았을 거라고 생각했다.

조와 비디 곁을 떠난 지 몇 달은 지난 것 같았다. 나와 그들 사이에 놓인 공간만큼이나 시간에 대한 관념도 아득했다. 고향의 습지대에서도 까마득히 멀리 떨어진 기분이었다. 낡은 양복을 입고 마을 교회에 갔던 때가 바로 지난 일요일이었다는 사실은 지리적으로나 사회적으로나 완전히 불가능한 일인 듯했다. 저녁 무렵 휘황한 불빛과 사람들로 넘쳐나는 런던 거리를 걸을 때 우리 집 초라한 부엌을 아주 멀리 내버렸다는 자책감이 들어 마음이 우울했다. 모두 잠든 한밤중에는 멍청한 사기꾼처럼 보이는 수위가 불침번을 선다는 명목으로 바너드 여관 주위를 서성대는 발소리에 공허한 기분이 들었다.

월요일 아침 8시 45분, 허버트가 내 방에 찾아와 회계 사무소에 나가보겠다고 말했다. 기회를 살피러 나가는 것 같았다. 나도 그를 따라나섰다. 그는 회계 사무소에 갔다가 한두 시간 뒤에 나를 해머스미스에 데리고 갈 예정이었다. 그가 볼일을 마치고 나올 때까지 나는 근처에서 기다리기로 했다. 젊은 보험업자들은 마치 껍질을 깨고 바깥으로 나오기 위해 온통 먼지와 열기 속에서 부화되고 있는 타조 알 같았다. 그 태동 단계에 있는 미래의 거대 사업가들이 건물 안으로 들어가는 모습을 보면서 문득 그런 생각이 들었다. 허버트가 도와주고 있는 회계 사무소는 여기저기 때 묻은 우중충한 건물 3층에 자리 잡고 있었다. 여기서 보이는 것이라고는 다른 건물 뒤편뿐이었다.

나는 정오 무렵까지 그를 기다리면서 런던 거래소를 구경하러 갔다. 선박 보험 광고 게시판 밑에 덥수룩한 사람들이 앉아 있었다. 모두 훌륭한 대상(大商)들일 거라고 생각했는데 하나같이 기죽어 있는 모습에 조금 의아했다.

허버트가 밖으로 나오자 우리는 유명한 식당에서 함께 점심을 먹었다. 그때는 굉장히 좋아 보였지만 지금 생각해보면 그곳은 유럽에서도 제일 형편없는 식당이었다. 그때도 스테이크보다는 식탁보와 칼, 웨이터의 옷에 더 많은 고기 국물이 묻어 있었다. 나는 굳이 이 어설픈 점심 식사를 비교적 저렴한 가격에 해치웠다고 말하고 싶다. 그

많은 기름기는 공짜였으니까 말이다. 식사를 마치고 우리는 다시 여관으로 돌아가 내 작은 여행 가방을 들고 나왔다. 그런 다음 마차를 빌려 타고 해머스미스로 향했다. 우리가 마차에서 내린 건 오후 두세 시경이었다. 포킷 씨 집까지는 몇 걸음만 걸으면 되었다.

정문의 빗장이 열리고 우리는 곧장 강이 내려다보이는 작은 정원으로 들어갔다. 거기에는 허버트의 어린 동생들이 뛰어놀고 있었다. 이해관계나 선입견을 배제하고 말한다면, 포킷 씨 아이들은 양육된다기보다 그냥 풀어놓고 있다는 느낌이 강했다.

포킷 부인은 정원 나무 아래 의자에 앉아 책을 읽고 있었다. 두 다리는 다른 의자에 올려놓고서. 아이들이 노는 모습을 지켜보고 있는 건 보모 둘이었다.

"어머니, 이 친구가 핍이에요."

허버트가 나를 소개했다. 포킷 부인은 나를 향해 온화하고 기품 있는 미소를 지어 보였다.

"앨릭 도련님! 제인 아가씨! 덤불 속에서 그렇게 뛰다가 강으로 미끄러지기라도 하면 아버지가 뭐라고 하시겠어요!"

보모 중 하나가 아이들에게 소리치더니, 바닥에 떨어진 손수건을 주워 들고 포킷 부인에게 말했다.

"벌써 여섯 번째 떨어뜨린 거예요, 마님!"

포킷 부인이 소리 내어 웃으며 말했다.

"고마워, 플롭슨."

부인은 의자에 올렸던 발을 내리고 다시 책을 읽었다. 표정이 어찌나 진지한지 일주일 동안 줄곧 책만 읽어온 사람 같았다. 그러나 대여섯 줄도 채 못 읽고 나에게 말을 걸었다.

"어머님은 안녕하시지?"

이 예기치 않은 질문에 당황한 나는 말도 안 되는 대답을 하고 말았다. 그런 분이 있다면 분명 안녕하실 것이고, 신경 써주셔서 매우 감사하게 생각하며 마땅히 안부를 되물었을 것이라고 말이다. 그때 보모가 다가오는 바람에 가까스로 난처한 상황을 모면할 수 있었다.

"어머나! 일곱 번째예요! 오늘따라 왜 그러세요, 마님?"

보모가 큰 소리로 외치며 손수건을 주워 들었다.

포킷 부인은 손수건을 건네받으면서 처음 본다는 듯 몹시 놀란 표정을 지었다. 그러다 곧 자기 거라는 사실을 알아차리고 웃으며 말했다.

"고마워, 플롭슨."

그녀는 내 존재마저 잊어버리고 다시 책을 읽었다.

이때쯤 나는 뛰어놀고 있는 아이들을 세어볼 여유가 생겼다. 다양한 연령대에 있는 포킷 가(家) 아이들이 최소한 6명은 되는 것 같았다. 내가 여섯을 다 헤아리기도 전에 일곱 번째 아이가 애처롭게 울어대는 소리가 들렸다.

"아기 소리야!"

플롭슨이 깜짝 놀란 목소리로 다른 보모에게 말했다.

"서둘러, 밀러스!"

밀러스는 또 다른 보모의 이름이었다. 그녀가 집 안으로 들어가자, 차차 아기 울음소리가 잦아들더니, 어린 복화술사의 입에 뭔가를 물렸을 때처럼 소리가 완전히 그쳤다. 그동안 포킷 부인은 계속 책만 읽었다. 나는 대체 무슨 책인지 궁금했다.

우리는 포킷 씨가 밖으로 나오기를 기다렸다. 그동안 나는 포킷 가에서 벌어지는 놀라운 사건 하나를 구경했다. 어떤 아이든 정신없이 놀다가 포킷 부인 가까이로 오면 어김없이 발을 헛디뎌 매번 그녀 쪽으로 엎어지는 것이었다. 그럴 때마다 그녀는 아주 잠깐 놀랄 뿐이었고, 아이들은 오랫동안 서럽게 울어댔다. 나는 이 놀라운 상황을 어떻게 받아들여야 할지 몰랐다. 잠시 후 밀러스가 아기를 안고 나와 플롭슨에게 넘겼다. 그녀가 다시 부인에게 아기를 안기려던 찰나 아기와 함께 곤두박질치려는 것을 허버트와 내가 가까스로 붙잡았다.

"맙소사, 플롭슨!"

부인이 잠시 책에서 얼굴을 들었다.

"어째서 다들 넘어지는 거지?"

"마님, 제가 여쭤보고 싶은 말이에요! 대체 여기에 뭘 두고 있는 거예요?"

플롭슨이 벌게진 얼굴로 대꾸했다.

"두다니, 뭘?"

부인이 되물었다.

"아니, 그건 마님 발 올려놓는 의자잖아요! 그걸 치마 밑에 감춰두면 누구라도 걸려 넘어지죠! 자, 아기부터 받으시고 책은 이리 주세요."

플롭슨이 외쳤다.

포킷 부인은 고분고분 보모의 말에 따랐다. 그리고 다른 아이들이 노는 동안 무릎 위에 아기를 올려놓고 어설프게 얼러댔다. 그러나 오래가지 않았다. 부인은 즉시 보모들에게 모두 데려가 낮잠을 재우라고 명령을 내렸던 것이다. 나는 이 첫 번째 방문에서 포킷 가의 두 가지 양육법을 모두 발견했다. 첫째는 이미 언급했던 풀어놓기였고, 두 번째는 재우기였다.

하녀들이 아이들을 양떼처럼 몰고 집으로 들어감과 동시에 포킷 씨가 바깥으로 나왔다. 방금 전까지 목격한 사실로 인해, 나는 그의 당혹스러운 표정이며 허연 머리카락이 마구 흐트러진 모습을 보고도 별로 놀라지 않았다. 그의 모습으로 보건대 아직까지 이 모든 상황을 정리할 방도를 전혀 찾지 못하고 있는 듯 보였다.

23

포킷 씨는 나를 만나 기쁘다고 하면서 내가 자기에 대해 실망하지 않기를 바란다고 말했다. 그리고 자기 아들과 똑같은 미소를 지으며 덧붙였다.

"왜냐하면 나는 자네가 놀랄 만큼 사회적 지위가 높은 사람이 아니라네."

겸연쩍은 표정을 짓고 머리는 희끗희끗해도 그는 젊어 보였다. 그리고 말투와 태도가 굉장히 자연스러웠다. 그만큼 꾸밈없다는 뜻이었다. 산만한 모습은 조금 우스꽝스러웠다. 자기가 그렇다는 것을 전혀 의식하지 못하니 우스워 보이는 것이었다.

포킷 씨는 나하고 잠시 이야기를 나누고 나서 잘생긴 눈썹을 약간 찌푸리며 부인에게 말했다.

"벌린다, 핍 군에게 환영 인사는 건넸겠지?"

포킷 부인이 책에서 눈을 떼고 말했다.

"그럼요."

그러더니 부인은 영혼 없는 미소를 지어 보이며 오렌지 꽃 탄산수를 좋아하느냐고 물었다. 이것은 앞서의 대화나 이후의 화제하고도 완전히 동떨어진 것이었다. 그래서 나는 그저 부인이 예의상 물어보는 것일 뿐이라고 여겼다.

몇 시간 지나지 않아 나는 포킷 부인이 우연히 작위를 받은 훈작의 외동딸이라는 사실을 알게 되었다. 그녀의 할아버지가 어느 건물의 초석을 쌓을 때 문법마저 무시한 엄청난 필력으로 양피지에 연설문을 적은 공로로 기사 작위를 받았다는 것이다. 혹은 어떤 왕족에게 자신의 모종삽인지 회반죽인지를 건넨 대가로 작위를 받았다는 설도 있다. 그런 그가 세상을 떠나자 고인의 아들인 포킷 부인의 아버지는 어느 막강한 영향력을 가진 인물의 반대만 아니었으면 자신의 아버지가 머지않아 준남작의 작위를 받았을 거라고 믿었다. 반대한 사람이 국왕인지, 수상인지, 대법관인지, 캔터베리 대주교인지는 모르겠다. 어쩌면 철저하게 날조된, 가설 같은 이야기를 토대로 확신을 굳힌 그는 스스로 귀족 명부에 자신의 이름을 등록했다. 그래서 그는 딸이 아직 요람에 싸여 있을 때부터 반드시 작위를 가진 사람과 결혼시키리라 마음먹었다. 그녀는 천한 가사일 따위는 일절 하지 않고, 철저히 보호받는 여성으로 키워졌다.

아버지가 설계한 청사진에 맞춰 딸은 아주 훌륭한 장식품으로 성장했지만, 현실적으로는 무력하고 쓸모없는 존재에 지나지 않았다. 어떻든 현명한 아버지의 감시와 통제 속에서 그녀는 행복한 숙녀로 자라 포킷 씨와 사랑에 빠졌다. 두 사람은 청춘의 꽃봉오리가 막 피어나던 시기에 만났다. 당시 포킷 씨는 장차 대법관이 될지 대주교가 될지 스스로 결정하기 힘들 만큼 전도유망한 청년이었다. 둘 중 어느 쪽이 될지는 몰라도 성공은 시간문제였다(시간의 길이를 가지고 판단해야 한다면, 당장 잘라내도 될 만큼 충분히 길었던 것이다). 그녀는 그 명철한 아버지 모르게 결혼해버렸다. 결혼 지참금으로 줄 재산

이라고는 한 푼도 없고 단지 행운을 빌어주는 것 외에는 할 수 있는
게 아무것도 없었던 아버지는 이 와중에도 사리분별을 잃지 않았다.
현실을 부정하는 짧은 몸부림 끝에 축복의 말을 듬뿍 들려주기로 한
것이다. 그는 포킷 씨에게 그녀가 실은 '왕자를 위한 보물'이라는 자
신만의 비밀을 일러주었다. 이후 포킷 씨는 이 '왕자를 위한 보물'을
다양한 세상사에 투자했지만, 그건 단지 하찮은 이자만을 그에게 안
겨주었을 뿐이었다. 그런데도 포킷 부인은 사람들의 존경 어린 연민
의 대상이 되었다. 귀족 작위를 가진 남자와 결혼하지 못했기 때문이
다. 반면 포킷 씨는 관용 어린 비난의 대상이 되는 묘한 처지에 놓였
다. 결코 작위를 갖지 못했기 때문이다.

　포킷 씨 집에서 앞으로 내가 사용하게 될 방은 아주 편안하고 쾌
적했다. 우선 가구가 모두 갖춰져 있어 개인 거실로도 손색없을 만큼
잘 꾸며져 있다. 내 방과 비슷한 크기의 방 2개에는 드러믈과 스타톱
이라는 이름의 하숙생들이 기거하고 있었다. 드러믈은 육중한 몸집
에 얼굴이 나이보다 늙어 보이는 청년이었는데, 휘파람을 획획 불어
대고 있었다. 스타톱은 드러믈보다 어려 보였는데 실제로도 나이가
적었다. 그는 너무 많은 지식을 한꺼번에 주입해 머리가 폭발 직전이
라는 듯이, 두 손으로 머리를 감싸 쥐고 책을 읽었다.

　포킷 씨 부부는 둘 다 누군가에게 쥐어 살고 있다는 분위기를 강
하게 풍겼다. 그렇다면 대체 누가 이 집의 실권자인지 궁금했다. 나
는 곧 그 숨은 권력자가 하인들이라는 것을 깨달았다. 불편을 최소화
한다는 측면에서 보자면 하인을 많이 두는 것이 삶을 원만하게 유지
하는 하나의 방편이 될 수 있다. 다만 그것은 상당히 많은 비용이 든
다. 이 집 하인들은 좋은 것을 먹고 마시는 것이 자신들의 권리이며,

친구들을 불러들이는 것은 자신들의 의무라고 생각하는 듯했다. 그들은 포킷 씨 부부에게 매번 푸짐한 식탁을 제공하고 있지만, 단언건대 이 집에서 최고로 훌륭한 식사를 할 수 있는 곳은 부엌이었다. 단, 자기 방어는 알아서 해야 한다는 전제하에서 말이다. 이 집에서 지낸 지 일주일도 채 되지 않았을 때였다. 포킷 씨 가족들과 친분이 없는 이웃 부인이 편지를 보내왔다. 하녀 밀러스가 소리가 나도록 손바닥으로 아기를 때리는 장면을 목격했다는 내용이었다. 포킷 부인은 편지를 받자마자 폭풍 같은 눈물을 흘리며, 이웃 사람들이 어떻게 감히 자기 일도 아닌 일에 참견하면서 이런 어처구니없는 편지를 보낼 수 있냐고 탄식을 늘어놓았다.

주로 허버트에게 듣고 차츰 알게 된 다음과 같은 사실에 나는 서글픔을 느꼈다. 포킷 씨는 영국 최고의 사립 해로 고등학교 출신으로 케임브리지대학교에 진학해 꽤 우수한 성적을 거두었다고 한다. 하지만 너무 이른 나이에 결혼하는 바람에 부잣집 가정교사라는 직업에 안주함으로써 스스로 출세의 싹을 잘라버렸다. 둔재들의 아버지들은 좋은 자리를 마련해줄 것처럼 굴다가 막상 그 아들이 포킷 씨를 떠나고 나면 어김없이 감감무소식이었다. 결국 그는 둔재들을 가르치고도 아무 보람 없는 현실에 넌더리가 나서 런던으로 옮겨 왔다. 안타깝게도 런던 역시 그에게는 희망의 돌파구가 되지 못했다. 고결한 이상이 하나씩 무너지자 그는 출세의 기회가 없었거나 그 기회를 놓친 이들을 가르치는 가정교사가 되었다. 때로는 특별한 목적을 위해 기회를 엿보는 몇몇 사람들의 실력을 끌어올리기도 했다. 또한 자신의 학식을 바탕으로 원고를 쓰거나 교정 작업을 해서 돈을 벌기도 했다. 그 결과 지금의 이 큰 저택을 그럭저럭 유지할 수 있었다.

포킷 씨 부부에게는 아첨 잘하는 이웃이 하나 있었다. 그녀는 누가 무슨 말을 하건 맞장구를 쳐주고, 누구에게나 입에 발린 소리를 내뱉고, 상황에 따라서는 상대가 누구든 헤픈 웃음과 눈물을 아끼지 않는 과부였다. 그 부인의 이름은 코일러였다. 나는 이 집에 온 첫날 그녀를 아래층 식당으로 안내하는 영광을 얻었다. 계단을 내려가는 도중에 그녀는 포킷 씨가 신사들의 공부나 가르쳐야 할 경제적 형편이 부인에게는 어마어마한 타격이라고 말했다. 단, 여기에 나는 예외라는 말도 덧붙였다. 이 말을 듣게 된 건 내가 그녀를 만난 지 5분도 지나지 않았을 때였다.

"포킷 부인은 일찌감치 큰 실망을 경험했어요. 물론 그게 포킷 씨 잘못은 아니지만요. 그 후로 부인께서 저렇게 호화롭게 치장하고 남들한테 우아하게 보이려고 애쓰는 거랍니다."

"네, 부인."

나는 말을 끊으려고 한마디 끼어들었다. 그녀가 금방이라도 울음을 터뜨릴 것 같은 표정을 지었기 때문이다.

"게다가 부인은 워낙 귀족적인 성향이라……."

"아, 그렇군요."

나는 좀 전과 같은 목적으로 대꾸했다.

"그게 바로 포킷 부인을 힘들게 하는 부분이죠. 남편이 신사들의 공부 뒷바라지 대신 자기에게 더 많은 시간과 애정을 쏟아야 하는데 말이에요."

나는 차라리 푸줏간 주인 남자의 시간과 관심이 포킷 부인에게서 다른 곳으로 돌려지는 게 그녀로서는 더 힘든 일일 거라고 생각했으나 입을 다물었다.

그날 저녁 내가 나이프, 포크, 숟가락, 유리잔과 같이 사용자를 자해할 만한 도구에 정신을 빼앗기는 동안, 포킷 부인은 드러믈과 이야기에 빠져 있었다. 둘 사이에 오가는 대화를 듣고 드러믈의 세례명은 벤틀리이고, 준남작 작위를 이어받을 두 번째 계승자라는 것을 알게 되었다. 정원에서 포킷 부인이 읽었던 것은 귀족의 작위에 관한 책이었다. 그녀가 할아버지의 이름이 그 책에 올랐다면 정확한 날짜가 언제일지 알아냈다는 얘기도 들었다.

드러믈은 말수가 적은 편이었고, 얼굴은 부루퉁한 인상이었다. 가끔 스스로 특권층임을 의식하는 듯한 투로 말했다. 그는 포킷 부인을 자신과 같은 부류로 인정하는 듯했다. 이 대화에 흥미를 보이는 것은 당사자들과 아첨꾼 코일러 부인밖에 없었다. 허버트는 두 사람의 이야기가 몹시 거슬리는 모양이었다. 하지만 대화는 계속될 것만 같았다.

그때 심부름하는 아이가 들어와 큰일 났다고 수선을 피웠다. 요리사가 소고기를 제자리에 두지 않아 도무지 찾을 수 없다는 것이었다. 포킷 씨의 기이한 행동을 본 건 이때 처음이었다. 그는 매우 이상한 방법으로 자신의 분노를 억누르고 있었지만, 나를 제외한 다른 사람들에게는 별로 놀라운 광경이 아닌 듯했다. 나도 곧 이 상황에 익숙해졌다. 막 식탁 위에 있던 소고기 덩어리를 열심히 자르던 포킷 씨는 일순 나이프와 포크를 조용히 내려놓았다. 곧이어 두 손을 산발이 다 된 머리카락 사이로 찔러 넣더니, 자신의 몸 전체를 천장 높이 들어 올릴 듯이 비상한 노력을 기울였다. 그러고 나서 조용히 중단했던 작업을 이어나갔다.

코일러 부인이 나에게 아첨을 늘어놓았다. 처음에는 나도 기분이 좋았다. 하지만 점점 심해지자 좋았던 기분도 날아가 버렸다. 특히 내가 떠나온 가족과 고향의 친구들 이야기를 꼬치꼬치 캐물을 때는 구불구불하게 둘로 갈라진 혀를 날름거리며 나를 옭아매려는 뱀처럼 징그러웠다. 스타톱은 그녀의 말에 어떤 반응도 보이지 않았다. 드러믈은 아예 들은 척도 하지 않았다. 나는 맞은편에 앉아 있는 그들이 너무나 부러웠다.

식사가 끝나자 아이들이 소개되었다. 코일러 부인은 아이들의 눈, 코, 입, 다리 등을 거론하며 아낌없는 찬사를 보냈다. 어린아이들의 환심을 사기 위해 이보다 영리한 수작은 없을 것이다. 이 집에는 여자아이 4명과 사내아이 2명, 얼핏 봐서는 성별이 구분되지 않는 갓난아이 하나가 있었다. 그리고 현재로서는 그 어느 쪽도 아닌 배 속의 막내가 있었다. 7명의 아이들은 플롭슨과 밀러스가 데리고 왔다. 하녀들이 아이들을 데리고 들어올 때 마치 하사관 둘이 꼬마 사병들을 징집해 온 것 같았다. 포킷 부인은 귀족이 되었어야 할 아이들을 물끄러미 쳐다보았다. 흡사 아는 얼굴이 맞긴 하지만 누가 누군지 도통 모르겠다는 표정이었다.

"마님! 포크를 제게 주시고 아기를 받으세요."

플롭슨이 말했다.

"아기를 그렇게 받지 마세요. 머리가 식탁 밑으로 들어가잖아요."

이 충고대로 포킷 부인은 아기를 다른 방향으로 받아 들어 머리가 식탁 위로 가게 했는데, 그 즉시 뭔가 세게 부딪치는 소리가 들렸다. 거실에 있던 모든 사람들이 들을 정도로 큰 충격음이었다. 우리는 곧 아기 머리가 식탁에 부딪혔다는 것을 알았다.

"저런! 안 되겠어요. 아기를 다시 주세요, 마님. 아, 그리고 제인 아가씨, 이리 와서 아기 좀 얼러줘요, 어서!"

내 옆에 있던 아이들 가운데 꼬마 소녀 하나가 앞으로 나갔다. 열 살이나 됐을까? 제인은 보살핌을 받아야 할 나이에 아이 돌보는 일을 떠안은 듯 아기 앞으로 다가갔다 멀어졌다 하면서 춤을 췄다. 아기는 제인이 춤추는 모습을 보고 까르르 웃었다. 다른 아이들도 웃었다. 포킷 씨도 웃었고, 그 자리에 있던 손님들도 웃었다. 우리 모두 즐거웠다. 물론 가여운 제인이 춤추는 동안에도 우리의 포킷 씨는 마구 흐트러진 머리카락을 잡아당겨 또 한 번 자신을 들어 올리려고 애썼지만 말이다.

플롭슨은 이음매가 있는 나무 인형을 다루듯 아기의 팔다리를 접어 포킷 부인의 무릎에 무사히 앉히고, 장난감 대신 호두까기를 아기 손에 쥐어주었다. 그러고는 부인에게 주의를 주는 것도 잊지 않았다.

"손잡이가 아기 눈에 닿으면 안 돼요, 마님."

제인에게도 아기를 잘 돌보라는 엄한 임무가 떨어졌다. 하녀 둘은 식당을 나갔다. 그리고 층계참에서 좀 전에 왔던 그 심부름하는 아이와 옥신각신 격한 실랑이를 벌였다. 심부름하는 아이는 그 나이에 행실이 방탕한지, 도박장에서 옷 단추를 절반이나 잃었다고 했다.

포킷 부인은 포도주와 설탕에 재워 얇게 썬 오렌지 한쪽을 우아하게 집어 들었다. 그녀가 드러믈과 준남작 작위에 대해 토론을 하느라 정신이 팔려 있는 동안 아기는 호두까기로 온갖 위태로운 장난을 치면서 혼자 놀고 있었다. 결국 어린 나이에도 위험을 감지한 제인이 나섰다. 조용히 아기 곁으로 다가간 제인은 가까스로 그 위험한 무기를 빼앗는 데 성공했다. 그때 마침 오렌지를 다 먹은 포킷 부인이 못마땅한 얼굴로 제인을 나무랐다.

"버릇없이 뭐 하는 거야? 어서 네 자리로 돌아가, 어서!"

"엄마, 아기가 눈을 파낼 뻔했잖아요."

제인이 혀 짧은 소리로 대꾸했다.

"그게 무슨 말버릇이니? 당장 자리로 가서 얌전히 앉아 있어!"

부인이 소리쳤다.

부인의 압도적인 위엄에 나는 내가 잘못을 저지르기라도 한 것처럼 당혹스러웠다.

"빌린다! 분별없이 왜 그런 말을 하는 거요? 제인은 아기를 보호하려고 그러는 것 아니오."

식탁 맞은편 끝에 앉아 있던 포킷 씨가 말했다.

"난 누구든 간섭하는 건 용납 못해요. 당신이 나한테 어쩜 이럴 수가 있죠? 지금 손님들 앞에서 저를 면박 주고 있잖아요."

"아이고! 그럼 어린애가 호두까기 때문에 무덤으로 들어갈 판인데 아무도 구해줘서는 안 된단 말이오?"

포킷 씨가 자포자기한 듯 비명을 내질렀다.

"난 단지 제인의 간섭을 받고 싶지 않았을 뿐이에요. 난 불쌍한 우리 할아버지의 신분을 생각하고 있다고요. 제인, 너란 애는 정말!"

부인은 아무 죄 없는 어린아이를 엄하게 쳐다보며 외쳤다.

포킷 씨는 다시 머리카락을 손으로 움켜쥐었다. 이번에는 정말로 자신의 몸이 의자에서 붕 떠오를 정도로 잡아당길 태세였다.

"그러니까 당신 할아버지 신분 때문에 갓난아이가 호두까기에 깨져서 죽어도 좋단 말이오?"

그는 하늘에 대고 호소하듯 외치더니 다시 자리에 앉아 입을 꾹 다물었다.

그동안 우리 모두 어색하게 식탁보를 내려다보았다. 침묵이 이어지는 가운데 천진난만한 아기는 제인에게 가려고 발버둥 치면서 까르륵거렸다. 내가 봤을 때 이 집에 사는 모든 사람들 가운데 히녀 둘을 제외하고 아기에게 익숙한 얼굴은 제인뿐인 듯했다.

"드러믈 씨, 종을 울려서 플롭슨을 불러주시겠어요? 제인, 이 버릇없는 것! 넌 방에 가서 잠이나 자. 아가, 넌 이리 오고!"

포킷 부인이 말했다.

아기는 지조 있는 성격을 타고난 게 분명했다. 엄마한테 안기는 것을 온 힘을 다해 거부하고 있는 것을 보면 말이다. 아기는 포킷 부인의 팔에서 몸이 완전히 젖혀 토실토실한 얼굴 대신 털실로 짠 양말과 움푹 들어간 발목만 보였다. 아기는 격하게 버둥거리면서 안겨 나갔지만 결국 자신의 주장을 관철한 듯했다. 몇 분 후, 나는 창문을 통해 제인이 아기를 어르는 모습을 보았다.

나머지 아이들 5명은 그대로 식탁에 남아 있었다. 아이들을 돌봐줘야 할 플롭슨은 개인적인 볼일이 있었다. 포킷 씨는 여전히 머리카락이 헝클어진 채 당혹스러운 표정으로 아이들을 쳐다보며 이해할 수 없다는 표정을 지었다. 어떻게 해서 저 많은 아이들이 이 집에서 먹고 자게 되었을까? 어째서 자연의 여신은 이 아이들을 다른 집에 적당히 분배하지 않았을까?

포킷 씨는 아이들을 향해 선교사처럼 질문을 던졌다.

"조, 어째서 옷 주름 장식에 구멍이 나 있지?"

"아빠, 플롭슨이 꿰매준댔어요."

"패니, 어쩌다 종기가 났지?"

"나중에 밀러스가 약을 발라준댔어요, 아빠."

포킷 씨의 태도는 차차 누그러져 부모다운 자상함으로 바뀌었다.

"이제 다들 나가 놀아라."

그는 아이들 모두에게 1실링씩 주어 내보냈다. 그런 다음 다시 머리카락을 움켜쥐고 몸을 들어 올리려는 아주 강력한 시도를 한 번 더 하고는 절망적인 상황을 떨쳐버렸다.

저녁에는 강에서 보트를 탔다. 드러믈과 스타톱은 개인용 보트를 가지고 있었다. 나도 보트를 하나 마련해서 모두를 앞지르고 싶었다. 시골 생활로 단련된 몸이라 대부분의 운동에 자신 있었다. 하지만 다른 강이라면 모를까, 적어도 템스 강에 어울리는 우아한 자세를 선보이기에는 턱없이 부족하다는 것쯤은 나도 알았다. 마침 새로 사귄 동료들에게 소개받아 선착장에 와 있던 조정 경기 우승자와 계약을 맺었다.

"당신은 대장장이 같은 팔을 갖고 있군요."

조정 경기 우승자가 나를 보자마자 찬사를 던졌다. 나는 몹시 당황했다. 자기의 칭찬으로 하마터면 새로운 학생을 잃을 뻔했다는 사실을 알았다면 절대 그 말을 하지 않았을지 모른다.

우리는 완전히 해가 저물고 나서야 포킷 씨의 집으로 돌아갔다. 식당에는 저녁 식사가 준비되고 있었다. 열심히 운동하고 돌아온 우리는 편안하게 식사를 즐기고 싶었다. 하지만 유감스럽게도 하필 이때 조금 언짢은 집안일이 생겼다.

그때 포킷 씨는 기분이 매우 좋은 상태였다.

"나리, 긴히 드릴 말씀이 있습니다. 이런 말씀을 드려도 좋을지……."

하녀가 급히 들어와 포킷 씨에게 말했다.

"감히 나리께 직접 말하겠다고? 어디서 그런 생각을! 플롭슨에게 얘기해. 아니면 나한테, 나중에 따로 얘기하란 말이야."

포킷 부인이 귀족적인 위엄을 갖추고 냉랭하게 쏘아붙였다.

"용서해주세요, 마님. 마님께는 정말 죄송하지만, 이건 쏙 나리께 지금 말씀드려야 합니다."

하녀가 말했다.

포킷 씨는 하녀와 함께 방을 나갔다. 그가 돌아올 때까지 우리는 즐겁게 담소를 나눴다.

"볼 만하군, 벌린다!"

잠시 후 절망과 비탄에 찬 얼굴로 돌아온 포킷 씨가 부인에게 말했다.

"요리사가 곤드레만드레 취해 부엌 바닥에 쓰러져 있소. 새로 만든 버터 꾸러미는 찬장에 감춰놓았다오. 그걸 다른 데로 팔아넘길 작정이었다는 거요!"

포킷 부인은 갑자기 상냥한 표정을 지었다.

"그건 바로 막돼먹은 소피아 짓이에요."

"그게 무슨 뜻이오, 벌린다?"

"소피아가 당신에게 말했잖아요! 나는 그 애가 좀 전에 이 방에 들어와서 당신한테 할 말이 있다고 지껄이는 것을 이 눈과 귀로 똑똑히 목격했다고요."

"소피아는 나를 아래층으로 데려가서 요리사와 버터 꾸러미를 보여줬을 뿐이오."

"매슈, 당신 설마 지금 감히 나를 무시한 소피아를 감싸는 거예요?"

포킷 씨는 절망적인 신음을 내뱉었다.

"훌륭하신 할아버지의 손녀딸인 내가 이 집에서는 아무것도 아니란 말인가요? 그 요리사는 항상 내게 경의를 표했어요. 더할 나위 없이 공손하고 다정한 여자란 말이에요. 처음 우리 집에 왔을 때도 꾸밈없는 얼굴로 나더러 공작 부인 같다고 했단 말이에요."

마침 포킷 씨가 서 있던 곳 옆에 소파가 놓여 있었다. 그는 죽어가는 검투사처럼 쓰러지듯 소파에 털썩 주저앉았다. 그리고 힘이라고는 없는 목소리로 중얼거렸다.

"잘 자게, 핍 군."

나는 얼른 자리를 떠나 침대로 가는 편이 좋겠다고 판단했다.

24

이삼일쯤 지나자 나는 새로운 방에 완전히 적응했다. 몇 차례 런던을 오가며 필요한 물건을 모두 주문했고, 포킷 씨하고도 많은 이야기를 나눴다. 그는 예정된 나의 장래에 관해 내가 알고 있는 것보다 더 잘 알고 있었다. 이미 재거스 씨를 통해 구체적인 설명을 들었기 때문이다. 그는 내가 직업을 얻기 위한 교육은 받을 필요 없고, 부유한 젊은이들과 친분을 가지려면 달라진 내 운명에 맞춘 신사 교육을 받아야 한다고 했다. 나는 달리 아는 것이 없었으므로 그의 말에 따랐다. 포킷 씨는 기초 지식을 습득할 런던의 모처 몇 군데를 추천해주었다.

"그리고 자네의 교육과 관련된 제반 사항들은 나를 믿고 따라주게. 내가 자네의 공부에 필요한 설명과 지도를 해주겠네. 내 도움만 잘 받으면 향후 낙심할 일은 없을 걸세. 다른 사람의 도움은 전혀 필요 없네."

그는 진솔한 화법과 훌륭한 태도로 나와 신뢰를 쌓아갔다. 교육자로서 약속을 이행하는 점에서는 존경스러울 만큼 대단한 열의를 보여주었다. 그래서 나도 매사 열정적이고 명예롭게 행동할 수 있었다. 그가 무성의하게 학습에 임했다면 나도 똑같이 반응했을 것이다. 그는 내가 변명할 빌미를 주지 않았다. 그러므로 우리는 서로에게 충직했다. 선생으로서 포킷 씨에게는 우스꽝스러운 구석이 전혀 없었다. 나는 단 한 번도 그를 가볍게 여긴 적이 없었고, 그가 진지하고 정직하며 선량한 사람이라는 확신에 단 한 번도 의심을 품은 적이 없었다.

이러한 분위기가 마련되고 내가 열정적으로 신사 교육을 수행할 무렵 한 가지 생각이 떠올랐다. 바너드 여관의 내 침실에서 생활하면 유쾌하고 다양한 삶을 즐길 수 있음을 깨달았다. 허버트와 함께 있으면 예의범절도 더 이상 나빠지지 않을 것이다. 포킷 씨도 내 생각에 반대하지 않았다. 그러면서 옮기는 문제는 후견인과 상의해야 한다고 말했다. 나는 그 세심함이 허버트의 생활비가 줄어드는 것을 염두에 둔 것이라고 여겼다. 나는 곧바로 리틀 브리튼에 가서 재거스 씨에게 내 의사를 전했다.

"저를 위해 임대했던 가구와 추가로 필요한 물품들을 구입하면 바너드 여관에서 편히 지낼 수 있을 거라고 생각합니다."

"그렇게 하게. 자네들 잘 어울릴 거라고 말하지 않았나. 그래, 얼마나 필요하지?"

재거스 씨는 더 들어볼 필요도 없다는 투로 말했다.

비용이 얼마나 들지는 나도 잘 모르겠다고 대답했다.

"어서! 얼마나 필요한가? 50파운드?"

"아, 그렇게 많이 필요하지는 않을 듯합니다."

"그럼 5파운드?"

액수가 확 줄어들어서 나는 당황했다.

"그것보다는 많아요."

"그것보다 많아야 된다, 이건가?"

재거스 씨는 호주머니에 손을 넣고 고개를 한쪽으로 기울인 자세로 눈은 내 뒤편 벽을 응시했다.

"그럼 얼마면 되겠나?"

"정확한 액수를 말하기가 어렵습니다."

나는 머뭇거리며 대답했다.

"자, 확실히 말해! 그럼 계산해보자고. 5파운드의 2배, 그럼 되겠나? 아니면 3배? 4배? 그러면 되겠나?"

나는 20파운드 정도면 충분하겠다고 말했다.

"좋아. 5파운드의 4배면 넉넉하겠다, 이거지?"

재거스 씨가 이맛살을 찌푸렸다.

"자네는 5의 4배가 얼마라고 생각하나?"

"얼마냐고요?"

"그래! 얼마지?"

"20파운드로 생각하실 것 같습니다만."

나는 미소 지으며 말했다.

"이보게. 내 생각 따위는 상관없어. 자네가 얼마라고 생각하는지 묻고 있잖아!"

그는 고개를 흔들어대며 말했다.

"물론 20파운드입니다."

"웨믹! 지금 청구서를 쓰고, 핍 군에게 20파운드 내줘!"

재거스 씨가 사무실 문을 열고 말했다.

그가 일을 처리하는 방식은 항상 내게 강렬한 인상을 남겼다. 물론

288

유쾌하다는 의미는 아니다. 재거스 씨는 거의 웃는 법이 없었다. 그 큰 머리를 숙이고 양 눈썹이 붙을 정도로 얼굴을 잔뜩 찌푸린 채 상대의 대답을 기다리며 쳐다볼 때면 번들거리는 커다란 구두에서 삐걱대는 소리가 났다. 그 소리가 마치 상대방을 의심하며 비웃는 소리처럼 들렸다.

마침 재거스 씨가 밖으로 나가자 나는 쾌활하고 얘기하기를 좋아하는 웨믹에게 말했다.

"재거스 씨 태도를 어떻게 받아들여야 할지 도무지 모르겠어요."

"그렇게 말하면 분명 그 말을 칭찬이라고 생각하실 겁니다. 바로 그게 의도하는 바이니까요. 물론 개인적으로 그러는 게 아니라 직업상 그러는 겁니다. 직업적으로요."

웨믹이 말했다.

웨믹은 점심 대신 딱딱하고 바싹 마른 비스킷을 그 우체통 구멍 같은 입속에 넣고 아작아작 썹어 먹었다.

"늘 그런 식이죠. 덫을 쳐놓고 가만히 지켜보는 겁니다. 그러다 갑자기 철컥! 그럼 잡히는 거죠."

사람 잡는 덫이 결코 좋은 게 아니라고 말하는 대신 나는 기술이 대단하지 않냐고 물었다.

"아주 깊이를 알 수 없는 분이죠. 오스트레일리아 대륙처럼 말이죠. 더 깊은 게 있다면, 바로 그런 존재라고 할 수 있죠."

웨믹이 펜으로 사무실 바닥을 가리켰다. 오스트레일리아가 지구 반대편에 있다는 뜻인 것 같았다.

나는 그가 훌륭한 직업을 가진 것 같다고 말했다. 그러자 웨믹은 최고라는 뜻으로 엄지손가락을 들어 보였다. 나는 사무실 직원이 몇 명이나 되느냐고 물었다.

"많지는 않습니다. 재거스 씨만 있으면 되니까요. 고객들은 모두 그분을 직접 만나고 싶어 하죠. 직원은 4명뿐이에요. 소개해드릴까요? 당신도 우리 식구나 마찬가지니까요."

나는 좋다고 했다. 웨믹은 비스킷을 모두 먹어치운 뒤 금고를 열고 현금 상자에서 돈을 꺼내 나에게 주었다. 금고 열쇠는 그의 허리 어딘가에 보관하고 있는 듯 외투 깃에서 마치 쇠줄로 닿은 머리처럼 나왔다. 그러고 나서 우리는 위층으로 올라갔다. 사무실은 어둡고 지저분했다. 계단은 재거스 씨 사무실 벽에 기름때 얼룩을 남겼던 의뢰인들이 수도 없이 오르내리며 문질러댄 모양이었다. 2층 정면 사무실에서는 술집 주인이랑 쥐잡이꾼을 섞어놓은 듯 안색이 창백하고 통통 불은 듯 덩치가 큰 직원이 행색이 초라한 손님 서너 명과 이야기하고 있었다. 그는 재거스 씨의 금고를 채워줄 사람들을 무례하기 짝이 없게 대했다.

"증거를 확보하는 중입니다."

사무실을 나올 때 웨믹이 말했다.

옆방에는 털이 덥수룩한 작은 테리어처럼 머리칼을 축 늘어뜨린 직원이 있었다. 마치 주인이 깜박하고 털을 깎아주지 않은 것처럼. 그 역시 눈이 나쁜 듯한 사내를 비슷한 방식으로 대하고 있었다. 웨믹은 그를 가리키며 제련공이라고 했다. 그러면서 그의 도가니는 항상 펄펄 끓고 있는데, 원하는 것은 뭐든지 녹여줄 수 있다는 것이었다. 하지만 그는 그 기술을 자기에게 시험하는 듯 땀을 뻘뻘 흘리고 있었다. 그다음 방에는 어깨를 바짝 치켜 올린 남자가 안면 신경통 때문에 무명 수건으로 얼굴을 싸매고 있었다. 그는 몸을 숙이고 앞의 두 직원이 기록한 것을 재거스 씨가 사용할 수 있도록 정서하고 있었다. 그가 입은 검정 양복은 마치 밀랍 칠을 한 듯 번들거렸다.

이렇게 사무실을 모두 둘러보고 우리는 다시 1층으로 내려왔다. 웨믹은 내 후견인의 사무실로 나를 이끌었다.

"이 방은 보셨죠?"

나는 얼굴이 뒤틀린 2개의 음침한 석고상을 보며 물었다.

"저건 누구 얼굴이죠?"

"이것들 말입니까?"

웨믹이 의자 위에 올라가 입으로 후 불어 먼지를 털어내고 석고상을 내리며 말했다.

"굉장히 유명한 놈들입니다. 이 작자들 사건을 맡은 덕에 우리가 명성을 얻게 되었죠. 이 인간은 눈썹에 얼룩이 묻은 걸로 보아 야밤에 내려와 잉크통이라도 들여다본 모양이군. 이 교활한 악당 같으니라고! 이자는 자기 주인을 죽였어요. 증거를 전혀 남기지 않은 것을 보면 치밀하게 계획을 짠 거죠."

웨믹은 석고상 눈썹에 침을 탁 뱉더니 소매로 쓱 닦았다.

"석고상과 비슷하게 생겼나요?"

나는 몸을 움츠리며 말했다.

"비슷하냐고요? 그놈 자체입니다. 뉴게이트 감옥에서 교수형이 집행되자마자 만든 거랍니다. 교활한 늙은이 같으니! 자네는 특히 나를 좋아했지. 안 그래?"

웨믹이 말했다. 그러고는 유골 단지가 놓인 무덤 앞에 있는 수양버들과 한 여인의 모습을 새긴 브로치를 만지며 말했다.

"이 작자가 나를 위해 특별히 만들어준 겁니다."

"그 숙녀는 누구죠?"

"숙녀라니요? 절대 아닙니다. 그저 이놈이 한때 데리고 놀던 여자일 뿐이에요. 이자는 숙녀하고 어울릴 주제가 못 되는 사람이에요. 이여자는 이렇게 날씬하고 숙녀 같은 여자가 아니에요. 유골 단지를 돌봐줄 여자도 아니고요. 그 안에 술이라도 들어 있다면 또 모를까?"

웨믹은 석고상을 내려놓고 손수건을 꺼내 브로치를 꼼꼼히 닦았다.

"저 사람도 교수형에 처해졌나요? 표정이 똑같아요."

내가 물었다.

"맞아요. 딱 저 표정이었죠. 한쪽 콧방울이 말총으로 만든 낚싯줄에 달린 작은 낚싯바늘에 걸린 것 같지 않습니까? 저놈도 같은 최후를 맞았습니다. 당연한 일이었죠. 유언장을 위조했어요. 그 유언장의 주인을 살해했을 가능성도 크죠."

그러면서 웨믹은 석고상을 향해 말을 걸었다.

"하지만 너는 꽤 멋쟁이 신사였지. 그리스어를 쓸 줄 안다고? 허풍쟁이 같으니. 살다 살다 너 같은 거짓말쟁이는 처음 본다. 천하에 거짓말쟁이 같으니!"

웨믹은 가장 큰 추모 반지를 만지며 말했다.

"사형 집행 전날 사람을 시켜 이 반지를 내게 보냈죠."

그가 석고상을 다시 올려놓고 의자에서 내려올 때 나는 그가 지니고 있는 장신구들이 모두 이런 경로를 통해 갖게 된 것들인지도 모른다는 생각이 들었다. 그가 그 점에 대해 대수롭지 않게 여기기에, 그가 양손에 묻은 먼지를 털어낼 때 조심스럽게 물어보았다.

"맞아요. 다 그렇게 해서 생긴 것들이지요. 한번 받기 시작하니까 계속 들어오더군요. 일단 주는 건 다 받았어요. 골동품이나 마찬가지잖아요. 재산 가치도 있고. 값비싼 것은 아니지만 어쨌든 유동자산이죠. 앞날이 창창한 당신 같은 사람에게는 별것 아니겠지만, 동산은 무조건 확보하자는 게 나의 생활신조거든요."

그의 생활신조에 경의를 표하자 그가 친근한 태도로 말을 이었다.

"가끔 시간 나면 우리 집에 놀러 오세요. 잠자리는 기꺼이 제공하죠. 볼거리가 많지는 않아도 볼 만한 골동품이 한두 개 있거든요. 내가 아끼는 아담한 정원과 정자도 있고요."

나는 기꺼이 그러겠다고 말했다.

"고맙습니다. 그럼 편할 때 오시는 걸로 알겠습니다. 그런데 재거스 씨 댁에서 식사한 적 있나요?"

웨믹이 물었다.

"아직요."

"재거스 씨가 곧 초대해서 포도주를 대접할 겁니다. 우리 집에 오시면 펀치를 만들어드릴게요. 맛이 괜찮을 겁니다. 그리고 미리 말씀드리는데, 재거스 씨 댁에 가시면 가정부를 잘 관찰해보세요."

"뭔가 특이한 사람인가 보죠?"

"글쎄요. 잘 길들여진 야수라고나 할까요. 그게 뭐 대단하냐고 하겠지만, 본래 그 야수가 얼마나 포악했는지, 얼마나 길들여졌는지 알면 얘기가 달라지죠. 그러면 재거스 씨의 능력을 새삼 느낄 겁니다. 꼭 눈여겨보세요."

나는 흥미와 호기심을 느끼면서 그러겠다고 대답했다. 그리고 막 나가려고 하는데 웨믹이 5분 시간을 내서 재거스 씨가 일하는 모습을 보지 않겠냐고 물었다.

나는 몇 가지 이유로 재거스 씨가 어떤 일을 하는지 궁금해서 흔쾌히 승낙했다. 얼마 후 우리는 시내 중심가에 있는 사람들이 북적거리는 경범죄 재판소로 들어갔다. 웨믹에게 멋진 브로치를 선물했던 사람처럼 살인자로 보이는 사내가 피고석에 앉아 불안한 얼굴로 뭔가를 씹어대고 있었다. 내 후견인은 한 여자에게 심문인지, 반대신문인지를 퍼붓고 있는 중이었다. 그 여자를 포함해 재판관과 법정에 있는 모든 사람들이 두려움에 떠는 것 같았다.

재거스 씨는 누구든 자기와 반대되는 말을 하면, 그 즉시 그것을 기록해달라고 요청했다. 또 누군가 어떤 사실을 부정하면 기어이 시인하게 만들겠다고 엄포를 놓았고, 인정하면 이제 완전히 잡히고 말았다고 말했다. 그가 자신의 집게손가락을 물어뜯기 시작하면 판사들마저 벌벌 떨 정도였다. 도둑이든, 도둑을 잡아 온 경찰이든 완전히 넋을 잃고 그의 말을 경청했으며, 잠시라도 눈길이 마주치면 움찔했다. 나는 재거스 씨가 대체 어느 쪽을 변호하는지 알 수 없었다. 그가 법정 전체를 통째로 맷돌로 갈아대고 있는 것처럼 행동했기 때문이다. 다만 발뒤꿈치를 들고 슬며시 법정을 빠져나올 때 그가 재판관의 편은 아니라는 것을 깨달았다. 영국의 법과 정의를 대표하는 늙은 재판관에게 혹독한 비판을 가했고, 늙은 재판관의 두 다리가 탁자 밑에서 덜덜 떨리고 있었기 때문이다.

25

벤틀리 드러믈은 늘 말이 없고 시무룩한 표정을 짓고 있었다. 책을 읽을 때도 저자가 무슨 해라도 끼친 것 같은 표정을 지었고, 주변 사람들을 대할 때도 마찬가지였다. 외모나 행동, 이해력, 심지어 안색마저 둔해 보였다. 방 안에서는 늘 축 늘어져 있었는데, 그의 커다란 혓바닥 역시 입속에서 축 늘어져 있었다. 아무튼 드러믈은 나태하고 오만하고 인색하며, 말수가 적고 의심 많은 인물이었다. 그는 서머싯 주의 부유한 집안에서 태어났다. 그를 열심히 양육하던 부모는 위와 같은 성격을 한꺼번에 가진 그가 성년이 되고 나서야 모자라다는 사실을 깨달았다. 그리하여 포킷 씨보다 머리 하나가 더 큰 그가 처음 여기 왔을 때는 다른 신사들보다 6배는 모자란 상태였다.

스타톱은 마음 여린 어머니 밑에서 응석받이로 컸다. 학교에 들어갈 나이에도 계속 집에서 지낸 것이었다. 하지만 어머니를 향한 존경심과 애정만큼은 굉장히 컸다. 생김새도 여성스럽고 섬세했는데, 허버트는 나에게 "네가 그의 어머니를 만난 적이 없더라도 어떻게 생겼는지 알 수 있어. 스타톱은 제 어머니하고 판박이거든."이라고 말했다. 자연히 나는 드러믈보다 스타톱과 더 친하게 지냈다.

처음 이곳에 와서 보트를 탔던 날 저녁에도 나는 스타톱과 집 쪽으로 나란히 노를 저으며 이런저런 이야기를 주고받았다. 그때 드러믈은 우리에게서 멀리 떨어져 강둑 아래 골풀 사이를 홀로 노 저어 갔다. 조수의 흐름이 빨라질 때조차 그는 양서류처럼 느릿느릿 보트를 저었다. 스타톱과 내가 석양이나 달빛을 가르며 강 한가운데로 나아가고 있을 때, 어둠 속이나 강둑에 부딪치는 물결을 거스르며 우리를 뒤따르던 그의 모습이 지금도 떠오른다.

허버트는 나의 가장 친한 친구이자 동료였다. 나는 언제든 그가 내 보트를 탈 수 있게 해주었다. 그래서 그는 자주 해머스미스를 찾았다. 나 역시 그와 함께 쓰는 공간이 있는 런던에 자주 들렀다. 우리는 늘 이 두 곳 사이를 함께 걸어 다녔다. 나는 지금도 그 길에 애정을 느낀다. 아직 순수하고 희망에 넘쳤던 젊은 시절의 애정 말이다.

포킷 가에서 지낸 지 한두 달 정도 지났을까? 하루는 커밀라 부부가 나타났다. 커밀라는 포킷 씨 누이동생이었다. 미스 해비셤의 저택에서 만났던 조지애나도 함께 왔는데, 그녀는 포킷 씨 사촌이었다. 조지애나는 만성 소화불량에 걸린 노처녀였다. 그녀는 자기의 고집스러운 편견을 종교라 부르고, 제멋대로인 자신의 감정을 사랑이라고 불렀다. 이들은 탐욕과 실망으로 인해 나를 증오했다. 하지만 겉으로는 행운을 얻은 나에게 갖은 아첨을 떨어댔다. 비굴할 정도로 말이다. 그들은 포킷 씨를 도무지 자신의 잇속을 챙기는 일이라고는 전혀 관심 없는 아이 같은 어른으로 너그럽게 대했다. 순전히 자기만족으로 말이다. 이건 내가 예전에 미스 해비셤의 저택에서 보았던 모습이기도 했다. 그녀들은 포킷 부인을 경멸했다. 하지만 좌절에 빠진 가엾은 인생이라는 것을 인정하는 듯했는데, 그것이 그들에게는 조금이나마 위안이 되는 것이었다.

이것이 내가 학업을 하면서 지낸 환경이었다. 나는 곧 낭비벽이 생기고 말았다. 불과 몇 달 전까지만 해도 꿈도 못 꾸던 어마어마한 돈을 물 쓰듯 쓰고 다닌 것이다. 다만 학업은 게을리하지 않았다. 이 시기의 나는 스스로 부족함을 깨달을 정도의 분별력이 있다는 것 말고는 내세울 것이 없었다. 포킷 씨와 허버트 사이에서 나는 빠르게 발전해나갔다. 둘 중 하나가 늘 곁에서 의욕을 북돋워주고 앞길을 가로막은 장애물을 없애주었는데도 이보다 더 못하다면 나는 드러플만큼이나 멍청한 인간이리라.

웨믹을 못 본 지도 몇 주가 지났다. 하루는 저녁에 그의 집을 방문하고 싶다는 쪽지를 보냈다. 그는 6시에 사무실에서 만나자고 흔쾌히 답장을 보내왔다. 약속 시간에 맞춰 사무실에 갔을 때 웨믹은 금고 열쇠를 자신의 허리 어딘가에 집어넣던 참이었다.

"월워스까지 걸어가도 괜찮겠습니까?"

그가 물었다.

"네, 물론이죠."

"잘됐군요. 하루 종일 앉아 있었더니 다리를 쭉 뻗고 걸을 수만 있다면 더없이 좋겠네요. 아, 그리고 핍 씨, 오늘 저녁 식사는 스테이크 스튜로 정했습니다. 집에서 만든 겁니다. 구운 닭고기도 있고요. 닭고기는 식당에서 가져왔는데 아주 부드러울 겁니다. 식당 주인이 지난번 사건의 배심원이었거든요. 우리가 배심원 일이 빨리 끝나게 해줬죠. 닭고기를 주문하면서 그 점을 상기시켰어요. 그때 우리가 마음만 먹었으면 배심원석에 그를 하루 이틀 더 앉혀두는 건 일도 아니었다고요. 그랬더니 제일 좋은 닭고기를 선물하겠다더군요. 물론 고맙게 받았죠. 닭고기도 유동자산이니까요. 그런데 핍 씨, 혹시 나이 드신 분이 계신데 괜찮겠죠?"

나는 순간 그가 계속 닭고기 얘기를 하고 있는 줄 알았다. 그가 연로하신 아버지가 계시다고 덧붙이기 전까지는. 나는 곧 괜찮다고 대답했다.

"아직 재거스 씨하고 식사하지 않았다면서요?"

걸어가면서 그가 물었다.

"네, 아직 안 했습니다."

"오늘 당신이 올 거라고 했더니 재거스 씨가 곧 당신과 함께 식사를 할 거라더군요. 아마 내일쯤 초대할 겁니다. 당신 친구들도 같이요. 모두 3명이죠?"

나는 드러믈을 친구라고 여기지 않았지만 그렇다고 대답했다.

"말하자면 당신들 무리를 모두 초대하실 겁니다."

나는 '무리'라는 표현이 마음에 들지 않았다.

"음식은 전부 일품일 거예요. 그렇다고 많은 요리를 기대하지는 마십시오. 하지만 훌륭한 음식을 들게 될 겁니다. 그리고 그 댁에는 또 한 가지 특이한 게 있어요."

웨믹은 순간 말을 멈추더니 마치 방금 가정부 이야기를 한 것처럼 말을 이었다.

"그것 말고 또 있어요. 재거스 씨는 밤중에도 문을 잠그는 법이 없답니다. 창문이고 뭐고 죄 열어놓지요."

"그러다 도둑맞은 적은 없나요?"

"오히려 자기 집에 도둑질하러 들어오는 자의 낯짝이 보고 싶다고 말씀하시죠. 심지어 우리 사무실에서 진짜 절도범들에게도 이렇게 말한다니까요. '내 집이 어딘지 알지? 빗장도 걸지 않는데, 어때, 한번 털어보시지, 엉? 한번 해보지그래?' 이런 말을 백 번도 더 들었을 겁니다. 하지만 감히 시도해볼 엄두도 내지 못하죠."

"재거스 씨를 두려워해서요?"

"그럼요, 당연히 두려워하죠. 하지만 재거스 씨가 어떤 꼼수를 부리는 것이기도 하죠. 그 집에는 은식기 하나 없답니다. 숟가락도 싸구려 합금뿐이고요."

"딱히 가져갈 것도 없겠네요. 도둑이 들어도……."

"하지만 재거스 씨가 얻을 건 많지요."

웨믹이 내 말을 가로막고 설명을 덧붙였다.

"도둑들도 그걸 잘 알아요. 재거스 씨한테 걸리면 뼈도 못 추린다는 것을 말입니다. 수십 명의 목숨을 앗아 갈 수도 있죠. 뭐든 얻을 수 있어요. 그분이 마음만 먹으면 손에 넣지 못할 게 없다니까요."

후견인의 엄청난 위력을 떠올리고 있는 나에게 웨믹이 말했다.

"집 안에 은식기가 없는 건 재거스 씨의 선견지명 때문입니다. 원래 깊이를 알 수 없는 강처럼 심오한 통찰력을 타고난 분이에요. 그분 시곗줄 보셨나요? 그거 진짜입니다."

"꽤 묵직해 보이던데요."

"묵직하다고요? 그야 당연하죠. 알림 장치가 있는 금시계인데 1백 파운드 정도는 할 겁니다. 런던에는 그 회중시계의 진가를 아는 도둑이 어림잡아 7백 명은 될 겁니다. 그 시곗줄의 가장 작은 고리조차 알아볼 정도예요. 남녀노소 불문하고 자칫 그 시곗줄에 손만 대도 뜨거운 쇠꼬챙이를 만진 것처럼 얼른 떨어뜨릴 겁니다. 틀림없어요."

웨믹은 차차 일반적인 화제로 돌아갔고, 우리는 시간 가는 줄 모르고 걷다가 월워스에 도착했다.

월워스는 어둡고 좁은 길목과 도랑, 정원들이 모여 있는 곳 같았다. 조금 한적하고 따분해 보이는 곳이었는데, 정원 한가운데 작은 목조 주택이 웨믹의 집이었다. 집 꼭대기는 대포를 재어놓은 포대처럼 만들어 페인트칠을 했다.

"내가 손수 지은 집입니다. 근사하지 않나요?"

웨믹이 말했다.

나는 아낌없는 찬사를 보냈다. 여태까지 이렇게 작은 집은 본 적이 없었다. 사람이 드나들기에는 턱없이 작아 보이는 고딕식 정문을 지나 안으로 들어갔다. 역시나 고딕식 창문이 달려 있었는데, 대부분 진짜 창문이 아니었다.

"저건 진짜 깃대입니다. 일요일마다 진짜 깃발을 높이 달죠. 그리고 여기를 보세요. 이 다리를 건넌 뒤 끌어 올리면, 외부와 완전히 차단된답니다."

웨믹이 말하는 다리는 두꺼운 널빤지 한 짝이었다. 너비는 1.2미터, 길이가 60센티미터쯤 되는 그 다리는 고랑을 가로질러 놓여 있었다. 그가 진정으로 미소 지으며 자랑스럽게 다리를 끌어 올려 고정하는 모습이 재미있었다.

"매일 밤 그리니치 시계로 정각 9시에 대포를 발사한답니다. 보세요, 저기 대포가 있지요? 포성에 엄청 놀랄 겁니다."

대포는 격자 모양의 요새에 장착되어 있었다. 비에 젖지 않도록 정교하게 만든 방수포가 우산처럼 씌워져 있었다.

"그리고 뒤쪽에 돼지 한 마리와 닭, 토끼가 있답니다. 아무래도 요새니까 눈에 띄지 않게 만들었죠. 어떤 구상을 실행하면 전체적으로 그것을 고수하는 것이 나의 원칙이거든요. 당신은 어떨지 모르겠습니다만……."

나 역시 그렇다고 말했다.

"그리고 틀을 직접 만들어 오이를 재배한답니다. 집에서 주로 어떤 샐러드를 먹는지는 이따 저녁 식사 때 알게 될 겁니다."

웨믹이 미소 지으며 매우 진지한 표정으로 고개를 흔들었다.

"이 작은 요새가 포위 공격을 당해도 꽤 오래 버틸 수 있을 겁니다."

그러고 나서 웨믹은 나를 정자로 안내했다. 10미터밖에 떨어지지 않았지만 워낙 꼬불꼬불한 길이어서 한참 만에 그곳에 도착했다. 이 한적한 곳에는 이미 술잔이 준비되어 있었다. 정자는 연못처럼 꾸민 작은 물웅덩이 옆에 있었고, 차갑게 마실 수 있도록 펀치를 그 물에 담가놓았다. 둥그런 물웅덩이 한가운데는 저녁에 먹을 샐러드 크기 밖에 안 될 자은 섬이 하나 있었디. 웨믹이 민든 분수도 그 안에 있었는데, 작은 물레방아를 돌리고 파이프에서 코르크 마개를 뽑자 손등을 적실 만큼 물이 뿜어져 나왔다.

내가 칭찬하자 웨믹이 말했다.

"나는 기술자가 되기도 하고 목수였다가 배관공, 정원사가 되기도 하면서 이걸 다 만들었죠. 나에게는 아주 유익한 일이죠. 이렇게 해서 거미줄처럼 몸에 달라붙은 뉴게이트 교도소의 흔적도 걷어낼 수 있고, 아버지를 즐겁게 해드릴 수도 있으니까요. 어떻습니까, 핍 씨, 아버지를 만나보시겠습니까?"

"기꺼이 뵙고 싶습니다."

성(城)으로 들어가자 플란넬 윗옷을 입은 노인이 난롯가에 앉아 있었다. 밝은 미소와 깔끔하고 편안하며 제대로 보살핌을 받아온 모습이었다. 하지만 그는 귀가 잘 들리지 않는 듯했다.

웨믹이 노인의 손을 맞잡고 장난스러운 투로 다정하게 물었다.

"아버지, 어떠셨어요?"

"오, 그래. 그래, 존. 그래!"

노인이 말했다.

"여기는 핍 씨예요, 아버지."

웨믹이 나를 돌아보았다.

"아버지가 당신 이름을 알아들을 수 있으면 좋을 텐데요. 핍 씨, 아버지께 고개를 끄덕여주세요. 그러면 아주 좋아하시거든요. 윙크하는 것처럼 고개를 많이 끄덕여주세요!"

나는 웨믹이 시킨 대로 열심히 고개를 끄덕였다.

"내 아들이 지은 집이랍니다, 선생. 이곳은 정말 아름다운 유원지랍니다. 아들이 죽고 나면 다른 사람들이 놀러 와서 쉴 수 있도록 이곳과 여기 있는 물건들을 나라에서 관리해줘야 해요."

노인이 큰 소리로 말했다.

"아버지는 이곳을 크나큰 자랑으로 여기십니다. 그렇죠, 아버지?"

웨믹이 노인을 바라보며 말했다. 딱딱하던 그의 얼굴이 부드럽게 변했다.

"핍 씨, 괜찮으시다면 저와 함께 다시 한번 고개를 끄덕여주시겠어요? 익숙지 못한 사람들에게는 무척 피곤한 일이겠지만, 아버지께서 정말 좋아하시거든요. 남들이 상상할 수 없을 만큼요."

나는 몇 번이고 고개를 끄덕여주었고 그때마다 노인은 어린아이처럼 기뻐했다. 노인이 닭 모이를 주러 나가자 우리는 다시 정자로 가서 펀치를 마셨다. 파이프 담배를 피우면서 웨믹은 이렇게 만들기까지 몇 해 걸렸다고 말했다.

"이 땅은 웨믹 씨 소유인가요?"

"그럼요. 조금씩 사들였어요. 이 전체가 법적으로 확실한 내 소유입니다!"

"그래요? 재거스 씨도 감탄했을 것 같은데요?"

"그분은 한 번도 와본 적 없어요. 이야기를 들어보지도 못했을 겁니다. 사실 그분은 아버지에 대해서도 전혀 아는 게 없어요. 일과 사생활은 완전히 다른 문제니까요. 일단 사무실에 출근한 순간부터 성은 잊어버리죠. 마찬가지로 성에 들어오면 사무실은 잊어버리고요. 당신도 그렇게 해주시면 고맙겠습니다. 사무실에서는 개인적인 얘기를 하고 싶지 않거든요."

물론 나는 그래야 한다고 생각하고 그렇게 하겠다고 말했다. 펀치 맛은 정말 훌륭했다. 우리는 9시까지 이야기를 나눴다.

"대포 쏠 시간이 돼가는군요. 오늘은 아버지께서 특별히 좋아하실 겁니다."

웨믹이 파이프를 내려놓고 말했다.

우리는 다시 성 안으로 들어갔다. 노인은 눈빛을 반짝이며 부지깽이를 달구고 있었다. 곧 다가올 근사한 의식을 준비하며 잔뜩 기대에 찬 모습이었다. 웨믹은 시계를 들여다보며 정각이 되기를 기다렸다. 이윽고 그는 노인에게 새빨갛게 달궈진 부지깽이를 받아 들고 나갔다. 곧이어 '쾅' 하는 굉음이 울려 퍼지면서 집 안이 흔들렸다. 작은 나무 상자 같은 오두막이 금방이라도 무너질 것만 같았다. 유리잔이며 찻잔이 요란하게 부딪쳤다.

"대포가 발사되었구나! 아주 똑똑히 들린다!"

노인이 기쁨의 함성을 내질렀다. 이때 그가 의자 팔걸이를 꼭 붙잡고 있지 않았다면 튕겨 나갔을지도 모른다. 나는 그야말로 그의 얼굴이 보이지 않을 정도로 한껏 고개를 끄덕여주었다.

대포를 쏘고 저녁 식사를 기다리는 동안 웨믹은 자신의 진기한 골동품들을 보여주었다. 대부분 흉악 범죄와 관련된 물건들이었다. 악명 높은 문서 위조 사건에 쓰였던 펜, 면도칼 한두 개, 머리카락 몇 뭉치, 사형수가 옥중에서 썼다는 자필 고백 수기들도 눈에 띄었다. 웨믹은 그 원고들에 특별한 의미를 부여했다. 하나같이 '전부 새빨간 거짓말'이기 때문에 가치가 있다는 것이었다. 장식품 도자기와 유리잔, 주인이 만든 멋진 소품들, 노인이 깎아 만든 담배 파이프 스토퍼 사이사이에 이 골동품들이 흩어져 놓여 있었다. 이곳은 거실 겸 주방으로 쓰이는 모양이었다. 벽난로 선반 위에 냄비가 놓여 있었고, 놋쇠 선반에 고기 굽는 꼬챙이가 매달려 있었다.

말쑥하게 생긴 소녀가 하나 있었는데 그녀는 집안일을 하고, 낮에는 노인을 돌봤다. 저녁 식사 준비가 끝나자 웨믹은 그녀가 나갈 수 있도록 다리를 내려주었다. 아주 훌륭한 저녁 식사였다. 비록 집 안은 썩은 견과류 냄새가 나고 건조했지만, 돼지우리는 좀더 멀리 있으면 좋았을 뻔했지만, 나는 몹시 즐거운 저녁을 보냈다. 작은 장식용 탑 같은 작은 침실도 나무랄 데 없었다. 다만 천장과 깃대 사이가 너무 좁아서 밤새도록 이마로 그 깃대를 지탱해야 할 것 같은 기분이 들기는 했지만.

웨믹은 아침 일찍 일어났다. 미안하게도 그가 내 구두를 닦는 소리가 들렸다. 그런 다음 그는 정원 손질을 했다. 내 침실의 고딕 창문 너머로 그가 아버지의 도움을 받는 척하면서 헌신적으로 연신 고개를 끄덕이는 모습이 보였다. 아침 식사는 저녁만큼이나 훌륭했다. 우리는 정확히 8시 30분에 리틀 브리튼으로 출발했다. 걸어가는 동안 웨믹의 표정이 점점 메마르고 경직되었고, 입술은 다시 우체통처럼 변했다. 마침내 그가 사무실에 도착해 외투 깃에서 열쇠를 꺼내 들었을 때는 성 안의 모든 것들, 그러니까 다리며 정자, 물웅덩이, 분수, 심지어 자신의 아버지까지 모조리 대포 소리에 실어 허공으로 완전히 날려버린 듯했다.

26

웨믹이 미리 말했듯이 얼마 지나지 않아 나는 내 후견인의 집을 웨믹의 집과 비교해볼 기회를 갖게 되었다. 재거스 씨의 사무실에 들어섰을 때 그는 향긋한 비누로 손을 씻고 있었다. 웨믹이 귀띔해준 대로 그는 나와 친구들을 초대했다.

"격식 차리는 자리가 아니니 턱시도 같은 건 입을 필요 없네. 내일 저녁에 집으로 오게."

그의 집이 어딘지 몰랐기 때문에 나는 어디로 가느냐고 물었다.

"사무실로 오게. 나하고 같이 집으로 가지."

무엇이든 곧바로 인정하지 않는 성격이었기 때문에 그렇게 대답한 것 같았다.

내 후견인은 자기 의뢰인을 돌려보낼 때마다 외과 의사나 치과 의사처럼 손을 씻는 버릇이 있었다. 그의 사무실에는 벽장이 하나 있는데, 거기서는 강한 비누 냄새가 풍겼다. 벽장 문 안쪽 롤러에는 유난히 큰 수건이 걸려 있었다. 그는 경범죄 재판소에서 돌아왔을 때나 자기 사무실에서 의뢰인을 내보내고 나면 어김없이 손을 씻고 그 수건에 닦았다.

다음 날 저녁 6시에 친구들과 함께 도착했을 때는 손만 씻는 게 아니라 세수를 하고 양치질까지 했다. 평소보다 더 험악한 사건을 다룬 것 같았다. 재거스 씨는 수건을 완전히 다 돌려서 닦고도 모자라, 사건을 완전히 긁어내듯 주머니칼을 꺼내 손톱을 문질러대고 나서야 상의를 입었다.

다 함께 거리로 나오자 여느 때처럼 사람들이 슬금슬금 다가왔다. 모두 재거스 씨에게 말을 걸고 싶어 안달이었다. 그러나 강렬한 비누 냄새를 동반한 단호한 태도에 대부분 포기하고 물러갔다. 우리가 서쪽으로 걸어가는 동안에도 재거스 씨를 부르는 소리가 종종 들려왔다. 그때마다 그는 나에게 더 큰 소리로 말을 건넸을 뿐 누구를 아는 체하거나 자기를 알아보는 사람들에게 신경 쓰지 않았다.

재거스 씨는 우리를 소호의 제라드 거리 남쪽에 있는 집으로 데려갔다. 위엄이 있는 집이기는 했지만, 페인트칠을 해야 하고 창문도 더러웠다. 재거스 씨가 열쇠로 현관문을 열었다. 현관은 가구나 장식 하나 없이 휑뎅그렁했고 어두웠다. 대리석으로 장식된 현관은 사람이 거의 드나들지 않는 것처럼 보였다. 우리는 어두운 갈색 계단을 올라갔다. 2층에는 역시 어두운 갈색으로 칠해진 방 3개가 연달아 붙어 있었다. 판자벽에는 둥근 화환 조각들이 장식되어 있었다. 재거스 씨가 그 화환들 사이에서 우리를 환영한다고 말했을 때 어떤 올가미가 떠올랐던 기억이 난다.

저녁 식사는 그중 가장 좋은 방에 준비되어 있었다. 옆방은 드레스 룸이었고 그 옆방은 침실이었다. 재거스 씨는 집 전체가 자기 소유이지만, 우리가 본 방 말고는 사용하지 않는다고 말했다. 식탁은 잘 준비되어 있었다. 물론 은식기는 없었다. 그의 자리 옆에는 회전식 넓은 선반대가 있었고, 거기에는 다양한 종류의 술병과 유리병, 과일 접시 4개가 놓여 있었다. 그는 식사하는 내내 그것들을 자기 손이 닿는 곳에 두고 직접 나눠 주었다.

방에는 책장이 하나 있었다. 증거, 형법, 범죄의 역사, 공판, 법령 등에 관한 책들이었다. 가구는 그가 지닌 시곗줄처럼 튼튼하고 좋아 보였지만 지극히 사무실에 더 적합해 보였다. 장식적인 가구는 거의 없었다. 한쪽 구석의 작은 책상에는 갓을 씌운 등과 서류들이 놓여 있었는데, 집까지 일을 가져와서 몰두하는 것 같았다.

이때까지 그는 내 친구들을 제대로 보지 못했다. 나하고 앞에서 걸어갔기 때문이다. 종을 울려 가정부를 부른 다음, 그는 벽난로 앞에 서서 친구들을 살펴보았다. 놀랍게도 그는 드러블에게 흥미를 느끼는 것 같았다.

"핍, 저 거미처럼 생긴 친구는 누군가?"

재거스 씨가 커다란 손을 내 어깨에 올리고 창가로 이끌면서 물었다.

"거미요?"

"축 처지고 시무룩한 저 고름 딱지 같은 친구 말일세."

"벤틀리 드러블이에요. 곱상하게 생긴 친구는 스타톱이고요."

'곱상하게 생긴 친구'에게는 눈길도 주지 않고 그가 중얼거렸다.

"벤틀리 드러블? 마음에 드는 얼굴인데."

그는 곧바로 드러블과 이야기를 나눴다. 말주변 없고 굼뜬 행동에 전혀 개의치 않았다. 오히려 그런 태도에 자극받아 무슨 이야기든 끄집어내려고 했다. 마침 그때 가정부가 첫 번째 요리를 가지고 나타났다.

가정부는 마흔 살쯤 되어 보였다. 아니면 내가 실제보다 젊게 본건지도 모르겠다. 키는 큰 편이었고, 행동은 유연하고 민첩했으며, 안색은 눈에 띌 정도로 창백했다. 흐릿하고 커다란 눈을 가졌고, 풍성한 머리칼을 길게 늘어뜨리고 있었다. 심장병 환자처럼 숨을 쉬기 힘든지 입술을 벌리고 있었고, 얼굴은 조급하고 당황한 표정이 역력했다. 며칠 전 보았던 연극 〈맥베스〉에 나오는, 마녀의 뜨거운 가마솥에서 솟아오른 듯 얼굴이 온통 벌겋게 달아오른 것처럼 보였다.

그녀는 접시를 선반대에 내려놓고 다 준비됐다는 표시로 손가락으로 내 후견인의 팔을 살며시 건드리고 사라졌다. 이윽고 우리는 원형 탁자에 자리를 잡고 앉았다. 스타톱이 내 옆에 앉았고, 내 후견인은 드러블을 자기 옆자리에 앉혔다. 가정부가 내온 것은 훌륭한 생선 요리였다. 이어서 양고기, 그다음에는 닭고기 요리가 나왔다. 요리에 딸려 나오는 소스와 포도주까지 모두 최고급품이었다. 집주인은 이 모든 것을 회전식 선반대에 올려놓고 나눠 주었다. 그리고 그것들이 식탁을 한 바퀴 돌고 나면 다시 선반대에 올려놓았다. 같은 방식으로 요리가 나올 때마다 새 접시와 나이프, 포크를 나눠 주었고, 다 쓴 식기들은 의자 옆 바닥에 놓인 바구니 2개에 담았다. 가정부 말고는 시중드는 사람이 전혀 없었다. 가정부 혼자 모든 요리를 내왔고, 그때마다 나는 마녀의 가마솥에서 솟아오른 얼굴을 떠올렸다.

웨믹에게 들은 얘기도 있는 데다 워낙 인상적인 외모 때문에 가정부를 유심히 보던 나는 특이한 사실을 발견했다. 그녀는 방에 들어오면 재거스 씨에게서 줄곧 눈을 떼지 않았으며, 그 앞에 접시를 내려놓을 때마다 머뭇머뭇하면서 손을 뺀다는 것이었다. 마치 그가 다시부를까 봐 두려워서 가까이 있을 때 지시를 했으면 하는 것 같았다. 더구나 재거스 씨는 그것을 알면서도 일부러 그녀를 불안하게 만드는 것 같았다.

만찬 분위기는 꽤 유쾌했다. 내 후견인은 대화를 주도하기보다 따라가는 것처럼 보였지만, 우리 각자의 단점들을 끄집어냈다. 내 경우는 씀씀이가 헤프고, 허버트의 은인이라도 되는 것처럼 굴었으며, 전도유망한 나의 미래에 대해 뽐내고 있었던 것이다. 다른 사람들도 마찬가지였다. 가장 심한 것은 드러믈이었다. 사람들을 무시하고 의심하며 비웃고 인색한 속내가 맨 처음 나온 생선 요리를 다 먹기도 전에 고스란히 드러났다.

그 뒤 치즈가 나왔을 때였다. 노 젓기 실력에 대한 이야기가 시작됐고, 우리는 드러믈이 양서류처럼 느릿느릿 따라온다고 놀렸다. 그러자 드러믈은 우리와 떨어져 있는 것이 훨씬 좋고, 기술로 치면 자기가 선생을 능가하고, 힘으로 해도 우리를 지푸라기처럼 날려버릴 수 있다고 떠벌렸다. 내 후견인은 은밀하게 그를 자극하고 흥분하도록 부추겼다. 마침내 드러믈은 팔을 걷어올리고 자기 팔뚝이 가장 굵고 힘도 세다고 자랑했다. 결국 우리 모두 소매를 걷어올리고 팔 굵기를 재어보는 우스운 광경이 펼쳐졌다.

그때 가정부가 식탁을 치우고 있었는데, 내 후견인은 그녀에게는 신경도 쓰지 않고 의자 깊숙이 기대앉아 집게손가락을 물어뜯으며 알 수 없는 호기심으로 드러믈을 주시했다. 그러다 갑자기 그가 커다란 손으로 마치 덫처럼 가정부의 손을 덥석 잡았다. 너무나 갑자기 매섭게 잡아채는 바람에 우리 모두 행동을 멈췄다.

"그렇게 힘겨루기가 소원이라면 내가 하나 보여주지. 몰리, 이분들에게 네 손목을 보여줘."

재거스 씨가 말했다.

주인에게 붙잡힌 손은 식탁 위에, 다른 한 손은 이미 허리 뒤로 숨겨져 있었다.

"주인님, 제발 이러지 마세요."

그녀가 애원하듯 쳐다보며 나지막이 말했다.

"네 손목이 얼마나 대단한지 보여줘. 어서!"

재거스 씨가 단호한 목소리로 다시 한번 말했다.

"주인님, 제발요!"

그녀가 중얼거리듯 말했다.

"몰리, 손님들에게 네 두 손목을 보여주란 말이야. 자, 어서!"

재거스 씨는 그녀를 쳐다보지 않고 계속 방 맞은편을 바라보며 말했다.

그는 그녀의 손을 식탁 위에 올려놓았다. 그녀가 다른 손을 앞으로 가져와 양손을 나란히 내밀었다. 숨겼던 손목은 보기 흉한 모습이었다. 깊은 흉터가 여기저기 나 있었다. 그녀는 두 손을 내민 채 날카로운 시선으로 우리를 차례차례 쳐다보았다.

"여기서 힘이 나오지. 이건 웬만한 사내들 손목보다 강해. 얼마나 센지 상상도 못할걸. 지금까지 수많은 손을 봤지만 남자 여자 통틀어 이만큼 억센 손아귀 힘을 본 적이 없다니까."

재거스 씨가 그녀의 손목에 튀어나온 힘줄을 집게손가락으로 그으면서 차갑게 말했다.

그가 평가하듯이 차분하게 말하는 동안 그녀는 우리를 순서대로 한 명씩 쳐다보았다. 그러다 주인의 말이 끝나기 무섭게 눈길을 다시 그에게 돌렸다.

"이제 됐어, 몰리. 찬사가 끝났으니 이제 가도 좋아."

재거스 씨가 가볍게 고개를 끄떡이며 말했다.

그녀는 식탁에서 두 손을 거두고 방을 나갔다. 재거스 씨는 회전식 선반대에서 포도주 병을 들어 자기 잔에 따르고 우리에게 술병을 돌렸다.

"제군들, 9시 30분에 자리를 파해야 하네. 남은 시간을 최대한 즐기도록 하게. 모두 만나서 반가웠네. 드러믈 군, 자네를 위해 건배하세."

그가 특별히 드러믈을 지목한 이유가 그의 본색을 끄집어내기 위해서였다면 대성공이었다. 드러믈은 뚱하고 거만한 얼굴로 점점 더 우리를 경멸하는 태도를 보이더니 마침내 참을 수 없는 지경에 이르렀다. 재거스 씨는 알 수 없는 관심을 가지고 그 모든 것을 지켜보았다. 그에게 드러믈은 포도주의 맛을 돋우는 안주 같은 존재인 듯했다.

우리는 사리 분간 못하는 풋내기들처럼 지나치게 술을 많이 마셨고, 쓸데없이 많은 말을 지껄였다. 특히 우리가 돈을 헤프게 쓴다는 드러믈의 야비한 조롱에 분별력을 잃고 말았다. 나는 흥분해서 그에게 일주일 전 스타톱에게 돈을 빌려놓고 그런 말을 하는 것은 어불성설이라고 퍼부었다.

"빌린 돈은 곧 갚을 거야."

드러믈이 뻬딱하게 대꾸했다.

"내 말은 그런 뜻이 아니야. 네가 우리의 씀씀이에 대해 이러쿵저러쿵해서는 안 된다는 거야."

"뭐라고? 네가 뭔데 안 된다는 거야?"

"너는 우리가 돈 좀 빌려달라고 해도 절대 안 빌려줄걸?"

나는 따끔한 일격을 가할 작정으로 말했다.

"맞아. 나라면 단돈 6펜스도 안 돼. 너희는 물론이고 그 누구한테든 땡전 한 푼 빌려주지 않을 거라고."

"그러면서 남한테 돈을 꾸는 건 치사한 짓이야."

"네가 뭔데 치사하다는 거야?"

드러믈은 내 말을 똑같이 되풀이하며 화를 돋웠다. 무슨 말을 해도 그의 뻔뻔한 태도가 수그러지지 않아 더욱 부아가 치밀었다. 허버트가 말리는데도 나는 이렇게 말했다.

"그런데 네가 스타톱한테 돈을 빌렸을 때 허버트와 내가 무슨 얘기를 했는지 알아?"

"허버트와 네가 무슨 얘기를 했는지 관심 없어."

드러믈은 으르렁거리듯 말했다. 그러면서 나와 허버트 둘 다 지옥에나 떨어져 뒈져버리라고 웅얼거리는 것 같았다.

"듣고 싶지 않아도 들어. 틀림없이 넌 좋다고 그 돈을 호주머니에 넣으면서, 마음이 약해서 돈을 빌려주는 스타톱을 되레 비웃었을 거라고 했지."

드러믈은 큰 소리로 웃어댔다. 그러고는 두 손을 호주머니에 찔러 넣고는 어깨를 한껏 치켜 올리고 계속 웃었다. 방금 전 내가 한 말이 모두 맞고, 우리를 바보로 여기며 경멸한다는 뜻이었다.

스타톱이 점잖게 드러믈의 손을 잡고 사람들을 상냥하게 대하라고 진지하게 충고했다. 스타톱은 밝고 명석한 청년이었다. 그와는 정반대 성격을 가진 드러믈은 늘 스타톱을 불쾌하게 여겼다. 드러믈은 스타톱에게 더 거칠게 퍼부었는데, 스타톱은 언쟁을 피하려고 재미있는 농담을 해서 우리는 한바탕 웃었다. 드러믈은 이 작은 성공이 더욱 불쾌했다. 그는 갑자기 두 손을 호주머니에서 꺼내고 어깨를 내려 뜨리더니 욕지거리를 내뱉으면서 커다란 유리잔을 들어 스타톱에게 던지려고 했다. 다행히 집주인이 잽싸게 그 팔을 낚아챘다.

"제군들, 대단히 유감스럽지만 이제 9시 30분일세."

재거스 씨가 천천히 유리잔을 내려놓고, 묵직한 회중시계를 꺼내며 말했다.

우리 모두 자리에서 일어났다. 스타톱은 재거스 씨 집 현관을 나서기도 전에 마치 아무 일도 없었던 것처럼 드러믈을 '이보게, 친구'라고 불렀다. 그러나 정작 그 친구는 대꾸도 하지 않았다. 그는 해머스미스에 도착할 때까지 스타톱과 나란히 걷지도 않았다. 시내에 남기로 한 허버트와 나는 두 사람이 서로 반대편에서 걸어가는 것을 보았다. 스타톱이 앞장서 갔고, 드러믈은 어두컴컴한 건물 그림자에 몸을 숨기듯 저만치 떨어져서 천천히 걸어갔다. 보트를 저을 때와 똑같은 광경이었다.

재거스 씨 저택 현관문은 아직 잠기지 않았다. 나는 허버트한테 잠시 기다리라고 하고 후견인에게 한마디 하려고 계단을 뛰어 올라갔다. 그는 벌써 구두가 잔뜩 놓인 드레스룸에서 손을 북북 문질러 닦고 있었다.

나는 불미스러운 일을 벌인 점에 대해 사과하면서 부디 너그럽게 이해해달라고 말했다.

"하! 대수롭지 않은 일이네, 핍 군. 그 거미 같은 녀석이 맘에 들어."

그가 얼굴에 물을 흠뻑 끼얹으면서 말했다.

그는 내 쪽을 보면서 머리를 흔들고 숨을 내뿜더니 수건으로 얼굴을 닦았다.

"그가 맘에 드신다니 다행입니다. 하지만 저는 그를 좋아하지 않습니다."

"물론 그렇겠지. 가까이하지 말게. 멀리하는 게 좋아. 하지만 난 그 친구가 마음에 드네, 핍 군. 딱 보니 진품이야. 내가 점쟁이라면……."

수건 너머로 그의 눈과 마주쳤다.

"하지만 나는 점쟁이가 아니지. 내가 누군지 잘 알지? 이만 가보게, 핍."

그는 기다란 꽃줄 무늬 수건에 얼굴을 파묻고 양쪽 귀까지 닦아냈다.

"안녕히 계십시오."

그로부터 한 달쯤 지나서 거미는 포킷 씨의 수업을 완전히 중단했다. 그가 집으로 돌아가자 포킷 부인을 제외한 모든 사람들이 기뻐했다.

27

친애하는 핍,

가저리 씨 부탁을 받고 이 편지를 쓰고 있어. 가저리 씨는 웹슬 씨와 함께 런던에 가실 예정인데, 너를 만나면 좋겠다고 하셔. 화요일 오전 9시 바너드 여관으로 가실 거라는데, 사정이 여의치 않으면 메시지를 남겨주면 좋겠구나. 불쌍한 누나는 네가 여기를 떠날 때하고 달라진 게 거의 없어. 우리는 매일 저녁 부엌에서 네 얘기를 하면서, 네가 어떻게 지내는지 궁금해한단다. 편지가 예의 없게 느껴지더라도 부디 옛정을 생각해서 용서해주기 바라.

언제나 고마워하고 사랑하는 비디가.

추신. 가저리 씨가 '정말 신나는 일이야!'라고 덧붙이라고 하신다. 그렇게 쓰면 네가 알아들을 거라고. 넌 이제 신사가 됐겠지만, 기쁜 마음으로 가저리 씨를 맞아줄 거라고 믿어. 넌 아주 따뜻한 마음씨를 가졌고, 가저리 씨는 너무나 훌륭한 분이니까. 마지막 문장만 빼고 편지를 모두 읽어드렸단다. 다시 한번 '정말 신나는 일이야!'라고 적어달라고 부탁하신다.

월요일 아침에 이 편지를 우편으로 받았다. 조는 다음 날 오기로 되어 있었다. 내가 어떤 마음으로 그를 기다렸는지 솔직히 고백하겠다. 나는 기쁘지 않았다. 그에게 정말 많은 신세를 졌는데도 말이다. 오히려 부담스럽고, 창피해서 화가 나는가 하면, 내 신분과 어울리지 않는 사람이라고 생각했다. 돈을 줘서라도 그를 막을 수 있었다면 나는 기꺼이 그렇게 했을 것이다. 그가 해머스미스가 아니라 바너드 여관으로 온다는 사실, 그래서 벤틀리 드러믈과 마주칠 일이 없다는 사실이 그나마 다행이었다. 허버트나 포킷 씨를 만나는 것은 상관없었다. 둘 다 존경할 만한 사람들이었으니 말이다. 하지만 내가 경멸하는 드러믈을 만나는 것은 몹시도 싫었다. 이렇듯 우리는 자기가 가장 경멸하는 사람 때문에 자신의 가장 나쁜 일면과 졸렬한 단면을 드러내는 것이다.

그동안 나는 많은 비용을 들여서 온갖 불필요하고 어울리지도 않는 것들로 방을 꾸며놓았다. 그래서 내 방의 모습은 처음과 완전히 달라져 있었고, 실내장식 업자의 장부에서 내 이름이 두드러진 위치를 차지하는 영예를 얻었다. 씀씀이는 갈수록 헤퍼졌다. 급기야 그냥 구두도 아니고 승마용 부츠를 신은 심부름꾼을 두기에 이르렀다. 그런데 내가 심부름꾼을 부려먹기보다 오히려 속박당하는 신세로 전락할 지경이었다. 녀석은 우리 집을 드나들던 세탁부 가족 중에 할 일 없는 아이였다. 나는 이 괴물에게 파란 윗옷, 샛노란 조끼, 하얀 넥타이, 하얀 승마 바지, 게다가 승마용 부츠까지 사서 입히고, 최소한의 일거리와 엄청난 양의 식사를 제공해야 했다. 이 무시무시한 두 가지 요구 사항 때문에 그는 나의 하루하루를 괴롭히는 유령이나 마찬가지였다.

원수나 마찬가지인 이 유령에게 화요일 아침 8시에는 현관을 지키고 있으라고 지시했다. 60센티미터밖에 안 되는 바닥에 깔개까지 깔아놓은 현관이었다. 허버트는 조가 좋아할 만한 몇 가지 요리를 추천해주었다. 나는 신경을 써주는 그가 진심으로 고마운 한편, 조가 자신의 손님으로 온다 해도 이토록 즐거울까 하는 의구심이 들면서 조금 화가 나기도 했다.

어쨌든 나는 조를 맞이하기 위해 월요일 밤 런던으로 왔고, 다음 날 아침 일찍 일어나 거실과 식탁을 멋지게 꾸몄다. 불행하게도 아침부터 가랑비가 흩뿌렸다. 이 상황에서는 제아무리 천사라도 거인 굴뚝 청소부가 눈물을 흘리듯 창문마다 검댕이 떨어지는 모습을 감출 수 없을 것이다.

약속 시간이 다가올수록 나는 어디론가 도망치고 싶은 충동이 일었다. 하지만 그 원수 같은 녀석이 현관을 지키고 있을 때 조가 계단을 올라오는 소리가 들렸다. 자기 발에 큰 정장 구두를 신고 올라오는 어색한 발소리와, 방문마다 적힌 이름을 하나하나 읽으면서 올라오느라 시간이 걸리는 것으로 알 수 있었다. 어렵사리 우리 방문 앞에 이른 그가 손가락으로 내 명패를 더듬는 소리가 들렸다. 곧이어 열쇠 구멍을 들여다보며 숨을 내쉬는 소리도 똑똑히 들렸다. 마침내 그가 문을 살짝 한 번 두드렸다. 그러자 페퍼, 그 이름도 창피한 원수 같은 녀석이 "가저리 씨가 오셨습니다!"라고 외쳤다. 가만히 있으면 조가 바닥의 깔개에 구두를 계속 닦고 있을 거라고 생각했다. 그를 깔개에서 끌어내서 데리고 와야겠다고 생각하던 찰나에 그가 들어왔다.

"조, 잘 지냈어?"

"핍, 잘 있었니?"

정직하고 선한 조의 얼굴이 상기된 채 밝게 빛났다. 곧바로 그는 모자를 바닥에 내려놓고 내 두 손을 잡은 채 무슨 특허받은 펌프라도 되는 듯 위아래로 올렸다 내렸다 했다.

"만나서 반가워, 조. 모자는 이리 줘."

조는 알이 들어 있는 새 둥지를 다루듯이 양손으로 모자를 조심스럽게 집어 들었다. 그는 나한테 모자를 건네주지 않고 중요한 물건인 것처럼 듣고 몹시 불편하게 이야기했다.

"키가 많이 컸구나, 핍. 몸집도 커졌고. 어엿한 신사가 되었어. 넌 이 나라와 국왕 앞에 명예로운 사람이 된 것 같다."

마지막 말은 잠깐 생각한 끝에 떠올린 것이었다.

"매형도 훨씬 건강해 보여."

"하느님의 은총 덕에 건강하지. 네 누나는 여전하단다. 비디가 항상 곁에서 챙겨주고 있어. 다른 사람들도 좋아지지도, 나빠지지도 않고 그럭저럭해. 웝슬 씨만 빼고 말이야. 그는 좀 몰락했어."

조는 여전히 모자를 새 둥지처럼 조심스럽게 받들고 방 안을 두리 번거리는가 하면, 꽃무늬 실내복을 살펴보기도 했다.

"몰락이라니?"

내가 되묻자 조가 목소리를 낮추고 말했다.

"그렇게 됐어. 교회 서기 일을 그만두고 배우가 됐거든. 본격적으로 연극을 해보겠다고 하더라. 그 때문에 나와 함께 런던에 온 거란다. 그리고……."

조는 새 둥지 같은 모자를 왼쪽 겨드랑이에 끼고 알을 꺼내듯이 뭔 가를 조심스럽게 꺼냈다.

"이걸 너에게 전해줬으면 하더구나."

조가 건넨 것은 런던의 한 소극장 연극 광고지였다. 지방에서 명연 기로 이름을 날린 아마추어 배우가 마침내 런던에 상륙했음을 알리 는 광고지는 잔뜩 구겨져 있었다. '최고의 국민 시인이 쓴 비극적 걸 작 〈햄릿〉에서 보여준 명연기로 지방 연극계에서 엄청난 돌풍을 일 으킨 배우'라고 소개되어 있었다.

"웝슬 씨 공연 봤어?"

"그럼, 봤지."

조가 힘주어 대답했다.

"정말 돌풍을 일으켰어?"

"글쎄. 아무튼 오렌지 껍질이 수도 없이 날아왔으니까. 특히 그가 유령을 만나는 장면에서는 말이야. 그런데 한 가지 물어보고 싶은데요, 나리. 배우가 유령과 대화를 주고받는데 계속 '아멘!' 하고 끼어들면 그 배우가 제대로 연기할 수 있을지 말입니다. 불행하게도 그가 교회에서 일한 적이 있기는 하지만."

조는 동정적인 투로 나지막이 계속 말했다.

"그렇다고 방해를 해서야 되느냐는 거야. 자기 아버지 유령에게 집중해야 하는데 말입니다. 게다가 상복 모자가 너무 작아서 검은 깃털 장식 때문에 자꾸 벗겨질 때도 그렇고."

그때 조가 유령을 본 듯한 표정을 지었다. 허버트가 방에 들어온 것이었다. 나는 조를 허버트에게 소개했다. 허버트가 악수를 청하며 손을 내밀었지만, 조는 뒤로 물러나며 새 둥지 같은 모자를 꼭 잡고 있었다.

"황송합니다, 나리. 당신과 핍이……."

공교롭게도 그때 조는 식탁 위에 빵을 갖다 놓는 그 원수 같은 녀석을 보았는데, 그를 우리와 같은 신사로 생각하는 것이 분명했다. 내가 아니라는 뜻으로 인상을 찌푸리자 조는 더욱 당황했다.

"그러니까 두 신사분이, 이 좁은 곳에서, 건강하게 잘들 지내시는지 해서요……. 물론 런던에서는 가장 좋은 여관인지도 모르지만."

조가 속내를 드러내는 투로 말했다.

"물론 좋은 곳이겠죠. 하지만 저는 여기서 돼지 한 마리도 못 키우겠습니다. 살이나 잔뜩 쪄서서 맛있게 먹을 거라면 몰라도."

조가 우리 거처에 대해 말했을 때, 그리고 어찌 된 일인지 나를 '나리'라고 부르기 시작했을 때, 나는 그에게 식탁에 앉으라고 했다. 그는 모자를 어디 둬야 할지 모르겠다는 얼굴로 방 안을 휘둘러보았다. 자신의 모자는 극히 드문 자연 물질에만 놓아야 한다는 듯이 말이다. 마침내 그는 모자를 벽난로 선반 끝에 올려놓았다. 하지만 모자는 일정한 간격을 두고 계속 떨어졌다.

"가저리 씨, 차 드릴까요? 아니면 커피를 드릴까요?"

항상 아침 식사를 책임지는 허버트가 물었다.

"고맙습니다, 나리. 나리께서 좋으신 걸로 주십시오."

조가 머리부터 발끝까지 경직된 자세로 말했다.

"그럼 커피를 드릴까요?"

"감사합니다, 나리."

말은 그렇게 해도 조는 분명 실망한 기색을 감추지 않고 덧붙였다.

"나리께서 친절하게도 커피를 선택해주셨으니 반대할 마음은 전혀 없습니다만, 저, 커피는 조금 쓰지 않을까요?"

"그럼 차를 드리죠."

허버트는 차를 따랐다. 이때 조의 모자가 벽난로 선반에서 떨어졌다. 조는 벌떡 일어나 모자를 주워 정확히 똑같은 자리에 올려놓았다. 모자는 곧 다시 떨어져야 훌륭한 예의인 것처럼 말이다.

"런던에는 언제 오셨나요, 가저리 씨?"

허버트가 물었다.

"아마 그게, 어제 오후……."

조는 대답하려다 입을 손으로 가리고 연신 기침을 해댔다. 마치 백 일해에 걸릴 만큼 머물기라도 한 듯이.

"아니, 아닙니다. 아, 그래요. 어제 오후가 맞습니다."

깨달음과 안도감과 명확성이 뒤섞인 표정을 지으며 조가 말했다.

"런던 구경은 좀 하셨나요?"

"아, 예, 그럼요, 나리. 웹슬 씨와 구두약 창고를 구경하러 갔었습니다. 그런데 가게 문에 붙은 빨간 전단지에 있던 모습 같지는 않더군요. 전단지에는 훨씬 더 그으으은사하게 그려져 있어서요."

조는 설명하듯이 말했다.

마침 모자가 떨어지려고 흔들리는 것을 보지 못했다면 조는 '근사한'이라는 단어를 합창하듯 더욱 길게 늘려서 발음했을 것이다. 그 말을 듣고 어떤 건물이 떠오르기도 했다. 정말이지 모자는 끊임없이 조의 관심과 민첩한 손동작을 필요로 했다. 크리켓 경기의 수비수처럼 말이다. 그는 비상한 동작으로 놀라운 솜씨를 보여주었다. 쏜살같이 튀어 나가 바닥에 떨어지기 직전에 모자를 잡는가 하면, 떨어지는 모자를 손으로 쳐서 올렸다가 방 여기저기, 꽃무늬 벽지에 부딪쳐가며 받아냈다. 그러다 찻잔 씻는 물이 담긴 그릇에 빠뜨리고 말았다. 결국 내가 그 모자를 꺼냈다.

조가 입고 있던 셔츠 깃와 양복 깃에 대해 말하자면 정말 이해할 수 없는 일이었다. 정장을 갖춰 입기 위해 자기 목을 그렇게 문질러대야 한단 말인가? 양복을 입으려고 고통을 감수하면서까지 자기 몸을 씻어야 할 이유가 있을까? 게다가 조는 포크를 입으로 가져가다가 갑자기 멈추고 생각에 잠기곤 했고, 엉뚱한 곳을 계속 쳐다보는가 하면 고통스럽게 기침을 해대기도 했다. 식탁에서 너무 떨어져 앉는 바람에 입에 들어가는 것보다 바닥에 흘리는 음식이 더 많았다. 그러면서도 전혀 흘리지 않은 척 행동했다. 그래서 허버트가 회계 사무소에 나가자 나는 진심으로 마음이 놓였다.

지금 생각하면 모든 게 내 탓이었다. 내가 조를 조금이나마 더 편하게 대했다면 그도 편하게 있었을 것이다. 하지만 그때 나에게는 그것을 깨달을 만한 분별력도 판단력도 없었다. 나는 그에게 짜증이 나고 화만 났을 뿐이었고, 조는 그런 나를 선하게 대했다. 결국 나에게는 부끄러운 과오만 남게 되었다.

"우리 둘만 남았으니 말입니다, 나리."

조가 말을 꺼내자 나는 짜증스러운 투로 그의 말을 잘랐다.

"조! 왜 자꾸 나를 나리라고 부르는 거야?"

일순간 조는 비난하는 표정으로 나를 쳐다보았다. 넥타이와 옷깃은 우스꽝스러웠지만, 그의 표정에서 위엄이 느껴졌다.

"이제 우리 둘뿐이니까 말할게. 더 머물고 싶은 마음도 없고 그럴 시간도 없으니 본론부터 말할게. 내가 무슨 이유로 여기 와서 이런 영광을 누리는지 말이야."

조는 편하게 설명하는 태도로 말했다.

"나는 그저 도움이 되었으면 했을 뿐이야. 그게 아니라면 신사분들의 집에서 함께 음식을 먹는 영광을 누리지 못했을 겁니다."

나는 조금 전의 위엄 있는 표정을 보게 될까 봐 그의 말투에 대해 아무 말도 하지 않았다. 그는 애정이 솟구칠 때는 나를 핍이라고 불렀고, 거리감이 느껴져 격식을 갖춰야 한다고 생각할 때는 나리라고 불렀다.

"그러니까 나리, 내가 스리 졸리 바지멘에 있을 때 말이야, 핍. 그래, 펌블추크 삼촌이 마차를 타고 왔단다……."

이야기가 잠깐 옆길로 빠졌다.

"이따금 그에게 몹시 화날 때가 있는데, 그가 읍내를 돌아다니면서 어릴 적부터 자기가 너와 함께 보낸 친구였다고 떠벌리는 거야."

"말도 안 돼. 어릴 때 내 친구는 매형뿐이잖아."

"물론 나도 그렇게 생각한다, 핍."

조는 머리를 조금 젖히고 말을 이었다.

"지금은 별로 중요하지 않은 일이지만 말입니다, 나리. 아, 참, 핍, 수선스러운 그 사람이 스리 졸리 바지맨으로 나를 찾아왔어. 파이프 담배 한 모금과 맥주 1파인트가 얼마나 기운을 북돋워주는지 모른답니다, 나리. 자극적이지도 않고 말입니다. 아무튼 그가 그러더구나. 미스 해비셤이 나한테 할 말이 있다고 말이야."

"미스 해비셤이?"

"그래, 미스 해비셤이 나한테 할 말이 있다고 펌블추크 삼촌이 분명히 말했어."

조는 앉은 채로 천장을 보며 눈알을 굴렸다.

"그래서, 조? 계속해봐."

"다음 날 말이죠, 나리. 깨끗이 차려입고 미스 A를 만나러 갔습니다."

그는 내가 멀리 떨어져 있기라도 한 것처럼 바라보았다.

"미스 A? 미스 해비셤 말이지?"

그러자 조는 유언장을 작성하는 사람처럼 형식적인 태도로 대답했다.

"그러니까 미스 A는, 미스 해비셤이 맞습니다. 그분은 나에게 묻더군요. '가저리 씨, 핍과 편지를 주고받나요?' 네가 보낸 편지 한 장을 받았으니까 '네, 그렇습니다'라고 대답했지. 나리 누님하고 결혼할 때 '네, 그러겠습니다'라고 했는데, 이번에 네 친구에게 '네, 그렇습니다'

라고 말했단다, 핍. 그랬더니 그분이 말씀하시더구나. '그럼 에스텔러가 돌아왔는데 핍을 보면 반가워할 거라고 전해주겠어요?'"

나는 얼굴이 화끈 달아오르는 것을 느꼈다. 이런 일로 나를 만나러 오는 줄 알았다면 좀더 친절하게 대했을 거라는 생각이 들었기 때문이다.

"집에 돌아와 비디에게 편지를 써달라고 부탁했는데, 조금 망설였단다. 비디는 내가 직접 전해주면 네가 더 기뻐할 거라고 말했단다. 마침 휴가 기간이고 핍이 보고 싶기도 할 테니 직접 가라고 말이야. 이제 할 말은 다 했습니다, 나리."

조는 일어나면서 말했다.

"핍, 그럼 잘 지내고, 항상 건강하고, 모든 일이 잘되고, 더 높이 올라가기를 기도할게."

"지금 가려고?"

"그래, 지금 가려고."

"점심 먹으러 다시 올 거지?"

"아니다, 핍. 오지 않을 거다."

우리의 눈이 마주쳤다. 그 순간 '나리'라고 부르던 어색한 분위기가 남자다운 그의 가슴에서 완전히 없어졌다. 그는 나에게 손을 내밀었다.

"내 친구, 핍. 인생은 서로 떨어진 수없이 많은 부분들이 이어지는 연속이란다. 누구는 대장장이로 살고, 누구는 양철공으로, 또 어떤 사람은 금 세공인으로, 어떤 이는 구리 세공인으로 살아가지. 사람들 간의 이런 구분은 어쩔 수 없이 생기는 것이고, 우리는 각자 생긴 대로 받아들여야 해. 오늘 잘못된 것이 있다면 그건 모두 내 탓이다. 나와 너는 런던에서 만나지 말아야 할 사이야. 개인적이고, 익숙하며 친구

처럼 어울릴 수 있는 곳 말고 다른 곳에서는 말이야. 이제 이런 옷을
입은 나를 다시 보게 될 일은 없을 거야. 그건 내 자존심 때문이 아니
라 그저 내가 있어야 할 자리에 있고 싶어서야. 나는 이런 옷차림과
는 어울리지 않아. 대장간과 우리 집 부엌과 습지대 말고는 어울리지
않아. 대장장이 옷을 입고, 손에 망치를 들고, 파이프를 입에 물고 있
다면, 이런 차림에서 나타나는 모자란 점을 반도 찾지 못할 거야. 네
가 나를 만나고 싶으면 대장간으로 와서 창문을 들여다보며, 대장장
이 조가 불에 그슬린 앞치마를 두르고 낡은 모루 앞에 앉아 자기 일
에 열중하는 모습을 보거라. 그때는 너도 이런 차림에서 보여주는 모
자란 점을 반도 발견하지 못할 거야. 나는 몹시 우둔한 사람이지만,
오늘은 옳은 결론을 내린 것 같다. 내 친구, 핍, 하느님의 은총이 함께
하기를!"

조에게는 순수하고 진실한 위엄이 있었다. 그가 이런 말을 했을 때,
어색한 옷차림은 아무런 방해가 되지 않았다. 천국에서 그런 것처럼.
그는 부드럽게 내 이마를 어루만지고 밖으로 나갔다. 잠시 뒤 정신을
차린 나는 황급히 쫓아 나가 거리를 둘러보았다. 하지만 그의 모습은
보이지 않았다.

28

내일 당장 고향에 가야 하는 것은 명백한 사실이었다. 후회가 밀물
처럼 밀려들면서 당연히 조의 집에 묵어야 한다고 생각했다. 하지만
내일 출발하는 마차를 예약하고 포킷 씨 집에 들렀다 돌아올 때쯤 확
신을 가지지 못하고 블루보어 여관에 묵어야 하는 이유를 열심히 찾

아냈다. '내가 조의 집에 묵을 줄은 미처 모르고 있을 테니 잠자리도 준비되어 있지 않을 것이고, 더구나 미스 해비셤의 집에서도 너무 멀리 떨어져 있으니 까다로운 그녀가 좋아할 리 없어' 등등.

세상 그 어떤 사기꾼도 자신을 속이려는 사기꾼에 비하면 아무것도 아니었다. 나는 이런 핑계를 대며 자기기만에 빠졌다. 정말이지 이상한 일이었다. 가령 다른 사람이 만든 위조지폐를 모르고 받을 수는 있다. 하지만 나 자신이 위조한 돈을 진짜 돈으로 여길 수 있다는 말인가! 어떤 친절한 낯선 사람이 돈은 작게 접어서 가지고 다녀야 안전하다며 내 지폐를 받아 슬쩍 감추고 그 대신 나한테 가짜 종이돈을 내밀었다고 하자. 하지만 그 능란한 손재주도 나 스스로 가짜 돈을 접어서 진짜 돈이라고 속이는 것에 비하면 새 발의 피다.

블루보어에서 묵기로 마음먹고 나니, 이번에는 저 돈 잡아먹는 원수 같은 심부름꾼 녀석을 데려가야 할지 말지 판단이 서지 않았다. 녀석이 블루보어 마차 대기소 앞길에서 자기 부츠를 말리는 모습을 상상하면 구미가 당겼다. 그리고 트랩 씨네 양복점으로 데리고 갔을 때 그 시건방진 점원의 코가 납작해질 것을 떠올리면 자못 가슴이 벅차오를 지경이었다. 하지만 트랩 씨네 점원이 저 녀석과 친해져서 이런저런 쓸데없는 소리를 지껄일지도 모른다. 아니면 워낙 막돼먹고 비열한 놈인지라 대로변에서 내 심부름꾼을 놀려댈지도 모른다. 이런 일이 생기면 내 은인, 즉 미스 해비셤도 탐탁지 않게 여길 것이다. 고민한 끝에 나는 원수 같은 심부름꾼 녀석은 두고 가기로 했다.

마차역에서 출발하는 시간은 오후 2시였다. 겨울이어서 어둑해진 뒤에나 도착할 것이다. 당시는 죄수를 해군 조선소까지 이송할 때 역마차를 이용하는 게 일종의 관례였다. 죄수들이 지붕 위에 앉아서 간다는 이야기는 들었다. 큰 도로에서 마차 지붕 위로 족쇄를 찬 발을 흔들거리는 모습을 목격하기도 했다. 그래서 마차 대기소에서 허버 트가 죄수 2명이 같이 타고 갈 거라고 했을 때도 놀라지 않았다. 하지 만 이미 오래전 일인데도 '죄수'라는 단어를 들으면 본능적으로 흠칫 하는 것은 어쩔 수 없었다.

"헨델, 괜찮니?"

허버트가 말했다.

"응, 괜찮아!"

"기분이 안 좋아 보이는데?"

"좋다고는 할 수 없지. 너 같으면 안 그러겠니? 아무튼 뭐, 나는 신 경 안 쓸 거야."

"저기 봐! 그들이 술집에서 나오네. 어쩜 저리도 혐오스러운 몰골 들을 하고 있을까?"

죄수들이 간수에게 한턱내기라도 한 모양이었다. 죄수 둘과 간수 하나가 술집에서 함께 나왔다. 셋 모두 손으로 입가를 훔치면서 말이 다. 죄수 둘은 팔 한쪽씩 수갑으로 연결된 상태에서 발에는 족쇄를 차고 있었다. 눈에 익은 족쇄였다. 그리고 죄수복도 낯설지 않았다. 간수는 권총을 차고, 묵직한 손잡이가 달린 곤봉을 겨드랑이에 끼고 있었다. 그는 죄수들하고 친한 듯했다. 마치 이 죄수들은 아직 정식으 로 공개되지 않은 흥미진진한 전시물이고 자신은 그 관리자라도 되 는 것처럼 그들과 나란히 서서 마차에 말을 매는 모습을 구경하고 있 었다.

죄수 중 하나는 다른 죄수보다 키도 크고 훨씬 건장해 보였다. 그 런데 자유의 세계든 죄수들의 세계든 그러게 마련이듯이 자기보다 몸집이 작은 죄수보다 훨씬 더 작은 죄수복을 할당받은 것 같았다. 옷을 걸친 그의 팔다리는 마치 바늘꽂이 인형처럼 우스꽝스러워 보였다. 그런데도 나는 반쯤 감긴 그의 눈을 단번에 알아보았다. 어느 토요일 밤, '스리 졸리 바지맨'에서 긴 의자에 앉아 보이지 않는 총으로 "탕!" 하고 나를 쏘았던 그자가 바로 앞에 서 있었다.

상대는 나를 알아보지 못한 게 확실했다. 그가 대기소 너머로 나를 쳐다보았는데, 잠시 내 시곗줄의 값어치를 감정하기라도 하듯 보더니 침을 뱉으면서 동료에게 무슨 말인가를 건넸다. 그러더니 자기들끼리 웃고는 수갑을 쩔렁쩔렁 울리며 돌아섰다. 그들의 등에는 길거리 출입문처럼 커다란 죄수 번호가 그려져 있었다. 피부는 하등동물처럼 거칠거칠하고 지저분했다. 족쇄는 드러내기 뭣한 듯 화환처럼 손수건으로 감쌌다. 사람들은 하나같이 멀찌감치 떨어져서 그들을 쳐다보고 있었다. 그 모든 것들이 허버트가 말한 것처럼 몹시 불쾌하고 혐오스러워 보였다.

하지만 여기서 끝이 아니었다. 런던에서 이사를 떠나는 한 가족이 마차 지붕을 모두 차지하는 바람에 두 죄수가 앉을 자리가 없어져버렸다. 할 수 없이 그들은 마부 바로 뒷자리에 앉아야 했다. 그러자 같은 줄 네 번째 자리에 앉은 화를 잘 내게 생긴 신사가 격렬하게 항의했다. "영국 신사를 이런 극악무도한 자들과 합석시키는 것은 계약 위반이오. 이건 정말 불쾌하고 악질적이며 꺼림칙하고 치욕적인 일이오." 등등 불만을 있는 대로 퍼부었다. 마차는 출발 준비를 마쳤고, 마부도 조바심이 났으며, 승객들도 모두 마차에 오를 준비를 끝냈다. 두 죄수가 간수와 함께 다가온 순간 그들 특유의 기이한 냄새가 훅 끼쳤다. 찜질 약 냄새에 쾨쾨한 모직 천 냄새, 밧줄 만드는 실과 벽난로 바닥에 까는 진흙 냄새 등이 뒤섞여서 풍겼다.

"너무 그리 나쁘게만 생각지 마십시오."

간수가 화내는 승객에게 사정조로 말했다.

"제가 나리 곁에 앉고, 이놈들은 맨 바깥쪽에 앉히면 되지 않겠습니까? 저것들 때문에 나리의 여행이 방해되는 일은 절대 없을 것입니다. 이놈들은 없다고 생각하십시오."

"내 탓은 하지 마시오. 제길! 누군 뭐 가고 싶어 가는 줄 아나. 가라고 빌어도 안 갈 판인데. 마차에서 내리라면 당장이라도 내리겠소. 누가 나 대신 가면 대환영이오."

내가 얼굴을 아는 죄수가 투덜거렸다.

"누가 아니래. 내가 할 수만 있다면, 당신들한테 피해 끼칠 일은 없을 거요."

다른 죄수가 퉁명스럽게 말했다.

그러고는 둘은 소리 내어 웃었다. 그러면서 호두를 깨물어 먹고 껍데기를 사방에 뱉어댔다. 그렇게까지 경멸을 당한다면 나라도 그러지 않았을까 싶었다.

결국 화난 신사를 도울 길은 없었다. 그는 죄수들과 함께 타고 가든지, 아니면 남든지 둘 중 하나를 선택해야 했다. 신사는 여전히 투덜거리면서 자리에 앉았다. 간수가 그 옆에 앉고, 죄수들은 최대한 바깥쪽으로 붙어 앉았다. 공교롭게도 내가 아는 죄수가 바로 뒷자리에 앉아 내 목덜미로 입김을 내뿜었다.

"헨델, 잘 다녀와!"

마차가 움직이자 허버트가 크게 소리쳤다. 그가 나에게 핍이 아닌 다른 이름으로 불러준 것이 얼마나 다행인지 몰랐다.

죄수의 숨결이 내 목덜미뿐 아니라 등골 전체로 스며들었는데 그것은 말로 표현할 수 없는 기분이었다. 말하자면 산성이 골수에 스며드는 것처럼 이가 얼얼할 정도로 불쾌한 느낌이었다. 그는 다른 사람들보다 더 요란하게 숨을 내뱉어야 하는 것 같았다. 그 숨결을 피하려고 몸을 움츠리다 보니 내 한쪽 어깨가 점점 더 치켜 올라갔다.

날씨는 몹시 우중충하고 싸늘했다. 두 죄수는 추운 날씨에 저주를 퍼부었다. 마차가 출발한 지 얼마 되지 않아서 우리 모두 추위에 무뎌졌다. 중간 기착지를 떠날 무렵에는 모두 말없이 꾸벅꾸벅 졸거나 추위에 떨고 있었다. 나는 헤어지기 전에 이 죄수에게 2파운드를 돌려주어야 할지, 또 그러려면 어떻게 하는 것이 가장 좋을지 생각하다가 깜박 잠이 들었다. 그러다 말들 사이로 고꾸라지듯 몸이 앞으로 쏠리자 화들짝 놀라 잠이 깼다. 그러고는 다시 그 문제를 생각했다.

생각보다 꽤 오래 잠이 들었던지 밖은 이미 어두워져 등불만 간간이 비칠 뿐 아무것도 보이지 않았다. 하지만 나는 차갑고 축축한 바람에서 우리 고장 습지대 냄새를 맡았다. 죄수들은 나를 바람막이 삼아 온기를 유지하려고 몸을 잔뜩 웅크린 채 내 뒤에 바짝 붙어 있었다. 그들이 주고받은 대화 중 처음으로 귀에 들어온 말이 '1파운드짜리 지폐 두 장'이었다. 바로 지금까지 내가 고민하던 단어였다.

"그걸 어떻게 얻었대?"

내가 모르는 죄수가 물었다.

"내가 어떻게 알아? 어디 감춰뒀던 거겠지. 아니면 친구 놈들에게 받은 것일 수도 있고."

내가 얼굴을 아는 죄수가 말했다.

"지금 나한테 있으면 얼마나 좋아."

내가 모르는 죄수가 추위에 욕설을 퍼부어가며 말했다.

"1파운드짜리 지폐 말이야, 아니면 친구들 말이야?"

"지폐 말이야, 지폐. 1파운드짜리 지폐가 한 장이라도 생긴다면 내 친구 놈들 따위 모두 팔아버릴 수도 있어. 그래, 그자가 뭐라고 했는데?"

"그자가 이러더군. 조선소 목재 더미 뒤에서 순식간에 있었던 일이야. '자네, 곧 석방이지?' 그자가 묻기에 내가 그렇다고 대답했더니 어떤 꼬마 녀석을 찾아달라는 거야. 그 꼬마가 자기한테 먹을 것을 가져다주고 비밀을 지켜줬다면서, 그 소년을 찾으면 1파운드짜리 지폐 두 장을 전해달라고 하더군. 그래서 그러마고 대답했지. 실제로 그렇게 했고."

내가 아는 죄수가 대답했다.

"이런 머저리 같은 친구를 봤나. 나라면 그 돈으로 진탕 먹고 마셨을 텐데. 아무튼 그놈도 풋내기가 틀림없어. 자네랑 아는 사이도 아니었다면서?"

다른 죄수가 불퉁스럽게 말했다.

"전혀 모르는 사이였지. 작업반도 다르고 서로 다른 감옥선에 있었으니까. 그는 재차 탈옥을 시도했다가 결국 붙잡혀서 종신형을 선고받았어."

"그러니까 그자를 만났던 그때 딱 한 번 이 지역에서 노역했다, 이거지?"

"그래. 딱 한 번이었지."

"그래. 이 빌어먹을 고장은 대체 어떤 곳인가?"

"빌어먹을 곳이지. 진흙 강둑으로 둘러싸여 있고, 온통 눅눅한 습지대에 안개는 또 어찌나 고약한지. 노역, 노역, 습지, 안개, 진흙 둑, 오직 그것뿐이었지."

그 죄수가 나를 알아보지 못한다는 확신이 없었다면 나는 이 대화를 엿듣고 난 뒤 어두운 길가에 혼자 내렸을 것이다. 나는 그때보다 나이를 더 먹었고, 키가 커졌으며, 전혀 다른 상황에서 판이하게 다른 옷차림을 하고 있었으므로, 부수적인 설명이 없는 한 그 죄수가 나를 알아볼 일은 없을 것이다. 그러나 하고많은 마차 중에 우리가 같은 마차를 탔다는 우연의 일치가 나를 두렵게 만들었다. 어쩌다 또 다른 우연이 거듭 일어나 그가 내 이름을 나와 연결할 수도 있었던 것이다. 나는 마을에 도착하자마자 재빨리 내려서 그들이 내 소식을 듣지 못할 만큼 최대한 멀리 가버리기로 작심했다. 그리고 이 계획을 성공적으로 실행에 옮겼다.

내 작은 여행 가방은 발밑 짐칸에 있었다. 쇠고리를 돌리기만 하면 가방을 꺼낼 수 있었다. 나는 마을에 들어서자 먼저 가방을 마차 밖으로 내던졌다. 그런 다음 포장도로의 첫 번째 가로등 아래서 내렸다. 죄수들은 계속 갈 길을 갔다. 나는 그들이 어느 지점에서 강을 건너게 될지 잘 알고 있었다. 나는 진흙 선착장 계단에서 두 죄수를 기다리고 있는, 역시나 죄수들이 젓는 보트를 상상했다. 그러자 개들에게 명령하듯 "자, 힘껏 저어라, 이놈들!" 하고 외치던 소리가 귓전을 맴돌았다. 검은 바다 위에 악당들만 타는 노아의 방주처럼 느껴졌던 그 감옥선이 다시금 또렷이 떠올랐다.

내가 무엇을 그토록 두려워했는지 말할 수는 없다. 그때 나의 두려움은 불확실하고 모호한 것이었기 때문이다. 다만 엄청난 공포에 휩싸였던 것은 분명했다. 블루보어 여관으로 걸어가는 동안, 나는 단순한 불쾌감이나 거부감을 넘어서서 공포에 사로잡혀 온몸을 떨었다.

지금 생각해보면 그것은 막연한 두려움일 뿐이었다. 어린 시절의 공포의 짧은 되새김질에 불과했던 것이다.

블루보어 여관에 딸린 카페에는 손님이 아무도 없었다. 저녁 식사를 주문하고 자리에 앉아 식사를 할 때 비로소 나를 알아본 웨이터가 다가와 금방 기억하지 못한 것을 용서해달라면서 심부름꾼을 보내 펌블추크 씨에게 연락할지 물었다.

"아뇨, 됐습니다. 그만두세요."

내가 대답했다.

웨이터는 적잖이 당황한 기색이었다. 그는 내가 조와 도제 계약을 맺던 날, 판사 앞에서 판매원들의 불만을 강력하게 성토하던 바로 그 사람이었다. 잠시 뒤 그가 날짜가 한참이나 지난 더러운 지방 신문을 내 눈앞에 놓았다. 신문에는 이런 기사가 실려 있었다.

독자 여러분이 흥미를 가지지 않을 수 없는, 최근 우리 이웃인 젊은 대장장이의 소설 같은 행운을 알려드리겠습니다(아직 작가로서 널리 인정받지 못했지만, 우리 읍내의 시인이자 본 신문의 기고가 투비 씨가 마술적인 필력을 펼치기에 참으로 좋은 주제라고 아니할 수 없을 것이니). 그 청년의 첫 후원자이자 동료요, 친구였던 사람은 우리 마을에서 평판이 자자한 인물인데, 물론 그분은 곡물업이나 종묘상과 전혀 관련이 없지는 않은 인물로, 그분의 편리하고 널찍한 사업장은 중심가에서 1.6킬로미터도 떨어지지 않은 곳에 있다고 합니다.

우리가 그분을 젊은 텔레마코스(오디세우스의 아들. 처음에는 미약한 존재였다가 불운과 행운을 겪으면서 성장해가는 인물—옮긴이)의 멘토 같은 인물이라고 기록하는 것은, 우리의 사적인 감정과 무관하지 않을 겁니다. 왜냐하면 그는 우리 마을의 한 젊은이에게 텔레마코스가 누린 것과 같은 행운의 문을 열어준 지도자이기 때문입니다. 시골 현자가 이마를 찌푸리며, 우리 마을의 미녀가 두 눈을 빛내며 묻는가? 그렇다면 대체 그 행운의 주인공은 누구인가? 퀸틴 마치스(16세기 벨기에의 화가—옮긴이)도 앤트워프의 대장장이였으니. 현자에게는 이 한마디면 충분하리라.

경험으로 비춰보건대, 내 전성기에 북극으로 갔다 해도 떠돌이 에스키모든 문명인이든 간에 펌블추크 씨가 나의 첫 후원자이자 행운의 문을 열어준 사람 아니냐고 말하는 사람을 만났을 것이다.

29

나는 아침 일찍 일어나 밖으로 나왔다. 미스 해비셤을 방문하기에는 너무 이른 시간이었다. 그래서 그녀의 저택이 있는 방향으로 난 시골길을 천천히 걸어가면서 그녀가 앞으로 나를 위해 세워놓았을 찬란한 미래를 그려보았다. 이 길은 조의 집과 반대 방향이었다. 조의 집은 내일 가면 된다.

미스 해비셤은 에스텔러를 양녀로 삼았다. 이제는 나도 양자로 삼은 거나 마찬가지였다. 따라서 이것은 우리 둘을 이어주려는 그녀의 의도가 분명했다. 황폐한 집을 되살리고, 어두컴컴한 방에 햇빛을 들이고, 멈춰놓은 시계들을 다시 돌아가게 만들고, 싸늘하게 식은 벽난로에 다시 불을 지피는 것도, 거미줄을 모두 걷어내고 쥐와 벌레를 박멸하고, 요컨대 연애소설에 나오는 젊은 기사가 온갖 빛나는 공적들을 모두 수행한 뒤 공주님과 결혼하는 것과 같은 일들이 계획되어 있는 것이었다.

미스 해비셤의 집을 지나가다가, 좀더 자세히 살펴보려고 걸음을 멈췄다. 붉은 벽돌 겉면은 검게 그을렸고, 창문들은 모두 막아두었으며, 초록색 억센 담쟁이덩굴이 굴뚝을 온통 감싸고 있었다. 이 모든 것들이 신비롭고 의미 있게 보였다. 그 신비의 주인공은 나였고, 신비의 원천이자 핵심은 에스텔러였다. 내가 그녀에게 강렬하게 사로잡혔고, 내 생각과 희망이 그녀에게 너무나도 단단히 매어 있었으며, 비록 소년 시절 내 삶과 생각에 그녀가 결정적인 영향을 미치기는 했지만, 그날 아침 낭만에 빠진 그 순간에도 나는 에스텔러가 본래 가진 것 외에 다른 성격을 덧붙이지 않았다. 여기서 이 사실을 일부러 언급하는 이유는 가련한 미궁 같은 내 심정을 읽는 실마리이기 때문이다.

내 경험으로 비춰보건대, 사랑하는 상대에 대해서는 통념이 들어맞지 않을 때가 많다. 진실을 말하건대 내가 한 남자로서 에스텔러를 사랑했을 때 그녀에게 끌리는 마음을 어찌할 수 없었다. 늘 그랬던 건 아니지만 나는 자주 슬픔에 빠졌다. 이성적으로 생각하지 못하고, 장래에 대한 기대와 희망, 마음의 평온과 행복을 외면하고, 온갖 모멸과 거절 속에서도 그녀를 사랑한다는 사실이 슬펐다. 그것을 알면서도 그녀를 사랑했고, 내 마음을 억누를 수 없었다. 그녀를 완벽한 사람이라고 믿고 숭배했을 때 들었을 그런 마음처럼.

나는 예전에 방문하던 시간에 맞춰 산책을 끝내고 미스 해비셤의 저택에 도착했다. 떨리는 손으로 초인종을 울리고는 두근거리는 가슴을 억누르려고 대문을 등진 채 심호흡을 크게 했다. 이윽고 옆문 열리는 소리가 나더니 마당을 가로질러 오는 발소리가 들렸다. 나는 녹슨 경첩이 삐걱거리며 대문이 열릴 때까지 못 들은 체했다.

마침내 누군가 내 어깨에 손을 짚었다. 나는 깜짝 놀라는 척하며 돌아섰다. 그리고 다음 순간 나는 진짜 경악하고 말았다. 어두운 회색 옷을 입은 남자가 서 있었는데, 미스 해비셤의 문지기가 되었을 줄은 꿈에도 생각 못했던 인물이었던 것이다.

"올릭!"

"아, 젊은 나리. 나리 처지만 바뀐 게 아닙니다. 어쨌든 들어와요, 어서. 대문 오래 열어두면 안 되니까."

나는 안으로 들어갔다.

그가 대문을 잠그고 열쇠를 빼낸 다음 몇 걸음 앞서서 집 쪽으로 걸어가다가 갑자기 뒤돌아서서 말했다.

"그래요. 난 여기서 일해요!"

"어떻게 이 집에 온 거예요, 올릭?"

"내 발로 왔죠. 짐은 손수레로 날랐고."

"그럼 계속 여기 사는 거예요?"

"뭐, 나쁜 짓 하려고 온 건 아니니까요, 젊은 나리."

나는 그 말이 아무래도 수상쩍었다. 그가 천천히 고개를 들어 내 팔다리와 얼굴을 훑어보는 동안, 나는 마음속으로 차분히 그의 말을 되새겨보았다.

"그럼 대장간 일은 그만둔 거예요?"

"대장간에서 일하는 사람으로 보여요? 대장간에서 일하는 사람 옷으로 보이냐고요?"

올릭은 모욕을 당하기라도 한 듯 주위를 한 바퀴 둘러보았다.

"가저리 씨 대장간을 그만둔 지 얼마나 됐죠?"

"글쎄, 헤아려봐야겠는데요. 여기서는 그날이 그날 같아서 말이에요. 아무튼 나리가 런던으로 떠난 지 얼마 되지 않아서예요."

"그런 말은 나도 할 수 있어요, 올릭."

"그래요? 배운 사람이라 다르네요."

그가 모른 척 말했다.

우리는 저택 건물에 이르렀다. 그의 방은 옆문 바로 안쪽에 있었다. 안마당을 내다볼 수 있는 작은 창문이 달린 작은 방은 파리의 문지기 방과 비슷했다. 올릭은 다른 열쇠가 걸려 있는 벽에 대문 열쇠를 걸었다. 움푹 들어간 구석에 놓인 침대에는 조각 이불이 깔려 있었다. 전체적으로 꾀죄죄하고 졸음이 쏟아질 것처럼 답답한 것이 들쥐 소굴 같았다. 창가 그늘에 서 있는 올릭은 시커멓고 음침한 것이 영락없이 들쥐 같았다. 아니, 그는 인간 들쥐 그 자체였다.

"이 방은 처음 보네요. 하긴 전에는 문지기가 없었으니까."

내가 말했다.

"맞아요, 없었어요. 그런데 이 집을 지키는 사람이 없다는 것이 알려지면서 죄수들과 부랑자들이 주변을 어슬렁대는 바람에 위험하다는 생각이 들었던 거예요. 그럴 때 내가 충분히 보답할 사람으로 추천되었고, 이 자리에 있게 된 거죠. 풀무질이나 망치질보다 한결 편해요. 아, 그거 총알이 장전된 거예요. 진짜라고요."

내가 벽난로 위에 있는, 구리로 개머리판을 씌운 엽총을 보자 그가 말했다. 더 이상 그를 상대할 기분이 아니었던 나는 화제를 돌렸다.

"그럼 이제 미스 해비셤을 만나러 가도 되겠죠?"

"글쎄요. 내가 그걸 어찌 알겠어요. 내가 지시받은 건 여기까지입니다, 젊은 나리. 어쨌든 난 이 망치로 종을 두드릴 거예요. 그럼 나리는 아무나 마주칠 때까지 복도를 따라 쭉 가면 됩니다."

올릭은 기지개를 쭉 켜고 몸을 부르르 떨면서 말했다.

"미스 해비셤은 내가 온 것을 알고 있겠죠?"

"그건 내가 더더욱 알 수 없죠."

나는 어릴 적 그 두껍고 낡은 구두를 신고 걸어갔던 기다란 복도로 들어섰다. 올릭이 종을 쳤다. 내가 복도 끝에 이르렀을 때까지도 종소리 잔향이 남아 있었다. 세라 포킷이 보였다. 그녀는 이제 나만 보면 얼굴이 붉어졌다 새파래졌다 하는 모양이었다.

"어머나, 핍 씨 맞죠?"

세라 포킷이 말했다.

"네, 미스 포킷. 포킷 씨와 가족분들은 잘 지내고 있습니다."

"그분들 이제는 사리에 밝아졌나요? 그들은 잘 지내기보다 좀더 사리에 밝을 필요가 있어요. 아, 매슈, 매슈! 길은 잘 알죠, 핍 씨?"

미스 포킷이 우울한 얼굴로 고개를 저었다.

어둠 속에서 몇 번이고 오르내렸던 계단이라 잘 알고 있었다. 나는 예전보다 훨씬 가벼운 구두를 신고 계단을 올라갔다. 그리고 미스 해비셤의 방 앞에서 예전 방식으로 문을 두드렸다.

"핍이군. 들어와, 핍."

그녀의 목소리가 들렸다.

미스 해비셤은 오래된 식탁 가까이 의자에 앉아 있었다. 예전의 그 드레스를 입고, 지팡이에 두 손을 포개어 그 위에 턱을 괸 채 벽난로 불길을 바라보고 있었다. 곁에는 숙녀가 한 번도 신은 적 없는 새하얀 구두를 손에 들고 고개 숙여 그것을 들여다보고 있었다. 일찍이 본 적 없는 우아한 숙녀였다.

"들어오너라, 핍."

미스 해비섬은 몸을 돌리지도 고개를 들지도 않고 혼자 중얼거리듯 말했다.

"어떻게 지냈니? 마치 내가 여왕이라도 되는 것처럼 손에 입을 맞추는구나. 응? 그런 거야?"

그녀는 눈만 치켜뜨고 나를 쳐다보면서 짓궂은 농담처럼 같은 말을 되풀이했다.

"그런 거야?"

"미스 해비섬께서 저를 만나고 싶어 하신다는 말을 듣고, 이렇게 바로 달려왔습니다."

나는 조금 얼떨떨한 기분으로 말했다.

"그게 다야?"

한 번도 본 적 없는 숙녀가 눈을 들어 장난기 어린 표정으로 나를 쳐다보았다. 그 순간 나는 그녀의 눈을 보고 에스텔러라는 것을 알았다. 그녀는 너무나도 많이 변해 있었다. 전보다 훨씬 더 아름답고 훨씬 더 여성스러워졌으며, 모든 면에서 남자들의 감탄을 자아낼 만큼 아름답게 성숙했다. 그에 비하면 나의 변화는 하찮것없었다. 나는 그녀를 바라보면서 다시금 거칠고 천한 소년으로 되돌아간 것 같은 절망감에 휩싸였다. 아, 그 범접할 수 없는 거리감이라니, 도저히 뛰어넘을 수 없는 벽이라니!

그녀가 내게 손을 내밀었다. 나는 말까지 더듬어가며 그녀를 다시 만나서 더없이 반갑고, 오랫동안 이런 날이 오기를 학수고대했노라고 말했다.

"에스텔러가 많이 변했지?"

미스 해비섬이 탐욕스러운 표정을 지으며 물었다. 그녀는 지팡이로 에스텔러와 자기 사이에 놓인 의자를 두드렸다. 나더러 거기 앉으라는 뜻이었다.

"네, 미스 해비셤. 이 방에 들어섰을 때 얼굴이나 겉모습에서 예전에스텔러의 모습을 전혀 찾아볼 수 없었습니다. 그런데 지금 자세히보니 옛날 그 모습이……."

"뭐? 설마 옛날의 에스텔러가 떠오른다고 말하려는 건 아니겠지?저 애는 아주 도도하고 무례했지. 그래서 너는 저 애한테서 달아나고싶어 했고. 기억 안 나는 거냐?"

미스 해비셤이 내 말을 가로막았다.

나는 당황한 나머지 오래전 일이고, 그녀를 잘 모를 때였다고 주절거렸다. 에스텔러는 미소 띤 얼굴로 태연하게, 내가 그렇게 본 것이맞고, 그때는 자기가 기분 나쁜 아이였다고 말했다.

"꼽이 많이 변했니?"

미스 해비셤이 에스텔러에게 물었다.

"네, 아주 많이요."

에스텔러가 나를 바라보며 대꾸했다.

"이제는 거칠고 천박해 보이지 않아?"

미스 해비셤이 에스텔러의 머리카락을 만지작거리면서 말했다.

에스텔러는 웃다가 손에 든 구두를 쳐다보았다. 그러다 다시 웃으면서 나를 바라보더니 구두를 내려놓았다. 그녀는 여전히 나를 어린애 취급했다. 나를 유혹하면서도 말이다.

우리는 꿈속 같은 방에서, 일찍이 내게 깊은 영향을 끼쳤던 그 낡고 이상한 물건들 속에 있었다. 에스텔러는 프랑스에서 막 돌아왔고,이제 곧 런던으로 갈 거라고 했다. 그녀는 예나 지금이나 도도하고 제멋대로였지만, 그러한 자질들이 자신의 아름다움 속에 절묘하게 녹아들어, 그녀의 아름다움과 따로 떼어 생각할 수 없었다. 그리고 소년 시절 나를 혼란스럽게 만들었던, 비참한 기분으로 부와 신분을 동경했던 것과, 그녀의 존재를 분리할 수 없었다. 생전 처음 우리 집과 조를 창피하게 생각했던 그 일그러진 갈망과 그녀의 존재를 따로 떼어 생각하기도 불가능했다. 활활 타오르는 불길 속에서 쇳덩이를 꺼내 모루에 대고 망치질을 할 때 그녀를 떠올리고, 깜깜한 어둠 속에서 그녀의 얼굴이 대장간 나무 창문 사이로 나타났다 사라졌다고 상상하던 일, 이 모든 상념에서 그녀의 존재를 따로 떼어 생각하기는 참으로 불가능했다. 한마디로 과거든 현재든 내 삶의 가장 깊숙한 곳과 그녀를 떼어내는 것은 있을 수 없는 일이었다.

그날은 저택에서 시간을 보내고 밤에 여관으로 돌아갔다가 이튿날 런던으로 돌아가기로 했다. 미스 해비셤은 잠시 산책하라며 나와 에스텔러를 버려진 정원으로 내보냈다. 그리고 갔다 와서 예전처럼 바퀴 달린 의자를 밀어달라고 했다.

에스텔러와 나는 대문 옆 정원으로 나갔다. 예전에 여기를 돌아다니다 창백한 어린 신사, 지금의 허버트를 만나 결투를 벌였던 정원이었다. 나는 떨리는 마음으로 에스텔러의 치맛단마저 숭배할 지경이었다. 하지만 매우 침착해 보이는 그녀는 나를 자기의 치맛단 정도로밖에 생각하지 않는 것 같았다. 나와 허버트가 싸웠던 장소 가까이 오자 그녀가 걸음을 멈췄다.

"여기 숨어서 그날 너희가 싸우는 모습을 모두 지켜봤어. 아마 내가 좀 특이한 애였던 것 같아. 정말 재미있게 구경했거든."

"넌 그 답례로 내게 선물을 주었지."

"내가? 내가 너의 싸움 상대를 싫어했던 것은 기억나. 그 애가 나를 귀찮게 했거든."

그녀는 별 생각 없이 무심한 말투였다.

"그 애는 지금 나랑 아주 친한 친구가 됐어."

"그래? 그 애 아버지가 너를 가르친다는 얘기를 들은 것 같은데?"

"그래."

나는 마지못해 대꾸했다. 어린애 취급을 하는 것처럼 느껴졌기 때문이었다. 그녀는 이미 충분히 나를 어린애 취급했는데 말이다.

"네 운과 미래가 달라진 것만큼이나 네 주변 사람들도 많이 달라졌겠구나."

"물론이지."

"그럴 수밖에 없지. 예전에는 네 친구로 적합했던 사람들이, 지금은 전혀 어울리지 않는 사람들이 됐을 테니까."

에스텔러가 거만한 투로 말했다.

그때 내 마음속에 조를 만날 생각이 조금이라도 남아 있었는지는 알 수 없다. 하지만 조금이라도 남아 있었다면 그녀의 말에 남김없이 사라졌을 것이다.

"그때만 해도 너에게 어떤 운명이 열릴지 몰랐지?"

나와 허버트가 싸움하던 때를 가리키는 뜻으로 에스텔러가 손을 살짝 흔들었다.

"전혀 몰랐지."

더할 나위 없이 완벽하고 우월한 자태로 걷는 그녀와, 서툴고 굽신거리듯 하는 나의 태도가 뚜렷한 대조를 이루고 있음을 나는 마음속으로 또렷이 느꼈다. 내가 특별히 그녀의 배필로 정해져 있다고 생각하지 않았다면 몹시도 가슴이 쓰렸을 것이다.

잡초가 무성하게 자란 정원은 걷기가 쉽지 않았다. 우리는 정원을 두세 바퀴 돌고 양조장 뜰로 나왔다. 나는 이곳을 처음 방문했던 날 그녀가 술통 위를 걸었던 정확한 위치를 알려주었다. 에스텔러는 사뭇 냉담하고 무심한 눈길로 그쪽을 쳐다보았다.

"내가 그랬니?"

나는 그녀가 고기와 마실 것을 가져다준 일을 상기시켰다.

"난 기억 안 나."

"나를 울린 기억도?"

"응."

그녀는 고개를 젓더니 주위를 둘러보았다. 그녀가 전혀 기억하지 못하고, 관심도 없다는 사실에 나는 또다시 가슴이 아팠다. 이보다 더 가슴이 쓰리지는 않을 것이다.

"네가 알아둬야 할 게 있어. 나에게는 심장이 없어. 그게 과거의 기억과 관계가 있는지는 모르겠지만 말이야."

눈부시게 아름다운 여성이 상냥하게 친절을 베풀 듯이 에스텔러는 말했다.

나는 말도 안 된다면서 농담을 늘어놓았다. 그 말을 믿을 정도로 나는 바보가 아니며, 심장이 없는데 어떻게 아름다운 네가 살아 있을 수 있냐고.

"아, 물론 칼에 찔리거나 총에 맞거나 하는 심장은 내게도 있어. 그건 당연하지. 심장이 멈추면 당연히 나는 죽겠지. 하지만 너도 알잖니. 지금 내가 무슨 말을 하고 있는지. 나는 따뜻한 감정이 없다는 뜻이야. 동정이나 그런 쓸데없는 감정 말이야."

342

그녀가 가만히 서서 나를 빤히 바라보았다. 그때 문득 어떤 그림자가 뇌리를 스쳤다. 그것이 무엇이었을까? 그녀의 모습에서 미스 헤비셤을 떠올렸던 것일까? 아니다. 에스텔러의 표정이나 몸짓에 웬만큼 미스 헤비셤을 닮은 구석이 있기는 했다. 어릴 때부터 어른하고만 지낸 아이는 그 어른을 따라 배운다. 그래서 어른이 되었을 때도 전혀 다른 얼굴에서 놀랄 만큼 비슷한 표정이 나타나는 것이다. 그러나 그때 내가 에스텔러의 표정에서 읽은 것은 미스 헤비셤에게서 영향을 받은 것이 아니었다. 나는 다시 에스텔러를 바라보았다. 그녀는 여전히 나를 보고 있었지만, 방금 전의 그 이미지는 사라지고 없었다. 그것은 대체 무엇이었을까?

"난 진심으로 말하는 거야."

에스텔러가 우울한 표정으로 말했다. 그녀의 이마에 주름이 잡히지 않은 것으로 보아 찌푸린 것은 아니었다.

"우리가 자주 만날 거라면 내 말을 믿는 편이 나을 거야."

내가 입을 열려고 하자 그녀는 조금 고압적인 투로 덧붙였다.

"내가 다른 사람을 사랑한 적 있기 때문은 절대 아니야. 그런 적은 한 번도 없어."

우리는 아주 오랫동안 방치된 양조장으로 들어갔다. 에스텔러가 높은 난간을 가리키며 내가 이곳을 처음 방문했던 날 자기가 그곳으로 올라갔고, 내가 밑에서 겁먹은 얼굴로 쳐다보았던 일은 기억난다고 했다. 그녀의 하얀 손을 쳐다보는 순간 조금 전의 이미지가 다시 스쳤다. 나도 모르게 흠칫하자 그녀가 내 팔을 잡았다. 순간 그 유령 같은 이미지가 다시 나타났다 이내 사라졌다. 그것은 대체 무엇이었을까?

"왜 그래? 아니면 또 겁이 난 거야?"

에스텔러가 물었다.

"네가 방금 한 말을 믿는다면 겁이 날 만도 하지."

나는 조금 전 떠오른 이미지에 대해 말하고 싶지 않아서 그렇게 대꾸했다.

"안 믿는다는 거니? 좋아. 아무튼 난 분명히 말했어. 미스 해비셤이 기다리시겠다. 예전처럼 의자를 밀어드려야지. 다른 익숙한 것들과 함께 곧 운동도 포기할 것 같지만 말이야. 정원을 한 바퀴만 더 돌고 들어가자. 오늘은 내가 잔인하게 굴어서 네가 눈물 흘리는 일은 없을 거야. 오늘 너는 내 시동이니까 어깨 좀 내줘."

에스텔러의 아름다운 드레스가 바닥에 끌렸다. 그녀는 드레스를 한 손으로 들어 올리고 다른 한 손을 내 어깨에 올리고 걸었다. 황폐한 정원을 두세 바퀴 도는 동안 내게는 그곳이 꽃의 천국처럼 느껴졌다. 낡은 담장 틈새로 돋아난 노랗고 푸른 잡초가 이 세상에서 가장 귀한 꽃이었다 한들 내 기억에 남지 않았을 것이다.

내가 그녀의 상대가 되지 못할 만큼 나이 차이가 많이 나는 것은 아니었다. 우리는 동갑이나 마찬가지였다. 물론 나보다 그녀가 훨씬 성숙해 보였다. 그녀의 미모와 태도에서 비롯되는 범접하기 힘든 분위기 때문에 나는 환희의 한복판에서도 고통을 느꼈다. 심지어 내 은인이 우리 두 사람을 배필로 정했다는 강한 확신이 들었을 때조차 그런 고통에 사로잡혔다. 아, 가련한 녀석!

마침내 우리는 집 안으로 들어갔다. 나는 곧 놀라운 사실을 알게 되었다. 내 후견인 재거스 씨가 업무차 미스 해비셤을 방문했는데 점심 식사 때 다시 온다는 것이었다. 썩어가는 것들로 차려진 식탁이 넓게 자리하고 있는 방은 앙상한 겨울나무 가지처럼 생긴 낡은 촛대에 불이 켜져 있었다. 미스 해비셤은 의자에 앉아 나를 기다리고 있었다.

나는 그녀의 의자를 밀면서 잿더미 같은 결혼식 축하연 식탁을 천천히 돌았다. 그러자 마치 의자를 과거로 밀고 올라가는 기분이었다. 이 장례식장 같은 방에서 시체 같은 모습의 그녀가 의자에 등을 바짝 기댄 채 응시하고 있는데도, 에스텔러는 전보다 더 아름답게 빛났다. 그래서 나는 그녀에게 더욱 강하게 사로잡혔다.

어느새 점심시간이 되었다. 에스텔러는 옷을 갈아입고 오겠다고 했다. 우리는 긴 식탁 중간쯤에서 멈춰 섰다. 미스 해비셤은 의자에 올리고 있던 말라빠진 한쪽 팔을 쭉 뻗어 주먹 쥔 손을 빛바랜 식탁보 위에 올렸다. 에스텔러가 방을 나서기 전에 고개를 돌리자 미스 해비셤은 그 손으로 키스를 보냈는데, 그녀의 표정은 더없이 탐욕스럽고 소름 끼쳤다.

단둘이 남았을 때 미스 해비셤이 나에게 속삭이듯 말했다.

"에스텔러가 참 예쁘고 우아하게 자랐어, 그지? 저 애를 사랑하니?"

"그녀를 보면 누구든 그럴 거예요."

미스 해비셤이 내 목에 한 팔을 두르고 자기 쪽으로 머리를 끌어당겼다.

"저 애를 사랑하렴. 사랑하고, 또 사랑해라! 저 애가 너를 어떻게 대하던?"

이 어려운 질문에 대답하기도 전에 그녀가 다시 말했다.

"저 애를 사랑해라. 사랑하고, 또 사랑해라! 저 애가 네게 친절을 베풀어도, 혹은 상처를 줘도 너는 저 애를 사랑해라. 저 애가 네 심장을 갈기갈기 찢어놓는다 해도 말이야. 네가 나이를 먹고 강해질수록 상처가 더욱 깊어지겠지. 하지만 그래도 사랑해라. 사랑하고, 또 사랑해!"

일찍이 나는 단 한 번도 이때만큼 열정적인 미스 해비셤을 본 적이 없다. 그녀의 감정이 격해질수록 내 목에 감긴 가느다란 팔 근육이 부풀어 오르는 것 같았다.

"핍, 잘 들어라! 내가 에스텔러를 양녀로 삼은 이유는 사랑받게 하기 위해서란다. 내가 저 애를 기르고 가르쳤다. 사랑받게 하기 위해서 말이다. 내가 저 애를 지금의 모습으로 키운 것은 사랑받게 하기 위해서였단 말이야. 그러니 너는 저 애를 사랑해야 한다!"

그녀는 같은 단어를 몇 번이고 반복했다. 그러나 그렇듯 빈번하게 반복되는 단어가 '사랑'이 아니라 '증오'였다 해도, 아니면 '절망'이나 '복수', 혹은 '죽음'이었다 해도 그토록 저주스럽게 들리지는 않았을 것이다.

그녀가 여전히 성마르고 열정적으로 속삭였다.

"잘 들어라. 진실한 사랑이 뭔지 아느냐? 그건 맹목적인 헌신이며, 무조건적인 복종이며 한없는 겸손이고 무한한 신뢰다. 네 자신과 온 세상을 저버릴 만큼의 신뢰. 너의 온 마음을 바치는 것이다. 바로 내가 그랬듯이!"

'바로 내가 그랬듯이'라고 외칠 때 미스 해비셤의 입에서 단말마의 비명이 터져 나왔다. 나는 그녀의 허리를 잡아주었다. 수의 같은 드레스 차림의 그녀가 의자에서 벌떡 일어나더니 허공으로 덤벼들었기 때문이다. 마치 이대로 벽에 부딪혀 죽어버리기라도 할 것처럼.

눈 깜짝할 사이에 일어난 일이었다. 그녀를 붙잡고 다시 의자에 앉히자마자 익숙한 비누 냄새가 코에 스쳤다. 돌아보니 재거스 씨가 방문 앞에 서 있었다.

내가 아직까지 말하지 않은 것 같은데, 그는 언제나 굉장히 크고 화려한 실크 손수건을 지니고 다녔다. 그의 직업상 매우 중요한 물건인 듯싶었다. 코를 풀 것처럼 손수건을 펼치다가 확실한 진술이 나오기 전에는 코를 풀 여유조차 없다는 사실을 문득 깨달은 듯 동작을 뚝 멈추면 의뢰인이나 증인들은 벌벌 떨면서 진술을 했던 것이다. 그를 보았을 때도 그 손수건을 든 채 동작을 멈추고, '정말이오? 놀랍군?'이라고 표현하는 것 같았다. 그러고는 손수건에 코를 크게 풀었다.

미스 해비셤도 다른 사람들처럼 그를 두려워하는 듯했다. 그녀는 애서 차분한 척했으나 더듬거리는 투로 늘 그렇듯 약속 시간을 정확하게 지킨다고 말했다.

"저는 늘 약속 시간을 정확하게 지킵니다."

그가 우리 쪽으로 다가오면서 나에게 말했다.

"핍, 그동안 잘 지냈나? 미스 해비셤, 제가 의자를 밀어드릴까요? 방을 한 바퀴 도는 건 어떠신가요?"

나는 언제 이곳에 도착했는지 말하고는, 미스 해비셤이 사람을 보내 에스텔러를 만나러 왔다고 했다.

"아! 그 아름다운 숙녀 말인가?"

그러고는 비밀이 가득 들어 있기라도 한 듯 한 손은 바지 주머니에 넣고 다른 손으로 미스 해비셤의 의자를 밀었다.

"그런데 핍, 에스텔러 양과는 얼마나 자주 만났지?"

그가 걸음을 멈추고 물었다.

"얼마나 자주라니요?"

"아! 몇 번이나 만났느냐 말이야? 한 백 번쯤?"

"아니요! 그렇게 많이 만난 건 아닙니다."

"그럼 두 번?"

고맙게도 이때 미스 해비셤이 끼어들었다.

"재거스 씨, 핍은 그만 괴롭히고 식사나 하러 가시죠."

재거스 씨는 순순히 그녀의 말에 따랐다. 우리는 캄캄한 계단을 더듬어 내려갔다. 판석이 깔린 마당을 가로질러 맞은편 건물로 걸어가면서 재거스 씨가, 미스 해비셤이 음식을 먹거나 마시는 모습을 본적 있느냐고 물었다. 그는 습관처럼 백 번과 한 번 사이를 제시했다.

나는 잠깐 생각하고 나서 대답했다.

"한 번도 본 적 없어요."

"앞으로도 그럴 걸세. 이렇게 살기 시작한 이래로 미스 해비셤이 먹고 마시는 모습을 본 사람은 아무도 없지. 밤중에 집 안을 돌아다니면서 아무거나 손에 집히는 대로 먹는다지?"

그는 얼굴을 찌푸리며 냉소를 지었다.

"저, 선생님. 한 가지 여쭤봐도 될까요?"

"물론이지. 대답할 수 있을지는 모르겠지만. 그래, 뭔가?"

"에스텔러의 성이 해비셤인가요? 아니면……."

나는 덧붙일 말을 찾지 못했다.

"아니면 뭔가?"

그가 나에게 되물었다.

"그러니까 그녀의 성이 해비셤인가요?"

"그렇다네. 해비셤 맞네."

우리는 식사가 차려진 방에 도착했다. 에스텔러와 세라 포킷이 기다리고 있었다. 재거스 씨가 상석에 앉고, 에스텔러가 그 맞은편에 자리를 잡았다. 나는 얼굴이 붉어졌다 새파래졌다 하는 사람과 마주 앉았다. 훌륭한 만찬이었다. 이 저택을 들락거리는 동안 한 번도 마주치지 않았지만, 이 불가사의한 집에 죽 있었을 하녀가 식사 시중을 들었다. 식사를 마친 뒤, 오래된 고급 포도주가 내 후견인 앞에 놓였다. 그는 확실히 포도주에 일가견이 있는 듯했다. 두 숙녀, 그러니까 에스텔러와 세라 포킷은 먼저 자리에서 일어났다.

미스 해비셤의 저택에서 재거스 씨가 보여준 과묵한 태도는 여지껏 그 어디에서도, 심지어 본인에게서도 본 적이 없다. 그는 특유의 표정조차 짓지 않고 에스텔러 쪽으로 눈길 한 번 주지 않았다. 그녀가 말을 걸면 묵묵히 듣고 있다가 적당히 대꾸를 하기는 했지만, 결코 쳐다보지 않았다. 그에 비해 에스텔러는 불신에서 비롯된 것이 아닌, 흥미와 호기심 어린 시선으로 그를 보았다. 하지만 재거스 씨는 그 눈길을 전혀 의식하지 않은 듯 굴었다.

그는 식사를 하는 내내 앞으로 내가 물려받을 막대한 유산에 대해 수시로 언급함으로써, 세라 포킷의 안색이 더욱 붉어졌다 새파래졌다 하는 모습을 매몰차게 즐겼다. 하지만 그는 그런 내색을 전혀 하지 않았다. 되레 나 스스로 그 얘기를 끄집어내는 것처럼 끌고 갔다. 어떻게 된 일인지 실제로 내가 그렇게 하고 있었던 것이다.

우리 둘만 남았을 때 그는 마치 자신이 획득한 비밀스러운 정보를 발설하지 않으려는 사람처럼 입을 꾹 다물고 앉아 있었다. 나로서는 정말이지 견디기 힘들었다. 더 이상 할 일이 없자 그는 포도주 잔을 상대로 반대신문을 펼쳤다. 포도주 잔을 자신과 촛불 사이에 들고는 맛을 음미하며 입안에서 살살 굴리다 꿀꺽 삼킨 뒤 다시 잔을 바라보고, 냄새를 맡아보고, 입에 머금고, 마시고, 잔을 또 채웠다. 그런 그의 모습을 보면서 나는 저 포도주가 내게 불리한 이야기를 발설하기라도 할 것처럼 신경이 곤두섰다. 나는 서너 차례 말을 꺼내려고 했다. 하지만 그는 내가 뭔가 물어보려고 할 때마다 어김없이 잔을 들어 포도주를 마시고 입속에서 이리저리 굴리면서 나를 쳐다보았다. 물어봤자 아무 대답도 하지 않겠다는 듯이.

세라 포킷은 나를 계속 보고 있다가는 자기가 미쳐버릴지도 모른다고 생각했던 모양이었다. 말하자면 자기가 쓰고 있는, 무명 걸레 같은 보기 싫은 모자를 쥐어뜯거나, 자기 머리에서 뽑아낸 것이 아닌 머리카락을 바닥에 흩뿌릴지도 모른다는 위험을 감지했던 것 같았다. 재거스 씨와 내가 다시 미스 해비셤의 방으로 옮겨 갔을 때 세라 포킷은 나타나지 않았다. 우리 넷은 휘스트 카드놀이를 했다. 놀이 중간에 미스 해비셤은 화장대에서 가장 예쁜 보석을 몇 개 꺼내 에스텔러의 머리와 가슴, 팔에 달아주었다. 눈부시게 화려한 보석이 반짝이자 에스텔러는 더욱 아름답게 빛났다. 내 후견인조차 짙은 눈썹을 추켜올리고 그녀를 바라볼 정도였다.

우리가 가지고 있는 좋은 패를 꼼짝 못하게 만들고, 마지막에 보잘것없는 패를 제시해 굴욕을 안겨주는 재거스 씨의 솜씨에 대해서는 굳이 말하지 않겠다. 또한 우리 세 사람을 자기가 오래전에 풀어버린 3개의 수수께끼처럼 바라보는 태도에 대해서도 말하지 않겠다. 정말이지 나를 고통스럽게 만든 것은, 재거스 씨에 대한 냉담한 태도와 에스텔러를 향한 뜨거운 감정을 동시에 느꼈다는 것이었다.

내가 그녀에 대해 그에게 이야기하고 싶어서 안달이 났기 때문은 아니었다. 그녀를 향해 그가 구두를 삐걱거리는 소리를 내는 것을 견딜 수 없었기 때문도 아니거니와, 그가 그녀를 손을 씻어 지워버릴 대상으로 취급하는 것을 견딜 수 없었기 때문도 아니었다. 그와 사오십 센티미터밖에 떨어지지 않은 곳에서 그녀에 대한 열정에 사로잡혀 있었다는 사실, 그가 있는 곳에서 뜨거운 감정에 사로잡혀 있었다는 사실 자체가 고통스러웠다.

우리는 밤 9시까지 카드놀이를 했다. 저택을 나오기 전 나는 에스텔러가 런던에 오는 날을 미리 알려주면 마차역으로 마중 나가기로 했다. 그리고 그녀의 손에 가볍게 입을 맞춘 뒤 저택을 나왔다.

재거스 씨는 블루보어 여관의 내 옆방에 묵었다. 밤늦게까지 미스 해비셤의 말이 귓전을 때렸다. "그녀를 사랑해라. 그녀를 사랑해. 저 애를 사랑하고, 또 사랑해라!" 나는 그것을 내 식대로 바꿔 베개에 대고 쏟아부었다. "나는 그녀를 사랑한다. 나는 그녀를 사랑해. 그 애를 사랑하고, 또 사랑한다!" 이 말을 수백 번도 넘게 되풀이하는 동안 벅찬 감동이 밀려왔다. 그녀가 내 배필로 정해져 있다니. 그것도 한때는 별 볼일 없는 대장간 심부름꾼에 불과했던 나를.

한편으로는 걱정되기도 했다. 그녀는 이 운명을 조금도 감사하게 여기지 않았던 것이다. 언제쯤이면 그녀가 나에게 관심을 가질까? 잠든 그녀의 사랑을 언제쯤 내가 깨울 수 있을까?

아, 나는 그것을 고결하고 숭고한 감정이라고 생각했다. 하지만 내가 조를 가까이하지 않으려는 감정이 비열하고 부끄러운 짓임을 깨닫지 못했다. 에스텔러가 그를 경멸하리라고 여겼기 때문이다. 조를 생각하며 눈물 흘린 것이 바로 어제 일이었건만 벌써 그 눈물은 다 말라버렸다. 하느님, 저를 용서하소서. 눈물이 이토록 빨리 마르다니.

30

다음 날 아침 블루보어에서 옷을 입으면서 생각에 잠겼다. 우선 내 후견인에게 올릭이 미스 해비셤의 저택 문지기라는 중책을 맡기기에 적합한 인물인지부터 의논해보기로 했다.

"물론 그는 그 일에 적임자가 아니야. 신뢰를 기본으로 하는 직책 치고 그에 딱 맞는 사람이 차지하는 경우는 없지."

그는 예외 없이 적합하지 않은 사람이 그 자리에 있다는 사실에 기분이 좋은 듯했다. 내가 올릭에 대해 아는 대로 말해주자 그는 만족스러운 얼굴로 듣더니 말했다.

"알겠네, 핍. 지금 그 집에 들러 그 친구 급료를 계산해주고 내보내겠네."

나는 의외로 빠른 결단에 조금 놀랐다. 나는 호락호락한 자가 아니니 시간을 두고 천천히 처리하는 게 좋겠다고 말했다.

"아니, 그럴 일은 없을 거야. 그자가 항의할 수 있는지 보고 싶군."

내 후견인은 예의 손수건을 꺼낼 때처럼 자신만만하게 말했다.

우리는 정오에 함께 마차를 타고 런던에 가기로 했다. 아침 식사 시간에 펌블추크 씨가 들이닥칠지도 모른다는 생각에 나는 물도 차분하게 마시지 못할 정도였다. 그래서 재거스 씨가 볼일을 보는 동안 런던 방향으로 걸어가고 있겠다고 했다. 마차가 오면 올라탈 테니 마부한테 미리 말해달라고 부탁했다. 나는 아침 식사를 마치자마자 도망치듯 여관을 빠져나왔다. 펌블추크 씨 가게 뒷길로 삼사 킬로미터쯤 빙 돌아 그의 가게를 지나치고 나서 시내 중심가로 들어서자 그제야 마음이 놓였다.

조용한 고향 읍내를 둘러보는 재미도 있었다. 사람들이 나를 알아보고 빤히 응시하는 눈길이 그리 불쾌하지만은 않았다. 낯낯 상인들은 상점에서 뛰어나와 내 앞으로 멀찌감치 떨어져 걷는 척하다, 뭔가 잊은 물건이라도 있는 것처럼 갑자기 돌아서서 나하고 마주 보며 지나쳐 가기도 했다. 아닌 척하는 그들과 모른 척하는 나, 둘 중 어느 쪽이 더 위선적인지는 알 수 없었다. 어쨌든 나는 주목받는 것이 싫지는 않았다. 공교롭게도 하필 이때 무슨 기막힌 운명의 장난인지, 저 무례한 트랩 씨의 점원과 마주치기 전까지는.

점원은 청색 빈 가방으로 자기 몸을 툭툭 치며 걸어오고 있었다. 나는 최대한 침착하고 태연하게 그를 외면하는 것이 좋다고 판단했다. 사악한 녀석을 제압하려면 이 방법이 최선이라고 말이다. 그래서 그런 표정으로 걸어갔고, 성공했다며 자축했다. 그런데 갑자기 녀석이 양쪽 무릎을 세게 마주치더니 모자를 바닥에 떨어뜨리고 곧바로 사지를 부들부들 떨면서 길 한복판으로 나가 사람들을 향해 소리를 질렀다.

"나 좀 잡아주세요! 너무 무서워 죽을 것 같아요!"

그는 숭고한 내 앞에 있으니 공포와 양심의 가책으로 발작이 일어난 것 같은 시늉을 했다. 내가 옆을 지나갈 때는 이를 딱딱 부딪치며 더없이 억눌린 표정으로 흙바닥에 쓰러지는 것이었다. 하지만 이것은 시작에 불과했다. 2백 미터도 채 가기 전에, 또다시 그가 다가오는 것을 보고 나는 이루 말할 수 없는 공포와 분노와 경악을 느꼈다. 좁은 모퉁이를 돌아서 오는 그는 어깨에 청색 가방을 메고 정직과 성실을 가득 담은 눈빛을 빛내며, 트랩 씨네 가게로 활기차게 걸어가는 것이었다. 그러다 나를 알아보고는 좀 전과 같은 격한 반응을 보였다.

이번에는 두 무릎을 아까보다 더 심하게 떨며 비틀거리고 자비를 구하듯이 두 손을 쳐든 채로 내 주위를 빙빙 돌았다. 구경꾼들은 녀석의 괴로워하는 연기에 환호를 보냈으나, 나는 너무 당혹스러워 어찌할 바를 몰랐다.

계속 걸어가던 나는 우체국에 닿기도 전에 또다시 뒷길을 돌아 앞에서 뛰어오는 그를 보았다. 이번에는 완전히 다른 모습이었다. 청색 가방을 외투처럼 어깨에 걸치고 거드름을 피우며 내 쪽으로 걸어오고 있었다. 그 뒤로 신바람 난 조무래기들이 따라왔는데, 가끔씩 손을 내저으며 "나는 네놈들을 몰라!"라며 큰소리쳤다. 그가 나하고 평행으로 스치는 순간 느꼈던 괴로움과 치욕은 어떤 말로도 설명할 수 없다. 녀석은 셔츠 깃을 바짝 세우고 옆머리를 꼬더니, 한 손을 옆구리에 대고 느글느글한 웃음을 띤 채 팔꿈치와 몸을 비틀면서 느린 말투로 소리쳤다.

"나는 네놈들을 몰라! 정말 모른다고!"

그러고는 수탉 울음소리를 내면서 다리까지 나를 따라오는 것이었다. 내가 대장장이 시절 보았던 수탉이 풀 죽어 우는 소리 같았다. 읍내를 떠나면서, 아니 쫓겨나듯이 도망쳐서 시골로 나올 때까지 이런 수모가 계속되었다.

그놈의 숨통을 끊어놓지 못하는 한, 나는 참을 수밖에 다른 도리가 없었다. 길거리에서 싸움을 벌인다거나, 심장의 피가 아닌 다른 어떤 보상을 받아낸다는 것은 부끄럽고 쓸데없는 짓이었다. 게다가 그는 누구에게도 당하지 않을 녀석이었다. 막다른 구석에 몰려도 뱀처럼 자기를 잡으려는 사람의 가랑이 사이로 빠져나가면서 모욕적인 말을 퍼부을 놈이었다. 이튿날 나는 트랩 씨에게 편지를 보냈다. 점잖은 시민들에게 혐오감을 주는 소년을 고용함으로써 상류층의 은혜를 저버리는 사람하고는 모든 거래를 중단하겠다고 말이다.

얼마 지나지 않아 재거스 씨를 태운 마차가 따라오자 나는 마부석 옆자리에 앉았다. 런던에 무사히 도착하기는 했지만 따뜻한 가슴을 잃은 내 모습은 결코 온전하지 않았다. 나는 조의 집에 들르지 못한 사죄의 뜻으로 생굴 한 박스와 대구를 소포로 보내고 바너드 여관으로 향했다.

차가운 고기로 저녁 식사를 하던 허버트가 나를 반갑게 맞아주었다. 나는 원수 같은 심부름꾼 녀석에게 커피 하우스에서 식사를 일인분 더 가져오라고 시켰다. 그날 밤 나는 친구에게 속마음을 털어놓고 싶었다. 하지만 심부름꾼이 복도를 지키고 있는 한 그럴 수 없었으므로 나는 연극이나 보러 가라며 녀석을 내보냈다. 복도는 열쇠 구멍으로 듣기 딱 좋은 곁방이나 다름없었다. 나는 노예처럼 녀석에게 구속되어 있었다. 녀석에게 일거리를 주기 위해 온갖 말도 안 되는 방법을 끊임없이 찾아야 했으니 말이다. 심지어 하이드 파크까지 가서 시계를 보고 오라고 보낸 적도 있을 정도였다.

저녁 식사가 끝난 뒤 우리는 벽난로 앞 철망에 발을 올리고 앉아 있었다.

"허버트, 너한테 특별히 할 이야기가 있어."

"그래, 나를 신뢰하는 너의 말이라면 뭐든지 경청할게."

"나와 또 다른 한 사람에 대한 이야기야."

허버트는 다리를 꼬고 고개를 갸울이고 난롯불을 바라보았다. 그러다 내가 말을 하지 않자 고개를 돌려 나를 쳐다보았다.

나는 그의 무릎에 손을 올리고 말했다.

"허버트, 난 에스텔러를 사랑해. 아니 숭배해."

허버트는 일순 몸이 경직되는 듯했으나 태연하게 대답했다.

"그래. 그런데?"

"그런데라니? 허버트, 지금 나한테 그것밖에 할 말이 없어?"

"다음 말이 궁금하다는 뜻이야. 물론 나도 그 사실을 알고 있었어."

허버트가 말했다.

"네가 그걸 어떻게 알았어?"

"어떻게 알긴 뭘 어떻게 알아. 당연히 너한테 들었지, 헨델."

"나는 그런 말 한 적 없는데."

"꼭 말을 해야 아니, 핍? 네가 이발하고 왔을 때 꼭 말해야 내가 알아차리니? 나는 감각이 없는 줄 알아? 넌 항상 그녀를 숭배했어. 내가 너를 만난 이후로 줄곧. 너는 작은 여행 가방과 함께 그 숭배를 여기 들여왔어. 어떻게 알았느냐고, 핍? 넌 하루 종일 얘기했어. 네가 자라 온 이야기를 해주면서, 아주 어렸을 때 그녀를 처음 본 순간부터 줄곧 그녀를 사랑해왔다는 것을 말이야."

"그래. 알겠어."

나도 몰랐던 사실이지만 싫지는 않았다.

"나는 이제까지 단 한순간도 그녀를 숭배하지 않은 적이 없어. 이제 그녀는 전보다 훨씬 아름답고 우아한 숙녀가 되어 돌아왔어. 바로 어제 만났지. 그리고 지금은 그녀를 향한 마음이 예전의 2배가 되었어."

"헨델, 그렇다면 이건 엄청난 행운이잖아. 넌 그녀의 배필로 정해졌어. 이건 의심할 나위 없는 사실이야. 이건 금지된 조항도 아니고. 에스텔러의 마음이 어떤지는 알고 있는 거야?"

나는 우울하게 고개를 저었다.

"아니! 그녀의 마음은 너무 멀리 있어."

"기다려야 해, 헨델. 앞으로 널린 게 시간이잖아. 그런데 다른 할 말이 있는 것 아니었니?"

"솔직히 부끄러워……. 뭐, 하지만 말한다고 해서 더 힘들어지는 것도 아니지. 너는 나를 행운아라고 했지? 물론 나는 행운아야. 바로 얼마 전까지는 대장간 심부름꾼에 불과했으니까. 그럼 대체 지금의 나를 뭐라고 불러야 할까?"

"좋은 사람이지. 적절한 말이 필요하다면 말이야. 열정적이면서도 주저하고, 대담하면서도 소심하고, 행동가이면서 몽상가인 좋은 사람."

허버트가 내 손등을 치며 웃었다.

정말 그런 성격들이 내 안에 있는 걸까? 나는 잠시 생각에 잠겼다. 허버트의 분석이 전적으로 옳다고 볼 수는 없었지만 나는 굳이 반박하고 싶지 않았다.

"지금의 나를 뭐라고 부를까? 여기에 내 속마음이 들어 있어. 너는 내가 행운아랬지? 그래, 맞아. 나는 아무것도 한 게 없는데 오로지 행운의 여신 덕분에 여기까지 왔어. 그런 점에서 나는 억세게 운이 좋은 놈이야. 하지만 에스텔러를 생각하면……."

"언제 네가 그녀를 생각하지 않을 때도 있었니?"

허버트가 벽난로를 응시한 채 말했다. 그것은 내 마음을 십분 공감하고 하는 말이었다.

"에스텔러를 생각하면 내가 무척 불안정하고 의존적인 인간인 것처럼 느껴져. 수많은 우연에 영향을 받는 존재 말이야. 금지된 조항을 어기지 않고 말하는데, 내가 유산을 물려받게 될 가능성은 전적으로 이름을 알 수 없는 한 사람의 마음에 달려 있어. 게다가 난 그 유산이 뭔지조차 막연하게 알고 있을 뿐이지. 모든 게 불확실하다는 거야!"

여기까지 말하고 나니, 줄곧 가슴을 짓누르던 생각을 털어놓을 수 있었다.

허버트가 특유의 쾌활하고 낙천적인 태도로 말했다.

"들어봐, 헨델. 사랑으로 낙담에 빠졌을 때는 자기를 둘러싸고 있는 상황을 확대경을 들이대고 보게 마련이야. 그러면 가장 좋은 면을 놓쳐버리지. 재거스 씨가 유산 상속 가능성만 주어졌다고 말하지는 않았다고 나한테 말했잖아. 가능성만 얘기했다고 하더라도 런던에 있는 이 많은 사람들 중 바로 그 재거스 씨가 아무런 확신도 없이 너와 관계를 맺을 사람이라고 생각하니?"

나는 일리 있는 말이라고 했다. 하지만 나는 사람들이 흔히 그러듯이 진실과 정의를 부정하고 싶으면서도 마지못해 인정하는 태도를 보였다.

"나도 그렇게 생각해. 내 말을 반박하기 어려울 거야. 나머지는 네 후견인이 뭐라고 말할 때까지 기다리는 수밖에 없어. 그 역시 자신의 의뢰인이 말할 때까지 기다려야 할 것이고. 너는 의식하지 못하는 사이에 스물한 살이 되어 있을 거야. 그럼 좀더 정확하게 알 수 있겠지. 아무튼 너는 사실을 알게 되는 날을 향해 조금씩 다가가고 있어. 결국은 그날이 올 테니까."

허버트가 말했다.

"넌 정말 낙천적이구나!"

나는 그의 쾌활한 기질에 속으로 찬사를 보내며 말했다.

"그런 거라도 있어야지. 낙천적인 것 말고는 내가 가진 게 없으니까. 사실 방금 내가 한 말은 내 생각이 아니라 아버지의 판단이야. 아버지는 너에 대해 딱 한마디 하셨는데, 아주 결정적인 말이었어. '재거스 씨가 맡은 이상 확정된 거나 마찬가지야. 그렇지 않고서야 재거스 씨가 이 일에 관여했겠니?' 아버지와 나에 대해 이야기하기 전에, 너의 고백에 대한 보답으로 나 또한 고백하기 전에 잠시 네가 싫어할 말을 해야겠어. 아주 혐오스러울 정도로 말이야."

"너는 못할걸."

"아니야, 할 수 있어! 자, 시작한다."

허버트는 가볍게 말하기는 했지만 표정은 매우 진지했다.

"아까 이렇게 철망에 발을 얹고 얘기할 때부터 줄곧 생각한 건데, 네 후견인이 에스텔러를 한 번도 언급한 적이 없다면, 에스텔러는 네 유산 상속 조건에 포함되어 있지 않은 거야. 네 이야기를 들어봐서는 재거스 씨가 그녀에 대해 직접적이든 간접적이든 한마디도 하지 않은 걸로 아는데, 맞지? 아니면 무슨 암시를 한 적이 있어? 예를 들어 네 은인이 너의 결혼에 대해 어떤 생각을 가지고 있다는 암시 같은 것도 없었지?"

"전혀 없었어."

"그렇다면 내 양심과 이름을 걸고 맹세하는데, 내가 먹지 못할 거라고 나쁘게 말하는 게 아니라, 진심으로 말하는데, 넌 에스텔러에게 묶여 있는 게 아니야. 이제 그녀에 대한 사랑을 접고 멀리할 수 없겠니? 자, 네가 싫어할 만한 얘기라고 했잖아."

나는 고개를 돌렸다. 대장간을 떠나던 날 아침, 장엄하게 걷히는 안개 속에서 마을 초입 이정표에 손을 얹었을 때 밀려들었던 그 감정이, 바다 쪽에서 불어오는 고향의 습지대 바람처럼 별안간 내 심장에 휘몰아쳤다. 침묵이 흘렀다. 그러나 우리 사이에 침묵 따위는 없었던 것처럼 허버트가 자연스럽게 입을 열었다.

"그래, 타고난 성품과 환경에 의해 지극히 낭만적인 소년의 가슴에 깊이 뿌리내렸으니, 심각한 문제일 수밖에. 그녀의 성장 과정과 미스 해비셤을 생각해봐. 그녀가 어떤 여자인지 말이야. 너는 지금 내가 미워 죽겠지? 너의 사랑은 비참한 결말을 맞게 될 가능성이 커."

"나도 알아. 하지만 어찌할 수가 없어."

나는 여전히 얼굴을 돌린 채 말했다.

"그녀를 잊을 수 없다는 거야?"

"그래, 그건 불가능해!"

"노력해볼 수는 있잖아, 헨델?"

"안 돼, 도저히! 그건 절대로 불가능해!"

"알았어!"

허버트는 마치 자다 깬 사람처럼 머리를 흔들면서 자리에서 일어나 난롯불을 뒤적거렸다.

"그럼 난 다시 유쾌한 허버트로 돌아가야겠다!"

그러고는 커튼을 반듯이 펴고, 의자들을 원래 자리로 옮겨놓고, 아무렇게나 흩어져 있던 책과 잡동사니를 정리하고, 복도로 나가 편지함을 확인하고는, 다시 방문을 닫고 난롯가에 있는 자신의 의자로 돌아와, 왼다리를 두 팔로 감싸고 앉았다.

"우리 아버지와 아들인 나에 관한 얘기를 할게. 우리 집 살림살이가 썩 좋지 못하다는 사실은 군이 말할 필요도 없겠지."

"그래도 넉넉하잖아."

나는 그를 북돋워주고 싶어서 그렇게 말했다.

"그래, 아주 넉넉하지! 쓰레기 치우는 사람들도 그렇게 말할 정도니까. 뒷골목에 있는 중고품 가게 주인도 그렇게 말하더군. 헨델, 이건 정말로 진지한 문제야. 너도 니만큼 우리 집 사정을 잘 알고 있지. 아버지도 한때는 포기하지 않았던 시기가 있었겠지. 하지만 옛날에 그런 때가 있었다 해도, 그 시절은 이미 지나가 버렸어. 이런 걸 물어봐도 될지 모르겠지만, 네가 살던 고향에서는 전혀 어울리지 않는 부부 사이에서 태어난 아이들이 유난히 더 빨리 결혼하고 싶어서 안달난 모습을 볼 수 없었니?"

너무나도 기괴한 질문이었다. 그래서 나는 대답 대신 되물었다.

"그게 정말이야?"

"나도 잘 모르겠어. 실은 나도 알고 싶어. 우리 형제의 경우는 그렇다고 할 수 있거든. 바로 아래 여동생, 열네 살이 되기도 전에 세상을 떠난 불쌍한 샬럿이 그랬어. 어린 제인도 그렇고. 결혼하고 싶은 열망에 사로잡혔던 샬럿은 행복한 가정을 꾸리는 상상만 하면서 그 짧은 인생을 보냈어. 앨릭은 또 어떻고? 아직 아동복을 입고 있는 그 애는 큐(런던 남서부 지역—옮긴이)에 사는 여자아이와 약혼까지 했어. 둘이 잘 어울리기는 하지. 갓난아이만 빼고 우리 형제자매들은 모두 약혼한 것이나 마찬가지야."

"그럼 넌? 너도 그래?"

나는 허버트에게 물었다.

"그래, 나도 약혼했어. 비밀이지만."

나는 비밀을 지키겠다고 맹세한 뒤, 좀더 자세히 말해달라고 했다. 그가 나의 어리석은 사랑에 대해 공감하는 마음으로 올바른 판단을 해주었기에 그의 충실한 사랑에 대해 알고 싶었다.

"이름을 물어봐도 돼?"

"클래라야."

"런던에 사니?"

"그래. 일단 먼저 말해둘 게 있어."

허버트는 이 흥미진진한 이야기를 꺼낸 뒤로 이상하게 풀이 죽은 모습이었다.

"그녀는 어머니의 터무니없는 가문의 기준에 못 미치는 여성이야. 그녀의 아버지는 여객선에 식료품을 조달하는 일을 하셨어. 아마도 여객선 사무장쯤 되었을 거야."

"지금은 뭘 하시는데?"

"지금은 몸이 성치 못해."

"그럼 생활은 어떻게……."

"2층에서 생활하고 있어."

이것은 내가 기대한 대답이 아니었다. 나는 생계 수단에 대해 물어본 것이었다. 허버트의 말이 이어졌다.

"실은 나도 아직 그녀의 아버지를 만나뵌 적이 없어. 내가 클래라를 만난 이후로 2층 방에서 나온 적이 없거든. 하지만 목소리는 끊임없이 들려. 엄청나게 소동을 일으키시거든. 고함을 지르거나, 뭔가 위험한 도구로 방바닥을 찍어대지."

허버트는 나를 보더니 크게 웃었다. 잠시 본래의 활발한 모습으로 돌아왔다.

"그분을 만나보고 싶지 않아?"

내가 물었다.

"물론 만나보고 싶지. 항상 기대하고 있어. 무슨 소리가 날 때마다 그가 천장을 뚫고 떨어지지 않을까 생각하지. 서까래가 얼마나 오래

버틸 수 있을지 모르겠어."

그가 다시 웃음을 디뜨렸다. 그리고 다시 풀 죽은 모습으로 재산이 웬만큼 모이면 그녀와 결혼할 계획이라고 말했다. 그러고는 우울하게 만드는 명백한 명제처럼 덧붙였다.

"너도 알다시피 기회를 엿보는 동안은 결혼할 수 없잖아."

우리는 난롯불을 물끄러미 응시했다. 재산을 실제로 거머쥔다는 것이 얼마나 힘든 일인가 생각하면서 나는 두 손을 호주머니에 집어넣었다. 한쪽 손에 종이쪽지가 만져졌다. 꺼내보니 조한테 받은, '로시우스에 버금가는 명성을 지닌 지역의 유명 아마추어 배우'라고 적힌 연극 전단지였다.

"어라? 오늘 밤이잖아!"

나도 모르게 큰 소리로 외쳤다.

순식간에 화제가 바뀌었다. 우리는 연극을 보러 가기로 했다. 나는 현실적이든 아니든 모든 수단과 방법을 동원해 허버트의 사랑을 지지하겠다고 맹세했다. 그러자 허버트는 클래라에게 이미 나에 대해 얘기했으니 곧 소개해주겠다고 말했다. 우리는 서로 믿고 고백한 것에 대해 뜨겁게 악수했다. 그리고 촛불을 끄고, 난롯불을 정리하고, 방문을 잠근 뒤, 웝슬 씨와 덴마크를 찾아가려고 밤거리로 나갔다.

31

극장에 도착하니 덴마크 국왕 부부가 부엌 식탁 위에 놓인 안락의자에 앉아 알현식을 거행하고 있었다. 덴마크의 귀족이란 귀족은 빠짐없이 참석했다. 거인 같은 조상에게서 물려받은 것 같은 양가죽 구두를 신은 귀족 소년, 점잖게 차려입기는 했지만 만년에 평민에서 귀족으로 올라선 듯 얼굴이 지저분한 늙은 귀족, 머리에 빗을 꽂고 흰 실크 양말을 신은 기사도 있었는데, 대부분 여성스러운 외모였다. 재주꾼인 내 고향 사람은 그들과 조금 떨어져서 팔짱을 낀 채 침울한 얼굴로 서 있었다. 나는 그의 곱슬머리와 이마를 좀 그럴듯하게 손질했으면 좋았겠다고 생각했다.

연극이 진행되는 동안 몇 가지 묘한 상황이 연출되었다. 선왕은 임종 때 심한 기침으로 고생했는데, 그 기침을 무덤까지 가지고 갔을 뿐만 아니라 이 세상에 되돌아왔을 때도 그 기침을 달고 나왔다. 선왕의 유령이 들고 있는 지팡이에는 원고 같은 것이 싸매져 있어서 이따금 그것을 힐끔거렸는데, 어느 부분인지를 몰라서 불안하게 찾는 통에 유령이 아니라 살아 있는 사람 같았다. 그러자 관객들이 '다음 페이지를 넘겨봐!'라고 충고했다. 또한 이 위엄 있는 유령은 오래전 무덤을 떠나 먼 거리를 걸어온 듯 등장해야 했는데, 실제로는 가까운 벽 쪽에서 바로 튀어나온 것이었다. 그러다 보니 공포스럽기는커녕 관객들의 조롱을 불러일으켰다. 덴마크 왕비는 몸이 풍만한 여자였는데, 역사적으로 철면피로 알려지기는 했지만, 그렇다고 놋쇠를 너무 많이 달고 나왔다. 그녀의 턱은 지독한 치통에 시달리는 듯 왕관과 연결된 놋쇠 띠로 감싸여 있었고, 허리와 두 팔도 넓적한 놋쇠 띠가 둘러져 있었다. 그러자 관객들은 대놓고 그녀를 '놋쇠 북통'이라고 불렀다.

조상의 양가죽 구두를 신은 귀족 소년은 한결같지가 않았다. 말하자면, 유능한 뱃사공이었다가, 유랑 극단 배우, 무덤 파는 사람, 사제, 심지어 궁궐 검술 시합에서 날카로운 눈과 판단력으로 가장 훌륭한 찌르기를 가려내는 중요한 심판관으로 나타나기도 했다. 점차 너그러움을 잃어가던 관객들은 그가 사제로 등장해 장례식을 서부하는 장면에서 급기야 이를 알아차리고 화를 내며 호두와 땅콩을 집어던졌다. 오필리어는 미쳐서 노래하는 장면에서 너무 천천히 길게 불렀다. 마침내 그녀가 하얀 무명 스카프를 접어 땅에 묻자 짜증을 겨우 억누르고 있던 관객이 "이제 애를 눕혔으니 저녁이나 먹자고!"라고 불평을 터뜨렸다. 하지만 이 말은 아무리 줄인다 해도 그 장면과 맞지 않았다.

이런 일들이 계속 벌어지면서 내 고향 사람에게도 일어나자 우스꽝스러운 현상이 나타났다. 우유부단한 햄릿 왕자가 질문을 하거나 의구심을 나타낼 때마다 관객들이 대답하는 것이었다. 예를 들어 "아, 마음속으로만 고뇌하는 것이 과연 고귀한 태도인가!"라고 독백하면 관객들이 "맞소!" 또는 "아니오!"라고 소리쳤다. 또 어떤 관객들은 동전을 던져서 결정하자고 말했고, 급기야 거창하게 토론이 벌어지기도 했다. 왕자가 "나 같은 인간이 하늘과 땅 사이를 기어다니며 대체 무엇을 할 수 있을까?"라고 물으면 관객들은 "맞소! 맞소!"라며 소리쳤다. 왕자가 양말이 흘러내린 채 무대에 나타나자 관객들은 그의 다리에 핏기가 없다는 둥, 유령 때문에 놀라서 그렇다는 둥 서로 이야기를 주고받았다. 햄릿이 피리를 훔쳤을 때는 모든 관객들이 '대영제국이여, 지배하라!'나 연주해보라고 했다. 더구나 무대 앞에서 건넨 그 피리는 오케스트라가 방금 불었던 검정색 플루트와 비슷했다. 왕자가 유랑 극단 배우에게 "허풍 떨지 말라!"고 충고했을 때, 아까 투덜대던 남자가 "너나 그러지 마! 넌 저 자식보다 훨씬 못해!"라고 소리쳤다. 그럴 때마다 관객들은 웹슬 씨를 가리키며 웃음을 터뜨렸다.

웝슬 씨에게 닥친 가장 큰 시련은 묘지 장면이었다. 원시림처럼 꾸며놓은 교회 묘지 한쪽에는 사제들의 세탁소 같은 건물이 있었고, 다른 한쪽에는 통행 요금소가 있었다. 커다란 검은색 망토를 두른 웝슬 씨가 요금소로 다가오자 관객들은 무덤 파는 사람에게 경고했다. "이봐, 조심해! 자네가 일을 잘하는지 보려고 저기 장의사가 오고 있어!" 웝슬 씨가 두개골에 대해 교훈적인 대사를 한 뒤 그것을 되돌려줄 때, 가슴 안쪽에서 꺼낸 흰 손수건으로 손가락을 닦게 되어 있었다. 그러나 영국 어느 무대든 통용되는 꼭 필요한 행동마저 관객들은 "어이, 웨이터!"라고 한마디 하고 지나갔다.

매장될 오필리어의 시신이 담긴 관으로, 뚜껑이 자꾸 떨어지는 검정색 빈 상자가 운반되어 나왔을 때는 관객들이 한바탕 환호성을 올렸다. 더구나 계속 다른 역할로 등장하던 사람을 상여꾼 중에서 발견했을 때 관객의 환호성은 최고조에 달했다. 무덤과 오케스트라석 앞에서 햄릿과 레어티스가 결투를 벌이는 동안에도 관객들의 환성은 계속되었고, 그가 왕을 식탁에서 거꾸러뜨린 다음 발뒤꿈치부터 서서히 죽어갈 때도 관객들의 환성은 그치지 않았다.

나와 허버트는 웝슬 씨에게 박수를 보내려고 했으나 도저히 그럴 수 없었다. 우리는 안타까운 마음으로 웝슬 씨를 바라보며 앉아 있었는데, 그러면서도 입이 찢어지도록 웃어댔다. 너무 우스꽝스러워서 공연 내내 나는 소리 내어 웃지 않을 수 없었다. 하지만 웝슬 씨의 발성에는 비범한 구석이 있었다. 예전부터 그의 목소리를 그렇게 느꼈기 때문이 아니었다. 아주 여유롭고도 쓸쓸하며 높낮이 폭이 클 뿐 아니라 죽느냐 사느냐 기로에 놓인 상황에서 뭔가를 표현하는 기존의 방식과는 완전히 달랐던 것이다. 연극이 끝나고 웝슬 씨가 무대로 불려 나와 관객들의 야유를 흠뻑 받고 있을 때 나는 허버트에게 말했다.

"얼른 나가자. 잘못하면 그와 마주칠지도 몰라."

우리는 최대한 서둘러 계단을 내려왔으나, 그렇게 빠르지 않았던 모양이었다. 극장 출입구에서 짙은 반점처럼 눈썹이 특이한 유대인 남자가 우리를 보고 물었다.

"핍 씨와 그 친구분이시죠?"

그렇다고 할 수밖에 없었다.

"월든가버 씨께서 두 분을 만나뵙기를 원하십니다."

"월든가버 씨요?"

내가 되묻자 허버트가 속삭였다.

"웝슬 씨를 말하는 모양이야."

"아! 네, 좋습니다. 안내해주시죠."

"몇 걸음만 가시면 됩니다."

극장 옆 복도로 들어섰을 때 유대인 남자가 우리를 돌아보며 물었다.

"오늘 그분은 어땠습니까? 제가 분장을 맡았거든요."

나는 장례식 장면 말고는 웝슬 씨가 어떤 모습이었는지 기억나지 않았다. 다만 그가 덴마크의 태양인지 별인지를 본뜬 커다란 장식을 단 파란 리본을 목에 걸고 있었는데, 그것 때문에 화재보험 가입자 표식을 단 사람 같았다. 하지만 나는 좋아 보였다고 대답했다.

우리의 안내인이 말했다.

"무덤으로 다가갈 때 망토가 아주 멋졌죠. 다만 무대 옆쪽에서 봤을 때는, 왕비의 방에서 유령을 만났을 때 양말을 좀더 효과적으로 내보였으면 하는 아쉬움이 들었답니다."

나는 조심스럽게 동의했다. 우리는 좁고 더러운 복도를 지나, 바로 뒤편의 포장 상자 같은 후덥지근한 방으로 들어갔다. 웝슬 씨는 덴마크 의상을 벗고 있는 중이었다. 방은 너무 좁아서 어깨 너머로 그를 바라볼 수밖에 없었다. 그것도 포장 상자 뚜껑 같은 방문을 완전히 열어놓고서 말이다.

"신사분들, 만나뵙게 되어 영광이오. 특히 핍 군, 여기까지 오라고 한 것을 너그럽게 용서해주게. 예전부터 알고 지낸 데다 연극계는 귀족과 부유층에게 부탁하는 특권을 누려왔고, 그것을 인정받아 왔기 때문에 그랬다네."

웝슬 씨가 말했다.

그러는 동안에도 이 '월든가버' 씨는 왕자의 검은 상복을 벗느라 땀을 뻘뻘 흘리고 있었다.

"양말은 아래로 내리면서 벗어주세요, 월든가버 씨. 안 그러면 못 쓰게 됩니다. 대번에 35실링이 날아가는 셈이죠. 셰익스피어 공연에 한 번도 사용되지 않은 최고급 양말이란 말입니다! 자, 당신은 가만히 의자에 앉아 계세요. 나머지는 내가 알아서 할 테니까요."

양말 주인 유대인이 말했다.

그는 무릎을 꿇고 앉아 의상을 벗기기 시작했다. 양말 한쪽을 벗겨냈을 때 공간만 더 있었다면 웝슬 씨는 뒤로 나자빠졌을 것이다.

나는 웝슬 씨가 연극에 대해 물어볼까 봐 조마조마했다. 하지만 그때 월든가버 씨가 만족스러운 눈빛으로 우리를 바라보면서 물었다.

"그래, 신사분들. 오늘 공연 어땠소? 관객 입장에서 말이오."

"좋았어요."

내 뒤에 있던 허버트가 손가락으로 나를 쿡 찌르면서 말했다. 그래서 나도 말했다.

"좋았어요. 아주 좋았어요."

"내 연기는 어땠소?"

월든가버 씨가 선심이라도 쓰듯 물었다.

허버트가 뒤에서 다시 나를 꾹 찌르며 말했다.

"견실하고 실감 나는 연기였습니다."

"견실하고 실감 났어요."

나는 마치 내가 생각해낸 표현인 것처럼 힘주어 말했다.

"당신들이 그렇게 말해주니 정말 기쁘군요."

월든가버 씨는 벽에 바짝 붙어 의자를 꼭 붙들고 있어야 했지만 위엄 있게 말했다.

그때 유대인이 여전히 무릎을 꿇은 채로 말했다.

"그런데요, 월든가버 씨. 내 의견에 반대하는 사람도 있을지 모르지만, 햄릿의 두 다리를 옆으로 보인 것은 잘못한 것입니다. 지난번 내가 분장을 맡은 연기자도 연습할 때 같은 실수를 저질렀지요. 그래서 나는 마지막 리허설 때 그 사람의 양쪽 정강이에 붉은색 커다란 딱지를 붙여놓았죠. 그리고 1층 객석에서 두 다리를 옆쪽으로 보일 때마다 '딱지가 안 보입니다!'라고 소리쳤지요. 덕분에 그날 밤 연기는 아주 훌륭했습니다."

월든가버 씨가 나를 보며 미소 지었는데, 마치 '이 사람은 내 충실한 종이라네. 이런 바보 같은 소리를 하더라도 난 신경 쓰지 않아'라고 말하는 듯했다. 그리고 큰 소리로 말했다.

"이곳 관객들에게는 내 연극관이 좀 고전적이고 철학적으로 보일 거야. 하지만 곧 나아질 거야. 암, 그렇고말고!"

허버트와 나는 입을 모아 반드시 나아질 거라고 말했다.

"이 공연을 조롱하는 관객이 있었는데, 혹시 알고 있소?"

윌든가버 씨가 말했다.

우리는 그러고 보니 한 명 있었던 것 같다고 말하고 내가 덧붙였다.

"틀림없이 술 취한 사람이었을 거예요."

"아니, 취한 게 아니오, 선생. 그를 고용한 사람이 술을 마시지 못하게 했을 테니까."

웹슬 씨가 말했다.

"그를 고용한 사람이 누군지 아신다는 말씀인가요?"

내가 물었다.

웹슬 씨는 어떤 의식을 치르기라도 하는 듯 아주 천천히 눈을 감았다가 다시 뜨더니 말했다.

"신사분들도 알아챘을 거요. 갈라지는 목소리에 비열하면서도 악의에 찬 얼굴을 한 무식하고 뻔뻔한 인간이 덴마크 왕 클로디어스 배역을 맡았다는 것을 말이오. 바로 그자가 그를 고용했소. 직업의 세계가 다 그렇지."

웹슬 씨가 실의에 빠져 있었다면 불쌍한 마음이 더 컸을지 알 수 없었지만, 어쨌든 그 상태만으로도 나는 웹쓸 씨가 불쌍했다. 그래서 그가 바지에 멜빵을 메려고 돌아설 때—그 바람에 우리는 문밖으로 밀려났다—허버트에게 그를 저녁 식사에 초대해도 되겠느냐고 물었다. 허버트는 좋은 일이라고 대답했고. 나는 웹슬 씨를 초대했고, 우리는 함께 바너드 여관으로 갔다.

우리는 최대한 정성껏 그를 대접했다. 그는 새벽 2시까지 머물면서 그날의 성공적인 무대를 곱씹어보고 앞으로의 계획을 늘어놓았다. 구체적인 내용은 잘 기억나지 않지만, 그는 연극의 부흥을 이끌 것이며, 종국에는 연극을 붕괴하는 것으로 삶을 마무리할 것이라고 했다. 이유인즉, 자신의 죽음과 함께 연극계는 모든 것을 잃어버리기 때문이라는 것이었다.

나는 처참한 기분으로 침대에 올라갔고, 에스텔러를 생각하다가 잠들었다. 그리고 상속이 취소되는 꿈, 허버트의 연인 클래라와 내가 결혼해야 하는 꿈, 2만 명이 넘는 관객들 앞에서 대사를 스무 마디도 못 외운 채로 미스 해비셤의 유령을 앞에 두고 햄릿을 연기하는 꿈속을 헤맸다.

<h2 style="text-align:center">32</h2>

어느 날 포킷 씨와 한창 공부에 열중하고 있을 때 편지 한 통이 도착했다. 겉봉을 보는 순간 심장이 마구 뛰었다. 처음 보는 글씨였으나 누구의 글씨인지 곧바로 알 수 있었다. 봉투를 열어보았다. '친애하는 핍 씨'라든가 '친애하는 핍' 또는 '친애하는 선생' 등 상투적인 호칭 없이 이렇게 적혀 있었다.

모레 정오 마차로 런던에 갈 거야. 마중 나온다고 했지? 미스 해비셤은 그렇게 알고 있거든. 어쨌든 난 그에 맞춰서 이 편지를 쓰는 거야. 미스 해비셤이 안부를 전해달래.

에스텔러

시간이 있었다면 양복을 몇 벌 새로 맞췄을 것이다. 하지만 시간이 없어서 있는 양복을 입을 수밖에 없었다. 대번에 식욕이 사라졌다. 한

시도 마음이 진정되지 않았다. 물론 그날도 평온과 안정을 찾기는커녕 오히려 더 심해졌다. 나는 마차가 고향 마을의 블루보어 여관에서 출발하기도 전부터 칩사이드의 우드 가에 있는 마차역 주변을 서성거렸다. 나는 이 사실을 알고 있으면서도 역에서 단 5분도 눈을 떼지 못했다. 이렇게 이성을 잃은 상태에서 30분을 보냈다. 그녀가 도착하려면 네다섯 시간은 더 있어야 했다. 그때 웨믹이 나타났다.

"안녕하셨습니까, 핍 씨? 잘 지내시죠? 여기서 만나게 될 줄은 몰랐습니다."

나는 마차로 오는 사람을 기다리고 있다고 말하고, 웨믹의 성과 노인장의 안부를 물었다.

"고맙습니다. 덕분에 모두 무탈합니다. 특히 아버지께서는 잘 지내고 계십니다. 아주 원기 왕성하시지요. 이번 생일에 여든두 살이 되십니다. 그때 대포를 여든두 발 쏠까 합니다. 물론 이웃 사람들이 싫어하지 않고, 대포가 그만한 압력을 견딜 수 있다면요. 그런데 이건 런던에서 할 이야기가 아니군요. 지금 내가 어디 가는 것 같습니까?"

"사무실로 가시나요?"

그가 그쪽으로 가고 있었기 때문에 그렇게 물어보았다.

"그 옆에요. 뉴게이트 교도소로 가는 중입니다. 은행 강도 사건을 맡았거든요. 지금 현장을 둘러보고 오는 길인데, 의뢰인과 상담할 것이 있어요."

"의뢰인이 범인인가요?"

"천만에요. 하지만 혐의자로 고소당했죠. 당신이나 저도 그렇게 될 수 있습니다. 누구든 혐의를 받을 수 있으니까요."

웨믹이 무미건조한 투로 말했다.

"다만 고소를 당하지 않았을 뿐이라는 거죠?"

"맞아요! 당신은 생각이 깊은 사람이군요."

웨믹이 집게손가락으로 내 가슴을 톡 치면서 말했다.

"잠깐 뉴게이트를 구경해보시겠어요? 시간 되시면요?"

시간이 남아도는 형편이었던 나는 구원이라도 받은 듯 그의 제안이 반가웠다. 역마차 사무실에서 눈을 떼고 싶지 않았지만 말이다. 나는 잠깐 다녀와도 될지 시간을 좀 확인해보겠다고 말했다. 나는 곧바로 사무실로 들어가 직원이 짜증 낼 정도로 몇 번이나 물어본 끝에 마차가 도착할 수 있는 가장 빠른 시간을 확인했다. 물론 나는 그 직원 못지않게 잘 알고 있었지만 말이다. 나는 웨믹에게 돌아와 시계를 들여다보면서 방금 들은 정보에 놀라는 척하며 그의 제안을 받아들였다.

몇 분 만에 우리는 뉴게이트 교도소에 도착했다. 빈 벽에 족쇄와 교도소 규정이 붙은 수위실을 지나 교도소 안으로 들어갔다. 마침 면회 시간이어서 선술집 급사가 맥주를 들고 교도소 안을 돌아다니고 있었다. 죄수들은 마당에 둘러친 철창 뒤에서 맥주를 사거나 면회 온 사람들과 이야기를 나눴다. 지저분하고, 추악하고, 무질서하며, 음울한 광경이었다.

웨믹은 자기가 심은 식물들 사이를 걸어가는 정원사처럼 죄수들 사이를 걸어갔다. 그가 마치 밤사이 돋아난 싹을 발견한 것처럼 "어이, 톰 대위? 톰 대위 맞군."이라거나, "물통 뒤에 있는 자네, 블랙 빌 맞지? 두 달 만이군. 어떻게 지냈나?"라고 죄수들에게 말을 걸었을 때 그런 생각이 떠올랐다. 웨믹은 철창 앞에서 걸음을 멈추고 불안스럽게 속삭이는 죄수들의 이야기에 일일이 귀 기울일 때도, 자기에게 상담하는 죄수들이 재판 때 만개할 예정인데, 그들이 지난번보다 얼마나 자랐는지 살펴보는 듯했다.

뉴게이트 교도소에서 웨믹의 인기는 대단했다. 그는 재거스 씨 사무실에서 친밀한 교류를 담당하고 있었다. 물론 재거스 씨와 같은 위엄을 지니고 어느 정도 이상 다가오는 것을 허용하지 않았지만 말이다. 연이어 만나는 의뢰인들에게 그가 하는 인사는, 두 손으로 모자를 바로잡아 편안하게 쓰고, 우체통처럼 생긴 입을 굳게 다문 채 양손을 호주머니에 찔러 넣는 것이었다. 수임료 문제로 몇 차례 곤란한 상황이 벌어지기도 했는데, 의뢰인이 적은 금액을 제시하면 최대한 물러서서 이렇게 말했다.

"그래 봤자 소용없네. 나는 그저 법률사무소 직원일 뿐이야. 일개 직원한테 졸라봤자 소용없네. 그만한 금액을 마련할 수 없으면 고용주한테 직접 말해보게. 이 바닥에 고용주야 많으니 한 사람에게 안 되는 일이 다른 사람에게는 될 수도 있지. 내가 해줄 수 있는 말은 이것뿐이네. 괜한 일로 시간 낭비하지 말게. 그럴 필요 없지 않나? 자, 다음은 누구지?"

이런 식으로 온실을 지나가던 그가 문득 나를 돌아보며 말했다.

"이제부터 내가 악수하는 사람을 잘 봐두세요."

귀띔해주지 않았더라도 나는 주목했을 것이다. 그때까지 그는 아무하고도 악수하지 않았기 때문이다.

웨믹의 말이 끝나기 무섭게 허리가 꼿꼿하고 풍채 좋은 한 남자가 철창 구석 쪽으로 다가왔다. 지금도 그의 모습이 눈에 선하다. 해진 올리브색 프록코트를 입은 그는 홍조 띤 얼굴에 창백한 기색이 가득했고, 시선을 고정하고 있기는 했지만 눈동자가 이리저리 돌아갔다.

그는 식은 고기 수프처럼 기름때에 절은 모자에 손을 갖다 대고 반은 장난스럽게, 반은 진지하게 군대식 경례를 했다.

"안녕하십니까, 대령님! 잘 지내십니까?"

웨믹이 말했다.

"그럭저럭 지냅니다, 웨믹 씨."

"할 수 있는 것은 다 했지만, 너무 확실한 증거라서요, 대령님."

"그렇겠죠. 확실한 증거지. 하지만 상관없소."

"그렇겠죠. 대령님이야 그런 것 신경 쓰지 않는 분이시죠."

웨믹이 태연하게 말하고는 나를 돌아보았다.

"이 사람은 국왕의 친위대였어요. 정규군 보병대 장교였다가 제대했죠."

"그래요?"

내가 말했다.

그 남자는 나를 보고 나서, 내 머리 위쪽을 쳐다본 다음 주위를 둘러보았다. 그리고 손으로 입술을 훔치더니 소리 내어 웃었다.

"월요일에는 여기를 나가게 되겠죠?"

"아마도요. 하지만 아무도 알 수 없어요."

내 친구의 대답이었다.

"작별 인사를 나눌 수 있어서 다행입니다, 웨믹 씨."

그가 철창 사이로 손을 내밀었다.

"고맙습니다. 저도 동감입니다, 대령님."

웨믹이 그의 손을 잡고 말했다.

"체포 당시 내가 가지고 있던 것이 진짜 돈이었다면, 웨믹 씨, 당신의 호의에 감사하는 뜻으로 반지를 하나 더 낄 수 있게 해드렸을 텐데 말입니다."

그는 손을 놓기 싫은 듯 계속 잡고 말했다.

"받은 것으로 생각하겠습니다. 그건 그렇고, 대령님은 굉장한 비둘기 애호가였잖습니까?"

대령은 허공을 올려다보았다.

"공중제비비둘기를 여러 마리 가지고 계신다고요. 그 한 쌍을 저에게 주실 수는 없는지요? 물론 대령님께서 더 이상 필요 없으시다면요."

"그렇게 하시죠."

"정말 고맙습니다. 제가 잘 돌보겠습니다. 그럼 즐거운 오후 보내시고, 안녕히 계십시오!"

그들은 다시 악수를 나눴다. 그곳을 떠났을 때 웨믹이 내게 말했다.

"위조화폐 기술자예요. 엄청난 기술을 가졌죠. 오늘 판사의 심리 보고서가 제출될 겁니다. 월요일에 교수형에 처해질 거고요. 그건 그렇고 비둘기 한 쌍은 휴대할 수 있는 동산이죠."

웨믹은 뒤돌아보고, 곧 죽을 식물에게 고개를 끄덕여주었다. 교도소 마당을 걸어 나오면서 그는 주위를 휘둘러보았다. 마치 그 죽은 식물의 자리에 갖다 놓을 화분을 물색하듯이 말이다.

수위실을 지나 교도소를 나오면서 내 후견인이 죄수들뿐만 아니라 간수들에게도 중요한 존재라는 것을 알았다. 대못이 박힌 2개의 수위실 문 사이에 우리를 세워두고, 한쪽 문의 자물쇠를 풀기 전에 다른 문의 자물쇠를 잠그면서 간수가 물었다.

"강변 살인 사건 말입니다. 재거스 씨는 어떻게 처리할 생각인지요? 과실치사로 처리할 건가요? 아니면 다른 것을 생각하고 있나요?"

"재거스 씨한테 직접 물어보시지요."

"아 예, 그래야겠죠!"

간수가 말했다.

"여기 있는 사람들은 다 이런 식이라니까요. 직원인 나한테는 뭐든 물어보면서 정작 재거스 씨한테는 입도 벙긋 못하죠."

웨믹이 나를 돌아보고 우체통 같은 입을 길게 벌리면서 말했다.

"이 젊은 신사는 사무실 견습 서기인가요? 아니면 도제?"

간수가 웨믹을 보고 웃으면서 물었다.

"보세요! 또 이런다니까요? 내 말이 맞죠? 첫 번째 질문을 마무리하기도 전에 또 다른 것을 묻는다니까요. 핍 씨가 그렇다면 어쩔 셈이오?"

"뭐, 이분도 재거스 씨가 어떤 사람인지 알겠죠."

간수가 씽긋 웃었다.

"나 참! 재거스 씨한테는 그 열쇠처럼 말도 못하면서. 그렇다는 건 당신도 잘 알지? 어서 문이나 열어요, 이 늙은 여우 같은 양반아. 안 그러면 재거스 씨한테 얘기해서 당신을 불법 감금으로 고소할 테니."

웨믹이 농담 삼아 간수를 공격하듯 소리쳤다.

간수는 소리 내어 웃으면서 작별 인사를 건넸다. 그는 우리가 계단을 내려가 거리로 나설 때까지 쪽문 너머로 우리를 바라보며 웃었다.

웨믹이 내 팔을 잡고 은밀하게 속삭였다.

"핍 씨, 재거스 씨가 일을 처리하는 방식 중에서 가장 훌륭한 점은 자신을 아주 높은 존재로 만드는 겁니다. 아주 높은 위치에 서 있는 거죠. 높은 위치를 유지하는 것과 엄청난 능력은 한 쌍이라고 할 수 있죠. 간수가 재거스 씨에게 사건을 어떻게 처리할지 물어보지 못하는 것처럼, 대령도 재거스 씨에게 작별 인사를 못하죠. 그러고는 저들과 자신 사이에 나를 두는 겁니다. 그렇게 해서 저들의 영혼과 육체까지 완벽하게 지배하는 것이지요."

나는 내 후견인의 교묘함에 깜짝 놀랐다. 솔직히 나는 능력이 좀 떨어지는 사람이 내 후견인이면 좋겠다고 생각했다. 더구나 그때 그런 생각이 처음 든 것은 아니었다.

웨믹과 나는 리틀 브리튼에 있는 사무소에서 헤어졌다. 여느 때처럼 사무소 앞에는 재거스 씨를 만나려는 사람들이 서성거리고 있었다. 나는 마차역으로 돌아왔는데, 아직 3시간도 더 남아 있었다. 나는 오직 한 가지 생각을 하며 그 긴 시간을 보냈다. 내가 교도소와 범죄라는 더러운 세계에 둘러싸여 있다는 묘한 생각을 했던 것이다. 어린 시절 어느 겨울 저녁 고향 마을의 습지대에서 그 세계와 처음 마주쳤고, 희미해지기는 했지만 절대 지워지지 않은 얼룩처럼 이후 두세 번 다시 나타나 내 삶에 묻어났으며, 새로운 방식으로 내 운과 앞날에 스며들었다는 사실이 묘하게 느껴졌다.

이런 생각을 하면서도 나는 에스텔러를 생각했다. 도도하면서 세련되고, 젊음의 아름다움을 지닌 세련된 에스텔러가 나를 향해 오고 있었다. 그러다 그녀와 교도소의 엄청난 대조를 생각하니 소름 끼쳤다. 차라리 웨믹과 마주치지 않았더라면 좋았을 것을, 설령 그를 만났더라도 뉴게이트 교도소까지 함께 가지 말았어야 했다는 후회가 밀려왔다. 1년 365일 중 적어도 오늘만큼은 내가 내뱉는 숨결과 옷에 뉴게이트의 얼룩을 묻히지 말았어야 했다.

나는 왔다 갔다 하고 몸을 흔들면서 내 발과 옷에서 그곳의 먼지를 털어내고, 숨을 크게 내쉬어 허파에서도 그곳의 공기를 토해냈다. 에스텔러가 점점 가까이 오고 있는데 나는 이렇게 오염되어 있다고 생각하다 보니 마차가 되레 빨리 왔다는 기분이 들었다. 내가 웨믹의 온실에서 묻혀 온 오물을 떨쳐버리기도 전에, 마차 창문으로 에스텔러의 얼굴이 나타났고 그녀가 나에게 손을 흔들었다.

그 순간 또다시 내 마음을 얼핏 스치는 정체불명의 그림자는 대체 무엇이었을까?

33

모피 여행복 차림의 에스텔러는 어느 때보다 우아하고 아름다웠다. 나를 대하는 태도에도 전에 없이 애교가 넘치고 살가웠다. 나는 그것이 미스 해비셤의 영향 때문일 거라고 짐작했다.

그녀는 마차역 마당에 서서 내게 자신의 짐을 가리켰다. 나는 짐을 모두 내려놓고 나서야 비로소 그녀의 목적지가 어딘지도 모른다는 것을 깨달았다. 오직 그녀만을 생각하느라 다른 모든 것을 잊고 있었던 것이다.

"리치먼드로 갈 거야. 리치먼드는 서리 주와 요크셔 주 두 군데에 있어. 내가 갈 곳은 서리 주의 리치먼드야. 여기서 한 16킬로미터쯤 된대. 마차를 타고 가야 하는데 네가 나를 데려다줘. 돈은 여기, 내 지갑에서 꺼내 써. 이 지갑 받아야 해! 우리에게는 선택권이 없어. 너나 나나 시키는 대로 해야 해. 아직 우리 마음대로 할 수 있는 건 없어. 적어도 너하고 나는."

지갑을 건네주면서 에스텔러가 나를 쳐다보았다. 나는 그녀의 말에 뭔가 숨은 뜻이 있기를 바랐다. 경멸하는 투로 그 말을 하기는 했지만 불쾌한 기색은 없었다.

"에스텔러, 마차를 불러올 동안 여기서 좀 쉬고 있어."

"그래. 난 여기서 쉬어야 하고, 차를 마셔야 해. 그동안 네가 나를 돌봐줘야 하고."

에스텔러는 내 팔짱을 끼었는데, 마치 지시받은 것처럼 했다. 나는 웨이터에게 객실로 안내해달라고 했다. 그는 난생처음 마차를 구경하는 듯 빤히 쳐다보고 있었다. 웨이터는 위층으로 올라가는 길을 알려주는 마법의 이정표라도 되는 듯 냅킨을 꺼내 들었다. 우리는 웨이터를 따라 좁고 어두컴컴한 굴속 같은 방으로 들어갔다. 방에는 사물이 축소되어 보이는 볼록거울이 있었는데, 콧구멍만 한 방에서는 도무지 필요 없는 물건이었다. 멸치 소스 병 하나와 누가 신던 것인지 모를 나막신도 있었다. 방이 마음에 들지 않는다고 하자 웨이터는 다른 큰 방으로 데려갔다. 30명은 족히 앉고도 남을 정도로 큰 식탁이 있었다. 벽난로에 수북이 쌓인 잿더미 속에 타다 만 습자책 한 쪽이 보였다. 웨이터는 그것을 보며 머리를 흔들더니 필요한 것은 없냐고 물었다. 내가 숙녀분이 마실 차 한 잔을 갖다 달라고 하자 그는 침울한 얼굴로 방을 나갔다.

방에서는 마구간과 수프 냄새가 뒤섞인 냄새가 강하게 풍겼다. 그걸로 봐서는 마차 영업이 신통치 않아 여관 주인이 말고기를 삶아 식당 영업에 매진하는 것이 아닐까 하는 추측이 들었다. 하지만 그곳은 나에게 천국 같았다. 에스텔러가 함께 있었기 때문이다. 그녀와 함께라면 이런 방에서도 평생 행복하게 살 수 있을 것 같았다. 하지만 그때 나는 조금도 행복하지 않았고, 그 사실을 너무나 잘 알고 있었다.

"리치먼드 어디로 가니?"

내가 에스텔러에게 물었다.

"어느 부인 댁으로 갈 거야. 영향력이 대단하다던데. 본인 스스로 그렇게 말하더라. 거금을 내고 거기 살게 될 거야. 그 부인이 나를 데리고 다니면서 도움이 될 만한 사람들을 소개해줄 거래."

"너는 다양한 경험을 하고 사람들의 찬사를 받으면서 즐겁게 보낼 거야."

"나도 그렇게 생각해."

그녀는 심드렁하게 대꾸했다.

"남 얘기 하듯 말하는구나."

"남 얘기 하는 것을 보기라도 했니? 말해봐, 말해보라고. 내가 너한테 배울 거라는 기대는 하지 말아줘. 나는 내 식으로 말할 거니까. 포킷 씨와는 잘 지내고 있니?"

에스텔러가 장난스럽게 미소 지으며 말했다.

"재미있게 잘 지내지. 적어도······."

"적어도?"

"적어도 네가 없는 곳치고는 즐겁게 잘 지내고 있어."

"바보. 어쩜 그렇게 실없는 말을 하니? 매슈 씨는 그 집안에서 가장 뛰어난 분이라며?"

에스텔러가 태연하게 말했다.

"그래, 아주 훌륭한 분이야. 누구의 적도 되지 못할······."

"자신만이 적이 될 사람이라는 말은 하지 마. 그런 사람 아주 질색이니까. 하지만 매슈 씨는 정말 사심 없고, 질투심이나 복수심 같은 건 전혀 품지 않는 사람이라고 들었어."

"네가 말한 그대로야."

"하지만 그 집안의 다른 사람들은 그렇지 않을걸. 그들이 미스 해비셤한테 너에 대해 끊임없이 안 좋은 말을 해대거든. 너를 감시하고, 헐뜯고, 편지까지 써서 보낸다니까. 가끔은 익명으로 말이야. 그들의 삶에서 너는 골칫거리이자 문젯거리야. 넌 그들이 너를 얼마나 증오하는지 모를 거야."

에스텔러가 진지하면서도 조롱하는 표정으로 말했다.

"그들이 나한테 해를 입히지는 않겠지?"

에스텔러는 갑자기 큰 소리로 웃음을 터뜨렸다. 나는 당혹스러운 표정으로 그녀를 쳐다보았다. 그것은 어이없는 웃음이 아니라 정말 재미있어하는 웃음이었다.

나는 그녀 앞에서 주눅 든 태도로 말했다.

"그들이 나한테 해를 끼치는 게 그렇게 좋아할 일은 아닌 것 같은데?"

"맞아. 그건 확실해. 그들이 너한테 해를 입힐 수 없기 때문에 웃은 거야. 그들이 미스 해비셤 앞에서 낭패를 당하는 모습이란!"

에스텔러는 다시 웃음을 터뜨렸다. 이유를 알았는데도 나는 여전히 당혹스러웠다. 진심으로 즐거운 것은 맞지만, 아무래도 너무 심하게 웃었던 것이다. 나는 뭔가가 더 있다고 생각했다. 내 마음을 알아차렸는지 그녀가 말했다.

"그들의 의도가 뭉개지는 것을 보면 얼마나 통쾌한지, 우스운 꼴이 된 그들을 보면 얼마나 재미있는지, 아마 너도 잘 모를 거야. 너는 갓난아이 때부터 그 이상한 집에서 자라지 않았으니까. 하지만 나는 그렇게 자랐어. 그들은 동정이나 연민의 가면을 쓰고 무방비 상태에 있는 나를 억압할 음모를 꾸몄어. 그래서 나는 어릴 때부터 날카로운 시각을 갖게 되었지. 어린 시절 밤중에 깨어났을 때 마음의 평화를 주는 것들이라고 읊어대는 사기꾼 같은 여자를 발견하고는 눈을 점점 등그렇게 떴던 적 있니? 나는 그런 적 있어."

이제 에스텔러는 더 이상 웃지 않았다. 이것은 결코 가벼운 기억이
아니었다. 내 앞에 산더미 같은 유산이 쌓이더라도 나로 인해 그녀가
그런 표정을 짓게 만들고 싶지는 않았다.

에스텔러가 말했다.

"너한테 들려주고 싶은 얘기가 두 가지 있어. 낙숫물이 댓돌을 뚫
는다는 속담이 있지만, 아무리 애써도, 설령 백 년이 지나도 그들은
너에 대한 미스 해비셤의 생각을 해치지 못할 거야. 그건 확실하니까
걱정하지 마. 둘째, 그들이 너 때문에 부질없이 비열한 꼼수를 부리게
된 것을 고맙게 생각해. 그런 의미에서 자, 내 손 잡아도 돼."

에스텔러는 잠시 얼굴에 드리웠던 그늘을 걷어내고 장난스럽게 손
을 내밀었다. 나는 그 손을 내 입술로 가져갔다.

"너 정말 안 되겠구나. 내 경고를 귓등으로 들은 거니? 아니면 예전
에 내가 볼에 입 맞춰도 좋다고 했을 때와 같은 기분으로 내 손에 키
스한 거니?"

에스텔러가 말했다.

"그게 어떤 거였는데?"

"잠시 생각해봐야겠어……. 아첨꾼이나 모사꾼을 경멸하는 기분이
었지."

"내가 그렇다고 대답하면, 다시 한번 네 뺨에 키스해도 되니?"

"내 손에 입 맞추기 전에 물어봤어야 했어. 뭐, 하지만 어쨌든 좋을
대로 해."

나는 몸을 숙였다. 그녀의 차분한 얼굴이 석고상처럼 느껴졌다. 에
스텔러는 내 입술이 뺨에 닿기 무섭게 떨어지면서 말했다.

"이제 됐어. 너는 내가 차를 마실 수 있게 해줘야 해. 그리고 나를 리치먼드까지 데려다줘야 하고."

우리의 관계가 강제적인 것이고, 우리는 꼭두각시일 뿐이라는 말투로 돌아가자 나는 마음이 쓰렸다. 하지만 나는 우리의 관계 자체가 고통스러웠다. 그녀의 말투가 어떻게 달라졌든 나는 받아들일 수 없었고, 어떤 희망을 품을 수도 없었다. 하지만 나는 그 받아들일 수도 희망을 품을 수도 없는 일을 계속했다. 왜 자꾸 이런 말을 하느냐고? 왜냐하면 늘 그래 왔기 때문이다.

나는 종을 울려 차를 재촉했다. 잠시 후 웨이터가 마법의 이정표를 들고 다시 나타났다. 그는 차를 마시는 데 필요한 것들을 쉰 가지 넘게 갖고 왔다. 쟁반, 찻잔, 컵과 받침 접시, 넓은 접시, 나이프와 포크(고기 자르는 나이프와 포크까지), 각종 숟가락, 소금 통, 쇠뚜껑으로 조심스럽게 씌운 작고 흐물흐물한 머핀 하나, 엄청난 양의 파슬리 속에 박아 넣은 부드러운 버터 한 조각, 가루를 뿌린 빵 한 덩이, 부엌 난로 격자 자국이 찍힌 삼각형 빵 몇 개, 그리고 불룩하고 둥근 찻주전자까지. 웨이터는 무거워 죽겠다는 표정을 지으며 그 많은 것들을 들고 비틀거리며 들어왔다. 그러고는 한참 동안 모습을 보이지 않더니 마침내 어린잎이 담긴 값비싼 상자 하나를 들고 들어왔다. 나는 그 어린잎을 뜨거운 물에 담갔다. 그리고 위의 부속물들을 가지고 정체 모를 차를 우려냈다.

나는 찻값을 치르고, 웨이터한테 팁을 챙겨주고, 마부에게도 성의 표시를 했고, 하녀에게도 몇 푼 집어 주고 나서 마차를 타고 그곳을 떠났다. 말하자면 멸시와 적대감을 느낄 만큼 여관에 있는 모든 사람들에게 돈을 뿌려서 에스텔러의 지갑을 가볍게 만들어준 것이다.

마차는 덜컹거리며 칩사이드로 들어가 내가 그렇게도 수치스러워하는 뉴게이트 교도소 담장을 지나갔다.

"이건 뭐니?"

에스텔러가 물었다.

나는 처음에는 못 알아본 척하다가 알려주었다. 에스텔러가 고개를 내밀고 한 번 보고는 "불쌍한 인간들!"이라고 말하며 다시 고개를 안으로 들였다. 나는 억만금을 준다 해도 그 안에 들어간 적이 있다는 말을 절대 하지 않기로 마음먹었다.

"런던에서 재거스 씨만큼 이 음침한 곳의 비밀을 잘 아는 사람은 없대."

나는 다른 사람을 끌어들여 교도소 얘기를 은근슬쩍 넘어가려고 했다.

"그가 잘 아는 곳이 어디 교도소뿐이겠니?"

에스텔러가 나지막이 말했다.

"넌 그 사람을 자주 만났겠구나?"

"내가 생각이라는 것을 하기 시작했을 때부터 종종 봤지. 하지만 말도 제대로 못하는 어린아이였을 때만큼도 그에 대해 아는 게 없어. 겪어보니 어때? 그 사람이랑 잘 지내?"

"의심 많은 태도에 적응하고 난 뒤부터 좋은 편이야."

"둘이 친하니?"

"저녁 식사 초대를 받아 간 적 있어."

"분명 좀 괴상한 집에서 살 거야. 안 그래?"

에스텔러가 몸을 움츠리며 말했다.

"맞아, 괴상한 곳이야."

아무리 그녀라고 해도 내 후견인에 대해 말할 때는 조심할 필요가 있었지만, 나는 제라드 거리에서 있었던 만찬에 대해 이야기해주려고 했다. 그런데 갑자기 거리의 가스등 불빛이 눈부시게 비치는 바람에 이야기를 꺼내지 못했다. 불빛이 비치는 동안, 전에 나를 사로잡았던 형언할 수 없는 감정들이 다시 생생하게 되살아나 나를 휘감았던 것이다. 그 거리를 벗어났을 때 우리는 번개 속에 들어갔다 나온 듯 어지럽고 멍했다.

화제는 도로 이야기로 빠져버렸다. 나는 우리가 지나가고 있는 길이나 런던의 지역에 대해 이야기했다. 에스텔러는 런던에 처음 와본 것이나 다름없다고 했다. 프랑스에 갈 때는 런던을 지나치기만 했고, 그 전에는 미스 해비셤의 저택이 있는 마을을 벗어난 적이 없었다는 것이다.

"에스텔러, 네가 여기 머무는 동안 재거스 씨가 돌봐주는 거니?"

내가 물었다.

"그건 말도 안 돼!"

그녀는 딱 잘라 말하더니 더 이상 얘기하지 않았다.

그녀가 나를 유혹하려 하고 있고, 그래서 자기의 매력을 내뿜고 있으며, 필요하다면 내 마음을 뺏고도 남았을 것이라는 사실을 나는 너무나 잘 알고 있었다. 하지만 나는 조금도 행복하지 않았다. 다른 누군가가 우리의 관계를 결정한다는 투로 그녀가 말하지 않았다고 해도, 그녀가 의도적으로 내 마음을 짓밟기 위해 그러는 것이지, 내 마음이 그녀의 사랑을 불러일으킨 것은 아님을 알고 있었기 때문이다.

마차가 해머스미스를 지나갈 때 나는 그녀에게 매슈 포킷 씨의 집이 어디 있는지 알려주었다. 그리고 리치먼드에서 그리 멀지 않으니

가끔 만나면 좋겠다고 말했다.

"그래. 너는 나를 만나야 해. 적당한 때에 찾아와야 해. 그 집 사람들에게 네 얘기를 해두어야 하거든. 아니, 벌써 얘기했어."

"그 집에 식구들이 많아?"

"아니, 부인과 딸 둘뿐이야. 그 부인은 웬만큼 좋은 가문 출신이던데, 나 때문에 수입이 늘어나는 게 싫지는 않은가 봐."

"미스 해비셤이 너를 이렇게 빨리 내보내다니, 놀랍다."

"이것도 미스 해비셤의 계획 중 일부야, 핍."

그녀가 지친 듯 한숨을 내뱉었다.

"나는 계속 그녀에게 편지를 써야 하고, 정기적으로 그녀를 찾아가서 내가 보석들을 지닌 채 잘하고 있다는 사실을 보고해야 해. 보석들이 이젠 거의 내 것이 되었거든."

에스텔러가 내 이름을 부른 것은 이때가 처음이었다. 물론 그녀는 의도적으로 그런 것이었다. 내가 감동할 줄 알면서 말이다.

내가 느끼기에 마차는 너무 빨리 리치먼드에 도착했다. 우리의 목적지는 녹지 옆의 옛날 주택이었다. 집 앞에는 머지않아 죽게 될 아주 오래된 고목들이, 궁중으로 들어가기 위해 수없이 걸쳤을 가발과 버팀대로 부풀린 치마처럼 부자연스럽게 가지치기된 채 서 있었다. 달빛 아래에서 소리조차 낡은 초인종을 울렸다. 한때는 그 초인종이 뻔질나게 울리면서, 여기 초록색 원통 치마를 입은 부인께서 도착했습니다, 빨간 구두 뒤축에 보석이 박힌 부부께서 오셨습니다, 칼자루에 다이아몬드가 박힌 신사분 납시오, 하고 외쳤을 것 같았다.

곧 선홍색 옷을 입은 하녀 둘이 뛰어나와 에스텔러를 맞이했다. 곧 짐들이 안으로 사라졌고, 그녀도 내게 손을 내밀고 잘 가라고 인사하고는 안으로 사라졌다. 나는 그곳에 서서 그녀와 함께 이 집에 살 수 있다면 얼마나 행복할까 하는 생각을 했다. 하지만 나는 그녀와 함께 산다 하더라도 행복하기는커녕 더 비참할 뿐일 거라는 사실을 너무나 잘 알고 있었다.

나는 다시 마차에 올라 해머스미스로 갔다. 마차에 탈 때부터 쓰리던 가슴은 마차에서 내릴 더욱 쓰렸다. 포킷 씨네 집 현관 앞에서 꼬마들의 파티를 끝내고 어린 연인의 에스코트를 받으며 집으로 돌아오는 제인 포킷을 보았다. 비록 플롭슨의 통제를 받는 처지였으나 이 날만큼은 그녀의 어린 연인이 더없이 부러웠다.

포킷 씨는 강연하러 나가고 없었다. 그는 런던 최고의 가정학 분야 강사였고, 자녀와 하인을 관리하는 법에 대해 쓴 그의 논문은 최고의 교재로 인정받고 있었다. 포킷 부인은 집에 있으면서 사소한 곤욕을 치르고 있었다. 밀러스가 근위보병 연대에 근무하는 친척이라는 사람과 나간 동안 누군가 아이를 달랜답시고 바늘 쌈지를 쥐어주었던 것이다. 어디다 갖다 썼는지, 아니면 약으로 알고 삼켰든지, 아무튼 어린 환자의 몸에 안 좋을 만큼 많은 수의 바늘이 사라진 것이다.

포킷 씨는 실리적인 충고와 사물에 대한 올바른 인식과 현명한 판단력을 지닌 사람이었으므로 나는 그에게 마음의 고통을 털어놓고 조언을 구해볼까 생각했다. 하지만 아기에게 특약 처방을 한답시고 잠을 재우고, 자기는 의자에 앉아 귀족 작위 명부를 들여다보고 있는 포킷 부인을 보는 순간 그런 생각이 싹 사라졌다.

34

유산을 상속받는다는 사실에 익숙해짐에 따라 그것이 나 자신은 물론 주변 사람들에게도 서서히 영향을 미치기 시작했다. 그것이 나의 성격에 미친 영향은 결코 좋은 것만은 아니었으므로 가능한 겉으로 드러내지 않으려고 애썼다. 나는 조에 대해서 줄곧 마음이 불편했다. 비디에 대해서도 마음이 편치 않았다. 커밀라처럼 나도 밤중에 잠이 깨면, 피로감에 짓눌린 채, 차라리 미스 해비셤을 만나지 않고 조와 함께 정직하고 낡은 대장간에서 만족하며 살았다면 더 행복하지 않았을까 하는 생각을 했다. 저녁에 혼자 벽난로 불빛을 바라보고 앉아 있노라면 내 시골집 부엌의 벽난로나 대장간 불보다 좋은 불은 없다는 생각을 하곤 했다.

하지만 나의 불안감과 초조함은 에스텔러와 불가분의 관계에 있었다. 그런 감정이 어느 정도 나 자신 때문인지 알 수 없었다. 유산 상속이 없다고 했을 경우 과연 내가 지금보다 더 나은 행동을 했을지 자신할 수 없었다. 내가 상속 예정자라는 사실이 다른 사람에게 어떤 영향을 끼쳤을까? 나는 그 누구에게도 좋은 영향을 끼치지 않았다. 특히 허버트에게 그랬다. 사치를 즐기는 나의 낭비벽으로 인해 마음이 여린 그 역시 과도한 지출을 하게 되었다. 소박한 생활 습관을 타락시키고, 평온한 마음을 번민과 후회로 뒤흔들어놓았다. 나로 인해 포킷 씨 일가가 하찮은 농간을 부리게 되었다는 사실에는 아무런 양심의 가책도 느끼지 않았다. 그런 비열한 성격은 타고난 것이므로, 내가 자극하지 않았더라도 다른 누군가에 의해 일깨워졌을 것이기 때문이다.

하지만 허버트의 경우는 달랐다. 가구라고는 거의 없던 그의 방을 온갖 가구로 가득 채우고, 원수 같은 심부름꾼을 마음껏 부려먹으라고 함으로써 친구를 망쳤다는 생각에 마음이 아팠다. 이제 나는 여유 있는 생활을 유지하기 위해 빚까지 얻어 쓰기 시작했고, 허버트도 빚을 졌다.

우리는 스타톱의 권유로 '숲 속의 방울새'라는 사교 클럽에 가입 신청을 했다. 나는 아직도 이 클럽의 목적을 파악하지 못했다. 회원들은 2주일에 한 번씩 모여 호화로운 만찬을 즐겼고, 식사 후에는 온갖 언쟁을 벌였으며, 6명의 웨이터에게 진탕 술을 먹여 계단에서 뻗어버리게 만드는 것이 전부였다. 방울새들은 하나같이 돈을 흥청망청 썼다. 우리는 코번트 가든에 있는 호텔에서 만찬을 가졌다.

내가 이 클럽 회원이 되고 처음 만난 방울새는 벤틀리 드러믈이었다. 이때 그는 말 한 필이 끄는 자기 소유의 이륜마차를 몰고 시내를 돌아다니면서 가로등 기둥을 들이받곤 했다. 그러다 마차에서 튕겨 나올 때도 있었다. 한번은 석탄 배달부가 던진 석탄처럼 문앞에 내팽개쳐지는 것을 본 적도 있다. 사실 이 이야기를 꺼낸 것은 조금 이른 감이 있었다. 이때는 아직 정식 방울새가 아니었기 때문이다. 클럽의 신성한 규칙에 의하면, 나는 성인이 되기 전에 방울새가 될 수 없었다.

유상 상속을 받을 거라는 확신이 있었으므로 나는 기꺼이 허버트의 비용까지 감당할 용의가 있었다. 하지만 허버트는 워낙 자존심이 강한 친구여서 그런 제의를 할 수 없었다. 그래서 그는 전반적으로 곤란한 처지에 빠졌고, 계속 기회를 엿볼 수밖에 없었다. 우리가 밤늦게 친구들과 어울려 노는 생활에 빠졌을 때 알게 된 사실이 있다. 허버트는 아침 식사 시간이면 우울했다가, 점심때는 좀더 희망찼다가,

저녁을 먹을 무렵에는 다시 축 처져 있었던 것이다. 저녁 식사가 끝나면 돈하고는 거리가 멀다는 것을 인식하고, 지정이 가까워지면 그 돈을 거의 다 손에 넣은 것처럼 하다가, 새벽 2시쯤이면 또다시 몹시 낙심한 모습으로 돌아가서, 엽총을 하나 사서 미국으로 건너가 들소 사냥을 할까 하는 이야기를 했다.

나는 일주일의 절반 정도 해머스미스에 머무르면서 리치먼드를 자주 방문했는데, 그 이야기는 곧 따로 설명하겠다. 해머스미스에 머물 때면 허버트도 자주 찾아왔다. 포킷 씨는 때때로 자신의 아들이 고대하는 좋은 기회가 아직 오지 않았다는 사실을 인식한 것 같았다. 하지만 가족들이 전반적으로 정신없이 살아가는 상황에서, 허버트가 어디서 어떻게 지내는지는 스스로 알아서 할 일이었다. 시간이 지나면서 포킷 씨는 점점 흰머리가 늘었고, 괴로움에 못 이겨 툭하면 머리카락을 양손으로 움켜쥐고 자신을 공중으로 들어 올렸다. 그런가 하면 포킷 부인은 자신이 발을 얹고 있는 의자에 온 식구들이 걸려 넘어지게 하고, 주구장창 귀족 작위 명부를 읽고, 손수건을 잃어버리고, 자기 할아버지 이야기를 들려주었다. 이럴 때 아이가 눈에 띄는 짓을 하면 가차 없이 침대로 보내버렸다.

앞의 일들을 깔끔하게 정리하는 뜻에서 바너드 여관에서 하루하루를 어떻게 보냈는지 이야기하고 이 시기에 대한 설명을 마무리하겠다.

나와 허버트는 최대한 많은 돈을 썼고, 그 대가로 최소한의 보상만 얻었을 뿐이다. 우리는 늘 비참한 기분에 젖어 살았고, 우리가 아는 사람들 대부분이 그랬다. 겉으로는 인생을 즐긴다면서 유쾌하게 굴었지만, 실제로는 그렇지 않다는 것을 은밀하게 깨닫고 있었던 것이다. 그런 점에서 궁극적으로 우리는 일반적인 경우였다.

허버트는 매일 아침마다 부푼 기대를 안고 시내 중심가로 나가 기회를 엿보았다. 나는 가끔 그의 구석지고 어두운 사무실을 방문했다. 그의 책상에는 잉크병, 모자걸이, 석탄 통, 노끈 통, 연감, 책상, 의자, 잣대 등이 놓여 있었다. 그가 오로지 사무실 주변을 살펴보는 일 외에 다른 일을 하는 것을 본 기억이 없다. 그는 매일 오후 정해진 시간에 로이드 보험회사에 다녀오는 것 말고는 할 일이 없었다. 형편이 몹시 나빠져서 무슨 기회든 잡아야겠다는 생각이 들 때면, 런던거래소에 나가 거물급들 사이를 컨트리댄스 춤꾼처럼 헤집고 다녔다. 그런 날 저녁 그가 나에게 이유를 설명해주었다.

"기회는 내가 찾아가야지 나에게 저절로 찾아오지 않는 법이거든. 그래서 기회를 찾아간 거야."

서로 좋아하지 않았다면 우리는 매일 아침마다 서로를 증오했을 것이다. 후회가 밀려들 때면 우리의 방이 이루 말할 수 없을 만큼 싫었고, '원수 같은 심부름꾼' 녀석의 제복은 쳐다보기도 싫었다. 그럴 때면 그 녀석은 하루 중 어느 때보다 돈을 많이 잡아먹으면서 제값을 못하는 듯 느껴졌다. 우리가 빚더미에 올라앉을수록 아침 식사는 더욱 부질없고 형식적인 것이 되었다. 그래서 어느 날 아침 식사를 하는 중에 법적 절차를 밟겠다는 편지를 받았을 때는 롤빵을 가져온 심부름꾼 녀석의 파란 옷깃을 잡고 그놈의 몸이 공중에 뜰 정도로 흔들어댔다. 실제로 녀석은 구두 신은 큐피드처럼 바닥에서 떠올랐다.

어떤 때는 무슨 대단한 발견이라도 한 것처럼 허버트에게 이렇게 말하곤 했다.

"친구야, 우리 형편이 몹시 안 좋은 것 같아."

"그래, 친구야. 실은 나도 그 말을 하려던 참이었어."

허버트도 몹시 진지한 표정으로 대꾸했다.

"그럼 말이지, 허버트. 우리 상황을 한번 정리해보자."

우리는 매번 이런 계획을 세우는 것 자체에 큰 만족을 느꼈다. 이 것은 공적인 일이고, 문제를 파악하는 방식이며, 더 나아가 원수의 목을 조를 수 있는 방법이라고 생각했던 것이다. 허버트도 그렇게 생각하기는 마찬가지였다.

우리는 정신력을 다져서 목표를 달성하기 위해 먼저 특별한 음식과 특별한 술을 한 병 주문해서 저녁 식사를 했다. 식사가 끝나면 만년필 한 뭉치와 잉크병, 압지, 종이를 준비했다. 충분한 문구류가 마음의 위안을 주었던 것이다. 그런 다음 종이 맨 위에 '핍의 빚 목록'이라고 쓰고, 바너드 여관과 날짜를 적었다. 허버트도 나처럼 '허버트의 빚 목록'이라고 썼다.

그런 다음 우리는 각자 여기저기 수북하게 늘어놓은 서류들을 살펴보았다. 대개는 서랍 속에 처박혀 있거나, 호주머니에 꽂혀 있거나, 촛불을 붙이는 데 쓰느라 반쯤 그을렸거나, 수주일 동안 거울 뒤에 꽂혀 있거나, 혹은 별의별 방식으로 훼손되어 있었다. 종이 위에서 만년필이 사각거리는 소리를 들으면 몹시 기분이 좋아져서, 마치 빚을 갚고 있는 듯한 착각이 들기도 했다. 어쨌든 서류를 정리하는 작업과 빚을 갚는 것은 둘 다 바람직한 일이었다.

그렇게 목록을 써 내려가다가 나는 허버트에게 잘돼 가느냐고 묻곤 했다. 그때마다 그는 점점 불어나는 액수를 후회 막급한 표정으로 쳐다보고 있었다.

"숫자가 확 올라가고 있어. 정말 확 올라가, 헨델."

"마음 단단히 먹어, 허버트. 문제를 피하지 마. 상황을 똑바로 쳐다봐. 단단히 살펴보고 장악해야 해."

나는 부지런히 펜을 놀리면서 말했다.

"나도 그러고 싶지. 그런데 저 숫자들이 나를 덮칠 것 같아."

하지만 나의 결연한 태도를 보고 허버트는 다시 작업에 열중했다. 그러다 허버트는 코브인지, 로브인지 노브인지 청구서가 없다면서 또다시 자포자기했다.

"그럼 어림잡아 적으면 되잖아. 딱 떨어지게 그냥 적어."

"너 진짜 대단해! 완전 똑똑한데! 정말이지 사무 능력은 진짜 뛰어나구나."

허버트는 감탄하며 말했다.

물론 나도 그렇게 생각했다. 이 일을 할 때면 나 자신이 과단성 있고 신속하며, 정력적이고, 명확하고 냉철한 일류 사업가 같았던 것이다. 빚 목록을 모두 작성하고 난 뒤에는 표시를 해가면서 청구서와 일일이 대조했다. 하나씩 표시해나갈 때마다 뿌듯함으로 가슴이 벅차올랐다. 확인이 끝나면 균일하게 접어서 뒷면에 표식을 단 다음 하나의 꾸러미로 묶었다. 나는 허버트의 것도 그렇게 해주었다. 그러면 나는 마치 그에게 일의 중심을 잡아준 듯한 기분이었다.

나의 작업 방식에는 그럴듯한 특징이 하나 있었다. 나는 그것을 '여유 두기'라고 불렀다. 가령 허버트의 빚이 164파운드 4실링 2펜스라면 나는 "여유 있게 2백 파운드로 적어."라고 말한다. 또한 나의 부채 총계가 그의 4배라면 역시 여유 있게 7백 파운드라고 적었다. 나는 이 '여유 두기' 방법을 굉장히 높이 평가했다. 하지만 지금 돌이켜보면 그것은 낭비를 조장하는 방법이었다. 왜냐하면 우리는 곧바로 새로운 빚을 내서 그 여유분까지 빚으로 채웠기 때문이다. 게다가 그 여유분만큼의 자유와 자신감에 빠져 또 다른 '여유 두기'가 필요한 상태에 처하기 일쑤였다.

그러나 우리의 재정 상황을 확인하고 나면 마음이 가라앉고 좋은 일을 한 것처럼 평온한 기분에 젖어들었다. 그래서 나 자신이 훌륭한 사람으로 느껴지기도 했다. 능력을 발휘해 일을 체계적으로 처리했을 뿐 아니라 허버트의 칭찬까지 받고 나서 흐뭇한 기분으로 책상 위의 문구류와 청구서 꾸러미를 바라보는 것이었다. 그러면 마치 나 자신이 은행이라도 된 것 같은 느낌이 들었다.

우리는 이 엄숙한 작업을 하는 동안 누구의 방해도 받지 않으려고 항상 바깥쪽 문을 닫아뒀다. 그날도 나는 앞서 말한 평온한 상태를 즐기던 중이었다. 어느 순간 문틈으로 편지 한 통이 들어와 '툭' 하고 바닥에 떨어지는 소리가 들렸다.

"너한테 온 편지야, 헨델. 별일 아니면 좋겠구나."

편지를 가지러 갔던 허버트가 말했다. 겉봉에 검은색 봉인과 테두리가 둘러쳐 있었기 때문이다.

나는 트랩 가게의 마크가 찍힌 겉봉을 열었다.

조 가저리 부인께서 지난 월요일 저녁 6시 20분에 세상을 떠나셨습니다. 장례식은 다음 주 월요일 오후 3시입니다. 부디 고인의 마지막 가는 길에 함께해주시면 감사하겠습니다.

35

내 평생 무덤이 열린 광경을 본 것은 그때가 처음이었고, 나의 평탄한 길에 생긴 균열은 몹시도 충격적이었다. 부엌 난롯가 자신의 의자에 앉은 누나의 모습이 밤낮으로 눈에 밟혔다. 누나 없는 그곳은 상상할 수도 없었다. 이 시기에 나는 누나를 생각한 적이 거의, 아니 전혀 없었다. 그러나 이제는 누나가 길 저쪽에서 나를 향해 걸어오고 있다거나 지금 내 방문을 노크할 것만 같았다. 심지어 누나가 한 번도 와본 적 없는 내 방에서조차 그녀의 목소리, 혹은 그녀의 얼굴과 몸짓이 죽음의 공허와 더불어 끊임없이 되살아났다. 누나가 아직 살아 있고 여기 자주 오기라도 한 것처럼.

내 운명이 어떠했든 간에 애정 어린 마음으로 누나를 추억할 수는 없었다. 하지만 깊은 애정 없이도 후회가 밀려올 수 있었다. 그런 회한으로, 어쩌면 좀더 애틋한 마음으로 누나를 떠올리지 못한 죄책감을 메우기 위해, 나는 누나에게 끔찍한 상처를 입힌 범인에게 격렬한 분노를 느꼈다. 충분한 증거만 있다면 상대가 올릭이건 누구건 반드시 그를 찾아내 죽이고 싶은 심정이었다.

나는 조에게 위로의 말과 함께 장례식에 참석하겠다는 편지를 써서 보내고 위와 같은 기분에 빠져 하루하루를 보냈다. 그리고 장례식 날, 블루보어에서 대장간까지 걸어갈 요량으로 아침 일찍 마차를 타고 떠났다.

화창한 여름날이었다. 대장간으로 걸어가는 동안 연약한 꼬마였던 내가 누나에게 학대받던 기억이 생생하게 떠올랐다. 하지만 매서웠던 회초리의 감촉조차 부드러운 느낌으로 되살아났다. 왜냐하면 콩잎과 클로버 냄새가 내 가슴에 대고 이렇게 속삭이는 듯했기 때문이다. 내가 이 세상을 떠난 뒤 누군가 햇살 아래를 거닐며 나를 떠올릴 때 부드러운 감정을 느끼면 좋을 것이라고 말이다.

이윽고 우리 집이 보였다. 장례식을 맡은 트랩 가게가 우리 집을 이미 점령하고 있었다. 몹시도 우울하게 생긴 두 남자가 검은 띠를 싸맨 지팡이를 들고 현관 앞에 서 있었던 것이다. 마치 그 지팡이가 위로를 전하기라도 하는 듯이. 그중 한 사람은 블루보어에서 일하던 마차 기수로, 술에 취해 자기가 탄 말의 목을 끌어안는 바람에 막 신혼여행을 떠난 젊은 부부를 구덩이에 처박고 실직당한 사람이었다. 온 동네 아이들과 여자들이 감탄의 눈빛으로 검은 옷을 입은 두 사내와 대장간의 닫힌 창문을 쳐다보고 있었다. 내가 다가가자 마차 기수였던 남자가 문을 두드렸다. 마치 내가 너무나 큰 슬픔에 빠져 문 두드릴 힘조차 없다는 듯이.

또 다른 남자는 문을 열어주고 손님용 거실로 나를 안내했다. 그는 언젠가 내기에서 거위를 두 마리나 먹어치운 적이 있는 목수였다. 트랩 씨는 제일 좋은 탁자를 차지하고 앉아 모든 가구며 문이란 문에 모두 검정색 휘장을 달아 핀으로 고정하고 있었다. 내가 들어갔을 때 그는 마침 검정색 천을 가지고 누군가의 모자를 아프리카 흑인 아기 모양으로 싸매고 있었다. 그러더니 내 모자를 달라는 뜻으로 손을 내밀었다. 그런 줄도 모르고 나는 그의 손을 잡고 힘껏 악수했다.

사랑하는 조는 턱 밑의 커다란 나비넥타이에 검은 망토를 묶어서 걸치고 방 위쪽에 혼자 앉아 있었다. 트랩 씨가 상주라고 거기 앉혀놓은 것이 틀림없었다. 나는 몸을 숙이고 조에게 인사했다.

"나 왔어, 조."

"핍, 너는 알고 있지? 누나가 건강했을 때는……."

조는 내 손을 움켜잡고 더 이상 말을 잇지 못했다.

검은 상복 차림의 단정하고 정숙한 비디는 조용히 일손을 거들었다.

나는 비디와 이야기를 나눌 때가 아닌 것 같아서 인사만 하고 조 옆에 앉았다. 나는 누나, 아니 누나의 시신은 어디에 안치되어 있는지 궁금했다. 달콤한 케이크 냄새가 진동하기에 나는 가볍게 먹을 것을 찾아서 주위를 두리번거렸다. 어둠에 익숙해지기 전에는 잘 보이지 않았던 것이다. 마침내 자두 케이크와 오렌지, 샌드위치와 비스킷, 그리고 술병 2개가 눈에 들어왔다. 술병 2개는 한 번도 사용하지 않고 장식해놓기만 했던 것이었다. 지금은 포트와인과 셰리주가 각각 담겨 있었다.

그때 나는 검은 망토에 족히 3미터는 되어 보이는 검은 리본을 모자에 두른 비열한 펌블추크 씨가 식탁 옆에 서 있는 것을 보았다. 그는 음식으로 실컷 배를 채우면서도 연신 내 주의를 끌기 위한 행동을 했다. 드디어 눈이 마주치자 그는 셰리주와 케이크 냄새를 풍기며 곧장 내게 걸어와서 손을 내밀며 말했다.

"친애하는 선생, 괜찮겠나?"

그와 악수하고 나서 허블 씨 부부를 발견했다. 부인은 방 한쪽 구석에 앉아 훌쩍거리고 있었다. 행렬을 따라갈 예정이었던 우리 모두는 트랩 씨에 의해 우스꽝스럽게 보따리에 묶이고 있었다.

모두 무슨 공포스러운 춤이라도 추려는 사람들처럼 두 줄로 늘어설 때 조가 나에게 속삭였다.

"핍, 사실 나는 직접 관을 메고 교회 묘지까지 가고 싶었어. 친한 몇 사람의 도움을 받아서 그렇게 할 생각이었지. 그런데 그렇게 하면 이웃들이 우리를 업신여기고 누나를 무시할 거라더구나."

이때 트랩 씨가 우울하고 사무적인 목소리로 외쳤다.

"자, 모두 손수건을 꺼내시오! 준비가 다 되었습니다!"

우리 모두 손수건을 꺼내 코피라도 난 것처럼 얼굴에 대고 두 줄로 방을 나갔다. 조와 내가 한 줄이었다. 그리고 비디는 펌블추크 씨, 허블 씨 부부가 짝을 이루었다. 불쌍한 누나이 유혜는 부엌문 옆으로 나왔다. 6명의 상여꾼들은 하얀 테두리에 무서워 보이는 검은 벨벳 덮개 밑에서 숨도 제대로 쉬지 못하고 앞도 제대로 못 본 채로 걸어가야 했다. 그래서 전체적으로는 12개의 사람 다리를 가진 눈먼 괴물이 안내자(현관을 지키고 서 있던 마부와 목수) 2명이 이끄는 대로 발을 끌면서 조심조심 걸어가는 것처럼 보였다.

마을 사람들은 이런 장례 의식을 매우 좋게 생각했다. 그래서 우리는 찬사 속에서 마을을 지나갔다. 극성맞은 아이들이 우리 앞을 달려가서는 기다리고 있다가 어느 지점에서 불쑥 뛰쳐나오곤 했다. 또 그들 중 더 혈기왕성한 아이들은 미리 행렬을 앞질러 가서 우리가 모퉁이를 돌아 나오면 "저기 온다! 저기 와!"라고 소리를 지르며 환성을 올리는 것이었다.

나는 행렬을 따라 걷는 내내 펌블추크 씨 때문에 성가셔 죽을 지경이었다. 그는 내 뒤에 바짝 붙어 서서 모자의 검은 리본을 다시 매준다거나 망토 주름을 반듯이 펴주는 등 세심한 배려랍시고 끊임없이 참견했던 것이다. 지나치게 거드름을 피우는 허블 씨 부부도 견디기 힘들었다. 그들은 행렬에 끼인 것이 자랑스러운 듯 한껏 뽐을 냈던 것이다.

길게 뻗은 습지대가 바라보이고, 그 너머 강 위에 떠 있는 배의 돛들이 점점 크게 보이는 교회 묘지로 들어갔다. 얼굴도 본 적 없는 부모님의 묘지가 있는 곳이었다. 누나는 '이 마을에 살다 세상을 떠난 필립 피립'과 '위의 부인 조지애나'의 무덤 가까이 도착했다. 누나가 묻히는 동안 하늘 높이 종달새가 지저귀었고, 산들바람이 불어와 구름과 나무의 아름다운 그림자를 대지 위에 드리웠다.

이 모든 의식이 진행되는 동안 펌블추크 씨가 나에게 보여준 속물적인 행태는 더 이상 언급하지 않겠다. 심지어 우리는 빈손으로 세상에 왔다가 빈손으로 세상을 떠나고, 인생은 유한하며 그림자처럼 덧없다는 성경 말씀이 낭독될 때조차 그는 막대한 유산을 상속받게 된 젊은 신사는 예외라면서 헛기침을 해댔다. 집으로 돌아오는 길에는 뻔뻔스럽게도, 내가 참석한 것이 누나에게는 큰 영광이며, 누나가 그것을 알았다면 죽은 것조차 아깝게 여기지 않을 거라고 말하는 것이었다. 그러고는 그는 셰리주를 몽땅 마셨고, 허블 씨는 포트와인을 바닥까지 비웠다. 두 사람은 마치 자신들이 고인과는 다른 인간인 것처럼, 말하자면 영원히 죽지 않는 존재라도 되는 것처럼 이야기했다. 드디어 펌블추크 씨가 허블 씨 부부와 함께 떠났다. 아마도 스리 졸리바지멘에서 한껏 흥분해서는 나의 행운의 문을 열어준 최초의 후원자라고 떠들어댈 것이다.

손님들이 모두 돌아가고, 트랩 씨와 일꾼(그 무례한 직원은 보이지 않았다)들도 장례 용품을 챙겨 떠나자 집 안에 훨씬 생기가 돌았다. 나는 비디, 조와 함께 식은 음식들로 저녁을 때웠다. 우리는 부엌이 아니라 거실에서 식사를 했다. 조가 나이프며 포크, 소금 통 등을 다룰 때 몹시 조심스러워하는 바람에 어색한 분위기가 감돌았다. 하지만 식사가 끝난 뒤 조가 파이프 담배를 피우고, 우리 둘이 함께 대장간을 돌아보고, 대장간 바깥의 널따란 바위에 나란히 걸터앉아 있으니 조금은 편안했다. 조는 장례식이 끝난 뒤 상복을 벗고 일요일에 예배를 보러 갈 때 입는 양복과 대장간 작업복의 중간쯤 되는 옷으로 갈아입었는데, 그 모습이 자연스러웠다.

예전에 쓰던 작은 다락방에서 자고 가도 되겠느냐고 묻자 조는 무척 기뻐했다. 나도 마치 꽤 큰일을 해내기라도 한 듯 기분이 좋았다. 어둠이 깔리기 시작할 무렵, 나는 비디와 함께 정원을 산책하면서 잠깐 이야기를 나누었다.

"비디, 네가 이 슬픈 소식을 편지로 알려줄 수도 있지 않았을까?"

"그렇게 생각하는 줄 알았다면 내가 보냈을 텐데."

비디가 말했다.

"내가 너무 까칠하게 군다고 여기지는 말아줘. 하지만 네가 보냈어야 했어."

"그렇게 생각해, 핍 씨?"

비디가 침착하게 말했다. 그녀는 너무나 바르고 착하고 좋은 여자였다. 그래서 그런 그녀를 또다시 울리고 싶지 않았다. 내리깔고 있는 그녀의 눈을 보고 나서 나는 더 이상 그 얘기를 하지 않기로 했다.

"이제 비디는 여기 계속 남아 있을 수 없는 거야?"

"그럴 수 없겠지, 핍 씨."

그녀가 아쉽지만 그렇다는 투로 대답했다.

"허블 부인과 얘기가 오가는 중이라 내일 그 댁으로 갈 거야. 가저리 씨가 안정을 찾을 때까지 허블 부인과 함께 도와줄 거야."

"앞으로 어떻게 살아갈 셈이지, 비디? 돈이 필요하면……."

"어떻게 살아갈 거냐고?"

비디는 순간 얼굴을 붉히며 내 말을 끊었다.

"잘 들어, 핍 씨. 이 마을에 곧 학교가 생겨. 난 교사가 될 생각이야. 마을 사람들도 나를 추천해줄 거고. 나는 부지런히 남을 가르치면서 내 공부도 계속할 거야. 당신도 알잖아, 핍 씨."

비디가 나를 바라보면서 미소 띤 얼굴로 말을 이었다.

"물론 새 학교는 예전 학교하고 다르지. 하지만 그때 이후로 난 당신에게 많은 것을 배웠고, 계속 향상해나갔어."

"너라면 어디서든 늘 향상해나갈 거야."

"맞아. 하지만 인간 본성의 나쁜 측면은 빼고 말이야."

그녀가 중얼거렸다.

비난하는 뜻으로 했다기보다 부지불식간에 튀어나온 말이었다. 나는 이 문제도 언급하지 않기로 했다. 그래서 비디의 내리깐 눈을 바라보며 말없이 걸어갔다.

"누나의 마지막 모습에 대해 자세히 듣고 싶어, 비디."

"특별히 들려줄 얘기는 없어. 가엾기도 하지! 부인은 한동안 상태가 많이 좋아졌어. 마지막 나흘간은 몹시 악화된 상태였지만. 그러다 마지막 날 저녁, 차 마실 시간에 다시 깨어나서는 아주 또렷하게 '조'라고 말했어. 오랫동안 한마디도 하지 않던 분이 그렇게 말하기에 즉시 대장간으로 달려가 가저리 씨를 불러왔지. 부인은 가저리 씨를 가까이 앉히고 그의 목에 자기 팔을 둘러달라는 몸짓을 했어. 난 가저리 씨 목에 부인의 팔을 둘러줬지. 부인은 머리를 그의 어깨에 얹고 몹시 만족스러운 듯 다시 한번 '조'라고 또렷하게 이름을 부르더니 '용서해줘'라고 말씀하셨어. 그런 다음 '핍'이라고 말하고는 더 이상 고개를 들지 못했지. 그렇게 한 시간도 지나지 않아 숨을 거뒀어. 나와 가저리 씨는 부인을 조용히 침대에 눕혔어."

비디가 눈물을 흘렸다. 어두컴컴한 정원이, 오솔길이, 서서히 빛을 내뿜는 밤하늘의 별들이 흐릿하게 보였다.

"아무것도 밝혀진 게 없니, 비디?"

"아무것도 없어."

"올릭은 어떻게 됐는지 아니?"

"옷차림으로 봐서는 채석장에서 일하는 것 같아."

"그럼 그를 봤단 말이니? 비디, 저 컴컴한 오솔길에 있는 나무는 왜 자꾸 쳐다보는 거지?"

"조 부인이 돌아가신 날 밤에도 그 사람이 저기 있는 걸 봤어."

"그게 마지막으로 본 게 아니란 말이지?"

"그래, 우리가 걷는 동안에도 그는 계속 저기에 있었어."

내가 막 뛰어가려는데 그녀가 내 팔을 붙잡았다.

"소용없어! 내가 거짓말할 리 없잖아. 그 사람 저곳에 1분도 서 있지 않았어. 금세 사라졌다고."

그자가 아직도 비디 주위를 맴돈다는 사실에 분노가 치밀었다. 나는 뼛속까지 적의를 느꼈다. 나는 그놈을 이 마을에서 내쫓기 위해서라면 돈이 얼마가 들더라도, 무슨 수를 쓰더라도 그렇게 하겠다고 말했다. 그녀는 점차 부드러운 대화로 나를 이끌었다. 그녀는 조가 나를 얼마나 사랑하는지 말하면서 그는 어떤 불평도 한 적 없고(그녀는 '나에 대해서'라고 말하지 않았지만 그녀가 무슨 뜻으로 그 말을 하는지 알고 있었다), 오직 강인한 손과 조용한 입, 그리고 온화한 가슴으로 자기 할 일을 다하며 살아가고 있다고 말했다.

"솔직히 조는 좋은 말밖에 할 수 없는 사람이야. 비디, 우리 둘이 이런 대화를 나눌 기회가 많을 거야. 앞으로 자주 내려올 생각이거든. 가엾은 매형을 혼자 둘 수 없잖아."

비디는 한마디도 하지 않았다.

"비디, 내 말 듣고 있어?"

"듣고 있어, 핍 씨."

"제발 나를 '핍 씨'라고 좀 부르지 마. 그런 말투 정말 거슬려, 비디. 대체 무슨 뜻으로 그러는 거야?"

"무슨 뜻으로 그러냐고?"

비디가 머뭇거리며 되물었다.

"비디, 무슨 뜻으로 그러는지 꼭 알아야겠어."

나는 도덕적 우월감에 찬 태도로 말했다.

"무슨 뜻이라니, 뭘?"

"왜 자꾸 내 말을 되풀이하는 거야? 예전에는 안 그랬잖아."

"예전에는 안 그랬다고? 아, 핍 씨, 예전에는 안 그랬다니!"

나는 이때도 그냥 넘어가기로 했다. 우리는 말없이 정원을 한 바퀴 돌고 나서 좀 전에 하던 이야기를 꺼냈다.

"비디, 아까 내가 앞으로 자주 올 거라고 말했을 때 넌 아무 말도 하지 않았어. 왜 그랬는지 말해줬으면 해."

"정말 그렇게 할 수 있어? 그럴 자신이 있냐고."

그녀는 걸음을 멈추고 별이 총총한 밤하늘 아래서 맑고 진실한 눈빛으로 나를 바라보았다.

"너, 정말! 이거야말로 인간 본성의 아주 나쁜 측면이잖아! 그만하자. 이제 아무 말도 하지 말아줘. 정말 너한테 놀랐다."

나는 그녀에 대해 포기해야겠다고 느끼면서 말했다.

저녁 식사 내내 나는 비디를 차갑게 대했다. 식사를 끝내고 다락방으로 올라갈 때는 교회 묘지와 그날의 일들에 어울리는, 최대한 엄숙한 태도로 저녁 인사를 했다. 그날 밤 나는 잠을 설쳤다. 그리고 잠에서 깰 때마다 비디가 내게 얼마나 쌀쌀맞게 굴었고, 얼마나 부당하게 대했으며, 얼마나 큰 상처를 주었는지 수없이 곱씹었다.

이튿날, 나는 아침 일찍 떠나려고 밖으로 나왔다. 대장간 나무 창문 너머로 일하고 있는 조의 모습이 보였다. 나는 한동안 바깥에 서서 열심히 일하는 조를 바라보았다. 붉게 달아오른 얼굴과 건강하고 힘이 넘치는 모습은 마치 눈부신 태양이 오직 그 한 사람만을 비추고 있는 것 같았다.

"잘 있어, 조! 아니, 닦지 마. 그냥 검댕 묻은 손으로 악수해줘! 곧, 자주 올 거야."

"그래요, 나리. 언제든지, 자주 오렴, 핍!"

부엌문 앞에서 비디가 우유 한 컵과 빵을 들고 나를 기다리고 있었다. 나는 작별의 악수를 하며 말했다.

"비디, 화난 건 아니지만 마음이 아파."

"그러지 마. 내가 옹졸하게 굴었으니 내 마음만 아프면 돼."

그녀가 정말 마음이 아픈 표정으로 말했다.

마을을 떠날 때 다시금 안개가 피어올랐다. 사실은 내가 돌아오지 않을 것이며, 비디의 말이 전적으로 옳다는 것을 안개가 일깨워주었다면, 나는 이 말밖에 달리 할 말이 없다. 안개 또한 전적으로 옳았다.

36

허버트와 나의 재정 상태는 점점 더 악화되었다. 그러는 사이 시간은 흘러 나는 성인이 되었다. 미처 깨닫기도 전에 그렇게 될 거라던 허버트의 예언대로. 허버트는 나보다 여덟 달 먼저 성인이 되었으나 딱히 물려받은 것이 없었으므로 바너드 여관에서 조용히 보냈다. 대신 우리는 나의 스물한 번째 생일을 손꼽아 기다렸다. 그때가 되면 후견인이 뭔가 확실한 이야기를 해주리라 믿었기 때문이다.

나는 리틀 브리튼의 사무실에서 내 생일을 잊지 않도록 미리 신경을 썼다. 생일 전날, 웨믹의 정중한 편지가 도착했다. 재거스 씨가 그 행운의 날 오후 5시에 방문하기를 원한다는 내용이었다. 우리는 드디어 엄청난 일이 생길 거라는 확신을 가졌다. 이튿날 나는 뛰는 가슴을 안고 5시 정각에 사무실을 찾아갔다.

웨믹이 나에게 축하의 인사를 건넸다. 그러고는 지폐로 보이는 종이로 자기 코를 슬쩍 문질렀다. 그 종이를 보는 순간 기분이 좋았다. 하지만 그는 종이에 대해서는 한마디도 하지 않고 내 후견인의 방을 고갯짓으로 가리켰다. 11월이었으므로 재거스 씨는 두 손을 양복 뒤쪽에 집어넣고 벽난로를 등진 채 난롯불 앞에 서 있었다.

"오늘은 미스터 핍이라고 불러야겠군. 축하하네, 미스터 핍."

우리는 늘 그래 왔듯이 아주 짧게 악수했다. 나는 고맙다고 말했다.

"거기 앉게, 미스터 핍."

나는 의자에 앉았고, 재거스 씨는 원래 자리로 돌아가 조금 전의 자세를 취하더니 미간을 찌푸리고 자신의 구두를 내려다보았다. 그 순간 어쩐지 내가 불리한 상황에 놓인 듯한 기분이 들었다. 오래전, 교회 묘비 위에 앉혀졌던 일이 떠올랐다. 그에게서 멀지 않은 선반 위에 놓인 무시무시한 석고상 2개가 중풍 환자 같은 표정으로 우리의 얘기를 들으려고 애쓰는 것 같았다.

"몇 가지 할 이야기가 있네."

재거스 씨가 증인석에 앉은 증인을 대하는 투로 입을 열었다.

"네, 말씀하세요."

그는 몸을 숙여 바닥을 보았다가 다시 고개를 젖혀 천장을 쳐다보며 말했다.

"어떤가? 자네는 생활비를 얼마나 쓰고 있다고 생각하지?"

"생활비 말입니까?"

"그래."

그는 여전히 천장을 쳐다보며 다시 한번 물었다.

"얼마나 쓰고 있는가?"

그는 방을 둘러본 뒤 손수건을 꺼내 코로 가져가다가 멈췄다.

그동안 나는 재정 상태를 확인해야 할 만큼 악화되는 경우가 너무 자주 발생하는 바람에, 그러한 관념 자체가 아예 사라진 상태였다. 그래서 나는 잘 모르겠다고 대답했다.

"그럴 줄 알았네."

재거스 씨는 내 대답이 마음에 들었는지 시원하게 코를 풀었다.

"자, 내가 한 가지 물었으니, 자네도 궁금한 게 있으면 물어보게."

"물론 몇 가지 있기는 하지만, 금지된 질문인 걸로 기억합니다."

"한 가지만 물어보게."

"오늘, 제 은인의 이름을 알려주실 겁니까?"

"그건 안 돼. 다른 질문은?"

"그럼 언제쯤 알려주실 건가요?"

"그 질문은 일단 제쳐두고, 다른 걸 물어보게."

나는 주위를 둘러보았다. 아무래도 이 질문을 피할 수 없었다.

"오늘, 그러니까, 저, 뭔가…… 받을 게 있습니까?"

재거스 씨가 내 질문에 의기양양하게 대답했다.

"그 말을 할 줄 알았지!"

그가 웨믹에게 준비해둔 종이를 가져오라고 했다. 곧 웨믹이 그것을 건네주고 나갔다.

"미스터 핍, 잘 들어두게. 그동안 자네는 아주 거리낌없이 수표를
끊었더군. 웨믹의 현금 출납부에 자네 이름이 자주 보이더군. 물론 빚
도 있겠지?"

"죄송하지만 그렇게 됐습니다."

"솔직히 대답할 수밖에 없다는 건 알고 있군?"

"네, 압니다."

"빚이 얼마인지는 묻지 않겠네. 어차피 자네도 모를 테니까. 사실
뭐 안다고 해도 나한테는 말하지 않겠지. 액수를 줄여서 말할 수도
있고. 아니, 됐어!"

내가 이의를 제기하려고 했으나 그가 집게손가락을 흔들어 내 말
을 막았다.

"그러지 않을 거라고 말하고 싶겠지. 하지만 자네는 줄여서 말할
거야. 미안하지만 그런 건 내가 더 잘 알거든. 자, 이 종이를 받게. 좋
아. 그럼 펼쳐보게. 거기 뭐라고 적혀 있지?"

"5백 파운드입니다."

"그렇지, 5백 파운드. 굉장히 큰 액수야. 안 그런가?"

"안 그럴 리가 있겠습니까?"

"아니, 내가 묻는 말에 똑바로 대답하게."

"큰 액수가 틀림없습니다."

"틀림없이 굉장히 큰 액수라고 생각한다 이거지, 핍? 그래, 그 큰돈
이 자네 것일세. 자네가 앞으로 물려받을 유산을 보증하는 의미로 오
늘 자네한테 지급되는 돈이지. 유산을 상속하는 당사자가 모습을 드
러낼 때까지 연간 그 액수를 넘지 않는 한도 내에서 생활해야 하네.

그러니까 이제는 돈 관리를 직접 해야 한다는 말이네. 피상속인과 직접 연락이 닿을 때까지, 즉 대리인이 필요 없을 때까지, 웨믹에게 석 달에 한 번씩 125파운드를 가져가게. 누차 말하지만 나는 그저 대리인일 뿐이네. 의뢰인의 지시 사항을 처리하고 보수를 받으면 그만이지. 개인적으로 지시 사항이 신중하지 못하다고 생각하지만, 의뢰인 지시가 좋고 나쁘고를 따지는 것은 보수에 포함되어 있지 않네."

후한 은혜를 베풀어준 사람에게 진심으로 감사하다고 말하려고 하는데, 재거스 씨가 내 말을 가로막고 차갑게 말했다.

"핍, 나는 자네 말을 누군가에게 전해주기 위해 보수를 받는 게 아니네."

그는 이 문제를 확 틀어잡았듯이, 두 손으로 자신의 양복 뒷자락을 확 거머쥐었다. 그러고는 자기 구두가 자기를 해치기라도 하는 듯이 얼굴을 잔뜩 찌푸리고 구두를 노려보았다.

잠시 뒤 내가 넌지시 물었다.

"재거스 씨, 좀 전에 미뤄둔 질문, 다시 해도 될까요?"

"그게 뭐지?"

그가 선뜻 협조하지 않으리라는 것은 짐작하고 있었다. 하지만 방금 전에 했던 질문을 다시 꺼내려니 난감하기 짝이 없었다.

나는 머뭇거리면서 말했다.

"제 은인이, 그러니까, 그 피상속인이 곧⋯⋯."

나는 민감한 문제라는 생각이 들어서 말을 멈췄다.

"곧, 어떻다는 말인가? 그러면 질문이 안 되지 않나?"

"그러니까 곧 런던으로 오시거나, 아니면 저를 다른 곳으로 부르시든지 할까요?"

나는 적당한 표현을 생각한 끝에 말했다.

그러자 재거스 씨가 움푹 들어간 검은 눈으로 나를 뚫어져라 응시하며 말했다.

"이보게, 핍. 자네 고향에서 우리가 처음 만났던 그날 저녁으로 돌아가 보게. 그때 내가 뭐라고 말했지?"

"그분이 나타나기까지 몇 년이 걸릴 수도 있다고 하셨습니다."

"그래, 그게 내 대답일세."

우리가 서로를 바라보고 있을 때 나는 그에게서 뭔가를 더 알아내고 싶은 욕망에 숨이 가빠 왔다. 그러나 내 숨이 가빠지는 것을 나 자신은 물론 그 역시 알아차리기 시작하면서 그에게 아무것도 알아낼 수 없다는 것을 깨달았다.

"앞으로 몇 년을 더 기다려야 할까요?"

재거스 씨는 고개를 가로저었다. 그렇지 않다는 뜻이 아니라 어떤 식으로든 그 질문에 대답할 수 없다는 의미였다. 무심결에 무시무시한 두 석고상을 쳐다보았을 때 그것이 마치 잔뜩 긴장하며 집중하다가 더 이상 참지 못하고 재채기를 터트릴 것만 같았다.

그가 따뜻해진 손등으로 다리 뒤쪽을 문지르면서 말했다.

"잘 듣게! 분명히 말하지만 그건 금지된 질문이네. 다시 말해서 내 신용과 명성에 해가 될 수도 있다고 하면 이해할 수 있겠나?"

여기서 그는 잠시 말을 멈추고, 조금만 구부리면 장딴지까지 만질 정도로 몸을 숙이고 구두를 노려보더니 몸을 일으키고 말했다.

"그 사람이 자기 모습을 드러내면 그 사람과 자네는 직접 일을 처리하면 되네. 그 사람이 자기 모습을 드러내면 내 임무도 완전히 끝나는 걸세. 그 사람이 자기 모습을 드러내면 나는 더 이상 아무것도 알 필요가 없네. 내가 할 수 있는 말은 이것뿐일세."

우리는 서로를 쳐다보았다. 그러다 나는 바닥을 쳐다보며 골똘히 생각에 잠겼다. 그의 마지막 말에서 짐작되는 것이 있었다. 미스 해비셤은 모종의 이유로 나와 에스텔러를 결혼시킬 계획을 그에게 말하지 않았으며, 이것을 그가 기분 나빠 하고 있다는 것이었다. 아니면 그 계획을 반대한 나머지 전혀 관여하지 않으려고 한다거나. 내가 다시 고개를 들었을 때, 그는 날카로운 시선으로 나를 쳐다보고 있었다.

"그게 전부라면, 저도 더 할 말이 없군요."

그는 고개를 끄덕였다. 그러고는 도둑들조차 두려워하는 자신의 시계를 들여다보면서 저녁은 어떻게 할 거냐고 물었다. 나는 바너드 여관에서 허버트와 함께 먹을 거라고 대답하면서, 예의상 같이 식사하는 건 어떻겠냐고 물었다. 그는 선뜻 초대를 받아들였다. 그러고는 내가 자기 때문에 특별한 준비를 하지 않도록 여관까지 함께 걸어가자고 했다. 그는 써야 할 편지가 한두 통 있고, 당연히 손을 씻고 나와야 했다. 그래서 나는 웨믹과 이야기를 나누고 있겠다고 했다. 사실 내 호주머니에 5백 파운드가 들어온 순간 오래전부터 계획했던 일이 떠올랐는데, 웨믹과 의논해보고 싶었다.

웨믹은 퇴근하기 위해 금고를 잠그고 막 난롯불을 껐던 참이었다. 모자와 외투도 입을 준비를 해두었고, 업무 후의 운동처럼 금고 열쇠로 가슴을 두드리고 있었다.

"웨믹 씨, 의논할 게 있어요. 실은 친구를 도와주고 싶은데, 어떻게 하는 게 좋을지요."

웨믹은 우편함처럼 생긴 입을 굳게 다물고 고개를 가로저었다. 그런 어리석은 짓은 절대 하지 말라는 것 같았다.

"그 친구는 사업을 하고 싶은데 자금이 없어서 낙심해 있거든요. 그 친구가 사업을 시작할 수 있도록 도와주고 싶어요."

"사업 자금을 투자한다고요?"

웨믹이 톱밥보다도 메마른 목소리로 말했다.

"조금만 투자하려고요. 지금 갖고 있는 현금을 조금 투자하고, 앞으로 받을 유산을 담보로 돈을 빌려서 도울까 싶은데요."

나는 바너드 여관에 있는 청구서 묶음이 떠올라 조금 불안하게 덧붙였다.

"핍 씨, 괜찮다면 우리 함께 첼시 구역까지 다리가 몇 개나 있는지 한번 세어보고 싶군요. 첫째 런던교가 있겠고, 둘째 사우스워크교, 셋째 블랙프라이어스교, 넷째 워털루교, 다섯째 웨스트민스터교, 여섯째 복스홀교가 있군요."

그는 금고 열쇠로 손바닥을 치면서 다리 이름을 하나씩 읊조린 다음 내게 말했다.

"6개 중에 하나를 고르세요."

"무슨 말을 하는지 모르겠네요."

"말 그대로 다리를 하나 고르라고요. 그리고 그 다리로 가서 그 돈을 템스 강으로 던지세요. 그럼 그 돈은 영영 당신의 수중에서 떠나겠죠. 그 돈으로 친구를 도와준다고 합시다. 역시 돈은 그 즉시 당신의 수중에서 영영 사라지겠죠. 게다가 이 경우는 훨씬 불쾌하고 유익하지 않은 종말이죠."

웨믹은 말을 마친 뒤 신문지라도 쑤셔 넣을 수 있을 만큼 입을 옆으로 길게 벌렸다.

"맥 빠지는 얘기군요."

"그러라고 한 얘기입니다."

"그럼 당신이 보기에, 절대로……."

나는 살짝 언짢은 투로 말을 꺼냈다.

"절대로 유동자산을 친구에게 투자해서는 안 되냐, 이거죠? 당연히 안 되죠. 친구를 잃고 싶지 않다면 말입니다. 그리고 친구를 잃는 것이, 얼마만큼 투자 가치가 있는 일인지도 따져봐야겠죠."

"진지하게 말씀하시는 건가요?"

"이건 사무실에서 내놓을 수 있는 진지한 의견입니다."

"아! 그럼 월워스에서도 같은 결론을 내릴 건가요?"

나는 그가 다른 의견을 내놓을 여지를 마련해두었다고 생각했다.

"핍 씨. 월워스와 사무실은 별개입니다. 우리 아버지와 재거스 씨가 전혀 다른 존재인 것처럼 말이죠. 양자를 혼동해서는 곤란합니다. 월워스에서의 견해는 월워스에서 물어보세요. 적어도 이 사무실에서는 공적인 견해밖에 말씀드릴 수 없습니다."

"좋습니다. 곧 월워스로 찾아가지요."

나는 안도감을 느끼며 말했다.

"사적인 방문은 언제든 환영합니다."

우리는 아주 낮은 목소리로 이야기를 주고받았다. 내 후견인의 청각이 다른 누구보다 예민하다는 것을 알기 때문이었다. 그가 수건으로 손을 닦으며 문간에 나타나자 웨믹이 외투를 걸쳐 입고 촛불을 껐다. 우리 셋은 같이 밖으로 나왔다. 웨믹은 자기 집 쪽으로 갔고, 재거스 씨와 나는 우리의 목적지로 향했다.

그날 밤 나는 제라드 거리에 있는 재거스 씨의 집에 '노인장'이든, 대포든, 무엇이든, 누구든 찌푸린 인상을 풀어줄 만한 무언가가 있으면 좋겠다는 생각을 몇 번이나 했다. 그가 말하는 것처럼 세상이 온통 경계심과 의심으로 가득 차 있다면, 성인이 되어도 별 의미 없다는 생각을 했다. 스물한 번째 생일날 든 생각치고는 몹시 불쾌한 것이었다. 재거스 씨는 웨믹보다 천 배나 더 똑똑하고, 천 배나 더 현명한 사람이었다. 하지만 나는 그보다 웨믹을 천 배나 더 저녁 식사에 초대하고 싶었다. 재거스 씨가 우울하게 만든 사람은 나뿐만이 아니었다. 그가 떠난 뒤 허버트는 조용히 난롯불을 들여다보며 정확히 뭔지는 모르겠지만, 아무래도 자기가 무슨 큰 잘못을 저지른 게 틀림없다는 생각이 들었다고 중얼거렸다. 그는 마음이 죌 만큼 깊은 죄의식을 느꼈던 것이다.

37

웨믹의 개인적인 견해를 듣기에는 일요일이 가장 적절하리라는 판단이 들었다. 나는 다음 일요일 오후 월워스에 있는 웨믹의 성을 방문하기로 했다. 성채 외벽 앞에 당도했을 때 대영제국 국기가 펄럭이고 도개교가 들려 있었다. 이런 노골적이고 완강한 저항의 표시를 무시하고 종을 울리자, 노인이 반갑게 맞아주었다.

도개교를 안전하게 다시 올리고 나서 노인이 말했다.

"우리 애가 말이오. 혹시 당신이 오면 곧 돌아오겠다고 전해달라며 산책을 나갔다오. 우리 애는 규칙적으로 산책하지요. 매사 규칙적이에요, 우리 애는."

나는 웨믹처럼 노인에게 고개를 끄덕여주었다. 우리는 성 안으로 들어가서 난롯가에 앉았다.

"내 아들하고는 사무실에서 알게 된 사이겠지요?"

노인은 난롯불에 손을 쬐면서 참새처럼 찍찍대는 목소리로 말했다. 나는 고개를 힘껏 끄덕였다.

"내 아들이 일을 아주 잘한다던데, 정말 그렇습니까, 신사 양반?"

나는 더욱 열심히 고개를 끄덕였다.

"아, 그래요. 신사 양반, 사람들이 그러는데, 내 아들이 법률사무소에서 일한다고요?"

나는 더 열심히 고개를 끄덕였다.

"그것 참 놀라운 일이오! 원래 내 아들은 법률 쪽이 아니라 포도주통 제조법을 배웠거든요."

나는 노인이 재거스 씨를 아는지 궁금해서 그의 이름을 크게 외쳐보았다. 그러자 노인이 껄껄 웃으면서 쾌활하게 말했다.

"아, 그래요, 신사 양반. 과연 당신 말이 옳소!"

나는 노인이 무슨 뜻으로 그런 말을 했는지, 아니면 내가 농담하는 줄 알았는지 지금도 알 수 없다.

나는 계속 고개만 끄덕이고 있을 수 없어서 예전에 '포도주 통 제조업'을 했느냐고 큰 소리로 물어보았다. 포도주 제조업이라는 말을 목이 터져라 외치고, 노인의 가슴을 톡톡 치고 나서야 겨우 본인에 관한 질문이라는 것을 이해했다.

"아니, 본래 나는 도매업을 했다오. 도매업. 저기 저쪽에서."

노인은 굴뚝 위를 가리켰는데, 리버풀을 말하는 것으로 받아들였다.

"그다음에는 런던 중심가에서. 그런데 병이 들었고, 이젠 귀가 먹었어요. 신사 양반……."

나는 매우 놀라는 몸짓을 했다.

"그래요. 귀가 잘 안 들려요. 내가 병이 나자 아들이 법조계로 나가서 나를 보살펴주었지요. 덕분에 이 아름답고 우아한 집을 마련하고 재산을 모았답니다. 아무튼 아까 신사 양반이 하던 얘기로 돌아가서, 솔직히 말하면 내 대답은 이래요. 그래요, 신사 양반. 과연 당신 말이 옳소!"

노인은 다시 껄껄 웃었다.

나의 독창력을 최대한 쥐어짜낸다 해도 노인의 머릿속에 떠오른 농담의 반만큼도 그를 즐겁게 할 수 없을 거라고 생각했다. 그때 갑자기 굴뚝 한쪽 벽이 철컥 소리를 내며 '존'이라고 쓰인 작은 나무 문이 툭 떨어지면서 열렸다. 나는 유령이라도 나타난 듯 깜짝 놀랐다. 그러자 노인이 의기양양하게 외쳤다.

"우리 애가 돌아왔군요!"

우리는 함께 도개교로 나갔다.

작은 도랑 너머로 악수를 할 수 있는데도 웨믹은 건너편에서 손을 흔들며 격식을 갖춰 인사했다. 그 모습은 정말이지 돈을 내고서라도 구경할 만했다. 노인이 무척이나 즐거워하며 도개교를 내리기에 나는 일부러 도와주지 않고 가만히 있었다. 이윽고 웨믹이 스키핀스 양이라는 여성과 함께 다리를 건너왔다.

스키핀스 양은 나무처럼 뻣뻣한 외모에 웨믹처럼 우편함 같은 입을 꾹 다물고 있었다. 나이는 웨믹보다 두세 살쯤 어려 보였고, 유동자산을 많이 가지고 있는 듯했다. 상체가 꽉 죈 옷맵시가 아이들의 연 같았다. 옷은 유난히 튀는 주황색이었고, 장갑도 너무 강한 초록색이었다. 하지만 그녀는 좋은 사람 같았고 노인을 공경하는 태도를 보였다. 나는 곧 그녀가 이 성에 자주 찾아온다는 것을 알 수 있었다.

도착을 알리는 장치에 대해 칭찬하자 웨믹이 굴뚝의 다른 쪽을 보고 있으라고 하더니 밖으로 나갔다. 그리고 잠시 뒤 철컥 소리와 함께 다른 작은 문이 툭 떨어지면서 열렸다. 그 문에는 '스키핀스 양'이라고 씌어 있었다. 그런 다음 스키핀스 양의 문이 닫히고, 존의 문이 열렸다. 그러고는 스키핀스 양과 존의 문이 함께 열렸다 닫혔다. 나는 이 독창적인 장치에 대해 감탄했다.

"이 장치는 우리 노인장을 재미있게 해주면서 유용한 것이죠. 또 하나 무엇보다 중요한 사실은, 이 대문에 발을 들여놓은 사람 중에 이 장치의 비밀을 아는 사람은 아버지와 스키핀스 양, 그리고 저뿐이라는 겁니다."

"웨믹 씨가 직접 생각해내고, 손수 만드셨지요."

스키핀스 양이 덧붙였다.

그녀는 저녁 내내 초록색 장갑을 벗지 않았다. 이것은 집에 온 손님을 접대한다는 표시였다. 그녀가 모자 끈을 풀고 있을 때, 웨믹은 내게 섬의 겨울 풍경을 구경하자고 했다. 나는 그가 월워스에서의 견해를 말해줄 기회를 마련하는 것이라고 생각했다. 그래서 밖에 나오자마자 기회를 붙잡았다.

어떻게 이야기할지 생각해보았던 나는 처음부터 새로 이야기를 하기 시작했다. 나는 허버트를 진심으로 돕고 싶다고 말한 다음 우리가 처음 만나 싸웠던 일부터 이야기했다. 그리고 허버트의 집안 형편과 그의 성품, 현재 아버지에게 일정하지 않은 돈을 필요할 때마다 받고 있으며 그 외에는 수입이 없다는 점을 설명했다. 아울러 런던에 처음 와서 아무것도 모를 때 그에게 많은 도움을 받았는데, 나는 안 좋은 방식으로 보답했고, 나와 내 유산에 대해 알지 못했다면 그가 지금보다 더 잘되었을 거라고 말했다.

미스 해비셤에 대한 언급은 거의 하지 않았지만, 상속을 둘러싸고 우리 둘이 경쟁했다는 암시를 하며, 허버트가 비열한 속임수나 음모, 복수 따위와는 거리가 먼 너그러운 사람이 분명하다고 말했다.

이 모든 이유에 덧붙여 그는 좋은 동료이자 친구이며, 내가 사랑하는 사람으로서, 내가 가진 행운을 조금이라도 나눠 주고 싶으니, 세상사를 잘 알고 풍부한 경험과 지식을 가진 웨믹 씨의 조언을 구하고자 하며, 가령 내 재산을 이용하여 그가 의욕과 희망을 잃지 않도록 1년에 1백 파운드 정도의 수입을 챙길 수 있게 해주고, 조금씩 더 투자해서, 작은 사업체의 공동 경영자 자리를 마련해주고 싶은데, 어떻게 하면 좋겠냐고 물었다. 그리고 내가 도와준다는 사실을 허버트가 눈치채지 않아야 하고, 이런 조언을 구할 사람이 웨믹 씨밖에 없다고 말했다. 나는 그의 어깨에 손을 올리고 말했다.

"번거로운 일인 줄은 알지만, 꼭 부탁드립니다. 하지만 처음에 나를 여기 데려온 건 당신이니까 당신 잘못도 있는 겁니다."

웨믹은 한동안 잠자코 있다가 불쑥 말했다.

"핍 씨, 분명히 말해두지만, 당신은 지나치게 좋은 사람입니다."

"좋은 사람이 되도록 도와주세요."

"그건 내 전문이 아닙니다."

나는 고개를 저으며 말했다.

"하지만 이곳은 당신의 일터가 아니잖아요."

"정곡을 찌르는군요. 핍 씨, 맞는 말이에요. 자, 그럼 방법을 생각해보겠습니다. 당신이 얘기한 것들은 모두 단계적으로 처리할 수 있는 일입니다. 스키핀스 양의 오빠는 회계사이자 선박 중개업자입니다.

그를 만나 이야기해보겠습니다."

"고마워요, 웨믹 씨. 정말 고맙습니다."

"오히려 제가 고맙지요. 엄연히 사적으로 만나고 있기는 하지만, 우리 사이에는 아무래도 뉴게이트의 거미줄이 쳐져 있었는데, 이 일로 그 거미줄을 말끔히 걷어내게 되었네요."

우리는 이런 이야기를 조금 더 나눈 뒤 성으로 돌아왔다. 스키핀스 양이 차를 준비하고 있었다. 노인은 토스트 굽기라는 막중한 임무를 맡았다. 이 노신사가 어찌나 열심히 하는지, 그러다 그의 눈이 녹아버리지 않을까 걱정스러울 정도였다.

우리의 식사는 말만 식사가 아니라 그야말로 푸짐하게 차린 식사였다. 노인은 버터 바른 토스트를 산더미처럼 쌓아놓는데, 벽난로 쇠받침 위에서 버터 녹는 소리를 내는 토스트에 가려 그의 모습이 보이지 않을 정도였다. 스키핀스 양은 또 차를 얼마나 많이 끓여서 잔에 따라놓았는지 뒤뜰의 돼지가 냄새를 맡고 같이 식사하고 싶어서 흥분할 정도였다.

정확한 시각에 깃발이 내려지고 대포가 발사되었다. 이 성이 폭과 깊이가 9미터나 되는 해자에 둘러싸여 있기라도 한 듯 바깥세상과 완전히 단절된 기분이었다. 이따금 '존'과 '스키핀스 양'의 문이 떨어져 열리는 소리 말고는 성의 평온을 방해하는 것은 아무것도 없었다. 이 작은 문들은 마치 발작을 일으키는 환자 같았다. 그래서 처음에는 동정심이 일면서 마음이 불편했는데, 곧 익숙해졌다. 스키핀스 양이 일을 착착 해나가는 것을 보면, 매주 일요일 저녁 여기에서 차를 준비하는 모양이었다. 그녀는 코가 밋밋한 여인의 옆모습과 초승달 문양의 브로치를 달고 있었는데, 그것이 웨믹이 그녀에게 선물한 유동자산이 아닐까 생각했다.

우리는 그 많은 토스트와 차를 모두 먹었다. 그러고 나니 얼마나 따뜻하고 기름진지, 모두 보기 좋았다. 노인은 막 기름을 바른 야만족 추장 같았다. 잠시 쉬고 나서 스키핀스 양이 조금 어설프게 설거지를 했다. 일요일 오후에는 하녀도 가족들과 보내기 위해 집에 가고 없었던 것이다. 그릇을 닦고 나서 그녀는 다시 장갑을 꼈고, 우리는 난롯가에 둘러앉았다.

웨믹이 노인에게 말했다.

"아버지, 신문을 읽어주세요."

노인이 안경을 꺼내는 동안, 웨믹은 이것은 평소 습관이며 아버지가 큰 소리로 신문 읽는 것을 너무나도 좋아한다고 귀띔해주었다.

"부디 너그럽게 이해해주세요. 아버지가 즐길 수 있는 일이 그리 많지 않으니까요……. 그렇죠, 아버지?"

"그래, 존. 그래, 그래."

자기에게 말한 것을 알아채고 노인이 대답했다.

"모두 아버지가 신문에서 눈을 떼면 고개를 끄덕여주세요. 그러면 왕처럼 흡족해하실 겁니다."

웨믹이 나와 스키핀스 양을 돌아보고 나서 노인에게 말했다.

"됐어요, 아버지. 이제 준비됐어요."

"그래, 존. 그래, 그래."

노인이 쾌활하게 대답했다. 즐겁게 서두르는 노인의 모습이 더없이 보기 좋았다.

신문을 읽는 노인의 모습을 보니 웝슬 씨 대고모의 수업이 생각났다. 노인의 낭독은 특이하게도 열쇠 구멍을 통해 들려오는 소리처럼 편안하게 들렸다. 노인이 자꾸만 촛불 가까이 가는 바람에 우리는 화약 공장을 감시하듯 주의 깊게 살폈다. 웨믹은 온화한 눈빛으로 한눈팔지 않고 노인을 지켜보았다. 노인은 자신이 몇 번이나 위험에서 구조되었는지도 모른 채 계속 신문을 읽었다. 그러다 노인이 고개를 들때마다 우리는 흥미진진한 얼굴로 놀라는 척했다. 그리고 노인이 다시 신문을 읽기 시작할 때까지 고개를 끄덕여주었다.

나는 약간 어두컴컴한 구석에 혼자 앉아 있었고, 웨믹은 스키핀스양과 나란히 앉아 있었다. 어느 순간 나는 웨믹의 입이 옆으로 길게 벌어지는 것을 보았다. 그것은 다음 동작을 위한 신호였다. 그의 팔이 천천히 그녀의 허리로 뻗어가기 시작했던 것이다. 그와 동시에 스키핀스 양은 초록색 장갑을 낀 손으로 그의 손을 우아하게 제지하고는, 옷을 한 겹 벗듯이 살며시 그 손을 걷어내서 살포시 탁자 위에 올려놓았다. 이런 행동을 취하면서 스키핀스 양이 보인 침착성은 정말이지 놀라웠다. 마치 기계적으로 나오는 행동 같았던 것이다.

잠시 뒤 웨믹의 팔이 또 한 번 시야에서 자취를 감추더니 그의 입도 길게 벌어졌다. 짜릿한 긴장의 순간이 지나자 그의 손이 스키핀스 양의 반대쪽 허리에 나타났다. 그러자 그녀는 노련한 권투 선수처럼 절도 있게 그 손을 제지하며, 좀 전과 마찬가지로 허리띠 혹은 애정의 띠인 것처럼 풀어서 탁자에 올려놓았다. 그 탁자를 '정숙의 길'이라고 명명한다면, 노인이 신문을 낭독하는 내내 웨믹의 손은 정숙의 길에서 벗어났고 스키핀스 양에 의해 다시 그곳으로 돌아가곤 했다.

드디어 노인이 신문을 읽다가 잠이 들었다. 그러자 웨믹이 작은 주전자와 유리잔이 담긴 쟁반, 그리고 검은 술병을 들고 왔다. 이 검은 술병에는 사교적인 성격에 얼굴이 발그레한 고위 성직자가 그려져 있었고, 끝이 도자기로 된 코르크 마개가 달려 있었다. 우리는 이런 도구들로 어떤 따뜻한 음료를 마셨다. 노인도 곧 잠에서 깨어나 우리와 함께 마셨다.

스키핀스 양이 음료를 제조했는데, 그녀는 웨믹과 같은 잔을 썼다. 물론 나는 그녀를 집까지 바래다주겠다는 눈치 없는 제안 따위는 하지 않았다. 이 상황에서는 그저 내가 먼저 일어서는 것이 좋다고 생각했다. 나는 노인에게 진심 어린 작별 인사를 건네고 그곳을 나왔다. 정말이지 유쾌한 저녁이었다.

그로부터 일주일도 지나지 않아 웨믹에게 편지가 왔다. 발신지가 월워스로 적힌 편지에는 사적인 관계에서 나온 그 문제에 대해 약간의 진전이 있었으니 다시 한번 자신을 방문해달라는 내용이었다. 나는 그 뒤로 몇 번인가 월워스를 찾아갔고, 시내에서도 가끔 그를 만나 이야기를 나누었다. 하지만 리틀 브리튼이나 그 근처에서는 이 문제에 대해 어떤 얘기도 하지 않았다.

마침내 우리는 믿을 만한 선박 중개업자를 찾아냈다. 사업을 시작한 지는 얼마 되지 않은 그는 똑똑한 조력자와 자본을 투자할 사람을 찾고 있었고, 웬만큼 수익이 나면 동업자도 구할 계획이라고도 했다. 나는 그 사람과 비밀 계약을 맺었다. 우선 내가 받은 5백 파운드 중 절반을 계약금으로 지불하고, 그 밖에 다른 것들도 지불하기로 약속했다. 그중 어떤 것들은 석 달에 한 번씩 받기로 한 수입에서 지출하고, 어떤 것은 유산을 물려받으면 지급하기로 했다. 협상은 스키핀스 양의 오빠가 진행했다. 웨믹은 처음부터 끝까지 협상에 관여하며 도움을 주기는 했지만 절대 나서지 않았다.

모든 일이 잘 진행되었다. 허버트는 이 일에 내가 관여되어 있다는 사실을 전혀 눈치채지 못했다. 어느 날 오후 집으로 돌아온 그가 매우 놀라운 소식이 있다며 기쁨에 들떠서 말했다. 그 젊은 상인인 클래리커라는 사람을 만났는데, 자신에게 굉장한 호감을 보이더라면서 드디어 기회가 찾아온 것 같다고 했다. 시간이 갈수록 그의 희망이 점점 구체적으로 실현되었고 얼굴은 점점 더 밝아졌다. 그때 그는 내가 친구에 대한 애정을 주체하지 못한다고 생각했을 것이다. 그가 행복해할 때마다 나는 기쁨의 눈물을 참느라 애먹어야 했기 때문이다. 마침내 모든 것이 마무리되고 클래리커 상사에 출근하던 날, 허버트는 저녁 내내 성공의 기쁨에 들떠 나와 이야기를 나누었다. 그날 밤 잠자리에 들었을 때 내가 상속받기로 한 유산이 누군가에게 도움이 되었다는 생각을 하며 나는 진심으로 감격의 눈물을 흘렸다.

이제 내 인생의 커다란 사건이자 전환점이 다가왔다. 하지만 나는 그 사건과 그것이 불러온 모든 변화를 이야기하기에 앞서, 에스텔러에 대해 좀더 이야기하려 한다. 어쩌면 그토록 오랫동안 내 마음을 사로잡았던 주제였다는 점을 감안하면 이 정도는 그리 긴 이야기도 아닐 것이다.

38

내가 죽은 뒤 리치먼드의 그 오래된 집에 유령이 출몰한다면 그건 바로 나의 혼령일 것이다. 에스텔러가 그 집에 묵는 동안 초조한 내 영혼은 얼마나 많은 나날 동안 그 집 주변을 떠돌았던가! 내 몸이 어디에 있건 내 영혼은 한시도 그 주위를 벗어나지 못했다.

에스텔러와 함께 사는 미망인 브랜들리 부인에게는 에스텔러보다 몇 살 많은 딸이 하나 있었다. 브랜들리 부인은 젊어 보이는 반면, 딸은 나이 들어 보였다. 부인의 얼굴은 발그레했지만, 딸의 얼굴은 누렇게 떠 있었다. 어머니가 경박하다고 한다면, 딸은 지극히 경건했다. 높은 신분의 그 집에는 많은 사람들이 드나들었다. 모녀와 에스텔러 사이에 감정적 유대 같은 것은 전혀 없었다. 하지만 이들 모녀와 에스텔러는 서로 필요한 존재였다. 브랜들리 부인은 미스 해비셤이 저택에 틀어박히기 전에 교류하던 친구였다.

나는 브랜들리 부인의 집 안팎에서 에스텔러에게 당할 수 있는 온갖 종류의 고문을 당했다. 우리 둘의 관계의 속성상 우리는 서로 가까운 사이였으나 애정과는 거리가 먼 관계였다. 그렇기 때문에 내 마음은 찢어질 듯이 아팠다.

에스텔러는 자기를 좋아하는 남자들을 애태우는 데 나를 이용했다. 뿐만 아니라 그녀는 나와의 친밀한 관계마저 자신에 대한 나의 헌신적인 사랑을 경멸하기 위한 수단으로 이용했다. 차라리 내가 그녀의 비서나 집사, 이복 남매, 혹은 가난한 친척이었다 해도, 심지어 그녀의 약혼자의 동생이었다고 해도, 그렇게 희망이 없다고 느끼지는 않았을 것이다. 우리가 가장 가까이 지내던 그때, 내가 그녀를 성이 아닌 이름으로 부르고, 나 또한 그녀에게 이름으로 불리는 특권도 이 상황에서는 나의 고통을 더할 따름이었다. 그것이 그녀를 사모하는 다른 남자들을 거의 미치게 만들었다는 것은 짐작일 뿐이지만, 나를 미치게 만들었다는 것은 확실한 사실이었다.

그녀에게 구애하는 남자들은 끊임없이 나타났다. 어쩌면 질투심 때문에 그녀에게 다가가는 모든 남자가 그녀의 구혼자로 보였다. 하지만 어쨌든 구애자는 차고 넘쳤다.

나는 리치먼드에서 자주 그녀를 만났고, 시내 중심가에서 그녀에 대한 소문을 자주 들었다. 그녀와 브랜들리 모녀를 뱃놀이에 데려간 적도 많았다. 그 밖에도 소풍이며 축제, 연극, 오페라, 음악회, 파티 등 끊이지 않는 각종 모임과 행사에 부지런히 그녀를 쫓아다녔다. 하지만 종국에는 이 모든 일들이 비참한 기분만 안겨줄 따름이었다. 그녀와 함께 있을 때 단 한순간도 행복하지 않았다. 그런데도 나는 죽을 때까지 그녀와 함께할 거라는 행복한 상상을 24시간 내내 곱씹었다.

우리가 만나던 이 시기는 무척이나 오래 지속된 것처럼 느껴졌다. 이 시기에 에스텔러는 늘 우리의 관계가 강제된 것임을 일깨우는 말투를 썼다. 하지만 그런 말투를 쓰지 않고 나에 대한 연민의 감정을 드러낼 때도 있었다.

어느 날 저녁, 리치먼드의 저택 창가에서 서로 떨어져 앉아 있을 때였다.

"핍, 너는 왜 내 경고를 받아들이지 않는 거니?"

"무슨 경고?"

"나에 대한 경고 말이야."

"너에게 빠지지 말라는 경고 말이니?"

"내 말뜻을 못 알아듣는다면 넌 귀머거리나 매한가지야."

원래 사랑에 빠지면 누구나 귀머거리가 되게 마련이라고 말하고 싶었지만 그만두었다. 미스 해비셤의 뜻에 따를 수밖에 없는 그녀에게 내 마음을 강요하는 것은 그녀를 위하는 일이 아니라고 생각했기 때문에 나는 늘 내 감정을 드러내지 않았다. 내가 늘 두려워하는 것은 그녀가 그 사실을 알고 있고 자존심 때문에 나를 반대하는 것은 아닐까 하는 점이었다.

"어쨌든 오늘은 경고가 없었어. 네 편지를 받고 여기 왔으니까."

내가 말했다.

"그래, 맞아."

에스텔러는 항상 나를 오싹하게 만드는 차갑고 무표정한 미소를 지었다.

그녀는 저녁 어스름을 바라보다 입을 열었다.

"미스 해비셤이 새티스 하우스에 와서 하루 정도 묵었다 가래. 네가 괜찮다면 함께 다녀왔으면 해. 미스 해비셤은 내가 혼자 여행하는 것도, 내 하녀를 집에 들이는 것도 싫어하거든. 사람들의 입방아에 오르내리는 것을 죽도록 싫어하니까. 나를 데려다줄 수 있겠니?"

"데려다줄 수 있냐니?"

"그럼, 데려다준다는 뜻이지? 출발은 모레야. 경비는 내가 부담할 거고. 그 조건은 알고 있겠지?"

"나야 복종할 수밖에."

에스텔러가 해준 말은 이것뿐이었다. 미스 해비셤은 한 번도 나에게 편지를 보내지 않았다. 나는 그녀의 글씨체도 몰랐다. 저택을 찾아갔을 때 그녀는 나와 처음 만났던 그 방에 있었다. 변한 것은 전혀 없었다.

미스 해비셤은 지난번 마지막으로 보았을 때보다 몇 배 더 끔찍이 에스텔러를 아꼈다. '끔찍이'라고 했는데, 그녀의 열정적인 표정과 뜨거운 포옹에는 확실히 끔찍한 무언가가 있었다. 그녀는 에스텔러의 미모, 말투, 몸짓 하나하나에 눈을 떼지 않았고, 그러면서 자신의 떨리는 손가락을 입에 넣고 우물거렸다. 마치 공들여 기른 아름다운 생물체를 탐욕스럽게 먹는 것처럼.

미스 해비셤은 이윽고 나를 보았다. 내 심장을 꿰뚫고 그 속의 상처를 후벼 파듯 날카로운 눈길이었다.

"핍, 저 애가 널 어떻게 대하던? 응? 어떻게 널 대했지?"

에스텔러가 듣고 있는데 마녀처럼 잡아먹을 듯한 태도로 나에게 물었다. 특히 섬뜩했던 순간은 저녁에 셋이 가물거리는 난롯불 앞에 앉아 있을 때였다. 그녀는 자기 팔로 에스텔러의 팔을 감고 손을 꼭 잡은 채로, 에스텔러가 정기적으로 보낸 편지에서 언급한, 그녀에게 빠진 남자들의 이름과 신분 등을 하나하나 캐물었다. 그런 다음 정신적인 상처와 병이 깊은 사람의 태도로 그 명단을 하나하나 곱씹고, 지팡이에 올린 손에 턱을 괴고 퀭한 눈을 반짝이며 나를 노려보았다. 정말이지 영락없는 유령의 모습이었다.

이 모든 것을 보고 나는 깨달았다. 비록 비참하고, 종속된 처지를 뼈저리게 느끼고, 심지어 비하감까지 들었지만 말이다. 미스 해비셤은 남자들에게 복수하기 위해 에스텔러를 양육했으며, 그것을 충족하기 전까지는 그녀를 내게 보내지 않으리라는 것이었다. 그리고 내가 그녀의 상대로 정해진 이유도 깨달았다. 남자들을 유혹하고 괴롭히기 위해 에스텔러를 내보낼 때 미스 해비셤은 구애하는 남자들의 손길조차 그녀에게 닿지 못할 것이며, 모든 남자들이 실패할 수밖에 없다는 확신을 가지고 있었다. 비록 내가 마지막에는 승자가 되더라도 교활하고 비뚤어진 계략에 말려 고통받을 수밖에 없다는 것 또한 깨달았다. 내 문제를 왜 그토록 오랫동안 언급하지 않았는지, 내 후견인이 얼마 전에 왜 그것을 인정하지 않았는지를 말이다. 이 모든 것을 통해 나는 미스 해비셤을 실체를 알게 되었다. 태양을 차단하고 있는 어둡고 병든 집의 그림자의 실체를 말이다.

벽에 걸린 촛대에서 촛불이 방을 밝혀주었다. 나는 희미한 빛을 내는 촛불, 멈춰버린 괘종시계, 탁자와 바닥에 흩어져 있는 빛바랜 장신구, 천장과 벽에 유령처럼 길게 그림자를 드리우고 있는 그녀의 오싹한 모습에 내가 내린 결론이 투영되어 나타났다.

에스텔러와 미스 해비셤 사이에 신경질적인 대화가 오간 것도 그날이었다. 두 사람이 대립하는 모습을 본 것은 그때 처음이었다.

앞서 말했듯이 우리는 벽난로 앞에 앉아 있었다. 미스 해비셤은 여전히 자기 팔로 에스텔러의 팔을 감아 손을 꼭 쥐고 있었다. 그런데 에스텔러가 그녀에게서 몸을 빼기 시작했다. 이미 그녀는 여러 번 짜증스런 표정을 지었고, 미스 해비셤의 맹렬한 애정 표현을 받아들이기보다 겨우 참고 있는 기색을 드러냈던 것이다.

"왜 그러지? 내가 싫으니?"

미스 해비셤이 에스텔러를 노려보며 날카롭게 외쳤다.

"제 자신이 좀 싫어졌을 뿐이에요."

에스텔러는 팔을 빼내고 벽난로 옆으로 가서 난롯불을 내려다보았다.

"솔직히 말해, 배은망덕한 것! 내가 싫어졌지?"

미스 해비셤은 지팡이로 바닥을 쾅쾅 치면서 고함을 질렀다.

에스텔러는 더없이 차분한 눈길로 그녀를 바라보다 다시 불을 내려다보았다. 그녀는 우아한 자태와 아름다운 얼굴로 상대의 광포한 흥분에 잔인할 정도로 냉정하고 무관심한 태도를 보였다.

"매정하고 쌀쌀맞은 계집애!"

미스 해비셤은 더욱 흥분해서 소리쳤다.

에스텔러는 무관심한 태도로 일관하며 벽난로 선반에 몸을 기댄 채 눈만 움직이며 말했다.

"뭐라고요? 지금 내가 매정하다고 야단치는 거예요? 어머니께서요?"

"그렇지 않다는 거냐?"

미스 해비셤이 사납게 되물었다.

"모르셨어요? 나를 이렇게 만든 건 어머니잖아요. 내가 잘하건 못하건, 성공하건 실패하건 모두 어머니 책임이에요. 내 모든 것이 어머니 책임이라고요."

"오, 하느님! 세상에! 얘 말하는 것 좀 봐!"

미스 해비셤은 분노에 사로잡혀 소리쳤다.

"저를 키워준 집 난롯가에서 저렇게도 몰인정하고 배은망덕한 소리를 지껄이다니! 이 가련한 가슴의 상처에서 피도 마르지 않았을 때 저를 품고 오랜 세월 이 난롯가에서 애정을 쏟아왔건만. 어떻게 저럴 수가 있지!"

"제가 언제 그렇게 해달라고 했나요? 비록 걷고 말할 수는 있었지만 제가 달리 뭘 할 수 있었겠어요. 대체 뭘 원하시는 거죠? 어머니는 저한테 잘해주셨고, 저는 어머니에게 은혜를 입었죠. 그러니 원하는 것을 말씀해보세요."

"사랑이란다."

"그건 이미 드리고 있잖아요."

"아니, 받지 못했어."

"양어머니."

에스텔러는 침착하고 우아한 태도를 흐트러뜨리지도, 미스 해비셤처럼 고함을 지르지도, 분노나 애정을 드러내지도 않고 말했다.

"저는 어머니의 은혜를 입었어요. 제가 가진 모든 것이 어머니 것이죠. 그걸 돌려달라고 하시면 언제든 돌려드리겠어요. 그것 말고는 제가 가진 것이 없어요. 하지만 저한테 주시지도 않은 것을 돌려달라고 하시면, 제가 아무리 감사하는 마음으로 따르고 싶어도 그럴 수 없는 거예요."

"내가 이 애한테 사랑을 주지 않은 것 같니?"

미스 해비셤이 갑자기 나에게 고개를 휙 돌렸다.

"언제나 뜨거운 사랑을 주었어. 그런데 이런 말을 하다니! 차라리 나한테 미쳤다고 해! 미쳤다고 말하라고!"

"내가 왜 어머니를 미쳤다고 말하겠어요? 어머니가 얼마나 확고한 목적을 가지고 계신지, 얼마나 또렷한 기억력을 가지고 계신지 내가 아는 반만큼이라도 알고 있는 사람이 이 세상에 있을까요? 바로 이 난롯가, 어머니 옆의 저 작은 의자에 앉아 낯설고 겁먹은 눈길로 어머니를 올려다보면서 어머니의 가르침을 받아온 저 말고 또 있을까요?"

"그걸 금세 잊어버린 주제에! 금세 잊어버렸어."

미스 해비셤이 신음하듯 내뱉었다.

"아뇨, 잊어버리기는커녕 가슴속 깊이 새겨졌어요. 제가 언제 어머니의 가르침을 거역한 적이 있었나요? 제가 언제 어머니의 교훈을 외면한 적이 있었나요? 제가 언제 이곳에……. 어머니가 싫어하는 일을 조금이라도 한 적이 있나요?"

에스텔러는 자기 가슴에 손을 얹고 말을 이었다.

"오만방자한 계집애 같으니."

미스 해비셤이 두 손으로 하얀 머리를 뒤로 넘기면서 신음하듯 말했다.

"제게 오만한 태도를 가르친 사람이 누구였죠? 제가 가르쳐준 대로 행동했을 때 칭찬해준 사람이 누구죠?"

"세상에, 몰인정하기도 하지."

미스 해비셤이 또다시 머리를 뒤로 넘기면서 신음하듯 말했다.

"몰인정하게 굴라고 가르친 사람이 누구예요? 그 가르침대로 행동했을 때 저를 칭찬한 사람이 누구죠?"

"아무리 그래도 나한테까지 거만하고 몰인정하게 굴다니!"

미스 해비셤은 두 손을 뻗으면서 미친 듯이 부르짖었다.

"에스텔러, 에스텔러, 에스텔러, 네가 나한테까지 이렇게 거만하고 무정하게 굴다니!"

순간 에스텔러는 조금 놀란 눈빛으로 그녀를 바라보았으나 다시 난롯불을 내려다보았다.

잠시 뒤 그녀가 고개를 돌리고 말했다.

"왜 이런 일이 생겼는지 알 것 같아요. 어느 어머니가 양녀로 들인 딸을 줄곧 어두컴컴한 방 안에 가둬 키우면서, 햇빛 아래 있는 어머니의 얼굴을 보지 못하는 것은 물론이고 햇빛이라는 것이 있는지조차 모르게 했다고 해요. 그런데 그렇게 자란 아이가 어떤 목적 때문에 햇빛을 받아들이기를 바라는데 그러지 못했을 때, 그 어머니가 실망하고 화를 낼까요?"

미스 해비셤은 머리를 두 손으로 감싸고 낮은 신음 소리를 내뱉으며 의자에 앉아 몸을 흔들었다.

에스텔러가 계속 말했다.

"혹은 그 어머니가 햇빛은 적이나 파괴자로 그것을 멀리하지 않으면 말라 죽는다고 그녀에게 가르치고서, 어떤 목적 때문에 그녀가 햇빛을 좋아하기를 바라는데 그러지 못했을 때, 그 어머니가 실망하고 화를 낼까요?"

미스 해비셤은 귀를 기울이는 듯 아무런 대꾸도 하지 않고 앉아 있었다.

"그러니까 어머니께서 만든 모습 그대로 저를 받아들이셔야 해요. 성공도 실패도 제 책임은 아니에요. 그 2개를 합치면 바로 제가 되는 거겠죠."

어쩌다 그렇게 되었는지는 모르지만, 미스 해비셤은 바닥에 흐트러진 장신구들 사이에 주저앉아 있었다. 나는 마침 이때다 싶어서 여전히 벽난로 옆에 서 있는 에스텔러에게 미스 해비셤을 잘 돌보라고 손짓을 하고 방을 나왔다. 미스 해비셤의 하얀 머리카락이 장신구들이 나뒹구는 바닥에 흩어진 모습은 그야말로 처참한 광경이었다.

나는 몹시 우울한 기분으로 한 시간 넘게 황폐한 정원과 안마당, 양조장을 어슬렁거렸다. 용기를 내어 방으로 돌아왔을 때, 에스텔러는 미스 해비셤 옆에 앉아 낡은 옷을 꿰매고 있었다. 훗날 대성당에 매달린 빛바랜 깃발을 볼 때면 그 옷들이 생각나곤 했다. 에스텔러와 나는 예전처럼 카드놀이를 하며 저녁 시간을 보내고 잠자리에 들었다.

내 침실은 안마당 건너 따로 떨어진 건물에 있었다. 새티스 하우스에서 밤을 보내는 것은 처음이라 좀처럼 잠이 오지 않았다. 미스 해비셤이 수천 가지 모습으로 나타났다. 베개 옆, 머리맡, 발치, 열린 옷장 문 뒤, 천장, 방바닥, 이 방 말고 다른 방, 요컨대 그녀는 어디에나 있었다.

새벽 2시경, 도저히 잠을 이룰 수 없었던 나는 자리에서 일어났다. 바깥바람이라도 좀 쐬면 마음이 가라앉을 것 같았다. 하지만 나는 돌이 깔린 길로 들어서자마자 촛불을 껐다. 미스 해비셤이 나지막이 울부짖으며 유령처럼 그 길을 거닐고 있었기 때문이다. 나는 멀찍이 떨어져서 그녀를 따라갔다. 그녀는 층계를 올라갔다. 그녀는 자신의 방 촛내에서 빼왔을 촛불을 들고 있었는데 그 불빛에 비친 모습이 귀신 같았다. 그녀가 방으로 들어가는 모습은 보이지 않았지만, 피로연이 차려진 방의 곰팡내가 풍겼다. 그녀가 쉼 없이 낮은 울음소리를 내뱉으며 그 방과 자기 방을 왔다 갔다 하는 소리가 들렸다. 나는 내 방으로 돌아가거나 밖으로 나가려고 했지만 희미하게나마 새벽빛이 비쳐 들 때까지 아무것도 할 수 없었다. 그렇게 있는 동안 그녀의 발소리와 울음소리도 그치지 않았다.

다음 날 우리가 떠나기 전까지 미스 해비셤과 에스텔러 사이에는 별다른 충돌이 없었다. 내 기억에 그 뒤로도 비슷한 상황이 네 번쯤 더 있었다. 미스 해비셤은 에스텔러를 전과 똑같이 대했지만, 알 수 없는 두려움이 배어 있는 것처럼 느껴졌다.

내 인생에서 벤틀리 드러믈이라는 이름을 빼놓고 도저히 이야기를 이어갈 수 없다. 물론 그럴 수 있다면 기꺼이 제외하고 싶지만.

어느 날 '숲 속의 방울새' 회원들이 모여 우호적인 분위기가 무르익고 있을 때쯤, 사회자가 주목하라고 하면서 드러믈이 한 여성을 위해 건배를 제안할 것이라고 발표했다. 엄격한 회칙에 따라 그 야수 같은 놈의 순서가 돌아온 것이다. 술병이 식탁을 한 바퀴 도는 동안 그가 불쾌한 눈빛으로 나를 바라보는 것 같았다. 그렇다고 해도 그와 나 사이에 우정 따위는 눈곱만큼도 없었으므로 딱히 신경 쓸 일도 아니었다. 그런데 그가 "에스텔러를 위해 축배를!"이라고 외치는 순간 내가 얼마나 놀라고 분노가 치밀었는지 모른다.

"에스텔러? 어떤 에스텔러 말이지?"

내가 말했다.

"네가 알아서 뭐하게?"

드러믈이 대꾸했다.

"어디 사는 에스텔러냐고? 그 정도는 밝히는 게 의무잖아."

"여러분, 리치먼드에 사는 에스텔러입니다. 비할 데 없는 아름다운 여인이죠."

드러믈은 나를 무시하고 말했다.

나는 허버트에게 "야비하고 멍청한 놈. 네깟 놈이 알긴 뭘 알아!"라고 속삭였다.

건배가 끝난 뒤 허버트가 식탁 너머로 말했다.

"아, 그 숙녀분이라면 나도 잘 알지."

"네가?"

드러믈이 말했다.

"나도 알아."

"너도? 세상에!"

유리잔이나 도자기를 집어던지는 것 말고 아둔한 녀석이 할 수 있는 반응은 이게 다였다. 하지만 나는 그가 재치 있는 말로 날카로운 야유라도 보낸 듯 격분해서 말했다.

"잘 알지도 못하는 숙녀를 위해 건배를 들다니, 이것이야말로 우리 방울새의 명예를 더럽히는 부끄러운 짓이야."

그가 벌떡 일어나더니, 무슨 뜻이냐고 물었다.

"내가 어디 사는지는 알 거라고 믿는다."(결투를 의미하는 말이다.—옮긴이)

나는 극단적인 말을 내뱉었다.

그러자 이 상황에서 피를 보지 않을 수 있느냐를 두고 방울새들 사이에 열띤 토론이 오갔다. 적어도 6명이 다른 6명에게 '어디 사는지 알

거라고 믿는다'고 말했다. 하지만 결국은 숲의 명예를 중시하는 모임인 만큼, 드러믈이 여성과 잘 아는 사이라는 것을 보여줄 만한 작은 증거라도 제시한다면, 내가 신사로서, 그리고 방울새로서 지나치게 격분한 것에 대해 사과해야 한다고 결론 내렸다.

명예를 지키고자 하는 열정이 식기 전에 이 일을 마무리하고자 바로 다음 날 증거를 제시하기로 했고, 드러믈은 다음 날 그와 몇 번 춤을 추는 영예를 얻었다는 에스텔러의 친필 확인서를 받아 왔다. 나는 할 수 없이 '지나치게 격분한 것'에 대해 사과하고, 부당하게도 '어디 사는지 알 거라고 믿는다'고 했던 말을 취소한다고 말했다. 방울새들이 마구잡이 언쟁을 벌이고 나서 굉장히 빠른 시간 내에 우호를 돈독히 다졌다는 선언이 이어질 때까지 한 시간 넘게 나와 드러믈은 서로 외면하며 말 한마디 하지 않았다.

지금은 이 이야기를 가볍게 다루고 있지만, 사실 나에게는 결코 가벼운 문제가 아니었다. 보통 사람들보다 훨씬 덜떨어진 데다 경멸스럽고 늘 뚱한 얼간이에게 에스텔러가 조금이라도 호의를 보였다는 생각에 내 마음이 얼마나 쓰라렸는지는 말로 다 표현할 수 없었다. 그녀가 그런 모자란 놈에게 몸을 낮췄다는 사실을 도저히 견딜 수 없었다. 그녀가 누구에게 호의를 베풀었든 나는 비참한 기분에 빠졌을 것이다. 하지만 조금이라도 그럴 만한 가치가 있는 남자였다면, 그 정도나 종류가 완전히 달랐을 것이다.

실제로 드러믈은 에스텔러를 쫓아다니는 사내 중 하나였고 그녀는 그것을 받아들이고 있었다. 머지않아 나는 늘 에스텔러의 꽁무니를 따라다니는 그와 거의 매일 얼굴을 마주치게 되었다. 그는 미련할 정도로 끈덕지게 그녀에게 달라붙었다. 그녀도 그런 그를 옆에 두고 때로는 다정하게 대하고, 또 때로는 매정하게 밀쳤다가, 때로는 사랑스럽게 대하는가 하면, 어느 때는 노골적으로 멸시하고, 친한 척하다가도 돌연 처음 보는 사람처럼 굴기도 했다.

하지만 재거스 씨가 거미라고 불렀듯이, 드러믈은 그런 종족 특유의 끈기를 가지고 숨어서 기다리는 데 일가견이 있었다. 게다가 그는 자신의 부와 가문에 대한 어리석은 자부심에 빠져 있었는데, 때로는 집중력과 확고한 목적의식보다 이것이 큰 도움이 되었다. 그리하여 끈기 있게 에스텔러를 지켜보며 기다리던 이 거미는 자기보다 똑똑한 수많은 곤충들을 물리쳤고, 적당한 때를 틈타 움츠렸던 몸을 쭉 펴고 그녀를 덮쳤다.

그 당시에는 어느 곳이나 공공 무도회가 열렸다. 리치먼드에서 열린 한 무도회에 나타난 에스텔러는 그 누구보다 아름다웠다. 이때도 한심한 드러믈은 끈질기게 그녀 옆에 붙어 있었고, 그녀도 그를 받아들이는 태도를 보이기에 나는 기회를 봐서 그녀에게 한마디 해야겠다고 생각했다. 그녀가 브랜들리 부인과 함께 돌아갈 준비를 마치고 꽃 있는 곳에 따로 떨어져 앉아 있을 때였다. 늘 그들과 함께 다녔던 나도 그 옆에 있었다.

"피곤하니, 에스텔러?"

"조금."

"그럴 거야."

"그렇지 않다고 말해줄래? 자기 전에 새티스 하우스에 보낼 편지를 써야 하거든."

"오늘 저녁의 성공을 보고하는 편지 말이야? 뭐, 대단한 성공은 아니었지만."

"성공이라니? 그럴 만한 게 있었니?"

"저기 저 구석에서 우리 쪽을 지켜보고 있는 친구 좀 봐."

"내가 왜 봐야 하지? 네가 말하는 그 친구가 뭔데 내가 봐야 하지?"

에스텔러는 그를 보지 않고 나를 쳐다보면서 말했다.

"그건 내가 하고 싶은 말이야, 에스텔러. 저놈은 오늘 저녁 내내 네 주위를 얼쩡거렸어."

에스텔러가 그를 힐끗 바라보고 나에게 말했다.

"환한 촛불 주위로는 나방처럼 온갖 더러운 벌레들이 몰려드는 법이야. 그걸 어떻게 막을 수 있니?"

"하지만 너라면 막을 수 있잖아."

"글쎄."

그녀는 잠자코 있다가 웃으면서 말했다.

"그럴 수도 있겠지. 알아서 생각하렴."

"내 말 잘 들어, 에스텔러. 모든 사람들이 업신여기는 드러믈을 다정하게 대하는 너를 보면 내가 얼마나 비참한 기분에 빠지는지 알아? 드러믈이 그런 사람이라는 것을 너도 알잖아."

"그래서?"

"드러믈은 얼굴뿐 아니라 심성도 나쁜 녀석이야. 덜떨어지고 괴팍한 데다 뚱하고 아둔한 놈이라고."

"그래서?"

"바보 같은 조상들이 있는 같잖은 가문과 돈 말고는 내세울 게 없는 녀석이잖아?"

"그래서?"

그녀가 다시 한번 내뱉었다. '그래서'라고 되물을 때마다 그녀의 아름다운 눈이 점점 커졌다. 그녀가 그 한마디 이상 대답하지 않자 나는 그 말을 받아서 힘주어 말했다.

"그래서, 그게 나를 아주 비참하게 만든다는 거야."

이때 그녀가 차라리 나를, 다른 누구도 아닌 나를 비참하게 만들기 위해 드러믈을 유혹한다고 믿을 수 있었다면 내 마음이 조금은 나았을 것이다. 그러나 그녀는 특유의 태도로 나를 철저하게 제쳐두었기 때문에 그런 생각은 할 수 없었다.

에스텔러는 건너편을 한 번 바라보고 말했다.

"핍, 내 행동에 대해 네가 그렇게 생각할 필요 없어. 다른 사람이 그렇게 생각하도록 하는 게 내 의도니까. 그러니 그럴 필요 없어."

"아니, 그럴 필요 있어. '에스텔러는 그 뛰어난 미모와 매력을 하필이면 제일 천박하고 형편없는 남자한테 낭비하는구나'라고 사람들이 수군대는 것을 견딜 수 없으니까."

"난 괜찮아."

"제발, 그렇게 도도하게 굴지 마. 쓸데없는 고집 좀 그만 피워."

"내가 도도하고 고집스럽다? 방금 얼간이한테 친절하게 군다고 비난하더니."

그녀가 양손을 벌리며 말했다.

"네가 그렇게 행동한 건 사실이잖아. 오늘 저녁에도 너는 나한테 한 번도 보여준 적 없는 다정한 눈길과 미소를 저놈에게 보냈어."

나는 조금 쩔쩔매면서 말했다.

"그럼 내가 너를 거짓으로 대하고 유혹하기를 바라니?"

갑자기 에스텔러가 진지한 표정으로 나를 바라보았다.

"그럼 넌 지금 그를 거짓으로 유혹한다는 거니?"

"그래. 다른 모든 남자들한테 그랬어. 너만 빼고. 브랜들리 부인이
온다. 이제 그만하자."

이로써 나는 내 마음을 온통 억누르고 있던 주제, 수없이 내 영혼
을 고통스럽게 했던 주제에 이 한 장(章)을 할애했다. 그리하여 마침내
나는 아무런 방해 없이, 그보다 더 오랜 세월 내 삶에 영향을 끼친 사
건에 대해 이야기하겠다.

그것은 내가 이 세상에 에스텔러가 존재한다는 사실을 알기 훨씬
전, 미스 해비셤의 파괴적인 손길이 어린아이의 머리에 일그러진 가
르침을 심어줄 무렵부터 시작된 사건이었다.

동양의 한 이야기에는, 정복의 승리감에 도취된 사람들의 호화로
운 침상 위로 떨어질 무거운 석판이 채석장에서 서서히 다듬어진다.
석판을 옭아맬 밧줄이 지나갈 지하 통로도 수 킬로미터나 되는 바위
를 서서히 뚫어서 만든다. 밧줄을 맨 석판은 천천히 지붕 위로 들어
올려지고, 그 밧줄은 수 킬로미터에 이르는 지하 통로를 지나 커다란
쇠고리에 연결된다. 모든 준비 과정에는 엄청난 노력이 소요된다. 이
윽고 때가 되면 한밤중에 잠에서 깬 술탄이 날카로운 도끼로 커다란
쇠고리에 연결된 밧줄을 끊어버리고, 밧줄은 기세 좋게 끌려감과 동
시에 천장이 떨어진다.

내 경우도 이와 다르지 않았다. 내 가까이에서든 멀리서든 목적을
위해 모든 일이 준비를 마쳤고, 그다음 마지막 일격이 가해짐과 동시
에, 내 성의 지붕이 내 머리 위로 내려앉았다.

39

나는 스물세 살이 되었다. 그때까지 상속받을 유산에 대해 새로운 소식을 전혀 듣지 못했다. 스물세 번째 생일은 일주일 전에 지나갔다. 우리가 바너드 여관을 떠나 템플에서 살게 된 것은 1년도 훨씬 전의 일이었다. 우리가 사는 곳은 강변의 가든코트였다.

비록 선생과 학생의 관계는 얼마 전에 끝났지만 포킷 씨하고는 좋은 관계를 유지했다. 나는 어떤 일에도 전념하지 못했는데, 그것은 아마도 상속권이 불확실하기 때문이었을 것이다. 하지만 책 읽기를 좋아했던 나는 매일 많은 시간을 책을 읽으며 보냈다. 허버트의 사업은 여전히 진행 중이었다. 물론 나와의 관계는 줄곧 비밀에 부쳐졌다.

허버트는 마르세유로 출장을 떠났고, 그사이 나는 따분함과 고독감에 젖어 혼자 지냈다. 불안하고 의기소침한 상태에서 언제쯤 앞길이 확실해질까 하며 기대와 실망을 거듭해오던 나는 쾌활하고 상냥하게 언제든 내 기분을 맞춰주는 친구가 몹시 그리웠다.

지독한 날씨가 이어졌다. 폭풍을 동반한 비가 계속 몰아쳤고, 길이란 길은 온통 진흙탕이었다. 동쪽에서 몰려오는 무겁고 거대한 장막 같은 비구름이 매일 런던을 휩쓸고 지나갔다. 그날도, 동쪽에서 구름과 바람이 끊임없이 분출되는 것 같았다. 돌풍으로 도시의 높은 건물 지붕의 함석판이 떨어져 나갔고 시골에서는 나무가 뿌리째 뽑히고, 풍차 날개가 부러졌다. 해안에서는 난파 사고와 비보가 전해졌다. 이처럼 강풍을 동반한 폭우가 쏟아졌다. 저녁이 되어 책을 읽으려고 자리에 앉았을 때 바깥 날씨는 그야말로 최악이었다.

내가 살았던 템플 주변은 많이 바뀌어서 지금과 다른 모습이었다.

당시만 해도 무척 외지고 강 쪽으로 뻥 뚫려 있었다. 우리 방은 건물 맨 위층에 있었는데, 그날 밤 강바람이 마치 대포나 큰 파도처럼 건물을 마구 뒤흔들었다. 비바람이 몰아쳐 창문이 요동칠 때면 마치 폭풍우가 몰아치는 등대 속에 있는 것 같았다.

이런 밤에는 도저히 밖으로 빠져나갈 수 없다는 듯이, 이따금 굴뚝에서 연기가 역류해 벽난로 속으로 들어왔다. 문을 모두 열고 계단을 내려다보니 등불이 바람에 모두 꺼져 있었다. 이런 비바람 속에서 단 1초라도 창문을 연다는 것은 무모한 일이었다. 두 손으로 눈 위를 가리고 시커먼 창문 밖을 내다보니 안뜰 등불도 꺼져 있었다. 다리와 강기슭의 등불은 희미하게 흔들렸고, 강에 떠 있는 거룻배에서 피운 석탄 불빛이 비바람에 날려 새빨간 물방울처럼 흩어졌다.

나는 11시까지만 책을 읽을 생각으로 탁자 위에 시계를 올려놓았다. 내가 책을 덮었을 때, 세인트폴 대성당을 비롯한 시내 중심가의 모든 교회에서 앞서거니 뒤서거니 시계종이 두 번씩 울렸다. 바람 때문에 종소리가 이상하게 뒤틀렸다. 마치 바람이 종소리를 갈기갈기 찢어놓는 것 같았다. 그때 계단에서 발소리가 들렸다.

'기분 탓이겠지.'

소스라치게 놀란 나는 바보같이 문득 죽은 누나의 발소리가 아닐까 하는 끔찍한 생각이 떠올랐지만, 아주 잠깐 스친 생각일 뿐이었다. 다시 귀 기울이자 비틀대며 계단을 올라오는 소리가 들렸다. 나는 문득 계단 등불이 꺼져 있다는 생각이 떠올라 등불을 들고 층계참으로 나갔다. 불빛을 비추자 올라오는 발소리가 멈췄다.

"거기 누가 있나요?"

나는 아래를 내려다보며 소리쳤다.

"그렇소."

어둠 속에서 목소리가 들렸다.

"몇 층에 가십니까?"

"맨 위층이오. 핍 씨를 찾고 있소."

"제가 핍인데, 무슨 일이십니까?"

"별일은 아니오."

남자가 대답하고는 계속 올라왔다.

나는 난간 너머로 등불을 내밀어 비춰주었다. 그가 천천히 동그란 불빛 속으로 모습을 드러냈다. 등불의 갓 때문에 빛의 반경이 좁았다. 그는 한순간 불빛 속에 나타났다 곧바로 사라졌다. 아주 잠깐 모습을 드러낸 남자는 낯선 얼굴이었다. 그런데 그는 감격과 기쁨에 찬 표정으로 올려다보았다.

나는 그가 움직이는 방향을 따라 등불을 비춰주었다. 그는 멀리 바다를 건너온 여행자처럼 볼품없지만 든든하게 차려입고 있었다. 나이는 예순쯤 되었고, 쇳빛 회색의 긴 머리칼에 건장하고 탄탄한 체격과 튼튼한 두 다리, 햇볕에 그을리고 비바람에 단련된 얼굴이었다. 마지막 계단을 올라와 우리 둘 다 불빛 속으로 들어왔을 때 그가 나에게 두 손을 내밀었다. 나는 깜짝 놀라 멍하니 서 있었다.

"무슨 용건으로 저를 찾아오셨는지요?"

내가 묻자 그가 동작을 멈추고 말했다.

"용건? 아, 네! 용건을 말씀드리죠. 허락해주신다면."

"안으로 들어오십시오."

"네, 그러고 싶군요, 도련님!"

나는 한껏 무뚝뚝하게 말했다. 나를 보고 흡족한 듯 밝은 표정을 짓는 것이 불쾌했기 때문이다. 마치 나도 똑같이 반응하리라 기대한 표정이었다. 어쨌든 나는 일단 그를 방으로 들였다. 그리고 등불을 탁자위에 올려놓고 되도록 정중하게 나를 찾아온 이유를 물었다.

주위를 둘러보는 그의 태도는 이상하기 짝이 없었다. 자기 뭔가 관여하기라도 한 것처럼 놀라운 기쁨을 드러냈던 것이다. 그러고는 그는 볼품없는 외투와 모자를 벗었다. 주름이 깊게 팬 대머리가 드러났다. 쇳빛 회색 머리는 옆에만 나 있었던 것이다. 하지만 그가 찾아온 이유를 알 수 있는 단서는 전혀 보이지 않았다. 그런데 그가 다시금 두 손을 나에게 내밀었다.

"왜 이러십니까?"

나는 혹 정신 나간 사람이 아닌가 싶었다.

그가 내밀던 손을 멈춘 채 나를 쳐다보더니 오른손으로 머리를 쓸어내렸다. 그리고 거칠고 갈라진 목소리로 말했다.

"이거 좀 실망스럽군. 그토록 이 순간을 기다리며 멀리서 힘들게 왔는데. 하지만 당신 잘못이 아니야. 이건 누구의 잘못도 아니지. 잠시만 시간을 주시오. 잠시 뒤 이야기하리다."

그는 벽난로 앞에 놓인 의자에 앉아 힘줄이 불거진 구릿빛 손으로 이마를 감쌌다. 유심히 그를 쳐다보던 나는 왠지 위축되어 조금 뒤로 물러섰다. 하지만 그가 누구인지 알 수 없었다.

"다른 사람은 없겠지?"

그가 어깨 너머로 주위를 둘러보며 물었다.

"처음 뵙는 분이 이런 시간에 불쑥 찾아와서 그런 것을 묻는 이유가 뭡니까?"

"예리한 구석이 있군."

그는 애정 어린 태도로 고개를 저었다. 정말 황당하면서도 불쾌한 행동이었다.

"예리한 면모를 가진 사람으로 잘 자랐군. 참 기쁘네. 하지만 나를 잡을 생각은 말게. 곧 후회하게 될 테니까."

그는 나의 의도를 꿰뚫어보았다. 그래서 나는 그것을 포기했다. 그의 외모를 보고는 기억나는 것이 전혀 없었지만 나는 그가 누구인지 알아보았다. 비바람이 그동안의 세월을 모두 걷어내고, 그 사이에 존재하는 모든 것들을 흩날려버리고, 다른 높이에서 처음 서로를 보았던 그 교회 묘지로 우리를 휩쓸어버린다 해도, 난롯불 앞에 앉은 그 순간만큼 또렷이 그 죄수를 알아보지는 못했을 것이다. 호주머니에서 줄칼을 꺼내 보이거나, 목에 감았던 수건을 풀어 머리에 동여매거나, 두 팔로 자기 몸을 감싼 채 벌벌 떨면서 방을 가로질러 가다가 뒤돌아볼 필요도 없었다. 그가 그러기 전에 나는 이미 그를 알아보았다. 방금 전까지만 해도 짐작조차 못했지만 말이다.

그는 내 앞으로 다가와 다시 두 손을 내밀었다. 너무 놀라서 어쩔 줄을 몰랐던 나는 쭈뼛쭈뼛 두 손을 내밀었다. 그가 내 손을 덥석 잡아 입 맞추고는 계속 붙들고 말했다.

"넌 나를 고귀하게 대해주었어. 고귀하게. 난 그때 일을 한시도 잊은 적이 없단다!"

그가 나를 껴안으려고 했지만 나는 손으로 그의 가슴을 밀어냈다.

"잠깐만요! 가까이 오지 마세요! 제가 어렸을 때 한 일로 고마워한다면, 새로운 방식으로 살아가 주시기 바랍니다. 고맙다는 말을 하려고 찾아올 필요는 없습니다. 여기를 어떻게 알아냈는지는 모르겠지만, 좋은 뜻에서 그런 거라고 생각합니다. 그러니 당신을 쫓아내지는 않겠어요. 그런데 한 가지 분명히 알아둬야 할 게 있습니다만……."

묘한 태도로 내 얼굴을 뚫어져라 쳐다보는 바람에 단어들이 혀 끝에서 녹아 없어져 버렸고, 한동안 우리는 말없이 서로를 마주 보았다.

마침내 그가 먼저 입을 열었다.

"그래, 대체 내가 뭘 알아야 하지?"

"오래전 있었던 우연한 인연을 이제 와서 다시 이어갈 필요는 없다는 겁니다. 내가 이렇게 달라진 상황에서는 말입니다. 당신이 과거를 뉘우치고 올바른 삶을 살고 있는 것을 보니 기쁩니다. 그리고 이런 말을 할 수 있게 되어서 기쁩니다. 그리고 저를 고맙게 생각하고, 고맙다는 말을 하려고 일부러 찾아와 주신 것은 기쁩니다. 하지만 우리는 각자 갈 길이 다르지 않습니까? 비에 젖었고, 피곤해 보이는군요. 가시기 전에 뭐라도 좀 마시겠습니까?"

그는 목에 두른 수건을 다시 느슨하게 매고, 그 끝을 물어뜯으면서 날카로운 눈빛으로 나를 응시했다.

"그래, 떠나기 전에 뭐라도 마시고 싶구나."

그는 여전히 수건을 입에 물고 나를 쳐다보면서 대답했다.

작은 탁자 위의 쟁반에 마실 것이 놓여 있었다. 나는 그것을 벽난로 앞으로 가져가서 뭘 마시겠느냐고 물었다. 그는 보지도 않고 술병 하나에 손을 갖다 댔다. 나는 손이 떨리지 않게 하려고 무척 애쓰면서 럼주에 물을 탔다. 하지만 그가 수건을 입에 문 것도 잊은 듯 의자 깊숙이 기대앉아 나를 바라보고 있는 상황에서는 손을 제대로 놀리기 힘들었다.

이윽고 나는 그에게 술잔을 건넸다. 그런데 놀랍게도 그의 두 눈에 눈물이 그렁그렁했다. 이때까지 나는 그가 얼른 돌아가 주기를 바라며 계속 서 있었다. 하지만 그의 나약한 모습을 보자 내 마음도 약해져서 살짝 죄책감이 들었다. 나는 얼른 내가 마실 것을 만들어 의자를 탁자 쪽으로 끌었다.

"방금 제가 한 말을 너무 매정하게 여기지 말아주십시오. 그럴 생각은 전혀 없었어요. 기분 상하셨다면 사과할게요. 그럼 당신의 행복과 건강을 빌며!"

내가 술잔을 입에 대자 그의 입도 벌어졌다. 그때 수건이 입술에서 떨어지자 그가 놀란 눈으로 그것을 힐끗 보았다. 그가 술잔을 쥔 손을 내게 내밀었다. 나도 그에게 술잔을 내밀었다. 그는 술을 마시고, 소매로 눈과 이마를 닦았다.

"지금은 어떻게 지내고 계세요?"

내가 물었다.

"목양업, 목축업, 그 밖에 다양한 일을 했지. 아주 먼 새로운 곳에서. 바다 건너 수천 킬로미터나 떨어진 곳이지."

"일은 잘되셨나요?"

"그럼, 아주 잘됐지. 나와 함께 나간 사람들 중에 일이 잘 풀린 사람들이 있지만 나만큼 성공한 사람은 드물지. 유명할 정도로 말이야."

"정말 기뻐요."

"네가 그렇게 말할 줄 알았단다, 얘야."

나는 그의 말투나 표현을 생각하느라 말을 멈추지 않고, 머릿속에 떠오르는 대로 말했다.

"그런데 예전에 저한테 보낸 심부름꾼은 그 뒤로 만난 적 있으세요?"

"아니, 한 번도 만난 적 없어. 그럴 수도 없었지."

"그 사람은 약속을 지켰어요. 나를 찾아와 1파운드짜리 지폐 두 장을 주었죠. 아시다시피 그때 몹시 가난했던 저에게는 굉장히 큰돈이었어요. 이제 당신과 마찬가지로 저도 이렇게 성공했으니, 그 빚을 갚고 싶어요. 또 어떤 가난한 소년을 만나면 저에게 그랬던 것처럼 그 돈을 주세요."

그는 내가 지갑을 꺼내 탁자 위에 올려놓고 1파운드짜리 지폐 두 장을 꺼내는 모습을 물끄러미 바라보았다. 나는 새 지폐를 반듯이 펴서 그에게 건넸다. 그러자 그는 내게서 눈길을 떼지 않고 지폐 두 장을 포개 세로로 접어 한 번 꼬더니 등불을 붙여 태우고 재를 쟁반에 떨어뜨렸다. 그러고는 찡그린 건지 미소 짓는 건지 알 수 없는 표정으로 그가 물었다.

"무례한 질문인지 모르겠지만, 우리가 그 쓸쓸하고 추운 습지대에서 만난 이후로 어떻게 성공하게 되었는지 물어봐도 되겠나?"

"어떻게 성공하게 되었냐고요?"

"그래!"

그는 술잔을 비우고 난롯불 옆에 서서 구릿빛 큰 손을 벽난로 선반 위에 올렸다. 그리고 한쪽 발을 벽난로 철망에 올리자, 젖은 구두에서 김이 났다. 하지만 그는 구두나 난롯불에는 눈길도 주지 않고 계속 나를 응시했다. 그 순간 나는 몸이 부들부들 떨렸다. 몇 마디 하려고 입술을 달싹거렸지만 소리가 나오지 않았다. 그러다 억지로 소리를 짜내서 희미한 목소리로 재산을 물려받았다고 대충 말했다.

"버러지 같은 내가 혹시 어떤 재산인지 물어봐도 되겠나?"

"그건 모릅니다."

나는 더듬거리며 말했다.

"버러지 같은 내가 누구의 재산인지 물어봐도 되겠나?"

"그것도 모릅니다."

나는 계속 더듬거리며 말했다.

"말해도 될지 모르겠으나, 성인이 되고 나서 매년 네가 얼마나 받고 있는지 맞혀볼까? 처음 숫자는 5 맞나?"

그가 조용히 나를 쳐다보면서 말했다.

무거운 망치로 마구 두들기듯 내 심장이 방망이질을 해댔다. 나는 의자에서 벌떡 일어나 등받이를 잡고 험악하게 그를 바라보았다.

"후견인에 대해 말해볼까? 네가 미성년자였을 때는 당연히 후견인이 있었을 거야. 아마 변호사였겠지. 그래, 그 변호사 이름이 말이야, 첫 글자가 J 아닌가?"

내가 처한 상황에 대한 모든 진실이 번개처럼 일순간에 드러났다. 또한 그 진실로 빚어진 실망, 위험, 치욕, 그 밖에 온갖 결과들이 한꺼번에 밀어닥쳐 나는 숨 쉬기조차 힘들었다.

"J로 시작하는 그 변호사 이름이 재거스라고 치자. 그리고 재거스를 고용한 사내가 너를 만나기 위해 바다를 건너 포츠머스까지 찾아왔다고 하자. 어떻게 여기를 알아냈느냐고 물었지? 글쎄, 어떻게 알아냈을까? 포츠머스에서 런던에 있는 어떤 사람에게 주소를 알려달라는 편지를 보냈겠지. 그 사람 이름이 뭐냐고? 웨믹이라고 해두지."

나는 한마디도 할 수 없었다. 설령 내 목숨을 구하는 한마디였다 해도 할 수 없었을 것이다. 나는 한 손으로 등받이를 잡은 채 숨이 막혀 죽어가는 사람처럼 다른 한 손은 가슴에 얹고 서 있었다. 나는 험악하게 그를 노려보며 의자를 꽉 붙들었다. 파도가 치듯 방이 울렁거리면서 빙빙 도는 것 같았다. 그가 나를 붙들어 소파로 데려가 앉히고 쿠션을 기대주었다. 그는 한쪽 무릎을 꿇고 내 앞에 앉았다. 그러자 이제는 너무나 또렷하게 기억나는 그 얼굴이, 소름 끼치는 그 얼굴이 눈앞에 바짝 다가와 있었다.

"그래, 핍. 내가 너를 신사로 만들었단다! 바로 내가! 그때 나는 한 푼이라도 벌면 그 돈을 모두 너한테 보내기로 맹세했어. 그리고 사업에 성공하면 너를 부자로 만들어줄 계획이었지. 나는 힘들게 살았지만, 너만큼은 편히 살게 해주고 싶었어. 그래서 죽기 살기로 일했어. 네가 일하지 않고도 생활할 수 있게 해주려고 말이야. 그래서 어쩌란 말이냐고? 지금 내가 고맙다는 인사나 들으려고 이런 말을 하는 줄 아느냐? 천만에! 내가 이 말을 하는 이유는 오직 하나야. 네가 목숨을 구해준, 그 도망 다니던 버러지 같은 인간이 크게 성공해서 신사를 길러냈다는 것을, 그리고 그 신사가 바로 너라는 것을 알려주기 위해서란다, 핍."

제아무리 끔찍한 야수가 내 앞에 있었다고 해도, 이때 내가 그에게 느꼈던 것만큼 증오와 공포, 그리고 반감이 들지는 않았을 것이다.

"핍, 난 너의 또 다른 아버지야. 너는 내 아들이야. 아니 그보다 더 소중한 사람이야. 너만 쓸 수 있도록 돈을 모아뒀어. 외딴 오두막에서 양을 치며 지낼 때는 하도 양들만 보고 살아서 인간의 얼굴을 잊어버릴 것 같았지. 그럴 때마다 네 얼굴을 떠올렸어. 혼자 식사를 하다가도 몇 번씩 칼질을 멈추고 '여기 그 애가 보이는구나. 내가 밥 먹는 모습을 바라보는 그 애가'라고 중얼거리곤 했지. 안개 낀 습지대에서처럼 그 오두막에서도 또렷한 네 얼굴을 수도 없이 보았단다. 그때마다 나는 밖으로 뛰쳐나가 이렇게 기도했지. '하느님, 내가 자유의 몸이 되고 부자가 되면 반드시 그 애를 신사로 만들겠습니다. 이 맹세를 지키지 못한다면 저는 죽어도 좋습니다.' 그리고 마침내 나는 그것을 이루었어. 너를 보거라! 여기 이 방을 봐! 귀족에게도 잘 어울리겠구나! 귀족? 돈은 귀족과 내기를 해도 이길 만큼 많지."

그는 잔뜩 승리감에 들뜬 데다, 내가 거의 쓰러지기 직전이었기에 내가 이 모든 상황을 어떻게 받아들이고 있는지 의식하지 못했다. 그나마 다행이었다.

그는 내 호주머니에서 시계를 꺼내고 손가락에 낀 반지를 돌려서 보았는데, 나는 그의 손이 내 몸에 닿을 때마다 몸을 움츠렸다.

"이것 봐라! 번쩍번쩍한 금시계구나. 신사들이 차는 시계겠지! 둘레에 루비가 박힌 다이아몬드 반지로구나. 이것도 신사들이 끼는 반지겠지. 셔츠도 부드럽고 좋구나. 그래, 이 양복, 이렇게 좋은 옷도 없을 거다."

그는 방을 둘러보며 계속 말했다.

"책장에 책이 수백 권이나 꽂혀 있구나! 저것들을 다 네가 읽는 게지. 응? 내가 왔을 때도 책을 읽고 있었구나. 그래, 나한테 책을 읽어다오! 내가 알아듣지 못하는 외국어로 적힌 책이라도 좋다. 무슨 책이든 그저 네가 자랑스러울 테니까!"

그가 또다시 내 손을 잡고 입을 맞췄다. 나는 온몸의 피가 얼어붙는 기분이었다.

"억지로 말할 필요 없다, 핍."

그는 다시 소매로 눈과 이마를 닦았다. 그러자 내가 익히 잘 아는, 목구멍에서 짤깍 소리가 났다. 그 태도가 너무나 진지해서 나는 더욱 무시무시한 기분에 사로잡혔다.

"그냥 가만히 있거라. 너는 나처럼 이날을 기다리며 살지 않았지. 나처럼 마음의 준비가 되지 않았어. 그런데 혹시 말이다, 그게 나일지도 모른다는 생각은 안 해 봤니?"

"전혀요! 전혀 생각 못했어요!"

"그래, 하지만 그게 나였다. 순전히 나 혼자. 이건 나와 재거스 씨 말고 아무도 모르지."

"아무도요?"

"그래, 아무도. 누가 알겠느냐?"

그가 놀란 얼굴로 말했다.

"그건 그렇고 정말 잘 자랐구나! 어디선가 너를 지켜보는 아름다운 숙녀가 있을 거야, 그렇지? 너를 사랑하는 아름다운 숙녀 말이야."

아, 에스텔러, 에스텔러!

"그녀는 너의 여자가 될 거다. 돈으로 살 수 있다면 그렇게 하고 싶구나. 하지만 너처럼 훌륭한 신사라면 충분히 사로잡고도 남지. 그래도 돈은 확실한 도움이 될 거야! 참, 아까 하다 만 이야기를 마저 해야겠구나. 그 오두막 주인이 죽으면서 나에게 돈을 조금 물려주었단다. 그 사람도 나처럼 죄수였지. 덕분에 자유의 몸이 된 나는 내 일을 시작했지. 내가 무엇을 얻으려고 일하든 다 너를 위한 것이었단다. 그렇지 않다면 망해버려도 좋다고 하느님께 맹세했지. 하는 일마다 성공했단다. 아까도 말했듯이 유명해질 정도로 말이다. 물려받은 돈과 처음 몇 해 동안 모은 돈을 재거스 씨에게 보냈지. 모두 너를 위해서 말이야. 그런 다음 그 사람에게 너를 만나러 가달라고 부탁했단다."

아, 재거스 씨가 오지 않았더라면! 나를 대장간에 그냥 두었다면 만족한 삶은 아니더라도 지금보다 행복했을 텐데!

"너를 신사로 키우고 있다는 그 비밀은 나에게 하나의 보상이었어. 식민지 개척자들이 말을 타고 가면서 내 쪽으로 먼지를 날릴 때 내가 뭐라고 했는지 아느냐? '난 너희가 죽었다 깨나도 될 수 없는 훌륭한 신사를 키우고 있다.' 그중 하나가 다른 놈에게 '저놈은 몇 년 전만 해도 죄수였어. 재수 좋게 부자가 되었지만 무식하고 천박한 인간이지'라고 했을 때 내가 뭐라고 했는지 아느냐? '나는 신사도 아니고 배운 것도 없지만, 나한테는 유식한 신사가 있다 이거야. 네놈들은 가축이나 땅 같은 것을 소유하고 있지만, 나는 런던의 신사를 소유하고 있다고. 네놈들 중에 그런 놈이 있기라도 하냐고?' 이렇게 견디며 살아 갔지! 그리고 이렇게 너를 만나고, 편한 자리에서 나의 정체를 밝힐 날만을 기다리며 살았단다."

그가 내 어깨에 손을 얹었다. 나는 그 손이 피로 물든 것 같아 몸서리를 쳤다.

"그곳을 벗어나기란 결코 쉬운 일이 아니었어. 위험한 일이기도 했고. 하지만 나는 포기하지 않았단다. 어려울수록 결심은 더욱 굳어졌지. 확고한 의지가 있었기 때문이지. 그리고 마침내 나는 해냈다, 핍."

나는 정신을 차리려고 애썼지만 충격에서 헤어나지 못했다. 처음부터 끝까지 그의 말소리보다 비바람 소리에 더 귀 기울이고 있었던 것 같았다. 비바람 소리가 요란하게 들리고 그가 입을 다물었을 때도 2개의 소리를 구분할 수 없었다.

"나는 어디서 자는 게 좋을까? 잠자리가 있어야 할 텐데 말이다."

잠시 뒤 그가 물었다.

"주무실 곳요?"

"그래. 푹 자고 싶구나. 몇 달 동안이나 바닷물에 시달렸거든."

"마침 친구가 집을 비웠으니, 그 친구 방을 쓰세요."

나는 소파에서 일어나면서 말했다.

"내일 돌아오는 건 아니겠지?"

"네. 내일 돌아오는 건 아니에요."

아무리 애를 써도 내 입에서는 기계적인 대답밖에 나오지 않았다. 그가 목소리를 낮추고 내 가슴에 집게손가락을 갖다 대며 말했다.

"왜냐하면 조심할 필요가 있어서 그런단다."

"조심해야 한다니, 무슨 뜻이죠?"

"들키면 죽는단다!"

"죽는다고요?"

"나는 종신 유형수란다. 이 나라로 돌아오면 사형에 처해지지. 몇 년 동안 돌아오는 죄수들이 너무 많이 늘어났어. 그래서 붙잡히면 꼼짝없이 교수형이야."

더 이상 무슨 말이 필요하겠는가. 이 가엾은 사내는 오랜 세월 나에게 금은 사슬을 마구 던져주고 나서 목숨을 걸고 나를 만나러 왔다. 이제 내 손에 그의 목숨이 달려 있었다. 설령 내가 그를 혐오하지 않고 좋아했다 해도, 그에게 거부감이 아니라 더없는 존경과 애정을 품었다 해도 상황이 이보다 더 나쁠 수는 없었을 것이다. 아니, 상황이 더 나았을 것이다. 왜냐하면 당연히 그의 목숨을 지켜주고 싶었을 것이기 때문이다.

우선 나는 밖으로 불빛이 새어 나가지 않도록 덧창을 닫고 문이란 문은 모두 잠갔다. 그동안 그는 탁자 앞에 서서 럼주를 마시고 비스킷을 먹었다. 그런 그에게서 오래전 습지대에서 식사하던 한 죄수의 모습이 보였다. 그가 당장이라도 주저앉아 줄칼로 족쇄를 문질러댈 것만 같았다.

나는 허버트 방으로 들어가서 층계로 이어지는 모든 통로의 문을 잠갔다. 오직 우리가 있는 방에서만 나갈 수 있게 해두었다. 그런 다음 그에게 잠자리에 들 거냐고 물었다. 그러겠다고 하면서 그는 내일 아침 입을 옷으로, 내가 가진 '신사의 셔츠'를 줄 수 없냐고 했다. 나는 셔츠를 꺼내 주었다. 그가 다시 내 손을 잡고 잘 자라는 인사를 건넬 때 몸속의 피가 또다시 얼어붙는 것 같았다.

어쨌든 우여곡절 끝에 나는 그의 손에서 벗어났다. 그러고는 그와 함께 있던 방으로 돌아와 난롯불을 다시 지피고 그 앞에 앉았다. 잠을 자기조차 무서웠다. 충격이 가시지 않은 나는 한 시간 동안 아무 생각도 할 수 없었다. 그러다 마침내 깨달았다. 내가 얼마나 처참한 난파를 당했고, 내가 탄 배가 얼마나 산산조각이 났는지를.

모든 것이 미스 해비셤의 의도였다는 생각은 완전히 착각이었다. 에스텔러는 나의 배필로 정해진 것이 아니었다. 새티스 하우스에서 나는 욕심 많은 친척들을 쿡쿡 찌르는 바늘로, 또한 특별한 연습 상대가 없을 때 사용할 기계 심장을 가진 인형으로 이용되었을 뿐이다. 이것이 그날 처음으로 느낀 고통이었다. 하지만 골수에 사무치도록 내 마음을 후벼 파는 고통은, 저 죄수, 대체 무슨 죄를 저질렀는지도 모르는, 어쩌면 지금 내가 앉아 있는 이 방에서 끌려 나가 교수형을 당할지도 모르는 저 죄수 때문에 사랑하는 조를 외면했다는 것이었다.

조와 비디가 용서해준다 한들 이제 와서 그들에게 돌아갈 수도 없었다. 어떤 용서도 내가 그들에게 몰염치한 행동을 했다는 생각을 지워버리지 못하기 때문이다. 그들의 순수하고 믿음직스러운 마음은 이 세상의 어떤 지혜로도 얻지 못할 위안을 내게 주었다. 그러나 내가 저지른 일은 절대, 절대 돌이킬 수 없었다.

세찬 비바람이 휘몰아칠 때마다 추적자의 발소리가 들리는 것 같았다. 누군가 바깥문을 두드리고 사람들이 속삭이는 소리가 두 번쯤 들렸다고 믿었다. 두려움 속에서 나는 상상인지 기억인지는 알 수 없으나 이 사람이 올 거라는 예고가 있었다고 생각했다. 지난 몇 주 동안 그와 똑같이 생긴 사람들을 길에서 마주쳤고, 그가 바다를 건너 다가올수록 이런 사람들이 점점 많아졌다고 생각했다. 그의 사악한 영혼이 어떤 방법으로 이 전령들을 나에게 보냈고, 폭풍우 치는 오늘 밤에 자신의 예고를 실현하러 내 앞에 나타났다고 말이다.

그 밖에 수많은 상념들이 내 머릿속을 가득 채웠다. 어린 내 눈에 몹시 험악해 보였던 그의 모습, 그가 자기를 죽이려 했다고 또 다른 죄수가 말했던 일, 도랑 바닥에서 맹수처럼 으르렁대며 싸우던 모습이 떠올랐다. 난롯불을 보면서, 이렇게 비바람이 몰아치는 날 밤 문을 모두 닫고 그와 단둘이 있는 것은 위험하다는 생각이 들자 슬그머니 공포심이 일었다. 공포심이 점점 커져 온 방을 가득 채우자 결국 나는 촛불을 들고 허버트의 방으로 들어가 무서운 손님을 쳐다보았다.

그는 수건을 머리에 둘러매고 이를 악문 채 얼굴을 찌푸리고 있었다. 그가 조용히 잠들어 있는 것은 분명했다. 베개 위에 권총 한 자루를 놓고서 말이다. 나는 이것을 확인하고 나와 밖에서 문을 잠그고 다시 난롯불 앞에 앉았다. 나는 조금씩 의자에서 미끄러져 마침내 바닥에 쓰러져 잠들었다. 잠결에도 비참한 내 처지를 머릿속에서 지울 수가 없었다.

눈을 떴을 때는 동쪽의 교회에서 5시를 알리는 종이 울렸다. 촛불은 다 타버렸고, 난롯불은 꺼져 있었으며, 비바람이 더욱 짙고 음산한 어둠을 드리우고 있었다.

40

무서운 방문자의 안전을 위해 이런저런 조치를 취해야 했는데, 그 것이 오히려 다행이었다. 이튿날 잠에서 깨어나자마자 그 생각이 나를 짓누르는 통에 다른 문제들은 뒤죽박죽 뒤엉킨 채 멀리 밀려나 버렸다.

그를 줄곧 내 집에 숨겨둘 수는 없었다. 주변의 의심을 살 것이 틀림없었기 때문이다. 물론 원수 같은 심부름꾼 녀석은 내보냈지만, 그 대신 걸핏하면 들쑤셔대는 노파가 조카라고 부르는 넝마 자루 같은 여자의 도움을 받아 집안일을 하고 있었다. 그가 있는 방에 들어가지 말라고 하면 되레 호기심을 자극해 과장된 소문을 퍼뜨릴 수도 있었다. 둘 다 시력이 몹시 안 좋은 편이었는데, 나는 항상 열쇠 구멍으로 엿보는 습관 때문이라고 믿었다. 게다가 둘 나 꼭 필요 없는 순간에만 내 옆에 있었다. 내가 그들에 대해 확실히 아는 거라고는 그 점과 물건을 훔친다는 것뿐이었다. 나는 의심을 사지 않기 위해 오늘 아침 삼촌이 갑자기 시골에서 오셨다고 둘러대기로 했다.

아직 어두워서 나는 손을 더듬어 불을 밝힐 것을 찾았다. 하지만 아무리 더듬어도 없기에 수위실로 가서 등불을 가지고 와달라고 할 참이었다. 어두운 계단을 더듬거리며 내려가는데, 내 발에 뭔가 걸려 넘어지는 소리가 났다. 어떤 사람이 계단 구석에 웅크리고 있었던 것이다. 내가 왜 거기 그러고 있느냐고 물었지만 상대는 아무 대답 없이 내 손길을 피했다.

나는 얼른 수위실로 뛰어가 수위와 함께 다시 돌아왔다. 바람은 여전히 사납게 몰아쳤다. 수위의 등불을 꺼뜨릴 수 있었으므로 우리는 계단의 등불에 불을 붙이지 않았다. 수위가 들고 온 등불을 비추며 계단 밑에서 꼭대기까지 살펴보았지만 아무도 없었다. 그때 문득 그 사람이 내 방에 몰래 숨어들었을지도 모른다는 생각이 들었다. 나는 수위에게 등불을 빌려 촛불을 켜고 문간에서 기다리라고 말한 뒤, 무서운 방문객이 자고 있는 방을 포함해 모든 방을 확인해보았다. 그 사람이 들어오지 않은 것이 확실했다.

하필 그날 밤 계단에 누군가 숨어 있었다는 사실에 나는 불안했다. 나는 무슨 희망적인 얘기라도 들을까 기대하면서, 문간에서 기다리던 수위에게 술을 한 잔 대접하며, 혹시 어제 저녁 식사를 하러 나갔다가 돌아온 사람은 없었는지 물었다. 수위는 3명 있었다고 하면서, 한 사람은 파운튼코트에 살고, 2명은 레인에 사는데, 모두 자기 집으로 들어갔다고 했다. 그리고 나하고 같은 건물에 사는 사람이 딱 한 명 있는데 몇 주 전 시골에 갔고, 어젯밤 돌아오지 않은 것이 분명했다. 계단을 올라올 때 그 집 문이 봉인되어 있는 것을 보았던 것이다.

"밤에도 날씨가 이렇게 사나웠으니까요. 제가 지키는 문 쪽으로 드나든 사람은 거의 없었어요. 지금 말한 세 사람 말고는 보지 못했습니다. 11시쯤인가, 나리를 만나러 온 손님 말고는요."

수위가 술잔을 돌려주며 말했다.

"네, 저희 삼촌이에요."

내가 중얼거리듯 말했다.

"그분을 만나셨나요?"

"물론이죠."

"함께 온 분도요?"

"함께 온 분이라뇨?"

"일행인 줄 알았는데요. 그분이 나한테 길을 물으려고 걸음을 멈추자 그 사람도 멈춰 섰고, 그분이 이쪽으로 걸어갈 때 그 사람도 따라왔거든요."

"어떻게 생긴 사람이었죠?"

수위는 자세히 보지 않았다면서, 노동자처럼 보였고, 흙색 옷을 입고 있었던 것은 분명하다고 말했다. 나처럼 심각하게 생각할 이유가 없었던 수위는 대수롭지 않은 것처럼 말했다.

나는 수위와 더 이상 길게 이야기하지 않는 게 좋을 듯싶어 그를 돌려보냈다. 동시에 알게 된 두 가지 일로 인해 나는 몹시 불안했다. 두 가지 일을 따로 떼어놓고 생각하면 쉽게 풀리는 문제였다. 이를테면 외식을 했든 집에서 식사를 했든 누군가 수위가 지키는 문으로 가지 않고 우리 집 층계로 잘못 들어와 잠들어버렸을 수도 있다. 그리고 아직 이름도 모르는 내 방문객이 누군가의 안내를 받아 여기 왔을 수도 있다. 하지만 두 가지를 합쳐서 생각하면 의혹과 두려움을 불러일으키는 불길한 일이었다. 지난 몇 시간 동안 나에게 벌어진 일처럼 말이다.

나는 희미하게 난롯불을 지피고 그 앞에 앉아 꾸벅꾸벅 졸다가 6시를 알리는 시계 종소리를 듣고 눈을 떴다. 밤새 그러고 있었던 것이다. 동이 트려면 한 시간 반이나 남아 있었으므로 나는 다시 졸기 시작했다. 사람들 말소리가 들리는 듯해 불안하게 눈을 뜨기도 하고, 굴뚝 속에서 천둥처럼 윙윙대는 바람 소리를 듣기도 하면서 깊은 잠에 빠졌던 나는 아침 햇빛에 깜짝 놀라 눈을 떴다.

그동안 내가 처한 상황에 대해 아무것도 생각할 수 없었다. 그런 생각을 할 여유가 없었다. 나는 너무나 우울하고 절망적인 가운데 막연한 혼란에 빠져 있었다. 이 상태에서 무슨 계획을 세운다는 것은 코끼리를 만드는 것보다 힘든 일이었다.

덧창을 열고 비바람에 휩싸인 납빛 아침 풍경을 보며, 이방 저방 어슬렁거리는 동안, 난롯불 앞에서 덜덜 떨고 앉아 세탁부 노파가 오기를 기다리는 동안, 나 자신이 얼마나 비참한지 생각해보았다. 하지만 내가 어째서, 얼마나 오랫동안 비참했는지, 이런 생각을 하고 있는 오늘은 무슨 요일이며, 이런 생각을 하는 나는 누구인지조차 인식할 수 없었다.

마침내 노파와 그녀의 조카라는 여자가 나타났다. 조카의 머리카락은 들고 있는 먼지가 잔뜩 낀 더러운 빗자루와 구분이 안 될 정도였다. 그들은 나와 난롯불을 보며 깜짝 놀란 표정을 지었다. 나는 간밤에 도착한 삼촌이 아직 주무시고 계시니 아침 식사는 삼촌이 일어나는 시간에 맞춰 준비하라고 일렀다. 그런 다음 두 여자가 가구를 덜거덕거리며 먼지를 터는 동안 나는 세수하고 옷을 갈아입었다. 그리고 꿈속 혹은 몽유병 상태처럼 다시 난롯불 앞에 앉아 그가 아침 식사를 하러 나오기를 기다렸다.

이윽고 문이 열렸다. 나는 그가 방에서 나오는 모습을 차마 볼 수 없었다. 밝은 곳에서 보니 그의 모습은 더욱 험악해 보였다.

"나는 아직 당신 이름도 모르고 있어요. 사람들한테는 제 삼촌이라고 말해두었어요."

나는 그가 식탁에 앉자 나지막이 말했다.

"그거 좋구나. 삼촌이라고 부르렴!"

"배를 탈 때 사용한 이름이 있겠죠?"

"그래, 프로비스라고 했지."

"계속 그 이름을 쓸 건가요?"

"글쎄, 그럴까 싶은데. 괜찮은 이름 같아서 말이야. 더 좋은 이름이라도 있니?"

"진짜 이름은 뭐예요?"

나는 속삭이듯 물었다.

"매그위치. 세례명은 에이블이란다."

그도 속삭이듯 대답했다.

"원래 무슨 일을 하셨어요?"

"버러지 같은 놈이었지."

그는 마치 그 단어가 전문직 이름이라도 되는 듯 아주 진지하게 말했다.

"어젯밤 여기 들어올 때 말이에요……."

나는 잠시 말을 끊었다. 불과 어젯밤 일이 너무나도 오래전 일처럼 느껴져서 깜짝 놀랐기 때문이었다.

"그래, 무슨 말이냐?"

"수위한테 여기 오는 길을 물었을 때 함께 온 사람이 있었나요?"

"함께 온 사람? 아니, 없었어."

"주변에 다른 사람은 없었나요?"

"특별히 주의해서 보지 않아서 말이다. 이곳 지리를 알아야 말이지. 아, 그런데 내 뒤를 따라 들어온 사람이 있었던 것 같기도 하구나."

그는 확실하지 않다는 투로 말했다.

"런던에 당신을 아는 사람이 있나요?"

"그런 사람이 있으면 큰일 나지!"

그는 집게손가락으로 자신의 목을 찌르는 시늉을 했다. 나는 갑자기 얼굴이 벌게질 정도로 역겨웠다.

"그럼 예전에는요?"

"특별히 알고 지낸 사람은 없단다. 거의 지방에서만 살았으니까."

"런던에서 재판을 받았나요?"

"언제 말이냐?"

그가 날카로운 표정으로 쳐다보았다.

"마지막 재판 말이에요."

그가 고개를 끄덕이며 대답했다.

"그때 재거스 씨를 알게 되었지. 내 변호사였거든."

무슨 일로 재판을 받았느냐는 말이 입에서 튀어나오려는 찰나 그
가 갑자기 나이프를 집어 들고 휘두르면서 내뱉었다.

"어떤 죄를 저질렀건 난 노역으로 그 대가를 치렀다!"

그는 말을 마치기 무섭게 음식을 먹기 시작했다.

그가 게걸스럽게 먹는 모습은 정말이지 혐오스러웠다. 그의 모든
행동이 험악하고, 번잡스럽고, 탐욕스러웠다. 습지대에서 본 이후로
이가 몇 개 빠진 듯했다. 고개를 갸울이고 어금니로 음식을 씹는 모
습은 영락없이 굶주린 늙은 개였다. 설령 식욕이 있었다 하더라도 그
모습을 보는 순간 싹 가셨을 것이다. 혐오감을 견디지 못하고 그를
외면한 채 식탁보만 쳐다보고 있는 나에게 그가 말했다.

"난 음식을 많이 먹는 편이야. 늘 그랬지. 좀 적게 먹었다면 고생도
덜했을 거다. 담배도 꼭 피워야 해. 거기서 처음 양치기를 할 때 담배
가 없었다면 우울증에 빠진 나머지 미친 양으로 변해버렸을 거야."

식사를 마치고 나서 그는 예의를 차린답시고 변명처럼 말했다.

그는 식탁에서 일어나 두툼하고 짧은 윗옷 가슴에서 짧고 까만 파

이프와 니그로 헤드 가루담배 뭉치를 꺼냈다. 그리고 파이프에 담배를 채우고 호주머니가 서랍이라도 되는 듯 다시 집어넣었다. 그런 다음 불붙은 석탄을 부지깽이로 집어 파이프에 불을 붙이더니 난로를 등지고 깔개 위에 섰다. 그는 담배를 피워대면서 또다시 특유의 동작, 즉 두 손을 내밀어 내 손을 잡더니 위아래로 흔들었다.

"바로 이 사람이, 그래, 내가 키운 신사가 바로 이 사람이다! 어엿한 런던 신사! 핍! 너를 보고 있으니 참 좋구나. 내가 바라는 건 그저 이렇게 곁에서 너를 지켜보는 것뿐이란다."

나는 재빨리 손을 빼냈다. 이제 내 상황을 생각할 수 있을 만큼 마음이 진정되어 갔다. 그의 쉰 목소리를 들으며, 양옆으로 쇳빛 회색 머리카락이 나 있는 깊게 주름진 대머리 얼굴을 올려다보면서, 내가 어떤 사슬에 얼마나 단단히 매여 있는지 깨달았다.

"나의 신사가 진흙을 밟고 다니게 할 수는 없지. 구두에 진흙을 묻혀서야 쓰나. 절대 안 되지. 우리 신사한테 말이 있어야겠다. 승마용 말, 마차용 말, 아, 그리고 하인이 타고 다닐 말과 마차도 필요하겠지. 식민지 개척자 놈들도 말을, 그것도 순종 말을 가지고 있는데, 우리 런던의 신사에게 말이 없다니. 말도 안 되는 일이지. 암, 안 되고말고. 확실히 뭔가 보여줘야겠어, 핍! 안 그러냐?"

그는 호주머니에서 지폐가 가득 든 두툼한 지갑을 꺼내 탁자 위로 던졌다.

"거기 실컷 쓰고도 남을 만큼 돈이 있단다. 다 네 거야. 내가 가진 것은 모두 네 것이다. 걱정 말고 다 쓰렴. 그 돈을 가져온 곳에 그보다 더 많이 있으니까. 나는 나의 신사가 신사답게 돈 쓰는 모습을 보고 싶어서 고국에 돌아온 거야. 그게 내 낙이지. 신사가 돈 쓰는 것을 보는 게 내 즐거움이야."

그가 손가락을 뚝뚝 꺾으면서 방을 둘러보았다.

"이놈들, 가발 쓴 판사에서 흙먼지 구덩이를 달리는 식민지 개척자까지, 너희를 모두 합친 것보다 훌륭한 신사를 보여주마."

나는 공포와 혐오감으로 미칠 듯한 기분이었다.

"잠깐만요! 할 얘기가 있어요. 내가 어떻게 해야 할까요? 어떻게 하면 당신이 위험에 빠지지 않고 안전하게 숨어 있을지, 여기 얼마나 있을 예정인지, 대체 무슨 계획을 갖고 있는지 듣고 싶어요."

그러자 그가 갑자기 차분하게 자기 손을 내 팔에 얹고 말했다.

"알겠다, 핍. 내가 그만 이성을 잃었구나. 내가 너무 천박했어. 그래, 천박한 것이었어. 핍, 제발 잊어다오. 다시는 그러지 않으마."

"우선 당신이 잡혀가지 않게 하려면 내가 어떻게 해야 되죠?"

나는 거의 신음하듯이 말했다.

"아니다, 핍. 그건 나중 문제야. 내 천박한 행동이 먼저다. 여러 해 동안 신사를 키워왔는데, 신사에게 맞는 행동이 뭔지 모를 리가 있겠니? 핍, 방금 나는 천박하게 행동했어. 분명 그랬어. 잊어다오."

그가 조금 전과 같은 투로 말했다.

무서우면서도 우스꽝스러워서 나는 얼굴을 찌푸리면서 웃음을 터뜨렸다.

"벌써 잊었어요. 그러니 그 얘기는 그만하세요."

"그래. 하지만 난 천박하게 행동하려고 그 먼 길을 온 게 아니란다. 하던 얘기 계속하렴. 아까 하던 얘기……."

"당신이 위험에 처하지 않으려면 어떻게 해야 하느냐는 거예요."

"크게 걱정하지 마라. 누가 밀고하지 않는 한 아무 일도 없을 테니까. 나를 아는 사람은 재거스와 웨믹, 그리고 너뿐이야. 그런데 누가 나를 밀고하겠니?"

"길에서 우연히 당신을 알아본 사람이 있지 않을까요?"

"그럴 사람은 거의 없다. 게다가 A. M.이 보터니 만에서 돌아왔다고 내가 신문에 광고를 낼 리도 없지 않니. 게다가 벌써 몇 년 전 일인데, 나를 밀고한다고 해서 무슨 이득이 있겠니? 하지만 핍, 설사 지금보다 50배는 더 위험하다고 해도 나는 너를 보러 여기 돌아왔을 거다."

"그럼 언제까지 머무를 셈이죠?"

"언제까지?"

그가 검은 파이프를 입에서 떼고 입을 벌린 채 나를 바라보았다.

"나는 돌아가지 않을 거다. 영원히."

"어디서 사시려고요? 내가 어떻게 해드리면 되죠? 어디가 안전할까요?"

"핍, 돈만 있으면 가발을 사거나 머리카락에 바르는 분도 살 수 있고, 안경이며 검정색 양복, 짧은 바지, 뭐든 살 수 있어. 이미 많은 사람들이 안전하게 살고 있는데, 나라고 왜 그러지 못하겠니? 어디서 어떻게 살지는, 그래, 네 의견을 들어보고 싶구나."

"지금은 쉽게 말하지만, 어젯밤에는 심각하게 말했잖아요? 잡히면 사형이라고."

그는 다시 파이프를 입에 물면서 말했다.

"그래, 잡히면 사형인 건 맞다. 여기서 그리 멀지 않은 곳에서 많은 사람들이 지켜보는 가운데 교수형에 처해지겠지. 상황을 완전히 이해하는 것도 중요하지. 하지만 그런들 뭐 하겠니? 지금 나는 이곳에 있다. 다시 돌아가는 건 여기서 죽는 것보다 더 위험한 일일 거다. 더구나 나는 앞으로 몇 년 동안 네 곁에 있으려고 여기 온 거야. 나는 깃털이 솟기 시작할 때부터 온갖 덫을 피해온 늙은 새란다. 허수아비 위에 올라앉는 것쯤 두렵지 않아. 허수아비 몸통 속에 죽음이 숨어 있다 해도 이렇게 말하지. '할 테면 해봐. 덤벼보라고. 그럼 죽음이 있다고 믿어주지. 그렇지 않으면 절대 믿지 않아.' 그나저나 우리 신사의 얼굴이나 좀 보자꾸나."

그는 더 바랄 게 없다는 듯 담배를 피우면서 또다시 내 두 손을 붙들고 자기가 가진 물건을 보면서 감탄하듯 바라보았다.

나는 조용한 집을 구해놓고 허버트가 돌아오면 그를 그 집으로 보내는 게 가장 좋은 방법인 것 같았다. 그는 이삼일 내로 돌아올 예정이었다. 그에게만큼은 비밀을 털어놓을 수밖에 없었다. 그와 비밀을 공유함으로써 나 자신이 더없는 위안을 얻게 되는 것은 차치하고라도 말이다. 하지만 프로비스의 입장은 달랐다. 그는 허버트를 만나보고 괜찮은 사람인지 확인하기 전에는 우리 일에 그를 끌어들일 수 없다고 했다.

"네 친구는 맹세부터 해야 해."

그가 호주머니에서 때에 절어 반들반들한 작고 까만 성경책을 꺼내며 말했다.

나의 무서운 은인이 긴급한 상황에서 누군가에게 맹세를 받을 목적으로 검은 성경책을 지니고 다닌다고 확신할 수는 없었다. 다만 그가 성경책을 다른 용도로 사용하는 것을 본 적이 없다. 아마도 그 성경책은 어느 법정에서 슬쩍한 것 같았다. 그는 그것이 법정에서 어떤 용도로 쓰이는지 알고 있고, 거기에 자신의 경험을 더해, 성경책을 법적 주문이나 부적으로 효력이 있다고 믿는 것 같았다. 그가 처음으로 성경책을 꺼내 든 모습을 보고, 나는 아주 오래전 그가 묘지에서 내게 맹세를 시킨 일과, 어젯밤 외로울 때마다 자신의 결의를 끝까지 지키겠노라고 맹세했던 말이 떠올랐다.

뱃사람들이 입는 싸구려 기성복 차림은 타국에서 돌아온 선원으로 보여지기 쉬우므로 그에게 어떤 옷을 입는 게 좋겠냐고 의견을 물어보았다. 기이하게도 그는 변장에는 짧은 바지가 가장 좋다고 믿고 있었다. 그리고 옷차림을 대충 생각하고 있었는데, 그것은 사제와 치과 의사의 중간쯤 되는 차림이었다. 어렵게 설득한 끝에 부유한 농장주처럼 보이는 옷을 입기로 했다. 그리고 머리를 짧게 깎고 분가루를 뿌리기로 했다. 마지막으로 변장할 옷으로 갈아입기 전에는 세탁부 노파와 그녀의 조카 눈에 띠면 안 된다고 주의를 주었다.

얼핏 간단해 보이지만 정신이 멍한 상태였던 나는 이런 조치를 결정하기까지 꽤 오랜 시간이 걸렸다. 그래서 오후 두세 시가 되어서야 이런 것들을 실행하러 밖으로 나왔다. 그에게는 내가 집을 비운 사이 절대 문을 열지 말고 방 안에 꼼짝 말고 있으라고 신신당부했다.

나는 먼저 생각해둔 집으로 갔다. 에섹스 가에 있는 고상한 숙소였다. 집 뒤쪽이 템플과 마주 보고 있어서 내 방 창가에서 소리치면 들릴 정도로 가까운 곳이었다. 나는 다행히 이 건물 3층에 프로비스가 묵을 방을 얻었다. 그런 다음 가게를 돌아다니며 변장에 필요한 물건들을 샀다. 이 일을 끝내고 나는 볼일을 보러 리틀 브리튼으로 갔다. 자신의 사무실 책상에 앉아 있던 재거스 씨는, 내가 들어가자 벌떡 일어나 벽난로 앞에 섰다.

"핍, 조심해야 하네."

"네, 그래야겠죠."

이곳에 오는 동안 무슨 말을 할지 생각해두었기에 나는 그렇게 대답했다.

"자신에게 난감한 상황을 만들지 말게. 다른 사람을 난감한 상황에 처하게 하지도 말고. 어느 누구도 말이야. 명심하게. 그리고 나한테도 아무 말 하지 말게. 아무것도 듣고 싶지 않거든. 아무것도 알고 싶지도 않고."

재거스 씨는 그가 나를 찾아온 것을 알고 있는 게 분명했다.

"저는 단지 제가 들은 것이 사실인지 확인하고 싶을 따름입니다. 사실이 아닐 거라는 기대는 하지 않지만, 어쨌든 확인하고 싶어요."

재거스 씨가 고개를 끄덕이며 말했다.

"자네 지금 '들었다'고 했나, '전해 들었다'고 했나? '들었다'는 건 직접 대화를 나누었다는 뜻인데. 뉴사우스웨일스에 있는 사람과 직접 대화를 나눌 수는 없지 않겠나?"

그가 고개를 기울이고 바닥을 쳐다보며 물었다.

"전해 들었습니다."

"좋아."

"에이블 매그위치라는 사람이 지금까지 베일에 싸여 있던 저의 은인이라는 소식을 전해 들었습니다."

"그 사람이 맞네. 지금 뉴사우스웨일스에 있는 그 사람."

"그 한 사람뿐인가요?"

"맞아, 그 한 사람뿐이야."

"저의 오해와 잘못된 속단을 조금이라도 선생님 책임이라고 생각하지 않습니다. 하지만 저는 지금까지 제 은인이 미스 해비섬이라고 생각해왔습니다."

"자네 말대로, 내 책임은 없네."

재거스 씨는 집게손가락을 물어뜯으면서 냉정한 눈빛으로 쳐다보았다.

"그런데 저는 정말 그분인 것 같았어요."

나는 낙담한 태도로 하소연하듯 말했다.

"아무런 근거도 없이 말이야, 핍. 뭐든 겉만 보고 판단해서는 안 되지. 무조건 증거가 뒷받침되어야 해. 그게 최상의 법칙이지."

그가 고개를 가로저으며 옷자락을 움켜쥐었다.

나는 잠자코 서 있다가 한숨을 내쉬며 말했다.

"제가 전해 들은 소식을 확인했으니 더 할 말이 없습니다."

"뉴사우스웨일스에 있는 매그위치가 드디어 자신의 정체를 드러냈군. 핍, 자네도 알다시피 그동안 자네와 교류하면서 확실하고 엄정한 사실에 근거한다는 방침을 지켜왔네. 엄정한 사실에 근거한다는 방침에서 벗어난 적이 한 번도 없었어. 자네도 알고 있지?"

"네, 알고 있습니다."

"뉴사우스웨일스에서 매그위치가 처음 편지를 보내왔을 때, 난 그에게 이 점을 특히 강조했네. 내가 엄정한 사실에 근거한다는 방침에서 벗어나리라는 기대는 하지 말라고. 그리고 또 그가 언젠가는 자네를 만나러 영국으로 돌아올 거라는 뜻을 넌지시 내비쳤을 때도 확실히 선을 그었지. 그 문제에 대해서는 나에게 더 이상 이야기하지 말라고 말이야. 그리고 사면될 가능성은 전혀 없고, 종신 유형수가 고국에 돌아오는 것은 중죄에 해당하는 것으로 극형에 처해질 거라고 했네. 그에게 보내는 편지에 분명히 그렇게 주의를 주었어. 그러니 그는 나의 경고를 따랐을 걸세."

"틀림없이 그럴 겁니다."

"웨믹이 얘기하더군. 포츠머스에서 편지가 왔는데, 발신인이 식민지 거주자 퍼비스라고 했던가?"

재거스 씨는 여전히 나를 노려보면서 말했다.

"프로비스겠죠."

"그래, 프로비스! 프로비스가 맞겠군. 자네는 프로비스라는 것을 알고 있나?"

"알고 있습니다."

"그래, 프로비스라는 것을 안단 말이군. 좋아. 프로비스라는 식민지 거주자가 매그위치를 대신해 포츠머스에서 편지를 보내왔는데, 자네 주소를 알고 싶다고 했다는 거야. 웨믹은 자네 주소를 적어 답장을 보냈다더군. 그렇다면 자네는 이 프로비스를 통해 뉴사우스웨일스에 있는 매그위치의 설명을 들었겠군?"

"네, 프로비스를 통해 들었습니다."

"그럼 잘 가게, 핍. 오늘 만나서 반가웠네. 뉴사우스웨일스의 매그위치에게 편지를 쓰거나 프로비스를 통해 그에게 연락할 일이 있거든, 우리의 오랜 거래 내역과 영수증과 잔금을 자네에게 보낼 거라고 전해주게. 아직 잔금이 남아 있으니까. 그럼 잘 가게, 핍!"

우리는 악수를 했다. 그는 배웅하면서도 계속 나를 똑바로 노려보았다. 문 앞에서 잠시 뒤돌아보았을 때도 여전히 나를 노려보고 있었다. 선반에 놓인 2개의 험악한 석고상이 눈을 부릅뜬 채 목에 힘을 주고 '아, 얼마나 대단한 사람인가'라고 외칠 것만 같았다.

웨믹은 외출하고 없었다. 그가 사무실에 있다고 해서 나를 위해 무슨 일을 할 수 있는 것도 아니었다. 나는 곧장 템플로 돌아왔다. 나의 무서운 방문객 프로비스 씨는 물에 탄 럼주를 마시며 니그로 헤드를 피우고 있었다.

다음 날, 주문한 옷이 모두 배달되었다. 옷을 입어보았지만, 그는 어떤 옷을 입어도 그 전에 입었던 옷보다 보기 흉한 모습이었다. 내 눈에는 그렇게 보였다. 그에게는 변장을 하려 해도 달라지지 않는 무언가가 있는 것 같았다. 좋은 옷을 아무리 입어봐도 습지대에서 웅크리고 있던 탈주범으로 보였다. 이런 느낌은 불안한 내 머릿속에 옛날 얼굴과 태도가 뚜렷이 떠올랐기 때문일 것이다. 하지만 그는 여전히 무거운 족쇄를 차고 있는 것처럼 한쪽 다리를 질질 끌었고, 머리끝에서 발끝까지 죄수의 본성을 드러내고 있었다.

게다가 외진 오두막에서의 생활이 고스란히 남아 있어서 어떤 옷으로도 가려지지 않는 야만성이 몸에 배어 있었다. 덧붙여 낙인이 찍힌 채 사람들과 어울려 살았던 영향노 남아 있었고, 그 모든 것을 넘어서서 숨어 다닌다는 의식이 자리 잡고 있었다. 그의 모든 행동, 앉거나 서거나, 먹거나 마시거나, 어깨를 추켜올리고 못마땅한 표정으로 생각에 잠겨 왔다 갔다 하거나, 뿔 자루가 달린 커다란 주머니칼을 바지에 쓱쓱 문질러 닦은 다음 음식을 자르거나, 가벼운 유리잔이나 컵을 둔탁한 금속 용기 다루듯 들어 올려 입술로 가져가거나, 빵조각을 장작 패듯이 잘라서 그걸로 접시에 남은 고기 국물을 마지막한 방울까지 싹싹 긁어내고도 모자라 손가락에 묻은 국물까지 그 빵에 닦아서 덥석 삼킨다든가 하는 그 모든 행동이, 그 밖에 일상의 수많은 사소한 일들에서도 죄수이자 중죄인, 노역하는 종신 유형수였다는 사실을 또렷이 드러내고 있었다.

나는 그가 짧은 바지를 입겠다는 것은 극구 말렸지만, 분가루 바르는 것은 말리지 못했다. 그는 머리에 분가루를 발라야 한다는 생각을 포기하지 않았다. 하지만 머리에 분가루를 바른 그의 모습은 죽은 사람에게 립스틱을 바른 것이나 다름없었다. 감춰야 할 흉한 모습이 살짝 바른 분장을 뚫고 나와 끔찍하게도 그의 정수리에서 또렷하게 드러났던 것이다. 그래서 쇳빛 회색 머리칼을 짧게 깎기만 하고 분가루는 포기했다.

한편 무서운 존재인 그와 함께 있으면서 내가 마음속으로 얼마나 공포에 떨었는지 말로 표현할 길이 없다. 저녁 무렵 그가 안락의자 팔걸이를 마디 굵은 손으로 꽉 쥔 채 주름이 깊게 팬 대머리를 가슴까지 떨구고 잠들었을 때, 나는 그가 대체 무슨 죄를 저질렀을까 생각하면서 그를 바라보았다. 그 순간 뉴게이트 범죄 연감에 실린 온갖 범죄들을 떠올리다 보면 당장이라도 도망치고 싶은 강한 충동을 느끼곤 했다. 시간이 갈수록 그에 대한 혐오감은 더욱 커졌다. 허버트가 곧 돌아온다는 것만 아니었으면 나는 진작에 그런 충동에 굴복했을 것이다. 그가 나에게 많은 것을 베풀었고 위험을 무릅썼다는 사실을 알면서도 말이다. 실제로 한밤중에 침대에서 뛰쳐나와 가장 허름한 옷을 입은 적도 있다. 내 물건들을 모두 그와 함께 남겨둔 채 인도로 가서 군대에 들어가야겠다고 결심하면서 말이다.

비바람이 몰아치는 외롭고 긴긴 밤을 보내던 나에게 그보다 유령이 더 무서운 존재였는지는 알 수 없다. 유령이라면 나 때문에 체포되어 교수형에 처해질 일은 없다. 매그위치에게 그런 일이 닥칠지도 모르고, 결국은 그렇게 될 거라는 두려움 때문에 공포감은 배가 되었다. 잠을 자지 않거나, 자신의 너덜너덜한 카드로 혼자 복잡한 카드놀이 같은 것을 하지 않을 때 그는 나에게 책을 읽어달라고 했다. "핍,

외국어로 된 책 말이다."라고 하면서. 내가 책을 읽는 동안 그는 한마디도 알아듣지 못하면서도 난롯불 앞에 서서 주인이 자기의 전시품을 보듯 나를 바라보았다. 그러면 나는 손으로 얼굴을 가리고 손가락 사이로, 그가 가구에 대고 내가 유창하게 읽는 것을 한번 들어보라고 말하는 모습을 훔쳐보았다. 신을 두려워하지 않고 흉측한 괴물을 창조하고는 그 괴물에게 쫓겨 다니는 소설 속 학자도 나보다 더 비참하지는 않을 것이다. 나를 창조한 괴물에게 쫓기는 신세였으며, 그가 나에게 감탄할수록, 나를 좋아할수록 더 강한 혐오감을 느끼며 주춤하는 나보다는 말이다.

이렇게 쓰고 보니 적어도 1년 정도는 그런 상황이 계속된 것처럼 들리는데, 실제로는 닷새 남짓이었다. 그 닷새 동안 나는 매일 오늘은 허버트가 돌아올까 기대하며, 저녁에 프로비스와 바람을 쐬러 나가는 것 말고는 밖으로 나가지 않았다. 그러던 어느 날 저녁 식사를 마치고 지친 몸으로 잠들었을 때였다. 밤에는 줄곧 끔찍한 악몽에 시달리느라 잠을 제대로 자지 못했기 때문이었다. 마침내 계단을 올라오는 반가운 발소리에 퍼뜩 잠이 깼다. 역시 잠들었던 프로비스가 내가 일어나는 소리에 비틀거리며 일어나더니 손에 번쩍이는 주머니칼을 들고 있었다.

"괜찮아요. 허버트예요!"

내 말이 끝나자마자 1천 킬로미터 떨어진 프랑스에서 가지고 온 상쾌하고 유쾌한 기운을 내뿜으며 허버트가 들어왔다.

"헨델, 잘 지냈지? 별일 없었고? 잘 지냈어? 집 떠난 지 1년은 된 것 같아! 아니, 무슨 일이 있구나! 너 왜 이렇게 마르고 창백해진 거야! 헨델, 아, 실례했습니다."

허버트가 나에게 달려와 손을 잡으려다가 프로비스를 발견하고 멈췄다. 프로비스가 그를 뚫어져라 쳐다보면서 천천히 주머니칼을 집어넣고 반대편 호주머니를 더듬어 뭔가를 찾았다.

방문을 닫고 눈을 휘둥그렇게 뜬 채 멍하니 서 있는 허버트에게 내가 말했다.

"허버트, 그동안 일이 좀 있었어. 아주 묘한 일이야. 이분은 나를 찾아오신 손님이야."

그러자 프로비스가 작은 검정색 성경책을 들고 허버트에게 한 걸음 앞으로 다가서면서 말했다.

"이 책을 오른손에 들고 '어떤 경우에도 절대 밀고하지 않겠습니다. 제가 밀고한다면, 그 자리에서 하느님께 목숨을 바치겠나이다'라고 맹세한 다음 이 책에 입을 맞춰라."

"허버트, 시키는 대로 해줘."

내가 말했다. 불안하고 놀란 표정으로 나를 바라보던 허버트는 곧 그가 시키는 대로 했다. 그러자 프로비스가 허버트에게 악수를 청하면서 말했다.

"자네는 방금 하느님께 맹세했다는 사실을 명심하게. 좋아, 나도 맹세하겠네. 핍이 자네를 신사로 만들어주도록 하겠다고 말이야."

41

우리 세 사람은 난롯불 앞에 앉았다. 내가 모든 비밀을 털어놓았을 때 허버트가 얼마나 경악하고 혼란스러워했는지 도저히 표현할 길이 없다. 어쩌면 내가 느낀 온갖 감정, 특히 나에게 그토록 많은 것을 베풀어준 사람에 대한 혐오감이 허버트의 얼굴에도 떠올랐다고 하는 것으로 충분하다.

내가 이야기할 때 프로비스가 의기양양한 태도를 보인 것만으로도 우리와 그를 구분 짓기에 충분했다. 다른 상황이 없었다 하더라도 말이다. 그는 여기 와서 딱 한 번 '천박한 행동'을 했다는 사실을 지겨울 정도로 신경 쓰고 있었다. 내 이야기가 끝나자마자 그 얘기를 허버트에게 장황하게 들려주었던 것이다. 그는 그 한 가지만 빼면 나의 행운에 흠잡을 거리가 전혀 없다고 생각했다. 나를 신사로 만들었고, 자기의 재력에 힘입어 내가 신사답게 살아가는 모습을 보러 왔다는 것은 나를 자랑하는 것인 동시에 자신을 자랑하는 것이었다. 그리고 그것이 우리 둘의 자랑거리이고, 우리 둘 다 그것을 자랑스럽게 여겨야한다는 생각이 그의 마음속에 확고하게 자리잡고 있었다.

그는 한참 떠들고 나서 허버트에게 말했다.

"이봐, 핍의 친구. 내가 핍에게 잠깐 천박하게 행동했다는 것을 잘 알고 있네. 핍에게도 그렇게 말했지. 하지만 걱정하지 말게. 핍을 신사로 만들고 핍이 자네를 신사로 만들도록 하겠다고 말한 내가 두 사람에게 맞는 행동이 뭔지 모를 리가 있겠나. 그러니 둘 다 안심하렴. 앞으로 나는 입마개를 하고 있을 거야. 믿어도 돼. 천박하게 행동했던 그 30초 이후 나는 계속 입마개를 하고 있어. 지금도 그렇고, 앞으로도 계속."

"네, 그러시리라 믿어요."

허버트는 말은 그렇게 했지만, 그의 말이 어떤 위안도 주지 못한 듯 당혹스럽고 절망적인 표정을 지었다. 우리는 프로비스가 자기 숙소로 돌아가기를 간절히 바랐다. 하지만 그는 우리 둘만 있는 것을 대놓고 시기하며 밤늦도록 앉아 있었다. 그를 에섹스 가의 숙소로 데리고 가서 어두운 방으로 안전하게 들어가는 것을 확인한 것은 한밤중이 다 되어서였다. 마침내 방문이 닫혔을 때, 나는 그가 나를 찾아왔던 그날 밤 이래 처음으로 안도의 한숨을 내뱉었다.

계단에 있던 사내에 대한 불안감이 늘 뇌리를 떠나지 않았기 때문에 나는 해가 지고 나면 그를 밖으로 데리고 나가 바람을 쐬고 집에 돌아올 때마다 늘 주변을 살폈다. 그때도 그랬다. 대도시에서 특히 위험을 느끼고 있을 때 누군가 지켜보고 있다는 생각이 떠나지 않지만, 나를 주시하는 사람을 발견하지는 못했다. 몇 사람이 지나가기는 했지만 모두 제 갈 길을 갔고, 템플로 돌아왔을 때는 거리에 아무도 없었다. 우리와 함께 출입문을 나온 사람도 없었고, 나와 함께 그 문으로 들어간 사람도 없었다. 분수 옆을 지나갈 때, 프로비스의 방 뒤쪽 창문의 밝은 불빛을 보았다. 내 방이 있는 건물 입구에서 잠시 주위를 돌아보았지만 가든코트 안마당은 계단과 마찬가지로 아무도 없고 적막하기만 했다.

허버트가 두 팔 벌려 나를 반겨주었다. 이때만큼 친구의 고마움을 뼈저리게 느낀 적이 없다. 그는 나를 위로해주면서 동정과 격려의 말을 해주었다. 우리는 자리에 앉아 어떻게 해야 할지 상의했다.

프로비스가 앉았던 의자는 여전히 그 자리에 있었다. 그는 군대 생활 같은 것이 몸에 배어서 불안정하기는 했지만 같은 자세로 같은 자리 주위만 맴돌며 습관처럼 파이프와 니그로 헤드 담배, 주머니칼, 카드 등을 가지고 차례로 시행하는 것이었다. 석판에 그렇게 하라고 적혀 있기라도 한 듯. 허버트는 무심코 프로비스의 의자에 앉았다가 경기를 일으키듯 벌떡 일어나더니 의자를 멀찌감치 밀어놓고 다른 의자를 가지고 와서 앉았다. 그는 나의 은인에게 혐오감을 느낀다는 말은 하지 않았다. 나 역시 그런 말은 하지 않았다. 우리는 서로 한마디도 하지 않았지만 속으로는 같은 마음을 나누고 있었다.

"어떻게 해야 하지?"

허버트가 다른 의자에 안전하게 앉자 내가 말했다.

"불쌍한 헨델. 하도 놀라서 아무 생각도 안 나."

그가 머리를 감싸며 말했다.

"처음에는 나도 그랬어. 하지만 무슨 대책을 세워야지. 그는 이것저것 돈 쓸 일들을 얘기했어. 말이니 마차니, 온갖 사치품을 들먹이면서 말이야. 무슨 수를 쓰든 그를 말려야 돼."

"그럼 넌 받지 않겠다는……."

나는 머뭇거리는 허버트의 말을 잘랐다.

"내가 그걸 어떻게 받아! 그가 어떤 사람인지 생각해봐! 그 사람을 보라고!"

우리 둘 다 무의식중에 몸서리를 쳤다.

"그런데 말이야, 허버트. 정말 무서운 건 그가 나를 끔찍이 여긴다는 거야. 엄청난 애정을 가지고 말이야. 세상에, 이런 운명도 있을까?"

"불쌍한 헨델."

허버트는 계속 같은 말을 했다.

"게다가 지금부터 그의 도움을 거절해도 마찬가지야. 더 이상 단한 푼도 받지 않는다 해도, 이미 그에게 엄청난 빚을 지고 있어. 상속받을 수 없는 처지에서는 어마어마한 빚이지. 더구나 나는 직업 교육을 받지도 않았고. 나는 정말 쓸모없는 인간이야."

"진정해. 쓸모없다는 그런 말은 하지 마."

허버트가 충고하듯 말했다.

"맞잖아. 아무 쓸모 없는 거. 할 수 있는 게 한 가지 있긴 하다. 군인이 되는 거! 허버트. 네가 돌아와서 우정과 애정 어린 조언을 해줄 거라는 기대만 없었다면 나는 정말 군대에 들어갔을 거야."

나는 울음을 터뜨렸고, 허버트는 말없이 내 손을 꽉 잡아주었다.

"어쨌든 헨델, 군대에 가는 건 좋은 생각이 아니야. 앞으로 후원을 거절하고, 그에게서 유산을 한 푼도 받지 않겠다면 지금까지 받은 것을 얼마쯤 갚을 수 있으리라는 희망을 가져야 해. 그런데 군인이 되면 그런 희망도 사라지게 돼. 그건 어리석은 선택이야. 그보다는 클래리커 상사에서 일하는 게 훨씬 나아. 작은 사업체이기는 하지만. 너도 알다시피, 나는 동업자가 되기 위해 노력하고 있어. 조금씩 올라가고 있고."

가엾은 허버트! 그는 그 회사가 누구의 돈으로 운영되고 있는지 모르고 있었다.

"하지만 또 다른 문제가 있어. 그는 무식하고 완고한 사람이 분명해. 오직 하나의 목표만을 향해 달려왔지. 게다가 내 생각이 틀렸는지도 모르지만, 자포자기 식으로 몰아붙이는 난폭한 사람 같아."

허버트가 말했다.

"나도 알아. 그런 성격이 표출되는 것을 직접 봤어."

나는 습지대에서 그가 다른 죄수와 싸웠던 이야기를 들려주었다.

"그렇다면 이 점을 생각해봐! 그는 자신의 굳은 결의를 실현하기 위해 목숨을 걸고 이곳에 돌아왔어. 그 모든 고생과 기다림 끝에 자신의 결의가 실현되려는 순간 네가 발밑에서 그를 뒤흔들어댄다고 생각해봐. 그 계획이 실패로 돌아가고, 그의 노력이 물거품이 돼버렸다고 생각해봐. 좌절감에 빠진 그가 무슨 짓을 저지를지 생각해봤니?"

"그가 처음 나타났던 운명의 밤부터 생각했던 문제야. 악몽도 꾸었고. 내 머릿속에서 가장 뚜렷하게 그려지는 것은 그가 자포자기한 나머지 자수하는 것이야."

"그럴 위험이 충분해. 그가 영국에 머물고 있는 한 그것이 네 약점이야. 너한테 버림받는다면 그런 무모한 짓을 저지를 수도 있어."

처음부터 이런 생각이 내 마음을 짓눌렀다. 그렇게 되면 나는 나자신을 그를 죽인 살인자로 여기게 될 것이다. 이런 끔찍한 생각에 사로잡힌 나는 의자에서 일어나 방 안을 왔다 갔다 하면서 허버트에게 말했다. 프로비스가 자포자기해서 붙잡힌 것이 아니라 해도, 내가 원인인 만큼 내 잘못이 없다 해도 나는 비참한 심정에서 헤어나지 못할 거라고 말이다. 그가 붙잡히지 않고 내 곁에 있어도 비참한 일이고, 차라리 평생 대장간에서 사는 것이 천 배는 더 나을 거라는 생각이 들어도, 그가 잡히는 것보다는 나았다. 하지만 어떻게 할지는 말로만 해서는 해결할 수 없는 일이었다.

"일단 그를 영국에서 데리고 나가야 해. 네가 함께 간다고 하면 그도 나가려고 할 거야."

허버트가 말했다.

"하지만 그가 다시 이곳에 돌아오지 않을까?"

"헨델, 뉴게이트 교도소가 바로 옆에 있어. 이곳보다 다른 곳이, 그에게 네 속마음을 열어 보여서 극단적인 선택을 할 위험이 훨씬 덜하다는 거야. 다른 죄수나 그의 과거와 연관된 어떤 것을 이용하든, 그를 외국으로 데리고 나갈 구실을 찾을 수 있으면 좋겠다."

"하지만 난 그의 과거에 대해 아는 게 전혀 없어. 밤에 여기 앉아 있는 그를 보고 있으면 미칠 것만 같았어. 내 불행과 행복을 쥐고 있다고 할 수 있는데도, 어린 시절 이틀 동안 나를 두려움에 떨게 했던 불쌍한 사람이라는 것 말고 그에 대해 아무것도 아는 게 없어. 그런 그를 바라보고 있으면 정말이지 미쳐버릴 것 같아."

나는 허버트 앞에 멈춰 서서 절망적으로 두 팔을 벌렸다.

허버트가 일어나 내 팔짱을 꼈다. 우리는 카펫을 쳐다보며 방 안을 함께 걸었다. 그러다 허버트가 걸음을 멈추고 물었다.

"헨델, 너는 이제 더 이상 그에게 후원받을 마음이 없는 거지? 관계를 끊으려는 생각이 확고한 거지?"

"당연하지. 물어볼 필요도 없어. 네가 나라도 틀림없이 그럴 거야."

"하지만 너는 목숨까지 걸고 너를 보려고 돌아온 그를 걱정하고 있어. 그래서 가능하면 그가 목숨을 잃지 않도록 막을 생각이야. 그러면 너는 그를 떼어내기 전에 우선 그를 외국으로 데리고 나가야 해. 그런 다음에 네가 원하는 대로 관계를 끊으면 돼. 내가 끝까지 함께할 테니까."

우리는 그렇게 하기로 합의하고 악수를 했다. 그러고 나서 방 안을 왔다 갔다 하다 보니 조금이나마 위안이 되었다. 그것만이라도 해보기로 했으니 말이다.

"그런데 허버트, 그의 과거 말인데, 알 수 있는 방법은 이것밖에 없어. 본인에게 직접 물어보는 거야."

"그래, 그게 낫겠다. 내일 아침에 식사하러 오면 물어보자."

허버트가 말했다.

우리는 내일을 기약하며 잠자리에 들었다. 그가 나타나는 무서운 꿈을 꾸고 일어나니 기분이 여전히 우울했다. 눈을 뜨자 잊고 있었던 두려움, 유형지에서 돌아온 죄수라는 사실을 들키지 않을까 하는 두려움이 솟구쳤다. 나는 잠잘 때 말고는 그 두려움에서 잠시도 벗어나지 못했다.

프로비스는 약속한 시각에 와서 예의 주머니칼을 꺼내 들고 식사를 하기 시작했다. 그는 '자신의 신사가 흔들림 없이 신사답게 살아갈 수 있도록' 하기 위한 계획을 잔뜩 세워두었다. 우선 그는 이 방에 놓고 간 지갑에 들어 있던 돈을 쓰라고 재촉했다. 그는 템플의 이 방과 자신의 숙소를 임시 거처로 여겼다. 그래서 나에게 하이드 파크 근처에 '좋은 저택'을 찾아보라고 하면서 자기도 그 집 구석방에서 함께 살 거라고 했다. 나는 식사를 마친 그가 주머니칼을 바지에 문질러 닦을 때 곧바로 본론을 꺼냈다.

"어젯밤 당신이 가고 나서 이 친구에게 옛날 습지대에서 있었던 이야기를 들려주었어요. 군인들과 함께 당신을 쫓아갔을 때 웬 남자와 싸우고 있었잖아요. 기억나세요?"

"당연히 기억하지!"

"그 사람에 대해 알고 싶어요. 당신에 대해서도요. 두 사람에 대해 아는 게 없다는 것을 깨달았거든요. 특히 당신에 대해서는요. 지금 이 기회에 이야기를 듣고 싶어요."

"글쎄! 핍의 친구, 자네는 나한테 맹세한 것을 잊지 않았겠지?"

그는 잠시 뭔가 생각하다가 허버트를 돌아보았다.

"그럼요."

허버트가 대답했다.

"이제부터 내가 하는 모든 말에 그 맹세를 적용하게."

"명심하겠습니다."

"그리고 잘 들어. 내가 무슨 짓을 저질렀건 노역으로 죗값을 치렀어."

그는 다시 그 말을 강조했다.

"네, 알고 있습니다."

그는 검은 파이프를 꺼내 니그로 헤드를 채우려고 했다. 하지만 손바닥에 엉겨 붙은 담배를 보고는, 그 때문에 지금부터 하려는 이야기가 헝클어지기라도 한다는 듯 담배를 도로 집어넣고 상의 단춧구멍에 파이프를 꽂았다. 그런 다음 양쪽 무릎에 손을 올려놓고 화난 눈길로 난롯불을 노려보다가 우리를 돌아보고 다음과 같은 이야기를 시작했다.

42

"핍과 그 친구, 들어보게. 난 내가 살아온 이야기를 노래나 소설처럼 꾸밀 생각은 추호도 없어. 간단히 말하자면, 감방에 들어갔다 나오고, 들어갔다 나오고, 들어갔다 나온 게 전부야. 내 인생은 고작 이 모양이었지. 핍이 동정을 베풀어준 뒤 유형지로 떠나기 전까지는 내 인생이 그게 다였어.

나는 목이 잘리는 것 빼고는 온갖 고초를 다 겪어봤어. 자물쇠로 은주전자 같은 통 속에 꼭 죄어 갇혀보기도 했고, 마차에 실려 여기저기 끌려 다니기도 했고, 이 마을 저 마을로 쫓겨 다니기도 했어. 형틀에 묶이고, 채찍질당하고, 개한테 물리고, 짐승처럼 끌려 다녔지. 너희만큼이나 나는 내가 어디서 태어났는지 모른다. 정말 아무것도 몰라. 내 첫 번째 기억은 배가 고파 죽을 것 같아서 순무를 훔쳐 먹었을 때였어. 그때 어떤 땜장이 놈이 나를 두고 달아나버렸는데, 그놈이 불을 가지고 내빼는 바람에 난 추워서 덜덜 떨었어.

내 성이 매그위치고 세례명은 에이블이라는 것은 알고 있었어. 어떻게 알았느냐고? 그건 나무 울타리에 앉은 새 이름이 되새나 참새나 지빠귀라는 것을 아는 것과 같지. 나는 그 이름이 가짜일 거라고 생각했다. 하지만 새들 이름이 진짜이니 내 이름도 진짜가 맞겠지.

굶주리고 헐벗은 어린 에이블 매그위치를 보면 누구나 기겁하며 두들겨 패서 쫓아내거나 잡아 가두려고 했지. 나는 잡혀가고, 잡혀가고, 또 잡혀갔어. 규칙적으로 계속 잡혀가면서 자랐지.

그러다 보니 말 그대로 누더기 차림의 불쌍한 어린애가—하지만 난 거울로 내 얼굴을 본 적이 없다. 가구 있는 방에 들어간 적이 없으니까—상습범이란 꼬리표를 달게 되었지. 간수들은 감옥을 방문한 사람들에게 나를 가리키며 항상 이렇게 말했어. '이 녀석은 감방이 제 집이라고 할 수 있답니다.'

그러면 그들은 말없이 나를 노려보았고, 나도 그들을 노려보았지. 간혹 내 머리 둘레를 재는 사람도 있었어. 차라리 위장 크기를 재는 게 나았을 거다. 또 어떤 사람은 글도 못 읽는 내게 소책자를 건네고는 알아듣지도 못할 설교를 나불대더구나. 그들은 늘 나를 비난하면서 악마를 들먹였지. 하지만 대체 나더러 어떡하라는 거냐? 위장이 텅텅 비면 뭐든 처넣어야 사는 걸. 안 그러냐? 이런, 또 천박하게 행동하고 있구나. 나는 합당한 언행이 어떤 건지 안다. 핍, 그리고 핍의 친구, 이제 안 그럴 테니 걱정 마라.

나는 떠돌아다니면서 구걸도 하고, 도둑질도 하고, 아주 간혹 일거리가 생기면 일도 했어. 하지만 너희가 생각하는 만큼 일거리가 많지 않았다. 나 같은 사람에게 일을 주고 싶을지 생각해보렴. 밀렵꾼, 막노동꾼, 마차꾼, 건초 일꾼, 행상 등등, 요컨대 돈은 안 되고 고생만 진탕 하는 그런 일을 하면서 어른이 되었지.

부랑자 숙소에서 감자 더미에 턱까지 파묻고 숨어 있던 탈영병을 만났는데, 그가 내게 글자를 가르쳐주었지. 그리고 자신의 서명 하나에 1페니를 받고 팔던 거구의 떠돌이가 내게 글 쓰는 법을 가르쳐주었다. 그때는 전처럼 자주 감방에 드나들지 않았지만, 그래도 감방 열쇠를 많이 닳게 만드는 편이었지.

20년도 전에 엡섬 경마장에서 그 사내를 만났다. 지금 이 벽난로 선반 위에 그놈 골통이 놓여 있다면, 이 부지깽이로 바닷가재 집게발처럼 박살을 내버릴 텐데. 그놈 이름은 콤피슨이라고 한다. 핍, 지난밤 네가 이 친구에게 얘기했던, 내가 도랑에서 두들겨 팼던 그놈이다.

콤피슨이란 놈은 신사 행세를 하고 다녔지. 사립 기숙학교를 다닌 적이 있어서 아는 것도 꽤 많았어. 말은 청산유수고, 상류 계급의 관습에 익숙한 데다 얼굴도 잘생겼어. 대경마가 열리기 전날 밤, 히스들판의 내가 잘 아는 가게에서 그를 만났지. 내가 가게에 들어갔을 때, 그는 일행 몇 명과 테이블을 둘러싸고 앉아 있었어. 가게 주인은 나를 잘 알고 내기를 좋아하는 남자였는데, 그 사람이 놈을 부르더니 '자네와 딱 어울릴 만한 사람이 있네'라더군. 콤피슨은 나를 주의 깊게 훑어봤어. 나도 놈을 쳐다보았지. 놈은 반지를 끼고 있었고, 회중시계를 차고 있었으며, 비싼 양복 가슴에는 장식 핀을 꽂고 있었어. 놈이 나에게 말하더구나.

'차림새를 보니 어지간히 운이 안 따르는 모양이로군.'

'예, 나리. 태어나서 지금까지 줄곧 지지리도 운이 없었죠.'

나는 방랑죄로 킹스턴 교도소에 갔혔다가 막 풀려났던 때였지. 그 죄가 아니더라도 다른 죄로 들어갔을 거다. 아무튼 그때 죄목은 방랑

죄였어.

'운이란 변하게 마련이지. 당신 운도 변할지 누가 알겠나.'

'그렇게만 된다면 얼마나 좋겠습니까?'

'할 줄 아는 게 뭔가?'

'먹고 마시는 거요. 그럴 수만 있다면 말입지요.'

놈은 웃더니 다시 한번 찬찬히 나를 훑어보더군. 그러더니 5실링을 주면서, 다음 날 저녁 거기 다시 나오라고 했어.

다음 날 저녁 나는 다시 거기로 가서 콤피슨을 만났어. 그는 나를 하인 겸 동업자로 고용했어. 우리가 무슨 일을 했는지 자네들이 짐작이나 할 수 있을까? 그놈이 하는 일이란 사기, 문서 위조, 훔친 은행권 유통 따위였어. 놈은 열심히 머리를 굴려서 이익을 챙긴 다음 잽싸게 발을 뺐지. 다른 사람이 대신 걸려들게 하고 말이야. 줄칼처럼 인정머리 없고, 죽음처럼 냉혈한에 악마의 머리를 가진 놈이었어.

콤피슨에게는 동료가 하나 더 있었다. 아서라는 사내였지. 세례명이 아니라 아서가 성씨였어. 아주 허약하고 해골 같은 놈이었지. 두 놈은 몇 년 전부터 작당해서 부잣집 숙녀한테 사기를 쳐서 큰돈을 거머쥐었다더군. 하지만 노름에 미쳤던 콤피슨은 그 돈을 탕진했어. 왕처럼 돈이 많았다 해도 모자랐을 거야. 아서도 무일푼에 알코올중독으로 죽어가고 있었어. 정신착란까지 일으켰지. 콤피슨의 마누라는 항상 남편에게 맞고 살면서도 틈나는 대로 아서를 도와주었는데, 콤피슨은 동정심 자체가 아예 없는 작자였지.

아서를 보면서 조심했어야 했는데 나는 그러지 못했어. 꼼꼼히 따져가며 조심할 생각도 없었고. 그래 봐야 뭐 하겠나? 안 그런가? 그렇게 해서 나는 콤피슨과 같이 일했고, 결국 놈의 도구로 이용당하고 말았지. 아서는 브렌트포드 근처에 있는 콤피슨의 집 맨 위층에 살았어. 콤피슨은 아서가 건강을 회복해서 갚을 때를 대비해 밀린 하숙비를 꼼꼼히 적어두었어. 아서는 곧 그 빚을 정리했지.

내가 아서를 두 번째인가 세 번째 보았을 때, 그놈은 늦은 밤 잠옷만 걸치고 머리카락은 땀으로 흠뻑 젖은 채 느닷없이 콤피슨의 방으로 뛰어들어 그 마누라에게 이렇게 말했어.

'샐리, 그 여자가 내 방에 있어. 정말이야. 아무리 해도 쫓아낼 수가 없어. 하얀 옷에 머리에는 흰 꽃을 달고 있어. 완전히 미친 게 분명해. 수의를 팔에 걸치고 있는데, 새벽 5시에 그걸 나한테 입히겠다는 거야.'

그러자 콤피슨이 말했어.

'멍청한 소리 좀 작작해. 그 여자는 살아 있어. 그런데 어떻게 그 꼭대기까지 올라간단 말이야? 방문으로도 창문으로도 계단으로도 올라간 사람이 없는데.'

'그건 나도 모르지. 하지만 그 여자가 끔찍한 모습으로 내 침대 발치에 서 있어. 게다가 바로 너 때문에 찢어진 가슴 위로 피가 뚝뚝 떨어지고 있었지!'

정신착란에 빠진 아서는 덜덜 떨면서 말했어.

콤피슨은 용감한 척했지만, 실은 겁쟁이였어. 놈이 제 마누라에게 말했어.

'말도 안 되는 소리를 지껄이는 이 병자랑 같이 올라가 봐.'

그러면서 나에게도 자기 마누라를 도와달라더군. 자기는 갈 생각도 하지 않고 말이야.

나는 그 마누라와 함께 아서를 데리고 올라가 그를 침대에 눕혔어. 녀석은 헛소리를 심하게 해댔지.

"저기 저 여자를 봐! 안 보여? 저 눈! 미친 눈빛, 무섭지 않아? 저 여자가 수의를 흔들어대고 있어. 나한테 입힐 셈이라고. 그럼 난 죽는 거야! 저 여자한테서 수의를 뺏어줘! 제발 뺏어줘!"

그러면서 녀석은 우리를 붙잡고 보이지도 않는 여자에게 계속 말을 걸고 대꾸를 했는데, 나중에는 내 눈에도 그 여자가 보이는 것 같은 기분이었어. 이런 일에 익숙했던 콤피슨의 마누라는 정신착란을 가라앉히려고 녀석에게 술을 줬지. 그러자 녀석도 차츰 진정되었어.

'아, 이제 가버렸군! 사람들이 잡으러 왔소?'

'그래요.'

콤피슨의 마누라가 대답했어.

'여자를 가두고 빗장을 걸으라고 말했나?'

'그랬어요.'

'그 보기도 싫은 수의를 빼앗으라는 말도 했소?'

'그럼요. 다 말했어요.'

'당신은 좋은 사람이야. 제발 나를 혼자 두지 말아줘. 고마워.'

그는 조용히 잠들었어. 그러다 새벽 5시가 조금 못 됐을 때쯤 갑자기 벌떡 일어나더니 비명을 질러대는 거야.

'그 여자가 왔다! 다시 수의를 가지고 왔어. 저기 구석에서 나와 수의를 펼치고 다가온다. 날 좀 꼭 잡아줘. 양쪽에 한 사람씩 잡아줘. 저 여자가 내게 수의를 입히지 못하게 해. 하하, 나를 놓쳤어. 내 어깨에 수의를 걸치지 못하게 해. 내 몸에 수의를 감지 못하게 해. 그녀가 나를 일으키고 있어. 나 좀 잡아줘!'

그는 한순간 벌떡 일어나더니 푹 쓰러지고는 그대로 죽어버렸지.

콤피슨은 아서의 죽음이 모두에게 잘된 일이라며 홀가분해했어.

놈과 나는 곧 바빠졌지. 그 비열한 놈은 먼저 나한테 내가 가지고 있는 책에 대고 맹세하라고 했어. 내가 네 친구한테 맹세하게 했던 이 작고 검은 책 말이다, 핍.

콤피슨이 계획하고 내가 실행했던 일들을 하나하나 거론하지는 않겠다. 그러자면 일주일은 족히 걸릴 테니까. 그저 놈은 나를 교묘한 그물로 포획하고 흑인 노예처럼 부려먹었다고만 해두마. 나는 늘 놈에게 빚을 졌고, 늘 그에게 종속되어 있었고, 늘 힘들게 일했고, 늘 위험에 처했지. 놈은 나보다 나이가 어렸지만, 머리가 좋고, 아는 것도 많았으며, 나보다 몇백 배는 뛰어났지만, 피도 눈물도 없는 인간이었어. 나는 내 마누라 때문에도 힘들었는데…… 잠깐, 내가 마누라 얘기를 아직……"

매그위치는 당황한 눈길로 주위를 둘러보았다. 마치 기억의 책장 어느 쪽에 책갈피를 끼워두었는지 잊어버린 듯했다. 이윽고 그는 난롯불을 향해 고개를 돌리더니 무릎 위에 올린 손을 쫙 펴고 한 번 들어 올렸다 다시 내려놓았다. 그는 다시 주위를 둘러보며 말했다.

"그 이야기까지 할 필요는 없겠지. 콤피슨과 함께 일하던 그때가 내 인생에서 가장 고통스러운 시절이었어. 그 말로 충분해. 그때 나만 혼자 경범죄로 재판받았던 이야기는 했던가?"

나는 하지 않았다고 대답했다.

"그렇다면 얘기하지. 나는 재판을 한 번 받아. 그놈과 함께 일했던 사오 년 동안 두세 번 붙잡혔을 거야. 하지만 모두 증거 불충분으로 풀려났어. 그러다 마침내 그놈하고 나란히 중죄로 기소되었지. 훔친 은행권을 유통한 혐의였어. 거기에 다른 혐의도 걸려 있었어. 콤피슨은 일단 서로 연락을 끊고, 각자 다른 변호사를 선임하자고 했어.

나는 돈이 몹시 궁한 처지라, 그때 몸에 걸치고 있던 옷만 빼고 싹 다 팔아치워서 겨우 재거스 씨를 변호사로 고용할 수 있었지.

내가 피고석에 앉았을 때 처음으로 깨달은 것은, 곱슬머리의 콤피슨이 검은 정장에 흰 손수건까지 꽂고 멋진 신사였던 반면 내 몰골은 형편없이 천해 보였다는 점이었어. 검찰이 증거를 제시할 때, 그것이 내 죄는 얼마나 무겁게, 놈의 죄는 얼마나 가볍게 만들지 알아차렸지. 증인들도 한결같이 돈을 받은 것도, 범죄를 실행한 것도, 이익을 취한 것도 모두 나라고 증언했지. 하지만 콤피슨의 계략을 확실하게 알아차린 건 그놈의 변호사가 변론할 때였어. 변호사는 이렇게 말했지.

'존경하는 재판관님, 그리고 배심원 여러분! 여러분 앞에 두 사람이 앉아 있습니다. 보시다시피 두 사람은 확실히 다른 모습을 하고 있습니다. 젊은 쪽은 훌륭한 교육을 받은 사람으로서 그렇게 취급받을 것입니다. 나이 많은 쪽은 교육과는 무관한 사람으로서 또한 그렇게 취급받을 것입니다. 젊은 쪽은 이 사건과 관련해 목격된 적이 없고 혐의가 있을 뿐이죠. 나이 많은 쪽은 늘 사건 현장에서 목격되었고, 명백한 증거도 확보된 상태입니다. 이 사건에 범인이 한 사람뿐이라면 어느 쪽인지는, 설령 두 사람이라 해도 어느 쪽이 진짜 악당인지는 의심의 여지가 없을 것입니다.'

이런 식이었어. 품성에 대해 진술할 때도 콤피슨이 학교도 졸업했고, 동창들이 이러이러한 지위에 있으며, 무슨 모임이며 무슨 협회 회원들이 그를 좋은 사람으로 증언했다는 식이었지. 그리고 나에 대해서는 이전에 재판을 받은 적도 있고, 소년일 때부터 구치소를 수도 없이 들락거렸다는 식이었지. 그리고 피고 진술을 할 때 콤피슨은 간간이 흰 손수건에 얼굴을 묻고 시를 읊어대며 탄식을 내뱉었어. 하지만 난 고작 '여러분, 제 옆에 있는 이 자식이야말로 천하에 둘도 없는 악당입니다'라고 하소연하는 게 전부였지. 그리고 배심원 평결이 나왔는데, 콤피슨은 훌륭한 사람인데 친구를 잘못 만났을 뿐이고, 나에 대한 모든 정보를 제공했다는 점이 정상참작이 되었지. 그런데 나는 '유죄'라는 한마디밖에 듣지 못했어.

내가 콤피슨에게 '법정을 나가면 네놈의 그 역겨운 낯짝을 부숴버릴 테다!'라고 소리치자, 그는 판사에게 신변 보호를 요청했어. 곧바로 간수 2명이 우리 둘 사이에 배치되었지. 놈은 징역 7년, 나는 징역 14년을 선고받았어. 판사는 콤피슨에 대해 올바른 길을 걸었을 사람이 이런 일에 연루된 것은 참으로 안타까운 일이라고 했고, 나에 대해서는 난폭한 전과자로 더 나쁜 짓을 저지를 위험이 큰 악당이라고 했지."

매그위치는 분노가 솟구치는 듯했지만 애써 억눌렀다. 그는 두세 번 숨을 들이쉬고 침을 삼킨 다음 손을 내밀며 다짐했다.

"천박한 행동을 하지 않을 거다."

그는 열이 나는지 손수건을 꺼내 얼굴과 머리, 목과 손을 닦았다.

"나는 그놈의 낯짝을 박살 낼 수 있으면 하느님이 내 낯짝을 박살 내도 좋다고 맹세했어. 우리는 같은 감옥선에 타게 되었지. 나는 몇 번이고 기회를 노렸지만, 한동안 놈에게 가까이 갈 수 없었어. 그러던 어느 날 드디어 놈의 뒤쪽으로 다가가서 흠씬 후려쳤지. 그 일로 나는 갇히게 되었어. 하지만 수영과 잠수에 능한 데다 감방 전문가인 나한테 감옥선 독방은 별것 아니었어. 나는 강기슭으로 도망쳐 나와 묘지에 숨었지. 차라리 거기 누워 있는 사람들이 부러워지더군. 바로 그때 너를 처음 만난 거란다, 핍!"

그는 애정이 가득 담긴 눈으로 나를 바라보았다. 나는 그에게 동정을 느끼는 한편 여전히 혐오감을 떨쳐내지 못했다.

"핍, 네 덕분에 난 콤피슨 그놈이 습지대로 도망쳤다는 것을 알게 되었지. 놈은 내가 무서워서 탈주한 게 분명해. 내가 강기슭으로 도망 나온 줄도 모르고 말이야. 나는 놈을 쫓아가서 그 면상을 아주 흠씬 날려버렸지. 그리고 이렇게 말했어. '나는 어찌 되든 상관없으니 네가 제일 겁나는 일을 해주마. 네놈을 감옥선으로 다시 끌고 가는 거다.' 그때 내가 마음만 먹었으면 놈의 머리채를 잡아끌고 감옥선까지 헤엄쳐 갔을 거다. 군인들이 오지 않았더라도 말이야. 그런데 일은 끝까지 놈한테 유리하게 돌아갔지. 인품이 좋은 사람으로 인정받은 데다, 내 손에 죽게 될까 봐 반쯤 정신이 나간 상태에서 탈주를 결심한 것으로 결론이 난 거야. 결국 놈은 이번에도 가벼운 벌을 받았어. 난 쇠사슬에 묶여 다시 법정으로 끌려 나가 종신 유배형을 선고받았고. 하지만 난 이제 죽는 날까지 유배지에 있지 않아도 돼. 여기 이렇게 돌아왔으니까."

그는 다시 손수건으로 얼굴과 머리를 닦았다. 그런 다음 엉겨 붙은 담배를 파이프에 채운 뒤 불을 붙여 담배를 피웠다.

잠시 침묵이 흐른 뒤 내가 물었다.

"그는 죽었나요?"

"누구 말이냐?"

"콤피슨요."

"그놈은 내가 죽기만을 기도했겠지. 아직 살아 있다면 말이다. 그 뒤로 놈이 어찌 되었는지 몰라."

그가 사나운 표정으로 말했다.

그때 허버트는 어떤 책 안쪽에 무언가를 쓰고 있었다. 프로비스가 난롯불을 응시하며 담배를 피우고 있을 때, 그는 그 책을 슬그머니 내 쪽으로 밀었다. 거기에는 이렇게 적혀 있었다.

미스 해비셤의 남동생 이름이 아서. 콤피슨은 미스 해비셤에게 거짓 구혼한 남자.

나는 책을 덮고 허버트를 보며 살짝 고개를 끄덕였다. 우리는 말없이 담배를 피우는 프로비스를 바라보았다.

43

그의 이야기를 듣고 나서 새로운 두려움이 싹텄다. 아니, 그의 이야기는 이미 내 안에 있던 두려움에 뚜렷한 형태와 의미를 부여했다. 콤피슨이 살아 있고 프로비스가 돌아온 것을 알게 된다면 결과는 불을 보듯 뻔했다. 그가 프로비스를 죽도록 두려워한다는 것은 나도 당사자들만큼이나 잘 알고 있었다. 지금까지 들은 대로 콤피슨이 그런 사람이라면 가장 안전한 방법으로, 그러니까 밀고자가 됨으로써 저무서운 원수에게서 벗어나려고 할 것이 틀림없었다.

나는 프로비스에게 에스텔러 이야기는 절대 하지 않기로 마음먹었다. 프로비스의 과거 이야기를 들은 날 밤, 허버트와 단둘이 있을 때나는 외국으로 떠나기 전 에스텔러와 미스 해비셤을 만나봐야겠다고말했다. 나는 다음 날 바로 리치먼드에 가보기로 했다.

다음 날 브랜들리 부인의 집으로 갔는데 에스텔러는 시골로 돌아갔다고 하녀가 알려주었다. 어느 시골이냐고 묻자, 하녀는 '여느 때처럼' 새티스 하우스라고 대답했다. 하지만 '여느 때처럼'은 아니었다. 그녀가 새티스 하우스로 갈 때는 늘 나와 함께였기 때문이다. 언제 돌아오느냐고 물어도 하녀는 뭔가 숨기는 게 있는 듯 대답했다. 그러니까 돌아와도 잠깐 돌아오는 것일 뿐이라고 말이다. 나는 무슨 말인지 전혀 이해할 수 없었다. 나는 몹시 당황스러운 기분으로 집에 돌아왔다.

프로비스를 숙소로 데려다주고 나서 나는 또다시 밤늦도록 허버트와 상의한 결과, 내가 미스 해비셤의 집에 갔다 돌아올 때까지는 외국으로 가자는 이야기를 하지 않기로 했다. 그리고 그동안 우리는 그에게 어떻게 말할지 각자 생각해보기로 했다. 가령 수상한 사람이 그를 감시하는 것 같다고 말한다든지, 내가 외국에 가본 적이 없으니 함께 여행을 떠나자고 하든지. 우리는 그가 지금처럼 위험한 상태로 여기 오래 머물 수 없다는 결론을 내렸다.

이튿날 나는 졸렬하게도 조를 만나러 가기로 약속했다고 프로비스에게 말했다. 나는 조를 들먹이며 어떤 졸렬한 짓도 할 수 있는 사람이었다. 나는 프로비스에게 내가 없는 동안 단단히 조심하라고 일렀고, 허버트에게는 프로비스를 잘 돌봐달라고 했다. 프로비스는 내가 좀더 큰 규모로 신사 생활을 해야 한다고 서둘렀는데, 나는 하룻밤 갔다 오면 곧바로 그의 바람대로 하겠다고 약속했다. 그 얘기를 하면서 허버트가 한 가지 생각을 떠올렸는데, 바로 그 신사 생활을 위한 물건을 사러 외국으로 나가자는 핑계를 대자는 것이었다.

나는 날이 채 밝기도 전에 출발해 동 틀 무렵 이미 시골길을 달리고 있었다. 아침 해는 너덜너덜한 안개와 넝마 조각 같은 구름에 싸여 쭈뼛쭈뼛, 훌쩍훌쩍, 오들오들 떨면서 서서히 밝아왔다. 가랑비 속을 달려 블루보어 여관 앞에 도착했다. 그런데 이쑤시개를 들고 문 앞에서 마차를 타고 온 사람이 누구인지 쳐다보는 사람이 있었는데, 다름 아닌 벤틀리 드러믈이었다!

우리는 둘 다 어색하게 서로 못 본 체했다. 더구나 곧 둘 다 더욱 어색하게 카페로 들어갔다. 그는 막 아침 식사를 마친 상태였고, 나는 음식을 주문하려던 참이었다. 그가 왜 여기에 있는지 너무나 잘 알고 있었기에, 나는 더없이 불쾌했다.

나는 날짜 지난 더러운 신문을 읽는 척했다. 지역 소식이 실린 지면은 커피며 피클, 생선 소스, 고기 국물, 버터, 포도주 따위로 더럽혀져 얼룩 때문에 활자를 반도 못 읽을 정도였다. 드러믈은 벽난로 앞에 서 있었다. 그가 난롯불 앞에 버티고 서 있는 동안 나는 점점 모욕감을 느꼈다. 그래서 나는 불을 쬘 권리를 누리기 위해 벽난로로 다가갔다. 불길을 뒤적거리려고 부지깽이를 집을 때 드러믈 다리 뒤로 손을 뻗으면서도 나는 그를 아는 체하지 않았다.

"뭐야, 계속 모르는 척할 거냐?"

드러믈이 말했다.

"여! 너였구나! 오랜만이네. 안 그래도 누가 불을 막고 서 있나 했지."

나는 부지깽이로 맹렬하게 불길을 뒤적이며 말했다. 그런 다음 난로를 등지고 드러믈과 나란히 섰다.

"방금 도착한 모양이군?"

드러믈이 어깨로 나를 살짝 밀었다.

"그래."

나도 어깨로 그를 살짝 밀쳤다.

"참 지독한 동네야. 네 고향이지, 아마?"

"그래. 네 고향 슈롭셔도 여기랑 아주 비슷하다던데."

"천만에! 여기랑 비교도 안 되는 곳이지."

드러믈은 자기 구두를 내려다보았고, 나는 내 구두를 내려다보았다. 그리고 드러믈은 내 구두를, 나는 그의 구두를 쳐다보았다.

"여기 내려온 지 오래됐나?"

나는 벽난로 앞에서 한 걸음도 물러나지 않을 태세로 말했다.

"좀 지겨울 만큼 오래 있었지."

드러믈은 하품을 하는 체했으나, 그도 나와 같은 태세였다.

"더 있다 가려고?"

"글쎄. 너는?"

"나도 몰라."

나는 피가 끓어오르는 것 같았다. 그때 녀석의 어깨가 아주 조금이라도 내게 다가왔다면 나는 그 즉시 창밖으로 내던져버렸을 것이다. 그놈도 내 어깨가 조금만 다가갔어도 바로 앞에 놓인 칸막이 자리로 나를 처박았을지도 모른다. 그가 조용히 휘파람을 불었다. 나도 휘파람을 불었다.

"이 근처에 습지대가 있다면서?"

드러믈이 물었다.

"그런데 왜?"

드러믈은 나와 내 구두를 번갈아 보더니 갑자기 너털웃음을 터뜨렸다.

"뭐가 그리 재미있냐?"

"아냐. 말을 타고 한 바퀴 돌아보려고. 습지대도 구경하고. 저 너머에 아주 독특한 마을이 있다던데. 이상한 술집도 있고, 대장간도 있고. 그런저런 걸 보려고. 어이, 웨이터!"

"네, 나리!"

"말은 준비되었나?"

"문 앞에 대기하고 있습니다."

"알았어. 오늘은 숙녀분이 타지 않을 거야. 날씨가 궂어서 말이야."

"네, 알겠습니다."

"아, 그리고 오늘 저녁 식사는 필요 없어. 숙녀분 댁에서 할 테니까."

"알겠습니다."

드러믈은 나를 흘깃 쳐다보았다. 턱뼈가 굵은 얼굴에 오만한 승리 감이 가득했다. 그는 둔하긴 해도 내 가슴에 칼을 꽂는 데는 일가견이 있었다. 나는 너무 화가 나서 그의 두 팔을 꺾어서 난롯불에 처넣고 싶었다. 우리 둘의 결심은 단 한 가지였다. 다른 사정이 생기기 전에는 어느 쪽도 난롯불을 양보하지 않으리라는 것이었다. 우리는 뒷짐을 지고 벽난로 앞에 나란히 서서 서로의 어깨와 발을 밀치며 팽팽하게 버티고 있었다.

현관 앞에 말이 가랑비를 맞으며 서 있었고, 내 아침 식사가 식탁에 차려져 있었으며, 드러믈이 식사를 했던 자리가 말끔하게 치워졌다. 웨이터가 내게 식사가 준비되었다고 알렸다. 나는 고개만 끄덕였고, 우리는 여전히 꼼짝도 하지 않았다.

"그 뒤로 '숲'에 참석한 적 있나?"

드러믈이 물었다.

"아니, 지난번에 정나미가 떨어져서 말이야."

"우리 때문에 시끄러웠던 그날 말이냐?"

"그래."

나는 무뚝뚝하게 대꾸했다.

"그래도 넌 가볍게 끝났잖아. 무턱대고 화부터 내면 안 되지."

드러믈이 이죽거렸다.

"그 일로 나한테 충고할 처지는 아닐 텐데. 난 아무리 화가 나도, 물론 그날 화를 낸 것도 아니지만, 아무튼 그렇다 해도 유리잔 같은 걸 던지지는 않거든."

"난 얼마든지 던질 수 있어."

드러믈이 말했다.

나는 증오로 이글거리는 눈빛으로 그를 노려보며 말했다.

"드러믈, 그만하지. 유쾌한 대화가 아니잖아."

"확실히 그렇군. 난 그 일에 관심 없어."

그가 고개를 돌려 힐끗 쳐다보며 거만하게 말했다.

"그러니까 우리가 앞으로는 서로 대화 같은 거 나누지 않으면 좋겠어."

내가 말했다.

"듣던 중 반가운 소리군. 나야말로 그러고 싶어. 그 제안은 내가 먼저, 아니 제안하기 전에 실천했어야 했어. 하지만 화내지는 마라. 안 그래도 이미 잃은 게 많을 텐데?"

"무슨 뜻이야?"

"웨이터!"

드러믈은 대답 대신 웨이터를 불렀다.

"숙녀분은 오늘 말을 타지 않을 거고, 난 저녁 식사를 그녀와 함께할 거야. 알아들었지?"

"그럼요. 잘 알아들었습니다, 나리."

웨이터가 빠르게 식어가는 찻주전자에 손바닥을 대보더니 애걸하듯이 나를 한 번 쳐다보고 나갔다. 드러믈은 어깨가 밀리지 않도록 애쓰면서 조금도 움직이지 않고 호주머니에서 시가를 꺼내 끝을 물어뜯었다. 나는 속이 뒤틀리고 연기에 캑캑거리면서도 입을 꾹 다물고 있었다. 우리는 에스텔러라는 이름을 입에 올리지 않고는 더 이상 대화를 이어갈 수 없었다. 하지만 그가 그녀의 이름을 들먹거리는 꼴은 차마 두고 볼 수 없었다. 그래서 나는 입도 벙긋하지 않고 마음을 억누르면서 아무도 없는 것처럼 맞은편 벽만 노려보았다. 웨이터가 데리고 온 게 분명한 부유한 농장주 3명이 들어오지 않았다면 우리 둘이 언제까지 그렇게 우스운 꼴로 있었을지 모른다. 농장주들은 손을 비벼가며 카페로 들어왔다. 그들은 들어서자마자 외투를 풀어 헤치고 벽난로 앞으로 달려왔으므로 우리는 자리를 비켜줄 수밖에 없었다.

나는 창문 너머로 드러믈이 거칠고 서툴게 말에 올라타고 가는 모습을 보았다. 그가 떠난 줄 알았는데, 잠시 뒤 그가 다시 돌아와 아까부터 계속 입에 물고만 있던 시가에 불을 붙여달라고 했다. 어디선가 흙빛 갈색 옷을 입은 남자가 불을 들고 나타났다. 드러믈이 안장에 걸터앉은 채 몸을 숙여 시가에 불을 댕기고 소리 내어 웃으며 내가 있는 카페 창문으로 고개를 홱 돌렸을 때, 나를 등지고 서 있던 남자의 구부정한 어깨와 푸석푸석한 머리카락을 보는 순간 나는 올릭을 떠올렸다.

하지만 그때는 기분이 너무 안 좋아서 그가 올릭인지 아닌지 유심히 볼 겨를이 없었다. 나는 아침 식사에 손도 대지 않고 비바람 속에서 오느라 더러워진 얼굴과 손을 씻은 다음 밖으로 나왔다. 그러고 나서 처음부터 발을 들여놓지도, 그 존재를 알지도 못했더라면 차라리 좋았을, 그 잊지 못할 저택으로 갔다.

44

미스 해비셤과 에스텔러는 화장대가 있고 벽의 촛대에 촛불이 밝혀진 그 방에 있었다. 미스 해비셤은 난롯가 소파에, 에스텔러는 그녀의 발치에 앉아 뜨개질을 하고 있었다. 내가 방에 들어가자 두 사람은 나를 보고는 나에게 어떤 변화가 일어났음을 알아차렸다. 그들이 주고받는 시선에서 그것을 느꼈다.

"무슨 일로 여기까지 온 거지, 핍?"

미스 해비셤이 나를 물끄러미 쳐다보았다. 꽤 당혹스러워하는 눈빛이었다. 에스텔러는 뜨개질하던 손을 멈추고 나를 보았지만, 곧바로 다시 손을 움직였다. 그녀의 손놀림으로 보아 내가 진짜 은인이 누구인지 알게 되었다는 사실을 그녀가 알아챘다는 생각이 들었다. 마치 수화로 이야기하듯이.

"어제 에스텔러에게 할 말이 있어서 리치먼드에 갔는데, 무슨 일 때문인지 여기 갔다고 하더군요. 그래서 뒤따라왔습니다."

미스 해비셤이 나에게 앉으라고 서너 번 손짓을 했다. 나는 화장대 옆 의자에 앉았다. 예전에 그녀가 이 의자에 앉아 있던 모습을 자주 보았는데, 모든 파멸이 한꺼번에 밀어닥친 나에게 꼭 어울리는 자리처럼 보였다.

"에스텔러에게 하려던 말은 잠시 뒤 당신이 있는 자리에서 하겠습니다. 놀라거나 불쾌해하실 일은 아닙니다, 미스 해비셤. 지금 저는 당신께서 더 바랄 게 없을 만큼 불행하니까요."

미스 해비셤은 계속 나를 쳐다보았다. 에스텔러는 고개를 들이 쳐다보지도 않았고 뜨개질을 멈추지도 않았지만 내 말에 귀 기울이고 있는 게 분명했다.

"제 은인이 누구인지 알았습니다. 하지만 결코 행복한 일이 아닙니다. 저에 대한 평판이나 사회적 지위, 재산을 포함하여 그 무엇에도 전혀 도움이 되지 않으니까요. 사정이 있어서 더 자세히 말씀드리지 못합니다. 그건 제가 아니라 다른 사람의 비밀이 얽힌 문제니까요."

나는 잠시 입을 다물고 에스텔러를 쳐다보았다. 어떻게 말해야 할까 생각하고 있는데, 미스 해비셤이 나에게 되물었다.

"네 비밀이 아니라 남의 비밀? 그래서?"

"처음에 저를 이곳으로 부르셨을 때, 제가 떠나지 않았더라면 좋았을 저 건넛마을에서 처음 여기 왔을 때, 다른 아이였어도 상관없었을 일, 그러니까 어떤 욕구를 충족하고 변덕을 맞춰준 대가를 받는 하인과 다름없는 일을 하기 위해 여기 온 것뿐이었죠?"

"그래, 핍. 네 말이 맞다."

미스 해비셤이 고개를 끄덕이며 말했다.

"그리고 재거스 씨는……."

미스 해비셤은 단호한 어조로 내 말을 끊었다.

"재거스 씨는 그 일과 전혀 관련이 없고, 아무것도 모른다. 그가 내 변호사인 동시에 네 은인의 변호사이기도 한 것은 우연의 일치에 불과해. 그에게는 우리 말고도 많은 고객들이 있지. 얼마든지 일어날 수 있는 우연이야. 아무튼 이건 누군가 계획적으로 꾸민 일이 아니라, 우연히 그렇게 됐을 뿐이야."

그녀의 초췌한 얼굴에는 구태여 무엇을 감추거나 피하려는 기색이 전혀 없었다.

"하지만 제가 그토록 오랜 세월 착각에 빠져 있는데도 당신은 오히려 저의 착각을 부추겼죠?"

"그래, 내가 부추겼다."

그녀가 다시 고개를 끄덕였다.

"그걸 호의라고 생각하시나요?"

"내가 누군데? 내가 누군데, 감히 나한테 호의를 바라는 거지?"

미스 해비셤은 언성을 높이며 지팡이로 바닥을 쾅쾅 쳤다. 에스텔러가 놀란 얼굴로 격하게 화를 내는 그녀를 올려다보았다.

나의 항의는 합당한 것이 아니었다. 그래서 나는 항의할 생각은 없다고 말했다. 그러자 그녀는 마음을 가라앉히고 생각에 잠긴 듯 앉아 있었다.

"음, 그래. 알겠다. 또 무슨 할 말이 있느냐?"

나는 그녀를 달래줄 요량으로 계속 말했다.

"그때 이곳에서 봉사하고 후한 대가를 받았습니다. 덕분에 도제가 되었으니까요. 방금 드린 질문은 제가 확인하고 싶은 것일 뿐이었습니다. 이제는 조금 다른, 하지만 사심 없는 목적으로 여쭤보겠습니다. 미스 해비셤께서는 제 착각을 부추김으로써 욕심 많은 친척들을 혼내 주셨죠. 혹은 속였다고……. 적절한 표현이 있다면 말씀해주십시오. 어쨌든 그렇게 하셨지요?"

"그래. 그들이 멋대로 착각한 거다! 너처럼! 내가 과거에 어떤 일을 당했는데, 그런 내가 그들이나 너한테 그렇게 생각하지 말라고 부탁한단 말이냐? 너희들은 스스로 덫에 걸려들었어. 난 덫을 놓지도 않았고."

그녀가 또다시 격렬하게 화를 내는 바람에 나는 그녀가 진정하기를 기다렸다가 말을 이었다.

"런던에 처음 갔을 때 저는 미스 해비셤의 친척 집에서 지냈고, 지금도 그 가족들과 교류하고 있습니다. 그들도 저와 마찬가지로 착각하고 있었습니다. 하지만 당신이 매슈 포킷 씨와 그의 아들 허버트를 나쁜 사람들로 여기시는 것은 부당한 처사입니다. 그들은 누구보다 너그럽고, 고결하고, 정직하고, 욕심 없는 사람들입니다. 음흉하거나 비열한 짓 따위는 할 수 없는 사람들입니다. 당신이 이것을 받아들이든 말든, 믿든 말든 저는 거짓되고 비겁한 인간이 되지 않기 위해 이 말씀을 드리는 겁니다."

"그 두 사람이 네 친구니까 그런 게로구나."

"그들은 제가 자기들의 자리를 차지했다고 여겼을 때도 저를 친구로 받아들여 주었습니다. 반면 세라 포킷과 미스 조지애나, 커밀라 부인은 저를 좋지 않게 여겼죠."

내가 그 두 사람을 다른 친척들과 비교하자 미스 해비셤은 그들에 대한 생각을 바꾸는 것 같았다. 그래서 나는 기뻤다. 그녀는 잠시 날카로운 시선으로 나를 보더니 조용히 입을 열었다.

"그래서 그 두 사람을 위해 어떻게 해주기를 바라는 거냐?"

"부디 다른 친척들과 똑같이 취급하지 말아주시기 바랄 뿐입니다. 그들이 같은 핏줄인지는 몰라도 같은 성품은 아니니까요."

그녀는 여전히 날카로운 눈빛으로 나를 응시하며 또다시 물었다.

"그러니까 어떻게 해주기를 바라는 거냐?"

나는 얼굴을 살짝 붉히며 말했다.

501

"저는 간사한 인간이 못 되는지라 원하는 것을 감출 수가 없네요. 미스 해비셤, 제 친구 허버트가 평생 할 수 있는 일에 금전적인 도움을 베풀고 싶으시다면, 한 가지 방법을 말씀드리겠습니다. 다만 그가 모르게 말입니다."

"어째서 그가 모르게 도와야 하지?"

미스 해비셤은 지팡이에 손을 올려놓고, 더욱 주의를 기울여 나를 쳐다보았다.

"제가 그런 식으로 2년 전부터 그를 도와주었거든요. 이 비밀은 끝까지 지켜졌으면 합니다. 어째서 제가 그를 계속 도울 수 없는지는 설명해드릴 수 없습니다. 그건 제 비밀이 아니라 다른 사람의 비밀과 관련된 것이니까요."

미스 해비셤은 나에게서 시선을 돌리고 난롯불을 바라보았다. 고요한 가운데 서서히 타들어 가는 촛불 아래서 그녀가 꽤 오래 난롯불을 바라보고 있었던 것처럼 느껴졌다. 그녀는 빨갛게 달아오른 석탄 덩어리가 바스러지는 소리에 퍼뜩 정신이 돌아온 듯 멍하니, 그러나 다시 주의 깊게 나를 돌아보았다. 그동안 에스텔러는 계속 뜨개질만 했다.

미스 해비셤은 대화가 끊어지지 않고 계속되었던 것처럼 말했다.

"그리고 또?"

나는 에스텔러를 바라보며 떨리는 목소리를 억누르고 말했다.

"에스텔러, 내가 너를 오랫동안 진심으로 사랑해왔다는 것을 알고 있지? 넌 분명 내 마음을 알고 있을 거야."

에스텔러가 눈을 들었다. 그녀는 뜨개질하는 손을 멈추지 않고 무표정한 얼굴로 나를 올려다보았다. 미스 해비셤은 나와 에스텔러를 번갈아 바라보았다.

"그렇게 오랫동안 착각에 빠져 있지 않았다면 이 말을 좀더 일찍 했을 텐데. 나는 미스 해비셤이 우리 둘을 맺어줄 거라고 생각했던 거야. 네게 선택의 여지가 없다는 것을 알기 때문에 내 감정을 고백하지 않고 참았어. 하지만 이제는 말해야겠어."

에스텔러는 여전히 무표정한 얼굴로 뜨개질을 하면서 고개를 저었다.

나는 고갯짓에 대답하듯 말했다.

"나도 알아. 이젠 너를 내 것이라고 말할 희망이 없다는 것을. 당장 내 앞날이 어떻게 될지, 얼마나 가난해질지, 어디로 가게 될지조차 모르니까. 하지만 난 변함없이 너를 사랑해. 이 집에서 너를 처음 본 순간부터 그 마음은 단 한 번도 변한 적 없어."

그녀는 조금도 동요하지 않은 표정으로 손가락을 부지런히 놀리며 다시 고개를 저었다.

"자신의 행동이 얼마나 심각한 짓인지 충분히 알면서도 가련한 소년의 감수성에 불을 붙여 그 오랜 세월 공허한 희망을 품게 하고 허황된 꿈을 좇게 하면서 고통에 빠뜨렸다면, 미스 해비셤은 그야말로 끔찍하고 잔인한 사람일 거야. 하지만 미스 해비셤은 그런 생각을 하지 못했겠지. 그저 자신의 고통을 견뎌내느라 나의 고통 따위는 생각지 못했을 테니까."

그때 미스 해비셤은 나와 에스텔러를 번갈아 바라보며 자신의 가슴에 손을 얹었다.

에스텔러가 차분한 목소리로 말했다.

"아무래도 너의 마음속에는 내가 이해할 수 없는 감정이 있나 봐. 그걸 뭐라고 불러야 좋을지 모르겠지만. 나를 사랑한댔지? 그게 무슨 뜻인지 알아. 하지만 그뿐이야. 네 말은 내 마음에 와 닿지도 않고, 아무 느낌도 없어. 난 네 말에 전혀 관심 없어. 그러니까 조심하라고 분명히 경고했잖아. 안 그래?"

"그랬지."

나는 비참한 심정으로 말했다.

"그런데 넌 들은 척도 하지 않았어. 그게 나의 진심이라고 생각하지 않은 거지? 그렇지?"

"그래, 진심이 아니라고 생각했어. 아니, 그러기를 바랐어. 넌 이토록 젊고 예쁘고 순수하니까. 에스텔러! 그건 인간의 본성이 아니야!"

"내 본성이기는 해. 내 안의 본성이야. 그나마 너는 다른 사람들과 많이 다르다고 생각하기 때문에 이만큼이라도 말하는 거야. 그 이상은 아냐."

에스텔러가 힘주어 말했다.

"벤틀리 드러믈이 여기까지 너를 쫓아왔지?"

"그래, 맞아."

에스텔러는 그를 몹시 경멸하고 아무 관심 없다는 투로 대답했다.

"그를 친절하게 대하고 함께 말을 타고, 오늘 함께 식사하기로 했지?"

그녀는 조금 놀라는 듯했으나 맞다고 대답했다.

"너는 그를 사랑하지 않아, 에스텔러!"

그녀가 처음으로 뜨개질을 멈추고 화난 표정으로 물었다.

"지금까지 내가 한 말 다 잊었어? 넌 아직도 내가 진심을 숨기고 있다고 믿는 거니?"

"그와 결혼할 건 아니지?"

그녀는 미스 해비셤을 흘긋 바라보고, 손에서 뜨개질감을 놓지 않은 채 생각하더니 말했다.

"너한테 말 못할 이유가 없지. 그래, 난 그 사람과 결혼할 거야."

순간 나는 고개를 떨구고 두 손으로 얼굴을 감쌌다. 내 감정을 억누를 수 없었던 것이다. 그나마 내가 느낀 고통에 비하면 말이다. 고개를 들어보니 미스 해비셤의 얼굴이 유령처럼 하얗게 질려 있었다. 비참한 슬픔에 정신이 없는 가운데서도 그녀의 그런 모습에 깊은 인상을 받았다.

"에스텔러, 제발! 미스 해비셤의 의도대로 치명적인 나락을 향해 발을 들여놓지는 마. 나 같은 건 평생 거들떠보지 않아도 괜찮아. 아니, 이미 그러고 있다는 것 잘 알고 있어. 하지만 적어도 드러믈보다 나은 사람을 고르도록 해. 미스 해비셤이 너와 그 녀석을 결혼시키려고 하는 건, 너를 숭배하는 훌륭한 신랑감들과, 너를 진정으로 사랑하는 사람에게 더할 나위 없는 모욕과 상처를 안겨주기 위해서야. 그들중 몇몇은, 나만큼은 아니겠지만 진심으로 너를 사랑하고 있을지도 몰라. 그런 사람하고 결혼하면 돼. 차라리 그런다면 내가 얼마든지 견딜 수 있어. 너의 행복을 위해!"

내가 간절하게 호소하자 에스텔러는 놀란 표정을 지었다. 그녀가 나의 진심을 이해했다면 동정심을 품었을 것이다.

그녀는 조금 부드럽게 말했다.

"난 그 사람과 결혼할 거야. 지금 결혼 준비를 하는 중이고, 곧 식을 올릴 예정이야. 그런데 너는 왜 나를 키워주신 어머니 이름을 비난하듯 들먹이지? 이 결혼은 나 혼자 결정한 거야."

"네가 결정했다고? 그 난폭한 인간에게 스스로를 내던지겠다는 결정을?"

"그럼 나를 누구에게 내던져야 하는 거니? 내 마음이 조금도 기울지 않는다는 사실을 곧바로 느끼는 사람? 거봐, 더 이상 말할 필요 없어. 나도 잘 살아갈 거고, 남편도 그럴 거야. 네가 말하는 이 치명적인 나락을 말하자면, 미스 해비셤이 미리 알았다면 결혼하지 말라고 했을 거야. 하지만 이제 나는 이런 재미없는 삶에 넌더리가 나. 하루라도 빨리 이런 상황을 바꾸고 싶단 말이야. 더 이상 아무 말도 하지 마. 우리는 결코 서로를 이해하지 못할 테니까."

에스텔러가 냉소를 머금고 말했다.

"하지만 그렇게 한심한 쓰레기하고! 그런 야비한 얼간이하고 결혼하다니!"

나는 절망적으로 소리쳤다.

"걱정 마. 내가 그에게 행복을 주지는 않을 테니까. 나는 그런 사람이 되지는 않을 거야. 자! 악수나 하자. 작별 인사야. 몽상가 소년. 아니, 이젠 사내라고 해야 되나?"

"에스텔러! 내가 영국에 남아 얼굴을 들고 다닌다 해도, 드러믈의 아내가 된 너를 볼 수는 없을 거야!"

참으려고 했지만, 쓰디쓴 눈물이 기어코 그녀의 손등에 떨어졌다.

"바보 같은 소리 그만해. 그래 봤자 금세 잊을 거야."

"절대 그렇지 않아, 에스텔러!"

"일주일이면 충분해. 그럼 나 따위 깨끗이 잊어버릴 거라고."

"어떻게 널 잊어! 넌 내 목숨, 내 일부야. 처음 이 저택에 왔을 때, 거칠고 천박한 소년이었던 때부터 내가 읽은 책 한 줄 한 줄마다 네가 있었지. 물론 그때 내 여린 가슴을 후벼 팠지만. 그 이후부터 강, 돛단배, 습지대, 구름, 빛, 어둠, 바람, 숲, 바다, 길거리, 내 눈에 들어

온 모든 풍경 속에 네가 있었어. 내 머리에 떠오른 온갖 아름다운 공상의 화신이 바로 너야. 너의 존재와 영향력은 런던에서 가장 튼튼한 건물의 가장 큰 돌보다 더 실감할 수 있는 것이었어. 그것을 막는 것은 불가능한 일이었다. 그보다 차라리 그 돌들을 네 손에 올려놓는 것이 더 쉬울 거야. 그것은 언제 어디서든 변함 없을 거야. 내가 죽을 때까지 넌 내 인격의 일부로 남을 거야. 조금 있는 좋은 면과 나쁜 면의 일부로 말이야. 하지만 지금, 이별하는 순간에는 좋은 면으로 여길게. 그리고 영원히 거기에 투영된 너를 기억할게. 비록 지금은 너 때문에 못 견디게 괴롭지만, 너는 나에게 항상 나쁜 영향보다 좋은 영향을 훨씬 많이 끼쳤으니까. 아, 하느님의 은총이 함께하기를! 하느님께서 부디 너를 용서해주시기를!"

극단적인 불행 속에서 어떤 정신으로 이런 말들을 내뱉었는지 나도 모르겠다. 열렬한 고백이 몸속 깊은 상처에서 피가 솟듯 내 안에서 터져 나왔다. 나는 그녀의 손에 입술을 대고 한참이나 그러고 있다가 떠났다. 에스텔러는 이해할 수 없다는 듯 놀란 얼굴로 나를 바라보았다. 그사이 유령 같은 미스 해비셤은 여전히 가슴에 손을 얹은 채, 연민과 후회로 가득한 모습으로 앉아 있었다. 그 후로도 나는 유령 같은 그녀의 모습을 잊지 못했다.

모든 것이 끝나고, 모든 것이 사라졌다! 너무나 많은 것을 잃은 나는 저택 문을 나섰을 때 햇빛마저 거기 들어갈 때보다 더 어둡게 느껴졌다. 나는 한동안 몸을 숨기듯 샛길로만 걸어갔다. 나는 런던까지 걸어가기로 마음먹었다. 여관으로 돌아가 드러믈의 얼굴을 보기는 죽기보다 싫었고, 마차를 타고 사람들 틈에 섞여 가고 싶지도 않았다. 이런 때 몸을 혹사하는 것보다 좋은 것이 없었기 때문이다.

런던교를 건넜을 때는 이미 자정이 넘은 시각이었다. 나는 진흙투성이에 녹초가 되었다. 야근하던 수위가 문을 열어주기 전에 나를 뚫어지게 쳐다보았지만 그다지 불쾌하지 않았다. 나는 그의 기억을 돕기 위해 이름을 말해주었다.

"제대로 알아볼 수는 없지만, 나리일 거라고 생각했습니다. 여기 전해드릴 쪽지가 있습니다. 편지를 가지고 온 사람이 꼭 여기서 편지를 읽으라고 전해달라더군요."

나는 몹시 놀란 표정으로 편지를 받았다. 수신인은 '필립 핍 귀하'였고, 그 위에 '꼭 그 자리에서 읽어주십시오'라고 적혀 있었다. 수위가 등불을 비춰주는 가운데 쪽지를 펴자 웨믹의 글씨가 보였다.

"집에 들어가지 마십시오."

45

웨믹의 경고를 읽자마자 나는 플리트 가로 급히 걸어갔다. 거기서 야간 마차를 잡아타고 코번트 가든의 허먹스 호텔로 향했다. 그곳은 어떤 시간에도 숙박이 가능했다. 시종이 곧장 방으로 안내해주었다. 1층 뒤편의 지하 무덤 같은 방이었는데 무서운 괴물 같은 기둥이 달린 침대가 방 전체를 채울 듯 떡하니 놓여 있었다. 침대 다리 하나는 문간까지 나와 있었고, 다른 다리는 벽난로 속에 들어갈 듯했다. 그에 비하면 몹시 작고 초라한 세면대가 신에게 인정받기라도 한 듯 당당하게 구석에 붙어 있었다.

침실을 밝힐 등불을 갖다 달라고 부탁하자 오래전 모든 사람들이 즐겨 썼던 골풀 양초를 가지고 왔다. 지팡이처럼 생긴 길쭉한 양초는 손을 대기만 해도 부러질 것만 같았다. 어떤 것에 불을 붙일 수도 없을 만큼 희미한 빛을 내며 탑처럼 높은 양철통에 갇힌 것처럼 놓여 있었다. 양철 깡통 여기저기 뚫린 구멍으로 눈 모양의 그림자를 벽에 온통 드리웠는데, 마치 그 눈이 부릅뜨고 노려보는 것 같았다.

나는 비참한 기분으로 침대에 누워 아픈 발을 비볐다. 하지만 저 어리석은 아르고스(그리스신화에 나오는 백 개의 눈을 가진 거인—옮긴이)의 눈을 감길 수 없듯이 나도 눈을 감을 수 없었다. 고요한 어둠 속에서 우리는 줄곧 서로를 노려보았다.

아, 얼마나 서글픈 밤인가! 얼마나 불안하고 비참하고, 지루한 밤인가! 방에는 그을음과 먼지에서 풍기는 듯한 불쾌한 냄새가 감돌았다. 침대 덮개를 올려다본 순간, 푸줏간에서 날아온 쉬파리며 시장통 집게벌레, 시골 땅벌레 따위가 거기에서 다음 여름까지 잠들어 있을 거라는 생각이 들었다. 그 벌레들이 침대 위로 떨어지지 않을까 하는 생각이 든 순간 얼굴 위로 가벼운 무언가가 떨어진 것 같았다. 그러더니 곧 뭔가가 내 등을 기어오르는 듯한 느낌도 들었다.

좀처럼 잠을 이루지 못하고 누워 있는데 이번에는 적막 속에서 이상한 소리가 들려오기 시작했다. 벽장이 속삭이는 소리, 벽난로가 한숨짓는 소리, 작은 세면대가 몸을 뒤트는 소리, 서랍장에서는 이따금 기타 줄 퉁기는 소리가 들려왔다. 그와 동시에 벽에 떠오른 수많은 눈들도 바뀌어 나를 노려보는 듯한 둥근 무늬마다 '집에 들어가지 마십시오'라는 글자가 적힌 것 같았다.

그날 밤 내 머릿속에 떠오른 그 어떤 환청이나 환각들도 '집에 들어가지 마십시오'라는 말을 밀어내지는 못했다. 내가 무슨 생각을 하든 그것은 신체의 고통처럼 온몸에 파고들었다. 얼마 전 신원 미상의

한 신사가 이곳에 투숙했다가 이튿날 피투성이로 발견되었다는 기사가 떠올랐다. 그 사람은 스스로 목숨을 끊었다고 했다. 그가 이 방에 묵은 것이 분명하다는 생각이 드는 순간 나는 침대에서 내려와 핏자국이 남아 있는지 확인했다. 그런 다음 복도로 나가서 살펴보고는 멀리 희미한 불빛이 비치자 안심하고 들어왔다. 그 불빛 옆에서 시종이 졸고 있을 것이다.

그러는 동안에도 왜 집에 들어가면 안 되는지, 대체 무슨 일이 일어났는지, 언제쯤 돌아가야 할지, 프로비스는 무사히 잘 있는지, 이런 의문들이 내 머릿속에서 떠나지 않았다. 에스텔러를 생각하고, 그녀와 어떻게 영원한 작별을 하게 되었는지, 이별하기까지의 모든 상황, 그녀의 표정과 말투, 뜨개질하던 손놀림을 생각할 때도 '집에 들어가지 마십시오'라는 경고문이 머릿속을 들쑤셨다.

그렇게 몸과 마음이 지칠 대로 지쳐 얼핏 선잠이 들었을 때는 다시 그 말이 거대한 그림자 같은 동사가 되어 온갖 형태 변화를 하는 것이었다. 현재 시제로 '집에 들어가지 마라', '그를 집에 들어가게 하지 마라', '집에 들어가지 말자', '너희는 집에 들어가지 마라', '그들을 집에 들어가지 못하게 해라'로 바뀌었다가, 다시 가능법으로, '나는 집에 들어가지 못할 수 있다', '들어갈 수 없다', '집에 들어가지 못할지도 모른다', '들어갈 수가 없을 거야', '들어가면 안 될 거야'로 바뀌었다. 그러다 머리가 이상하다고 생각하며 돌아누우면 또다시 노려보는 둥그런 눈과 마주치는 것이었다.

나는 시종에게 아침 7시에 깨워달라고 부탁해두었다. 다른 사람들을 만나기 전에 월워스로 가서 웨믹을 먼저 만나야 했기 때문이다. 더없이 비참한 밤을 보냈던 나는 그 방에서 나가는 것이 너무 반가워한 번 문을 두드렸을 때 곧바로 벌떡 일어났다.

8시에 나는 웨믹의 성으로 갔다. 어린 하녀가 갓 구운 롤빵 2개를 들고 성으로 들어가는 참이었다. 나는 그녀와 함께 도개교를 건너 차를 준비하고 있는 웨믹 앞에 예고도 없이 나타났다. 열린 문 너머로 침대에 누워 있는 노인의 모습이 멀찍이 보였다.

"핍 씨! 돌아오셨군요."

"네, 아직 집에는 들어가지 않았어요."

"다행이군요. 혹시나 해서 템플 출입구마다 쪽지를 남겨두었습니다. 어느 문으로 들어갔습니까?"

웨믹이 손을 비비며 말했다.

나는 어느 문인지 말해주었다.

"오늘 중으로 다른 쪽 출입구에 남긴 쪽지들을 처리하겠습니다. 증거가 될 만한 것은 남기지 말아야 하거든요. 언제 어느 때 문제가 될지 모르니까요. 실례가 안 된다면, 아버지를 위해 이 소시지 좀 구워주시겠습니까?"

나는 기꺼이 소시지를 받아 들었다.

"메리 앤, 여기는 됐으니 이제 다른 일을 하렴."

하녀가 나가자 웨믹은 눈을 찡긋하며 나에게 말했다.

"이제 단둘이 대화를 나눌 수 있겠지요, 핍 씨? 오늘 우리는 사적으로 만난 겁니다. 물론 전에도 이런 은밀한 만남을 가진 적이 있죠. 여기서 말하는 것은 사무실에서와 다른 의견입니다. 업무상의 관계가 아니에요."

나는 십분 동의했다. 어쩌나 긴장을 했는지 노인장의 소시지에 불이 붙고 말았다. 나는 깜짝 놀라 입으로 불어서 껐다.

"어제 아침에 이런 얘기를 들었습니다. 전에 당신을 데려간 적 있는 그곳에서 말입니다. 가능한 이름을 밝히지 않는 게 좋겠어요."

웨믹이 말했다.

"그럼요, 당연하죠."

내가 동의하자 웨믹이 말을 이었다.

"유동자산을 소유하고 있고, 식민지 개척 사업과도 무관하지 않은 어떤 남자가……. 그 사람을 뭐라고 불러야 할지, 어쨌든 그 사람 이름은 말하지 않기로 하죠."

"네, 그러는 편이 좋겠네요."

"그 사람이 어떤 나라에서 약간의 문제를 일으켰다는 겁니다. 사람들이 많이 가는 곳이고, 꼭 가고 싶어서 가는 곳이 아니며, 정부의 비용과도 무관하지 않은 곳입니다."

나는 그의 얼굴을 쳐다보느라 소시지가 완전히 탄 줄도 몰랐다. 나는 그것을 사과했고, 웨믹은 계속 말을 이었다.

"그런데 그 사람이 사라져버려서 무슨 문제인지는 알 수 없답니다. 그리고 그에 관해 여러 가지 추측이 나돌고 있다고 합니다. 더구나 한동안 당신의 집 근처에서 사람들이 당신을 감시했고, 앞으로도 계속 감시할지 모른다고 했습니다."

"감시라니요, 누가요?"

"더 이상은 설명하기 곤란합니다. 내 업무상 책임과도 맞물리니까요. 이건 그곳에서 잡다한 정보들을 듣다가 우연히 들은 것입니다. 업무상 들은 정보가 아닙니다. 우연히 나온 이야기니까요."

웨믹은 나에게서 소시지를 받았다. 그리고 작은 쟁반에 아침 식사를 차려 노인에게 들고 가기 전에 하얀 냅킨을 가져가 노인의 턱 밑에 걸어주었다. 그런 다음 노인을 조심스럽게 일으켜 앉히고 쟁반을 그의 앞에 갖다 놓았다.

"자, 됐습니다, 아버지."

"그래, 그래, 존!"

노인은 쾌활하게 대답했다. 아직 손님을 맞을 준비가 되어 있지 않은 노인 앞에 나타나서는 안 된다는 것을 나는 알고 있었다. 그래서 나는 모른 척했다.

웨믹이 자리로 돌아오자 내가 물었다.

"사실은 집 근처에서 감시당하고 있다는 생각을 한 적이 있는데, 지금 당신이 말한 인물과 관련이 있지요?"

웨믹은 매우 심각한 표정으로 말했다.

"내가 알기로는, 꼭 그렇다고 속단할 수는 없지만 아마 그 인물과 관련이 있거나, 곧 관련되거나, 또는 관련될 가능성이 높은 것은 분명합니다."

나는 그가 리틀 브리튼에서의 업무상 책임 때문에 모든 이야기를 해줄 수 없다는 것을 알고 있었다. 이 정도도 그 궤도에서 멀리 벗어난 것임을 알고 있었으므로 더 이상 캐묻지 않았다. 난롯불을 쳐다보며 곰곰이 생각해본 끝에 나는 대답을 해도 좋고 하지 않아도 된다고 하면서 한 가지 물어보고 싶은 것이 있다고 했다. 물론 어느 쪽을 선택하든 옳은 결정일 거라고 덧붙였다. 그는 식사를 멈추고 팔짱을 끼더니 물어보라는 뜻으로 고개를 끄덕였다.

"콤피슨이라는 악당에 대해 들어본 적 있나요?"

웨믹은 다시 한번 고개를 끄덕였다.

"그가 아직 살아 있습니까?"

이번에도 그는 고개를 끄덕였다.

"런던에 있나요?"

그는 또다시 고개를 끄덕이더니 우편함처럼 생긴 입을 꾹 다물고 한 번 더 고개를 끄덕인 다음 식사를 했다.

잠시 뒤 웨믹이 말했다.

"이제 질문이 끝났으면 내가 조금 전 그 이야기를 듣고 나서 어떤 일을 했는지 말씀드리죠. 당신을 만나러 가든코트에 갔는데 그곳에 안 계시더군요. 그래서 허버트 씨를 찾아 클래리커 상사로 갔습니다."

"거기서 그를 만났군요?"

"네, 맞습니다. 나는 이름도 언급하지 않고, 자세한 이야기도 생략한 채 톰인지 잭인지 리처드인지, 아니면 다른 어떤 이름인지는 모르지만 아무튼 누군가 가든코트 또는 그 주변에 있다면, 당신이 집을 비운 동안 무조건 다른 곳으로 보내는 편이 좋을 거라고 말했습니다."

"그가 많이 당황했겠군요?"

"그래요. 그리고 그 톰인지 잭인지 리처드인지를 너무 멀리 보내지 않는 편이 안전하겠다고 말하자 더욱 당황했어요. 핍 씨, 하나만 말할 게요. 지금과 같은 상황에서는 대도시만 한 곳이 없어요. 당신이 그 안에 있다면 말입니다. 너무 빨리 나오면 위험해요. 일단 숨어서 잠잠해질 때까지 기다려야 해요. 그런 다음 안전한 곳, 이를테면 외국 같은 데로 떠나야 합니다."

나는 그의 귀중한 조언에 감사하며 허버트가 어떻게 했냐고 물었다.

"허버트 씨는 30분쯤 골똘한 생각에 잠겨 있다가 비밀이라는 전제하에 이렇게 말했습니다. 그분이 결혼을 전제로 사귀는 여성에게 병환 중인 아버지가 계시는데, 한때 선박 사무장을 지낸 그 아버지가 침실 내닫이창 너머로 강을 떠내려가는 배를 늘 바라보며 산답니다. 당신도 그 숙녀분을 아시죠?"

나는 만난 적은 없다고 대답했다. 사실 그녀는 나를 사치스러운 사람으로 여겨 별로 좋아하지 않았다. 허버트에게 도움이 되지 않는 사람이라는 것이었다. 허버트가 나를 소개하려고 할 때도 썩 달가워하지 않았다. 허버트는 조금 더 시간이 지난 뒤에 그녀를 만나는 게 좋겠다며 나에게 양해를 구했다. 내가 남몰래 허버트의 사업을 도와주고 있을 때도 나는 그것을 아무렇지 않게 받아들였다. 그리고 허버트와 그의 약혼녀도 당연히 자기들 만남에 제삼자를 굳이 끌어들이려고 하지는 않았다.

웨믹이 말을 이었다.

"그 내닫이창이 있는 집은 템스 강가의 라임하우스와 그리니치 사이 풀 구역 강 아래쪽에 있습니다. 집주인은 인심 좋은 과부이고요. 그 집 위층에 가구 딸린 방이 비어 있답니다. 허버트 씨는 톰인지 잭인지 리처드인지의 임시 거처를 그곳으로 하면 어떨지 물었어요. 저는 아주 좋은 생각이라고 했지요. 이유는 세 가지입니다. 첫째, 그곳이 당신의 평소 행동반경 밖에 있는 데다 사람들이 많이 다니는 거리에서 멀리 떨어져 있고, 둘째, 당신이 직접 가지 않아도 허버트 씨를 통해 톰인지 잭인지 리처드인지의 안부를 확인할 수 있으며, 셋째, 적당한 시기에 당신이 톰인지 잭인지 리처드인지를 외국행 여객선에 태우고자 할 때 바로 배에 접근할 수 있기 때문입니다."

나는 한결 마음이 놓이는 가운데 고맙다고 하며 웨믹의 다음 말을 기다렸다.

"허버트 씨는 곧바로 일을 추진했습니다. 그래서 어젯밤 9시경 톰인지 잭인지 리처드인지를 무사히 그곳으로 옮겼지요. 거처하던 곳에는 일이 생겨 도버로 가게 되었다고 말해두었습니다. 실제로 그는 도버로 향하는 척하다가 다른 길로 빠졌어요. 또 하나, 이 작전의 유리한 점은 당신이 없을 때 모든 일이 진행되었다는 것입니다. 누군가가 당신을 감시하고 있었다면, 먼 곳에서 당신이 전혀 다른 일을 하고 있다는 것을 확인했을 겁니다. 결과적으로 적의 주의를 다른 데로 돌리고 교란했던 겁니다. 어젯밤 당신이 돌아왔을 때 집으로 들어가지 말라고 한 것도 같은 이유에서였습니다. 혼란이 커지기를 노린 거죠. 당신에게 유리하도록 말이에요."

웨믹은 시계를 보더니 양복에 팔을 집어넣으면서 말을 이었다.

"핍 씨, 이제 내가 할 수 있는 일은 다 한 것 같군요. 하지만 더 도울 일이 있다면 기꺼이 힘을 보태겠습니다. 사적인 관계의 월워스 입장에서 말이죠. 오늘 저녁 집으로 가시기 전에 이 주소지에 들러 톰인지 잭인지 리처드인지를 직접 확인하셔도 될 겁니다. 하지만 그런 다음에는 두 번 다시 그곳을 찾지 말아야 합니다."

나는 감사의 뜻으로 웨믹의 손을 잡고 흔들었다. 그러자 그는 두 손을 내 어깨에 올리고 속삭이듯 말했다.

"마지막으로 당부하고 싶은 게 있어요. 오늘 저녁에 잊지 말고 그의 유동자산을 확보하세요. 앞으로 그에게 무슨 일이 생길지 모릅니다. 그러니 유동자산에는 아무런 변동이 없도록 손을 써둘 필요가 있어요."

그 문제에 대한 내 의견을 웨믹에게 납득시킬 수 없다는 것을 알기에 나는 아예 말조차 꺼내지 않았다.

"시간이 다 되었군요. 이젠 출발해야겠어요. 급한 볼일이 없으시면 해가 질 때까지 이곳에 계시는 건 어떻겠습니까? 걱정이 많은 것 같은데, 아버지와 조용히 하루를 보내는 것도 나쁘지 않을 듯합니다. 아버지는 곧 일어나실 겁니다. 그리고 혹시, 우리 집 돼지를 기억하십니까?"

"물론이지요."

"그럼 그 녀석을 맛보세요. 당신이 아까 구운 소시지가 그 녀석이죠. 어떤 부위를 먹어도 최고급이에요. 한번 드셔보세요. 옛정을 생각해서라도 녀석을 맛보세요. 아버지, 다녀오겠습니다!"

"그래, 존. 그래!"

웨믹의 유쾌한 인사에 노인이 피리처럼 높은 목소리로 대답했다.

노인과 나는 거의 하루 종일 불 앞에서 꾸벅꾸벅 졸면서 사이좋게 하루를 보냈다. 저녁 식사로 돼지 옆구리 살과 마당에서 기른 야채를 먹었고, 졸지 않을 때는 노인에게 열심히 고개를 끄덕여주었다. 나는 날이 어두워진 다음에야 성에서 나왔다.

내가 나올 때 노인은 토스트를 준비하고 있었다. 찻잔의 수나 그가 연신 굴뚝에 붙은 2개의 작은 나무 문을 힐끔거리는 것으로 보아 스키핀스 양이 오리라는 것을 알 수 있었다.

46

내가 강가에 도착한 것은 저녁 8시경이었다. 조선소와 돛이나 노를 만드는 공장에서 톱밥과 대팻밥 냄새가 풍겨 왔다. 그리 불쾌하지 않은 냄새였다. 런던교까지 이어진 풀 구역 상류와 하류 지역은 처음 가보는 곳이었다. 강가 쪽 길로 내려갔지만 내가 찾는 집은 그곳에 없었다. 목적지는 칭크스 유역의 밀 폰드 강둑이었는데, 내가 가진 단서라고는 '올드 그린 코퍼 밧줄 공장'이라는 이름밖에 없었다.

나는 수리 중인 배들 사이에서 얼마나 길을 잃었는지 모른다. 부서진 선박 잔해들 사이에서, 진흙과 뻘과 각종 노폐물들 사이에서, 죽이어진 조선소와 폐선소 사이에서, 수년째 땅속에 처박힌 녹슨 닻들 사이에서, 산더미처럼 쌓인 나무통과 목재 더미 사이에서, '올드 그린 코퍼'가 아닌 다른 밧줄 공장 사이에서 말이다. 수차례 목적지를 지나치고 헤맨 뒤 어느 모퉁이를 돌자 밀 폰드 강둑이 불쑥 나타났다.

나무 두세 그루와 무너져 밑부분만 남은 풍차, '올드 그린 코퍼 밧줄 공장'이 있는 꽤 상쾌한 곳이었다. 밀 폰드 강둑에서 몇 채 없는 특이한 집 중에 정면이 나무로 되어 있고 활 모양의 내닫이창이 달린 주택을 발견했다. 문패에 윔플 부인이라고 쓰여 있었다.

문을 두드리자 인상이 서글서글하고 후덕해 보이는 나이 지긋한 여성이 나와 허버트를 불러주었다. 허버트는 말없이 나를 거실로 데리고 가서 문을 닫았다. 아주 낯선 얼굴이 굉장히 낯선 지역의 낯선 방에서 편안히 있는 것을 보니 기분이 묘했다.

구석의 장식장에는 유리잔과 사기그릇이 놓여 있었고, 벽난로 선반에는 조개껍데기들이 놓여 있었다. 벽에는 쿡 선장이 죽는 장면, 배의 진수 장면, 가죽 승마 바지에 승마 부츠 차림으로 의전용 마차의 마부 같은 가발을 쓴 조지 3세가 윈저 궁 테라스에 서 있는 모습이 담긴 채색 동판화가 걸려 있었다.

"다 잘되었어, 헨델. 그는 아주 잘 지내고 있어. 너를 보고 싶어 안달이 나기는 했지만. 그리고 클래라는 지금 자기 아버지와 함께 있어. 조금 뒤에 내려오면 소개해줄게. 그런 다음 위층으로 올라가자. 아, 저건 그녀의 아버지 소리야!"

머리 위에서 무시무시하게 부르짖는 소리가 들렸는데, 그것을 의식한 내 표정을 보고 한 말이었다.

"좀 딱한 노인이야. 나도 얼굴을 본 적은 없어. 럼주 냄새가 나지 않니? 저분은 종일 럼주를 달고 사셔."

허버트가 미소 지으며 말했다.

"럼주를?"

"응. 럼주가 그의 통풍을 덜어줄 거야. 그는 식료품을 자기 방에 잔뜩 쟁여놓고 하나씩 내준단다. 머리 위 선반에 쌓아두고 하나하나 무게를 달아서 직접 내준다는 거야. 저 방은 분명 잡화상 같을 거야."

허버트의 설명이 이어지는 동안 부르짖는 소리는 울부짖는 소리로 변하더니 잠잠했다.

"죽어도 자기가 치즈를 자르겠다고 저러는 거야. 그러니 저럴 수밖에. 오른손은 물론이고 온몸에 통풍이 있는 사람이 그 단단하고 무거운 더블 글로스터 치즈를 제대로 자를 수 있겠니? 다치지 않고서 말이야."

울부짖는 소리가 또다시 들렸다. 몹시 심하게 다친 모양이었다.

"윔플 부인에게는 프로비스가 위층을 빌린 것은 하늘이 도운 거나 다름없어. 웬만한 사람이면 저런 소리를 못 견딜 테니까. 정말 이상한 곳 아니니, 헨델?"

정말 이상한 곳이었다. 하지만 내가 놀랄 만큼 깨끗하고 정리가 잘된 집이라고 하자 허버트가 말했다.

"윔플 부인은 정말 훌륭한 주부야. 그녀가 친어머니처럼 돌봐주지 않았더라면 클래라는 어떻게 됐을지 몰라. 클래라는 어머니가 안 계셔. 지금은 저 '그러프앤드그림'(Gruff and Grim, '우악스럽고 암울한'이라는 뜻이다.─옮긴이) 씨가 유일한 혈육이지."

"본명은 아니겠지?"

"물론이지. 내가 붙인 별명이야. 진짜 이름은 발리 씨야. 아무튼 우리 부모님 밑에서 태어난 나로서는, 친척도 없고 가족 때문에 자기가 괴롭거나 다른 사람을 괴롭힐 필요 없는 여자를 사랑하게 된 것이 얼마나 큰 행운인지 몰라!"

허버트는 클래라 발리와 처음 만났을 때의 이야기를 들려주었다. 전에도 한 번 했던 이야기를 다시 꺼낸 것이다. 당시 그녀가 해머스미스에 있는 학교에 다니다 아버지를 간호하기 위해 집으로 돌아가게 되었을 때 두 사람은 서로 사랑한다는 사실을 윔플 부인에게 털어놓았다. 부인은 늘 친절하고 분별 있게 그들의 사랑을 북돋우고 절제하게 해주었다. 어떤 종류든 사랑에 관한 것은 발리 노인에게 털어놓을 수 없었다. 그는 통풍과 럼주와 선박 사무장의 물품 비축에 관한 것 말고 정신적인 문제를 생각할 지적 능력이 없었던 것이다.

우리가 속닥거리는 동안에도 발리 노인의 고함 소리와 부르짖는 소리가 끊임없이 이어져 대들보가 흔들릴 지경이었다. 그때 방문이 열리더니 스무 살쯤 되어 보이는 검은 눈동자의 예쁘고 몸집이 작은 아가씨가 바구니를 들고 들어왔다.

"헨델, 인사해. 클래라야."

허버트가 바구니를 다정하게 받아 들고 얼굴을 붉히며 그녀를 소개했다. 클래라는 정말 매력적인 아가씨였다. 발리 노인이라는 광폭한 괴물에게 잡혀 시중을 드는 아름다운 요정 같다고나 할까?

나와 클래라가 인사를 나눈 뒤 허버트가 내게 바구니를 들어 보이며 동정과 애정 어린 미소를 지었다.

"이건 가엾은 클래라가 배급받아 온 저녁 식사야. 그녀 몫의 빵과 치즈, 그리고 내기 미실 럼주뿐이지. 그리고 이건 내일 식탁에 오를 발리 씨의 아침거리야. 양고기 두 조각, 감자 3개, 껍질 벗긴 콩, 밀가루 약간, 버터 2온스, 여기에 소금과 후추. 이걸 다 넣고 푹 고아서 뜨거울 때 먹는데. 통풍에 좋다나 봐!"

클래라는 허버트가 바구니에 든 식료품을 하나씩 헤아리는 모습을 체념한 듯한 눈길로 바라보았는데, 그 모습이 너무나 꾸밈없고 매력적이었다. 허버트의 팔에 조용히 안기는 그녀의 모습은 너무나 순수하고 사랑스럽고 신뢰로 가득 차 보였다. 대들보가 울리도록 부르짖는 발리 영감과 살아가는 그녀는 너무나 온화하고 보호받아야 할 듯보였다. 그래서 나는 아직 열어보지 않은 프로비스의 지갑 속에 들어 있는 액수만큼의 돈을 누군가 다 준다고 해도 그녀와 허버트가 헤어지기를 바라지 않을 것이다.

나는 매우 흐뭇하고 감동적으로 두 사람을 바라보았다. 그때 갑자기 고함이 비명으로 바뀌더니 뭔가 거세게 부딪치는 소리가 들려왔다. 마치 거인이 우리를 잡으려고 지팡이로 바닥을 뚫으려는 것 같았다.

"아빠가 부르셔."

클래라가 곧바로 달려갔다.

"양심도 없는 늙은 상어 같으니! 대체 뭣 때문에 저러는 것 같니, 헨델?"

"난 잘 모르겠는데, 술인가?"

"바로 그거야!"

허버트는 내가 중요한 추측이라도 한 듯 말했다.

"저 방 탁자에 물에 탄 럼주 통이 놓여 있어. 잘 들어봐. 그가 클래라의 부축을 받고 일어나서 술을 마시는 소리가 들릴 거야……. 그렇지?"

다시 한번 길게 울부짖는 소리가 들린 다음 잠잠해지자 허버트가 말했다.

"지금 럼주를 마시고 있어. 들어봐!"

부르짖는 소리가 다시 대들보를 울리자 허버트가 말했다.

"이제 다시 눕고 있어!"

잠시 뒤 클래라가 돌아왔다. 나는 허버트와 함께 우리가 돌봐야 할 사람을 만나러 위층으로 올라갔다. 빌리 씨 방문 앞을 지나갈 때, 쉰 목소리로 흥얼거리는 소리가 들렸다. 바람 소리처럼 오르락내리락하는 후렴에서 '저주'를 정반대되는 단어로 대체해서 적어보면 다음과 같다.

'어이! 네 눈에 축복이 있을지어다. 빌 발리 노인네가 여기 있으니, 그 눈에 축복이 있을지어다. 노인네가 여기 누워 있네. 죽은 넙치처럼 납작 누워서 떠내려가네. 빌 발리 노인네가 여기 있네. 네 눈에 축복이 있을지어다. 어이! 축복이 있을지어다.'

허버트의 말에 따르면, 발리 씨는 온종일 방에 틀어박혀 밤이나 낮이나 이런 노래를 혼자 중얼거리는 것으로 위안을 삼는다고 했다. 그의 침대 위에 강 전체를 바라볼 수 있는 망원경이 놓여 있는데, 밝은 낮에는 망원경에 눈을 대고 노래를 중얼거린다는 것이었다.

프로비스는 맨 꼭대기에 있는 방 2개를 썼다. 선실 같은 방은 바람이 잘 통해서 쾌적하고, 발리 씨의 목소리가 아래층만큼 크게 들리지 않았다. 그는 불안한 기색도 전혀 없었고, 별다른 감정에 싸여 있는 것 같지도 않았다. 다만 훨씬 부드러워진 느낌이었다. 그때나 나중이나 어떤 점이 그렇다고 말할 수는 없지만, 아무튼 부드러워진 것만은 분명했다.

그날 쉬면서 곰곰이 생각해본 결과 나는 일단 콤피슨에 대해서는 어떤 이야기도 꺼내지 않기로 했다. 말을 꺼냈다가 자칫 그에게 원한을 품고 있는 프로비스가 그를 찾아나선다면 파멸에 이를 수도 있었다. 나는 허버트와 함께 벽난로 앞 그의 옆에 앉아 우선 웨믹의 정보력과 판단력을 믿는지 물어보았다.

"그럼, 믿고말고! 재거스 씨도 믿는 사람이니까."

그는 진지하게 고개를 끄덕였다.

"그렇다면 말씀드릴게요. 웨믹을 만나고 왔어요. 그의 경고와 충고를 전해드릴게요."

나는 콤피슨에 관한 내용만 빼고, 웨믹의 말을 거의 그대로 전했다. 웨믹이 뉴게이트 교도소에서 간수인지 죄수인지는 모르겠지만 누군가한테 우연히 들은 바로는, 그에 대한 의혹이 나돌고 있고, 내가 사는 집이 감시당하고 있다고 말했다. 그러므로 웨믹은 한동안 그가 숨어 지내야 하고, 나는 그를 만나지 않아야 하며, 외국으로 나가는 것에 대해 이야기했다고 말했다. 그리고 내가 같이 가든지 아니면 뒤따라갈 텐데, 웨믹이 가장 안전하다고 판단하는 방법을 따를 거라고 했다. 그 뒤에 어떻게 할지는 말하지 않았다. 그 문제에 대해서는 명확하게 생각해둔 것이 없기도 했지만, 그가 이렇게 부드러워지고, 나 때문에 위험에 빠진 상황에서는 그럴 수 없었다. 생활 규모를 늘리는 문제에 대해서는 지금처럼 불확실하고 어려운 때에 그러는 것은 말도 안 되는 일이라고 했다.

프로비스는 내 말에 반대하지 않았다. 그날 밤 그는 더없이 이성적이었다. 그는 자신이 돌아온 것이 지극히 위험한 일임을 알고 있다고 했다. 하지만 더 이상 위험한 행동을 할 생각이 없고, 이렇게 든든한 지원군이 있으니 전혀 걱정하지 않는다고 말했다.

난롯불을 바라보며 생각에 잠겨 있던 허버트가 웨믹의 제안을 듣고 떠오른 생각이 있다고 운을 떼더니 이렇게 말했다.

"헨델, 우리 둘 다 보트를 잘 저으니까 프로비스 씨를 태워 직접 강을 따라 내려가는 거야. 그러면 굳이 보트와 사공을 고용하지 않아도 되잖아. 그러면 의심을 살 가능성도 덜하고. 뭐든 위험한 가능성은 줄여야. 배를 타기 적당한 계절은 아니지만 상관없어. 당장 템플 선착장에 보트를 가져다 놓고, 수시로 강을 오르락내리락하는 거야. 습관적으로 그러면 나중에는 이상하게 보지 않을 거야. 스무 번이나 쉰 번쯤 그러고 나면 특별하게 생각하지도 않을 거고."

마음에 드는 계획이었다. 프로비스도 감탄했다. 우리는 이 계획을 즉각 실천에 옮기기로 했다. 단, 프로비스는 우리가 런던교를 넘어 이 부근을 지나가더라도 절대 모습을 드러내면 안 되었다. 그는 우리를 지켜보다가 아무 이상 없다고 판단될 때 동쪽 창의 덧문을 내리기로 했다.

의논을 끝내고 모든 것을 결정한 뒤 나는 자리에서 일어났다. 나는 허버트에게 우리가 함께 집으로 돌아가면 의심을 살 수 있으니 30분 뒤에 오라고 하고, 프로비스에게 작별 인사를 건넸다.

"이곳에 있는 것이 나랑 같이 있는 것보다 안전해요. 하지만 이곳에 두고 떠나기가 편치 않네요. 모쪼록 안녕히 계세요."

그러자 그가 내 두 손을 잡고 말했다.

"핍, 우리가 언제 또 만날 수 있을지 모르겠지만 안녕히 계시라는 인사는 정말 싫구나. 그냥 잘 자라고 말해주렴!"

"안녕히 주무세요! 이제부터는 허버트가 정기적으로 연락을 전하러 올 거예요. 저두 단단히 준비하고 있을 테니 안심하세요. 그럼, 안녕히 주무세요!"

그에게 그냥 방에 있는 편이 좋겠다고 말했다. 그는 층계참 난간에서 등불을 비춰주었다. 그를 올려다보던 나는 그가 나를 찾아온 날 밤이 떠올랐다. 어느새 우리의 입장이 바뀌어 있었다. 그때만 해도 그와 헤어지는 것이 이토록 무겁게 마음을 짓누를 줄은 상상도 하지 못했다.

발리 노인의 방에서는 여전히 고함과 욕설이 끊임없이 들려왔다. 그 소리는 절대 끊어지지도 않고, 앞으로도 영원히 계속될 것만 같았다. 계단을 다 내려갔을 때, 나는 허버트에게 여기서도 그가 프로비스라는 이름을 쓰는지 물어보았다. 허버트는 그가 지금은 캠벨이라는 이름을 쓴다고 대답했다. 또한 이 집에서 캠벨 씨에 대해 알려진 것이라고는 자신이 누군가의 부탁으로 그를 보호하고 있으며, 그가 격리된 채 보살핌을 받고 있는 것은 오직 허버트 혼자만 관심을 두는 일일 뿐이라고 했다. 그래서 윔플 부인과 클래러가 일하는 거실로 들어갔을 때 내가 관심을 가지는 캠벨 씨에 대해 아무런 얘기도 하지 않았다.

나는 검은 눈동자의 예쁜 아가씨와 진실하고 애틋한 사랑을 하는 연인에게 진심 어린 연민을 보내는 윔플 부인에게 작별 인사를 했다. 밖으로 나오자 '올드 그린 코퍼 밧줄 공장'이 완전히 달라 보였다. 저 언덕처럼 늙은 발리 노인이 들판을 가득 메운 기병들처럼 끊임없이 욕설을 퍼붓고 있었지만, '칭크스 유역'에는 그곳을 가득 채우고도 남을 젊음과 믿음과 희망이 있었다. 나는 에스텔러와의 이별을 떠올리며 슬픈 마음으로 집에 돌아갔다.

템플은 여느 때처럼 조용했다. 얼마 전까지 프로비스가 살던 방의 창문은 어둡고 고요했다. 나는 계단을 올라가기 전에 분수 앞을 두어 차례 왔다 갔다 해보았지만, 가든코트 주위에 서성대는 사람은 아무도 없었다. 뒤에 돌아온 허버트도 내 침대맡으로 와서 바깥에 아무도 없다고 알려주었다. 상심에 싸이고 피곤에 지친 나는 집으로 돌아오자마자 침대에 누웠다. 허버트는 창문을 열고 밖을 내다보더니 템플의 거리는 텅 비어 있다고 말해주었다.

다음 날, 나는 보트를 구해 템플 선착장으로 옮겼다. 걸어서 이삼 분이면 닿는 곳이었다. 이때부터 혼자, 또는 허버트와 함께 연습하는 것처럼 강에서 보트를 탔다. 날씨가 추울 때나 비 올 때나 진눈깨비가 날릴 때도 계속 보트를 탔다. 그렇게 몇 번 나간 뒤로는 아무도 나를 눈여겨보지 않았다.

처음에는 블랙프라이어스교 바로 앞까지만 갔다. 그리고 조수 시간이 바뀌자 런던교까지 보트를 몰았다. 그때는 구 런던교였는데 조수가 밀려들 때 급류와 낙하가 발생해 위험하다고 알려져 있었다. 하지만 나는 그 시간이 지나면 급히 다리를 빠져나가면 된다는 것을 알고 있었다. 그래서 나는 보트를 타고 풀 구역 선박들 사이를 지나 에리스까지 내려갔다.

나와 허버트가 밀 폰드 강둑을 처음 지나갈 때 우리는 오가면서 두 번 다 동쪽 창의 덧문이 내려진 것을 확인했다. 허버트는 일주일에 세 번 그 집을 방문했는데 걱정할 만한 일은 없었다. 하지만 나는 아무래도 감시당하고 있는 것 같아서 경계하고 조심해야 한다고 생각했다. 그런 생각이 한번 들기 시작하면 좀처럼 떨쳐버릴 수 없었다.

그 와중에 내가 애꿎은 사람을 얼마나 많이 의심했는지 모른다.

어쨌든 나는 숨어 지내는 그 대책 없는 사내 때문에 한시도 걱정과 두려움을 떨칠 수 없었다. 가끔 허버트는 어두운 창가에서 강을 내다 보며 썰물 때 강물이 모든 것을 싣고 클래라에게 흘러간다고 상상하면 기분이 좋아진다고 했다. 하지만 나는 그것이 매그위치를 향해 가고 있다고 생각했다. 그리고 수면에 무언가 검은 것이 비치기라도 하면 은밀하고 재빠르게 그를 붙잡으러 가는 추적자일지도 모른다는 생각에 소름이 돋곤 했다.

47

특별한 변화 없이 몇 주가 흘렀다. 우리는 웨믹의 연락을 기다렸지만 그에게서는 아무 연락도 없었다. 리틀 브리튼 밖에서의 그를 알지 못했더라면, 그의 성에서 친밀한 관계를 맺는 특혜를 누리지 않았다면 나는 그를 의심했을지도 모른다. 나는 그를 믿었기에 잠자코 기다렸다.

당시 나의 생활은 우울한 나날의 연속이었다. 여기저기서 빚 독촉이 들어왔으며, 당장 쓸 돈도 없어서 굳이 필요 없는 보석 따위를 현금으로 바꿔 고비를 넘겼다. 장래에 대한 계획이 불확실한 상태에서 프로비스에게 더 이상의 금전적 지원을 기대하는 것은 무자비한 사기에 가까웠다. 나는 아직 손대지 않은 돈지갑을 허버트를 통해 그에게 돌려보내면서 보관하고 있으라고 했다. 그렇게 해서 적어도 그가 정체를 드러낸 뒤부터는 그의 아량에 의존하지 않았다는 일종의 만족감을 느꼈다. 비록 그것이 위선이었는지 진심이었는지는 모르겠지만.

언제부터인가 에스텔러가 결혼했으리라는 생각이 강하게 들었다. 그러면서도 사실을 확인하기가 두려워 신문을 읽지 않았고, 허버트에게는 그녀의 소식을 듣더라도 나에게 전해주지 말라고 부탁했다. 물론 나는 허버트에게 그녀와 마지막으로 만난 일을 이야기했다. 바람에 갈기갈기 찢겨 날아간 희망이라는 누더기의 마지막 한 조각을 끝내 버리지 못하는 까닭을 내가 어찌 알겠는가!

그저 불행하고 또 불행한 나날이 지나가고 있었다. 산맥 위로 우뚝 솟은 거대한 봉우리처럼, 한 가지 커다란 불안이 다른 모든 불안을 압도하며 좀처럼 내 시야에서 사라지지 않았다. 하지만 새로운 걱정거리는 생기지 않았다. 아침이면 프로비스가 발각되었을지도 모른다는 생각을 하며 놀라서 눈을 뜨고, 밤이면 허버트의 발소리를 유심히 들으면서 나쁜 소식이 있어서 급히 걸어오는 것은 아닌지 두려움에 휩싸여 앉아 있었다. 이런 중에도 일상은 변함없이 되풀이되었다. 나는 초조와 불안 속에서 보트를 젓고 다니면서 기다리고 또 기다렸다.

강을 내려갔다 다시 올라올 때 조수로 인해 런던교 교각 주위에 소용돌이가 일어 되돌아오지 못할 때가 있었다. 그럴 때면 보트를 세관 옆 부둣가에 세워놓고 사람들을 시켜 나중에 템플 선착장으로 운반해달라고 했다. 나는 스스럼없이 그렇게 했는데, 강변 사람들이 내 보트를 일상적인 것으로 여기게 하는 이점이 있었다. 이 일은 두 번의 심상치 않은 만남의 계기가 되기도 했다.

2월 말 어느 해 질 무렵, 나는 세관 옆 부둣가에 보트를 세웠다. 썰물을 타고 그리니치까지 내려갔다가 밀물을 타고 돌아왔던 것이다. 날씨가 화창하더니 오후 늦게 짙은 안개가 끼는 바람에 배들 사이를 더듬듯이 조심스럽게 지나가야 했다. 오가며 프로비스의 창에서 보내는 이상 없다는 신호를 확인했다.

추운 저녁이라 몸이 으슬으슬했다. 나는 곧바로 저녁을 먹고 기운을 차리기로 했다. 템플로 돌아가 봤자 외롭고 우울할 게 뻔해서 식사 후에는 연극이라도 볼 생각이었다. 웹슬 씨가 의구심이 가는 성공을 거둔 극장이 이 강변 근처에 있어서, 나는 거기 가기로 했다.

안타깝게도 웹슬 씨는 연극의 부활이라는 대망을 이루기는커녕, 오히려 그 쇠퇴의 기미를 보였다. 나는 그가 어린 귀족 소녀의 충실한 흑인이나 원숭이 역을 맡았다는 좋지 않은 소식을 연극 광고지를 통해 알게 되었다. 허버트는 그가 빨간 벽돌색 얼굴을 하고 나팔바지까지 내려오는 이상한 모자를 쓴 채 타타르 약탈자로 나온 것을 본 적 있다고 했다.

극장에 가기 전에 허버트와 내가 '지도 식당'이라고 부르는 곳에서 저녁을 먹었다. 식탁보 곳곳에 맥주잔 자국으로 세계지도가 그려져 있고, 나이프마다 고기 국물로 항해도가 그려져 있었다. 오늘날 런던 시장이 담당하는 구역에서 지도가 없는 식당은 없다고 해도 무방할 것이다. 나는 빵 부스러기를 앞에 두고 꾸벅꾸벅 졸다가, 가스등을 멍하니 바라보다가, 다른 사람의 식사에서 나오는 뜨거운 김을 쐬기도 하면서 시간을 보내다 정신을 가다듬고 연극을 보러 갔다.

무대에는 영국 해군의 갑판장이 서 있었다. 주인공인 그는 매우 고결하고 훌륭한 인물인데 바지가 눈에 기슬렸다. 이를테면 소금 더 몸에 붙어야 할 부분은 너무 헐렁하고, 조금 더 헐렁해야 보기 좋은 부분은 몸에 꽉 끼는 식이었다. 또한 그는 너그럽고 용감했지만 아랫사람들의 모자를 주먹으로 때려서 눈까지 푹 내려오게 했고, 애국자였지만 세금을 내는 일에는 크게 반대했다. 그는 천으로 싼 푸딩 같은 돈 자루를 호주머니에 넣고 다녔고, 그 재산을 내세워 침대 휘장으로 몸을 휘감은 젊은 아가씨와 결혼했으며, 총 9명에 불과한 포츠머스 주민 모두 바닷가로 나와 손바닥을 비비고 서로 악수를 나누며 "술잔을 가득 채워라!"고 노래를 불렀다.

그러나 거무튀튀한 얼굴의 하사관은 잔을 채우지 않은 것은 물론, 다른 어떤 제안에도 응하지 않았다. 갑판장이 사람들 앞에서 "저놈의 심장은 얼굴처럼 시커멓다!"고 소리쳤던 그 하사관은 온 인류를 고난에 빠뜨리기 위해 동료 둘을 꾀었다. 하사관은 정치적으로 영향력 있는 집안 출신이어서 계획이 제대로 실행되었고, 이를 수습하는 데 저녁 시간의 절반이나 걸렸다. 결정적인 역할을 한 것은 이름도 없는 정직한 식료품 주인이었다. 흰 모자를 쓰고 검은 각반을 찬, 빨간 코의 그는 석쇠를 들고 괘종시계 속에 숨어 엿듣고 있다가 밖으로 나와, 거기서 엿들은 말에 반박하지 못하는 사람들을 석쇠로 모조리 때려눕혔다.

이어서 웝슬 씨가 처음으로 등장했다. 가터 훈장을 달고 나타난 그는 해군 본부에서 파견된 전권특사로, 악당들 모두에게 교도소행을 명하고, 갑판장에게는 국가에 봉사한 대가로 영국 국기를 그의 머리 위로 휘날렸다. 갑판장은 고분고분한 모습으로 국기에 눈물을 닦았다. 그런 다음 밝은 얼굴로 웝슬 씨를 각하라고 부르며 악수를 간청했다. 웝슬 씨는 근엄하고 우아한 태도로 악수를 수락했다. 그 즉시 그는 먼지 쌓인 무대 구석으로 밀려나고, 무대 한가운데서는 모든 사람들이 뿔피리에 맞춰 춤을 췄다. 이때 웝슬 씨는 구석에 서서 불만스러운 눈길로 관객들을 바라보다가 나를 발견했다.

두 번째 연극은 대형 크리스마스 무언극으로 최신 희극이었다. 첫 번째 장면에서 나는 웁슬 씨를 알아보고 마음이 아팠다. 인광을 뿜어내는 커다란 얼굴에 빨간 커튼 장식 술을 머리에 늘어뜨리고 발에는 빨간 모직 양말을 신고, 탄광에서 벼락을 제조하다가 거인 주인이 저녁을 먹으러 돌아오자 벌벌 떨었던 것이다. 그러나 잠시 후 그는 조금 나은 모습으로 나타났다. 무식한 농부가 딸이 고른 결혼 상대를 인정하지 않고 밀가루 포대를 뒤집어쓴 채 2층 창문에서 신랑감 위로 뛰어내렸다. 그러자 '젊은 사랑의 수호신'은 말솜씨 좋은 마법사를 불러 도움을 요청했다. 그 마법사가 바로 웁슬 씨였다. 고깔모자를 쓰고 마법 책을 옆구리에 낀 마법사가 험한 여행에서 돌아온 듯 조금 불안스럽게 무대 바닥에 뚫어놓은 문으로 등장했다. 마법사가 지상에서 수행해야 할 사명은 다른 사람이 말하거나 노래하는 것을 듣고, 춤추는 것을 바라보고, 여러 가지 불빛을 받는 것뿐이었다. 그래서 그는 딱히 할 일이 없었는데, 이때 너무 놀라서 정신이 나간 듯 내가 있는 쪽을 뚫어지게 쳐다보았다.

그가 점점 더 강하게 노려보는 것이 이상했고, 온갖 생각을 하며 혼란에 빠져 있는 것 같았다. 하지만 나는 그 이유를 전혀 알 수 없었다. 그가 커다란 시계 상자를 타고 구름 위로 올라간 뒤에도 나는 한참 동안 생각해보았지만 이유를 알 수 없었다. 한 시간 뒤, 나는 여전히 풀리지 않는 의문을 안고 극장을 나왔다. 그때 웁슬 씨가 문 옆에서 나를 기다리고 있었다.

나는 그에게 인사를 건네고 말했다.

"저를 보시는 것을 객석에서 보았어요."

"핍, 자네를 봤다고? 물론 봤지. 하지만 그놈도 거기 있었어!"

"그놈이라니요?"

"정말 이상한 일이군. 하지만 틀림없어. 그놈이야."

그는 얼떨떨한 얼굴로 말했다.

나는 갑자기 불안감이 들어 설명해달라고 부탁했다.

"자네가 거기 없었어도 그 사람을 알아봤을까? 확신할 수는 없지만 알아봤을 거야."

그는 여전히 얼떨떨한 표정으로 말했다.

나는 집 근처에서 그러듯이 주위를 살펴보았다. 웹슬 씨의 알 수 없는 말에 온몸이 오싹했던 것이다.

"지금은 없어. 내가 무대에서 내려오기 전에 나가는 걸 봤어."

누구든 의심해야 할 상황이었으므로, 나는 이 가엾은 배우에게마저 불신의 눈길을 보냈다. 거짓말로 나를 속이고 나한테서 뭔가 캐내려는 것 아닐까? 나는 그와 나란히 걸으면서 그를 흘끔 바라보았지만 그는 입을 꾹 다물고 있었다.

"처음에는 자네가 그놈과 함께 연극을 보러 왔다고 생각했지. 그런데 자네는 놈이 유령처럼 뒤에 앉아 있는데도 전혀 눈치를 못 채더군."

다시금 소름이 끼쳤다. 하지만 나는 아무 말도 하지 않았다. 그가 누군가의 사주를 받아 그 이야기를 프로비스와 연결 지으려고 유도하는 건지도 모른다는 생각이 들었기 때문이다. 물론 프로비스가 극장에 없었던 것이 확실하니 안심하긴 했지만 말이다.

"내 말이 이상하게 들리겠지. 사실 자네가 이상하게 생각하는 것으로 보이네. 핍, 자네는 내 말을 결코 믿지 못할 거야. 자네가 이런 말을 해도 나 또한 믿지 않을 테니까."

"왜 그러시는데요?"

"핍, 어린 시절 그 크리스마스를 기억하나? 내가 가저리 씨 집에 초대받아 식사를 하고 있을 때, 군인들이 와서 수갑을 고쳐달라고 했던 일 기억하나?"

"네, 똑똑히 기억해요."

"그리고 죄수 둘을 추적하는 데 우리도 따라갔잖아. 가저리 씨가 자네를 업고. 그때 둘은 앞장서서 가는 내 꽁무니를 죽기 살기로 따라왔던 것도 기억하겠지?"

"네, 그럼요."

나는 그가 생각하는 것보다 더 생생하게 기억했다. 단, 마지막 사항만 빼고.

"우리가 그들을 따라잡았을 때, 죄수 둘이 도랑에서 격투를 벌이고 있었지. 하나는 흠씬 두들겨 맞아 얼굴이 찢어졌고."

"지금도 눈에 선해요."

"그리고 군인들은 햇불을 켜고 두 죄수를 에워싸고 갔지. 우리는 마지막까지 지켜보려고 캄캄한 습지대를 지나갔어. 그때 햇불이 두 죄수의 얼굴을 비추던 장면을 똑똑히 기억하겠지? 주위가 온통 어둠에 둘러싸인 가운데 햇불이 죄수들의 얼굴을 환하게 비췄지."

"네, 다 기억해요."

"그때 그 죄수 중 하나가 아까 자네 뒤에 앉아 있었네, 핍. 내가 자네 어깨 너머로 그놈을 봤어."

"잠깐만요! 둘 중 누구를 보셨어요?"

나는 침착하려고 애쓰며 그에게 물었다.

"얻어맞은 사람. 맹세코 분명 그자였어! 몇 번을 생각해봐도 그자가 틀림없어. 이건 확실하네."

그가 망설임 없이 대답했다.

"정말 이상한 일이네요! 진짜 이상한 일이에요!"

나는 아무 일 아닌 척 말했다.

이 대화로 불안감이 얼마나 증폭되었는지, 콤피슨이 '유령처럼' 내 뒤에 앉아 있었다는 말에 내가 얼마나 끔찍한 공포를 느꼈는지, 아무리 장황하게 묘사해도 지나치지 않을 것이다. 프로비스가 은신처에 머문 뒤로 한순간이라도 내가 콤피슨을 생각하지 않은 적이 없었다. 그런데 그가 나와 가장 가까이에 있었던 바로 그 순간 그를 잊고 있었던 것이다. 그토록 주의를 기울였건만 그 순간 그렇게 부주의하고 무방비했었다니. 그의 침범을 막으려고 문 백 개를 걸어 잠그고 보니 바로 옆에 그가 있었던 셈이었으니. 한 가지 의심할 여지 없는 명백한 사실은 내가 그곳에 있었기 때문에 그가 그곳에 있었다는 것과, 아무리 작은 위험이라도 늘 가까이에 도사리고 있다는 것이었다.

나는 웹슬 씨에게 몇 가지 물어보았다. 먼저 그가 언제 안으로 들어왔는지 묻자, 웹슬 씨는 모르겠다고 대답했다. 먼저 내가 보였고, 내 뒤에 그가 보였다고 했다. 한참을 쳐다본 다음에야 확신하기는 했어도, 웹슬 씨는 처음부터 어렴풋이나마 그와 나의 인연을 떠올렸다고 했다. 왠지 내가 고향에 살던 시절과 관련 있는 인물이라고 생각했다는 것이었다. 그의 복장이 어땠냐고 묻자, 고급스러워 보이긴 했으나 그렇게 튀는 옷차림은 아니었으며 검은색 옷이었던 것 같다고 했다. 그의 얼굴에 흉터가 있었느냐고 묻자, 그런 건 없었다고 했다. 나도 그렇게 생각했다. 생각에 빠져 있느라 뒷사람에게 신경 쓰지는 않았지만, 얼굴에 흉터가 있었다면 눈여겨보지 않을 수 없었을 것이다.

나는 웹슬 씨가 기억하는 것이며 내가 알고 싶은 것을 다 듣고 나서, 그날 저녁의 노고를 위로하는 의미에서 성의껏 식사를 대접하고 헤어졌다. 템플에 도착했을 때는 자정이 넘어 새벽 1시가 되어가는 시각이었다. 출입문은 닫혀 있었고 내가 방으로 올라갈 때까지 주위에는 아무도 없었다.

허버트는 먼저 돌아와 있었다. 우리는 벽난로 앞에서 진지하게 논의했다. 하지만 당장 할 수 있는 일이라고는 웨믹에게 그날 밤에 있었던 일을 알리고 의견을 들어보는 것밖에 없었다. 나는 너무 자주 성에 드나들면 웨믹에게 피해를 줄 수도 있다는 생각에 이번에는 편지를 써서 부쳤다. 허버트와 나는 매사에 더욱 신중하게 행동하기로 의견을 모았다. 나는 보트를 타고 지나갈 때 말고는 칭크스 유역 근처에 가지 않았으며, 다른 경치를 감상할 때와 같은 태도로 밀 폰드 강둑을 바라볼 뿐이었다.

48

두 번째 만남은 일주일쯤 뒤에 이루어졌다. 이때도 나는 런던교 아래 부둣가에 보트를 세워두었다. 첫 번째보다 한 시간가량 이른 오후였다. 나는 저녁을 어디서 먹을지 결정하지 못하고 칩사이드로 천천히 걸어가고 있었다. 수많은 인파 속에서 갈 곳 없는 사람처럼 가고 있는데, 뒤에서 큼지막한 손이 내 어깨를 잡았다. 재거스 씨였다. 그가 내 팔짱을 끼면서 말했다.

"같은 방향으로 가는 것 같군. 같이 가세, 핍. 그래, 어디 가는 길인가?"

"글쎄요, 템플로 가겠죠."

"확실히 모른다는 건가?"

"글쎄요, 확실히 모르겠네요. 아직 정하지 않았거든요."

재거스 씨의 반대신문을 처음으로 꺾고 나는 기뻤다.

"저녁 식사를 하러 가는 길이지? 그건 인정하겠지?"

"네, 인정합니다."

"식사 약속을 한 사람은 없나?"

"없습니다. 그것도 인정하지요."

"그렇다면 우리 집으로 가세."

거절하려고 하는데 그가 덧붙였다.

"웨믹도 올 걸세."

나는 즉시 마음을 바꿨다.

우리는 칩사이드를 따라 걷다가 리틀 브리튼으로 꺾어 들어갔다. 상점 유리창에 불이 하나둘 켜지기 시작했다. 점등인들이 사다리 놓을 곳을 찾느라 복잡한 거리를 이리저리 뛰어다녔다. 점점 짙어가는 안개 속에서 수많은 빨간 불빛들이 떠올랐다.

리틀 브리튼의 사무실에 도착하자, 퇴근 시간에 늘 그랬듯이 편지 쓰기, 손 씻기, 촛불 끄기, 금고 잠그기가 차근차근 진행되었고, 나는 그동안 벽난로 앞에 서 있었다. 벽난로 불꽃이 커졌다 작아졌다 할 때마다 그 불빛을 받은 선반 위의 두 석고상이 사라졌다 나타났다 하며 무시무시한 장난을 치는 것 같았다.

우리 세 사람이 삯마차를 타고 제라드 거리의 재거스 씨 집에 도착하자마자 식사가 나왔다. 나는 월워스에서 웨믹의 견해에 대해 표정으로도 아는 내색을 하지 않았지만, 간간이 그가 친근한 눈빛으로 쳐다보는 것까지 모른 척하지 않았을 것이다. 하지만 그런 일은 결코 일어나지 않았다. 그는 식탁에서 고개를 들 때마다 재거스 씨 쪽으로

만 눈길을 돌렸고, 나에게는 유독 냉담하고 무관심하게 대했다. 마치 내가 모르는 웨믹의 쌍둥이 형이 앉아 있는 것 같았다.

"웨믹, 미스 해비셤이 보낸 쪽지를 핍 군에게 보여줬나?"

막 식사를 시작하는데 재거스 씨가 물었다.

"아직 못 드렸습니다. 우편으로 막 부치려던 참이었는데 두 분이 함께 사무실로 들어오시더군요. 여기 가지고 왔습니다."

웨믹은 미스 해비셤의 쪽지를 내가 아닌 그의 고용주에게 건넸다.

"두 줄짜리 짧은 전갈일세. 미스 해비셤이 자네 주소를 몰라서 내게 보낸 거네. 자네가 말한 일에 대해 할 이야기가 있는 모양이더군. 만나러 가겠지?"

재거스 씨가 편지를 건네면서 물었다.

"네."

나는 쪽지를 읽으면서 말했다. 내용은 재거스 씨가 말한 대로였다.

"언제 갈 건가?"

재거스 씨의 물음에 나는 웨믹을 살짝 곁눈질하며 말했다.

"급한 일이 있어서 정확한 시각은 모르겠지만 되도록 빨리 갈 생각입니다."

"핍 씨가 곧 내려갈 생각이라면 답장은 필요 없겠죠."

웨믹이 재거스 씨에게 말했다. 내게는 이 말이 '꾸물대지 말라'는 뜻으로 들렸다. 그래서 나는 다음 날 가겠다고 했다.

웨믹은 포도주를 한 모금 마시고 내가 아닌 재거스 씨를 보며 만족스러운 표정을 지었다.

"참, 핍! 우리의 친구 거미 군이 카드를 싹쓸이했더군."

재거스 씨가 말했다.

나는 마지못해 겨우 동의했다.

"아무튼 나름대로 전도유망한 친구야. 하지만 모든 게 생각대로만 되지는 않지. 어느 쪽이 최후의 강자인지는 아직 모르는 일이지. 그가 본성을 못 버리고 그녀를 때리기라도 한다면 말이야."

"잠깐만요. 아무리 드러믈이라고 해도 설마 그 정도로 비열하지는 않겠죠!"

나는 분노로 얼굴이 벌게져서 그의 말을 가로막았다.

"나도 그렇다고는 말하지 않았네. 만약의 경우를 예로 든 것뿐이야. 그가 본성을 드러내고 그녀를 때린다면 완력을 써서 이기는 거겠지. 머리로 해봤자 결코 이길 수 없으니까. 이 상황에서 그런 종류의 남자가 어떤 행동을 할지 추측하기는 힘들어. 왜냐하면 두 가지 행동이 다 나올 수 있거든."

"그 두 가지가 무엇입니까?"

"우리 친구 거미 군 같은 남자는 때리거나 비굴하게 굴거나 둘 중 하나지. 거세게 화를 내면서 물러날 수도 있고 그냥 물러날 수도 있네. 어쨌든 결론은 때리든가 물러나든가 둘 중 하나라는 것만은 틀림없지. 웨믹의 의견을 들어보게나."

"때리거나 물러나거나 둘 중 하나일 거라고 생각합니다."

웨믹은 내 쪽으로 눈길도 주지 않고 대답했다.

"자, 그럼 벤틀리 드러믈의 부인을 위해, 건배!"

재거스 씨가 식탁 옆 회전식 선반대에서 고급 포도주 술병을 집어 세 사람의 술잔을 채웠다.

"주도권 싸움에서 부디 부인이 만족할 만한 결과가 나오기를! 신랑 신부 모두에게 만족스러운 결과는 나오지 않을 테니까. 이봐, 몰리,

몰리, 몰리! 오늘따라 왜 이렇게 꾸물대는 거야!"

재거스 씨가 이렇게 말할 때 몰리는 바로 옆에서 요리를 식탁에 놓고 있었다. 그녀는 허겁지겁 변명 같은 말을 중얼거리며 접시를 식탁에 놓아두고 한두 걸음 물러났다. 그녀의 손동작이 내 눈길을 끌었다.

"왜 그러지?"

재거스 씨가 물었다.

"아무것도 아닙니다. 다만 저한테는 좀 괴로운 일이어서요."

그것은 뜨개질하는 손놀림 같았다. 그녀는 조금 뒤로 물러나서 자기 주인을 바라보았다. 이대로 물러가도 좋을지, 아니면 대기하라는 뜻인지 몰라 주저하는 모습이었다. 바라보는 그녀의 눈빛이 몹시 강렬했다. 아주 최근 잊지 못할 순간에, 나는 분명 이런 눈빛과 이런 손동작을 목격했다.

재거스 씨가 물러가라고 말하자, 그녀는 방에서 미끄러지듯 조용히 사라졌다. 하지만 방금 전의 그 모습은 아직 그곳에 있는 것처럼 눈앞에 또렷이 떠올랐다. 그 손, 그 눈, 그 찰랑대는 머리카락을 내가 아는 다른 손과 눈, 머리카락과 비교하면서 난폭한 남편과 파란만장한 결혼 생활을 20년쯤 하고 난 뒤의 모습을 상상해보았다. 또한 그 황폐한 정원과 텅 빈 양조장을 마지막으로 단둘이 걸을 때 나를 스쳤던 표현할 수 없는 느낌을 떠올렸다. 뿐만 아니라, 역마차 창으로 어떤 얼굴이 나를 향해 손을 흔들었을 때도 그와 똑같은 기분을 느꼈음을 떠올렸다. 마차를 타고 어두운 거리를 달리다 갑자기 나타난 가스등 불빛 속을 빠져나갔을 때도 그런 느낌이 섬광처럼 번쩍 하고 되살아났다. 물론 그때도 나는 혼자가 아니었다.

연상의 고리 하나가, 극장에서 내 뒤에 있던 인물이 콤피슨이라는 사실을 깨닫게 해준 것처럼, 우연히 에스텔러의 이름에서 뜨개질하듯 움직이던 손가락과 강렬한 눈빛으로 옮겨 갔고, 전에는 보이지 않던 고리가 확실히 드러났다. 나는 이 여인이 에스텔러의 어머니라고 확신했다.

재거스 씨는 나와 에스텔러가 함께 있는 모습을 자주 보았다. 그러므로 굳이 감추지 않았던 나의 감정을 알아차리지 못할 리 없었다. 내가 고통스러운 일이라고 했을 때 그는 고개를 끄덕이며 등을 토닥이고 나서 포도주를 돌렸다.

가정부는 두 번 더 나타났다. 지난번에도 잠깐 들어왔다 나갔고, 재거스 씨는 그녀를 험하게 대했다. 확실히 그녀의 손은 에스텔러의 손이었으며, 그녀의 눈은 에스텔러의 눈이었다. 그녀가 백 번을 더 나타났다 해도 내 굳은 확신은 변함없었을 것이다.

따분한 저녁이었다. 웨믹은 자기 앞으로 포도주 병이 돌아와도 월급날 월급봉투를 받듯 술병을 받았고, 늘 그렇듯 반대신문에 대비하는 자세로 고용주를 쳐다보고 있었다. 거리의 우체통이 편지의 양과 관계없이 계속 받아들이는 것처럼 웨믹은 우체통 입구 같은 입으로 끊임없이 포도주를 들이부었다. 나에게는 줄곧 그런 그가 겉모습만 똑같이 생긴 월워스의 다른 쌍둥이처럼 보였다.

우리는 일찌감치 자리에서 일어났다. 재거스 씨의 구두 더미를 지나 모자를 가지러 갈 때부터 웨믹의 본모습이 나타나기 시작했다. 월워스 방향으로 제라드 거리를 6미터도 채 못 가서 나는 진짜 웨믹의 팔짱을 끼고 걸었다. 다른 쌍둥이는 저녁 공기 속으로 사라져버렸다.

"이런! 마침내 끝났군요. 재거스 씨는 이 세상에 둘도 없는 대단한 분이지만, 함께 식사할 때는 저도 모르게 잔뜩 얼어붙고 말아요. 밥 먹을 때만큼은 긴장을 풀어야 즐거운데 말이죠."

나는 오늘 저녁이 딱 그런 상황이었다고 말했다.

"다른 사람한테는 이런 얘기 하지 않습니다. 당신한테 한 말은 다른 데 새어 나가지 않는다는 것을 아니까요."

나는 그에게 미스 해비셤의 양녀, 즉 벤틀리 드러믈 부인을 만난 적 있느냐고 물었다. 그는 없다고 대답했다. 나는 뜬금없다는 인상을 주지 않으려고 그의 부친과 스키핀스 양에 대해서도 물었다. 스키핀스 양의 이름이 나오자, 그는 약간 은근한 표정으로 멈춰 서서 의기양양하게 고개를 홱 저으며 세게 코를 풀었다.

"처음 재거스 씨 댁을 방문할 때, 당신이 내게 가정부를 유심히 보라고 했던 말 기억하세요?"

"내가 그런 말을 했던가요? 아, 그런 것 같네요. 아, 맞아요. 생각납니다. 아무래도 내가 아직 긴장이 덜 풀렸나 봅니다."

그는 시무룩한 투로 말했다.

"그때 그녀를 길들여진 야생동물이라고 표현하셨죠?"

"당신이라면 어떻게 표현하겠습니까?"

"그 표현이 딱 맞는 것 같아요. 그런데 대체 재거스 씨는 그녀를 어떻게 길들인 거죠?"

"그건 선생님만이 알겠죠. 그녀가 그곳에서 지낸 지도 꽤 오래됐습니다."

"당신이 그녀의 과거에 대해 말해주면 좋겠어요. 왠지 궁금해서요. 물론 우리 사이에 오간 얘기는 새어나가지 않는답니다."

"그녀의 과거는 모릅니다. 엄밀히 말하면 모든 것을 다 알지는 못한다는 뜻이지요. 하지만 내가 아는 사실은 다 말씀드리죠. 물론 사적인 관계에서 드리는 말씀입니다."

"물론이에요."

"20년 전 일입니다. 그녀는 살인죄로 기소되어 재판에서 무죄를 선고받았습니다. 꽤 미인이었지요. 아마 집시의 피가 섞여 있다죠. 짐작하시겠지만 얼마나 열띤 재판이었는지 모릅니다."

"하지만 결국 무죄로 판명되었잖아요?"

"재거스 씨가 변호를 맡았으니까요."

웨믹이 의미심장한 표정으로 덧붙였다.

"재거스 씨는 그때 놀라운 솜씨를 발휘하셨죠. 승소할 가능성이 거의 없는 데다, 재거스 씨도 초창기였어요. 그런데 혀를 내두를 만큼 훌륭하게 처리했죠. 실제로 그 사건으로 명성을 얻은 거죠. 재거스 씨는 경찰서에서 살다시피 했어요. 피고를 유치장에 가두는 것조차 막았어요. 아직은 사건을 직접 맡을 수 없었던 때라 법정에서 변호사 밑에 앉았지만, 모든 것을 준비해두고 변호를 실질적으로 이끌어나갔죠. 피해자는 여자였는데, 피고보다 열 살 위였어요. 몸집도 꽤 크고 기운도 훨씬 센 여자였죠. 사건의 발단은 질투였어요. 두 여자 모두 유랑 생활을 하고 있었는데, 지금 제라드 거리에 사는 그녀는 역시 유랑 생활을 하던 남자와 살림을 차렸죠. 그녀는 질투심이 대단했어요. 나이로 보아 그 남자와 더 어울리는 상대는 피해자 쪽이었죠. 시체는 하운슬로 히스 근처 헛간에서 발견되었지요. 현장에는 격렬한 몸싸움의 흔적이 남아 있었어요. 죽은 여자는 온몸에 멍이 들었을 뿐 아니라 긁히고, 상처투성이였어요. 결국 목이 졸려 질식사한 것으로 판명되었죠. 정황이나 증거로 판단할 때 그녀 말고는 용의자가 없었어요. 하지만 재거스 씨는 그녀가 그런 짓을 할 만한 힘이 없다는 점을 강조했죠. 물론 핍 씨도 알 수 있듯이······."

웨믹이 갑자기 내 소매를 살짝 건드리며 말했다.

"그때 재거스 씨는 그 여자의 손힘을 강조하지 않았어요. 지금은
가끔 그러지만."

나는 처음 저녁 식사에 초대받은 날, 재거스 씨가 그녀의 손목을
우리에게 보여주었던 일을 웨믹에게 상기시켰다.

"아무튼 그녀는 체포될 때부터 실제보다 훨씬 연약해 보이도록 교
묘하게 차려입었어요. 특히 팔이 가늘어 보이도록 소매 부분이 정교
하게 손질되어 있었죠. 그녀의 몸에는 상처가 한두 군데밖에 없었어
요. 유랑자들에게 흔히 있는 정도였죠. 그런데 손등에 찢긴 자국이 있
었어요. 문제는 이것이 사람 손톱에 의한 것이냐, 아니냐 하는 것이었
죠. 재거스 씨는 그녀가 가시덤불을 간신히 헤치고 빠져나간 사실을
입증했어요. 손으로 헤치고 가야 할 정도였다면서 그 가시의 일부가
피부에 달라붙어 있는 것을 증거로 제출했죠. 조사 결과 그 가시덤불
에 사람이 지나간 흔적이 있었고, 그녀가 입고 있던 옷자락이 발견되
기도 했어요. 군데군데 핏자국도 묻어 있었죠. 바로 여기서부터 재거
스 씨의 대담한 주장이 펼쳐졌죠. 검찰은 질투로 인한 살인의 증거로,
그녀가 광분한 나머지 남자에게 복수하려고 남자와의 사이에서 낳은
세 살쯤 된 아이를 비슷한 시기에 살해한 혐의가 있다고 주장했어요.
그러자 재거스 씨는 이렇게 항변했습니다. '우리는 피고의 손등에 난
상처가 손톱이 아니라 가시덤불에 긁힌 것이라고 확신하며, 가시덤
불을 그 증거로 제출했다. 당신들은 그 상처가 손톱에 의한 것이라고
주장하고, 그녀가 아이를 죽였다는 가설을 세웠다. 그렇다면 당신들
은 그 가설이 이끌어내는 모든 결과를 수긍해야 한다. 어쩌면 그녀가

아이를 죽였을 수도 있고, 아이가 버둥거리다 본능적으로 그녀의 손등을 할퀴었을지도 모른다. 그렇다면 지금 당신들은 어째서 아이를 죽인 건으로 그녀를 기소하지 않나? 지금 문제가 되는 이 건에 대해, 당신들이 끝까지 할퀸 자국에만 집착한다면 만에 하나 당신들 설명이 옳을지도 모른다. 혹시 당신들이 그 상처에 대한 사실을 꾸며내지 않았다면 말이다.' 요컨대 재거스 씨는 배심원들에게 아주 버거운 상대였습니다. 그러니 결국 배심원들이 항복하고 말았던 겁니다."

"그 일이 있고 나서 그녀가 재거스 씨 집 가정부가 되었나요?"

"석방되자마자 그 집으로 들어갔죠. 들어갈 때부터 길들여진 상태였죠. 가정부 일은 하나씩 배워나갔지만, 성격은 들어올 때 그대로예요."

"그때 그 아이는 사내아이였나요, 여자아이였나요?"

"여자아이였다고 들었어요."

"그렇군요. 오늘 특별히 할 이야기는 없습니까?"

"없습니다. 당신 편지는 읽고 나서 바로 태워버렸습니다. 지금으로서는 아무것도 해드릴 말이 없어요."

우리는 진심 어린 작별 인사를 나눴다. 나는 기존의 문제가 해결되기는커녕 새로운 걱정거리를 안고 집으로 돌아왔다.

49

이튿날 나는 역마차를 타고 다시 미스 해비셤의 저택으로 향했다. 변덕맞은 그녀가 왜 금방 다시 왔냐고 물어볼 것을 대비해 나는 그녀의 쪽지를 호주머니에 넣어 갔다. 나는 중간에 휴게소에 내려 아침식사를 하고 거기서부터 걸어갔다. 사람들이 잘 다니지 않는 길로 걸어서 조용히 읍내에 들어갔다 나올 작정이었다.

중심가 뒤쪽, 고요한 골목으로 접어들었을 때는 이미 한낮이 지난 뒤였다. 옛날 늙은 수도사들의 식당과 정원이 있던 이곳이 지금은 초라한 창고와 마구간으로 쓰이고 있었다. 튼튼한 담장으로 둘러싸인 으슥한 옛 건물 잔해들은 무덤 속에 잠든 늙은 수도사들만큼이나 조용했다. 사람들 눈을 피해 급히 걸어가고 있는데, 멀리 성당의 종소리가 그 어느 때보다 구슬프고 아득하게 들렸다. 낡은 오르간 소리는 장송곡처럼 울려 퍼졌다. 잿빛 탑 주위를 맴돌거나 수도원 마당의 키 큰 벌거숭이 나무에 앉은 까마귀들이 '이곳은 변했다. 에스텔러는 영원히 떠났다'고 나에게 일깨워주는 것만 같았다.

대문을 열어준 사람은 뒷마당 건너편 하인들 별채에 사는 나이 지긋한 여자였다. 낯익은 여자였다. 나는 어두운 복도에 켜진 촛불을 들고 혼자 계단을 올라갔다. 미스 해비셤은 자기 방이 아니라, 층계참 건너편 넓은 방에 있었다. 문을 두드렸으나 대답이 없어서 안을 들여다보니, 그녀가 벽난로 앞에 놓인 낡아빠진 의자에 멍하니 앉아 수북이 쌓인 잿더미 속에서 타오르는 불길을 바라보고 있었다.

나는 전에도 이따금 그랬듯이, 그녀가 눈을 들면 나를 바라볼 수 있는 자리에 가서 낡은 벽난로 선반에 손을 얹고 기다렸다. 그녀는 절대적인 고독에 싸여 있었다. 이런 가련한 모습 앞에서는 그녀가 고의적으로 내게 더 깊은 상처를 입혔다 해도 어쩔 수 없는 연민의 감정이 앞섰다. 어쩌다 나 역시 이 집의 고약한 운명에 휘말려버렸다는 착잡한 생각을 하면서 잠시 서 있으려니, 그녀가 눈을 뜨고 나를 빤히 쳐다보더니 나지막이 말했다.

"이게 꿈은 아니겠지?"

"접니다, 핍. 어제 재거스 씨한테 당신의 편지를 전해 받고 곧바로 달려왔습니다."

"고맙구나, 고마워."

나는 낡아빠진 의자를 가지고 가서 그녀 앞에 앉았다. 그녀의 얼굴에는 지금껏 한 번도 본 적 없는, 마치 나를 두려워하는 듯한 표정이 나타났다.

"지난번 네가 얘기했던 일들을 도와주고 싶었다. 그래서 내가 돌처럼 매정한 사람이 아니라는 것을 보여주고 싶었어. 하지만 너는 나에게서 인간다움을 느낄 수 없겠지?"

나는 그렇지 않다고 말했다. 그녀가 나를 만질 듯이 떨리는 오른손을 내밀었다. 하지만 내가 그 동작의 의미를 이해하고 그 손을 어떻게 받아들여야 할지 판단하기도 전에 그녀가 손을 거뒀다.

"너는 네 친구에게 도움이 될 만한 방법을 나에게 알려줄 수 있다고 했어. 정말 그러고 싶은 거지?"

"네, 간절히 바라는 일입니다."

"그게 무엇이냐?"

나는 허버트를 몰래 도와준 이야기를 들려주었다. 그런데 곧 미스 해비셤은 내 설명이 아니라 나에 대해 무언가 골똘히 생각하고 있다는 것을 그녀의 표정에서 느꼈다. 더구나 내가 말을 멈추고도 한참이나 지난 뒤에야 그녀는 겨우 그것을 알아차렸다.

"왜 말을 하다 마는 거냐? 말하기도 싫을 만큼 내가 원망스러운 거야?"

좀 전처럼 나를 두려워하는 듯한 표정으로 그녀가 물었다.

"아닙니다. 왜 그런 생각을 하세요? 제가 말을 끊은 이유는 당신께서 듣지 않는 것 같아서였습니다."

"그랬는지도 모르지."

그녀가 한 손으로 머리를 짚으며 말했다.

"계속해라. 너를 쳐다보지 않고 들을 테니까. 됐어! 이제 말해봐."

종종 그랬듯이, 그녀는 지팡이에 손을 얹고 내 이야기에 집중하기 위해 결연한 표정으로 난롯불을 바라보았다. 나는 계속 설명했다. 원래는 내 힘으로 그 계획을 완성하려고 했지만 이제 그럴 수 없게 되었으며, 지난번에도 말했듯이, 나 아닌 다른 사람의 중요한 비밀이 얽힌 문제이기 때문에, 그 이유를 설명해줄 수 없다고 말했다.

"그래, 알겠다! 그것을 완성하는 데 얼마나 필요한 것이냐?"

미스 해비셤은 고개를 끄덕이며 나를 바라보지도 않고 물었다.

"9백 파운드입니다."

액수가 너무 크다는 생각에 나는 머뭇거리며 말했다.

"내가 그 돈을 마련해주면, 네가 그랬듯이 내가 했다는 것도 비밀로 해둘 거냐?"

"네, 반드시 그렇게 하겠습니다."

"그렇게 해주면 네 마음이 편해지겠니?"

"그 이상입니다."

"지금은 몹시 불행하겠지?"

미스 해비셤은 여전히 나를 보지 않고 물었다. 여느 때와는 달리 동정 어린 말투였다. 나는 목이 잠겨 곧바로 대답이 나오지 않았다. 그사이 그녀는 왼팔을 지팡이 위에 얹고, 이마를 그 위에 갖다 댔다.

"조금도 행복하지 않습니다. 하지만 저의 불행에는 당신이 알지 못하는 일도 관여되어 있습니다. 그것이 제가 말씀드릴 수 없는 비밀입니다."

그녀는 고개를 들어 다시 난롯불을 응시했다.

"너의 불행에는 내가 모르는 원인이 있다…… 말이라도 그렇게 해주니 고맙구나, 핍. 그런데 그게 사실이니?"

"사실입니다."

"내가 할 수 있는 일은 네 친구를 돕는 일밖에 없는 거니? 네 친구를 도와줬다고 하고, 내가 너를 위해 해줄 수 있는 일은 없을까?"

"말씀만으로도 감사합니다. 말씀하실 때의 그 말투도 감사합니다. 하지만 정말이지 제가 바라는 것은 아무것도 없습니다."

그녀는 의자에서 일어나 필기도구를 찾았다. 부패한 방에 그런 게 있을 리 만무했다. 그녀는 호주머니에서 금테두리가 장식된 빛바랜 노란 상아 수첩을 꺼냈다. 그리고 목에 걸고 있던 빛바랜 금 뚜껑이 달린 연필로 무언가 쓰면서 물었다

"재거스 씨와는 아직도 만나느냐?"

"네, 어제도 함께 식사했습니다."

"이 확인서를 재거스 씨에게 보여주거라. 네 친구를 위해 네가 원하는 만큼 돈을 내주라고 썼다. 집에는 돈을 두고 있지 않다. 하지만 재거스 씨에게 비밀로 하고 싶다면 내가 직접 돈을 보내주마."

"고맙습니다. 재거스 씨에게 받아도 괜찮습니다."

미스 해비셤은 자신이 쓴 것을 내게 읽어주었다. 내가 그 돈으로 사리사욕을 채우지 않을 거라는 내용을 명확하게 적은 것이었다. 나는 수첩을 받아 들었다. 그녀의 손이 다시 떨렸다. 목에 매달린 연필을 떼내어 나에게 넘겨줄 때는 더욱 떨렸다. 그러는 동안 그녀는 나에게 눈길 한 번 주지 않았다.

"첫 장에 내 이름이 쓰여 있다. 내 이름 밑에 '그녀를 용서한다'고

쓸 수 있다면 부디 그렇게 해다오. 찢어진 내 가슴이 흙으로 변한 지한참 지난 뒤에라도 말이다."

"미스 해비셤! 지금 당장이라도 쓸 수 있습니다. 저 또한 가슴 아픈일을 저지른 적이 있습니다. 은혜도 모르고 무분별하게 살아왔습니다. 용서와 가르침이 필요한 사람은 저예요. 감히 부인을 용서하고 말고 할 자격이 저에게는 없습니다."

미스 해비셤은 비로소 고개를 돌려 나를 바라보았다. 놀랍게도, 아니 무섭게도 그녀가 내 발치에 꿇어앉아 두 손을 모아 올렸다. 가엾은 그녀의 심장이 아직 젊고 온전했을 때, 틀림없이 그녀는 어머니곁에서 그렇게 하늘을 향해 기도드렸을 것이다.

백발에 앙상한 몰골의 미스 해비셤이 내 발치에 꿇어앉은 것을 보고 나는 온몸이 떨렸다. 얼른 그녀를 일으켜 세우려고 허리에 팔을둘렀다. 나는 그녀에게 일어나라고 애걸했다. 하지만 그녀는 내 손을꼭 쥐고 그 위로 머리를 떨군 채 눈물을 흘렸다. 그녀가 눈물 흘리는모습을 본 것은 그때가 처음이었다. 나는 눈물이 도움이 될 것 같아그녀 위로 몸을 숙인 채 아무 말도 하지 않았다. 그녀는 이제 아예 바닥에 주저앉아 있었다.

"아! 내가 대체 무슨 짓을 한 걸까! 무슨 짓을!"

그녀가 절망적으로 외쳤다.

"미스 해비셤, 제 상처를 말씀하시는 거라면 걱정하지 마세요. 당신잘못이 아닙니다. 저는 어떤 상황이었든 결국 에스텔러를 사랑했을테니까요. 그런데 그녀는 결혼했나요?"

"그래."

물어볼 필요도 없는 질문이었다. 이 황량한 저택에 더해진 또 다른 삭막함이 말해주고 있었다.

"내가 무슨 짓을 한 거야! 무슨 짓을!"

그녀는 백발을 마구 쥐어뜯으며 몇 번이고 똑같은 말을 외쳤다.

나는 무슨 말로 그녀를 위로해야 할지 막막할 따름이었다. 그녀는 자신의 보상받지 못한 사랑과 상처받은 자존심에 대한 복수의 도구로 쓰기 위해 쉽게 영향을 받을 수 있는 어린아이를 양녀로 삼았다. 그러나 그녀는 햇빛을 거부함으로써 다른 많은 것들까지 막아버렸고, 세상을 등지고 스스로 격리함으로써 자연스러운 치유의 혜택을 전혀 받지 못했다. 결국 신의 섭리에 거스르는 모든 것이 그렇듯, 자기 생각에만 빠졌던 그녀의 영혼은 점점 병들어 갔다. 이 모든 것을 알고 있는 내가 어떻게 그녀를 동정하지 않을 수 있겠는가.

결과적으로 그녀는 벌을 받았다. 이 세상에서 아무짝에도 쓸모없는 존재로 전락해버린 사실, 회한, 자책, 자기비하와 같은 허위의식이 그렇듯 슬픔의 허위의식이 광적인 집착이 되어버린 사실이 그것을 명백하게 보여주고 있었다. 그러니 내가 어떻게 그녀를 아무런 연민 없이 바라볼 수 있겠는가.

"지난번 네가 에스텔러에게 말하기 전까지, 너를 보면서 내가 느꼈던 고통을 발견하기 전까지 나는 내가 무슨 짓을 저질렀는지 깨닫지 못했다. 아, 도대체 내가 무슨 짓을 저지른 걸까! 무슨 짓을!"

그녀는 다시 같은 말을 수도 없이 되풀이했다.

나는 그녀의 탄식이 잦아들기를 기다렸다가 말했다.

"미스 해비셤, 저에 대한 죄책감은 그만 잊으세요. 하지만 에스텔러는 다릅니다. 어떻게든 당신이 심어준 그녀의 비뚤어진 본성을 바로잡을 수 있다면 부디 그렇게 해주세요. 지난 일로 평생 슬퍼하는 것보다 그게 훨씬 의미 있는 일일 테니까요."

"그래, 그래, 나도 알아. 하지만 핍, 이것만은 믿어다오."

그녀가 진지하고 여성의 동정이 어린 애정을 나에게 보여주며 말했다.

"에스텔러가 처음 이 집에 왔을 때, 나처럼 비참한 인생의 구렁텅이에 빠진 그 애를 구원해주려고 했단다. 정말이지 다른 뜻은 없었어."

"네, 분명 그랬을 거예요."

"하지만 그 애가 점점 예쁘게 자라는 것을 보면서 나는 고약하게 변했어. 칭찬하고, 보석을 주고, 가르쳤지. 그리고 상처 입은 내 모습을 그 아이에게 끊임없이 보여줌으로써 그녀의 따뜻한 마음을 덜어내고 그 자리에 얼음을 집어넣었지."

"본래 그녀가 가지고 있던 마음을 그냥 놔두었어야 했어요. 훗날 그 마음이 상처받고 찢어진다 해도 말이에요."

나는 이 말을 하지 않을 수 없었다.

그녀는 괴로운 표정으로 나를 바라보다가 또다시 자기가 무슨 짓을 한 거냐고 소리쳤다.

"내가 어떻게 살아왔는지 안다면 너도 조금은 나를 동정할 거다. 내 마음도 조금은 이해할 수 있을 테고."

그녀가 애원하듯 말했다.

나는 가능한 주의를 기울이면서 말했다.

"미스 해비셤, 저도 당신 이야기를 알고 있습니다. 이 마을을 떠나고 얼마 되지 않아 알게 되었지요. 저는 그 이야기를 듣고 깊은 연민을 느꼈고, 과거의 그 사건이 당신에게 얼마나 치명적인 영향을 끼쳤는지 이해합니다. 오늘 이런 이야기가 나온 김에 에스텔러에 대해 묻고 싶은 게 있는데, 괜찮겠습니까? 그녀가 처음 이곳에 왔을 때 일입니다."

미스 해비셤은 바닥에 앉아 낡은 의자에 두 팔을 올리고 그 위에 머리를 기대고 있었다. 그러던 그녀가 똑바로 나를 응시하며 "말해 봐."라고 대답했다.

"에스텔러는 누구의 딸입니까?"

그녀가 고개를 가로저었다.

"모르세요?"

그녀가 다시 고개를 저었다.

"재거스 씨가 여기 데리고 왔거나 보냈겠네요?"

"그가 데려왔어."

"그 이야기를 해주시겠어요?"

그녀는 속삭이듯 낮은 목소리로 이야기를 시작했다.

"이 방에 틀어박힌 지 꽤 오래되었을 때였던 것 같은데, 얼마나 오랜 시간이 지났는지는 모르겠구나. 이 시계가 멈춘 건 너도 잘 알잖니? 아, 그러고 보니 처음 재거스 씨를 만난 것은 세상을 등지기로 마음먹고 이 집을 격리하려고 할 때였어. 그 사람에 대한 기사를 신문에서 읽었거든. 나는 그에게 어린 여자아이가 있으면 좋겠다고 말했지. 애정을 쏟아 기르고 나 같은 비참한 운명에서 구해줄 아이를 원한다고 말이야. 그는 적당한 고아를 찾아보겠다고 하더구나. 그리고 어느 날 저녁, 그가 잠든 여자아이를 이곳으로 데려왔어. 나는 그 아이에게 에스텔러라는 이름을 지어주었어."

"그때 그녀가 몇 살이었나요?"

"두세 살쯤 됐을 거야. 에스텔러는 자신이 고아였고, 내가 양녀로 삼았다는 사실 말고는 몰라."

나는 재거스 씨 집에 있는 그 여자가 에스텔러의 생모라는 확신이 너무도 강했으므로, 증거 따위는 필요 없었다. 어느 모로 보나 두 사람의 관계는 명명백백했다.

미스 해비셤과 계속 있어봤자 무엇을 더 얻을 수 있겠는가. 허버트 일은 잘 해결되었고, 미스 해비셤은 에스텔러에 대해 아는 사실을 전부 말해주었다. 나는 그녀의 고통스러운 심정을 위로하기 위해 할 수 있는 말과 행동을 다 했다.

계단을 내려와 밖으로 나왔을 때는 땅거미가 내리고 주위는 어둑어둑했다. 나는 대문을 열어준 여자에게, 가기 전에 정원을 좀 거닐고 싶으니 문은 좀더 있다가 열어달라고 했다. 이제 다시는 이곳에 올 일이 없으리라는 예감이 들었기 때문이다. 마지막으로 한 번 돌아보기에 저무는 지금이 딱 적당하다고 느꼈다.

나는 오래전 그 위를 걸었던 술통들을 지나, 황폐한 정원으로 걸음을 옮겼다. 오랜 세월 내린 비로 술통은 대부분 썩었고, 똑바로 서 있는 술통 위로 작은 물웅덩이가 생겼다. 정원을 한 바퀴 돌았다. 허버트와 싸웠던 구석 자리, 에스텔러와 거닐던 오솔길, 모든 것이 쓸쓸하고 피폐했다.

정원과 양조장 사이 문에 달린 녹슨 빗장을 올리고 안으로 들어갔다. 반대편 문으로 나가려고 했는데 쉽게 열리지 않았다. 나무 문에 습기가 차서 퉁퉁 불고 돌쩌귀는 내려앉았으며 문지방에 곰팡이와 버섯 같은 것이 잔뜩 끼어 있었다. 그때 나는 무심코 뒤돌아보았다. 이 사소한 동작 하나로 어린 시절의 인상이 되살아났다.

나는 불현듯 미스 해비셤이 대들보에 매달린 모습을 본 것 같은 기분에 휩싸였다. 그 인상이 너무도 강렬해서 그것이 환상임을 깨닫기 전까지 대들보 밑에서 온몸을 떨며 가만히 서 있었다. 하지만 실제로 그렇게 있었던 것은 한순간이었다.

예전 에스텔러에게 모욕을 당한 뒤 마음의 상처를 입고 머리카락을 쥐어뜯었던 그 문을 빠져나왔다. 그 시간과 장소가 지닌 음울함과 한순간 스친 환상으로 인해 나는 공포에 떨면서 걸어 나왔다. 나는 앞마당으로 들어서면서 그 하녀를 불러 문을 열어달라고 할까, 아니면 2층으로 올라가 미스 해비셤이 안전하게 있는지 확인해볼까 생각해보았다. 잠시 망설이던 나는 집으로 들어가 계단을 올라갔다.

나는 그녀를 만났던 방을 들여다보았다. 그녀는 등을 돌린 채 벽난로 바로 앞에 놓인 낡아빠진 의자에 앉아 있었다. 그 모습을 보고 조용히 돌아서려는 순간, 커다란 불길이 솟아올랐다. 동시에 그녀가 온몸이 불길에 휩싸인 채 비명을 지르며 나를 향해 뛰어왔다. 불길은 그녀의 머리 위로 수십 센티미터 높이까지 솟아올랐다.

나는 이중으로 망토가 달린 외투를 입고 팔에는 두꺼운 윗옷을 걸치고 있었다. 황급히 그녀를 바닥에 쓰러뜨리고 외투와 윗옷으로 그녀의 몸을 덮었다. 식탁의 커다란 식탁보를 가져다 덮으려고 끌어당기자 그 위에 있던 썩은 물건들과 그 속에 둥지를 틀고 있던 온갖 흉측한 벌레들이 함께 떨어졌다.

우리는 원수처럼 엎치락뒤치락하며 바닥에서 몸싸움을 벌였다. 옷가지와 천으로 몸을 꼭꼭 덮을수록 그녀는 더 사납게 비명을 지르며 빠져나오려고 발버둥 쳤다. 나는 이 모든 상황을 나중에 눈으로 보고 알았을 뿐, 그 순간에는 아무것도 느끼지 못했다. 아무것도 생각하지 못했고, 아무 경황도 없었다. 정신을 차렸을 때 우리는 커다란 식탁 옆 바닥에 쓰러져 있었고, 연기가 자욱한 가운데 빛바랜 웨딩드레스에 아직도 불이 붙은 채 불씨들이 공중에 떠다녔다.

나는 주위를 둘러보았다. 거미와 바퀴벌레가 바닥 위로 정신없이 도망쳤고, 비명을 지르며 헐레벌떡 문을 열고 들어오는 하인들이 보였다. 그때까지도 나는 도망치려는 죄수를 제압하듯 온 힘을 다해 그녀를 바닥에 누르고 있었다. 불에 타버린 그녀의 웨딩드레스 조각이 시커먼 재가 되어 소나기처럼 떨어져 내릴 때까지, 나는 내가 누르고 있는 사람이 누구이며 우리가 어째서 몸싸움을 벌이고 있는지, 그녀가 불길에 휩싸였던 사실이며, 그 불길이 이미 꺼졌다는 사실마저 인식하지 못했다.

미스 해비셤은 기절해 있었다. 나는 너무나 두려운 마음에, 하인들이 그녀를 움직이는 것도, 만지는 것도 허락하지 않았다. 그녀를 내려놓으면 다시 불길이 일어나 그녀를 다 태워버릴 것만 같았던 것이다. 마침내 의사가 도와줄 사람과 함께 나타나 그녀를 살펴볼 때까지 그렇게 그녀를 꼭 안고 있었다. 자리에서 일어났을 때 나는 양손에 화상을 입은 것을 알고 깜짝 놀랐다. 그것조차 느끼지 못했던 것이다.

의사는 그녀가 심한 화상을 입기는 했지만 화상 자체가 치명적이지 않다고 했다. 오히려 위험한 것은 정신적인 충격이라고 했다. 의사의 지시에 따라 그녀는 그 커다란 식탁 위로 옮겨졌다. 우연찮게도 이 식탁은 환부를 치료하고 붕대를 감기에 딱 알맞은 높이였다. 한 시간 뒤 내가 그 방에 들어갔을 때, 그녀는 언젠가 그곳에 눕겠노라고 지팡이로 가리켰던 바로 그 식탁 위에 누워 있었다.

입고 있던 옷은 모조리 불타 버렸다고 했다. 의사는 그녀의 목 부위까지 하얀 탈지면을 감아놓았다. 그로 인해 그녀의 모습은 여전히 그 소름 끼치는 유령 같은 신부의 모습으로 보였다. 하얀 시트를 느슨하게 덮고 있기는 했지만 괴기스러운 분위기는 여전히 풍기고 있었다.

나는 하인들을 통해 에스텔러가 파리에 있다는 사실을 알아냈다. 나는 그녀에게 사정을 알리는 편지를 보내달라고 의사에게 부탁했다. 미스 해비셤의 친척들에게 연락하는 일은 내가 맡았다. 우선 매슈 포킷 씨에게 알리고, 다른 친척들에게 연락하는 일은 그에게 맡길 생각이었다.

그날 밤 한 차례 깨어난 미스 해비셤은 비교적 담담하게 화재 이야기를 했다. 소름 돋는 활기가 있기는 했지만. 그러다 자정이 되자 횡설수설하더니, 그 뒤에는 낮고 느릿느릿한 목소리로 같은 말을 수도 없이 되풀이했다. 먼저 그녀는 "대체 내가 무슨 짓을 한 거냐!"라고 말하고 나서, "그 애가 처음 이 집에 왔을 때는, 나와 같은 비참한 인생의 구렁텅이에서 구해주고 싶었다."고 말했다. 그리고 "그 연필로 내 이름 밑에다 '그녀를 용서한다'고 써주렴!"이라고 했다.

이 세 문장의 순서는 바뀌지 않았다. 이따금 단어 한두 개쯤 빠지기는 했지만, 그 대신 다른 단어를 집어넣지는 않고 다음 단어로 건너뛰었다.

그곳에 더 있어봐야 아무런 도움도 되지 않을뿐더러, 미스 해비셤의 헛소리를 듣고 있을 때조차 한순간도 내 마음속을 떠나지 않는 불안과 두려움의 씨앗이 런던 내 집 가까이 있었으므로, 나는 다음 날 아침 일찍 역마차로 돌아가기로 했다. 우선 이삼 킬로미터쯤 걸어 읍내를 빠져나간 다음 마차를 탈 생각이었다.

다음 날 새벽 6시경, 나는 몸을 굽혀 미스 해비셤의 입술에 입을 맞쳤다. 그때까지도 그녀는 계속 같은 말을 중얼거렸다.

"그 연필로 내 이름 밑에다 '그녀를 용서한다'고 써주렴."

50

나는 밤중에 두세 번, 아침에 한 번 붕대를 새로 갈았다. 왼손은 팔꿈치까지 화상이 꽤 심한 편이었고, 그 위로 어깨까지는 비교적 덜했지만 꽤 화상을 입었다. 상처는 몹시 쓰리고 아팠다. 그나마 불길이 왼쪽으로 올라와 더 다치지 않은 것을 다행으로 여겼다. 오른손 화상은 심하지 않아 손가락을 움직일 수 있었다. 물론 오른팔에도 붕대를 감기는 했지만 왼팔보다는 덜했다. 왼팔을 끈으로 매달아 걸쳐야 했기에 외투를 망토처럼 어깨에 느슨하게 걸쳤다. 머리카락도 불에 탔으나, 다행히 머리와 얼굴은 화상을 입지 않았다.

허버트는 해머스미스로 가서 아버지에게 미스 해비셤의 소식을 전하고 돌아와 나를 간호해주었다. 그는 더할 나위 없이 친절한 간병인이었다. 정해진 시간에 붕대를 풀고, 미리 준비해둔 차가운 액체에 담근 뒤 다시 환부에 감아주었다. 다정한 그에게 나는 고마움을 느꼈다.

한동안 나는 소파에 조용히 누워 있을 때도 타오르는 불길과 그것이 치솟는 소리, 무언가 타는 지독한 냄새에 시달렸다. 아무리 떨쳐버리려고 해도 그럴 수 없었다. 깜빡 잠이 들어도 미스 해비셤의 비명 소리, 자기 키보다 높은 불기둥에 휩싸여 나를 향해 달려드는 모습에 소스라치게 놀라며 벌떡 일어나기 일쑤였다. 이런 정신적인 고통은 육체적 고통보다 훨씬 더 견디기 힘들었다. 이것을 알아차린 허버트는 내 주의를 다른 데로 돌리려고 무진 애를 썼다.

우리는 둘 다 보트에 대해 일절 언급하지 않았다. 하지만 생각은 똑같이 하고 있었다. 둘 다 그 문제를 꺼내기 꺼렸고, 내 손이 회복되기까지 몇 주일이 아니라 몇 시간이 걸려야 한다는 점에 대해서는 말로 하지 않아도 같은 의견이었다.

물론 허버트를 보자마자 내가 가장 먼저 물어본 것은 강 하류에 이상이 없느냐는 것이었다. 그는 쾌활하고 자신만만하게 이상 없다고 대답했다. 이것으로 둘 다 그 이야기는 꺼내지 않았다. 하지만 해 질 무렵, 허버트는 밖에서 들어오는 햇빛 대신 난롯불에 의지하여 붕대를 갈면서 그 이야기를 꺼냈다.

"어젯밤 2시간이나 프로비스와 함께 있었어."

"클래라는 어디에 있었는데?"

"사랑하는 클래라! 그녀는 저녁 내내 자기 아버지 시중드느라 계단을 오르락내리락했지. 그녀가 잠시라도 보이지 않으면 바닥이 쿵쿵 찧어대거든. 하지만 이제 그것도 얼마 남지 않았을 거야. 매일 하루도 빠짐없이 럼주에 후춧가루, 후춧가루에 럼주를 주구장창 마셔대니 바닥을 찧어대는 일도 머잖아 끝날 것 같아."

"그러면 그녀와 결혼할 거니?"

"안 그러면 어떻게 사랑하는 여자를 돌볼 수 있겠니? 자, 팔을 소파 등받이에 올려봐. 붕대를 조심조심 풀 테니까. 언제 풀었는지도 모르게 말이야. 참, 프로비스 씨 말인데, 그가 좋아지고 있다는 거 아니?"

"마지막으로 만났을 때 꽤 부드러워진 것 같다고 내가 말했잖아."

"그랬지. 정말 부드러워졌어. 어젯밤에는 이야기를 좀 많이 했는데, 옛날 일을 들려주더라. 전에 그가 아내 때문에 몹시 힘들었다고 말하다 입을 다물었던 거 생각나니? 아차, 미안해, 아팠어?"

나는 움찔했다. 허버트가 상처를 건드려서 그런 것이 아니라 그의 말 때문이었다.

"잊어버리고 있었는데, 지금 네 말을 듣고 생각났어."

"그래. 그 이야기를 해주었어. 정말 우울하고 험악한 일이더구나. 말해줄까? 아니, 지금은 듣기 좀 그렇지?"

"아니, 말해줘. 처음부터 끝까지, 전부 다!"

허버트는 몸을 숙여 가까이 나를 쳐다보았다. 조급하고 애타게 들리는 내 말투를 이해할 수 없는 듯했다.

"열은 없지?"

그가 내 이마를 짚어보면서 말했다.

"없어. 프로비스 씨가 뭐라고 했는지 말해봐, 허버트."

"그게 말이야, 아, 붕대가 잘 풀렸다. 이번에는 차가운 붕대를 새로 감을게. 처음에는 좀 소름이 돋을 거야. 그렇지, 불쌍한 헨델? 그 여자는 젊고, 질투가 심하고, 복수심 강한 여자였대. 특히 복수심이 어마어마했나 봐."

"어느 정도로?"

"살인을 저지를 정도로. 이런! 예민한 부위에 너무 차가웠나?"

"감각이 없으니까 괜찮아. 그런데 어떻게 살인을 했대? 왜? 누구를?"

"어쩌면 살인이라는 끔찍한 명목을 갖다 붙일 만한 사건이 아니었는지도 몰라. 아무튼 그녀는 살인죄로 재판을 받았어. 담당 변호사가 재거스 씨였다지. 이때 그의 변호가 화제를 불러일으키는 바람에 명성을 얻었고, 프로비스 씨도 이 사건을 계기로 그를 알게 됐나 봐. 피해자는 그녀보다 힘이 센 여자였는데, 둘이 헛간에서 몸싸움을 벌였나 봐. 누가 먼저 싸움을 걸었는지, 누구의 잘못으로 시작된 일인지 그건 몰라. 하지만 어떻게 끝났는지는 확실하지. 피해자가 목이 졸려 숨진 채로 발견되었다니까."

"그녀가 유죄 판결을 받았대?"

"아니, 무죄로 석방되었대. 미안! 헨델, 아팠니?"

"아니, 잘하고 있어, 허버트. 그래서 그다음에 어떻게 됐대?"

"석방된 여자와 프로비스 씨 사이에 어린 딸이 있었대. 그는 그 아이를 무척 아끼고 사랑했대. 피해자가 목 졸려 죽던 밤, 이 젊은 여인이 프로비스 씨 앞에 잠깐 나타나서는, 그 아이를 다시는 볼 수 없도록 죽여버리겠다고 하더래. 당시 아이는 그녀와 함께 있었대. 그러고 나서 그녀는 자취를 감추었다는 거야. 자, 이제 상처가 심한 왼손은 붕대로 잘 감싸서 끈으로 맸고, 이번에는 오른손이다. 이쪽은 훨씬 수월하지. 그리고 너무 밝은 빛보다 이 정도 빛이 더 좋아. 물집이 부풀어 오른 상처가 선명하게 보이면 손이 부들부들 떨리거든. 그런데 헨델, 숨 쉬기 힘든 거니? 이상하게 숨이 가빠지는 것 같은데."

"그럴지도 모르지. 아무튼, 그녀가 그 말대로 했대?"

"그렇게 했대. 프로비스 씨 인생에서 가장 암울한 일이었지."

"그가 그렇게 말했다는 거지?"

"그럼. 그가 얘기한 거야. 다른 이야기는 없었고."

허버트가 놀란 목소리로 말하고는 다시 몸을 숙여 가까이 나를 보았다.

"그래, 그렇지."

"프로비스 씨는 자기가 그녀를 학대했는지 어쨌는지는 말하지 않았어. 하지만 어쨌든 지난번 난롯가에서 말했던 비참한 사오 년을 그녀와 함께 보냈어. 그래서 그녀에 대해 연민과 너그러운 마음이 들었는지, 법정에서 살해된 아이에 대해 증언했다가 아내가 사형에 처해질까 봐 잠적했다는 거야. 물론 아이 일은 몹시 슬펐지만 말이야. 그의 말에 따르면 재판에서 빠지고 숨어 지내면서, 질투의 원인이 된 남자로 에이블이라는 이름만 오르내리게 되었대. 여자는 석방과 동시에 자취를 감췄대. 이렇게 해서 그는 자식과 아내를 한꺼번에 잃은 거야."

"궁금한 게 있는데……."

"잠깐 기다려. 이야기가 거의 끝나 가니까. 그 인간쓰레기 악당 콤피슨은 그때 프로비스 씨가 숨어 지낸 이유를 알고 있었어. 그 뒤로 그 약점을 그의 머리에 올가미로 씌워서 적은 보수를 주면서 많은 일을 시켰어. 어젯밤에 내가 깨달은 것은, 바로 이 점 때문에 콤피슨에 대한 원한이 뼈에 사무쳤다는 거야."

"허버트, 내가 특별히 알고 싶은 건 말이야, 그게 언제 있었던 일인지 그가 말했니?"

"특별히 알고 싶다고? 가만, 뭐라고 했더라? 그래, '꼭 20년 전 콤피슨과 함께 일하기 시작한 직후'라고 했어. 아, 그리고 교회 묘지에서 그를 만났을 때 넌 몇 살이었다고 했지?"

"일곱 살이었을 거야."

"그래. 그는 너를 만난 게 문제의 사건이 일어난 지 삼사 년 뒤였다고 하더라. 그래서 너를 처음 보았을 때, 무참히 잃어버린 자기 아이가 생각났나 봐. 살아 있다면 너랑 비슷한 나이였을 테니까."

"허버트, 창가의 빛과 난롯불 중 어느 쪽에서 내가 더 잘 보이니?"

잠시 뒤 나는 애가 타는 듯한 태도로 말했다.

"난롯불에서 더 잘 보여."

허버트가 몸을 숙여 가까이 나를 보면서 대답했다.

"나를 잘 봐."

"잘 보고 있어, 헨델."

"내 이마를 짚어봐."

"그래, 짚었어. 헨델."

"내가 지금 열에 들떴다거나, 어젯밤 사고로 머리가 돌아버렸다고 생각하는 건 아니겠지?"

"그래, 헨델. 조금 흥분한 상태지만 정신은 말짱해."

허버트가 나를 살펴보더니 말했다.

나는 최대한 또박또박 말을 꺼냈다.

"내 정신이 말짱한 건 나도 알아. 잘 들어, 허버트. 우리가 강 아래쪽에 숨겨준 그 남자가 에스텔러의 아버지야."

51

내가 무엇 때문에 에스텔러의 출생에 대해 추적하고 입증하는 데 그렇게 열성적이었는지 모르겠다. 곧 드러나겠지만, 나보다 현명한 사람이 그 질문을 하기 전까지 그 문제는 내게 뚜렷한 형태를 드러내지 않았다.

허버트와 중요한 대화를 나누는 동안, 나는 재거스 씨를 만나 이 사건의 진상을 명확히 밝혀야 한다고 굳게 믿었다. 에스텔러를 위해 그런 건지, 오랫동안 그녀를 향했던 낭만적 감정이 내가 안위를 걱정하며 보호하고 있던 그 남자에게 일부 옮겨 간 때문인지는 알 수 없었다. 아마도 후자에 가까울 것이다.

어쨌든 나는 그날 밤 제라드 거리로 달려가고 싶은 걸 억지로 참았다. 허버트는 우리가 숨기고 있는 죄수가 무사히 도망치는 일이 나한테 달린 상황에서 괜히 외출했다가 몸져눕기라도 하면 아무런 도움도 줄 수 없다는 말로 내 조바심을 누그러뜨렸다. 내일은 무슨 일이 있어도 재거스 씨를 찾아갈 거라고 몇 번이고 다짐을 받고 나서야 집에 남아 조용히 상처 치료에 전념했다.

우리는 다음 날 아침 일찍 집을 나섰다. 스미스필드와 길트스퍼 거리가 만나는 모퉁이에서 허버트는 시내 중심가로, 나는 리틀 브리튼으로 향했다.

재거스 씨는 정기적으로 날을 잡아서 웨믹과 둘이 법률사무소의 수입과 지출 영수증을 처리하는 등 회계 사무를 정리했다. 이럴 때 웨믹은 장부와 서류를 모두 챙겨 재거스 씨 방으로 자리를 옮기고, 위층에 있던 사무원이 대신 1층에서 사무를 보곤 했다. 그날 아침은 위층 사무원이 평소 웨믹 자리에 앉아 있었다. 재거스 씨와 웨믹을 같이 만나는 것도 나쁘지 않았다. 왜냐하면 내가 웨믹에게 해가 될 만한 말을 하지 않았다는 것을 직접 확인할 수 있을 테니까.

팔에 붕대를 감고 외투를 느슨하게 어깨에 걸친 모습은 내 목적을 이루는 데 유리했다. 덕분에 우리의 대화는 평소처럼 무미건조하거나 딱딱하지 않았고, 증거의 규칙에 덜 얽매였다. 이미 편지로 간단하게 적어 보냈던 그날의 참사를 다시 한번 자세히 설명하는 동안, 재거스 씨는 여느 때처럼 벽난로 앞에 서 있었다. 웨믹은 우편함 같은 입에 펜을 가로로 물고 호주머니에 손을 찔러 넣은 채 의자에 깊숙이 기대앉아 나를 쳐다보았다.

이야기를 끝내고 나는 허버트를 위해 미스 해비셤이 9백 파운드를 내주라고 적은 수첩을 보여주었다. 수첩을 받아 든 재거스 씨 눈은 평소보다 조금 움푹 들어갔다. 그는 그 수첩을 웨믹에게 건네면서 서명은 자기가 할 테니 수표를 써주라고 지시했다. 나는 수표를 작성하는 웨믹을 바라보았고, 재거스 씨는 반짝반짝 빛나는 구두를 신은 몸을 좌우로 흔들면서 나를 쳐다보았다. 이윽고 완성된 수표에 재거스 씨가 서명했고 나는 그것을 받아 호주머니에 집어넣었다. 재거스 씨가 그런 나를 보며 말했다.

"자네를 위해 아무것도 해주지 못해 미안하네."

"미스 해비셤도 저를 위해 해줄 게 없냐고 물어보셨지만, 없다고 말씀드렸어요."

"누구든 자신의 일은 자신이 가장 잘 아는 법이지."

재거스 씨가 말했다. 그리고 웨믹이 나를 보면서 소리 내지 않고 입술만 움직여 '유동자산'이라고 말했다.

"나라면 없다고 말하지 않았을 거야. 하지만 누구든 자신의 일은 자신이 가장 잘 아는 거겠지."

재거스 씨가 말했다.

이제 얘기를 꺼내야겠다고 생각한 나는 재거스 씨에게 물었다.

"그런데 선생님, 제가 미스 해비셤에게 여쭤본 게 있습니다. 양녀에 대해 말해달라고 말입니다. 그랬더니 부인께서는 양녀에 대해 자신이 아는 것을 모두 이야기해주셨습니다."

"그런가? 내가 미스 해비셤이었다면 그런 말은 함부로 꺼내지 않았을 걸세. 하지만 그녀 일은 그녀가 가장 잘 알겠지."

재거스 씨가 몸을 숙여 구두를 내려다보고 다시 몸을 폈다.

"저는 그 양녀의 출생에 대해 그분보다 잘 알고 있습니다. 물론 그녀의 어머니가 누군지도 알지요."

"어머니라고?"

재거스 씨는 의아한 눈초리로 나를 쳐다보며 되뇌었다.

"바로 사흘 전에 그 어머니를 봤습니다."

"그래?"

"어쩌면 제가 에스텔러의 출생에 대해 변호사님보다 더 많이 알고 있을지도 모르죠. 저는 그녀의 아버지가 누군지도 알고 있으니까요."

순간 재거스 씨는 멈칫했다. 워낙 침착한 사람이라 태도가 크게 바뀌지는 않았지만 순간 멈칫하며 주의를 기울이는 기색을 드러냈던 것이다. 그것을 보고 그가 에스텔러의 아버지에 대해서는 모르고 있다는 사실을 직감했다. 프로비스가 숨어 지냈다는 이야기를 허버트에게 들었을 때 그런 짐작을 하기는 했다. 프로비스가 재거스 씨를 변호사로 고용한 것이 잠적한 때부터 4년 뒤였기 때문에 그가 자기의 정체를 밝힐 이유가 없었던 것이다. 하지만 조금 전까지 확신할 수는 없었는데 지금은 확신했다.

"정말 그 숙녀의 아버지를 안다는 건가?"

"그렇습니다. 에스텔러의 아버지는 프로비스 씨입니다. 뉴사우스웨일스에서 온 사람."

재거스 씨는 흠칫했다. 놀란 표시치고는 지극히 어렴풋했지만, 조심스럽게 억누른, 아니 억눌렀다기보다 곧바로 멈춘 것이었다. 하지만 흠칫한 것은 분명했다. 손수건을 꺼내는 척했지만 말이다. 웨믹이 내 말을 어떻게 받아들였는지는 모르겠다. 나는 차마 그를 바라볼 수 없었다. 예리한 재거스 씨가 우리 사이에 자기 몰래 수많은 대화가 오갔다는 사실을 눈치챌까 봐 두려웠기 때문이다.

"무슨 증거로 그렇다는 거지? 프로비스가 그렇게 말하던가?"

재거스 씨가 손수건을 코로 가져가려다 말고 사뭇 침착하게 물었다.

"그가 말한 게 아닙니다. 그는 그런 말을 한 적이 없습니다. 그는 자기 딸이 살아 있는 줄도 모릅니다."

이번에도 그 강력한 손수건조차 효력을 상실했다. 재거스 씨는 나의 대답을 전혀 예상하지 못한 듯, 코를 풀지도 않고 도로 손수건을 호주머니에 집어넣고 팔짱을 꼈다. 얼굴에는 아무런 표정도 드러나지 않았으나 나를 바라보는 눈빛만큼은 더없이 엄했다.

나는 재거스 씨에게 내가 알고 있는 사실과 알게 된 과정을 전부 털어놓았다. 다만 웨믹에게 얻은 정보는 미스 해비셤이 말한 것처럼 살짝 둘러댔다. 이때는 더없이 신중을 기울였다. 게다가 할 말을 모두 끝마친 뒤에도 나는 한동안 웨믹을 쳐다보지 못하고 재거스 씨만을 바라보았다. 그러다 문득 주위를 돌아보니 웨믹은 입에 물고 있던 펜을 내려놓고 진지하게 책상 한 귀퉁이를 응시했다.

"어디 보자! 미스터 핍이 들어왔을 때 우리가 보고 있던 서류가 어떤 거였지?"

재거스 씨가 탁자 위에 쌓인 서류 쪽으로 걸음을 옮기면서 웨믹에게 물었다.

이런 식으로 무시당하는 것을 참을 수 없었던 나는 결국 감정이 폭발하고 말았다. 처음에는 그에게 사내답게 솔직히 말하라고 따졌다. 이제껏 내가 가당치도 않은 희망에 매달려 얼마나 오랫동안 애를 태웠는지, 그러다 끝내 어떤 상황과 맞닥뜨렸는지 하소연을 늘어놓기도 했다. 뿐만 아니라 내게 감당하기 힘든 근심거리를 안겨준 그 위험에 대해서도 넌지시 운을 뗐다. 또한 내가 당신에게 비밀을 털어놓았으니 무언가 사소한 실마리가 될 만한 얘기라도 들을 권리가 있지 않느냐고 주장했다. 나는 결코 당신을 비난하고 싶지 않고 의심하지도 않으며, 다만 사실을 확인하고 싶을 뿐이라고 말했다. 어째서 내가 그 비밀을 알아야 하는지, 또 무슨 권리로 알려고 드는지 이유를 묻는다면 이렇게 대답할 거라고 했다. 내가 가련한 환상에 빠졌든 어쨌든 당신은 아무 관심도 없겠지만, 나는 오랫동안 에스텔러를 진심으로 사랑했고, 지금은 그녀를 잃고 슬픔에 빠져 살아가야 하지만 그녀와 관련된 일은 내게 세상 무엇보다 소중하기 때문이라고 말이다.

이렇게 호소하는데도 재거스 씨는 꼼짝도 하지 않고 말없이 서 있을 뿐이었다. 결국 나는 웨믹을 돌아보며 말했다.

"웨믹, 저는 당신이 따뜻한 사람이라고 믿습니다. 당신의 즐거운 집, 늙으신 아버지, 사무실과 달리 순수하고 유쾌하고 재미있게 살아가는 모습에서 진실한 인간미를 느꼈어요. 제발 재거스 씨에게 한마디만 해주세요. 모든 상황을 감안했을 때 저한테만큼은 솔직히 말해야 한다고 말이에요!"

그러자 재거스 씨와 웨믹은 더없이 묘한 표정으로 서로를 쳐다보았다. 그들처럼 묘한 표정으로 서로를 바라보는 사람을 본 적이 없다. 그 순간 맨 처음 떠오른 것은 웨믹이 당장 해고되면 어쩌나 하는 걱정이었다. 하지만 재거스 씨의 어렴풋한 미소와 웨믹의 대담한 태도를 보는 순간 그런 불안감은 싹 사라졌다.

"이게 다 무슨 소린가? 늙으신 아버지와 유쾌하고 재미있게 살아가는 모습이라?"

재거스 씨가 물었다.

"글쎄요! 뭐, 그게 무슨 문제가 됩니까? 저는 그것들을 사무실로 끌어들이지 않았는데요."

"핍, 이런 사람이야말로 런던에서 가장 교활한 사기꾼이라는 것을 알아야 해."

재거스 씨는 손으로 내 팔을 건드리며 스스럼없이 미소 지었다.

"천만의 말씀! 감히 선생님만큼이야 되겠습니까?"

웨믹이 더욱 대담하게 덧붙였다.

두 사람은 또다시 묘한 표정으로 서로를 쳐다보았다. 서로 상대가 자기를 속이고 있다고 생각하는 듯했다.

"즐거운 집?"

"어쨌든 업무에 지장을 주지만 않으면 괜찮은 것 아닙니까? 뭐, 그리고 선생님도 혹시 일이 지긋지긋하다 싶으면 즐거운 나의 집을 짓고 싶어지지 않을까요? 그렇다고 해도 놀랄 일은 아닙니다."

재거스 씨는 뭔가 생각하듯 고개를 끄덕이더니 한숨을 내쉬었다.

"핍, 자네가 말한 '가련한 환상'에 대해서는 말하지 않겠네. 그런 것을 겪은 지 얼마 되지 않은 자네가 나보다 더 잘 아는 문제니까. 그러니 다른 문제를 말해볼까? 어디까지나 가정해서 말이야. 나는 아무것도 인정하지 않는다는 것을 명심하게."

그는 자기가 인정하지 않는 것에 대해 내가 알겠다고 말할 때까지 기다렸다가 말을 이었다.

"잘 들어보게, 핍. 이렇게 가정해보는 거야. 자네가 방금 말한 상황에 처한 어떤 여인이 자식을 어딘가에 숨겼고, 그녀의 변호사는 변호를 하려면 아이가 어떻게 됐는지 알아야 한다고 주장했고, 여자는 변호사에게 사실대로 털어놓았다고 가정해보세. 그리고 같은 시기에 변호사가 어느 부유하고 괴팍한 여성에게서 양녀를 하나 구해달라는

568

부탁을 받았다고 치세."

"네, 알겠습니다."

"그 변호사는 범죄가 판을 치는 도시 한복판에서 불운한 어린아이들이 파멸의 길을 가는 모습을 수도 없이 목격했다고 가정해보게. 이를테면 살벌한 형사 법정에서 사람들 앞에 높이 세워진 채 판결을 기다리던 아이들을 자주 보았다고 가정해보게. 아이들이 철창에 갇히고, 매타작을 당하고, 유형지로 끌려가고, 설령 풀려났다 해도 사회에서 방치되어 온갖 전과 기록으로 파란만장한 인생을 장식하다가 마지막에는 어김없이 처형되는 모습을 무수히 보았다고 말이야. 그러다보니 그 변호사는 날마다 일하면서 만나는 아이들을 물고기, 말하자면 다 자라서 자기 그물에 걸려들 새끼 물고기쯤으로 간주할 수밖에 없었다고 가정해보게. 언젠가는 기소되거나, 재판을 받거나, 고아가되거나, 그 밖에 다른 방식으로 악당이 되고 마는 그런 존재들이지."

"알겠습니다."

"그러던 어느 날, 그런 아이들 틈에서 귀여운 어린아이를 구해냈다고 가정해보게. 친부는 그 애가 이미 죽은 줄 알고, 또 어떤 이유로 그일을 가지고 소동을 벌이지 않았다고 하지. 그래서 변호사는 아이 어머니에게 압력을 행사했다고 하세. '나는 당신이 어떤 짓을 저질렀는지 이미 다 알고 있다. 당신은 피해자를 이러저러한 방법으로 공격했고, 혐의를 피하기 위해 이러저러한 수단을 썼다. 나는 이 모든 것을 간파하고 당신의 행적을 모두 확인했다. 아이가 당신의 무죄를 증명하는 데 필요 없다면 아이를 포기해라. 필요하면 그때 가서 법정에 세우면 된다. 아이를 내게 맡겨라. 그러면 당신이 무죄로 석방될 수있도록 최선을 다하겠다. 당신이 구제되면 아이도 구제된다. 하지만 당신이 구제되지 못해도 아이는 구제된다.' 결국 그 변호사의 말대로 일이 진행되어 여자는 무죄로 석방되었다고 가정해보게."

"네, 잘 알겠습니다."

"난 아무것도 인정하지 않는다는 것을 말인가?"

"선생님은 아무것도 인정하지 않는다는 것을 잘 알겠습니다. 절대로, 아무것도요."

웨믹이 힘주어 강조했다.

"여자는 죽음을 두려워하는 마음과 격정에 사로잡혀 판단력을 잃은 상태였다고 가정해보게. 그리고 무죄로 석방되었을 때 세상 밖으로 나가는 게 무서웠던 그녀가 변호사를 찾아가 도움을 구했다고 말이야. 아울러 그 변호사는 그녀를 받아들였고, 그녀가 광포한 본성을 드러낼 때마다 예전처럼 그녀를 제압해 꼼짝 못하게 만든다고 치세. 지금까지 내가 말한 것은 순전히 가정일세. 이해하겠나?"

"물론입니다."

"음, 그래. 이제 아까 말한 그 어린아이가 자라서 부유한 남자와 결혼했다고 가정해보게. 어머니도 살아 있고 아버지도 아직 살아 있지만 둘 다 이 사실을 까맣게 모르고 아주 멀리, 또는 얼마 떨어지지 않은 거리에 살고 있다고 치세. 비밀은 여전히 비밀로 남아 있고, 오직 자네가 우연히 그것을 알게 되었다고 가정해보게. 특히 마지막 가정을 신중하게 생각해보게."

"네, 알겠습니다."

"웨믹, 자네도 신중하게 생각해보게."

"알겠습니다."

"핍, 자네는 누구를 위해 그 비밀을 밝히겠다는 건가? 그 친부를 위해? 아이 어머니는 그에게 별 득 될 게 없을 텐데. 그렇다면 생모를 위해? 과거에 그런 짓을 저질렀다면 그녀는 지금처럼 살아가는 편이 안전하겠지. 그럼 그 딸을 위해서인가? 그녀의 남편에게 출생의 비밀이 알려지는 것은 결코 그녀를 위한 일이 아닐세. 20년 동안 모르고 살았고, 앞으로도 모르고 살 수 있는데 이제 와서 치욕의 수렁에 빠뜨리는 게 과연 옳은 일일까? 핍, 자네가 그녀를 사랑했고, 그녀가 '가련한 환상'의 대상이라고 가정하세. 사실 이런 환상을 한두 번쯤 품어보지 않은 남자는 거의 없을 거야. 어쨌든 그 비밀을 밝히느니, 자네는 먼저 붕대 감은 왼손을 붕대 감은 오른손으로 잘라버리고, 웨믹에게 그 칼을 주어 그나마 성한 오른손마저 잘라달라고 부탁하는 편이 나을 걸세. 잘 생각해보면 자네도 그렇게 하는 것이 낫다고 생각할 거야."

나는 웨믹을 돌아보았다. 꽤 엄숙한 표정을 짓고 있던 그는 집게손가락을 입술에 갖다 댔다. 나도 그를 따라 했다. 재거스 씨도 우리와 같은 동작을 취했다.

"웨믹, 미스터 핍이 들어왔을 때 우리가 보던 서류가 어떤 거였지?"

나는 그들이 일하는 동안 두 사람이 몇 차례 예의 그 묘한 표정으로 서로를 쳐다보는 것을 보았다. 조금 전과 다른 점이 있다면 서로가 상대에게 자신의 약한 모습과 비업무적인 일면을 보여준 것이 아닌가 하는 의심을 하는 것 같았다. 그래서인지 그들은 서로를 더 엄격하게 대했다. 재거스 씨는 눈에 띄게 위압적인 태도를 취했고, 웨믹은 아무리 사소한 것이라도 결정해야 할 일이 생길 때면 자기 의견을 내세우며 굽히지 않았다. 그들이 언쟁하는 모습을 보기는 처음이었다. 평소에는 더없이 사이좋게 지내는 두 사람이었기 때문이다.

때마침 마이크가 찾아와 분위기가 바뀌었다. 마이크는 내가 처음 이곳에 왔을 때 털모자를 쓰고 나타났던, 소매로 코를 닦는 버릇을 가진 의뢰인이었다. 그는 본인이든 가족이든 늘 곤경에 처해 있었는데—여기서 곤경이란 뉴게이트 교도소에 들어간 것을 의미한다—자신의 맏딸이 가게에서 물건을 훔친 혐의로 체포되었다고 말했다. 그가 웨믹에게 암울한 소식을 전하며 하소연하고 있을 때, 재거스 씨는 그들의 대화에 일체 관여하지 않고 벽난로 앞에 서 있었다.

"왜 이러는 거야? 여기서 울면 어쩌겠다는 거야?"

마이크가 눈물을 글썽이자 웨믹이 버럭 소리를 질렀다.

"저도 그럴 생각은 없습니다, 웨믹 씨."

"하지만 지금 그러고 있잖아? 불량 펜처럼 잉크나 질질 흘릴 거라면 우리 사무실에는 얼씬도 하지 않는 게 좋아. 여기서 그러면 뭘 어쩌겠다는 거야?"

"사람인 이상 자기감정을 주체할 수 없을 때도 있잖습니까, 웨믹 씨."

"뭐라고? 그 말 한 번만 더 해봐!"

웨믹이 격한 어조로 되물었다.

그때 재거스 씨가 마이크 앞으로 한 발 다가서더니 문 쪽을 손짓하며 외쳤다.

"이봐. 여기서 나가. 이곳에서는 감정 따위 용납하지 않아. 어서 나가!"

"내 그럴 줄 알았지. 어서 나가."

웨믹이 말했다.

결국 불쌍한 마이크는 맥없이 물러났다. 재거스 씨와 웨믹은 평소의 사이좋은 관계로 돌아간 것 같았다. 그들은 방금 점심을 먹고 온 사람들처럼 활기 넘치게 일했다.

52

나는 재거스 씨에게 받은 수표를 호주머니에 넣고 스키핀스 양의 오빠가 일하는 회계사 사무소로 갔다. 그리고 그는 곧장 클래리커 상사로 가서 클래리커 씨를 데려왔다. 모두 만족하는 가운데 마침내 계약이 체결되었다. 이는 유산 상속을 받게 될 거라는 말을 들은 이후로 내가 베푼 유일한 선행이자, 끝까지 완수한 유일한 행동이었다.

클래리커는 회사가 꾸준히 실적을 올리고 있으며 곧 아시아에 지점을 개설할 계획이라고 했다. 그는 사업을 확장하려면 아시아 지점이 꼭 필요한데 새로 동업자가 된 허버트가 그곳 책임자로 가게 될 거라고 덧붙였다. 나는 그 말을 듣고 내 일을 정리하다가 친구와의 이별을 준비하고 말았다는 것을 깨달았다. 그러자 마치 나에게 묶인 닻이 풀어져 내가 풍랑에 떠밀려갈 것 같은 기분에 사로잡혔다.

하지만 그날 밤 내가 알고 있다는 것을 모르는 허버트가 뛸 듯이 기뻐하며 이 소식을 전하는 모습을 상상하니 조금은 위안이 되었다. 그는 클래라를 아라비안나이트의 세계로 데려가거나, 나 또한 낙타 무리를 이끄는 대상들에게 합류하거나, 우리가 함께 나일 강을 따라 올라가며 진기한 모험의 세계로 빠져드는 상상에 잠길 것이다. 나에 관한 희망찬 계획을 기대하지는 않지만, 허버트의 앞길이 탁 트인 것은 분명했다. 발리 영감이 계속 후춧가루와 럼주만 먹는다면 머지않아 그의 딸은 행복한 삶을 찾게 될 터였다.

3월로 접어들었다. 내 왼팔은 더 이상 악화되지는 않았으나 회복하는 데 무척 시간이 많이 걸리는 바람에 나는 아직 외투를 입을 수가 없었다. 다행히 오른팔은 흉터가 남아 있기는 해도 제법 회복되어 그럭저럭 움직이는 데 지장이 없었다.

어느 월요일 아침, 허버트와 내가 아침을 먹고 있을 때 웨믹이 월워스에서 보낸 편지가 도착했다.

이 편지는 읽은 즉시 태워버리세요. 이번 주 수요일쯤에 계획을 실행에 옮겨도 좋을 것 같습니다. 당장 태워버리세요.

나는 편지를 허버트에게 보여주고 나서 난롯불에 집어던졌다. 우리는 앞으로 어떻게 할지 논의했다. 내가 한쪽 팔을 못 쓰게 된 것은 더 이상 피할 수 없는 문제였다.

허버트가 먼저 말했다.

"계속 생각해봤는데, 사공을 고용하는 것보다 좋은 방법이 있어. 스타톱에게 부탁하는 거야. 그 녀석은 좋은 친구이고, 노도 잘 젓잖아. 우리를 좋아하고, 열의가 있고 존경할 만한 인격을 갖고 있지."

사실 나도 그를 여러 번 떠올렸다.

"스타톱에게 어디까지 설명해야 하지?"

"길게 설명하지 않아도 돼. 일단 우리끼리 비밀스러운 장난을 하는 거라고 생각하게 해. 그리고 당일 아침, 네가 무슨 일이 있어도 프로비스 씨를 배에 태워 해외로 데리고 나가야 한다고 말하면 돼. 너도 함께 갈 거지?"

"물론이지."

"어디로 갈 거야?"

나는 그동안 이 문제를 수없이 고민했다. 하지만 함부르크든, 로테르담이든, 앤트워프든 상관없었다. 그가 영국을 벗어날 수만 있다면 어디든 괜찮았다. 우리를 태워줄 외국 기선을 만나기만 하면 된다. 나는 프로비스를 보트에 태워 강 하류까지 내려갈 방법을 생각해보 았다. 그레이브스엔드보다 훨씬 더 내려갈 예정이었다. 우리가 의심 을 살 경우 선박에 대한 수색을 하는 곳이 그레이브스엔드였기 때문 이다. 대개 외국 기선은 만조 때 런던을 떠나므로, 우리는 그 전에 썰 물을 타고 강을 내려가 한적한 곳에서 기다리다가 기선에 오를 계획 이었다. 그곳이 어디든 우리가 있는 곳으로 배가 지나갈 시간을 미리 알아두면 정확히 맞춰서 배를 탈 수 있을 터였다.

허버트는 내 계획에 찬성했다. 우리는 아침 식사를 마치자마자 즉 시 여러 가지 조사를 하러 나갔다. 그 결과 함부르크행 기선이 우리 의 목적에 가장 적합해 보였으므로 일단 그 배를 중심으로 계획을 세 우기로 했다. 물론 같은 조수에 떠나는 다른 배들도 알아보고 각 배 의 색깔과 형태까지 확인해두었다. 그런 다음 우리는 몇 시간 동안 따로 일을 보았다. 나는 당장 필요한 여권을 받으러 갔고, 허버트는 스타톱의 집으로 갔다.

오후 1시, 우리는 무사히 일을 마무리하고 다시 만났다. 허버트와 스타톱은 노를 젓고 나는 키를 잡기로 했다. 우리가 보호하고 있는 프 로비스는 승객 역할만 하면 되었다. 속도를 빨리 낼 필요가 없기 때문 에 우리는 여유 있게 노를 저어 가면 된다. 허버트는 그날 저녁 템플 에서 저녁 식사를 하지 않고 밀 폰드 강둑으로 가기로 했다. 또한 이 튿날 화요일 저녁에는 밀 폰드 강둑에 얼씬도 하지 않을 예정이었다. 그는 또 수요일에 프로비스가 우리가 다가오는 것이 보이면—너무 일 찍도, 너무 늦어도 안 되고 딱 그 순간에—집 근처 선착장으로 나오라 고 말해두었다. 프로비스와의 약속은 월요일 모두 마무리하고, 이후부터는 그를 보트에 태울 때까지 일절 연락하지 않기로 했다.

우리의 계획을 충분히 확인한 뒤 나는 템플로 돌아왔다. 현관문을 열쇠로 열려는 순간 우편함에 편지가 들어 있는 것이 보였다. 나에게 온 편지였다. 몹시 지저분하기는 했지만 글씨는 제대로 쓰여졌고, 내가 집을 나간 뒤 누군가가 직접 가져다 놓은 것이었다.

겁쟁이가 아니라면 오늘 밤이나 내일 9시에 옛날의 그 습지대로 오는 것이 신상에 좋을 것이다. 석회 가마 근처 수문지기 오두막으로 와라. '프로비스 삼촌'에 대한 것을 알고 싶다면 다른 사람에게 알리지 말고 곧바로 오는 것이 좋을 거다. 반드시 혼자 와야 한다. 그리고 이 편지도 가져와라.

이런 괴이한 편지가 아니라도 이미 나는 충분히 걱정거리를 떠안고 있었다. 나는 어떻게 해야 할지 알 수 없었다. 더 나쁜 것은 주저할 시간이 없다는 것이었다. 당장 결단을 내리지 않으면 오늘 저녁 고향에 도착하는 마차를 놓치게 된다. 내일 밤에 가는 것은 불가능했다. 모레 떠나야 하므로 시간이 임박하기 때문이었다. 어쩌면 이 편지를 보낸 사람이 알려주겠다는 정보가 우리의 도주 계획에 중요한 일인지도 모른다.

시간을 두고 생각해보았다 해도 나는 갔을 것이다. 마차 출발 시각은 30분도 남지 않았다. 나는 그 짧은 시간에 습지대로 가기로 마음먹었다. '프로비스 삼촌'을 언급하지 않았다면 가지 않았을 것이다. 나는 수수께끼 같은 편지를 두 번이나 더 읽고 나서 비밀로 하라는 지시를 머릿속에 각인한 뒤 허버트 앞으로 쪽지를 남겼다. 쪽지에는 간단하게 미스 해비셤의 상태를 확인하고 곧 돌아오겠다고 썼다.

삯마차를 타고 큰길로 달려갔다면 나는 마차를 놓쳤을 것이다. 나는 지름길로 뛰어가 마차역 마당을 벗어나려는 마차를 잡아탔다. 정신을 차리고 보니 승객은 나 혼자뿐이었다.

편지를 받은 이후로 나는 갈피를 잡을 수가 없었다. 아침부터 서두르느라 정신이 없는 상황에서 이 편지를 받고 얼마나 당황했는지 모른다. 웨믹의 연락이 오기만을 애타게 기다렸지만 막상 연락이 오자 전혀 예상치 못한 일처럼 느껴졌던 것이다. 그러나 마차에 타고 정신을 차리고 생각해보니 이것이 옳은 일인지 의구심마저 들었다. 그냥 마차에서 내려 집으로 돌아가는 것이 낫지 않을까, 알지도 못하는 사람의 편지에 신경 쓰는 나 자신이 어리석게 느껴지기 시작했다. 급하게 서두르다 보면 누구나 그러듯이 나는 갈등과 망설임의 단계를 하나하나 밟기 시작했다. 그러나 프로비스라는 이름이 모든 것을 덮어버렸다. 내가 가지 않음으로써 어떤 피해를 입는다면, 나 자신을 결코 용서할 수 없을 것만 같았다.

마을에 도착했을 때는 날이 어두워진 뒤였다. 나는 블루보어 여관 말고 수준이 좀 떨어지는 아래쪽의 여관에 들어가 저녁 식사를 주문했다. 그리고 음식이 준비되는 동안 새티스 하우스로 갔다. 미스 해비셤이 좀 어떠냐고 묻자 그녀는 조금 좋아지기는 했지만 아직 심각한 상태라고 했다.

한때 오래된 교회 건물의 일부였던 여관의 식당은 성수반처럼 작은 팔각형 모양이었다. 팔이 불편해 칼질을 할 수 없자 대머리 여관 주인이 대신 썰어주었다. 덕분에 주인과 자연스럽게 대화를 나눴다. 그는 친절하게도 나에 대한 이야기를 들려주었다. 물론 펌블추크 씨

가 나의 첫 후원자이자 내게 행운을 안겨준 인물이라는 익히 알려진
이야기였다.

"그 청년을 아십니까?"

"당연하죠! 그 애가 갓난아이 때부터 봤는데요."

"이 마을에 자주 옵니까?"

"아, 글쎄, 가끔 신분이 높은 친구 집에만 들르고 오늘의 그를 만들
어준 후원자는 찾지도 않는답니다."

"그 청년의 후원자가 누군데요?"

"방금 말한 그 사람이죠. 펌블추크 씨요."

"그럼 그 청년은 그 사람한테만 배은망덕하게 구는 건가요?"

"다른 사람한테도 그럴 수 있죠. 하지만 그러면 못쓰는 겁니다. 왜
냐하면 펌블추크 씨가 어릴 때부터 얼마나 위해줬는데요."

"펌블추크 씨가 그렇게 말하던가요?"

"그가 군이 그런 말을 할 일이 있겠어요?"

"그럴 일이 있다면, 그렇게 말하나요?"

"그의 이야기를 들어보면 피가 끓어올라 백포도주로 만든 식초가
될 지경입니다, 나리."

나는 생각했다.

'조, 당신은 결코 그런 말을 하지 않죠. 늘 인내하며 사랑을 베푸는
조, 당신은 결코 불평 따위 하지 않죠. 착한 비디, 너도 그렇고.'

"몸이 불편해서 입맛이 없는 모양이군요. 연한 부위로 드셔보세요."

주인이 붕대 감은 팔을 힐끗 보면서 말했다.

"아닙니다. 더 못 먹겠으니 이제 치워주세요."

나는 돌아앉아 난롯불을 향해 몸을 숙이며 말했다.

조에게 못되게 굴었던 일들이 뼈저리게 후회스러웠다. 천박하고 뻔뻔스러운 사기꾼 펌블추크 씨 덕분에 조가 얼마나 진실된 사람인지, 그가 얼마나 고결한 사람인지 더욱 뼈저리게 느꼈다.

점점 겸손한 마음이 드는 가운데 난롯불을 바라보며 한두 시간 남짓 생각에 잠겨 있던 나는 시계 종소리에 놀라 정신을 차렸다. 물론 상실감과 후회를 떨친 것은 아니었다. 나는 자리에서 일어나 외투를 걸치고 밖으로 나왔다. 나가기 전에 편지 내용을 다시 한번 확인하려고 호주머니를 뒤졌으나 찾을 수가 없었다. 아무래도 마차에 떨어뜨린 것 같았다. 불안감이 밀려왔다. 하지만 장소가 습지대 석회 가마 옆 수문지기 오두막이라는 것과 시간이 9시라는 것은 기억하고 있다. 지체할 시간이 없었던 나는 곧장 습지대로 향했다.

53

나는 울타리를 둘러친 구역을 지나 습지대로 들어갔다. 보름달이 떠오르기는 했지만 캄캄한 밤이었다. 습지대 지평선 위로 맑은 하늘이 띠를 이루고 있었으나 크고 붉은 달이 완전히 보일 정도는 아니었다. 잠시 후 달은 맑은 하늘을 지나 겹겹이 쌓인 구름 속으로 사라져 갔다.

스산한 바람이 불어와 습지대는 음산하기 그지없었다. 외지인이라면 몸서리를 쳤을 것이다. 나조차 가슴이 죄면서 돌아가고 싶은 마음에 걸음을 멈출 정도였다. 하지만 나는 어둠 속에서도 길을 찾아갈 만큼 여기를 속속들이 알고 있었다. 더구나 여기까지 온 이상 돌아갈 구실도 없었다. 나는 어쩔 수 없이 그곳에 왔듯이 어쩔 수 없이 계속 걸어갔다.

내가 걸어가는 방향은 그리운 옛집이 있는 곳도, 옛날 죄수들을 뒤쫓아가던 곳도 아니었다. 감옥선은 뒤쪽으로 멀리 떨어져 있었다. 어깨 너머로 멀리 모래톱 위 등대 불빛이 보였다. 석회 가마 근처는 옛날 포병대가 있던 자리에서 수 킬로미터나 떨어져 있었다.

30분쯤 걸어가자 드디어 석회 가마 부근에 도착했다. 숨이 막힐 듯한 냄새를 조금씩 피우며 불이 타오르고 있었다. 화덕의 불은 지펴져 있었으나 일하는 사람은 보이지 않았다. 길 중간에 작은 채석장이 있었는데 도구와 손수레가 나뒹구는 것으로 보아 그날 그곳에서 작업했음을 알 수 있었다.

움푹 팬 채석장에서 습지대가 보이는 곳까지 올라오자 낡은 수문지기 오두막 불빛이 보였다. 나는 얼른 다가가 문을 두드렸다. 그리고 대답을 기다리며 주위를 둘러보았다. 수문은 부서져 있었고, 기와지붕을 얹은 오두막은 비바람에 머지않아 쓰러질 것 같았다. 대답이 없자 나는 다시 한번 문을 두드렸다. 여전히 아무 대답이 없기에 빗장을 풀자 문이 열렸다.

집 안을 들여다보니 탁자 위에 촛불이 켜져 있었고, 의자 하나와 바퀴 달린 침대가 놓여 있었다. 다락방도 있었다.

"아무도 안 계십니까?"

다락방에 대고 외쳐보았지만 여전히 대답이 없었다. 나는 시계를 보고 9시가 조금 지난 것을 확인하고는 다시 한번 소리쳤다. 그러나 아무 대답이 없자 나는 문간으로 나갔다.

밖에는 장대비가 쏟아지기 시작했고, 아무것도 보이지 않기에 나는 다시 오두막으로 들어가 문간에서 어둠 속을 내다보며 서 있었다.

촛불을 켜놓은 것으로 보아 조금 전까지 누군가 있었으며 곧 돌아올 것이라는 생각이 들었다. 그러다 촛불 심지가 얼마나 긴지 보려고 초를 집어 드는 순간 촛불이 휙 꺼지더니 내 머리에 올가미가 씌워져 꽉 묶여버렸다.

"이놈, 잡았다!"

누군가 목소리를 깔고 욕설을 내뱉었다.

"누구냐! 이게 무슨 짓이야! 사람 살려! 도와줘요!"

나는 버둥거리며 있는 힘껏 소리를 질렀다.

두 팔을 옆구리에 붙인 채 꽉 죄는 바람에 상처 입은 팔에 격렬한 고통이 느껴졌다. 억센 남자의 손과 가슴이 내 입을 눌렀다. 남자의 뜨거운 입김이 얼굴에 뿜어졌다. 나는 어둠 속에서 계속 저항했지만 결국 벽에 단단히 묶이고 말았다.

"한 번만 더 소리 질렀다가는 끝장날 줄 알아!"

목소리를 깔고 또다시 욕설을 내뱉었다.

다친 팔이 너무 아파서 맥이 빠지고 정신이 아득했다. 기습적인 공격에 정신이 없기는 했지만, 이 협박을 쉽게 실행에 옮길 것 같았다. 그래서 나는 더 이상 몸부림치지 않고, 조금이라도 팔을 편하게 하려고 애썼다. 하지만 어쩌나 단단히 결박했는지 화상을 입은 팔이 뜨거운 물에 삶기는 느낌이었다.

바깥의 빛이 전혀 들어오지 않고 집 안이 칠흑같이 어두웠다. 사내가 덧문을 내린 모양이었다. 그는 주변을 더듬거리더니 부싯돌로 불을 붙였다. 나는 부싯깃에서 떨어지는 불똥에서 눈을 떼지 않았다. 사내는 성냥을 들고 입으로 후후 불었다. 하지만 그의 입 모양과 성냥의 푸른 끝부분밖에 보이지 않았다. 그마저 간간이 보였다. 이런 습지에서는 그렇듯 부싯깃이 눅눅한 탓에 불꽃이 차례로 꺼져갔다.

사내는 서두르는 기색도 없이 침착하게 부싯돌과 부시를 부딪쳤다. 불꽃이 한꺼번에 튈 때 그의 손과 얼굴 일부를 볼 수 있었다. 의자에 앉아 탁자에 몸을 숙이고 있는 것도 보였다. 부싯깃에 대고 후후 불어대는 그의 입술이 보이더니 불길이 확 붙었다. 놀랍게도 그 불빛에 비친 얼굴은 올릭이었다.

상대가 올릭일 거라고는 상상도 하지 못했다. 그 순간 내가 정말 위험에 빠졌음을 직감했다. 그래서 나는 계속 그를 주시했다.

올릭은 불붙은 성냥을 조심스럽게 가져가 초에 불을 붙이고 성냥을 발로 비벼 껐다. 그는 내 얼굴이 똑똑히 보이도록 탁자 위로 멀찍이 초를 밀어놓은 다음 팔짱을 끼고 두 팔을 탁자에 올린 채 의자에 앉아 나를 쳐다보았다. 나는 내가 다락방으로 올라가는 사다리에 묶여 있다는 것을 깨달았다. 사다리는 벽에서 10센티미터 떨어져 고정되어 있었다. 우리는 서로를 살펴보았다.

이윽고 그가 말했다.

"이놈, 드디어 잡았어."

"나를 풀어줘. 당장 내보내달라고!"

"오, 그래! 놔주지. 때가 되면 별나라든 달나라든 보기 좋게 날려 보내주마."

"왜 나를 이리로 불러냈지?"

"몰라서 물어?"

그는 악의에 찬 표정으로 대꾸했다.

"비겁하게 어둠 속에서 날 공격해?"

"나 혼자 해치우려면 이 방법밖에 없으니까. 그래야 비밀이 잘 유지되거든. 이 원수 같은 놈아!"

팔짱을 끼고 고개를 흔들어대는 모습이나 꼼짝도 하지 못하는 나를 구경하듯이 쳐다보는 눈빛에서 소름 끼치는 악의가 느껴졌다. 잠시 후 그가 옆으로 한 손을 밀어 넣더니 놋쇠 총대의 총을 꺼냈다.

"이게 뭔지 알아? 이걸 어디서 봤는지 기억나? 말해봐, 이 늑대 새끼야!"

그가 나를 겨냥할 태세로 이죽거렸다.

"그래, 기억해."

"난 네놈 때문에 잘렸어. 이유는 그걸로 충분해! 게다가 너는 내가 좋아하는 여자와의 사이를 방해했어!"

"내가 언제!"

"내가 언제? 웃기는 자식. 넌 항상 그녀 앞에서 나를 헐뜯었어."

"그건 당신이 자초한 일이잖아. 당신이 해를 끼치지 않았다면 나도 가만히 있었을 거야."

"거짓말하지 마. 너는 무슨 수를 써서라도, 돈이 얼마가 들더라도 나를 이 마을에서 쫓아내겠다고 했어."

그는 내가 마지막으로 비디를 만났을 때 했던 말을 그대로 읊었다.

"한 가지 가르쳐줄까? 오늘만큼 나를 이 마을에서 쫓아내고 싶을 때도 없을걸. 전 재산을 몽땅 쏟아붓는다 해도 그러고 싶을 거야!"

그가 커다란 주먹을 휘두르며 호랑이처럼 으르렁대는 모습을 보고, 나는 정말 그러고 싶었다.

"대체 나를 어쩔 셈이지?"

"난 말이지! 네놈 목숨을 끊어버릴 작정이다!"

그는 주먹으로 탁자를 쾅 내리치면서 벌떡 일어나 외쳤다.

올릭은 나를 노려보면서 천천히 주먹을 풀고 마치 먹이를 앞에 둔 짐승처럼 군침을 삼키듯이 손으로 입을 훔치고 다시 앉았다.

"너는 어릴 때부터 늘 내 앞길을 가로막았어. 그러니 오늘 밤 내 눈앞에서 사라져줘야겠어. 더 이상 내 앞길을 방해하지 못하게 말이야. 이제 너는 죽을 목숨이다, 이거야."

나는 죽음의 덫에 걸려들었음을 느끼고 필사적으로 주위를 둘러보았다. 하지만 도무지 탈출할 방법이 없었다. 올릭은 다시 팔짱을 끼고 나를 노려보았다.

"네놈은 흔적도 없이 사라질 거다. 옷 한 조각, 뼈 한 조각도 남지 않을 거야. 네놈 시체를 저 가마 속에 처넣을 거니까. 너 같은 놈 2명도 너끈히 메고 옮길 수 있지. 사람들은 네놈이 어떻게 됐는지 아무것도 모를 거야."

그러자 내가 죽고 난 뒤의 상황들이 빠르게 뇌리에 스쳤다. 에스텔러의 아버지는 결국 체포될 것이고, 자신을 버리고 달아났다고 나를 비난하며 죽어갈 것이다. 허버트조차 내가 미스 해비셤의 집 대문 앞에서 하녀와 몇 마디 주고받았을 뿐이라는 사실과 내가 남긴 쪽지를 비교하며 내 행동에 의문을 품을 것이다. 조와 비디는 그날 밤의 일을 내가 얼마나 후회했는지 결코 알지 못할 것이다. 또한 그동안 나에게 무슨 일이 생겼는지 어떤 고통을 겪었는지 누구도 알지 못할 것이다.

눈앞에 닥친 죽음보다 더 두려운 것은 모두의 기억에 오해를 남기는 것이었다. 생각은 점점 빠르게 앞으로 나아가, 에스텔러의 자식들과 그 자식의 자식까지, 아직 태어나지도 않은 사람들에게 내가 경멸당하는 모습으로 이어졌다. 올릭은 내가 그런 생각에 잠겨 있는 동안에도 계속 지껄여댔다.

"이 늑대 새끼야! 짐승을 패 죽이듯 네놈 숨통을 끊어버릴 테다. 그러려고 너를 묶어놓은 건 줄만 알아. 그 전에 네놈이 괴로워하는 꼴을 실컷 구경할 작정이야. 철천지원수!"

구해달라고 죽을힘을 다해 소리 질러볼까 하는 생각이 뇌리를 스쳤다. 하지만 이런 외딴곳에서 소리 질러봤자 소용없다는 사실을 나는 너무나 잘 알고 있었다. 올릭이 만족스러운 얼굴로 나를 쳐다보는 동안 나는 너무나 경멸스럽고 증오스러운 나머지 입을 열 엄두도 나지 않았다. 나는 그에게 목숨을 구걸하지 않고 마지막까지 저항하다 죽기로 결심했다. 죽음을 목전에 둔 상황에서 내 마음은 부드러워져 하늘에 대고 용서를 구했다. 그리고 소중한 사람들에게 작별을 고하지도 못하고, 나의 잘못에 대해 용서를 구할 수도 없다고 생각하니 가슴이 미어지는 것 같았다. 하지만 나는 죽어가면서도 올릭을 죽일 수 있으면 그렇게 하리라 결심했다.

술을 마신 올릭은 두 눈이 빨갛게 충혈되어 있었다. 예전에는 목에 먹을 것을 걸고 다니더니 지금은 양철 술통을 매달고 있었다. 그는 그 술병을 입에 대고 벌컥벌컥 들이켰다. 지독한 냄새를 뿜어내는 그의 얼굴에 술기운이 감돌았다.

"이 늑대 새끼야! 늙은 올릭이 하나 알려주마. 네 잔소리꾼 누나를 죽인 건 바로 네놈이다!"

그가 다시 팔짱을 끼고 소리쳤다.

올릭이 느릿느릿 지껄이는 동안 내 머릿속에서는 누나가 습격을 당하고 병을 얻어 죽기까지의 과정이 하나도 빠짐없이 순식간에 스쳐 갔다.

"네가 범인이잖아, 이 악당!"

내가 소리쳤다.

"천만에! 그건 네놈 짓이야. 너 때문에 그렇게 된 거야."

올릭은 총으로 허공을 찍으며 쏘아붙였다.

"오늘 밤 네놈에게 했던 것처럼 나는 그 여자 뒤로 다가갔지. 그리고 힘껏 갈겼지! 그때는 죽은 줄 알고 그냥 두고 떠났어. 지금처럼 근처에 석회 가마가 있었더라면 그 여자는 뼈도 못 추렸겠지. 흥! 하지만 그건 늙은 올릭이 한 짓이 아니라 네놈 짓이야. 네놈은 귀하신 몸이었지만, 늙은 올릭은 항상 괴롭힘을 당하고 얻어맞았어. 그래서 지금 네놈이 그 대가를 치르는 거다. 그건 네가 한 짓이야. 그러니 지금 그 대가를 치르는 거란 말이야."

술이 들어갈수록 그는 더욱 난폭해졌다. 병을 기울이는 것으로 보아 술이 거의 남지 않았다는 것을 알 수 있었다. 나를 끝장내기 위해 술로 기분을 북돋우는 것이었다. 술 한 방울이 내 목숨 한 방울과도 같았다. 그는 내 몸이 석회 가마 속에서 녹아 없어지고 나면 누나를 습격했던 때처럼 재빨리 읍내로 나가 술집에서 술을 마시고 주변을 어슬렁거리는 모습을 사람들에게 보여줄 것이다. 나는 그가 걸어가는 거리의 불빛과 활기를, 쓸쓸한 습지대 위로 퍼져 나가는 뿌연 증기와 대조해서 떠올렸다.

올릭이 지껄이는 동안 나는 수십 년의 세월을 순식간에 돌이켜보았다. 그뿐 아니라 그의 입에서 나오는 말은 그대로 머릿속에 그려졌다. 어떤 장소를 말하면 그것은 어느새 선명하게 눈앞에 펼쳐졌으며, 누군가를 말하면 금세 그 얼굴이 또렷이 나타났다. 이 영상들이 얼마나 선명한지 손에 잡힐 듯했다. 하지만 나는 온 신경을 집중해 그를 쳐다보았다. 손가락의 작은 움직임도 놓치지 않았다.

올릭은 다시 술을 들이켜고 의자에서 일어나더니 탁자를 밀쳤다. 동시에 초를 집어 들고 살기 어린 손으로 촛불 한쪽을 가리고 내 얼굴이 잘 보이도록 앞에 서서 흡족한 듯 궁지에 빠진 나를 바라보았다.

"이놈의 늑대 새끼야! 하나 가르쳐주마. 그날 밤 네놈은 계단에서 내 발에 걸려 넘어졌던 거다."

등불이 꺼진 계단, 수위가 등불을 비추자 벽에 드리운 육중한 계단 난간 그림자, 두 번 다시 보지 못할 내 방, 반쯤 열린 이쪽 문과 닫힌 저쪽 문, 그리고 모든 가구들이 눈에 선했다.

"늙은 올릭이 왜 거기에 있었느냐고? 말해줄까? 나는 너와 그 여자한테 꼴좋게 쫓겨나는 바람에 이 마을에서 살 수가 없게 됐지. 결국 새 친구와 새 주인을 찾아냈지. 그리고 내게는 편지를 대신 써주는 친구가 있다. 자그마치 글씨체를 50가지나 마음대로 바꿔 쓸 수 있지. 글씨체라고는 한 가지밖에 못 쓰는 네놈과는 차원이 다르지. 네놈이 네 누나 장례식에 참석하러 왔을 때부터 난 기필코 너를 죽이기로 마음먹었다. 하지만 확실하게 없앨 방법이 떠오르지 않아 네놈의 일거수일투족을 낱낱이 조사했지. 내 머릿속에는 오로지 어떻게 해서든지 네놈을 잡고 말겠다는 생각뿐이었단 말이지! 그러다 네놈의 '프로비스 삼촌'을 보게 된 거야!"

밀 폰드 강둑, 칭크스 유역, 올드 그린 코퍼 밧줄 공장이 내 눈앞에 펼쳐졌다. 그 방에 있는 프로비스, 이제 아무짝에도 쓸모없게 된 신호, 어여쁜 클래라, 어머니처럼 푸근한 윔플 부인, 누워 있는 발리 영감. 이 모든 것이 선명하게 떠올랐다 순식간에 사라졌다. 마치 내 생명이 급류에 휩쓸려 바다로 떠내려가듯이.

"네놈한테 삼촌이 있다니! 나는 가저리 대장간에서 네가 자라는 모습을 지켜봤어. 그때는 정말 쪼그만 사내자식이었지. 내가 마음만 먹었으면 손가락 2개로 잡고 집어던질 수도 있었겠지. 실제로 일요일에 네놈이 가지치기한 나무 사이를 어슬렁거릴 때 확 그냥 저질러버릴까 생각했던 적이 한두 번이 아니었다. 어쨌든 코흘리개 시절에도 네놈에게 삼촌 따위는 없었다. 그런데 알고 보니, 그 프로비스 삼촌인지 뭔지가 옛날에 족쇄를 차고 있었다는 거다. 난 아주 오래전에 줄칼로 잘린 그 족쇄를 습지대에서 주웠지. 아, 바로 그걸로 네놈 누나를 도살장의 소처럼 때려눕혔고 말이야. 이젠 네놈도 그렇게 만들어주마. 기분이 어떠냐? 나한테 이런 말을 들으니 어때?"

올릭은 포악스럽게 나를 비웃으면서 촛불을 내 얼굴 가까이 들이밀고 흔들었다. 나는 뜨거운 불길을 피해 얼굴을 돌렸다. 그는 같은 짓을 되풀이하더니 웃으면서 크게 외쳤다.

"아! 불에 덴 아이는 불을 무서워하는 법이지. 내가 그런 것도 모를 줄 알고? 난 네가 프로비스를 해외로 데리고 나가려고 하는 것도 알아. 나로 말할 것 같으면 네놈이 오늘 밤에 오리라는 것도 알았지! 이 늑대 새끼야! 하나만 더 가르쳐주마. 이게 마지막이다. 잘 들어. 네놈에게 내가 있듯이 프로비스에게도 만만치 않은 상대가 있어. 이제 사랑하는 조카가 옷자락 하나, 뼈 한 조각 남기지 않고 사라지면 프로비스도 조심하는 게 좋을 거야! 매그위치! 그래, 나는 놈의 이름도 알고 있지. 자기들 나라에서 사는 것을 용납하지 못하는 사람들이 있지. 그들은 그가 다른 나라에서 살 때도 놈에 대한 확실한 정보를 쥐고 있었지. 그가 그 나라를 빠져나오기라도 하면 자기들을 위험에 빠뜨릴 염려가 있으니까 말이야. 하찮은 네놈과는 달리 50가지 글씨체를 쓰는 자들이 그들일 수도 있지. 매그위치 그놈은 콤피슨과 교수대를 조심하는 게 좋을 거다!"

올릭은 촛불을 내게 바짝 들이대며 얼굴과 머리카락을 그슬렸다. 순간 눈이 부셔 아무것도 볼 수 없었다. 이어 그는 탁자에 초를 올려놓고 억센 등짝을 돌렸다. 그가 다시 몸을 돌리기 전에, 나는 조와 비디, 그리고 허버트를 생각하며 마음속으로 간절히 기도했다.

탁자와 맞은편 벽 사이에는 몇 걸음 정도 공간이 있었다. 올릭은 몸을 수그린 채 이 틈으로 왔다 갔다 했다. 손을 양옆으로 축 늘어뜨리고 어슬렁거리면서 험상궂은 얼굴로 나를 노려볼 때는 그의 몸속에 어마어마한 힘이 숨어 있는 것 같았다. 상황은 절망적이었다. 마음이 격렬하게 움직이고, 뇌리에 스치는 영상들이 아무리 생생할지라도 나는 명확하게 알 수 있었다. 그가 곧 나를 흔적도 없이 죽여 없앨 작정이 아니라면 지금 이런 말을 할 리가 없었다.

올릭이 갑자기 걸음을 멈추더니 술병의 코르크 마개를 뽑아 던졌다. 가벼운 마개가 마치 저울추처럼 묵직하게 떨어졌다. 그는 조금씩 병을 기울여 술을 마셨다. 그 눈은 나를 보고 있지 않았다. 그는 마지막 남은 술 몇 방울까지 손바닥에 털어내더니 말끔히 핥았다. 그러고는 갑자기 무시무시한 욕설을 내뱉으며 술병을 내던지고 허리를 숙였다. 그의 손에 길고 묵직한 자루가 달린 돌망치가 쥐어 있었다.

나는 마음을 단단히 먹었다. 구차하게 애걸 따위 하고 싶지 않았다. 대신 젖 먹던 힘까지 쥐어짜내 목청껏 소리치며 몸부림쳤다. 머리와 다리밖에 움직일 수 없었지만 온 힘을 다해 몸부림쳤다. 나에게 있는 줄도 몰랐던 힘을 짜내서. 그때 밖에서 내 목소리에 응답하는 외침이 들리더니 불빛과 함께 사람들이 우르르 몰려들었고, 고함 소리와 물건들이 부딪치는 소리, 거칠게 몸싸움을 벌이는 소리가 들렸다. 그리고 올릭이 세찬 파도를 뚫듯이 밀려드는 사람들 사이를 빠져나가 탁자를 뛰어넘어 어둠 속으로 도망치는 것이 보였다.

정신을 차려보니 나는 밧줄에서 풀려나 누군가의 무릎을 베고 바닥에 누워 있었다. 나는 벽에 기대놓은 사다리를 바라보았다. 시선은 줄곧 그 사다리를 향해 있었지만, 그것이 사다리라는 것을 인식한 것은 한참 뒤였다. 그리고 정신을 차렸을 때 내가 정신을 잃었던 그곳에 있다는 것을 알아차렸다. 한동안 내가 누구의 무릎을 베고 있는지조차 모른 채 그저 사다리만 쳐다보고 있었다. 이윽고 사다리와 나 사이에 어떤 얼굴이 나타났다. 트랩 씨네 점원이었다!

"괜찮은 것 같긴 한데, 안색이 너무 창백해요!"

점원이 차분하게 말을 이었다.

그러자 내 머리를 무릎에 올려놓고 있는 사람의 얼굴이 내 얼굴 위로 나타났다.

"허버트!"

"가만있어, 헨델. 진정해."

"스타톱까지!"

나를 굽어보고 있는 두 친구를 보고 나는 소리쳤다.

"그가 우리 일을 도와주기로 했잖아. 그 일을 생각해. 그리고 진정해."

나는 허버트의 말에 벌떡 일어났다가 팔에 극심한 통증을 느끼고 도로 누웠다.

"그 시간이 지나버린 건 아니겠지? 오늘이 무슨 요일이지? 내가 여기에 얼마나 있었던 거야?"

나는 그곳에 하루, 아니 이틀, 아니 더 오래 누워 있었던 것만 같은 불안감이 솟구쳤다.

"아직 지나지 않았어. 월요일 밤이야."

"아, 다행이다!"

"내일 하루 종일 푹 쉬도록 해. 그런데 헨델, 계속 신음을 내뱉는 것을 보니 많이 아프구나? 어디를 다친 거야? 일어설 수 있겠어?"

"걱정 마. 걸을 수 있어. 팔이 좀 쑤시는 것 말고는 괜찮아."

두 친구가 내 팔의 붕대를 풀고 응급처치를 해주었다. 팔이 몹시 부어오른 데다 염증이 심해 살짝만 닿아도 견딜 수 없을 만큼 아팠다. 친구들은 읍내로 나가 소독약을 구할 때까지 견딜 수 있도록 손수건을 찢어 상처 부위를 새로 감고 끈으로 다시 걸어주었다.

잠시 뒤 우리는 수문지기의 집을 나와 마을로 돌아갔다. 트랩 씨네 점원이 등불을 들고 앞장섰다. 아까 맨 처음 보았던 바로 그 불빛이었다. 그는 이제 꽤 자란 청년이었다. 마지막으로 달이 떠 있는 것을 보니 하늘을 본 뒤로 족히 2시간은 지난 것 같았다. 비는 계속 부슬부슬 내렸으나 밤하늘은 더 밝았다. 석회 가마 옆을 지나갈 때 희뿌연 증기가 우리에게서 멀어져갔다. 나는 이제 마음으로 감사의 기도를 올렸다.

가는 동안 허버트에게 어떻게 알고 나를 구하러 왔는지 물었지만, 그는 일단 안정을 취해야 한다고만 말했다. 그래도 끈질기게 졸라댄 끝에 알아낸 바에 의하면 다음과 같다.

내가 서둘러 집을 나서다 올릭의 편지를 방에 떨어뜨렸고, 뒤이어 집으로 오던 중 허버트는 우연히 스타톱과 마주쳤고, 둘이 함께 들어왔다가 허버트가 편지를 발견했다. 내가 떠난 직후였는데, 그는 편지의 어투가 몹시 불안하게 느껴졌다. 더구나 내가 급히 써서 놓고 간

쪽지하고도 내용이 일치하지 않아 더욱 불길했다. 15분 정도 곰곰이 생각해보았지만 불안감은 더욱 커져 마침내 허버트는 나를 찾아 나서기로 했다. 스타톱도 동행을 자처했다. 두 친구는 마차 시간을 알아보러 역마차 사무실로 갔다. 오후 마차는 이미 떠난 뒤였다. 이때부터 막연한 불안감은 공포로 바뀌었다. 둘은 전세 마차를 잡아타고 내 뒤를 쫓아왔다. 블루보어에 도착하면 나를 만나거나 적어도 내 행방을 알게 될 줄 알았다. 하지만 아무것도 알아내지 못하자 미스 해비셤의 저택으로 갔는데 거기에도 내가 없었다. 그들은 일단 블루보어 여관으로 돌아왔다. 그 무렵 나는 다른 여관에서 대머리 주인에게 나에 대한 소문을 듣고 있었다. 그들은 저녁을 먹고 나서 습지대로 안내해 줄 사람을 구했다. 블루보어 여관 입구에서 어슬렁거리는 사람 중에 트랩 씨네 점원도 있었다. 과연 그는 여전히 자기하고는 아무 관련 없는 곳에 나타나는 습성을 가지고 있었다. 그는 미스 해비셤네 저택에서 다른 여관 쪽으로 걸어가는 나를 봤다고 말했다.

그렇게 해서 두 친구는 점원의 안내를 받아 수문지기 오두막으로 갔다. 그런데 이때 나와는 다른 길, 그러니까 읍내에서 이어지는 길을 택했다. 습지로 가는 동안 허버트는 혹시 내가 프로비스의 안전 문제로 이곳까지 온 게 아닐까 싶었고, 그렇다면 방해하지 말아야겠다는 생각이 언뜻 스쳤다. 그래서 허버트는 스타톱과 안내인을 일단 채석장 끝에 남겨두고, 혼자 오두막을 살펴보려고 주위를 두세 번 맴돌았다. 안에서 거칠고 굵은 목소리로 뭐라고 중얼거리는 소리밖에 들리지 않았으므로 그는 내가 그곳에 없다고 생각했다. 그때 별안간 내 비명 소리가 들렸고, 그는 득달같이 오두막으로 뛰어들었다. 곧 스타톱과 점원도 쫓아 들어왔다.

나는 허버트에게 오두막 안에서 일어났던 일들을 이야기했다. 그러자 그는 늦은 시간이지만 당장 읍내 치안판사를 찾아가 올릭을 신고해야 한다고 주장했다. 하지만 그랬다가는 부득이 며칠 이곳에 머물러야 하거나 다시 돌아와야 할지도 모르고, 그렇게 되면 프로비스가 몹시 위험해질 수도 있다고 생각했다.

결국 우리는 그날 밤 올릭을 추적하는 일을 단념했다. 트랩 씨네 점원에게도 별일 아닌 것처럼 말하는 것이 좋다고 판단했다. 자기 덕분에 내가 석회 가마 속에서 재가 되는 참사를 면했다는 사실을 알았다면 그 점원은 크게 실망했을 수도 있다. 그가 사악한 인간이라서 그런 게 아니라, 다만 활력이 남아돌아서 다른 사람이 잘못되든 말든 짜릿한 뭔가를 맛보고 싶은 기질 때문이었다. 나는 헤어지면서 그에게 2기니를 쥐어주었다. 그는 사례에 몹시 만족하는 듯했다. 아울러 나는 지금까지 그를 좋지 않게 생각한 점을 사과했다. 하지만 그는 아무런 감흥이 없었다.

수요일이 내일모레이므로 우리는 그날 밤 전세 마차를 타고 런던으로 돌아가기로 했다. 더구나 그 마을에 그날 밤의 사건에 대한 소문이 퍼지기 전에 떠나는 것이 좋다고 판단했다. 허버트가 구해 온 물약을 계속 바른 덕분에 가는 동안 나는 고통을 견딜 수 있었다. 템플에 도착했을 때는 동이 틀 무렵이었다. 나는 곧 침대로 들어가 하루를 꼬박 누워 있었다.

잠결에도 내 몸 상태가 좋지 않아 내일 계획을 실행하는 데 도움이 되지 못하면 어쩌나 하는 걱정에 시달렸다. 이 한 가지 걱정만으로 쓰러진다 해도 이상하지 않을 정도였다. 내일은 반드시 기운을 차려야 한다는 긴장감이 없었다면 정신적 고통과 육체적 시련, 게다가 두려움까지 겹쳐 실제로 쓰러졌을 것이다. 내일은 극도의 불안감 속에서 기다려온 중요한 일을 실행하는 날이었다. 곧 결과를 알 수 있는 일이건만, 어떻게 끝날지 전혀 가늠할 수 없는 그런 일이었다.

프로비스와의 연락을 삼간 것은 최대한 조심하기 위해서였다. 하지만 그 때문에 불안감은 더욱 커졌다. 무슨 소리가 들릴 때마다 심장이 오그라드는 것 같았다. 발소리든, 다른 사소한 소음이든 내 귀에 들려오는 소리는 모두 결국 그의 은신처가 발각되어 체포되었다고 알리러 오는 소리로 들렸다. 그가 이미 붙잡혔다고 확신했고, 단순한 공포나 예감이 아니라 일이 이미 벌어졌다는 직감이 든다고 생각했다.

저녁이 되어 주위가 어두워지자 내일 아침 상처가 악화되어 움직이지도 못하면 어쩌나 하는 두려움에 사로잡혔다. 팔과 머리가 타는 듯 아팠고 머리에도 열이 올라 정신이 혼미했다. 나는 정신을 다잡으려고 숫자를 세어보기도 하고 기억하는 문구나 시구절을 외우기도 했다. 그러다 깜빡 잠이 들거나 외우던 구절을 잊어버렸는데, 그럴 때면 흠칫 놀라면서 "드디어 내가 미쳤구나!"라고 중얼거렸다.

허버트와 스타툽은 내가 하루 종일 누워 있을 수 있게 돌봐주었다. 수시로 붕대를 갈아주는가 하면, 열을 내려주는 음료수를 가져다주기도 했다. 나는 깊은 잠에 빠져들었다가 프로비스를 구할 기회를 놓쳤다고 지레짐작하며 눈을 번쩍 떴다. 자정쯤에는 침대를 빠져나와 허버트에게 달려갔다. 24시간 동안 잠만 자다가 수요일을 지나쳐버린 줄 알았던 것이다. 그것은 내 불안감의 마지막 몸부림이었다. 그러고 나서 나는 축 늘어진 채 깊은 잠에 빠져들었다.

마침내 수요일 아침이 되었다. 나는 밝아오는 창밖을 내다보았다.

다리 위의 가로등 불빛이 벌써 희미하게 깜박였다. 일출 직전의 습지대 지평선은 마치 불타오르는 듯했다. 아직 검은 강 위에 걸쳐진 회색 다리 꼭대기를 아침 햇살이 물들이고 있었다. 빽빽이 들어선 지붕과 맑은 하늘에 솟은 교회 망루와 첨탑 위로 해가 솟았다. 그러자 장막이 벗겨진 듯이 강물이 온통 반짝거렸다. 내 몸에서도 장막이 걷힌 듯 힘차고 건강한 기운이 솟구쳤다.

허버트는 자신의 침대에, 우리의 오랜 친구 스타톱은 소파에 잠들어 있었다. 나는 아직 다른 사람의 손을 빌리지 않고는 옷을 갈아입을 수 없었지만, 아직 화기가 남아 있는 난롯불을 되살려 친구들이 마실 커피를 준비했다. 이윽고 두 친구가 힘차게 기지개를 켜면서 자리에서 일어났다. 우리는 창문을 열고 차가운 아침 공기를 마시며 밀물이 차오르는 강을 바라보았다.

허버트가 쾌활하게 말했다.

"9시에 조수가 바뀌면 대기하고 계세요. 우리가 갈 때까지 말이에요. 밀 폰드 강둑에 계신 분."

54

3월의 날씨가 그렇듯 햇살은 따가워도 바람은 몹시 찼다. 햇살이 비치는 곳은 여름이고, 그늘진 곳은 겨울이었다. 우리는 선원들이 입는 두꺼운 외투를 준비했다. 나는 가방 하나에 필수품만 몇 가지 챙겼다. 어디로 갈지, 무엇을 할지, 언제 돌아올지, 확실한 건 아무것도 없었지만 이런 일로 고민할 여유가 없었다. 오직 프로비스의 안전만을 생각하고 있었기 때문이다. 문간에서 뒤를 돌아보며 이 방으로 다시 돌아온다면 그때는 내가 어떻게 변해 있을지 아주 잠깐 생각해보기는 했다.

우리는 아직 보트를 탈지 말지 결정하지 않은 듯이 느릿느릿 템플 선착장으로 걸어갔다. 물론 보트는 준비되어 있었고 선착장에는 파충류처럼 생긴 뱃사공 두세 명 말고는 없었다. 우리는 잠시 주저하는 척하다 보트에 올라탔다. 허버트는 뱃머리에 앉고 내가 키를 잡았다. 시각은 만조가 임박한 8시 30분이었다.

우리는 다시 한번 계획을 점검했다. 조수는 9시에 빠지기 시작해서 3시까지 계속된다. 그사이 우리는 강 하류로 내려가며 어두워질 때까지 계속 노를 저어간다. 우리는 그레이브스엔드를 지나 켄트와 에섹스 사이에 이를 것이다. 그곳은 강폭이 넓고 오가는 사람들도 많지 않고 여인숙이 몇 군데 있을 뿐이었다. 우리는 그중 한 곳에서 밤을 보낼 것이다. 함부르크행과 로테르담행 기선은 목요일 아침 9시쯤 런던을 출발한다. 우리는 그날 아침 우리가 있는 곳에서 처음으로 우리 앞을 지나가는 배를 잡아탈 것이다. 첫 번째 배에 올라타지 못하면 그다음 배를 기다릴 것이다. 우리는 기선들의 모양과 색깔을 모두 확인해두었다.

드디어 계획을 실행에 옮긴다고 생각하니 긴장이 풀리면서 몇 시간 전에 있었던 일들이 믿기지 않았다. 상쾌한 공기와 햇빛, 유유히 흐르는 강물과 그 위를 떠내려가는 보트를 보며 나는 새로운 희망과 활력을 얻었다. 내가 별 도움이 되지 않고 앉아 있는 것이 미안했다. 하지만 두 친구보다 노를 잘 젓는 사람도 별로 없을 것이다. 그들은 착실하게, 그리고 힘차게 노를 저어갔다.

그 무렵 템스 강을 통과하는 증기선은 지금보다 훨씬 적었고, 대부분 뱃사공이 노를 저어 가는 배들이었다. 이날따라 이른 아침부터 경주용 보트와 하류로 내려가는 너벅선들이 많이 보였다. 우리는 그 배들 사이를 빠르게 헤쳐 가서 곧 옛 런던교를 통과했다. 굴을 채취하는 배와 네덜란드 어선이 정박해 있는 빌링스게이트 구시장, 런던탑과 '반역자의 문'(Traitor's Gate, 죄수들이 이 문을 통해 런던탑의 지하 감옥으로 이송되었다.—옮긴이)을 지나 수많은 선박들 사이로 들어갔다. 석탄 운송선도 수십 척이나 있었다. 우리는 내일 로테르담으로 떠나는 기선을 눈여겨 봐 두었다. 그 뒤로 함부르크행 기선도 보였는데, 우리는 그 배의 긴 뱃머리 아래로 지나갔다. 드디어 보트 뒤쪽에 앉아 있는 내 눈에 밀 폰드 강둑과 밀 폰드 선착장이 보였다. 그 순간 내 심장이 세차게 뛰었다.

"그가 나와 있니?"

허버트가 물었다.

"아직."

"좋아. 우리를 확인하기 전까지는 절대 나오지 말라고 했으니까. 신호가 보여?"

"여기서는 잘 안 보여. 가만, 저건가? 그래, 보인다! 둘 다 힘껏 저어! 그래, 허버트, 노를 올려!"

보트가 선착장에 살짝 닿는 순간 그가 올라탔다. 두 친구는 다시 노를 저었다. 선원용 망토와 범포로 만든 검은색 가방을 든 그는 템스 강의 도선사 같았다.

"반갑다, 핍! 약속을 지켰구나. 잘해 냈구나. 고맙다!"

그가 자리에 앉으면서 내 어깨에 팔을 둘렀다.

나는 프로비스를 태웠을 때부터 줄곧 우리를 의심하는 사람이 없는지 살펴보았다. 특별히 이상한 점은 눈에 띄지 않았다. 우리를 감시하거나 미행하는 배도 없었다. 따라붙는 배가 있었다면 보트를 기슭에 대고 상대의 의도를 파악할 때까지 움직이지 않았을 것이다. 다행히 우리는 아무런 방해도 받지 않고 순조롭게 노를 저어 나갔다.

선원용 망토를 걸친 프로비스는 주변 풍경에 완벽히 녹아들어 있었다. 놀랍게도 그는 우리 중 가장 침착했다. 우리 중에 가장 불안해하지 않는 사람이 그였다. 줄곧 비참한 삶을 살아왔기 때문인 것이다. 관심이 없어서 그런 것은 아니었다. 나에게 자기는 꼭 살아서 내가 외국에서 최고의 신사로 살아가는 모습을 볼 거라고 말했다. 내가 보기에 그는 수동적이거나 쉽게 단념하거나 어설프게 위험에 맞서는 사람도 아니었다. 오히려 위험이 닥치면 정면으로 맞설 성격이었다. 하지만 위험이 닥치기 전까지는 불안해하지 않았다.

"핍, 날이면 날마다 사방이 벽으로 가로막힌 방에서 꼼짝 못하고 지내다가 이렇게 네 옆에 앉아 담배를 피우고 있으니 기분이 날아갈 듯하구나. 어떤 기분인지 아마 너는 상상도 못 할 거다. 안다면 나를 부러워할 거다."

"자유를 되찾은 기쁨이 어떤 건지는 알아요."

내 대답에 그가 진지하게 고개를 저으며 말했다.

"아니야. 나하고 똑같은 기분은 느끼지 못할 거다. 감방에 갇혀보지 않는 한 말이다. 하지만 나는 천박한 행동을 하지 않을 거야."

나는 그가 한 가지 생각에 사로잡혀 자신의 자유와 목숨마저 위태롭게 하는 것은 심각한 모순이라는 생각이 들었다. 하지만 또 한편으로는, 위험이 따르지 않는 자유는 그의 삶의 습성과 너무나 동떨어진 것이어서 다른 사람과는 그 의미가 다를지 모른다는 생각도 들었다.

내 추측은 빗나가지 않은 것 같았다. 그가 담배를 피우고 나서 회상에 잠긴 듯 조용히 말을 이었다.

"뭐, 난 말이다, 바다 건너 나른 세계에 있을 때도 항상 이쪽을 꿈꿨단다. 돈을 아무리 많이 모아도 하루하루가 얼마나 따분했는지 모른다. 저쪽에서 매그위치를 모르는 사람은 거의 없었지만, 매그위치는 어디든 갈 수 있었고, 아무도 나를 골치 아픈 존재로 여기지 않았지. 하지만 이곳 사람들은 그곳 사람들처럼 나를 편하게 생각하지 않아. 내가 어디 있는지 알면 그들은 몹시 불안해할 거다."

"계획대로만 된다면, 몇 시간 뒤 완전히 자유의 몸이 될 거예요."

"나도 그러길 바란다."

그는 길게 숨을 내쉬었다.

"그렇게 되지 않을 것 같으세요?"

그는 팔을 뻗어 강물에 손을 담갔다. 그리고 이제는 자연스러워진 그 부드러운 태도로 미소 지었다.

"글쎄다. 그럴 거라고 생각한다. 이렇게 조용하고 편하게 나아가다니 정말 놀랍구나. 하지만 방금 담배를 피우면서 잠깐 그런 생각이 들더구나. 이렇게 강물에 손을 담그고 만져볼 수는 있어도 저 밑바닥까지는 볼 수 없는 것처럼 우리는 몇 시간 앞도 내다볼 수 없다고 말이야. 너무나 부드럽고 상쾌하게 떠내려가다 보니 그런 생각이 들었나 보다. 흐르는 강물을 잡을 수 없듯이 흘러가는 시간 또한 잡을 수 없다. 자, 봐라, 강물이 내 손가락 사이로 빠져나가지 않느냐? 이렇게!"

그가 물이 뚝뚝 떨어지는 손을 들어 올렸다.

"당신 얼굴을 보지 않고 있다면 완전히 낙심한 줄 알겠어요."

"전혀 그렇지 않아! 보트가 이렇게 조용히 움직이고, 잔잔한 물결이 뱃머리에 찰랑거리는 소리가 일요일의 찬송가처럼 들려서 그런단다. 어쩌면 나이를 먹어서 그런지도 모르고."

그는 평온한 얼굴로 파이프를 물었다. 그리고 이미 영국을 벗어나기라도 한 것처럼 느긋하고 만족스러운 태도로 앉아 있었다. 하지만 그는 두려움에 떠는 사람처럼 우리 말에 순종했다. 맥주를 사려고 보트를 기슭에 댔을 때였다. 나는 무심코 따라 내리려는 그에게 보트에 남아 있는 편이 좋겠다고 말했다. 그러자 그는 군말 없이 "그럴까, 핍?"이라고 하더니 다시 앉았다.

강바람이 차가웠지만 날씨는 화창했으며, 햇볕이 상쾌하게 비쳤다. 우리는 세찬 조수의 흐름을 타면서 힘차게 노를 저어 나갔다. 조수가 빠져나가자 가까운 숲과 언덕이 서서히 시야에서 보이지 않았고, 보트는 점점 높아지는 진흙투성이 강둑 사이로 내려갔다. 그레이브스엔드를 지나고 나서도 우리는 조수를 타고 나아갔다. 우리가 보호하는 프로비스가 망토로 몸을 감싸고 있었기 때문에 나는 일부러 세관선 바로 옆을 지나쳤다. 그런 다음 두 척의 이민선 사이를 지나가기도 하고, 군인들이 앞 갑판을 지키고 서 있는 수송선 뱃머리 아래로 지나가기도 했다.

마침내 조수의 흐름이 약해졌다. 정박된 배들이 방향을 바꾸기 시작했다. 밀물을 타고 풀 구역까지 올라가려는 배들이 함대를 이루듯 우리 쪽으로 몰려왔다. 우리는 보트를 기슭 가까이 붙이고 가능한 조수의 영향을 받지 않으려고 하면서 얕은 여울과 진흙을 조심스럽게 피해 지나갔다.

이따금 조수의 흐름을 타고 배를 저은 덕분에 노를 젓는 두 친구는 아직 기운이 넘쳤다. 휴식은 15분으로 충분했다. 우리는 미끄러는 자갈이 깔린 기슭에 배를 대고 싣고 온 음식으로 배를 채웠다. 나는 주위를 둘러보았다. 고향의 습지대처럼 평평하고 단조로운 땅에 멀리 지평선이 보였고, 굽이진 강물 위에 떠 있는 커다란 부표가 출렁거리는 물결을 따라 맴돌았다. 그 밖의 다른 것들은 정지된 것처럼 미동도 하지 않았다. 마지막 배가 우리가 지나온 얕은 구역을 돌아서 지나갔고, 뒤이어 짚 더미를 싣고 갈색 돛을 올린 너벅선도 지나갔기 때문이다. 어린아이가 대충 만든 보트 모형처럼 생긴 바닥짐 운반선 몇 척이 진흙 속에 정박해 있었고, 들쭉날쭉한 말뚝들로 떠받친 여울목 등대가 절름발이처럼 진흙 속에 서 있었다. 끈적끈적한 말뚝과 바위, 그리고 붉은 지표와 수위를 알리는 막대가 진흙 위로 솟구쳐 있었다.

우리는 다시 노를 저어 갈 수 있는 데까지 나아갔다. 이제부터 힘든 행로였다. 하지만 허버트와 스타톱은 해가 저물 때까지 열심히 노를 저었다. 이때쯤 강물이 조금 불어나 강둑 너머까지 보였다. 강기슭을 보랏빛으로 물들인 노을이 순식간에 검은빛으로 변했다. 그 아래로 평평한 습지대가 펼쳐져 있었고, 더 멀리 보이는 언덕과 우리 사이에는 갈매기 한 마리만 외로이 날갯짓을 할 뿐이었다.

어둠의 장막이 빠른 속도로 사방을 에워싸기 시작했다. 보름이 지난 밤하늘에는 아직 달이 떠오르지 않았다. 우리는 잠시 어떻게 행동할지 의논했다. 곧 우리는 맨 처음 눈에 띈 한적한 여관에 머무르기로 했다. 두 친구는 다시 노를 잡았고, 나는 집으로 보이는 것이 있는지 살펴보았다. 말없이 칠팔 킬로미터를 계속 나아갔다. 몹시 추운 밤이어서, 취사실에서 피어오르는 연기와 불길 때문에 석탄 운송선이 포근한 집처럼 느껴졌다. 주위가 완전히 어둠에 덮여서, 보트를 비춰주는 희미한 빛은 하늘에서 비치기보다 강에서 비치는 것 같았다. 노를 움직일 때마다 강물에 비친 별빛이 부서지면서 퍼져 나갔다.

어두컴컴하고 스산한 가운데 우리 모두는 누군가 우리를 쫓고 있다는 생각에 사로잡혀 있었다. 밀물이 거세지자 파도가 세차게 기슭을 때렸다. 캄캄한 어둠 속에서 그 소리가 들릴 때마다 우리 중 하나는 깜짝깜짝 놀라서 고개를 돌리곤 했다. 조수의 흐름으로 강둑에 굽어 들어간 곳이 군데군데 있었다. 우리 모두는 의심스러운 눈길로 그곳을 살펴보았다. 우리 중 하나가 "저 물결 소리는 뭐지?"라고 나지막이 말하곤 했다. 그러다 또 한 사람이 의심스러운 눈으로 보면서 "혹시 저거 보트 아냐?"라고 말했다. 그러고는 죽음 같은 침묵이 이어졌다. 노가 노걸이에서 삐걱거리는 소리가 날 때면 나는 초조한 기분으로 소리가 왜 그렇게 크게 날까 생각했다.

마침내 불빛과 지붕이 희미하게 보이자 우리는 즉시 돌을 쌓은 둑길을 따라갔다. 나는 일행을 모두 보트에 남겨두고 일단 혼자 내려서 불빛이 흘러나오는 여인숙으로 들어가 보았다. 밀수꾼들이 득시글댈 것만 같은 지저분한 곳이었다. 하지만 부엌에는 난롯불이 활활 타오르고 있었고, 달걀과 베이컨이며, 여러 종류의 술과 음료도 있었다. 주인 말대로 썩 좋지는 않지만 2인용 침실도 2개나 있었다. 여인숙에는 주인 부부 말고 반백의 사내뿐이었다. 잭이라고 불리는 그 일꾼은 조수 표시 말뚝처럼 온통 진흙을 뒤집어쓰고 있었다. 나는 그를 데리고 보트로 돌아와 같이 짐을 내렸다. 모두 배에서 내린 뒤 노, 키, 보트 미는 장대와 그 밖의 것들을 끄집어냈고, 보트는 뭍으로 끌어 올렸다.

우리는 부엌 난롯불 옆에서 맛있게 저녁 식사를 한 뒤 침실을 나누었다. 허버트와 스타톱이 한 방을 쓰고, 나와 보호 대상은 다른 방을 쓰기로 했다. 두 방 모두 마치 신선한 공기가 들어오면 큰일 날 것처럼 철저하게 밀폐되어 있었다. 침대 밑에는 모두 가족의 것이라고는 믿을 수 없을 만큼 많은 양의 지저분한 옷가지가 모자 상자에 처박혀 있었다. 하지만 우리는 대체로 만족스러웠다. 근방에 이보다 더 외진 곳은 없을 듯했던 것이다.

우리는 잠자리에 들기 전에 잠시 난롯가에서 불을 쬐며 휴식을 취했다. 구석에는 잭이란 일꾼이 물에 퉁퉁 불은 구두를 신고 앉아 있었다. 그는 우리가 계란과 베이컨을 먹고 있을 때 지금 자기가 신고 있는 구두가 며칠 전 강가로 떠밀려 온 익사체에서 벗겨낸 유품이라며 자랑 삼아 떠벌렸다. 그가 우리에게 네 사람이 노를 젓는 대형 보트가 조수를 따라 상류로 올라가는 것을 보았느냐고 물었다. 내가 보지 못했다고 대답하자 그럼 보트가 하류로 내려간 모양이라고 하면서 여기를 출발했을 때는 밀물을 따라 위로 갔다고 덧붙였다.

"무슨 이유 때문인지 하류로 내려간 게 틀림없소."

잭이 말했다.

"노가 4개나 있는 대형 보트였다고 했죠?"

"4개였소. 그리고 나중에 2명이 더 탔소."

"이곳에서 보트를 세웠나요?"

"2갤런은 들어가고도 남을 통을 가져와서 맥주를 담아 갔소. 그 통에 독약이라도 탈걸 그랬소. 설사약이나."

"왜요?"

"그럴 만한 이유가 있소."

잭은 목구멍에 진흙이 꽉 찬 듯 걸진 목소리로 지껄였다.

그때 주인이 끼어들었다.

"이 사람 말로는, 그들이 겉보기와는 다른 사람들이라는 겁니다."

눈빛이 흐릿하고 멍한 표정의 주인은 일꾼에게 많은 것을 의지하고 사는 것 같았다.

"틀림없소."

잭이 힘주어 말했다.

"그들이 세관원처럼 보였다는 말이지?"

여관 주인이 물었다.

"맞소."

"그건 아냐, 잭."

"내가 틀렸단 말이오?"

잭은 의미심장하게 말했다. 그리고 확신한다는 표시로 퉁퉁 불은 구두 한 짝을 벗어 자갈 몇 개를 부엌 바닥에 툭툭 털어냈다. 그는 마치 내기라도 할 수 있다는 듯한 태도였다.

"세관원이라면 제복 단추는 다 어떻게 했다고 생각하나?"

주인이 조금 자신 없는 투로 말했다.

"단추요? 그야 잡아 뜯어서 배 밖으로 던져버렸겠죠. 아니면 삼켰거나. 여기저기 뿌려서 겨자 샐러드를 해먹어도 되겠네. 단추를 뭘 어떻게 한다는 거요?"

"아무렇게나 말하지 말게."

주인이 답답하다는 듯 기운 없이 나무랐다.

"세관원들이 단추 따위 없애는 게 대수겠소? 자기와 자기 일에 방해된다면 말이오. 4명이 노를 젓고 2명을 더 태운 대형 보트가 상류로 올라갔다 하류로 다시 내려왔다 하면서 빙빙 돌면서 슬금슬금 살펴보는 게 세관원이 아니고 뭐겠소!"

잭은 '단추'라는 단어를 몹시 경멸하는 투로 말했다. 그러고는 잔뜩 거들먹거리면서 나가버렸다. 주인은 머쓱한 듯 입을 다물더니 더 이상 그 이야기를 꺼내지 않았다.

두 사람의 대화를 듣고 우리는 불안감을 느꼈다. 나는 특히 좌불안석이었다. 창밖의 스산한 바람 소리와 기슭을 때리는 물결 소리에 섞여 시시각각 위험이 다가오는 것만 같았다. 노가 4개나 달린 대형 보트가 눈에 띌 만큼 돌아다닌다는 것은 흘려들을 수 없는 불길한 일이었다. 나는 프로비스에게 먼저 잠자리에 들라고 한 뒤 두 친구와 함께 밖으로 나가서 기선이 오는 오후 1시까지 여기 머물지, 아침 일찍 떠날지 의논했다. 우리는 기선이 오기 한 시간 전까지 여기 있다가, 기선이 지나가는 곳으로 나가서 조수를 따라 내려가는 것이 좋겠다고 판단했다.

나는 옷을 입은 채 몇 시간쯤 푹 잤다. 눈을 떴을 때는 세찬 바람에 여관 간판이 삐거덕거리며 부딪치는 소리가 들렸다. 프로비스는 곤히 잠들어 있었다. 나는 살며시 일어나 창밖을 내다보았다. 우리가 보트를 끌어다 놓은 둑이 보였다. 눈이 바깥의 어둠에 적응되었을 때 웬 남자 둘이 우리의 보트를 들여다보고 있는 것이 보였다. 곧이어 그들은 다른 것에 눈길도 주지 않고 습지를 통과해 배가 정박되어 있는 노어 쪽으로 걸어갔다.

허버트를 깨워서 두 사람을 보라고 하려고 옆방으로 달려가던 나는 곧 그만두었다. 그와 스타톱은 나보다 힘든 하루를 보냈기에 몹시 지쳐 있을 터였기 때문이다. 나는 다시 창가로 돌아와 두 사람이 습지를 걸어가는 모습을 보았다. 그러나 흐린 달빛 속에서 곧 그들을 놓치고 말았다. 몹시 추워 침대에 누워서 이 문제를 생각하다가 나는 다시 잠이 들었다.

다음 날 아침 모두 일찍 잠에서 깨어났다. 아침 식사를 하기 전, 우리 넷이 함께 거닐 때 내가 어제 본 것을 이야기했다. 여전히 우리의 보호 대상은 별 걱정하지 않았다. 그는 세관원일 가능성이 크지만 우리를 눈여겨보지는 않을 거라고 말했다. 나는 그 말을 믿고 싶었다. 그럴 수도 있었으니까. 그러나 나는 그와 둘이 어느 지점까지 걸어가다가 정오쯤 허버트와 스타톱의 배를 타는 것이 좋겠다고 했다. 모두 그게 안전한 방법이라고 말했다. 아침을 먹고 나서 나와 프로비스는 여관에 알리지 않고 곧바로 출발했다.

그는 파이프 담배를 피우면서 걷다가 간혹 멈춰 서서 내 어깨를 두드렸다. 누가 보면 내가 위험에 처해 있고, 그가 나를 안심시켜주는 거라고 생각했을 것이다. 우리는 말없이 걷기만 했다. 이윽고 약속 지점에 다가갔을 때 나는 주변을 살피고 올 동안 그에게 잠시 숨어 있으라고 했다. 전날 밤 두 남자가 걸어간 쪽도 이 방향이었기 때문이다. 물에 떠 있거나 뭍으로 올라온 보트는 없었다. 거기서 배를 띄운 흔적도 없었다. 하지만 발자국이 있었다 하더라도 만조 때 잠겨버렸을 것이다.

나는 숨어서 보고 있는 그에게 모자를 흔들어 나오라는 신호를 보냈다. 우리는 그곳에서 두 친구를 기다렸다. 그러는 동안 외투를 몸에 둘둘 감고 강둑에 누워 있기도 하고 몸에 열을 내려고 왔다 갔다 하기도 했다. 마침내 우리 배가 보였다. 우리는 무사히 배에 올라타, 기선이 지나가는 길로 노를 저어 나아갔다. 그때 시각이 1시 10분 전이었다. 그러나 기선의 연기가 보이기 시작한 것은 1시 30분이 지났을 때였다. 곧 다른 기선도 연기를 내뿜으면서 나타났다. 두 척 모두 전속력으로 달려오고 있었다. 나와 프로비스는 각자 가방을 챙기고 허버트와 스타톱에게 작별을 고했다. 우리 모두 진심으로 악수를 나눴다. 허버트와 나는 눈물을 흘렸다. 그때 얼마 떨어지지 않은 강둑에서 4명이 노를 젓는 대형 보트가 우리 쪽으로 다가오고 있었다.

강이 굽은 지역이어서 연기를 뿜으며 달려오는 기선과 우리 보트 사이에는 꽤 거리가 있었다. 하지만 기선이 정면으로 다가올 때 우리가 기선을 기다리고 있다는 것을 기선에서 알아챌 수 있도록 조수를 타고 그대로 가라고 허버트와 스타톱에게 소리쳤다. 프로비스에게는 망토를 단단히 뒤집어쓰고 절대 움직이지 말라고 당부했다. 그는 쾌활하게 대답하더니 조각상처럼 미동도 하지 않았다.

한편 대형 보트는 우리를 지나가더니 속도를 늦추면서 뱃머리를 우리 보트와 나란히 맞췄다. 그들은 노가 닿지 않을 만큼 거리를 유지하면서 우리와 같이 움직였다. 우리가 노를 멈추면 그들도 멈추고, 우리가 노를 젓기 시작하면 그들도 따라 움직였다. 둘은 노잡이가 아니었는데, 그중 하나가 키 줄을 잡고 우리를 유심히 쳐다보았다. 나머지 한 명은 프로비스처럼 단단히 몸을 감싸고 웅크린 채 이따금 키잡이에게 무슨 말인가 속삭였다. 양쪽 보트의 누구도 입을 열지 않았다.

잠시 후 스타톱이 낮은 소리로 "함부르크!"라고 속삭였다. 기선은 꽤 빠른 속도로 다가왔다. 외륜이 돌아가면서 내는 물소리가 점점 크게 들렸다. 배 그림자가 우리를 완전히 에워싸는 순간, 대형 보트에서 키잡이가 우리를 향해 외쳤다.

"거기 망토 둘러쓴 남자, 그는 본토로 들어온 유형수다. 에이블 매그위치, 또는 프로비스. 그를 체포하겠다. 다들 얌전히 있어. 너희도

협력해라."

그가 말을 마치기가 무섭게 모두 노를 한 번 세차게 젓고 나서 재빨리 노를 거둬들이더니 우리 보트로 달려와 부딪혔다. 그들이 뭘 하는지 우리가 알아채기도 전에 보트가 충돌했다. 그러자 기선에서는 엄청난 소란이 일어났다. 기선 위의 사람들이 우리에게 소리를 질렀고, 외륜을 멈추라는 명령에 이어 외륜이 멈추는 소리가 들렸다. 하지만 우리를 향해 다가오는 기선은 멈추지 않았다. 그때 대형 보트 키잡이가 프로비스의 어깨를 붙잡았고, 두 보트가 조수에 밀려 빙글 돌았다. 기선에 타고 있던 사람들이 미친 듯이 앞 갑판으로 달려 나왔다. 동시에 프로비스가 벌떡 일어나더니 자신을 체포하려는 남자를 넘어서 대형 보트에 웅크리고 있는 남자의 망토를 잡아당겼다. 옛날 그 죄수의 얼굴이 드러났다. 동시에 그 죄수는 얼굴이 하얗게 질린 채 뒤로 기울어졌고, 기선에서 들리는 고함 소리와 함께 물속에 뭔가 떨어지는 소리가 들리더니, 보트가 푹 가라앉았다.

한순간에 일어난 일이었다. 나는 수도 없이 물방아 바퀴살에 부딪치면서 수도 없이 많은 섬광과 싸운 기분이었다. 그리고 내 몸은 대형 보트로 끌어 올려졌다. 허버트와 스타톱도 거기에 있었다. 우리 보트는 흔적도 없이 사라졌고, 2명의 죄수도 종적을 감췄다.

증기를 뿜어대는 기선에서 고함 소리가 들리고, 기선은 계속 나아가고, 우리 보트도 떠밀려 갔다. 그러는 통에 나는 한동안 어디가 하늘이고 어디가 강이고 강변인지조차 알 수 없었다. 하지만 대형 보트의 선원들은 재빨리 보트를 바로잡고 힘차게 노를 저어 앞으로 나아가더니 노를 내려놓고 말없이 뒤쪽 수면을 바라보았다. 검은 물체가 조수를 타고 이쪽으로 밀려왔다. 아무도 입을 열지 않았다. 키잡이가 손을 들자 노잡이들은 그 검은 물체를 똑바로 볼 수 있도록 보트를 돌려 저어 갔다. 그 물체가 헤엄쳐 오는 매그위치라는 사실을 알기까지는 그리 오래 걸리지 않았다. 그는 몹시 부자연스럽게 헤엄쳐 왔다. 대형 보트 선원들이 그를 끌어 올려 손목과 발목에 수갑을 채웠다.

대형 보트는 다시 균형을 잡은 뒤 수면 위를 살폈다. 이제 무슨 일이 있었는지 아무것도 모르는 로테르담행 기선이 빠르게 다가왔다. 사람들이 외치는 소리를 듣고 정지했을 때는 이미 두 기선 모두 우리를 지나쳐 멀리 떠내려가고 있었다. 기선이 지나가면서 일어난 물결에 보트가 출렁거렸다. 모든 것이 잠잠해진 뒤에도 오랫동안 수면을 살폈다. 하지만 우리 모두 희망이 없다는 것을 알고 있었다.

마침내 우리는 조금 전 그 여인숙이 있는 강기슭으로 노를 저어 갔다. 여관 주인은 적잖이 놀라며 우리를 맞아주었다. 가슴에 심한 상처를 입고 머리가 깊게 찢어진 매그위치는 이곳에서 잠시라도 편히 쉴 수 있었다.

그는 기선 용골 밑으로 잠수했다가 물 밖으로 나올 때 머리를 세게 부딪친 것 같다고 했다. 가슴의 상처는 대형 보트 옆면에 부딪쳐서 생긴 것이었다. 그는 이 상처 때문에 숨 쉬기도 힘들 만큼 괴로워했다. 그는 보트에서 떨어진 상황을 나에게 속삭이듯이 말해주었다. 그는 자기가 콤피슨을 어쩌려고 그랬는지를 떠나서, 그놈 얼굴을 확인하기 위해 망토를 잡았을 때 그놈이 일어나 뒷걸음질치는 바람에 두 사람이 함께 강물에 빠졌다고 했다. 그 순간 자기를 체포하려고 계속 붙들고 있는 바람에 우리 보트가 뒤집힌 것이었다. 그는 물속에서 필사적으로 격투를 벌이다 콤피슨을 밀어버리고 물 위로 솟구쳐 올라왔다고 했다. 보트의 키를 잡고 있던 경관도 두 사람이 물에 빠진 경

위에 대해 같은 설명을 했다.

나는 경관에게 죄수의 옷이 젖었으니 이 여인숙에 있는 옷을 사서 갈아입게 해달라고 부탁했다. 경관은 흔쾌히 승낙해주었다. 다만 죄수의 소지품은 모조리 압수하겠다고 했다. 나에게 주었던 매그위치의 지갑도 압수되었다. 아울러 그는 내가 죄수를 따라 런던까지 함께 가는 것은 허락해주었지만 나의 두 친구에게는 동행을 허락하지 않았다.

경관들은 여인숙 일꾼 잭에게 콤피슨이 익사한 지점을 알려주고, 시체가 떠오를 만한 곳을 찾아보라고 말했다. 잭은 콤피슨이 긴 양말을 신고 있었다는 말을 듣고 부쩍 관심을 보였다. 그가 옷을 완전히 갖춰 입으려면 시체가 열두 구도 넘게 필요할 터였다. 그가 몸에 걸친 것들은 낡은 정도가 제각각이었다.

우리는 조수가 바뀔 때까지 여인숙에 머물렀다. 매그위치는 경관 보트를 탔다. 허버트와 스타톱은 육로를 이용해 런던으로 돌아가기로 했다. 눈물을 흘리면서 그들과 작별 인사를 나눈 뒤 나는 매그위치 옆에 앉았다. 그가 살아 있는 동안 그곳이 내가 있을 자리였다. 이제 그를 혐오하는 마음은 완전히 사라졌다. 내 손을 꼭 쥐고 부상당한 채 수갑을 차고 있는 이 사람은 나의 은인이자, 오랜 세월 변함없이 나에게 깊은 애정과 감사와 너그러움을 품고 있었던 그런 사람이었다. 또한 조에게 그토록 매몰차게 굴었던 나에 비하면 그가 백 배 더 훌륭한 사람이었다.

밤이 되자 그의 숨소리가 점점 가빠졌다. 고통에 못 이겨 신음 소리를 내기도 했다. 나는 그가 조금이라도 편히 있을 수 있도록 성한 팔로 팔베개를 해주려고 몇 번이나 시도했다. 끔찍한 일이지만, 나는 그가 다친 것이 오히려 다행이라고, 차라리 죽는 편이 더 낫다고 내심 생각했다. 그가 누구인지, 어떤 범죄를 저질렀는지 기꺼이 나서서 증언할 사람이 더 남아 있는 것은 분명했고, 그가 자비로운 처벌을 받을 가능성은 전혀 없었다. 악당의 모습으로 법정에 섰고, 탈주했다가 체포되었고, 종신형을 선고받고 유형지에서 도망쳐 다시금 체포되었으며, 체포에 협력한 사람의 죽음을 초래한 장본인으로 여겨질 수밖에 없었다.

보트는 우리가 어제 등지고 왔던 석양 쪽으로 나아갔다. 그것을 보면서 희망의 물결이 모두 빠져나가는 것처럼 느껴졌을 때 나는 그에게 말했다.

"당신이 나 때문에 돌아왔다고 생각하면 너무 가슴 아파요."

"사랑하는 핍. 비록 위험한 일이기는 했지만 나는 만족한단다. 너를 볼 수 있었고, 내가 없어도 너는 신사가 될 수 있으니까."

아니다. 그렇지 않다. 나란히 앉아 보트를 타고 가면서 나는 생각해 보았다. 내가 그럴 생각이 있든 없든 상관없이 그것은 불가능한 일이었다. 나는 비로소 웨믹의 암시가 무슨 의미인지 알 것 같았다. 그가 유죄 판결을 받으면 그의 재산은 전부 국고로 환수된다.

그가 말했다.

"핍, 너처럼 훌륭한 신사가 나와 관련 있는 것처럼 보여서는 안 된다. 혹시 나를 만나러 올 때는 웨믹과 함께 우연히 들른 것처럼 해라. 내가 마지막으로 법정에 섰을 때 내가 볼 수 있는 곳에 앉아주렴. 이게 나의 마지막 소원이다."

"할 수 있는 한 절대 당신 곁을 떠나지 않을 거예요. 맹세해요. 당신이 내게 충실했던 것처럼 저도 당신에게 충실할 겁니다."

611

내 손을 잡은 그의 손이 떨렸다. 그는 보트 바닥에 누운 채 고개를 돌렸다. 그의 목에서 짤깍 소리가 났다. 이제는 그 소리마저 부드럽게 들렸다. 그가 이런 말을 꺼낸 것이 나로서는 고마운 일이었다. 그러지 않았다면, 마지막까지 생각하지 못했을 것들이 머릿속에 떠올랐기 때문이다. 나를 부자로 만들겠다는 그의 꿈이 깨졌다는 것을 그에게 알릴 필요 없다는 것이었다.

55

다음 날 매그위치는 구치소로 옮겨졌다. 재판에 회부되기 전에 신원 확인을 위해 그가 예전에 탈주한 감옥선에서 근무했던 늙은 간수를 불러와야 했다. 그의 신원은 의심의 여지가 없었다. 하지만 증인석에 서야 할 콤피슨은 조수에 떠밀려 갔고, 그때 마침 런던에는 증언해줄 간수가 한 명도 없었다.

나는 그날 밤에 곧바로 재거스 씨 집을 찾아가 도움을 청했다. 그는 죄수를 위해 어떤 말도 하지 않기로 했다. 증인만 출석하면 5분 만에 끝날 사건이며, 어떤 권력으로도 그 판결을 뒤집을 수는 없다고 했다. 그의 재산이 어떻게 될지 그에게 알리지 않을 거라고 말하자 재거스 씨는 그 많은 재산이 손가락 사이로 빠져나가는 것을 보고만 있을 거냐고 버럭 화를 냈다. 그는 일부라도 받아낼 수 있게 당장 탄원서를 써야 한다고 덧붙였다. 그러면서 죄인의 재산이 몰수되지 않은 사례는 수없이 많지만, 이 경우 그럴 가능성이 거의 없다는 사실을 굳이 숨기지 않았다.

물론 나도 그 점은 잘 알고 있었다. 나는 그와 혈연관계도 아닐뿐

더러 법적으로도 아무 권리가 없었다. 그가 체포되기 전에 나한테 재산을 양도한다는 문서를 작성한 것도 아니었다. 이제 와서 그렇게 하는 것도 소용없는 일이었다. 그의 재산에 대한 소유권을 주장할 근거가 나한테는 전혀 없었다. 결국 나는 내 마음을 병들게 하는 그런 헛된 짓은 하지 않기로 마음먹었고, 그 결심은 변함이 없었다.

익사한 밀고자는 필경 보상금을 노렸을 것이고, 매그위치의 재산이 어느 정도인지 정확하게 알고 있었을 것으로 추정되었다. 사고 현장에서 수 킬로미터 떨어진 지점에서 발견된 그의 시체는 심하게 부패되어 있었다. 경찰은 호주머니 속에 들어 있던 물건으로 겨우 신원을 확인했다. 그의 지갑 속에는 뉴사우스웨일스에 있는 은행 이름과 예금 액수, 꽤 값나가는 토지 몇 군데의 이름과 위치 등 상세한 내역이 적힌 쪽지가 들어 있었다. 매그위치가 나한테 물려주려고 재거스 씨에게 교도소에서 건넨 재산 목록 그대로였다. 애석하게도 그는 재거스 씨의 도움으로 내가 그것을 물려받을 수 있을 것으로 확신했다.

사흘 뒤 증인이 도착했고, 사건은 단숨에 마무리됐다. 매그위치는 한 달 뒤 재판이 열릴 때까지 교도소에 수감되었다.

내 인생에서 암울한 시기였던 그때 어느 날 저녁, 허버트가 몹시 우울한 얼굴로 말했다.

"곧 카이로로 떠나야 할 것 같아, 헨델."

그의 동업자가 미리 귀띔해주었으므로 나는 그가 생각하는 것만큼 놀라지 않았다.

"출발을 연기할 수도 있겠지만, 그렇게 되면 회사로서는 큰 기회를 놓치게 돼. 꼭 가야 할 것 같아. 이럴 때 네 곁에 있어줘야 하는데."

"허버트, 난 항상 네가 필요해. 난 항상 너를 사랑하니까. 네가 필요한 건 그 전이나 지금이나 똑같아."

"내가 가고 나면 넌 무척 외롭겠지?"

"외로울 틈이 없어, 허버트. 너도 알잖아. 나는 시간 날 때마다 그와 함께 있을 거야. 하루 종일이라도 함께 있고 싶어. 요즘은 집에 와서도 그 사람 생각만 해."

우리는 서로 구체적인 말은 꺼내지 않았다. 매그위치가 처한 상황이 너무 비참해서 차마 입에 담을 수 없었던 것이다.

"헨델, 어차피 떠나야 할 마당에 한 가지만 묻자. 네 장래에 대해서는 생각해봤니?"

"아니. 솔직히 겁이 나서 아무 생각도 할 수 없어."

"하지만 아무것도 안 하고 있을 수는 없잖아. 헨델, 너의 장래를 내버려둬서는 안 돼. 지금 같이 그 문제를 생각해보면 좋겠어."

"좋아."

"헨델, 우리 회사 카이로 지점에 한 사람이 필요한데……."

허버트는 나를 배려해 말끝을 흐렸으나 나는 그 뜻을 알아차리고 "사무원이지?"라고 물었다.

"그래, 사무원이 필요해. 하지만 그 자리는 언젠가 동업자가 될 수 있는 자리야. 너도 알다시피 내가 그랬잖아. 그래서 말인데, 헨델, 내가 있는 곳으로 오는 건 어때?"

마치 사업상 좋지 않은 이야기를 꺼내듯이 심각하게 '그래서 말인데, 헨델'이라고 하다가, 갑자기 말투를 바꿔 악수를 청하며 어린 학생처럼 말하는 허버트의 모습이 매력적이고 순수해 보였다.

"클래라하고도 여러 번 이야기했어. 오늘 저녁에는 눈물을 글썽이면서 이런 말을 하더라. 남편의 친구는 자기 친구나 마찬가지니까, 우리 집에서 함께 산다고 하면 네가 행복하게 생활할 수 있도록 최선을 다하겠다고 말이야. 남편의 친구는 곧 나의 친구라는 것을 네가 믿을 수 있도록 해주겠다고. 우리는 정말 잘해 나갈 수 있을 거야, 헨델!"

나는 두 사람이 마음 써주는 것은 진심으로 고맙지만 당장 그 제안을 받아들일 수 없는 이유를 말해주었다. 우선은 이 문제를 곰곰이 생각할 여유가 없었다. 아울러 내 마음 깊은 곳에 막연히 자리 잡고 있는 것이 있었다. 그것이 무엇인지는 결말에 이르러 밝힐 것이다.

"허버트, 네 사업에 지장 없다면 대답을 얼마간 보류해도 될까?"

"그럼! 6개월이든, 1년이든 얼마든지 기다릴 수 있어!"

"그 정도로 오래 걸리지는 않을 거야. 두세 달이면 충분해."

허버트는 내 말에 몹시 기뻐하며 비로소 이번 주말에 출발할 거라고 말했다. 그때까지 그 말을 할 용기가 나지 않았던 것이다.

"그럼 클래라는?"

"아버지가 살아 계신 동안은 자식으로서 의무를 다하겠대. 하지만 그것도 오래 걸리지는 않을 거야. 윔플 부인이 '곧' 준비해야 될 거라고 나에게 귀뜸했어."

"냉정한 말인지 모르지만, 그분에게는 차라리 그게 나을지 몰라."

"그래, 그분한테는 유감스럽지만 네 말이 맞아. 그렇게 되면 나는 클래라를 데리러 올 거야. 그리고 둘이서 가장 가까운 교회에 가서 결혼식을 올릴 거야, 헨델. 다행히 그녀는 가문이니 뭐니 하는 것과는 아무 관계도 없어. 귀족 명부 따위는 구경도 못 해봤고, 대단한 할아버지도 없어. 우리 어머니 같은 분의 자식으로 태어난 나로서는 그게 얼마나 다행인지 몰라!"

토요일, 나는 마침내 허버트와 헤어졌다. 항구로 가는 우편마차에 올라탄 그는 희망에 차 있었으나, 나와의 작별을 못내 슬퍼했다. 나는 그를 보내고 잠시 커피 하우스에 들러 클래라에게 그가 수없이 사랑을 맹세하며 떠났다고 짧은 편지를 써 보냈다. 그리고 나는 쓸쓸히 집으로 돌아왔다. 엄밀히 말해서 나에게 그곳은 집이 아니었다. 이제 세상 어디에도 내 집은 없었다.

집으로 올라가다가 계단 중간쯤에서 웨믹과 마주쳤다. 그는 내 방문을 두드렸지만, 손가락 관절만 아플 뿐 아무 소득 없이 내려오는 길이었다. 도주 계획이 실패로 끝난 뒤 단둘이 만나기는 처음이었다. 그는 실패의 내막에 대해 설명하려고 개인적이고 사적인 관계로 나를 찾아온 것이었다.

"죽은 콤피슨이 매그위치에 관한 우리의 계획을 눈치채고 모든 것을 파악하고 있었던 겁니다. 나는 곤경에 처한 그의 수하들에게 정보를 얻었어요. 나는 안 듣는 척하면서 계속 귀를 기울이고 있었죠. 마침 그가 잠시 여기를 떠났다는 말을 듣고 계획을 감행할 때라고 생각했어요. 하지만 이제 생각해보니 놈의 속임수였던 겁니다. 그는 자기 수하들까지 속이는 교활한 놈이었어요. 나를 용서하세요, 핍 씨. 나는 정말 최선을 다해 당신을 돕고 싶었습니다."

"당신의 관심과 우정을 진심으로 고맙게 생각해요."

"말씀이라도 정말 고맙습니다. 하지만 어처구니없는 실수를 저지르고 말았어요. 이렇게 가슴 아프기도 오랜만입니다. 그렇게 많은 유동자산을 잃었다니, 그 생각을 떨칠 수가 없네요."

웨믹은 머리를 긁적이며 말했다.

"내가 줄곧 생각하는 건 그 많은 자산의 불쌍한 주인이에요."

"물론 그렇겠지요. 당신이 그를 가슴 아프게 생각하는 것은 당연해요. 나라도 그를 빼낼 수만 있다면 거금도 아깝지 않을 겁니다. 하지만 나는 이렇게 생각해요. 죽은 콤피슨은 그가 돌아온다는 것을 알고 그를 경찰에 넘길 준비를 철저하게 하고 있었어요. 그랬으니 그가 무사할 가능성은 전혀 없었을 겁니다. 단, 그렇더라도 유동자산은 무사히 건질 수 있었죠. 재산과 주인은 별개란 말입니다. 내 말 이해하시겠습니까?"

나는 그에게 집에 들어가 럼주라도 한잔하자고 권했다. 그는 선선히 내 제안에 따랐다. 잠자코 술을 홀짝이던 그가 조금 애타는 기색으로 불쑥 이런 말을 꺼냈다.

"핍 씨, 나는 월요일에 휴가를 낼까 합니다."

"무슨 일로요? 최근 1년간 한 번도 그런 일이 없었잖아요."

"최근 12년간이라고 하는 게 맞겠죠. 휴가를 얻어 산책을 할 겁니다. 그래서 말인데요, 핍 씨, 나와 함께 산책하지 않으시겠습니까?"

지금은 내가 좋은 산책 친구가 돼줄 만한 처지가 못 된다고 거절하려는 순간 웨믹이 앞질러 말했다.

"당신 사정은 이해합니다. 그럴 기분이 아니라는 것도 알고요. 그래도 내 부탁을 들어주면 정말 고맙겠습니다. 그리 오래 걸리지는 않을 겁니다. 아침 식사 시간을 포함해서 8시부터 12시까지만 시간을 내주세요. 무리인 것은 알지만 부탁합니다."

지금까지 몇 번이나 나를 위해 발 벗고 나서준 그의 친절에 비하면 이 정도는 아무것도 아니었다. 나는 되도록 시간을 내보겠다, 아니 꼭 그렇게 하겠다고 대답했다. 그가 기뻐하는 모습을 보니 나도 기뻤다.

월요일 아침, 나는 약속 시간에 맞춰 그의 성 초인종을 울렸다. 웨믹이 직접 맞아주었다. 평소보다 긴장한 모습의 그는 그날따라 반질

거리는 모자를 쓰고 있었다. 집 안으로 들어가자 럼주를 탄 우유와 비스킷이 준비되어 있었다. 노인장은 이른 아침부터 외출을 했는지 침대가 비어 있었다.

우리는 럼주와 비스킷으로 속을 채운 뒤 밖으로 나갔다. 그런데 웨믹이 낚싯대를 어깨에 걸쳐 메는 것을 보고 내가 놀라서 물었다.

"설마 낚시하러 가려고요?"

"아닙니다. 나는 그냥 낚싯대를 들고 걷는 것을 좋아해요."

나는 이상하다고 생각했지만 더 이상 캐묻지 않았다. 우리는 캠버웰 공원을 향해 걸어갔다. 공원 가까이 갔을 때 갑자기 웨믹이 말했다.

"맙소사! 이런 곳에 교회가 다 있다니!"

교회가 있는 것은 전혀 놀랄 일이 아니었다. 나는 그의 다음 말에 더욱 놀랐다. 그는 마치 무슨 기발한 생각이라도 떠올랐다는 듯이 들뜬 목소리로 이렇게 말했다.

"여기 들어가 봅시다!"

웨믹은 교회 입구에 낚싯대를 내려놓고 들어갔다. 우리는 교회를 한 바퀴 둘러보았다. 그러는 동안 웨믹은 윗옷 호주머니에 손을 쑤셔넣어 종이로 싼 무언가를 꺼냈다.

"어라? 여기 장갑이 있었네! 그것도 두 켤레나. 한번 껴볼까요?"

염소 가죽으로 만든 하얀 장갑이었다. 더구나 우편함 같은 웨믹의 입이 길게 벌어지자 나는 눈치채기 시작했다. 그때 옆문에서 웨믹의 아버지가 한 숙녀를 데리고 들어오는 것을 보고 내 짐작은 확신으로 변했다.

"어이쿠! 스키핀스 양 아닙니까! 그럼 결혼식을 올릴까요?"

스키핀스 양은 평소와 같은 복장으로 들어와 초록색 염소 가죽 장갑을 흰색으로 바꿔 꼈다. 노인장은 히멘(그리스신화에 나오는 결혼의 신—옮긴이)의 제단에 어울리는 의식을 준비하느라 여념이 없었다. 노인은 장갑을 끼는 것만도 힘겨워했다. 그래서 웨믹이 노인의 등을 기둥에 기대게 하고, 자신은 그 기둥 뒤에서 장갑을 잡아당겨야 했다. 그럴 때 나는 노인의 허리를 잡고 힘을 주어 그를 지탱해주었다. 기발한 작업 끝에 노인의 손에 무사히 장갑이 끼워졌다.

목사와 교회 서기가 들어오자 우리는 제단 난간 앞에 나란히 섰다. 웨믹은 끝까지 이 모든 것이 아무런 준비 없이 우연히 이루어진 듯 보이게 하려고 조끼 호주머니에서 뭔가를 꺼내며 중얼거렸다.

"어이쿠! 여기 웬 반지가 있네!"

나는 신랑의 들러리가 되었다. 신부의 들러리는 키가 작고 몸을 힘없이 흔드는 노파였다. 좌석 안내인인 그녀는 아이 모자처럼 부드러운 보닛을 쓰고 스키핀스 양의 옆에 섰다. 신부를 데려가 신랑에게 넘겨주는 건 노인장이었다. 이 과정에서 목사가 경악할 만한 일이 발생했다.

"이 남자와 결혼할 이 여자를 인도하는 사람은 누구입니까?"

목사의 물음에 결혼식 진행 상황을 잘 모르는 노인장이 벽면에 있는 십계명을 바라보고 있었다. 목사가 다시 물었다.

"이 남자와 결혼할 이 여자를 인도하는 사람은 누구입니까?"

하지만 노인장은 거의 무아지경에 빠져 있었다. 그러자 신랑이 큰 소리로 외쳤다.

"아버지, 누가 신부를 인도하는지 아시죠?"

그러자 노인장이 우렁찬 목소리로 대답했다.

"그래, 존! 그래, 그래, 존!"

목사가 언짢은 기색을 드러내며 잠시 식을 중단하는 바람에 나는 결혼식이 제대로 끝날지 의심스러웠다.

하지만 결혼식은 무사히 끝났다. 웨믹은 교회를 나오기 전 성수반 뚜껑을 열어 흰 장갑을 넣고 다시 뚜껑을 덮었다. 신부는 나중을 생각해서 흰 장갑을 호주머니에 넣고 다시 초록색 장갑을 꼈다.

"핍 씨, 이러면 누가 우리를 방금 전에 결혼한 신랑 신부라고 하겠습니까?"

웨믹은 의기양양하게 낚싯대를 어깨에 둘러메고 말했다.

캠버웰 공원에서 이삼 킬로미터쯤 떨어진 언덕의 깨끗하고 아담한 여관에 아침 식사가 준비되어 있었다. 웨믹이 벽 쪽 등받이가 높은 의자에 앉은 신부의 허리에 팔을 둘렀다. 나는 케이스에 들어 있는 첼로처럼 신부가 그 팔을 뿌리치지 않고 연주가의 악기처럼 얌전히 그 품에 안겨 있는 모습을 즐거운 마음으로 바라보았다.

아침 식사는 훌륭했다. 웨믹은 누가 음식을 사양하기라도 하면 친절한 설명을 곁들였다.

"전부 계약에 따라 준비된 것이니 마음껏 드세요!"

나는 신랑 신부를 위해 건배했고, 노인장과 성을 위해 건배했으며, 헤어질 때는 신부에게 정중히 인사하며 가능한 유쾌한 모습을 보여주었다.

웨믹은 문까지 나를 배웅했다. 나는 다시 한번 그와 악수를 나누며 그의 행복을 빌어주었다.

"고맙습니다! 그녀는 닭을 기르는 데 천재랍니다. 언제 우리 집 달걀을 드셔보세요. 그러면 내 말을 이해할 겁니다."

웨믹이 두 손을 비비면서 말하고는 작은 목소리로 덧붙였다.

"그리고 핍 씨, 이건 완전히 월워스의 일이라는 점을 알아주세요."

"알아요. 리틀 브리튼에서는 비밀이란 말이잖아요."

웨믹이 고개를 끄덕였다.

"재거스 씨에게는 비밀로 하는 편이 좋을 것 같아요. 그는 내 머리가 너무 물러졌다고, 그래서 멍청이가 되어간다고 생각할지도 몰라서요."

56

매그위치는 재판이 열릴 때까지 감방에서 줄곧 앓아누워 있었다. 그는 갈비뼈가 두 대 부러지고 한쪽 폐를 다쳐서 숨 쉴 때마다 극심한 고통에 시달렸다. 날이 갈수록 고통은 더 심했다. 상처 때문에 목소리조차 나오지 않아 그는 들리지 않을 만큼 작은 목소리밖에 낼 수 없었다. 그래서 그는 거의 말을 하지 않았다. 하지만 내 말은 언제나 주의 깊게 들었다. 그때 그가 들어야 할 이야기를 해주거나 읽어주는 것이 나의 중요한 임무였다.

병세가 심각해지면서 그는 병원으로 옮겨졌다. 덕분에 나는 그의 곁에 있을 수 있었다. 중환자가 아니었다면 그는 수갑을 찬 채 누워 있었을 것이다. 탈옥수에 흉악범으로 알려져 있었으니 말이다.

나는 날마다 그를 만나러 갔지만 짧은 시간밖에 같이 있지 못했다. 떨어져 있는 시간이 길었던 만큼 나는 그의 몸에 나타난 아무리 사소한 변화도 그의 얼굴을 보고 쉽게 알아챘다. 슬프게도 나는 단 한 차례도 좋은 변화를 감지한 적이 없다. 교도소에 갇힌 뒤로 그는 나날이 쇠약해졌다.

기운이 빠지고 몸을 가눌 수도 없었던 그는 순종과 체념의 태도를 보였다. 가끔 그가 내뱉는 한마디나 태도로 보아, 자기가 조금만 더 나은 환경에서 태어났더라면 적어도 이런 삶을 살지는 않았을 텐데 하는 생각을 하는 것 같았다. 하지만 그는 결코 그런 말로 스스로를 정당화하거나 과거를 왜곡하려고 들지는 않았다.

간호사들이 내 앞에서 그에 대해 구제 못할 악당이라고 말한 적이 몇 번 있었다. 그럴 때마다 그는 희미하게 미소 지으며 신뢰가 가득한 표정으로 나를 바라보았다. 오래전 어린 시절 내가 자신의 내면에서 구원의 여지를 발견했을 거라고 확신하는 그런 표정이었다. 그는 누구 앞에서든 항상 겸허하게 뉘우치는 태도를 보이며 불평 한마디 하지 않았다.

재거스 씨는 다음 개정까지 재판을 연기해달라는 탄원서를 법정에 제출했다. 그때까지 그가 살지 못하리라는 전제하에 작성된 탄원서였지만, 그마저 기각되고 말았다. 곧 재판이 열렸고 그가 피고석에 앉아 있는 것을 허락해주었다. 나는 그가 내민 손을 잡고 피고석 바깥쪽에 서 있었다. 아무도 그런 나를 제지하지 않았다.

재판은 간단하고 명확하게 끝났다. 그가 근면한 사람이었고, 적법하게 성공해 사람들의 인정을 받았다는 등 좋은 말들이 진술되기는 했지만, 유형지에서 돌아와 지금 판사와 배심원들의 눈앞에 있다는 사실만은 부정할 길이 없었다. 그 사실로 기소된 그는 유죄 판결을 받을 수밖에 없었다.

그 당시에는 개정 기간 마지막 날 형을 선고했고, 사형 선고를 마지막으로 법정을 끝내는 관습이 있었다. 지금도 그때의 모습이 생생하게 떠오른다. 그러지 않았다면 이 글을 쓰는 순간에도, 그날 사형 선고를 받기 위해 32명의 남녀가 판사 앞에 줄지어 서 있었다는 사실이 도저히 믿어지지 않았을 것이다. 32명 가운데 맨 앞에 그가 있었다. 숨이 가빠서 서 있을 수 없었던 그는 자리에 앉아 있었다.

그 모든 장면이 선명하게 눈앞에 펼쳐진다. 법정 유리창에 떨어져 내리던 빗방울이 4월의 햇살을 받아 반짝거렸던 것까지. 나는 피고석 바깥에서 그의 손을 꼭 쥐고 서 있었다. 피고석에 갇힌 32명의 남녀 중에는 반항하는 사람, 공포에 떠는 사람, 흐느껴 우는 사람, 손으로 얼굴을 가린 사람, 비통한 얼굴로 주위를 둘러보는 사람도 있었다. 비명을 지르는 여자 죄수들도 있었지만 곧 제지당하고 법정 안에는 무거운 침묵이 흘렀다.

넓은 방청석을 가득 메운 사람들은 마치 연극을 보러 온 관객들처럼, 판사와 죄수 32명이 엄숙하게 서로 마주 보고 있는 모습을 지켜보았다. 판사가 피고들에게 말했다. 그가 자기 앞에 서 있는 타락한 사람들 중에 특별히 설교의 대상으로 선택한 사람은, 유년 시절부터 법을 어긴 전과자로 징역을 선고받았으나 대담하게도 탈주를 시도하다 또다시 붙잡혀 종신 유배형을 선고받은 사내였다. 이 가련한 사내는 한때 범죄 장소에서 멀리 떠나 자신의 잘못을 뉘우치며 평온하고 정직한 삶을 살았다. 하지만 어떤 결정적인 순간에, 그가 오랫동안 사회에 해악을 끼치는 원인이 되었던 악한 성품과 격정에 휘말려 안락과 참회의 피난처를 떠나 추방당했던 고국으로 다시 돌아왔다. 이곳에서 그를 고발하는 자가 나타났고, 경찰을 피해 숨어 지내던 그는 결국 국외로 도주를 꾀하다 체포되었다. 그리고 경찰에 저항하던 중 자신을 고발한 사람을 죽음에 이르게 하고 말았다. 이것이 의도된 것인지, 본능에 의한 무모함에 따른 것인지는 그 자신만이 안다. 그를 고발한 사람은 그의 모든 내력을 알고 있었다. 추방된 고국으로 돌아온 죄에 대해 정해진 처벌은 사형이고, 가중된 사건인 바 그는 사형을 각오해야 한다.

햇빛이 비치자 법정의 커다란 유리창에 맺힌 빗방울이 반짝거렸다. 판사와 32명의 죄수들 사이에 한 줄기 빛이 스며들어 둘 사이를 연결했다. 이것을 본 몇몇 방청인은 판사와 죄수들이 똑같이 모든 것을 알고 있고 결코 잘못이 있을 리 없는 최후의 심판을 향해 나아가고 있다는 생각을 떠올렸는지도 모른다. 그 죄수는 잠시 일어나 환한 햇빛을 받으며 말했다.

"재판장님, 저는 이미 전지전능하신 하느님께 사형 선고를 받았습니다. 그리고 이제 또다시 재판장님의 선고에 따르겠습니다."

그가 앉자 잠시 침묵이 흘렀다.

판사가 나머지 피고 전원에게도 형을 선고했다. 개중에는 부축을 받으며 나가는 사람, 핼쑥한 얼굴에 담대한 표정을 짓고 있지만 주저하며 나가는 사람, 방청석을 향해 고개를 끄덕이는 사람, 서로 악수를 하는 사람, 악취를 없앨 목적으로 갖다 놓은 약초를 뜯어 질겅질겅 씹으면서 나가는 사람도 있었다.

매그위치는 부축을 받고 일어나 맨 마지막으로 천천히 걸어 나왔다. 모든 사람들이 나가는 동안 그는 내 손을 꼭 잡고 있었다. 방청인들은 예배가 끝날 때처럼 옷매무새를 매만지며 일어나서 밑을 내려다보며 죄수들을 손가락질했는데, 대부분 우리 두 사람을 가리켰다.

나는 지방법원 판사의 심리 보고서가 올라가기 전에 그가 세상을 떠나기를 간절히 기도했다. 하지만 그가 계속 살아 있을 것을 대비해 그날 밤 내무장관에게 탄원서를 썼다. 나는 그를 아주 잘 알고 있으며 그는 나를 위해 귀국한 것이라고, 최대한 정성을 기울여 동정심을 불러일으키도록 문장을 썼다. 이 지역 유력 인사들과 국왕 폐하 앞으로도 자비를 구하는 편지를 한 통씩 썼다.

그가 선고를 받고 나서 나는 몇날 며칠 의자에 쓰러져 잠들었을 때 말고는 쉴 틈 없이 탄원서 쓰기에 매달렸다. 편지를 우체통에 넣은 다음에는 우편물의 최종 목적지 근처에 있지 않으면 마음이 놓이지 않았다. 내가 그들 가까이 있으면 탄원서가 받아들여질 가능성과 희망이 좀더 있는 것처럼 말이다. 이렇듯 나는 근거 없는 불안과 심적 고통 속에서 밤마다 탄원서를 제출한 관청 주위와 길거리, 집 근처를 어슬렁거렸다. 이런 것들이 떠올라, 춥고 바람 부는 봄날 저녁이면 문이 굳게 닫힌 저택과 가로등이 길게 늘어선 런던 서쪽의 스산한 거리가 나를 우울하게 만든다.

그는 형을 선고받은 후 더욱 철저하게 감금되었고, 면회 시간이 갈수록 짧아졌다. 그에게 독약을 갖다 준다는 의심을 하는 것 같아서 나는 그의 침대 옆에 앉기 전에 몸수색을 자청했다. 또한 늘 그를 감시하는 간수에게 나의 순수한 면회를 보여주기 위해서는 무슨 일이라도 하겠다고 말했다. 그리하여 누구도 우리한테 엄격하게 굴지 않았다. 이행해야 할 의무는 반드시 이행되었지만 모질고 혹독하지는 않았다. 간수는 늘 나에게 그의 병세가 악화되었다고 말했고, 다른 환자 죄수들과 그를 간호하는 죄수들도 늘 같은 말을 했다.

날이 갈수록 그는 생기를 잃고 멍한 표정으로 가만히 백색 천장을 바라보았다. 그러나 내가 말을 걸면 잠시 표정이 밝아졌다가도 금세 멍한 표정을 지었다. 이따금 그는 거의, 또는 전혀 말을 하지 못할 때가 있었다. 그럴 때면 대답 대신 내 손을 살며시 눌러 의사 표시를 했는데, 나는 그 의미를 충분히 이해했다.

그렇게 열흘째 되던 날이었다. 이날 나는 여태까지 한 번도 본 적이 없던 커다란 변화를 그의 얼굴에서 보았다. 내가 병실에 들어서자 그가 눈을 밝게 빛내며 말했다.

"오, 핍. 오늘은 네가 늦을 줄 알았지 뭐냐. 그럴 리가 없는데도 말이야."

"면회 시간에 딱 맞춰서 왔어요. 밖에서 시간이 될 때까지 기다렸거든요."

"항상 그렇게 문 앞에서 기다렸지, 그렇지?"

"일분일초도 흘려보내고 싶지 않으니까요."

"역시 넌 한 번도 나를 저버리지 않았어. 고맙다, 핍. 하느님의 축복이 있기를!"

나는 잠자코 그의 손을 꾹 눌렀다. 한때 그를 저버리려고 했던 기억을 잊을 수가 없었다.

"무엇보다 기쁜 일은, 내 위로 먹구름이 드리운 이후로 네가 나를 더 편하게 대해주었다는 거야. 햇빛 속에 있을 때보다 더. 그게 무엇보다도 기쁘단다."

그는 몹시 괴로운 듯 가쁜 숨을 몰아쉬면서 똑바로 누웠다. 나에 대한 애정이 더없이 충만했는데도 그의 얼굴은 점점 더 생기를 잃어 갔다. 천장을 올려다보는 그의 고요한 얼굴에 흐릿한 장막이 조금씩 드리웠다.

"오늘은 고통이 더 심한가요?"

"괜찮단다, 핍."

"당신은 늘 괜찮다고 하시죠."

그는 마지막 말을 한 것이었다. 그는 미소 지으며 내 손을 눌렀다. 자신의 가슴에 내 손을 얹어달라는 뜻이었다. 내가 손을 가슴에 얹자 그가 다시 미소를 머금고 자신의 두 손을 포개 내 손 위에 올려놓았다.

그러는 사이 면회 시간이 끝났다. 나는 주위를 둘러보았다. 어느새 간수장이 내 곁에 와 있었다. 그는 나에게 지금 가지 않아도 된다고 했다. 나는 진심으로 고맙다고 하며 간수장에게 물었다.

"그에게 더 이야기해도 되겠습니까?"

간수장이 조용히 다른 간수를 불러 함께 저만치 물러났다. 그들은 소리 없이 움직였지만, 이때 하얀 천장을 올려다보던 매그위치의 평온한 얼굴에서 흐릿한 장막이 벗겨지는 듯했다. 이윽고 그가 애정을 가득 담은 눈길로 나를 쳐다보았다.

"매그위치, 당신에게 꼭 하고 싶었던 말이 있습니다. 이제 그 말을 해야겠어요. 내 말 알아듣겠어요?"

그가 살며시 내 손을 눌렀다.

"옛날 당신에게 아이가 하나 있었지요? 사랑했지만, 잃어버린 아이."

그가 조금 더 세게 손을 눌렀다.

"그 애는 죽지 않았어요. 능력 있는 보호자를 만났거든요. 지금도 살아 있어요. 매우 품위 있고 아름다운 숙녀로 성장했지요. 그리고 저는 그녀를 사랑해요!"

그는 마지막 안간힘을 짜내서 내 손에 입을 맞추었다. 그런 다음 내 손을 살포시 자기 가슴에 얹고, 두 손을 포개 그 위에 올렸다. 천장을 향한 얼굴에 평온한 표정이 깃들었다가 이내 사라졌다. 그의 머리가 힘없이 옆으로 꺾였다.

나는 그와 함께 읽었던 성경의 한 구절을 떠올렸다. 그리고 지금

이 순간 그보다 더 좋은 말은 없다는 것을 깨달았다.

"오, 하느님, 이 죄인을 불쌍히 여기소서!"

57

나는 이제 혼자 남겨졌다. 나는 계약 기간이 끝나는 대로 템플의 방을 비워주겠노라고 집주인에게 통보했다. 그런 다음 곧바로 세를 놓는다는 광고지를 유리창에 붙였다. 빚을 진 데다 거의 무일푼이 되기 직전이었고, 내 재정 상태가 심각하다는 것을 느꼈기 때문이었다. 좀더 정확히 말하자면, 내 기력과 정신력이 남아 있다면 심각성을 깨달았을 것이다. 하지만 기력과 정신력을 상실한 나는 내가 심각한 병에 걸렸다는 것 말고는 아무것도 인식할 수 없었다. 그동안 긴장감에 억눌려 사느라 병을 인식하지 못했을 뿐 병이 사라진 것은 아니었다. 마침내 병마가 나를 덮쳤다는 것 말고는 아무것도 알 수 없었고, 심지어 병을 신경 쓰지도 못했다.

하루 이틀 나는 내리 누워 있었다. 소파든 바닥이든 쓰러진 자리에 그대로 누워 있었다. 머리는 천근만근이었고 팔다리는 바늘로 콕콕 찌르는 듯했다. 아무 생각도 할 수 없었고, 아무 기력도 없었다. 공포와 불안이 소용돌이치는 기나긴 밤이 지나고 아침이 되어 지난밤 일을 생각해보려고 침대에서 일어나려는데 일어나 앉을 수가 없었다.

정말 내가 한밤중에 가든코트로 내려가 보트를 찾아다녔을까? 정신을 차리고 보니 어느새 계단에 있었는데 어떻게 침대에서 나왔는지 기억나지 않아 경악했던 것이 맞을까? 나는 정말로 그가 어두운 계단을 올라온다고 믿고 등불을 켜려고 했을까? 정말 누군가가 미친 듯이 이야기하는 소리와 웃음소리, 신음 소리에 괴로워하다가 그것이 내가 낸 소리라는 것을 깨달았던 게 맞을까? 어둠에 잠긴 이 방 한구석에 놓인 무쇠 하더이 보이고, 누군가 "저 안에서 미스 해비셤이 불타고 있다!"고 외친 것이 맞을까? 이런 생각들을 그날 아침 침대에 누워 정리해보려고 했다. 하지만 석회 가마의 증기가 끼어들어 모든 것이 뒤죽박죽되어 버렸고, 그 증기 너머로 두 사람이 나를 내려다보았다.

"당신들 누구야!"

내가 놀라서 소리치자 그중 하나가 몸을 숙여 내 어깨를 만지며 말했다.

"당신이 곧 해결하시겠지만, 일단 같이 가주셔야겠습니다."

"어떤 빚 때문이죠?"

"보석상에 지급할 금액이 123파운드 15실링 6펜스입니다."

"나를 어떻게 할 셈이죠?"

"우리 집으로 가주셔야겠습니다. 아주 훌륭한 집이 하나 있죠."

그들이 말하는 곳은 채무자 구치소였다. 나는 일어나서 옷을 입으려고 했고, 그들은 침대에서 조금 떨어진 곳에 서서 나를 쳐다보았다. 하지만 나는 계속 침대에 누워 있었다.

"지금 보시는 바와 같이 내 상태가 이렇습니다. 나도 당신들과 함께 가고 싶지만, 움직일 수가 없어요. 가는 도중에 죽고 말 거예요."

아마 그들은 뭐라고 대답했을 것이다. 하지만 그들이 나를 포기하고 돌아갔다는 것 말고는 기억나지 않는다.

나는 열병을 앓았고, 사람들은 나를 피했고, 나는 심하게 앓으면서 헛소리를 해대곤 했다. 그리고 그 순간이 몹시 길게 느껴졌다. 나는 때때로 사람들을 살인자로 믿고 그들과 싸우기도 했다. 그러다 나를 도와주려는 사람들이라는 것을 깨닫고 그들의 품에 쓰러져 침대에 눕혀졌다. 가장 기억에 남는 것은 모든 사람들이 한결같이 조의 얼굴로 보였다는 것이다. 증세가 아주 심할 때는 사람들의 얼굴이 온갖 괴상한 모습으로 변했다가 마지막에는 어김없이 조의 모습으로 바뀌었다.

고비를 넘기고 나자 이러한 현상은 더욱 뚜렷해졌다. 다른 증세는 모두 변했는데도 마지막에 조로 바뀌는 것만은 변하지 않은 것이다. 누가 내 곁에 오더라도 그는 결국 조가 되었다. 한밤중에 눈을 뜨면 침대맡 의자에 조가 앉아 있었다. 낮에 눈을 떴을 때도 창가에서 파이프를 물고 앉아 있는 조가 보였다. 내가 시원한 물을 찾으면 물컵을 입에 대주는 것은 다정한 조의 손이었다. 시원하게 목을 적시고 다시 베개에 머리를 묻은 나를 애정이 넘치는 눈길로 들여다보는 것도 조의 얼굴이었다.

마침내 나는 용기를 내어 물었다.

"조예요?"

곧바로 귀에 익은 다정하고 푸근한 목소리가 들려왔다.

"그렇단다, 핍."

"아, 조, 난 정말이지 가슴이 찢어지는 것 같아! 부탁이야. 제발 화를 내! 나를 때려도 좋아! 배은망덕한 놈이라고 욕이라도 퍼부어! 제발 그렇게 다정한 얼굴로 쳐다보지 마!"

조는 내가 자신을 알아보는 것만으로도 너무 기쁜 나머지 누워 있는 내 목을 팔로 감싸고 안아주었다.

"이봐, 핍. 우리는 친구잖아. 언제나 다정한 친구. 네가 마차에 탈 수 있을 만큼 건강을 회복한다면 더 바랄 게 없겠다!"

조는 창가로 걸어가 나를 등지고 서서 눈물을 훔쳤다. 기운이 없었던 나는 침대에 누운 채 참회의 기도를 올렸다.

"하느님, 저 착한 그리스도인을 축복하소서!"

다시 내 옆으로 다가왔을 때 그의 두 눈이 빨갛게 변해 있었다. 나는 그의 손을 잡았다. 우리는 둘 다 행복감에 젖었다.

"조, 내가 얼마나 이러고 있었던 거야?"

"벌써 5월도 끝나 간단다, 핍. 내일이면 6월 초하루야."

"그동안 줄곧 여기 있었던 거야?"

"음, 네가 병이 났다는 편지를 받고 내가 비디에게 말했지. 그 편지를 가지고 온 집배원 총각 말인데, 지금은 결혼했어. 구두 밑창이 닳도록 싸돌아다니는 것치고는 보수가 너무 박한 것 같더라. 하지만 그에게는 돈이 문제가 아니었지. 그가 진심으로 바라는 것은 결혼해서……."

"조의 얘기를 들으니 정말 기뻐! 그런데 내가 아프다는 편지를 받고 비디에게 뭐라고 했다고?"

"아는 사람들도 없고, 너와 난 친구니까, 내가 너를 찾아간다 해도, 환영받지 못할 일은 아닐 거라면서 비디가 말했지. '얼른 그에게 가보세요. 지금 당장.' 비디가 그랬어."

조는 사건을 명확하게 설명하는 재판관처럼 말했다. 그러고는 잠시 진지하게 생각하고 나서 덧붙였다.

"그러니까 비디는 '1분도 지체하지 말고요'라고 말했어. 이건 절대 과장해서 하는 말이 아니다."

여기서 조는 잠시 말을 끊었다. 그러고는 한 번에 조금씩 말하는 것이 좋으며, 입맛이 있든 없든 정해진 시간에 음식을 조금씩 먹어야 하며, 자기 지시를 따라야 한다고 했다. 그래서 나는 조의 손에 입을 맞추고 가만히 누워 있었다.

조는 비디에게 내 안부를 전하는 편지를 쓰겠다고 했다. 그사이 비디가 조에게 글쓰기를 가르친 모양이었다. 자랑스럽게 편지를 쓰는 그를 보고 있으니 기쁨의 눈물이 흘렀다.

내 침대는 내가 누워 있는 채 거실로 옮겨져 있었다. 그곳이 가장 넓고 통풍이 잘되었기 때문이다. 거실은 카펫까지 말끔히 치우고 늘 상쾌하고 청결한 환경을 유지했다. 조는 한쪽 구석으로 밀어놓은 책상에 앉아 무슨 중요한 일이라도 하는 듯 편지 쓸 준비를 했다. 연장을 고르듯 펜 접시에서 펜 한 자루를 골라잡더니, 쇠지레나 큰 망치라도 휘두르려는 듯 소매를 걷어 올렸다. 그런 다음 왼쪽 팔꿈치로 책상을 단단히 누르고, 오른발은 뒤로 쭉 뻗어서 몸을 지탱했다.

이윽고 그가 편지를 쓰기 시작했는데, 그가 획을 아래로 그을 때마다 3미터짜리 선을 그을 정도로 오래 걸렸고, 획을 위로 그을 때는 잉크를 요란하게 튀기는 소리가 들렸다. 희한하게도 그는 잉크병의 위치를 확인하지 않고 아무것도 없는 곳에 펜을 찍고는 매우 흡족한 표정을 지었다. 간혹 어려운 철자법에 걸려 한동안 망설이기는 했지만 대체로 순조롭게 써나갔다. 마지막으로 자신의 이름을 쓰고 나서 일어나 책상 주위를 맴돌면서 자기가 쓴 편지를 여러 각도에서 들여다보고는 더없이 만족스러운 미소를 지었다.

나는 말할 기운도 없었지만, 그럴 기운이 있었다 해도 말을 많이 해서 조에게 걱정을 끼치고 싶지 않았기 때문에 미스 해비셤에 대해서는 다음 날 물어보기로 했다.

이튿날 그녀가 회복되었느냐고 묻자 조는 고개를 가로저었다.

"죽었어?"

"그건 말이다, 핍. 그렇게까지 말하는 건 아니지 싶다. 너무 극단적인 표현이잖니. 하지만 그 사람은 이제……."

조는 나무라는 투로, 그리고 조금씩 이야기해나가기 위해 그렇게 말했다.

"살아 있지 않은 거야?"

"그게 더 낫구나. 그래, 살아 있지 않아."

"언제 그렇게 됐어?"

"네가 병에 걸린 뒤였어. 그러니까 이래저래 일주일쯤 되려나."

조는 내 건강을 이유로 뭐든 조금씩 말했다.

"그럼 미스 해비셤의 재산은 어떻게 됐는지 들은 거 있어?"

"대부분은 에스텔러 양이 물려받은 것 같다. 하지만 그 사고가 일어나기 하루 이틀 전에 자기 유언장에 추가로 조항을 써넣었다는구나. 거금 4천 파운드를 매슈 포킷 씨에게 물려준다고 말이다. 그런데 핍, 그녀가 왜 그런 거금을 그 사람에게 물려주었을 것 같니? 비디가 그러는데, 놀랍게도 유언장에 '매슈에 대한 핍의 설명에 근거하여'라는 말이 쓰여 있다더라."

조는 그 법률적인 문구가 자기한테 무슨 큰 득이라도 되는 듯 되풀이했다.

"매슈에 대한 핍의 설명에 근거하여, 거금 4천 파운드라니!"

그가 '거금'이라는 상투적인 표현을 어디서 배웠는지는 모른다. 하지만 그는 이 표현으로 액수가 훨씬 더 크게 느껴지는 것 같았고, 거금 4천 파운드라는 말을 쓰는 것을 즐기고 있었다.

조의 말을 듣고 나는 몹시 기뻤다. 내 유일한 선행이 완성되는 것이었기 때문이다. 나는 다른 친척들은 유산을 받지 않았느냐고 물었다.

"미스 세라 포킷은 담즙에 이상이 있어서 화를 잘 내니까 약값에 쓰라고 연간 25파운드를 받게 됐단다. 미스 조지애나는 현금 20파운드를 받았고, 또 무슨 부인이더라……, 혹이 달린 동물 이름이 뭐지, 핍?"

"캐멀(camel, 낙타─옮긴이) 말이야?"

나는 그가 갑자기 왜 이 동물을 알고 싶어 하는지 궁금했다.

"오, 그래. 캐멀 부인(나는 그것이 커밀라를 두고 하는 말임을 뒤늦게 깨달았다)은 5파운드를 받았어. 밤중에 자다가 깨었을 때 우울함을 떨쳐버릴 수 있도록 골풀 양초를 사라고 말이야."

그것은 틀림없는 사실로 보였고, 나는 조의 상세한 설명을 믿었다.

"이봐, 핍. 너는 아직 몸이 회복되지 않았으니까 오늘은 한 삽 분량만 더 말해주마. 그건 바로 올릭이 어느 집에 쳐들어갔다는 소식이다."

"누구네 집에?"

"당사자가 요란하게 거드름을 피우는 사람이기는 하지만 말이다. 하지만 영국인의 집은 성과 같은 곳 아니냐? 전쟁이 나지 않고서는 성을 부수고 쳐들어가서는 안 되고 말이야. 그리고 나쁜 점이 있기는 해도 틀림없이 곡물상이자 종묘상이니."

조가 변명하듯이 말했다.

"펌블추크 씨 집에?"

"그래, 핍. 올릭이 그 집에 쳐들어가서 현금 상자랑 금고를 들고 나왔단다. 그뿐이냐. 포도주도 마시고 음식도 먹고, 주인 얼굴을 후려치고 코를 잡아당기고, 그것도 모자라서 침대 기둥에 잡아매 놓고 열 번 넘게 주먹질을 했단다. 그가 소리 내지 못하도록 입을 일년초로 틀어막았다는구나. 그런데 그는 올릭의 얼굴을 알아보았고, 결국 올릭은 지금 교도소에 갇혀 있지."

우리의 이야기는 끝이 없었다. 나의 건강은 더디기는 했지만 확실히 회복되고 있었다. 그동안 조는 줄곧 내 곁에서 나를 보살펴주었다. 나는 다시 어린 시절로 돌아간 기분이었다.

조는 내가 필요할 때마다 너무나 잘 맞춰서 보살펴주었다. 그래서 나는 그의 손안에 놓인 아이 같았다. 예전처럼 그는 내 곁에 앉아 친근하고 솔직하며 단순하게, 그리고 은근히 감싸주는 태도로 이야기했다. 그래서 나는 고향 집 낡은 부엌을 떠난 뒤의 내 삶이 열병으로 나타난 정신이상 증세였던 것만 같았다.

조는 이곳에 오자마자 세탁부를 해고하고 대신 집안일을 맡아줄 부인을 고용한 뒤, 나머지 일은 모두 자기가 알아서 처리했다. 그 이유를 조는 이렇게 말했다.

"핍, 내가 똑똑히 봤단다. 글쎄, 그 여자가 다른 방 침대를 맥주 통처럼 잡아 뜯어서는 깃털을 빼내 양동이에 담지 뭐냐? 내다 팔려고 말이다. 나중에 네 침대 깃털까지 뽑아냈을 거야. 석탄은 냄비나 그릇에 조금씩 퍼 나르고, 포도주와 럼주는 네 부츠에 담아서 빼돌렸어."

우리는 오래전 내가 도제가 되기를 고대한 것처럼, 내가 마차를 타고 바람을 쐬러 나가게 될 날을 기다렸다. 마침내 지붕 없는 마차가 템플에 왔을 때, 조는 나를 단단히 감싸서 안고 마차에 태웠다. 내가 아직도 여린 어린아이라는 듯이, 그의 따뜻한 마음을 더할 나위 없이 베풀었던 작은 아이인 듯이.

우리는 마차에 나란히 앉아 교외로 나갔다. 풍성한 녹음과 달콤한 여름 향기가 대지를 가득 채웠다. 그날은 마침 일요일이었다. 나는 이 아름다운 풍경을 감상하면서, 내가 열병에 시달리며 침대에 누워 있을 때 낮에는 햇빛을 받고 밤에는 별빛을 받으며 초목이 얼마나 자랐고, 작은 야생화들이 얼마나 피어났으며, 새들의 지저귐은 나날이 얼마나 커졌는지 생각했다.

그러다 침대에서 열에 들떠 몸부림치던 기억이 되살아나자 그것만으로도 평온했던 마음이 쓰렸다. 일요일 교회 종소리가 울리는 가운데 주위를 에워싸고 있는 아름다운 풍경을 보고 있을 때 나는 아무리 감사한 마음을 품어도 모자라다는 것을 느꼈다. 그리고 아직 기력이 회복되지 않아 감사한 마음도 제대로 품지 못한다는 것을 깨달았다. 옛날 조가 나를 박람회장인지 어딘지 데려갔을 때 어린 내가 받아들이기 벅찬 것들을 너무 많이 보는 바람에 지쳤던 것처럼 내 머리를 그의 어깨에 기댔다.

얼마쯤 지나자 서서히 마음이 안정되었다. 우리는 옛 포병대 자리의 풀밭에 누웠을 때처럼 이야기를 나누며 즐거워했다. 조는 조금도 변하지 않았다. 옛날에 보았던 모습 그대로였다. 충실함과 올바름으로 충만한 모습 말이다.

템플의 집으로 돌아왔을 때 조는 가뿐히 나를 들쳐 안고 마당을 가로질러 계단을 올라갔다. 그가 나를 업고 습지대까지 갔던 그 파란만장했던 크리스마스가 떠올랐다. 내 운명이 어떻게 달라졌는지는 아직 이야기하지 않았다. 그가 내 상황을 어디까지 알고 있는지 알 수 없었다. 하지만 이제 스스로를 믿지 못하고 그를 깊이 신뢰하고 있던 나는 그 문제를 어떻게 말해야 할지 알 수 없었다.

그날 저녁 나는 창가에 앉아 파이프 담배를 피우는 그에게 넌지시 말을 꺼냈다.

"조, 내 은인에 대해 혹시 들은 얘기 없어?"

"미스 해비셤이 아니라는 얘기는 들었다."

"그 사람이 누구라는 얘기는 못 들었고?"

"음! 스리 졸리 바지멘에서 다른 사람을 통해 2파운드를 준 사람이라고 들었는데, 맞니?"

"그래, 맞아."

"놀랍구나!"

조는 차분하게 말했다.

잠시 뒤 나는 조심스럽게 물었다.

"그 사람이 죽었다는 얘기도 들었어?"

"지폐를 보낸 사람 말이냐, 핍?"

"응."

한참 생각에 잠겨 있던 조는 내 눈을 피하듯 창가 의자를 보며 말했다.

"뭐, 그렇게 되었다고 들은 것도 같구나."

"그가 어떤 사람이었는지도 들었어?"

"별로 들은 건 없어."

"실은 말이야……."

내가 고백하려는 순간, 조가 벌떡 일어나 내게 다가왔다.

"잠깐만, 핍. 우리는 언제나 좋은 친구지?"

그가 몸을 굽히고 나를 쳐다보았다. 나는 부끄러워 차마 대답할 수 없었다.

조는 이미 내 대답을 들은 것처럼 말했다.

"그럼 됐다. 그럼 된 거야. 우리 사이에 불필요한 이야기를 해서 뭐 하겠니? 그것 말고 이야깃거리가 얼마든지 있는데. 안 그래? 네 누나가 사납게 펄펄 뛰었던 얘기도 얼마나 많니? 회초리 생각 안 나?"

"그럼, 생각나지."

"잘 들어, 핍. 나는 네 누나한테서 회초리를 뺏으려고 무진 애를 썼다. 하지만 쉽지 않았어. 왜 그랬을까?"

조는 그가 즐겨 쓰는, 토론하는 투로 말했다.

"누나가 너를 때릴 때 내가 끼어들면 악을 쓰면서 나한테도 달려들어 때렸지. 그리고 내가 참견하면 네 누나가 너를 더 심하게 때린다는 것을 알았어. 두들겨 맞고 있는 어린 너를 구해주지 않은 것은, 구레나룻이 뽑히거나 온몸을 쥐어뜯겨서 그런 것이 아니란다. 그런 것쯤은 얼마든지 감당할 수 있었어. 하지만 그러고도 어린애가 더욱 두들겨 맞는다면 그 남자는 당연히 스스로에게 이렇게 말하겠지. '내가 도와준답시고 나서봤자 오히려 해가 될 뿐이야. 뭐 하나 득 되는 게 없다고. 그런 게 있다면 말해봐'라고."

"그 남자가 그렇게 말했단 말이야?"

나는 조가 내 반응을 기다린다는 것을 알고 이렇게 물었다.

"그래, 그렇게 말했어. 하지만 그 남자의 생각이 옳았을까?"

"조, 그 남자는 언제나 옳았어."

"그래, 핍. 그 남자가 언제나 옳았다면, 실상은 틀릴 때가 더 많았겠지만, 이제 이렇게 말하는 것도 옳을 거다. 네가 어렸을 때 어떤 작은 비밀을 네 가슴속에만 묻어두었다고 치자. 아마도 그건 조 가저리가 너에게서 회초리를 떼어놓으려고 해도 생각대로 되지 않는다는 사실을 네가 알았기 때문이었겠지. 그러니까 가장 좋은 친구 사이에 그런 이야기는 더 이상 하지 말자. 불필요한 이야기는 굳이 하지 말자는 거다. 런던으로 오기 전에 비디는 몹시 우둔한 나에게 수없이 말했던

다. 이건 이렇게 봐야 하고, 그랬다면 이렇게 말해야 한다고 말이야. 그 두 가지를 다 했으니……."

조는 자신의 논리적 전개에 몹시 만족한 표정으로 말했다.

"나는 너의 진정한 친구로서 이렇게 말하겠다. 더 이상 그 문제를 신경 쓰지 마라. 그리고 일단 저녁을 먹고, 포도주에 물을 조금 타서 마셔. 그리고 푹 자는 거야."

이 문제를 이렇게 정리해버린 조의 세심한 배려, 그가 그렇게 할 수 있게 만든 비디의 자상한 마음 씀씀이에 나는 깊이 감동했다. 비디는 나의 실상을 곧바로 파악할 만큼 분별 있는 여자였다. 하지만 습지대의 안개가 햇빛을 받았을 때처럼 유산 상속의 꿈이 어떻게 사라졌는지, 그리고 지금 내가 얼마나 가난한지 조가 알고 있는지는 알 수 없었다.

내가 알 수 없는 것은 한 가지 더 있었다. 처음 그것이 나타났을 때는 이해할 수 없었지만, 곧 그것을 깨닫고 슬픔을 느꼈다. 내 건강이 회복되기 시작하자 조는 차츰 나를 어색하게 대하기 시작했다. 내가 병에 걸려 조에게 모든 것을 의존했을 때 그는 예전처럼 나를 '이봐, 핍. 사랑하는 친구'라고 불렀다. 다정한 그 말투는 이제 감미로운 음악처럼 들렸다. 물론 나도 예전처럼 대했고, 그렇게 만들어준 그가 고맙고 행복했다. 하지만 나는 계속 예전처럼 대하는데도 조는 아주 조금씩 예전 말투에서 멀어져갔다. 처음에는 도무지 납득할 수 없었으나, 결국 그 원인이 나에게 있음을 깨달았다. 모두 내 잘못이었다.

나는 내가 변함없다는 것을 조가 의심할 만한 단초를 제공하지 않았던가? 내 상황이 좋아지자 그를 차갑게 대하고, 거리를 두고 싶어한다고 여길 만한 행동을 하지 않았던가? 이제 내 몸이 회복되어 갈

수록 그가 나를 붙잡을 수 있는 힘도 약해질 것이므로, 내가 그를 뿌리치기 전에 자기가 먼저 내 손을 놓고 떠나는 편이 좋으리라고 생각할 근거를 순수한 조의 가슴에 심어주지 않았던가?

조의 팔에 의지해 세 번째인가 네 번째 템플 정원을 산책하면서 나는 그의 마음속에 일어난 변화를 확연히 느꼈다. 우리가 따사로운 햇볕을 받으며 강가에 앉아 있다가 집으로 돌아가려고 일어날 때 나도 모르게 조에게 이렇게 말했다.

"조! 난 이제 잘 걸을 수 있어. 혼자 걸어갈 수 있어. 잘 봐."

"핍, 무리하면 안 돼. 아무튼 네가 혼자 걸어가는 것을 보면 기쁘겠어요, 나리."

그 말이 거슬린다고 해서 내가 어찌 그를 비난하겠는가! 나는 공원 출입문까지 걸어가서 힘든 척하며 조에게 부축해달라고 했다. 그는 생각에 잠긴 얼굴로 팔을 잡아주었다.

나 또한 생각에 잠겼다. 내 마음은 후회로 가득했다. 조를 이전처럼 돌려놓으려면 어떻게 해야 할까? 그것은 몹시 곤혹스러운 문제였다. 내가 지금 어떤 처지에 있는지, 어느 정도로 추락했는지, 그에게 모든 것을 말하기는 부끄러웠다. 하지만 그런 망설임이 아무 의미가 없었던 것은 아니다. 그는 분명 자기가 가진 얼마 안 되는 저금을 털어서 나를 도와주려고 했을 것이다. 나는 그가 그렇게 하도록 만들 수는 없었다.

우리 둘 다 생각에 잠겨 그날 밤을 보냈다. 잠자리에 들기 전 나는 일요일인 다음 날까지 그대로 있기로 했다. 그리고 새로운 한 주가 시작되는 월요일에 이야기를 꺼내기로 마음먹었다. 월요일 아침에 조의 달라진 태도에 대해 터놓고 이야기를 할 것이다. 주저하게 만드는 마음의 벽을 완전히 없애버릴 것이다. 나는 그에게 내가 생각하고 있는, 아직 밝힐 수 없는 두 번째 일에 대해 이야기할 것이다. 내가 왜 허버트가 있는 국외로 가지 않았는지도 허심탄회하게 이야기할 것이다. 그러면 조의 달라진 태도는 영원히 사라질 것이다. 내 얼굴이 밝아지자 조의 얼굴도 밝아졌다. 그는 나와 같은 생각이라도 한 듯 뭔가 마음먹은 얼굴이었다.

일요일은 조용히 지나갔다. 우리는 마차를 타고 교외로 나가 호젓한 들길을 산책했다.

"내가 병을 앓게 된 것에 오히려 감사해, 조."

"이봐, 핍, 사랑하는 친구. 당신은 이제 거의 회복되었어요, 나리."

"앓아누워 있었던 시간은 정말이지 잊지 못할 거야, 조."

"나에게도 마찬가지였어요, 나리."

"조, 우리가 함께 보낸 시간은 영원히 내 기억 속에 남을 거야. 옛 추억을 한동안 잊고 살았지만, 이번 일은 죽을 때까지 잊지 않을 거야."

"핍, 분명 즐거운 시간이었어. 나리, 우리에게 있었던 일은…… 분명 있었지요."

조는 어색하고 조급한 듯 말했다.

내가 병으로 누워 있는 동안 늘 그랬듯이 밤중에 조가 내 침실로 찾아왔다. 그는 내게 아침만큼 몸이 가뿐하냐고 물었다.

"응, 그대로야, 조."

"이봐, 친구, 앞으로 계속 좋아지겠지."

"그럼, 계속 그럴 거야, 조."

조는 그 커다랗고 선한 손으로 어깨를 다독거리며 쉰 듯한 목소리로 말했다.

"잘 자거라!"

월요일 아침 눈을 떴을 때 몸이 좋아지고 기분이 몹시 상쾌했다. 나는 침대에서 일어나 아침 식사를 하기 전에 조한테 모든 것을 고백할 생각이었다. 나는 얼른 옷을 갈아입고 그의 방으로 가서 그를 깜짝 놀래주려고 했다. 이렇게 일찍 일어난 것은 처음이었기 때문이다. 나는 조의 방으로 갔다. 하지만 그는 방에 없었다. 그의 짐도 보이지 않았다.

급히 식탁 있는 방으로 가보니 식탁 위에 편지가 놓여 있었다.

너는 완전히 회복되었고, 더 이상 너를 방해하고 싶지 않아서 그만 돌아가기로 했다. 이제 나 없이도 잘해 나갈 거다. 조.

추신. 변함없는 최고의 친구.

봉투 속에는 체포될 뻔했던 그 빚과 소송 비용을 지불한 영수증이 들어 있었다. 그때까지 나는 채권자가 소송을 취하했거나 내 건강이 회복될 때까지 연기해준 줄 알았다. 내 빚을 조가 대신 갚았으리라고는 꿈에도 생각지 못했다. 하지만 영수증은 조의 이름으로 되어 있었다.

어차피 남은 일은 하나뿐이었다. 그리운 대장간으로 달려가서 조에게 모든 것을 털어놓은 다음 깊이 뉘우치는 마음으로 용서를 구하는 것이었다. 그리고 내가 생각해둔 '두 번째 일', 그 결심을 고백할 것이다. 그것은 처음에는 어렴풋하고 막연했으나 이제는 확고한 목적이 되었다.

그것은 바로 비디와 관련된 것이다. 나는 비디를 찾아가 그녀에게 내가 얼마나 깊이 뉘우치고 있는지 보여주고, 한때 내가 꿈꾸었던 모든 것을 잃었다고 고백하며, 내가 처음으로 비참함을 느꼈던 그날 둘이 마음을 터놓고 이야기했던 일을 상기시킬 것이다. 그리고 나는 그녀에게 이렇게 말할 작정이었다.

'비디, 한때 넌 나를 무척 좋아했다고 생각해. 그때 나는 너에게서 멀어져가면서도 네 곁에 있으면 비뚤어진 마음이 똑바로 돌아오고 평온했어. 그 이후 어느 때보다 그랬어. 그때의 반만큼이라도 네가 나를 좋아해준다면, 흠이 많고 실망스러운 점이 있더라도 어린아이를 용서하듯이 나를 받아들여 준다면(정말 나는 어린아이처럼 뉘우치고 있고, 어린아이처럼 따뜻하게 보듬어주고 위로해줄 목소리와 손길이 필요해), 내가 예전보다 조금은 너에게 맞는 사람이 될 거라고 생각해. 내가 조와 함께 대장간에서 일할지, 가까운 곳에서 다른 일을 찾을지, 아니면 먼 곳으로 너와 함께 떠날지는 모두 너에게 달려 있어. 한 가지 제안을 받았는데 네 대답을 듣고 결정하려고 미뤄뒀어. 네가 우리 둘이 함께 이 세상을 헤쳐 나가자고 말해준다면, 나에게는 틀림없이 이 세상이 지금보다 아름다운 곳이 될 것이고, 나 자신도 이 세상에서 좀더 의미 있는 사람이 될 거야. 그리고 나는 더 아름다운 세상을 만들기 위해 온 힘을 다할 거야. 모두 너를 위해서 말이야.'

바로 이것이 나의 두 번째 결심이었다. 나는 사흘간 몸을 추스르고 나서 이 결심을 실행하기 위해 그리운 고향으로 돌아갔다. 이제 그 일이 어떻게 되었는지 이야기하는 것만 남았다.

58

행운아였던 내가 몰락했다는 소식은 이미 고향과 부근 마을까지 퍼져 있었다. 블루보어 여관에도 그 소식이 전해졌는지 나를 대하는 태도가 크게 달라졌다. 그토록 열렬하던 태도가 극히 냉랭하게 식었던 것이다.

블루보어 여관에 도착한 것은 저녁 무렵이었다. 그토록 수월하게 가던 길이 이번에는 몹시 힘들었다. 여관에서는 내가 늘 머물렀던 방이 이미 나갔다고 했다. 유산 상속 예정인 누군가가 그 방을 차지하고 있을 것이다. 그러고는 마당 위쪽의 비둘기 떼와 역마차 사이에 있는 누추하기 짝이 없는 방을 내주었다. 그러나 나는 블루보어에서 가장 좋은 방보다 더 편히 잠들었고, 가장 좋은 침대에 누웠을 때만큼이나 좋은 꿈을 꾸었다.

다음 날 아침 식사를 하기 전에 나는 새티스 하우스 주변을 산책했다. 대문과 창문에 늘어뜨려진 카펫에는 다음 주에 가구와 살림살이를 경매에 붙인다는 광고지가 붙어 있었다. 건물은 건축자재로 경매된 다음 허물 예정이라고 했다. 경매 번호는 하얀 페인트로 대충 쓰여 있었다. 1번은 양조장 건물, 2번은 오랫동안 폐쇄되어 있던 본채, 그리고 곳곳에 표시되어 있었다. 그 표시를 하느라 뜯긴, 건물을 뒤덮은 담쟁이덩굴은 땅바닥까지 늘어진 채 시들어 있었다. 나는 저택의 열린 문 안으로 들어갔다. 낯선 사람처럼 불안스럽게 주위를 둘러보니, 경매 직원이 물품 목록을 확인하기 위해 술통 위를 걸어다니며 수를 헤아리고 있었다. 목록을 작성하는 사람은 예전에 내가 '올드 클렘' 곡조에 맞춰 수도 없이 밀었던 그 바퀴 달린 의자를 책상 대신 쓰고 있었다.

아침을 먹으러 여관의 카페로 돌아갔을 때, 마침 펌블추크 씨가 여관 주인과 이야기를 나누고 있었다. 나를 기다리고 있었던 그는 나를 보자마자 말했다.

"이런, 이런! 꼬락서니 하고는……. 참 안됐구먼. 하지만 달리 어쩌겠는가. 어쩌겠어."

그러더니 그가 짐짓 위엄 있게 감싸주는 듯한 태도로 손을 내밀었다. 쇠약해진 몸으로 입씨름할 기력도 없었던 나는 그의 손을 잡았다.

"윌리엄, 머핀을 가져오게."

펌블추크 씨가 웨이터에게 말했다.

"아, 이런 꼴이 웬말이야. 이런 꼴이."

나는 불쾌감을 애써 감추고 식탁에 앉았다. 펌블추크 씨는 내 옆에 서서 찻주전자를 들고 차를 따라주었다. 마치 최후까지 친절을 베풀기로 마음먹은 것처럼 굴었다.

"윌리엄, 소금 가져오게."

펌블추크 씨는 슬픈 목소리로 말했다.

"행복했던 시절에는 차에 설탕을 타 먹었지? 우유도 탔던가? 설탕도 타고 우유도 탔겠지. 윌리엄, 양갓냉이도 가져오게."

"고맙습니다만 저는 양갓냉이를 싫어합니다."

나는 단박에 거절했다.

"양갓냉이를 싫어한다고? 그래, 땅에서 나온 보잘것없는 산물이지. 윌리엄, 양갓냉이는 필요 없네."

펌블추크 씨는 내가 양갓냉이를 먹지 않는 것이 나의 몰락과 딱 들어맞는다는 듯 연이어 한숨을 토하며 고개를 끄덕였다.

내가 식사를 하는 동안, 펌블추크 씨는 여전히 내 옆에 서서 거친 숨소리를 내며, 늘 그러듯 물고기 같은 눈으로 나를 뚫어지게 쳐다보았다.

"아주 뼈와 가죽만 남았군! 내 축복 속에 여기를 떠날 때는, 그리고 내가 일벌처럼 일해서 모은 돈으로 대접했을 때는 토실토실한 것이 복숭아 같았지……."

펌블추크 씨는 한탄스러운 목소리로 크게 말했다.

그 말을 듣는 순간 나에게 행운이 찾아왔을 때 '괜찮겠나?'라며 나와 악수를 하고자 했던 비굴한 태도와 방금 더없이 너그러운 척 포동포동한 손을 내밀던 거만한 허세가 얼마나 큰 차이를 보이는지 생각했다.

"오, 세상에! 이제 조지프 집으로 가겠지?"

그가 내게 버터 바른 빵 한쪽을 건네며 물었다.

"내가 어딜 가든 당신이 무슨 상관이죠? 그 찻주전자 좀 내려놔요."

나는 급기야 분통을 터뜨리고 말았다. 그런데 이것이 나로서는 최악의 반응이 되고 말았다. 펌블추크 씨가 고대하던 기회를 준 셈이었기 때문이다. 그는 주전자를 내려놓고 식탁에서 물러서더니 문 앞에 서 있는 여관 주인과 웨이터가 들으라는 듯 이야기했다.

"그래, 그러지. 자네가 맞네. 내가 자네 아침 식사에 너무 신경 썼어. 내가 미처 생각 못했네. 몸까지 망가진 자네가 좋은 음식을 먹고 기운을 차렸으면 하는 마음에서 그런 것뿐이야."

이어서 펌블추크 씨는 손가락으로 나를 가리키며 여관 주인과 웨이터에게 말했다.

"이 사람이 바로 행복했던 어린 시절 내가 늘 같이 놀아준 사람이라네. 믿지 못하겠나? 하지만 이 친구가 틀림없네."

두 사람이 속닥거렸다. 특히 웨이터가 놀란 표정을 지었다.

"이 친구를 마차에 태우고 다녔지. 그 누나가 이 아이를 손수 기르는 것을 지켜봤지. 나는 그 누나의 남편 쪽 삼촌이네. 그녀의 이름은 자기 어머니와 똑같은 조지애니 마리아. 그렇지 않은가, 핍?"

웨이터는 그것을 부정하는 것은 사악한 짓이라도 된다는 듯한 표정을 짓고 있었다.

펌블추크 씨는 예전에도 그랬듯이, 나를 보고 고개를 갸울이며 말했다.

"물론 자네는 조지프에게 가겠지. 자네가 어딜 가든 내가 무슨 상관이냐고 따졌지? 내가 말하지. 넌 조지프한테 가는 거야. 틀림없어."

웨이터가 인정하라는 듯 조심스럽게 기침을 한 번 했다.

펌블추크 씨가 계속 말했다.

"조지프한테 가서 이렇게 전하게. 여기 존경하는 블루 보어 여관의 주인과 윌리엄이 있다. 윌리엄 자네 아버지 성함이 폿킨스 맞지?"

"그렇습니다."

윌리엄이 대답했다.

"이 두 사람 앞에서 말해주지. 자네는 조지프에게 가서 이렇게 말하게. '오늘 나는 어린 시절 첫 후원자이자 행운을 펼쳐준 분을 만났어요. 그분이 누구인지는 말하지 않겠어요. 하지만 사람들 모두 한결같이 그분을 나의 후원자라고 불러요. 바로 오늘 그분을 만난 거예요.'"

나는 펌블추크 씨를 향해 쓴웃음을 지으며 내뱉었다.

"맹세건대 나는 그런 사람을 못 봤습니다!"

"그 말도 하게. 자네가 그렇게 말했다고 하면 조지프가 깜짝 놀랄 걸세."

"당신은 그를 잘 모르시네요. 그는 내가 더 잘 알아요!"

"자네는 이렇게 말하게. '나는 그분을 만났어요. 그분은 매형과 나에 대해 나쁜 감정을 가지고 있지 않아요. 그분은 매형이 얼마나 고집 세고 무식한지 잘 알고 있어요. 내가 얼마나 배은망덕한지도 잘 알고요.' 이렇게 말이다."

펌블추크 씨는 나를 보며 손과 고개를 흔들어댔다.

"자네는 이렇게 말하게. '조지프, 그분은 인간이라면 누구나 갖고 있는 감사하는 마음이 나에게는 전혀 없다고 말했어요. 그걸 아는 것은 그분뿐이에요. 다른 사람은 그걸 몰라요. 매형도 모르죠. 매형한테는 그럴 이유가 없으니까요. 하지만 그분한테는 그럴 이유가 있어요. 그래서 아는 거예요.'"

그를 허풍쟁이 얼간이로만 알고 있던 나는 극도로 뻔뻔한 그의 태도에 경악을 금치 못했다.

"자네는 또 이렇게 말하게. '그분은 내가 최초의 후원자이자 행운을 열어준 사람에게 배은망덕하게 굴어서 벌을 받은 거라고 했어요. 하지만 그분은 자기가 한 일을 결코 후회하지 않는다고 했어요. 그것은 올바르고 순수하며 친절한 자선이었다고 하면서요. 그리고 앞으로 또다시 그런 기회가 오더라도 똑같이 행동할 거라고 했어요.'"

"또다시 하겠다는 그 행동이 뭔지는 말할 수 없겠죠? 안타깝게도 말입니다."

잔뜩 방해를 받으면서 식사를 마친 나는 경멸스러운 투로 쏘아붙였다.

"주인장! 그리고 윌리엄! 당신들이 마을 사람들에게 이렇게 말해도 나는 말릴 마음이 없네. 그것은 올바르고 순수하며 친절한 자선이었고, 앞으로 또다시 그런 기회가 오더라도 똑같이 행동할 거라고 내가 말했다고 말이오."

이렇게 말하고 나서 사기꾼은 거드름을 피우며 두 사람과 악수하고 그곳을 떠났다. 그가 불분명하게 '그것'이라고 표현한 것이 재미있기는 했지만 나는 그의 말에 기가 막힐 따름이었다.

잠시 뒤 나 또한 여관을 나와 중심가로 걸어갔다. 그런데 거기서 또 펌블추크 씨가 조금 전 여관에서 지껄였던 말을 다른 사람들에게 조금 전과 똑같이 지껄이고 있었다. 사람들은 건너편에서 걸어가고 있는 나를 곱지 않은 시선으로 쳐다보았다.

하지만 조와 비디를 만나러 가는 것이 훨씬 더 즐거운 일이 되었다. 더없이 너그럽고 인내심이 많은 그들이 뻔뻔한 위선자와 대조되어 훨씬 더 돋보였기 때문이다.

나는 그들이 있는 곳으로 천천히 걸어갔다. 아직 팔과 다리에 힘이 없었다. 하지만 그들에게 다가갈수록 나는 점점 더 마음이 편안했고, 오만과 허위가 내게서 멀어져가는 것 같았다.

6월의 날씨는 더없이 상쾌했다. 하늘은 마냥 푸르고, 파릇파릇한 밀밭 위로 종달새가 날아갔다. 시골 풍경이 이토록 평화롭고 아름다워 보인 적이 없다. 나는 앞으로 여기서 즐거운 삶을 사는 상상을 하고, 내 영혼의 안내자가 나를 좋은 성품의 소유자로 변화시키는 상상을 하면서 즐겁게 시골길을 걸어갔다. 나는 이런 상상만으로 가슴이 뭉클했다. 오랜 방랑을 끝내고 맨발로 힘겹게 집으로 돌아온 것처럼 느껴졌기 때문이다.

나는 조용히 마을로 들어가고 싶어서 멀리 돌아서 가는 좁은 길을 택했다. 그 길 옆에 마침 학교가 있었다. 비디가 선생으로 일하는 그 학교를 그때 처음 보았다. 그날은 휴일이어서 학교는 텅 비어 있었다. 아이들 한 명 없었고, 비디의 집도 비어 있었다. 비디를 만나기 전에,

자기 일을 열심히 하고 있는 그녀의 모습을 보고 싶은 희망을 이루지 못했다.

무척 가까운 거리에 조의 대장간 있었다. 나는 조의 망치질 소리가 들리지 않을까 귀를 쫑긋 세우고 대장간으로 걸어갔다. 그런데 대장간 가까이 다가갔을 때까지 아무 소리도 들리지 않았다. 모든 것이 조용하기만 했다. 걸음을 멈추고 귀를 기울이자 나뭇잎들이 바람에 나부끼는 소리가 들렸다. 그러나 한여름의 산들바람 속에 조의 망치질 소리는 들리지 않았다.

왠지 대장간을 보기가 두려운 기분이 드는 순간 대장간이 보였다. 대장간 문은 닫혀 있었다. 활활 타오르는 불길도, 소나기처럼 사방으로 튀어 떨어지는 불꽃도 보이지 않았다. 거세게 부르짖는 풀무 소리도 들리지 않았다. 모든 문이 닫힌 채 정적만 감돌았다.

하지만 집 안에 사람이 있는 흔적이 보였다. 가장 좋은 거실의 열린 창문에 하얀 커튼이 달려 있고, 화려한 꽃까지 놓여 있었다. 집 안을 들여다보려고 창가로 다가갔다. 그 순간 팔짱을 끼고 있는 조와 비디가 내 앞에 나타났다.

그 순간 비디는 귀신이라도 본 것처럼 비명을 질렀다. 하지만 곧 우리는 서로를 껴안았다. 나도 눈물을 흘렸고, 비디도 눈물을 흘렸다. 나는 비디가 밝고 건강해 보여서 울었고, 비디는 내가 너무 야위고 창백해서 울었다.

"비디, 아주 멋진걸!"

"고마워, 핍."

"물론 조도 멋지고."

"이봐 핍, 사랑하는 친구!"

나는 조와 비디를 번갈아 바라보았다. 그러자 비디가 행복에 겨운 표정과 목소리로 말했다.

"나 오늘 결혼했어! 조와 결혼했어."

두 사람은 나를 부엌으로 데리고 갔다. 나는 낡은 전나무 식탁에 머리를 기대고 앉아 있었다. 비디는 내 손에 입을 맞추었고, 조는 내 어깨를 어루만졌다. 그들은 나를 보고 뛸 듯이 기뻐했다. 내가 그들을 찾아와서 감동했고, 우연히 그날 내가 찾아옴으로써 완벽한 결혼식이 되어 더없이 행복해했다.

그때 내 머릿속에 가장 먼저 떠오른 생각은 나의 마지막 좌절된 꿈을 조에게 말하지 않은 것에 대해 너무도 감사하다는 것이었다. 조가 아픈 나를 돌봐주는 동안, 나는 수차례 고백하려 했다. 조가 한 시간만 더 내 곁에 머물렀다면 나는 고백했을 것이다. 그랬다면 돌이킬 수 없는 고통에 빠졌으리라.

"비디는 정말 세상에서 가장 훌륭한 남편을 만났어! 나를 돌봐주던 그의 모습을 봤다면……, 아냐, 너는 지금보다 더 그를 사랑할 수는 없을 거야."

"그래, 지금보다 더 사랑할 수 없어."

비디가 말했다.

"조, 매형도 세상에서 가장 훌륭한 아내를 만났어. 비디는 분명 조를 행복하게 해줄 거야! 고결하고 착한, 조. 사랑하는 조."

나를 바라보는 조의 입술이 떨리더니 그가 소맷자락으로 눈물을 훔쳤다.

"오늘 두 사람은 교회에서 모든 사람들에게 사랑과 자비를 베풀 것을 약속했겠지. 나는 지금까지 두 사람이 나에게 베푼 모든 것을 감사하게 여기고 있어. 내 마음을 받아줘. 내가 얼마나 배은망덕했는지 몰라. 나는 한 시간 내로 여기를 떠날 거야. 곧 외국으로 나갈 계획이 거든. 조가 내 빚을 갚아주지 않았다면, 나는 지금 영락없이 감옥에 있을 거야. 그 돈을 갚을 때까지 한순간도 쉬지 않고 열심히 일할 거야. 조, 비디, 이것만은 알아줘. 설령 내가 그 돈을 천 배로 갚는다 해도, 나는 두 사람에게 진 빚을 한 푼도 갚지 않은 거야. 내가 갚을 수 있다 해도 나는 절대 그렇게 여기지 않을 거야. 이런 내 마음만은 알아줘."

감격한 조와 비디는 그런 말은 이제 그만하라고 애원했다.

"아니, 좀더 말할게. 조와 비디 사이에는 사랑스러운 자식이 많이 생길 거야. 그리고 어느 겨울밤 한 아이가 이 집의 난로 옆에 앉아 있으면, 매형은 그곳을 영원히 떠난 또 다른 한 아이를 생각하겠지. 그러면 그 아이에게 내가 은혜도 모르는 아이였다고 말하지는 말아줘. 내가 너그럽지 못하고 나쁜 아이였다고 말하지는 말아줘. 다만 내가 더없이 착하고 진실한 두 사람을 마음 깊이 존경했다고만 말해줘. 그리고 그런 두 사람의 아이는 나보다 훨씬 좋은 사람이 될 거라고 말했다고 얘기해줘."

"그렇게 말하지 않을 거다, 핍. 비디도 그렇게 말하지 않을 거다."

조가 눈물을 훔치며 대답했다.

"친절한 조와 비디는 이미 그랬을 거라는 것을 알지만, 지금 이 자리에서 나에게 말해줘. 나를 용서한다고. 직접 듣고 싶어. 그 말을 가슴에 품고 떠나고 싶어. 그러면 나는 언젠가 두 사람이 나를 더 좋은 사람으로 생각하는 날이 올 거라고 믿을 수 있을 거야."

"이봐, 핍! 사랑하는 친구! 너를 용서한다. 용서할 게 조금이라도 있다면 말이다."

조가 말했다.

"나 역시 그래!"

비디가 말했다.

나는 일단 내가 가진 물건들을 모두 팔고 최대한 돈을 모아서 채권자들을 만났다. 다행히 그들은 빚을 갚을 때까지 시간을 넉넉히 주었다. 그리고 나는 허버트와 합류하기 위해 영국을 떠났고, 두 달도 채되지 않아 클래리커 상사의 사무원으로 일하게 되었다. 그리고 넉 달이 되기도 전에 나 혼자 일을 떠맡게 되었다. 빌 발리 영감의 부르짖는 소리가 멈춰서 허버트가 클래라와 결혼식을 올리기 위해 귀국했고, 허버트가 그녀를 데리고 돌아올 때까지 동양 지점을 나 혼자 맡았던 것이다.

몇 해 뒤 나는 클래리커 상사의 동업자가 되었다. 나는 허버트 부부와 한집에서 행복하게 살았다. 그리고 허리띠를 졸라맨 결과 모든 채무를 정리할 수 있었다(물론 조와 비디와는 계속 편지를 주고받았다). 클래리커 씨는 허버트에 대한 나의 비밀을 계속 지켜주었다. 그러나 내가 회사에서 세 번째로 높은 지위에 오르자 이제는 허버트에게 비밀을 밝혀야겠다고 했다. 그동안 양심에 걸려 힘들었다고 하면서 말이다. 그가 사실을 말하자 허버트는 놀람과 동시에 감격했다. 그리고 그 오랜 비밀로 우리의 우정에 금이 가거나 하는 일은 없었다.

우리 회사는 규모가 그렇게 큰 회사가 아니었다. 대단한 수익을 올리는 회사도 아니었다. 그런데도 평판은 좋아서, 경영이 순조로웠고, 적당한 수익도 올릴 수 있었다. 회사의 번창은 늘 변함없고 유쾌한 허버트의 근면함과 준비성에 힘입은 바가 컸다. 그래서 나는 옛날 내가 왜 그를 성공하고는 거리가 먼 사람으로 생각했는지 의아했다. 그러다 성공하고는 거리가 먼 사람이 그가 아니라 내가 아닌가 하는 생각이 불현듯 들었다.

59

조와 비디와 헤어진 이후, 11년 동안 그들을 보지 못했다. 하지만 나는 머나먼 동양에서 그들의 모습을 자주 그려보았다. 그러던 12월 어느 저녁, 나는 마침내 그리운 옛집 앞에 왔다. 나는 부엌문의 빗장을 소리 나지 않게 살며시 풀어 문을 열고 몰래 집 안을 들여다보았다. 부엌 난롯가에는 조가 파이프를 물고 앉아 있었다. 머리가 희끗희끗하기는 했지만 여전히 건장한 모습이었다. 조가 한쪽 다리로 울타리를 치고 있는 구석에는 아이 하나가 내가 쓰던 걸상에 앉아 난롯불을 바라보고 있었다. 그 옛날의 나를 보는 것 같았다.

"이봐, 친구. 이 아이 이름을 핍이라고 지었어. 너를 생각하면서. 우리는 이 아이가 너처럼 자라기를 바랐는데, 정말 그런 것 같아."

아이 옆의 다른 의자에 앉자 조가 기쁜 표정을 지으며 말했다.

나도 그런 생각이 들었다. 다음 날 아침 나는 어린 핍과 산책을 나갔다. 서로 잘 맞았던 핍과 나는 많은 이야기를 나눴다. 우리가 교회 묘지에 이르렀을 때 나는 핍을 번쩍 들어 묘비 위에 앉혔다. 핍은 높은 곳에 앉아 '이 마을에 살다 세상을 떠난 필립 피립'과 '위의 부인 조지애나'의 묘비를 가리켰다.

그날 저녁을 먹은 뒤 어린 딸을 무릎에 앉혀 재우는 비디에게 내가 말했다.

"비디, 핍을 내게 보내줄 수 없을까? 아니면 빌려주든지. 그렇게 해주면 안 될까?"

"안 돼. 안 돼. 너도 가정을 꾸려야지."

비디가 부드럽게 말했다.

"허버트와 클래라도 그렇게 말하는데, 나는 결혼 못할 것 같아. 그들의 집에 완전히 정착해버려서 결혼은 못할 것 같아. 이미 노총각이기도 하고."

비디는 어린 딸을 내려다보며 작은 손에 입을 맞췄다. 그리고 딸아이를 어루만졌던 착한 손으로 내 손을 잡았다. 비디의 그 행동과, 결혼반지가 내 손바닥을 누르는 감촉에 깊은 뜻이 담겨 있는 듯한 느낌이 들었다.

"핍, 넌 그 여자를 아직도 못 잊는 거니? 그래서 괴로워하는 거야?"

"아냐, 비디! 그건 아냐!"

"우리는 오랜 친구잖아. 나한테 말해봐. 그 여자를 완전히 잊었니?"

"비디, 나는 가장 소중했던 인생의 순간순간들을 잊지 않고 있어. 그리고 아무리 사소한 것이라도 잊지 않아. 그러나 한때 가련한 환상이라고 불렀던 그 일은 모두 잊었어. 그래, 모두 잊었어."

나는 이렇게 말하면서도, 마음속으로는 에스텔러를 생각하며 그 옛 저택이 있었던 곳을 가볼 생각이었다.

에스텔러가 몹시 불행한 결혼 생활을 했다는 소식은 이미 오래전 들어 알고 있었다. 남편은 그녀를 모질게 학대했고, 결국 두 사람은 별거했다. 그는 오만하고 탐욕스럽고 무례하며 비굴한 인간이라고 평판이 나 있었다. 그리고 그가 잔인하게 말을 다루다 사고로 죽었다는 소식도 들었다. 그녀가 자유롭게 된 것은 내가 소식을 듣기 2년 전쯤이었다. 그리고 확실한 것은 아니지만 다시 결혼했다는 소식도 들었다.

날이 저물 무렵 나는 옛 저택이 있었던 곳에 도착했다. 저택과 양조장은 물론이고, 황폐한 정원 담장 말고는 남아 있는 건물이 하나도 없었다. 모든 건물이 사라진 자리에 울타리가 엉성하게 쳐져 있었다.

나는 울타리 문을 밀치고 안으로 들어갔다. 오후에 끼기 시작한 차가운 은빛 안개가 아직도 땅 위를 뒤덮고 있었고, 그것을 흩어지게 할 달은 아직 뜨지 않았다. 하지만 안개 위로 별들이 총총하게 빛났다. 달이 곧 떠오를 듯 아직 주위가 캄캄하지 않았다. 나는 예전의 저택과 양조장, 그리고 나무 문과 술통이 있던 곳을 알아볼 수 있었다. 쓸쓸한 정원 산책길을 바라보고 있는데, 서 있는 사람의 형체가 눈에 띄었다.

내가 그쪽으로 다가가자 그 사람도 나를 알아차린 것 같았다. 그 사람은 내 쪽으로 걸어오다가 걸음을 멈췄다. 가까이 다가가 보니 그 사람은 여자였다. 좀더 가까이 다가가자 그 여자는 다른 곳으로 가려고 돌아서다 문득 걸음을 멈췄다. 그러고는 몹시 놀란 목소리로 내 이름을 불렀다. 나도 큰 소리로 그녀의 이름을 불렀다.

"에스텔러!"

"나는 너무 많이 변했어. 그런데도 나를 알아보다니?"

에스텔러에게서 더 이상 예전의 젊고 생기 넘치는 아름다움은 찾아볼 수 없었다. 하지만 예전에 익히 보았던 그 특유의 묘한 위엄과 매력은 남아 있었다. 하지만 내가 한 번도 보지 못했던 모습이 보였다. 예전 그 거만하던 눈빛에 애달프고 부드러운 빛이 깃들고, 한때 쌀쌀맞던 손길에 다정한 감촉이 깃든 것이었다.

우리는 가까운 나무 의지에 앉았다.

"그리 오랜 세월이 지나고 나서 이렇게 다시 만날 수 있다니. 그것도 우리가 처음 만난 곳에서 말이야. 에스텔러, 여기 자주 오는 거야?"

"아니, 한 번도 와보지 않았어."

"나도 그래."

달이 떠올랐다. 나는 하늘로 올라간, 하얀 천장을 바라보던 그 조용한 얼굴을 떠올렸다. 내가 마지막으로 들려준 이야기를 듣고 내 손을 지그시 누르던 감촉이 떠올랐다.

먼저 침묵을 깬 것은 에스텔러였다.

"여기 돌아오고 싶을 때가 많았지. 돌아오려고 마음먹었던 적도 많았고. 그러나 이런저런 사정으로 올 수 없었지. 불쌍하고 애달프기도 한 곳!"

달빛이 은빛 안개를 은은하게 비췄다. 달빛이 그녀의 뺨에 흐르는 눈물을 비췄다. 그녀는 눈물을 삼키며 나지막이 말했다.

"너는 여기가 왜 이렇게 남아 있는지 궁금하지 않니?"

"그래, 궁금해."

"이 땅은 내 소유야. 내게 남은 유일한 재산이지. 다른 재산들은 모두 조금씩 처분했어. 하지만 이곳만은 남겨두었어. 지금까지 비참하게 살면서도 끝까지 지켜낸 유일한 재산이야."

"여기에 다시 집을 지을 생각이니?"

"그래. 이제는 그럴 수 있어. 옛 모습이 완전히 사라지기 전에 마지막으로 보려고 온 거야. 그런데 너는……?"

관심을 기울이는 듯한 그녀의 목소리는 방랑자의 가슴을 벅차게 했다.

"아직도 외국에 있는 거니?"

"그래."

"분명 잘하고 있겠지?"

"열심히 일한 덕분에 그럭저럭 살아가고 있어. 그래, 잘하고 있지."

"네 생각 많이 했어."

에스텔러가 말했다.

"그래?"

"요즘 특히 생각이 많이 나더구나. 한때 나는 진짜 가치 있는 것을 던져버렸어. 그리고 오랫동안 힘든 시기를 보내면서 내 마음속에서 멀리 떼어놓았지. 하지만 그 후 도덕적으로 거리낌 없이 그 기억을 마음속에 소중히 간직할 수 있게 되었어."

"내 마음속에는 언제나 네가 있었어."

내가 말했다.

또다시 침묵이 흘렀다. 잠시 후 그녀가 먼저 입을 열었다.

"나는 이곳과 작별 인사를 하러 왔어. 그런데 너와 작별 인사를 하게 될 줄은 상상도 못했어. 이렇게 작별 인사를 하게 돼서 참 기뻐."

"또 헤어지는 게 기뻐? 나에게 이별은 너무나 가슴 아픈 일이야. 너와의 마지막 이별은 평생 가슴 아픈 기억으로 남을 거야."

에스텔러가 진지하게 말했다.

"하지만 그때 너는 나에게 말했어. '하느님의 축복이 있기를! 하느님께서 너를 용서하시기를'이라고 말이야! 그때 이렇게 말할 수 있었다면 지금도 아무 망설임 없이 이렇게 말할 수 있을 거야. 시련보다 강력한 가르침은 없어. 시련을 겪으면서 나는 네 마음을 이해할 수 있었어. 그동안 나는 꺾이고 산산이 깨졌어. 하지만 조금은 나은 사람이 됐다고 생각해. 그때처럼 나를 불쌍히 여기고 너그럽게 대해줘. 그리고 우리는 변함없는 친구라고 말해줘."

그녀는 자리에서 일어났다. 나도 일어나 그녀를 향해 몸을 굽히며 말했다.

"그럼, 우리는 친구야."

"설령 멀리 떨어져 있다 해도 우리는 영원히 친구로 남아 있을 거야." 에스텔러가 말했다.

나는 그녀의 손을 잡고 폐허를 떠났다. 땅 위를 뒤덮고 있던 안개가 걷히고 있었다. 그 옛날 대장간을 떠날 때 아침 안개가 걷혔던 것처럼. 그리고 안개가 걷힌 자리에 고요한 달빛을 받으며 넓게 펼쳐져 있는 그 모든 풍경 속에 이별의 그림자는 어디에도 없었다.

찰스 디킨스

Charles Dickens, 1812. 2. 7~1870. 6. 9

영국의 대표 문인으로서 전 세계적으로 셰익스피어 작품에 버금갈 만큼 많이 읽히는 찰스 디킨스는 영국 남부의 항구 도시 포츠머스에서 해군 경리국 서기 존 디킨스와 해군 경리국 고위직의 딸 엘리자베스의 5남 3녀 중 둘째로 태어났다. 그의 아버지는 싹싹하고 쾌활한 성격을 지녔으나 가끔 줏대 없이 신의를 저버리는 행동을 하기도 했다고 전해진다. 그의 어머니는 순진하기는 했으나 허영심이 많았다고 한다. 그의 할아버지와 할머니가 상류층 집안의 시중드는 신분이었던 것을 보면, 그의 아버지가 정부의 관리가 되어 더 좋은 집안의 여자와 결혼함으로써 디킨스 집안의 지위가 향상되었다고 할 수 있다.

1817년(5세) 디킨스의 가족은 아버지의 근무지를 따라 잉글랜드의 정원으로 불리는 켄트 주의 항구 도시 채텀으로 옮겨 갔다. 채텀은 바다가 바라다보이는 언덕이 많은 아늑한 도시였는데, 디킨스는《위대한 유산》의 지리적 배경이 된 이곳에서의 생활을 훗날에도 가장 아름다운 추억으로 기억하고 있다.

집안 형편이 기울기 시작하면서 1822년(10세) 디킨스 가족은 런던으로 옮겨 갔고, 1824년(12세) 파산에 이르러 아버지가 채무자로 감옥에 수감되었다. 아버지가 감옥에 있는 동안 가족의 생계를 도와야 했던 디킨스는 혼자 떨어져 살며 구두약 공장에 다녔다. 정부 관리의 아들로 생활하다가 어린 나이에 공장의 노동자로 전락한 디킨스는 심한 좌절과 굴욕감을 느꼈다. 복잡한 대도시에 홀로 남겨진 고독감과 신분이 추락하는 이 경험은 디킨스의 정신에도 큰 영향을 미쳤고, 그의 작품에 내포되어 있는 작가 정신이 이때 싹트게 되었다고 할 수 있다. 4개월 후 아버지가 감옥에서 나오자 그는 비로소 학교에 다니게 되었다.

사립학교 웰링턴 하우스 아카데미를 2년 정도 다니다 1827년(15세) 런던에 있는 법률사무소에서 일하기 시작했다. 그러나 이 일을 썩 좋아하지 않았던 그는 다음 해 법률사무소를 그만두고 속기술을 배워 민법박사회에서 약 2년 정도 서기로 일하다, 1832년(20세) 런던의 한 신문사에 기자로 취직했다.

디킨스는 어릴 때부터 책을 읽으면서 문학에 눈뜬 데다 기자로 활동하면서 많은 곳을 여행하고 많은 사람들을 만나면서 세상에 대한 통찰력과 식견을 갖추게 되었다. 1833년(21세)부터 잡지 등에 '보즈'라는 필명으로 단편 스케치를 발표하던 그는 1836년(24세) 첫 작품집 《보즈의 스케치집(Sketches by Boz)》을 출간했고, 화가 시모어의 만화를 곁들인 첫 장편소설 《피크윅 문서(The Posthumous Papers of the Pickwick Club)》가 큰 성공을 거둬 일약 유명 작가가 되었다. 그해 4월 언론인 조지 호가스의 딸 캐서린 호가스와 결혼했으나 성격이 맞지 않은 아내와의 결혼 생활은 그리 행복하지 않았다. 하지만 그녀와 20년 이상 함께 살면서 슬하에 10명의 자녀를 두었다.

이후 왕성하게 창작 활동에 들어간 디킨스는, 19세기 런던의 뒷골목을 배경으로 고아 소년의 삶을 통해 사회의 불평등과 산업화의 폐해를 날카롭게 비판한《올리버 트위스트(*Oliver Twist*)》(1838년), 학교에서의 어린이 학대를 폭로한《니콜라스 니클비(*Nicholas Nickleby*)》(1839년),《골동품 가게(*The Old Curiosity Shop*)》(1840년), 고든 폭동을 배경으로 한《바나비 러지(*Barnaby Rudge*)》(1841년)를 출간했다. 1842년(30세) 아내와 함께 6개월 정도 미국을 여행했는데, 이때의 느낌을 적은《미국 방문기》를 발표했다.

디킨스는 1843년부터 1848년까지 매년 크리스마스 무렵 크리스마스를 주제로 중편소설을 발표했는데 그 '크리스마스 이야기' 중 제1작이 바로 구두쇠 스크루지 이야기로 유명한《크리스마스 캐럴(*A Christmas Carol*)》(1843년)이다. 1844년(32세)에는 미국에 대한 풍자를 담은《마틴 처즐윗(*Martin Chuzzlewit*)》을 발표했고, 1845년(33세) 이탈리아를 여행한 뒤《이탈리아의 풍경(*Pictures from Italy*)》을 발표했으며, 1846년(34세) 스위스와 프랑스를 여행했다. 1847년(35세)에는 자신이 직접 극단을 이끌면서 빅토리아 여왕 앞에서 연극을 공연하기도 했다.

1848년(36세)《돔비와 그 아들(*Dombey and Son*)》을 발표했고, 1850년(38세) 자전적 소설이라고 할 수 있는《데이비드 코퍼필드(*David Copperfield*)》를 출간했다. 이 소설의 주인공 데이비드는 그의 분신이라고 할 수 있으며 그의 경험이 가장 많이 녹아 있는 작품으로 그 자신은 물론 프로이트가 가장 좋아했던 작품이기도 하다.

1850년(38세) 주간 잡지《늘 쓰는 말들》을 창간해 성공을 거뒀다. 디킨스는 이 잡지를 1859년까지 운영하면서 자신의 작품을 게재하기도 했다. 이 시기의 작품으로《어린이 영국사(*A Child's History of*

England)》(1853년), 억압된 여성에 대한 통념을 파헤친 《황폐한 집(Bleak House)》(1853년), 영국의 공업 도시 프레스턴에서 일어난 노동자들의 파업을 주제로 한 장편소설 《어려운 시절(Hard Times)》(1854년), 《귀여운 도릿(Little Dorrit)》(1857년) 등이 있다.

1853년(41세) 《크리스마스 캐럴》을 청중들 앞에서 직접 낭독하고 열렬한 반응을 불러일으키자 이때부터 영국은 물론 미국까지 다니면서 낭독회를 열었다. 하지만 이 일에 열중한 나머지 건강을 해치기도 했다.

1858년(46세) 디킨스는 그동안 아내와의 관계도 좋지 않았던 데다 자신의 연극에 출연한 젊은 여배우 엘렌 터넌과 스캔들이 일어남으로써 아내와 별거를 시작했다. 그는 첫사랑의 느낌을 불러일으키는 엘렌에게 푹 빠져 가정 파탄과 사회 통념을 저버리는 것도 개의치 않고 그녀에게 열중했다.

1859년(47세) 발표한 《두 도시 이야기(A Tales of Two Cities)》는 프랑스 파리와 영국 런던을 배경으로 프랑스혁명의 준비기부터 최전성기에 걸쳐 전개되는 역사소설이다. 그해 주간지 《1년 내내(All The Year Round)》를 창간했고, 1860년(48세) 12월부터 대표적인 장편소설 《위대한 유산》(1861년)을 연재했으며, 1865년(53세)에는 전해에 연재를 시작한 《우리 모두의 친구(Our Mutual Friend)》를 출간했다.

1865년 겨울부터 건강이 악화되어 엘렌 터넌과 함께 프랑스로 휴양을 떠났는데 귀국하던 도중 열차 추락 사고가 났으나 두 사람은 다행히 크게 다치지 않았다. 1867년(55세) 11월부터 4월까지 미국을 방문해 낭독회를 가지고 청중들의 열렬한 환호를 받았다. 그러나 무리한 여행으로 건강이 악화되어 의사로부터 활동 금지를 권고받았다.

1870년(58세) 건강이 호전되어 다시 낭독회에 나섰으나 별다른 호응을 얻지 못하자, 저작에 전념하기로 하면서 《에드윈 드루드의 비밀 (*The Mystery of Edwin Drood*)》을 연재하기 시작했다. 연재를 6회까지 마친 뒤 6월 8일 디킨스는 저녁 식사를 마치고 일어나던 중 뇌일혈로 쓰러져 다음 날 세상을 떠났다. 그의 시신은 웨스트민스터 사원에 안장되었다.

풍자적 희극성과 감상적 휴머니즘이 넘치는 디킨스의 작품은 살아 생전은 물론 2백 년 가까이 지난 지금까지 널리 대중들의 사랑을 받고 있다. 그는 작품을 통해 산업혁명으로 인한 경제 발전이 절정에 달하던 빅토리아 시대의 사회 빈곤, 불평등한 계급 구조로 인한 폐해, 노동자들의 열악한 환경을 비판함으로써 소외된 계층의 영혼을 어루만진 작가였다. 이러한 사실을 대변하듯 그의 묘비에는 다음과 같은 구절이 쓰여 있다. "그는 가난하고 고통받고 박해받는 모든 사람들의 지지자였으며, 우리는 가장 훌륭한 작가를 잃었다."

찰스 디킨스의 풍자적 해학과 휴머니즘이 가장 탁월하게 구현된 《위대한 유산》은 주인공 핍이 시골 대장간 심부름꾼으로 생활하던 소년 시절, 런던에서의 신사 생활, 은인을 만나고 격정의 세계를 경험한 뒤 인간적으로 성숙해가기까지의 과정을 1인칭 시점으로 서술한 성장소설이라고 할 수 있다.

부모님의 얼굴을 본 적도 없는 핍은 자신보다 스무 살 많은 누나의 손에 학대받으면서 자란다. 대장장이인 매형 조와 누나와 함께 대장간에 딸린 살림집에 사는 핍은 어느 겨울 교회 묘지에서 탈옥한 죄수를 만난다. 핍은 그 죄수의 협박이 있기도 했고, 한편으로는 불쌍한 마음에 족쇄를 자를 줄칼과 음식을 그에게 가져다준다. 하지만 그날 저녁 그 죄수는 또 다른 죄수와 함께 군인들에게 붙잡혀 감옥으로 돌아간다.

한편 읍내에는 미스 해비셤이라는 여자가 살고 있다. 부자이면서도 기이한 행각으로 유명한 그녀는 결혼식 날 급작스럽게 파혼당한 뒤 평생 웨딩드레스를 걸친 채 햇빛을 보지도 않고, 사람들을 만나지도 않으면서 오직 자신의 집 안에서만 생활한다. 어느 날 우연한 기회에 핍은 미스 해비셤의 놀이 상대로 추천되어 그 집을 방문한다. 그리고 그곳에서 운명의 소녀 에스텔러를 만난다. 에스텔러는 미스 해비셤이 서너 살 때 데려다 키운 양녀였다. 미스 해비셤은 자신을 이용하고 버린 남자에 대한 복수심을 에스텔러를 통해 충족하고자 그녀를 차갑고 도도한 여성으로 키운다.

아름답고 세련된 에스텔러는 핍의 거친 손과 두껍고 해진 구두를 보며 막노동꾼이라고 조롱한다. 그동안 자신의 집을 가장 신성한 공간으로 여기며 현실에 만족하고 살아온 핍은 에스텔러를 만난 이후 자신의 모습은 물론 주변 환경까지 비천하게 느껴진다. 핍은 에스텔러에게 걸맞은 신사가 되고 싶은 마음을 품은 채 대장장이의 도제로 만족스럽지 않은 생활을 한다.

조의 도제로 생활하던 어느 날 런던의 유명한 변호사 재거스가 나타나 핍이 익명의 은인에게서 거액의 유산을 상속받게 되었다고 전한다. 다만 본인이 직접 나타나기 전에는 유산의 주인을 밝힐 수 없다고 한다. 그렇게 해서 시골 대장간 노동자였던 핍은 하루아침에 런던의 신사가 된다.

도시에서 흥청망청 돈을 쓰며 속물적인 생활에 젖어 있던 핍은 어릴 때 자신을 거둬주고 친구처럼 대해준 자상하고 선한 매형 조를 수치스럽게 여기며 점점 멀리한다. 특히 에스텔러에 대한 사랑이 강할수록 조를 창피하게 여기는 마음이 더욱 커진다. 핍은 자신에게 유산을 상속한 은인이 미스 해비셤이고, 그녀가 자기와 에스텔러를 짝지어 줄 계획을 가지고 있다고 막연하게 생각한다. 그러나 에스텔러는 여전히 핍을 차갑게 대하며 거리를 둔다.

　스물세 살이 된 핍은 매년 일정한 돈을 받고 있지만 상속권이 불확실한 상태에서 어떤 일에도 전념하지 못한다. 그러던 어느 날 밤, 핍의 집으로 낯선 남자가 찾아온다. 그 남자는 바로 어릴 때 자신이 먹을 것을 가져다준 죄수였다. 그리고 그 죄수는 자신이 바로 그동안 핍을 신사로 키워준 은인임을 밝힌다. 핍은 충격과 혐오감에 사로잡힌다. 더구나 한낱 죄수의 돈을 받으면서 그토록 선하고 너그러운 조를 저버렸다는 사실에 경악한다.

　하지만 종신 유형수로 추방된 매그위치가 오직 자신을 만나기 위해 사형을 당할지도 모르는 위험을 무릅쓰고 고국에 돌아왔다는 사실에 핍은 연민을 느낀다. 핍은 그를 살리기 위해 해외로 도주할 계획을 세우지만 그것을 감행하던 중 밀고자에 의해 경관에게 붙잡힌다. 심각한 부상을 입은 매그위치는 사형 선고를 받고 형이 집행되기 직전에 세상을 떠난다.

　핍은 매그위치를 만난 이후로는 어떤 금전적인 도움도 받지 않을 뿐더러 그가 자신에게 상속하려고 했던 재산을 구제하고자 하는 어떤 노력도 하지 않는다. 결국 매그위치가 핍에게 남기려고 했던 막대한 재산은 국고로 환수된다. 매그위치의 죽음 이후 육체적인 고통과 정신적인 고통, 채권자의 압박에 시달리던 핍을 구제해준 것은 다름 아닌 대장장이 매형 조였다. 핍은 결코 돈에 속박되지 않고 자신에게 주어진 현실에 만족하면서 선량하게 살아가는 조에게서 진정한 인간의 모습을 발견한다.

산업혁명으로 인한 경제 발전이 절정에 달했던 빅토리아 시대(1837년~1901년)는 물질적인 부를 축적한 중산계급이 사회적으로 부상하던 시기였다. 재산과 신분이 세습되던 사회에서 스스로 부를 이룰 수 있는 사회구조로 바뀌면서 그 어느 때보다 신분 상승 욕구가 강했고, 이를 대변하며 새롭게 나타난 것이 바로 '신사' 개념이다. 적당한 교육을 받고 일정한 수준의 수입과 재산을 가지고 있으며, 사람됨이나 몸가짐이 점잖고 교양과 예의를 갖춘 남자를 일컬어 신사라고 한 것이다. 그러나 물질주의가 팽배하면서 정신적인 부분은 외면되고 오직 재산과 신분, 겉모습만을 중시하는 분위기가 형성되었다.

《위대한 유산》의 핍 또한 노동계급이라는 비천한 신분을 벗어나고자 하는 마음에서 신사가 되기를 열망한다. 멋진 양복을 입고 런던에서 생활하면서, 정기적으로 사교 모임에 나가고, 개인용 보트를 몰면서 화려한 생활을 하는 것이 바로 신사의 덕목이라고 여긴 것이다. 그러나 오직 돈을 거머쥐기 위해 위선을 일삼으며 인간적인 삶을 포기하는 사람들을 목격하고, 자신을 신사로 만들어준 것이 부유한 상류층의 아량이 아니라 밑바닥 인생을 산 죄수의 너그러움이며, 추락한 신사가 된 자신을 일으켜준 것은 한낱 시골 대장장이의 순수한 마음이라는 것을 알게 된다. 신분 상승 욕망에 사로잡혀 속물적인 삶에 젖어 있던 핍은 결국 사회 최하층과 노동자 계급의 순수하고 인간적인 면모를 통해 진정한 신사의 품격과 정신적 유산의 위대함을 깨닫는다.

《위대한 유산》은 19세기 영국을 무대로 한 이야기지만, 신분 상승의 욕망, 배반당한 사랑, 막대한 유산, 희망과 좌절 등 인간의 보편적인 관심사를 다루고, 부자가 된 종신 유형수, 신사가 된 대장간 심부름꾼, 은인에 대한 환상이라는 드라마틱한 요소가 가미되어 오늘날에도 대중적인 흥미를 자극하며 사랑받고 있다.

위대한 개츠비

오만과 편견

1984

동물농장

젊은 베르테르의 슬픔

폭풍의 언덕

노인과 바다

인간 실격

레 미제라블 1, 2

제인 에어 1, 2

톨스토이 단편선

이방인

변신

허클베리 핀의 모험

안나 카레니나 1, 2

데미안

마음

아Q정전

수레바퀴 아래서

위대한 유산

위대한 유산

초판 1쇄 발행 2015년 12월 20일
초판 3쇄 발행 2022년 7월 20일

지은이 찰스 디킨스 | **옮긴이** 북트랜스
펴낸이 신경렬

펴낸곳 (주)더난콘텐츠그룹
경영기획 김정숙 김태희
편집 최장욱 **디자인** 박현경
마케팅 박수진 **제작** 유수경

출판등록 2011년 6월 2일 제2011-000158호
주소 04043 서울특별시 마포구 양화로 12길 16, 더난빌딩 7층
전화 (02)325-2525 | **팩스** (02)325-9007
이메일 longest@thenanbiz.com | **홈페이지** www.thenanbiz.com

ISBN 979-11-5879-017-2 04840